宮沢賢治の磁場

中野新治

翰林書房

宮沢賢治の磁場◎目次

I　宮沢賢治の磁場

Ⅱ　近代日本と文学的達成

Ⅰ　宮沢賢治の磁場

「よだかの星」——絶対的な問い——

一

「よだかの星」は、宮沢賢治の初期作品群の中では、際立って完成度の高い物語である。同時期の「蜘蛛となめくぢと狸」や「貝の火」に示された因果応報の図式がかなりあくどく感じられ、その反転としての「双子の星」の主人公の純真無垢さの強調が少なからず鼻につく[1]のに比べて、物語は小品ながら構成もよく整い、何よりも描写の具体的な迫真性によって読者を魅了する。「夜だかが思ひ切って飛ぶときは、そらがまるで二つに切れたやうに思はれます。」「雲はもうまっくろく、東の方だけ山やけの火が赤くうつって、恐ろしいやうです。」などの描写は、追いつめられて行くよだかの心情理解に欠かせないシンボリックな表現たりえているし、「いゝや。おれの名なら、神さまから貰《もら》ったのだと云《い》ってよからうが、お前のは、云はば、おれと夜と、両方から借りてあるんだ。さあ返せ。」とよだかを理不尽におどす鷹や、「余計なことを考へるものではない。少し頭をひやして来なさい。さう云ふときは、氷山の浮いてゐる海の中へ飛び込むか、近くに海がなかったら、氷をうかべたコップの水の中へ飛び込むのが一等だ。」とよだかを冷笑する大熊星の言葉などは、皮肉な棘に満ちて物語のリアリティを強く支えている。

物語が相当に高度な宗教的なテーマを持ち、そのため「これを小学生に問題的に投げあたえることなどには、私は強い疑念を感じます。[2]」（磯貝英夫）という評言が説得性を持つにもかかわらず、教育現場の教材に用い続けられているのも、このような表現の豊かさに負うところが大きいにちがいない。しかし、このような物語にも亀裂が走っていないわけではない。

それは、作者賢治の現実を知る者は、この物語から「よくもわるくも作者から解放されていない」[3]（原子朗）という印象をぬぐいがたく受けるのではないかということである。この物語世界には作者のモチーフの磁場とでも言うべきものが強く働いており、それがストーリーの展開にある強引さを与えていることを認めざるをえないのだ。原氏はその一例として「ただ一つの僕」というよだかの独白中の言葉をあげ、よだかには同類がいるはずであるのにそのことは無視され、あえて単数化、孤独化されていることを指摘し、そこに「作者の孤独感の化身になりすぎている」主人公を見出している。たとえばアンデルセンの「みにくいアヒルの子」では、白鳥の子がたどる数奇な運命はどの白鳥の子でも経験可能であるが、「よだかの星」においては、よだかの各場面での行為や思考が際立って強烈であるため類を代表することができず、何か、群を抜いて醜く過敏な感性をもつよだかの特別な物語に思えるということである。そこには当然、執筆時の作者の特異な生の位相が亀裂から沁み出る液体のように浮び上って来ざるをえないのだ。

物語の読解が作者の現実への還元で終ってはならぬことは改めて言うまでもない。しかし、以上の理由によって、まず作者の現実を確認するところから始めることとする。

二

まず、作者は「よだか」を主人公とする物語のヒントをどこから得たのだろうか。

『春と修羅』第二集に収められている「〔北上川は熒気をながしィ〕」（一九二四（大・13）・七・一五）が一つの手がかりを与えてくれる。この作品は、同じく一九二四・七・一二の日付のある「夏幻想」、七・一三の日付のある「夏」の改稿されたものであり、さらに手を加えて「花鳥図譜、七月、」として昭和八年七月『女性岩手』に発表されている(4)。改稿の複雑さや、晩年に発表されたことからも賢治が心にかけていた作品であることがわかるが、それはこの詩に妹トシの影が色濃く投影されているためであるかもしれない。北上川（「夏幻想」ではイーハトーヴ川）の岸辺を兄妹が散策しながら会話するところから詩は始まる。かわせみに目を留めた兄は即興の身上話を作る。

（……ではこんなのはどうだらう／あたいの兄貴はやくざもの　と）／（それなによ）／（まあ待って／あたいの兄貴はやくざものと／あしが弱くてあるきもできずと／口をひらいて飛ぶのが手柄／名前を夜鷹と申します）／（おもしろいわ　それなによ）／（まあ待って／それにおととも卑怯もの／花をまはってミーミー鳴いて／蜜を吸ふのが……え〻と、蜜を吸ふのが……）／（得意です？）／（いや）（何より自慢？）／（いや、え〻と／蜜を吸ふのが日永の仕事／蜂の雀と申します）／（おもしろいわ　それ何よ？）／（あたいといふのが誰だとおもふ？）／（わからないわ）／（あすこにとまってゐらっしゃる／目のりんとしたお嬢さん）／（かはせみ？）／（まあそのへん）／（よだかがあれの兄貴なの？）／（さうだとさ）／（蜂雀かが弟なの）／（さうだとさ／第一それは女学校だかどこだかの／おまへの本にあったんだぜ）／（知らないわ）

執筆は大正十三年であるから妹トシの死後であるが、月見草の花粉を一杯にあびた夢幻的ともいえる妹の姿を描いて終るこの詩は、実景としてこのような〈祝福された夏〉があったことを思わせる。作品の異稿の中に、妹について「一年も東京で音楽などやった」という言及があることを考えあわせると、それはトシが日本女子大二年生であった頃、すなわち大正五年の夏であるかもしれない。トシの持っていた教科書（？）からよだかについての知識を得ていた賢治は、よだか・かわせみ・はちすずめという取合せを自分たち兄妹弟にふりあてるというこの時の思いつきを、ほほえましいものとして記憶にとどめたのであろう。それが大正十三年に詩として形象化される前に、大正十年夏までに執筆されたと考えられる「よだかの星」があることになる。そうだとすれば、二つの作品の軽やかさと重さの対照は、トシの死をのりこえ『春と修羅』第一集を刊行した二十七歳の賢治の充実と、高等農林学校を卒業しながら未来への何の展望もなく青春の谷間に生き、ついには家出上京に至る二十一～二十四歳の賢治の相違によるということができる。

だが、この二つの作品に共通項がないわけではない。それは詩においても物語においても、よだかは他者のまなざしにさらされた者として登場する点にある。詩では妹のかわせみによってよだかのやくざさが語られるのであるが、それはあくまで賢治の意識の中のことであって、トシがそう考えたわけではない。「おもしろいわ　それ何よ」と答える妹は兄の思いつきを無邪気に楽しんでいるだけなのである。しかし、「目のりんとしたお嬢さん」である妹に対する「やくざな兄」という構図に作者はこだわったのであって、ここに賢治の意識のしこりがときほぐしがたく存在したと考えることができる。

それにしても、よだかはなぜこれほどまで醜くなければならないのか。「一たい僕は、なぜかうみんなにいやがられるのだらう。」と、よだかは醜い容貌に生れついた不条理を耐えがたく思うのだが、もちろん、物語の外ではその「味噌をつけたやうにまだら」な姿も、「ひらたくて耳までさけ」た口も、「よぼよぼで一間とも歩け」ない脚も自然の条理にかなったものである。

コウモリと同じように飛びながら虫など捕える。そのために口は幅があり、いちじるしく大きく開くことができる。脚は短く、ほとんど歩くことはない。翼は柔く音をたてることはなく、飛行は横転なども自由におこなう。

（『大日本百科事典』小学館）

黄昏どきから活動する夜行性の鳥で、昼間は森林の枝の上でじっと眠っている。そのときには技に平行にとまり胸と腹とぴたりと枝上につけて眼をつぶっており、体の色も木の皮そのままなので一見したところはこぶのようである。

（『野鳥の事典』東京堂出版）

鳥としては怪異といっていいその容貌と生態を作者は正確に物語の中に取りこんでいると言わねばならないが、それはあくまで自然の造形の結果であって、そこに〈価値〉の入りこむ余地はない。生存のための与件が生存を続けられぬ理由に逆倒されたところに文学作品を成立させる虚構があり、ここに作者の内的な問題が封じ込められたのである。

こうして見てくれれば、醜悪な容貌を持ち、まともに歩行することさえできぬ「鳥の仲間のつらよごし」であるよだかとは、「やくざな兄」つまり、人間社会での失格者たる賢治自身に他ならないことは明らかである。作者は過剰なまでによだかに自己自身の負性を投影しているのだ。

その背後に意識されているのは、平尾隆弘氏の指摘があるように父政次郎の存在であったにちがいない。(5)「お前とおれでは、よっぽど人格がちがうんだよ。たとえばおれは、青いそらをどこまでも飛んで行く。おまへは、曇ってうすぐらい日か、夜でなくちや、出て来ない。それから、おれのくちばしやつめを見ろ。そして、よくお前のとくらべて見るがい丶。」と己れの立派さを誇示しながら改名を迫る鷹の論理は、自己のように社会的有為の存在にまで息子をひきあげずにはやまない父の戒めの論理につながると言うことができる。

きさまは世間のこの苦しい中で農林の学校を出ながら何のざまだ。何か考へろ。みんなのためになれ。錦絵なんかを折角ひねくりまわすとは不届千万。アメリカへ行かうのと考へるとは不見識の骨頂。きさまはとうとう人生の第一義を忘れて邪道にふみ入ったな。

（大8・8・20前後　保阪嘉内あて書簡）

大正七年春の盛岡高等農林卒業以後、賢治は職業の腹案を次々と父に提出しては否定されていた。しかし、人造宝石の製造販売一つとってみても彼にたしかな成算があったとは思えない。否定する父の方が正しいことは十分承知していたことだろう。だが、賢治にとって、「人生の第一義」＝世のため人のために働くこと、はそれがどれだけ正論であろうと、嫌悪すべき現世の成員になることを意味することにおいて決して受け入れることのできぬものであった。それは論理の問題ではなく、感性の問題であった。ちょうど「よだか」という名前は「神さまから下さった」ものである以上、どれだけ鷹から責められようと変更できないように、その感性を消滅させることはできなかったのである。先に引用した保阪あての書簡は次のようにつづいている。

> O, JADO! O, JADO! 私は邪道を行く。見よこの邪見者のすがた。学校でならったことはもう糞をくらへ。（中略）成金と食へないもののにらみ合か。ヘッへ労働者の自覚か。へい結構で。どうも。ウヘッ。わがこの虚空のごときかなしみを見よ。私は何もしない。何もしてゐない。幽霊どもが時々私をあやつって裏の畑の青虫を五疋拾はせる。どこかの人と空虚なはなしをさせる。正に私はきちがいである。

阿修羅の梵語原音がＡＳＵＲＡであり、それが亜神《アスラ》（神《スラ》の地位からおとしめられたもの）の意味をもつように[6]、「よだか」とは鳥の世界から排除さるべき「亜鷹」であり、それは人間世界に居場所をもてぬできそこないの「亜長男」たる賢治の喩であった。人の道をはずれ「邪道」に落ちた賢治はもはやいかなる社会階層にも自己を同化させることはできないのだ。

この意味ではよだかに用意された「市蔵」とは、なかなかに当を得た命名であったと言うことができる。恩田逸夫氏は「市蔵」が夏目漱石の小説『彼岸過迄』の高等遊民須永市蔵の名によるのではないかと指摘しているが[7]、「内にとぐろを巻く」ばかりで、社会人として積極的に生きえない須永が賢治に近い存在であることは確かである。父政次郎の知的レベルからいって、『彼岸過迄』を読んでいることは十分考えられるから、あるいは賢治自身、「お前のような奴は市蔵とでも名を改めろ」と言われたことがあったかもしれない。

少なくとも大正七年春から十年夏までの時期、賢治は同じく二代目として失格者であった先輩詩人高村光太郎、萩原朔太郎と同じ生の位相にあったということができる。光太郎は父の後継者として社会的地位を得ることを拒み北海道へ渡ろうと企て、(8)朔太郎は「医者の白痴《ばか》息子」たることに耐ええず日本を去ろうとする。(9)賢治が本気でアメリカへ行こうとしたはずもないが、彼等が「世間のこの苦しい中で」進学し、自己の資質を可能な限り追求したからこそ「邪道」におちいったことは明らかである。彼等は父への負目と、自己の感性や思想への自恃との間で立ちすくまねばならなかったのだ。しかし、このような俗世での居場所の喪失こそが三人のドラ息子を書く世界へと導き、真正の詩人たらしめたことも確認しておこう。よだかとは、自己が書く世界の住人たらざるをえないこと（それは正に夜の世界の住人である）の喩であったと言うことも十分に可能なのである。(10)

だが、賢治が己れをよだかに擬さねばならなかった理由はこれにとどまるものではない。法華経信仰からさらに歩を進め、日蓮の徒となり国柱会に入会するのは大正九年十月であるが、その夏、決意を固めるために書かれたと思われる日蓮遺文の筆写録「摂折御文　僧俗御判」には次のような一文を見ることができる。

> 日蓮は身に戒行なく心に三毒を離れざれども此御経を若や我も信を取り人にも縁を結ばしむるかと思て随分世間の事おだやかならんと思ひき　世末になりて候へば妻子を帯して候比丘も人の帰依を受け魚鳥を服する僧もさてこそ候か　日蓮はさせる妻子をも帯せず魚鳥をも服せず只法華経を弘めんとする失によりて妻子を帯せずして犯僧の名四海に満チ螻蟻をも殺さざれども悪名一天に弥れり
>
> （「四恩鈔」傍点引用者）

傍点部は特に「それだって、僕は今まで、なんにも悪いことをしたことがない。赤ん坊のめじろが巣から落ちてゐたときは、助けて巣へ連れて行ってやった。そしたらめじろは、赤ん坊をまるでぬす人からでもとりかへすやうに僕からひきはなしたんだなあ。それからひどくぼくを笑ったっけ。」というよだかの嘆きとの同質性を感じさせる。僧として何の過失もなくとも、その信仰のゆえに社会から異端視され指弾される日蓮。賢治は偉大な師の受難にひそかに自己を重ねていたのではなかったか。

家出上京直前の大正十年一月中旬の保阪あて書簡によれば、賢治は前年の十月二十三日の夜、すなわち、国柱会に入信した日の夜、叫ぶように唱名をとなえながら花巻の町を歩いている。その様子は「知らない人もない訳ではなく（「知っている人」の誤記か？　筆者註）大抵の人は行き遭ふ時は顔をそむけ行き過ぎては立ちどまってふりかへって見てゐました。」と報告されている。小さな地域社会で好奇の眼にさらされながら異端の信仰に生きようとする者の、心のふるえと孤絶感がよだかに託されていてもおかしくはないのである。

かくして、よだかは、社会的失格者、詩人、異端信仰者という三重の負性を荷って造形されたということができる。それは、鷹たる父の、社会的強者、実業家、正統的信仰者の対極にあるものであった。

三

「よだかの星」とアンデルセンの「みにくいアヒルの子」の異同についてはすでにその一端に触れたし、多くの論述もあるが、ここで確認しておきたいのは二つの物語における主人公の加害者意識の有無である。

（あゝ、かぶとむしや、たくさんの羽虫が、毎晩僕に殺される。そしてそのたゞ一つの僕がこんどは鷹に殺される。それがこんなにつらいのだ。あゝ、つらい、つらい。僕はもう虫をたべないで餓《う》えて死なう。いや、その前にもう鷹が僕を殺すだろう。いや、その前に、僕は遠くの遠くの空の向ふに行ってしまはう。）

「みにくいアヒルの子」の主人公はその生れつきの容貌ゆえに数々の受難を経験するが、自身が加害者に転ずることはない。しかしよだかは、鷹に脅されたその晩にかぶとむしや羽虫を食べ、「せなかがぞっとし」「胸がどきっとし」て自己もまた加害者であることを知ってしまうのである。物語の結末における、よだかの決死の飛行と白鳥の勝利の飛行の違いはこのような自己発見の質の相違によるのである。

このような〈自己発見〉は、よだかに〈世界の真相〉を知らしめることになる。それは「互殺の場所としての世界」であった。よだかを襲った一連の出来事は、この世が殺し合いの世界に他ならないこと、自己がまぎれもなくその一員であることをよだかに教えたのである。

この「生物たちの互殺」をいわゆる食物連鎖と考え、ここで賢治の「食」にまつわる思想を検討することも可能であるし、事実、多くの評家によってなされて来た。しかし、伊藤眞一郎氏の冷静な指摘にもあるように[11]、表現に則して素直に読めば、ここに示された「生物たちの互殺」を食物連鎖として受け止めるには微妙なズレがあることに気づく。つまり、よだかがかぶとむしや羽虫を食べるのは生きていくための本能的行為であるが、鷹はよだかを食べて生きているわけではない、ということである。それは端的に弱い者いじめであり、本能的行為以上の文化的行為なのだ。

とすれば、読者に誤読を誘う要因はむしろよだかの独白にあると考えた方がいいだろう。「僕はもう虫をたべないで餓えて死なう。」という言葉は、よだかの絶望の原因が食物連鎖の発見にあり、その鎖の一つになることを拒否しようとして餓死を願っているように読めるからである。しかも、それは実現されるわけではなく、悲愴な決意だけが読者の脳裏に残される。さらに鷹から殺されるだろうという予測が語られ、最後に地上からの離脱願望が語られることになる。もし、鷹に殺されることが問題なのなら、鷹のいない場所に水平に移動すればいいのだが、論理の積み重ねによって地上に生きることを拒否するに至ったよだかは、垂直に天上に向うことを願うのである。

　こうして見てくると、よだかの一連の独白は相当に強引な論理の展開によって成り立っていることがわかる。それは一言で言えば、よだかの劇的な突出のためである。作者はここでよだかを一挙に悲劇の主人公に仕上げたかったのであり、それによってよだかの知った〈世界の真相〉がいかに重いものであったかを語りたかったのである。これに対して弟のかわせみの姿はいかにも対照的である。別れを告げられたかわせみは「遠くの山火事を見ていた」にもかかわらず、「兄さん。どうしたんです。」としか返事ができない。「互殺の世界」のシンボルである「山火事」はかわせみにはあくまで「遠く」の風景でしかないのである。よだかとかわせみの埋めようもない落差は、賢治が兄弟や家族・友人など他者との関係の中でいつも味わわねばならなかったものであったかもしれない。

　ここで想起されるのは、かつて「業の花びら」として知られていた「〔夜の湿気が風とさびしくいりまじり〕」である。定稿では前半五行のみにカットされているが、ここでは異稿の一つを引用する。

夜の湿気が風とさびしくいりまじり
松ややなぎの林はくろく
空には暗い業の花びらがいっぱいで
わたくしは神々の名を録したことから
はげしく寒くふるえてゐる
ああ誰か来てわたくしに云へ
億の巨匠が並んで生れ

しかも互ひに相犯さない
明るい世界はかならず来ると
どこかでさぎが鳴いてゐる
……遠くでさぎが鳴いてゐる
夜どほし赤い眼を燃して
つめたい沼に立ち通すのか……

大正十三年十月五日の日付をもつこの作品のテーマは明らかに「よだかの星」と重なりあい、賢治特有の官能的でさえある自然との一体感はどこにも見出すことはできない。満天の星も「業の花びら」と映るだけである。よだかが星になったように天の星がそれぞれの由来をもっているのなら、その一つ一つが地上の宿業を荷っていないはずがないからである。そして、よだかが「せなかがぞっとし」「胸がどきっとし」て知ることになるこの世の真相は、詩では「わたくしは神々の名を録したことから／はげしく寒くふるえてゐる」と、より重い内容をもって表現されている。まず、「神々の名を録す」とは何か。

紀野一義氏によれば「録す」とは「明らかにする、顕わす」「心に記して忘れぬ」の意であり、自分が仏から選ばれた法華経を伝道する使命を帯びた「地涌の菩薩」の一人であることの自覚を「神々の名を録す」と表現したのではないかという。(12)「私は愚かなものです。何も知りません。たゞこの事を伝へるときは如来の使と心得ます。」（大10・7下旬保阪嘉内あて書簡）と書いた賢治であるから、右の指摘は十分に首肯できるものである。だが、そうであるにしてもなぜ「わたくしははげしく寒くふるえ」なければならないのか。

栗原敦氏はこの詩と同じ日付をもつ「産業組合青年会」との関連性に注目し、その丁寧な分析によって、この詩は「本来はその資格もない自分が『神々の名を録』するような行いをしたことへの深い罪の意識の側から描き出された作品」であると述べている。[13] 氏の指摘にもあるように、「ああ誰か来てわたくしに云へ／億の巨匠が並んで生れ／しかも互ひに相犯さない／明るい世界はかならず来ると」というテキストが「産業組合青年会」の下書稿にも見出されることを考えると、賢治が青年会をめぐる具体的な葛藤を経験し、それによって魂のうちひしがれるような思いを味わったことは明らかである。それは右の引用に表現されたような願いが、その場に居合せた他の誰にも無縁の願いであったという深い絶望から来ているにちがいない。

肝要なのは、「神々の名を録したこと」が結果としては快い選良意識をもたらしてくれるものではなく、むしろ「夜どほし赤い眼を燃して／つめたい沼に立ち通す」ような苛酷な魂の状態をもたらすものだったことである。テキストの他の異稿中に「ああたれか来てわたくしを抱け」とあることも、賢治にとって信仰的突出がいかに寒々とした孤絶感をもたらしていたかを傍証している。詩と比べて「よだかの星」はより観念的図式的であるが、真実を知る者の魂のおののきと孤絶感は、賢治には早くから親しい感情であったことを確認することができるのである。詩に登場するさぎが、現実生活における飛びたてなかったよだか＝賢治であることは言うまでもないことであろう。

しかし、大正十年の時点における物語の中では、よだかはおのれの決意に従って地上の生を離脱しようとする。もちろん、星の世界の一員になりたいというその願望は星たちに嘲笑されるのも当然の「身のほど知らず」のものである。しかし、真実を知った者（あるいは知られた者）はその場にとどまることを許されないという神話や民話でなじみ深いテーゼ通りに、よだかは自己のあるべき場所を天上に求めようとする。当然、その不可能性の前によだかは死亡するのだが、物語は終末に向っても、難解さはここから始まることになる。問題は、死んだよだかの星へと転生した根拠がどこにも示されていないように思えることである。

それだのに、ほしの大きさは、さっきと少しも変りません。つくいきはふいごのやうです。寒さや霜がまるで剣のやうによだかを刺しました。よだかははねがすっかりしびれてしまひました。そしてなみだぐんだ目をあげてもう一ぺんそらを見ました。さうです。これがよだかの最后でした。もうよだかは落ちてゐるのか、のぼってゐるのか、さかさになってゐるのか、上を向いてゐるのかも、わかりませんでした。たゞこゝろもちはやすらかに、その血のついた大きなくちばしは、横にまがっては居ましたが、たしかに少しわらって居りました。

それからしばらくたってよだかははっきりまなこをひらきました。そして自分のからだがいま燐の火のやうな青い美しい光になって、しづかに燃えてゐるのを見ました。

すぐとなりは、カシオピア座でした。天の川の青じろいひかりが、すぐうしろになってゐました。

そしてよだかの星は燃えつゞけました。いつまでもいつまでも燃えつゞけました。

今でもまだ燃えてゐます。

大正十五年には一応の完成をみたと考えられる「銀河鉄道の夜」では、「どうしてわたしはわたしのからだをだまっていたちに呉れてやらなかったらう。そしたらいたちも一日生きのびたらうに。どうか神さま。私の心をごらん下さい。こんなにむなしく命をすてずどうかこの次にはまことのみんなの幸のために私のからだをおつかひ下さい。」と祈る蝎《さそり》がエピソードの一つとして登場する。そのエピソードによれば、その祈りの痛切さに神もうたれ給うたのか、蝎は星へと転生しその光は祈りにふさわしく「よるのやみ」（それを「現世の業苦」と読むことも可能である）を照らしたという。

この論理を納得することはそれほど困難だとは思われない。しかし、「よだかの星」では、「なみだぐんだ目」に込められたよだかの絶望的な願望の深さ以外に星への転生の根拠を見出すことはできそうもないし、祈るべき神も登場しないのである。これは「奇跡的な転生」[14]（丹慶英五郎）なのか、それとも「他に頼ることなく、自己の特性（実存）に徹して、一つの高い次元の境地に到達した」「苦行精進」[15]（恩田逸夫）の讃美なのだろうか。

　この疑問に対するもっとも興味深い解答と思われるのは、「よだかは星になり得たから笑ったのではない。死相に笑みをもったから星になりえたのである。」という杉浦静氏の見解である。[16]氏は「死期に臨んで、邪念を起すことなく、迷いを断ってさとりの知恵を得ること。臨終の時に妄念が起らないこと。」という浄土教の「臨終正念」の思想に注目し、日蓮も同様の思想を持っていたことを検証しつつ、笑みをもって臨終したよだかは無上道に近い天に転生できたのだと述べている。杉浦氏の指摘の如く「笑みを持った死」は「土神と狐」「なめとこ山の熊」「ひかりの素足」「二十六夜」「雁の童子」などに共通して登場する賢治童話の著しい特色の一つであり、これに注目することは作品理解に欠かすことのできない作業なのである。しかし、物語の描写を詳細に追えば、この魅力的な指摘にも疑問が見出せないわけではない。

　それは、死相はたしかに「こゝろもちはやすらかに、その血のついた大きなくちばしは、横にまがっては居ましたが、たしかに少しわらって居りました。」と内面も含めて描写されてはいるが、それはあくまでよだかの死の瞬間とそれに続く時間に生起したものであって、「よだかの最后」、つまり死を迎える直前の姿は「よだかははねがすっかりしびれてしまひました。そしてなみだぐんだ目をあげてもう一ぺんそらを見ました。さうです。これがよだかの最后でした。」と記されているということである。

「臨終正念」とは仏の救いを信じ覚悟をもって死を迎えることなのだが、少なくともここにはよだかの天上への参入願望の真剣さとそれが果されなかった無念さは読み取れても、「覚悟の死」は読み取れないのではあるまいか。それは、「なめとこ山の熊」における小十郎の、「これが死んだしるしだ。死ぬとき見る火だ。熊ども、ゆるせよ。」という、熊からの撲殺を怨まず許しさえ乞いながら迎える死とも、「二十六夜」における梟の子穂吉の、梟の僧正の有難い説教を聞きながら捨身菩薩のご来迎さえも受けるという臨終ともへだたっている。彼等に「臨終正念」があったのは明らかであるが、むしろ、よだかの微笑は、嫉妬心が爆発した土神によっていきなり殺された狐の、「狐はもう土神にからだをねぢられて口を尖《とが》らして少し笑ったやうになったまゝぐんにゃりと土神の手の上に首を垂れてゐたのです。」（「土神と狐」）という死相に近いと言えるのではあるまいか。つまり、狐は突然の死であったとはいえ、それによってもう生前のように虚栄心にかられて出まかせの嘘をついて歩かずとも済むようになったゆえにこのような表情をもったとも言えるのであり、ここには〈死の安息〉さえかすかではあっても読み取れるのである。

「心しばらくも安らかなることなしと、どうじゃ、みなの衆、ただの一時でも、ゆっくりとなんの心配もなく落ち着いたことがあるかの。もういつでもいつでもびくびくものじゃ。」（「二十六夜」）という梟の僧正の言葉は、そのままよだかや狐の生の実感であったにちがいない。よだかの死相に浮んだ笑みは、たとえ願い半ばの無念の死であっても、少なくともそのような地上の生から確かに離脱できたことによる満足のためである。

四

以上の文脈が成り立つとしても、依然としてよだかの星への転生の根拠は不明である。とすれば、やはりここで作者がよだかをどうしても星にしたかった理由を考える他はない。それは、「よだかははっきりまなこをひらきました。」とあるように、生は地上にだけあるのではなく星もまた命を持つという主張である。物語は万象に生を認める童話の形態をとっているのだから、言わずもがなの指摘をしていることになるのだが、しかし、この主張は賢治が小説ではなく童話の形態を使って書いた[17]根拠の一つであり、宗教的人間《ホモ・レリギオースス》としての世界認識の根幹をなすものであった。

もし生物の生が地上にしかないのであれば、そこでの失格者は無残に滅び去るだけである。しかし、そうでないのなら、地上での負荷は天上での逆転を想定できる。よだかは地上でのマイナスのカードを最後まで引きつづけたゆえに、天上での生を与えられたのである。

それはそのまま作者の生に直結する。内村剛介氏が、賢治は「人間くさくない命」を、ありうべくんば「鉱物質の命」を求めていた、と述べている通り[18]、彼はぶよぶよとした世俗の生を「へい結構で。どうも。ウヘッ」(前掲書簡)と吐き出し、天上での無機的で硬質な生を心から望んだのであり、地上での失格者＝受難者たる自己には十分その資格があると考えたのである。もちろん、それは幻想としての書く世界では可能でも現実には不可能である。賢治がなしえたのは、家業の否定、家出、上京、将来の確たる見通しもない国柱会訪問でしかなかった。しかし、彼にとっては、虚妄に満ちた世俗に比べはるかに堅固な聖なる絶対性の世界への参入であったのである。

だが、問題は信仰の世界と世俗の世界のどちらが虚妄なのかという点にある。一箇の宗教的人間である賢治にはそうであっても、世俗に生きる人々には現世は決して虚妄ではない。果てしない喜怒哀楽の世界こそが生の場所なのであり、信仰のファナティックな絶対性こそが虚妄なのだ。

「そしてよだかの星は燃えつゞけました。いつまでもいつまでも燃えつゞけました。今でもまだ燃えてゐます。」という物語の結末は、燃えつづけていることが強調されることによってかえってある淋しさを感じさせないだろうか。そうだとすれば、それは信仰の聖なる絶対性は、それが増せば増すほど、現実的には相対的な力しか持ちえないという背理にもとづくのである。賢治は父との信仰上の相剋や、親友保阪との宗教問答を通してこのことを十分理解していたであろう。しかし、その上でなお彼はこう書きつけずにはおれなかったのである。花巻に戻り、「書くこと」の積極的な意味づけを果し、さらに教師となって「現実」に参加するまでの賢治には、現世の根底的拒否と信仰の絶対性以外に、自己の存在の基盤を見出すことはできなかったのだ。

ゆえに、よだかの死に理想の国での救済を読み取ることや、その焼身に「存在の仕方を変革するためのひとつの浄化」を見、「虚無へと向うものとは異質」の意義を見出そうとする肯定的、積極的な位置づけをすること[19]（見田宗介）には疑問が残ると言わざるをえない。むしろ清水真砂子氏の指摘[20]にあるように、ここに賢治の「徹底した自己否定と共に徹底した自己肯定」や「自己愛」のにおいをかぎ取る方がより自然な読みであるように思える。なぜなら、よだかの絶望の深さを疑うことはできないが、絶望者がその状況からの離脱を望み、他の世界への参入をあこがれるのはいまだ〈絶望の完成〉ではないからである。つまり、〈絶望することへの絶望〉にまでは至らず、絶望する自己はしっかりと肯定されているからである。

よだかとはいわば神の造った「世界という書物」の中の一つの誤植に他ならない。しかし、もしよだかが真に自己にも世界にも絶望しているのなら、己れ自身を証人として書物全体の誤植を告発するにちがいない。よだかは太陽に向って「お日さん、お日さん。どうぞ私をあなたの所へ連れてって下さい。灼けて死んでもかまひません。私のやうなみにくいからだでも灼けるときには小さなひかりを出すでせう。どうか私を連れてって下さい。」と言わず、「お日さん、お日さん、どうぞ私をもっと照らして下さい。あなたの光で私のみにくい姿をすみずみまで照し、食べあい殺しあいしながらでなくては生きていけなく造られた神様のまちがいをあばいて下さい。私はすべての者がそれを知るまで決して死んだりいたしません。」と言うべきなのだ。キェルケゴールはこのような「絶望して自己自身であろうとする苦悩者」に詩人の誕生を見ているが（『死に至る病』）、賢治の場合、「ああかがやきの四月の底を／はぎしり燃えてゆききする／おれはひとりの修羅なのだ」（「春と修羅」傍点引用者）と書きえた時、初めて現世への絶望は完成したと言うことができるだろう。

法華経とのかかわりからも同様の指摘は可能である。法華経が「娑婆即寂光土の正眼を開」（「白隠禅師法語」[21]）くことをその目的とする以上、その信者はよだかのように娑婆の空をかけぬけることは許されない。この物語から「欣求浄土」「厭離穢土」の仏教思想を読み取りうる（西田良子[22]）とすれば、それは浄土教思想に近づくわけであり、法華行者賢治としては根本的な逸脱を犯したことになるのである。ここでも宗教者としての使命よりも自己執着が優先されているのだ。

しかし、そうであっても、やはり右のような評言はこの時期（家出、上京まで）の賢治には酷であるだろう。彼はただ、自己が世俗に籍をもてぬ宗教的人間であることをその全き孤独の中で確認したかったのだ。あるいは、賢治は誰も答えることのできない絶対的な問いを提出したのだ、と言ってもいい。それは、生物はお互いを侵すことなしには生きえないのか、という問いである。もっと言えば、なぜお前は天上の星ではなく地上の人間であるのか、という問いである。この問いに答えはない。ただ、答えのない問いを持ってしまった者の必然として、彼はこれ以後ペンを手放すことのない生を歩み始めるのである。

五

作品がどのようなモチーフによって貫かれていようと、読者がそれから自由であることは改めて言うまでもない。「よだかの星」は、作者が自己という第一の読者に向けて己れの生の決意を厳粛に告げた作品であるが、二番目以下の無数の読者は、それぞれの生の文脈の中に作品を置いてその価値を発生させればいいのである。作品のテーマとは、その作品と読者の生との熱い摩擦によって立ちのぼる炎であると言うこともできるのであるから。

であれば、作品が「童話」――こどものための読み物――という形態を取り、それを手にするのがこどもである時、「よだかの星」はいかなる炎を発するのか。だが、結論を急ぐ前に、まず「童話」としての作品の構造が問われねばならない。

昔話、神話伝説、おとぎ話、童話、児童文学、――通常こどもの前にさし出されるのはこのような少しずつ異なったジャンルの作品である。今それぞれのジャンルの特質を厳密に区分する用意はないが、その共通性と異質性を大まかに探ることはできる。たとえば、マックス・リュティは『昔話　その美学と人間像[23]』で、おとぎ話、童話（あわせてメルヘンと総称）の主人公に共通する特質を大よそ次のように述べている。

> 主人公は大むね何らかの意味で孤立者であり弱小者である。ひとりっ子かまま子か末っ子であることが多く、さげすまれ、ばかにされ、疎外されている。つまり、家庭でも社会でも外縁にいる者である。

「よだかの星」の主人公は見事なほどこの特質を持っている。「鳥の仲間のつらよごし」であり、「かへるの親類か何かなんだよ」と言われるよだかは、まさに鳥の仲間の外縁にいる者である。しかも、宝石のような蜂すずめや、美しいかわせみの兄さんであるにもかかわらずそうなのである。それは彼等の食べる花の蜜、魚、羽虫の美醜の階梯の忠実な反映のようにも思われる。一族の中でもまた、よだかは最も外縁にいるのである。さらによだかにはその容貌を補うだけの肉体的な力はない。「どんなに弱い鳥でもよだかをこわがる筈はな」いほど何の攻撃力も持たぬよだかは欠如そのものの存在と言ってよく、完全にメルヘンの主人公としての資格を有している。

しかし、いくら疎外され外縁にいる者でもそこに静かに生きていくことはできる。うしろ指をさされながらもひっそりと生きていけるはずだったよだかを「物語」の中心にひきずり出すのは鷹である。鷹はおれとお前では人格が違うのだから名前を変えろと言うのだが、「市蔵」は人間の名前であり鳥のものではないのだから、ここでよだかは「外縁にいる者」に甘んじることさえできずに決定的に鳥の社会から押し出されようとしていることになる。

ここで肝要なのは、メルヘンの主人公になぜこのような残酷な条件が与えられるのかということである。主人公が徹底的に疎外されることには意味があるはずである。同じくリュティを参照しよう。

> メルヒェンの主人公は原理的に孤立者であるばかりではない。自分を容易にあらゆることから切り離す孤立者であるゆえに、いろいろな関係を結ぶ能力をもっているのである。主人公は援助者と援助をあてにしているばかりではなく、ほんとうにそういう援助を受けるし、援助者もあらわれる。メルヒェンの主人公は、その兄弟や姉妹とちがって、援助者と関係を結ぶ能力があり、その贈り物、その忠告を受け入れる能力がある。メルヒェンの主人公はまさに能力を与えられた者なのである。（傍点原文）

見捨てられ外縁にいる者であるゆえに、中心におり、すでに地位や富を所有している者には接触できぬこの世ならぬ存在（彼岸や異界に住む者）とも関係が結べるし、その援助によって中心にいる者以上の豊かな恩恵にあずかることができるのである。シンデレラや白雪姫でなじみ深いこの逆説こそがメルヘンの世界を支える柱なのだ。「よだかの星」はこの逆説の構造を持っているだろうか。持っているとも言えるし、持っていないとも言える。少なくともこの次元から物語は通常の「童話」の構造から確実にずれていくといわねばならない。

まず、よだかに誰一人援助者が現われないという点では童話的ではない。援助者と共に彼を脅かす理不尽な鷹と闘い勝利を得るということはついに起らず、その代りに一つの抜きさしならぬ認識が与えられる。

> あゝかぶとむしや、たくさんの羽虫が、毎晩僕に殺される。そしてそのたゞ一つの僕がこんどは鷹に殺される。それがこんなにつらいのだ。

ここでは逆説は働いている。よだかは完全に鳥の世界から居場所を奪われた者であったゆえに、からだ全体で互殺の世界を知るのである。同じように美しくはなくても、よだかを見下げることで自己の足場を保とうとするひばりには決してこの認識が訪れることはないのだ。

この痛切な認識は、それにふさわしい痛切な願い、この世からの飛翔という願いをもたらすことになるのだが、地上での生の場を持たないよだかは「空の向ふ」でもはじき出される。お日さまや星たちはていよく、あるいは冷たくよだかに空に昇る資格がないことを告げるのである。こうしてよだかの疎外は完全なものとなり、空しく地に落ちていく。これは肉体の世界でも彼を容れる者がなく、認識の世界でも彼を理解する者がいなかったことを意味する。しかし、これこそがよだかが星となることを保証するものであった。

もしよだかにふさわしい援助者があらわれ願いが叶うとすれば、それは地上的な勝利をもたらすことになる。結果は外縁にいる者が中心にその位置をずらすことに他ならない。一切の助け手が絶たれ疎外が完成しているゆえに、よだかは此岸的な価値ではなく、彼岸的な価値――永遠性を得ることができたのである。

この意味では「よだかの星」はメルヘンの逆説の構造を忠実に保っている。だが、「完全な妖精物語は『幸福な結果の慰め』をもたねばならない[24]」という、もう一つの定義に照らしてみたとき、「血のついた大きなくちばしは、横にまがっては居ましたが、たしかに少しわらって居りました。」という結末はどう読まれるべきか。よだかのこの姿は〈幸福な死〉を表現してはいるが、それは読者に慰めを与えうるだろうか。

よだかのこの姿は、「みにくいアヒルの子」と同じくアンデルセン童話の「マッチ売りの少女」で、主人公が「赤いほおをして、口もとにほほえみをうかべて」座ったまま死んでいる姿とよく似ている。彼女もまた、地上の辛苦をこれ以上味わわずにすむのであり、やさしかったおばあさんの迎えで神様のそばに行ったのである。

しかし、このような〈彼岸での勝利〉は通常の意味での童話的な本質を逸脱している。「みにくいアヒルだったころは、こんなにたくさんの幸福をさずかろうとは、ゆめにも考えなかった」という「みにくいアヒルの子」の結末に、作者アンデルセンの半生をふり返った思いが込められていることはよく知られている。「幸福な結末の慰め」はやはり童話には必要なのであり、アメリカなどでは、クリスマスは楽しいものと考えられているので、「マッチ売りの少女」はあまり好まれないらしい[25]というのも理由のないことではないのである。

では、「よだかの星」はその構造にもかかわらずついに「童話」ではないのか。

メルヒェンと伝説はたがいに補いあっている。人間は、口伝えのメルヒェンでは主として行動者として（そればかりではないが！）登場し、口伝えの伝説では主として（ほとんどではないが）体験者として、精神的打撃を受ける者として、感じる者、探究者、詮索者、思想家として登場する。

（『昔話　その美学と人間像』）

神話少なくとも傑作の神話は、自然の葛藤の認識、非人間的な力や敵対的な圧迫や相対する欲望によって挫折した人間的欲望の認識である。それは人間の共通の運命である出生、情念および死による挫折の物語である。それの究極の目標は世界を希望的に歪曲することではなく、世界の根本的な真実に対する真剣な直視である。

（S・K・ランガー『シンボルの哲学』[26]）

この二つの評言を援用することで「よだかの星」の本質はより明瞭になると思われる。つまり、物語は構造としては「童話」のそれによりながら、伝達されるメッセージは「神話・伝説」の本質を持っているのである。よだかは波瀾万丈の旅に出る行動者ではなく、地上での生存をこれ以上続けることができなくなるほどの深刻な思索者になったのであり、それは彼の醜い出生と痛切な体験による精神的な覚醒のゆえなのである。それはランガーの言っているような英雄の挫折の物語ではないけれど、よだかが生物の逃れがたい宿命を英雄が受難するように認識したことは確かである。それはまさに「世界を希望的に歪曲することではなく、世界の根本的な真実に対する真剣な直視」なのである。

リュティはまた、「メルヒェンは子どもの心を信頼でみたすが伝説は不安がらせる。子どもが自己を発展させるには、まず信頼を必要とする。自己への信頼と、自分がこれから成長していき、自分をになってもらう世界への信頼を。人間と世界には疑わしいところがある、しかもいろんな意味で疑わしいところがあるということは、あとになって知るだろうし、知るべきである」と言っている。かつて十七世紀のヨーロッパでは、「毎日、少しの時間を割いて、子どもたちに生れつき惨めな状態について、少しづつ順次話してあげなさい」という忠告が親に向ってなされていたという[27]から、リュティの判断は明らかに近代のヒューマニステイックな児童観に基づくものであるが、「よだかの星」の与える重い読後感は、このようにその神話的、伝説的本質によるのである。

六

かくして、「よだかの星」はその題名の示す通り「星の生誕神話」であると言うことができる。よだかはこうして「業の花びら」の一輪となったのであるが、最後に残る問題は、このような視点から星を見上げること、つまりこの世を真剣に直視することを、こどもは「あとになって知るべき」か否かである。

人間の生は根本的に疑わしいこと、疑わしさを知った者はこの世に留まれないこと、もっと言えば人間は本当は此岸ではなく彼岸でのみ安らかに生きえる存在であること、これらの認識がこどもの心の中で発火するとすれば、こどもは熱さにもだえるであろう。が、それは本当にこどもには不必要なのであろうか。たとえば河合隼雄氏は次のように述べている。

老人と子ども、その共通点は、あちらの世界――あるいはたましいの世界――に近いことである。子どもはあちらからやって来たばかりだし、老人はもうすぐそちらに行くのだ。（中略）子どもたちは大体未来に目を向け、大人になってからのことを夢見ているが、時にたましいの深淵に引きこまれることがある。そんなときに、この世のことに心を奪われている成人たちはほとんど助けにならず、多くの場合、老人が――たましいの世界に近い者として――よき理解者となるのである。（『子どもの本を読む』[28]）

興味深い指摘である。賢治の作品にいわゆる老人が本格的に登場しないことの意味の考察は別の機会に譲るとしても、少なくとも、老人を登場させるまでもなく作者自身が河合氏の言う「たましいの世界」の真正の住人であったことは明らかである。賢治はそこから物語の主人公達を送り出し、読者にふるさとの香りを伝えようとしたのである。

その一員としてよだかもまた、「この世のこと」に傷ついたこどもにみずからのさらに深い傷口を見せることによって寄り添う。そして、そのよき理解者となるのである。それは、ヒューマニスティックな「幸福な結末の慰め」を持つ物語が決して持つことのできない「慰め」である。

注

（1）伊藤眞一郎氏に同様の指摘がある。「宮沢賢治『よだかの星』試論」「安田女子大学紀要」14号・17号　昭60・11、平1・2

（2）磯貝英夫「日本近代文学史上における宮沢賢治」『日本文学研究資料叢書　高村光太郎・宮沢賢治』所収　有精堂　昭48・10
（3）原子朗「『よだかの星』をめぐって」「宮沢賢治」第9号　洋々社　平1・11
（4）「よだかの星」と「花鳥図譜、七月、」の関連については早くに恩田逸夫氏の指摘がある。「『よだか』の鳴き声」「市蔵という名前　宮沢賢治の命名意識」『宮沢賢治論3』所収　東京書籍　昭56・10
（5）平尾隆弘『宮沢賢治』国文社　昭53・11
（6）賢治の修羅意識とよだかとの関連については詳しい指摘がある。小野隆祥『宮沢賢治の思索と信仰』泰流社　昭54・12　萩原昌好「『よだかの星』私見」「解釈と鑑賞」昭59・11号　至文堂
（7）（4）に同じ。
（8）高村光太郎「声」（『道程』所収）参照
（9）萩原朔太郎　明治49・10・28津久井幸子あて書簡参照
（10）天沢退二郎氏に「よだかがそこを目ざして必死に翔け昇ったあの星座世界とは、『書くこと』の遂に至り着くべき究極的象徴であると考えられる。」という指摘がある。『宮澤賢治の彼方へ　増補改訂版』思潮社　昭52・11
（11）（1）に同じ。
（12）紀野一義「賢治文学と法華経」『宮沢賢治と法華経』所収　普通社　昭35・2
（13）栗原敦「はげしく寒く『産業組合青年会』」「解釈と鑑賞」平2・6号　至文堂
（14）丹慶英五郎『宮沢賢治――作品と人間像』若樹書房　昭37・1
（15）（4）に同じ。
（16）杉浦静「賢治文学における『死』のイメージと〈臨終正念〉」「近代文学論」7　昭51・3

(17) 晩期の賢治には「少年小説」と題した四つの長篇作品がある。(「ポラーノの広場」「銀河鉄道の夜」「グスコーブドリの伝記」「風の又三郎」) これらは少年たちを主人公とする現実生活に即した物語であり、童話とは一線を画したと考えることができる。

(18) 内村剛介「無機質のいのち——妄執の作家たち——(3)、(4)」「文芸」 昭48・2、5号 河出書房

(19) 見田宗介『宮沢賢治——存在の祭の中へ』 岩波書店 昭59・2

(20) 清水真砂子「『よだかの星』論」『宮沢賢治童話の世界』すばる書房 昭51・2

(21) 島地大等『漢和対照妙法蓮華経』所収 明治書院 大13・10、25版

(22) 西田良子『宮沢賢治論』 桜楓社 昭56・4

(23) マックス・リュティ『昔話 その美学と人間像』小澤俊夫訳 岩波書店 昭61・8

(24) J・R・R・トーキン『ファンタジーの世界』猪熊葉子訳 福音館書店 昭48・1

(25) 『アンデルセン童話全集第2巻』解説 小学館 昭54・12

(26) S・K・ランガー『シンボルの哲学』矢野万里他訳 岩波書店 昭35・9

(27) ピーター・ガウニー『子どものイメージ 文学における「無垢」の変遷』江河徹監訳 紀伊國屋書店 昭54・11

(28) 河合隼雄『子どもの本を読む』 光村図書 昭60・6

救済としての「童話」——大正十年夏の賢治——

一

宮沢賢治の童話を除く散文作品は、校本全集成立までは初期作品として分類されていた。それらはいわば「プレ童話」としての位置を与えられていたのだが、最近では特に「大礼服の例外的効果」「泉ある家」「十六日」などは、その執筆時期を昭和六年以後の最晩期に考える説が有力である。その文体の成熟度から言っても、この説は当を得たものであろう。しかし、賢治の場合、原稿の完成時を云々することにそれほど大きな意味があるとは思われない。昭和五年以降に書き始められたと推定される文語詩篇が、彼の生涯にわたる印象的場面の覚え書きといった性質を持っているように、賢治にとって過去とは流れ去り再び戻らぬものではない。それはまさに「過去とかんずる方角」（『春と修羅』序）なのであり、心をその方角に向けさえすれば、いつでも眼前に生き生きと展開されるものなのである。彼の創作におけるたゆまぬ改稿とは、このように過去が単なる過去でなく、いわば永遠の現在であったことの明証であると考えることもできる。「泉ある家」をはじめとする高等農林時代のエピソードを扱った作品が最晩期の執筆であったとすれば、それはそれらが意識のしこりとして解きほぐし難い大きさをもって生き続けていたことを明らかにしている。

そのような〈永遠の現在〉の一つである「大礼服の例外的効果」を見てみよう。これは高等農林二年の紀元節式典での体験に基づくと考えられるものである。

式典を前にして、大礼服に身を固めた校長は不安にかられている。それは、旗手を勤める富沢の最近の過激な言動から「恐ろしい海外の思想に染みて」いるのではないかと危惧している校長が、富沢は式そのものを壊すような行動に出るのではないかと危ぶんでいるからである。しかし、富沢は校長のそのような内心の混乱を隠しえない正直さに共感を覚え、旗手を勤めながら、雪の反射で美しく光る礼服姿の校長を「恍惚《くわうこつ》として」みつめている。

この作品の特異さは、強い緊張関係にあるはずの二人がお互いの生の核心をよく察知しているところにある。校長は富沢からじっとみつめられると目をそらし、白い礼装用の手袋をはめる手はぶるぶると震えるほどの状態であるにもかかわらず、「卒業の証書も生活の保証も命さへも要らないと云ってゐるこの若者の何と美しくしかも扱ひにくいことよ」と思う。富沢は徳育会で校長に向って「校長さんの仰《おつしや》るやうでないもっとごまかしのない国体の意義を知りたいのです」と正面から論難したにもかかわらず、校長を「何といふこの美しさだ。この人はこの正直さでこゝまで立身したのだ」と思う。校長は青年の青年期特有のひたむきな姿を、富沢は小心な大人の懸命な生き方を、それぞれしっかりと理解し肯定しているのであり、それは単に「大礼服の例外的効果」によってもたらされたものであるとは思われないのである。

この作品がそのまま事実であるかどうかはよくわからない。富沢の言動は賢治よりむしろ卒業直前に退校となった友人、保阪嘉内のイメージに近いともいえる。ただはっきりしていることは、賢治がその場に居合わせたとして、自分の眼だけでなく、校長の眼まで持ってしまっていることである。これは吉本隆明氏の言う「察知の能力」[1]なのであるが、それがのちに童話の中で自在に生かされるとしても、すべてがわかってしまうことが両刃の剣であることは言うまでもない。

きさまももう
見てならないものをずゐぶん見たのだから

眼を石で封じられてもいいころだ
36号！
左の眼は3！
右の眼は6！
斑《ぶち》石をつかってやれ
（「鬼言」（幻聴）『春と修羅』第二集　異稿）

定稿では最初の三行は削除され、意味のほとんどつかめないものとなっているが、この異様な作品は賢治の生の核心を語って余すところがない。「私」は「36号」と呼ばれる受刑者であり、見てはならぬものを見た罪により、ぶ
ち石によって左の眼は三度、右の眼は六度たたかれつぶされるのである。自分がすべてに感応する「あんまり過鋭な反応体」（「花壇工作」）であるゆえの苦しみ。それ故に、眼をつぶしてしまいたい――自己を抹消してしまいたいという衝動。このような賢治の強いられた生のありようは生涯をおおうものであった。

賢治の年譜を繰って改めて気づくことの一つは、賢治論の前提であるかに思える〈東北の貧困〉は、その根拠を米作に求めるのでは事実に反するということである。校本全集の年譜によれば、賢治の誕生した明治二十九年から、死去した昭和八年までの三十七年間に、岩手県で明確に凶作と記されている年は、明治三十五年、三十八年、大正二年、昭和六年の四年のみである。しかも、この昭和六年の収穫高は九八・九二〇二万石、反当一・六四九石であり、数量でだけ言えば、豊作とされた明治三十四年の反当一・三九よりまさっている。一体に米の収穫高は品種改良の成果によって年々増大し、大正六年の大豊作以後、昭和六年を除いて常に百万石以上の石高を示している。賢治の没した昭和八年には石高一三二・七七八八万石、反当二・二一九石まで米作の水準は上がっているのである。「ヒデリノトキハナミダヲナガシ／サムサノナツハオロオロアルキ」（「雨ニモマケズ」）に相当する事実があったにせ

よ、それがそのまま常に凶作につながったわけではないのだ。[2]少なくとも農業に関心の向けられた大正四年の高等農林入学以後、岩手の稲作はむしろ安定期にあったのである。

そうであるとすれば賢治の羅須地人協会にはじまる援農の仕事が、たとえうまくいったとしても「ぜんたいいまの村なんて／借りられるだけ借りつくし／負担は年々増すばかり／二割やそこらの増収などで／誰もどうにもなるもんでない」（「会見」『春と修羅』詩稿補遺）という現実の壁にぶつかることは必然的であった。中村稔氏をはじめ多くの指摘があるように、農民の貧困の原因は自然現象にあるよりも、小作農からの苛酷な収奪を容認する土地所有制度にあったからである。しかし、賢治は自然の構造的恐怖に捨身で挑む人間は描いても（「グスコーブドリの伝記」）、人為の構造的恐怖に正面から挑む人間は描かなかった。このような現実は十分に知りながら、なおも自然の構造の中に立つことを選び、貧困に身をすり寄せ、自己を極小化、空無化することで貧困の計りの針を少しでも下げようとしたのである。

賢治の生涯とは現実の苦悩に対する余りに過敏な感性を持つ故の、観念的な、現実にはほとんど無効の、文学的にのみ辛くも有効性を示しうるような反応の連続であったと言うこともできるのであるが、彼にこのような生の軌跡を要請したものを東北の貧困にのみ帰することもできない。東北の貧困が彼を招き寄せたというより、「われ身命を愛せず、但無上道を惜しむ」（法華経勧持品第十三）という賢治の宗教的自己否定の幻想がその対象として東北の貧困を必要としたのである。生家の特権的地位と富裕がその自己否定幻想を肥大させたことは改めて言うまでもない。それは弟清六氏が伝えているような、いわば前世からのカルマ（業）によるものと考えるより他ないのかもしれない。[3]なぜ彼だけが現実に対して過剰に反応するのか、誰も本当に説明することはできないからである。

最近まで米のことを書くとき、わたしはいつもコンプレックスをおぼえないではいられなかった。というのは、わたしの家は二、三町歩の地主で、毎年十数人の小作人が納めにきた米を食べて育ったからである。

杉浦明平の回想である。[4] 杉浦もまた特権を欠如として感受してしまう〈過鋭な反応体〉の一人であった。このような価値の逆倒は、まさに倒立して地面を支えねばならぬような感触を与えるに違いない。そして、その生は、この逆倒してしまった自己を正常に地面に着地させるための無限の努力と化すのである。賢治が杉浦と同じく書く世界に入っていったことも、法華経の信者となり父と争ったことも、せっかく得た農学校教師の地位を捨てたことも、これに起因すると言っていい。それは努力というよりむしろ、自己の感性との息《や》まざる戦いであった。そして、法華経とはそのような賢治が最後まで手放さなかった戦いのための武器であった。

二

賢治の人生を支配したとも言うべき島地大等著『漢和対照妙法蓮華経』(大正三年八月初版　明治書院)[5] には、聖徳太子、伝教大師、弘法大師、法然聖人、道元禅師、日蓮聖人、存覚上人、白隠禅師の順で「法語」(賛序)が付けられている。すべてこの経文の功徳を説いたものであるが、その中にあって「法然聖人法語」だけは、賛でありながら法華経の受容の不可能を述べるという奇妙な位置を占めている。

われらが器量《きりよう》はこの教《をしへ》におよばざるなり。その故《ゆゑ》は法華《ほつけ》には菩薩聲聞《ぼさつしやうもん》を機《き》とする故《ゆゑ》に、われら凡夫《ぼんぶ》はかなふべからずと思《おも》ふべき也《なり》。しかるに阿彌陀《あみだ》ほとけの本願《ほんぐわん》は、末代《まつだい》のわれらがためにおこし給《たま》へる願《ぐわん》なれば、利益《りやく》いまの時《とき》に決定往生《けつぢやうわうじやう》すべき也。わが身《み》は女人《じよにん》なればとおもふ事《こと》なく、わが身《み》は煩悩悪業《ぼんなうあくごふ》の身《み》なればといふ事《こと》なかれ。もとより阿彌陀佛《あみだほとけ》は罪悪深重《ざいあくじんぢう》の衆生《しゅじやう》の、三世《さんぜ》の諸佛《しよぶつ》も十方《じつほう》の如来《によらい》もすてさせ給《たま》ひたるわれらを、迎《むか》へんと誓《ちか》ひ給《たま》ひける願《ぐわん》にあひたてまつれり。往生《わうじやう》うたがひなしと深《ふか》く思ひいれて南無阿彌陀佛《なむあみだぶつ》南無阿彌陀佛《なむあみだぶつ》と申《まを》せば、善人《ぜんにん》も悪人《あくにん》も、男子《なんし》も女人《によにん》も、十人《じふにん》は十人《じふにん》ながら、百人《ひやくにん》は百人《ひやくにん》ながらみな往生《わうじやう》をとぐるなり。

ここには、平安末期から鎌倉期にかけての動乱によって顕在化されたこの世の地獄的様相のなかで、すべては仏であるという絶対一元論への信を失い、仏と凡夫、浄土と娑婆という相対二元論への転回によって救われんとした浄土教思想の核心が語られている。法然の弟子親鸞が、さらに凡夫であることの徹底した自覚による逆説的な救済を追求していったことは改めて言うまでもない。篤い浄土真宗信仰の中で育った賢治は「小生はすでに道を得候。歎異鈔の第一頁を以て小生の全信仰と致し候」（明45・11・3 父政次郎あて書簡）とあるように、このような信仰の構造をよく理解していた。小学校の作文で「父のようにりっぱな商人になります」と書いた賢治にとって、父はここでも規範であった。政次郎は信仰の師暁烏敏への書簡の中で、次のように自己の信仰を語っている。

何一ツ思フニ任セテ出来ル次第ナラバ誰カ三悪道ノ苦患ヲ恐レテ常住ノ安楽ニ帰セザルモノアラン　サレド宿業深重ノモノ決シテ其処ニ心付カヌコト是レ一ツニテモ凡慮ヲ絶スル次第ト存候　一切ハ大御親ノ御手ノ中ニアリナガラ彼是レ差別ノ候事ハ皆是レ宿業ノ所作ト奉存候（中略）私ハ堅ク信ジ候　業力ハ業力ナリ摂取ハ摂取ナリ如何程業報ノ所作ニテ迷ヒ狂フ事ハアリトモ間違ハヌ摂取ノ御手ハ闇極マル処夜ノ明ケル時アルヿ《コト》ヲ信ジテ疑ヒ不申候

（明40・6・26[6]）

ここで語られているのは、「人はそれでも生きねばならぬ」ということである。古着、質商という生業が賢治の言うように「古い布団綿、あかがついてひやりとする子供の着物、うすぐろい質物、凍ったのれん、青色のねたみ、乾燥な計算、その他」（大9・2頃 保阪嘉内あて書簡 傍点原文）で成り立っているにせよ、政次郎は長男として父喜助のあとを継ぎ、高等小学校卒業以後それに一心にたずさわって来た。それが自分に与えられた「宿業」であった。家を守り子供を育てるためにはそう考えねばならなかった。自己がどれほどの宿業の故の罪深さにあろうとも、仏の慈悲はそれ故に救いを約束されるという浄土教思想は彼の生を根底で支え続けたのである。

父だけではない。浄土真宗が下層の農民に広い支持を受けたのは、このように現実を追認するより他に、生を支える論理はなかったからである。

たとえば賢治の最初の散文とされる「家長制度」に表現された「身も世もなさ」（いたたまれなさ）から自己を救う唯一の方法は、すべてを「宿業」と考えることである。夜遅くまで仕事をしてそそくさと飯をかき込み、厩の近くの藁の中で寝る息子達も、「酒呑童子に連れて来られて洗濯などさせられてゐる」ように、よろこびでなく、おのきの中でのみ生きているような女も、その女を皿を落としたくらいでなぐりつけるほど感性の荒んでしまった主人も、女がなぐられた原因を作った山歩きをして宿を求めた（？）いい身分の学生である「わたし」も、それがどうしようもなくそのようであるのは、「彼是レ差別ノ候事ハ皆是レ宿業ノ所作」であるからである。それはどう動かしようもないのであり、それが娑婆の真実である。そう考える時初めて、「わたし」は出された飯を食べることができるはずである。

しかし、賢治は食事を「それならさっきもことわったのだ」と拒否し、次々に展開される業苦のスナップに身を縮ませる主人公を書かねばならなかった。さらに彼は「よだかの星」を書き、自分がこの「人は（生物は）生きねばならぬ」といううぎりぎりの、それ故に強靭な論理をついに容認できぬ者であることを表明するのである。しかし、それは別に、賢治の父に対する宗教的優位を示しているわけではない。浄土教思想により自己を支え、世俗的に成功した父の力で、中学、高等農林と進学できた彼にとって、二代目の坊っちゃんである分だけ、この命題が切実なものでなかったことを示しているだけである。しかし、現世の業苦になれることができない以上、この教えは否定されねばならない。

私の家には一つの信仰が満ちてゐます。私はけれどもその信仰をあきたらず思ひます。勿体のない申し分ながらこの様な信仰はみんなの中に居る間だけです。早く自らの出離の道を明らめ、人をも導き自ら神力をも具へ人をも法楽に入らしめる。それより外に私は私の母に対する道がありません。

（大7・6・20前後　保阪嘉内あて書簡　傍点引用者）

又くるみは盛に栗鼠が食ふ。丁度リーダアにある様に食ふがいゝ。栗鼠の食ひ残りは人間生存競争の落伍者たる私が拾つて集めてほしてたべたり売ったりする。又草地を堀《ママ》りかへして三年の間には一町歩も畑を作る。この畑はみんな菊芋を作るつもりです。さて、この様な考で働くのでは、私は私の今の家を支へては行けません。けれどもやつとわれわれの生活費には間に合ふ。（学費とか、伊勢詣りの費用は出せないと云ふことです）。毎年二万本の桐苗を作つてゐれば千円は入る。沢山でせう。ことに私は昆布や豆や米をたべる丈ですから交際費なんかはさつぱりかゝらないし、又やがては私は木の葉でもたべて生ける様に練習して置かないと山の中のことですから凶作に会つたときに困るのでせう。

（大7・8（推定）　保阪嘉内あて書簡　傍点引用者）

差し出された飯を食べないという消極的抵抗を、思想的な自己定立に逆転するための方法は、業苦を成立させないではおかない社会的関係の中から自己を救い出し、最終的には人間関係の外にありながらも生きられるだけの「神力」を身につけることであった。「わたしはかせがなくても（食べなくても）生きていけるのです」とにこやかに皿を押しもどせる時にはじめて、見えすぎる眼をもちながらなおも生き続けることは可能なのである。

それは「法然聖人法語」にあるように、凡夫には不可能な「菩薩聲聞」にのみ可能な業である。しかし賢治は人間の条件を越えねばならなかった。そして「法華経」とは、それを可能にする無二の教典であるように思われた。

是《こ》の諸《もろもろ》の如来等《にょらいとう》も　亦方便《またほうべん》して法《ほふ》を説《と》きたまはん　一切《いつさい》の諸《もろもろ》の如来《にょらい》　無量《むりやう》の方便《ほうべん》を以《も》つて　諸の衆生を度脱《どだつ》して　佛《ほとけ》の無漏智《むろち》に入《い》れたまはん　若法《もしほふ》を聞《き》くこと有らん者《もの》は　一《ひと》りとして　成佛《じやうぶつ》せずといふこと無《な》けん

（「方便品第二」）

我常《われつね》に衆生《しゆじやう》の道《だう》を行《ぎやう》じ道《だう》を行《ぎやう》ぜざるを知《し》りて　應《まさ》に度《ど》すべき所《ところ》に随《したが》ひて　爲《ため》に種種《しゆじゆ》の法《ほふ》を説《と》く　毎に自ら是《こ》の念《おも》ひを作《な》さく　何《なに》を以《も》つてか衆生《しゆじやう》をして無上道《むじやうだう》に入《い》り　速《すみや》かに佛身《ぶつしん》を成就《じやうじゆ》することを得《え》しめんと

（「如来寿量品第十六」）

「妙法蓮華経」の根本精神は「父母から受けたこの身のままで仏になれること」[7]という絶対一元論であり、経文はそれを約束する言葉にあふれている。従って、仏となるためには世俗の生活や煩悩や悪をすべてふり払わねばならぬとのみ説いているわけではない。たとえば「提婆達多品第十二」には、釈尊や弟子達に迫害を加えた悪人提婆達多（釈尊の従弟）も、わずか八歳の少女も仏となったことを示すエピソードがある。すべてのものに仏性は宿っているのであり、そのことに本当に気づけばいかなる人も成仏しうるのである。もちろん、賢治はそれを十分に理解している。彼が大正八年に印刷配布した「手紙二」には、罪深い売笑婦が、そのすべての者を受け入れる無差別な愛ゆえに、ガンジスの流れを逆流させる神通力を得たことが描かれている。

しかし、賢治はすべてを捨て一直線に業苦にある人々の救済を果たす道に生きんとした。小野隆祥氏によれば、賢治は大正七年、高等農林卒業頃に『無量義経』を読んでいる。「まづもろともにかがやく宇宙の微塵となりて無方の空にちらばらう」という「農民芸術概論綱要」の提唱は、その「善能《よ》く分身散体して十方の国土に遍じ、一切二十五有の極苦の衆生を抜済して悉く解脱せしめん」によるものという[8]。「法華経」から出発した賢治は、宗教的幻想の階段をさらに踏み上がったのである。さらに賢治は肉食を絶ち、恋をも否定する。

> この町には私の母が私の嫁にと心組んでゐた女の子の家があるさうです。どの家がそれかしりません。またしらうともしません。今これを人に聞きながら町に歩くとしたちそれは恋する心でせう。私はその心を呪ひません。けれども私には大きな役目があります。摂受を行ずるときならば私は恋してもよいかも知れない。又悪いかもしれない。けれども今は私には悪いのです。今の私は摂受を行ずる事ができません。そんな事はけれども何でもない。何でもない。これらはみな一握の雪で南無妙法蓮華経は空間に充満する白光の星雲であります。
> （大7・5・19　保阪嘉内あて書簡）

書簡に言う「摂受」とは衆生教化の際、衆生の善を認めおだやかに導く方法であるが、賢治はその対極にある「折伏」（衆生の悪をくじき破って導く方法）を旨とし、この世を浄土となすために積極的に行動することを命ずる日蓮の徒となるのである。

大正九年夏、田中智学著『本化摂折論』、及び『日蓮上人御遺文』より抜き書きして「摂折御文僧俗御伴」のノートをつくる。六百五十年前に日蓮が法難を受けた十月二十三日（旧九月十二日）を選んで、田中智学の主宰する国柱会入会。その夜「恐ろしさや恥づかしさに顫えながら燃える計りの悦びの息をしながら」（大10・1中旬保阪あて書簡）花巻の町を唱名をとなえて歩く。父との対立は決定的であり、大正十年一月の家出、上京は時間の問題であった。

暫らく御無沙汰いたしました。お赦し下さい。度々のお便りありがたう存じます。私からお便りを上げなかったことみな無精からです。済みません。毎日学校へ出て居ります。何からかにからすっかり下等になりました。それは毎日の NaCl の摂取量でもわかります。近ごろしきりに活動写真などを見たくなったのでもわかります。又頭の中の景色を見てもわかります。それがけれども人間なのなら私はその下等な人間になりまする。しきりに書いて居ります。書いて居りまする。お目にかけたくも思ひます。愛国婦人といふ雑誌にやっと童話が一二篇出ました。

（大10・12（日付不明）保阪嘉内あて書簡）

三

大正十年一月、父に改宗を聞き入れられず家出上京した賢治は国柱会の活動に従事したが、八月中旬帰郷、十二月には稗貫農学校の教諭となった。それを友人に対して「すっかり下等になりました」と報告せねばならなかったのは、東京での活動の挫折によることは言うまでもない。現代の日蓮たる田中智学に従いこの世の浄土化を果たさんとした彼は、わずか八ヵ月で帰郷したのである。

その挫折の原因は単純なものではない。田中智学個人にすべてをゆだねて入会したのに一度たりとも会えなかったこと。田中の代りに会った幹部高知尾智耀から、きおい立った家出を「よくあること」と相対化され冷水をあびせられたこと。(9) 会に対する忠誠心と、実際の仕事のやりきれなさつまらなさとの乖離などの失望があったこと、(10) 等々である。同じ高知尾師によって、いわゆる宗教家になるのでなく、おのおの本分に従って法華経の精神を広めるように諭され、「法華文学」に開眼し童話を書き始めた賢治には、東京にとどまる理由がなくなったということも考えられる。さらに、上京後もつづいていた保阪への熱い「折伏」がついに果たせなかったこと、つまり、父母も友人さえも同信の徒にできない者が、どうして田中智学のいうような世界の浄土化の成員になれようという、自己嫌悪感、無力感をあげることもできる。おそらくそれらの複合された心情が妹トシの病状の悪化という口実によって賢治の帰郷を早めたのである。

残されたものが〈下等な人間〉という自己認識であった。人間を超えようとした賢治はただの人間に成り下ったのである。童話「革トランク」は、そのような人間失格者としての自己を徹底した戯画調で嘲笑したものである。菅谷規矩雄氏はここに賢治の「修羅」の成立をみている。(11) 彼にとっての人間の条件が人間を超えることにあった以上、自己が人間よりも下等な位階にあるもの――「修羅」と意識されたのは当然のことであった。しかし、自己がそのような者であるとはっきり認識されたことが逆に、彼にたしかな「書くこと」の契機を与えたことは記憶されて良い。賢治にあっては〈下等な人間〉であってはじめて書くことは真に許容された。なぜなら、「書くこと」とは何よりもまず自己自身のための行為であるからである。他者のために命を捨てようとした賢治にとってそれは許しがたい罪であるはずである。しかし、書く以外になすべきことがあろうか。現実での自己の存在理由を失いながら、なお自己を守る唯一の方法、それがおそらく「書くこと」なのであり、彼は読者のためではなく、まず自己を救済するために書かねばならぬのである。

しかも東京での八ヶ月によって自己の無力は証明されたが、法華経の無力が証明されたわけではなかった。高知尾師によって示された「法華文学」(仏の教えを文学によって広めること)という方法は、残された光明であった。自分の信仰が父母や友人によって受け容れられないのであれば、読者という虚の空間に向かって自己の〈信〉を投げかけるほかはない。菅谷氏の言うようにそれは明らかに「ひらきなおり」であるが、「それがけれども人間なのなら」と書きえた賢治は、おそらくここで初めて手応えのある自己を得たのである。「お目にかけたくも思ひます。愛国婦人といふ雑誌にやっと童話が一二篇出ました。」という一節には、これまでにない充足感を書くことで得たよろこびが素直に表現されている。

しかし、それなぜ「童話」でなければならないのかという問いを解くのは容易ではない。吉本隆明氏の言うように[12]「児童文学」が本質的に規定不可能な概念である以上、それを「児童」の側から解くことはできないとすれば、賢治が「児童」をひきよせねばならなかった理由を考えるより他はない。その最大の理由はあの〈人は生きねばならぬ〉という息づまるような生の要請から、「児童」は免れうる存在であるという一点にあったと思われる。

すなわち、生の責任を免除されている子供と、労働の辛苦とは無縁に生きている動植物とを基本的構成員とする「童話」の世界こそ、賢治が身をすくませることなく呼吸できる最後に残された場所であったのである。そこでこそ「わたしたちは、氷砂糖をほしいくらゐもたないでも、きれいにすきとほつた風をたべ、桃いろのうつくしい朝の日光をのむことができます。」（「注文の多い料理店」序）という透明な飲食物は存在可能であった。それは現世的には全く無効無価値であるが、この世のどのような存在も侵すことなく口にすることができることにおいて、まぎれもなく聖なる飲食物なのである。少なくとも晩期の「少年小説」で、生の全現実の中を歩む主人公を造形するまでの作者は、「童話」の世界に深い安息の場を見出していたのである。

四

賢治がはじめて童話を書いたのは弟清六氏の回想により、大正七年の夏頃であったとされている。読み聞かされたという「蜘蛛となめくぢと狸」、「双子の星」が、トーンこそ正反対ではあっても共に生存競争への嫌悪をテーマにしていることは、この時期の賢治の思想から言って当然のことであった。特に「なまねこなまねこ」と念猫（念仏のアイロニカルなもじり）を唱えるのを免罪符にして、貪欲に食い競べをしている動物たちを描いた「蜘蛛となめくぢと狸」には、露骨なまでの浄土教的処世への反発が感じられる。

しかし、すでに見たように賢治に於いて真に書く世界が成立するのは大正十年である。八月二十五日「かしははやしの夜」、九月十四日「月夜のでんしんばしら」、十五日「鹿踊りのはじまり」、十九日「どんぐりと山猫」と、八月末以降堰を切ったように作品は生み出されていくのであるが、その直前の八月二十日の日付をもつ「龍と詩人」は、賢治が「書くこと」の意味を明確化した重要な作品であるように思われる。彼は残された唯一の道である「書くこと」をみずからに許すことの根拠を、ここにひそかに記したのではなかったか。

作品は罪を得て海の洞窟に幽閉されている老いたる龍チャーナタに、若き詩人スールダッタが許しを乞う場面からはじまる。スールダッタは詩賦の競いの会に見事な勝利を得たのだが、それはチャーナタの歌の盗作だという噂が立つ。たしかに洞の上で龍のひそむことを知らず詩想を練ったスールダッタは、それを否定しきれずに、詫びを言おうとして訪ねたのである。それに対してチャーナタは彼の詩が決して剽窃ではないことを事細かにさとし、詩人のおびえと不安を取り除く。さらに、その謙虚さにうたれたチャーナタは「うもれた諸経をたづねに海にはいるときに捧げる」赤い珠をスールダッタに与える。すると詩人は、母が天上に昇る日まで母につかえるからそれまで珠を蔵していて欲しいと願う。二人は喜びに満ちて別れを告げる。

この難解な短篇を読み解く鍵は次の四つであると思われる。(1)洞窟に幽閉されている龍チャーナタとは何か。(2)チャーナタのスールダッタに対する答えは何を意味するか。(3)赤い珠とは何か。(4)なぜスールダッタは母の死まで珠を蔵しておいてくれと願ったのか。

たとえば伊藤眞一郎氏の、龍は法華信仰の慢心によってひき起こされた自己の罪深い所業に対する作者の悔恨と自戒のシンボルであるという読みは、[13] (1)に対する秀れた回答である。たしかに「私は愚かなものです。何も知りません。たゞこの事を伝へるときは如来の使と心得ます。」（大7・日付不明 保阪あて書簡）と書き、「『本仏の菩薩』に身を擬していた⒁」賢治にとって、「幾千由旬の海を自由に潜《かつ》ぎ、その清いそらを絶え絶え息して黒雲を巻きながら翔《か》けれる」龍とは、悟りを得た万能の如来使としての自己の幻想的なシンボルであった。従って、己れの力を試そうとして龍王の怒りをかい幽閉された龍とは、東京での挫折、帰郷によって再び家を出る理由をみずから消失させてしまった法華行者失格の自画像であったのである。

同様に詩人スールダッタとは、そのような賢治に唯一残された「書くこと」の必然性の人物化であったと考えることができる。同時に、このスールダッタの造形は、賢治が「法華文学」に携わることの両義性に悩まされたことを示している。つまり、仏の教えを文学の形を借りて広めるのはいいとしても、そこには何の創造性、オリジナリティもないのではないかという疑問が生じたのである。スールダッタが自作の剽窃を疑われ、足が震えるほどの不安にかられたことは、賢治もまたオリジナリティの尊重という近代のドグマに一度は絡められたことを示している。しかし、その両義性を解消させえたのは、やはり法華経の教えであったにちがいない。

私は斯う思ひます。誰も退学になりません　退学なんと云ふ事はどこにもありません　あなたなんて全体始めから無いものです　けれども又あるのでせう　退学になったり今この手紙を見たりして居ます。これは只妙法蓮華経です。妙法蓮華経が退校になりました　妙法蓮華経が手紙を読みます　下手な字でごつごつと書いてあるらしい手紙を読みます　手紙はもとより誰が手紙ときめた訳でもありません　元来妙法蓮華経が書いた妙法蓮華経です。あゝ生はこれ法性の生、死は法性の死と云ひます。只南無妙法蓮華経　只南無妙法蓮華経

（大7・3・20前後　保阪あて書簡）

傷心の友人を慰めようとして書かれた、この世に実体はなくすべては「仏のいのち」――妙法蓮華経――の顕現

であるという発想は、のちに「わたくしといふ現象は／仮定された有機交流電燈の／ひとつの青い照明です」と、『春と修羅』の序を飾ることになる。この万象同帰説によって保阪が救われたとは思えないが、〈見えすぎる眼〉を持った賢治にとって、それは自己をその苦痛から救済するコペルニクス的転回を与える世界観であった。「龍と詩人」では次のように記されている。

スールダッタよ、あのうたこそはわたしのうたでひとしくおまへのうたである。いったいわたしはこの洞に居てうたったのであるか考へたのであるか。おまへはこの洞の上にゐてそれを聞いたのであるか考へたのであるか。お、スールダッタ。そのときわたしは雲であり風であった。そしておまへも雲であり風であった。詩人アルタがもしそのときに瞑想《めいさう》すれば恐らく同じいうたをうたったであらう。けれどもスールダッタよ。アルタの語とおまへの語はひとしくおまへの語とわたしの語はひとしくない韻も恐らくさうである。この故にこそあの歌こそはおまへのうたでまたわれわれの雲と風とを御する分のその精神のうたである。

チャーナタがスールダッタに、おまえの作った歌はおまえのものでもあり、わたしのものでもあり、すべてのものでありうると言う時、「書くこと」は〈独創〉という近代的自我を前提とする概念から解放されている。書いているのが「私」であれば、それはもう一人の「私」(自意識)によって無限にチェックされねばならないが、「妙法蓮華経(仏のいのち)」(「龍と詩人」では「雲と風とを御する分のその精神」)によって支配されうたわされているのだから、その責任は問われないのである。つまり、雲が宇宙のエネルギーによってその様相を変化させるのに何の理由もないと同じく、「私」の「作品」がそのようであることに、「私」――「仏のいのち」の拡声器たる「私」――には何の責任もないのである。「なんのことだか、わけのわからないところもあるでせうが、そんなところは、わたくしにもまた、わけがわからないのです。」という『注文の多い料理店』の序文には、法華経の世界観によって「書くこと」の根源を支えられた賢治の、自信に満ちた姿を見ることができる。こうして作者の「見えすぎる眼」による〈意識の地獄〉は、〈仏の明察〉に転換されたのである。

しかし、にもかかわらず、「書くこと」は賢治の至高点ではなかった。それはあくまでも「無上道」に生きることでなければならなかった。龍から赤い珠を受けたスールダッタは「それをどんなにわたしは久しくねがってゐたか」と心から喜ぶ。それが「真理獲得の資格を有する」[15]ことの証拠であったからである。だがスールダッタには母がある。彼は母が死して天上に昇るのを見届けてから海に入って大経を探る（真理を得る）ことを龍に約束するのである。

ここに、世話の焼ける青二才に他ならぬ自分を、結果的にはいつも許してくれた父母に対する恩愛から、今は仏の道をきわめることを断念し、「書くこと」にとどまろうとした賢治を読み取ることは可能であろう。少なくとも大正十年の時点では、仏の道をきわめることが許されるのは、父母の死後のことだという覚悟があったのではなかったか。

こうして「さらばその日まで龍よ珠を蔵せ。わたしは来れる日ごとにこゝに来てそらを見水を見雲をながめ新らしい世界の造営の方針をおまへと語り合はうと思ふ。」（傍点引用者）というスールダッタの言葉は、そのまま「童話」となって結実したのである。[16]

注

（1） 吉本隆明「宮沢賢治」『悲劇の解読』所収　筑摩書房　昭54・12

（2） 年譜は昭和三年に四十日以上の旱魃のあったことを告げている。しかし、この年も豊作であった。

（3） 宮沢清六「兄賢治の生涯」筑摩書房版全集別巻『宮澤賢治研究』所収　昭44・8

（4） 杉浦明平「白米」週刊朝日編『値段の明治大正昭和風俗史』所収　昭56・1

（5）今回使用したテキストは大正13年10月の第二十五版である。
（6）金沢大学暁烏文庫蔵　宮沢政次郎書簡集『日本文学研究資料叢書　宮沢賢治Ⅱ』所収　有精堂　昭58・2
（7）久保田正文『法華経を語る』日新出版　昭45・7
（8）小野隆祥『宮沢賢治の思索と信仰』泰流社　昭54・11
（9）平尾隆弘氏の指摘がある。『宮沢賢治』国文社　昭53・11
（10）菅谷規矩雄氏の指摘がある。『宮沢賢治』大和書房　昭55・11　賢治の「食」に対する態度についてはこの書に多大の示唆を受けた。
（11）（10）に同じ。
（12）吉本氏は次のように述べている。「わたしたちは誰でも〈子供〉を体験してきたにはちがいないが、再現不可能なものとして体験してきた。あるひとつの概念が直接体験のほかに再現不可能だとすれば、概念として成り立たないものだとみてよい。」（1）に同じ。
（13）伊藤眞一郎「『龍と詩人』論」『作品論宮沢賢治』所収　双文社出版　昭59・6　伊藤氏は、作品の現在形は妹トシの死を経た大正十二年以後に成立したと推定している。説得力に富む指摘であるが、ここでは賢治における「書くこと」の意味づけに力点を置くから、八月二十日の日付を尊重することとする。
（14）（8）に同じ。
（15）（13）に同じ。
（16）「龍と詩人」のこのような位置づけについてはすでに恩田逸夫氏の論がある。「宮沢賢治における大正十年の出郷と帰宅――イーハトヴ童話成立に関する通説への検討を中心に」「明治薬科大学研究紀要」第6号　昭51・9

「どんぐりと山猫」——ものみな自分の歌を歌う——

一

童話集『注文の多い料理店』（大13・12）についてはおそらくただ一言こう言えばいい。「賢治はかくまで自然の中で自在に深々と呼吸していたのだ！」と。それはたとえばあの「よだかの星」の息づまるような重い世界と極めて対照的である。同じ自然界にありながら、よだかが作者の自画像であり、その苦しみは根源的で解決不可能な〈世界苦〉であるのに対して、童話集に登場する者たちは、誰も作者の影も生の苦しみもひきずっていない。彼らは十全に「存在という祭り[1]」を謳歌しているのである。こう言えばたちまち、「あゝマヂエル様、どうか憎むことのできない敵を殺さないでいゝやうに早くこの世界がなりますやうに、そのためならば、わたくしのからだなどは、何べん引き裂かれてもかまひません。」（「烏の北斗七星」）という熱い祈りや、「おれはまもなく町へ行く。町へはいつて行くとすれば、化《ば》けないとなぐり殺される。」（「山男の四月」）という人間への恐怖や、「このなかでいちばんばかで、めちやくちやで、まるでなつてゐないやうなのが、いちばんえらい」（「どんぐりと山猫」）という選別の否定、などの賢治的主題はどうするのだという声が聞こえてくる。しかし、作品から倫理や思想を抽出するだけが作品を読むことでないことは言うまでもないし、「罪や、かなしみでさへそこでは聖くきれいにかゞやいてゐる」（『注文の多い料理店』広告文）という作者の言葉はかりそめのものではない。つまり、これらの賢治的主題は切実ではあっても、それだけが槍のように作品世界から突出しているわけではないし、そのような「罪やかなしみ」が決して生を厭い、生を否定する理由にならない世界こそが「イーハトーヴ」の世界なのだ。

人間の世界では、特に都市生活では、人と人との殺し合いや人間恐怖や差別選別は人間を立ちすくませ生を奪うに十分な理由となる。しかし、少なくとも「イーハトーヴ」（「著者の心象中に、この様な状景をもつて実在したドリームランドとしての日本岩手県」）（広告文）ではそうではない。功労によって新しく少佐に任じられた烏はあのように祈りながらも軍務に気高い誇りすら持っているのだし、山男は波瀾万丈の夢を見て、一郎は珍しいどんぐりの裁判に立ち合えて、幸せなのである。

童話集に収められた作品群は大正十年夏、家出上京を切り上げ故郷に帰るとともに堰を切ったように書き始められている。それはこれらの作品が賢治の明白な帰郷宣言であり、都会ではなくふるさとの東北の自然と共に生きることの根拠を示したものであるからに他ならない。だから、作者によって蔬菜や果物とともに「田園の新鮮な産物」（広告文）として、「田園の風と光との中」（同）からもぎとられたこれらの物語を、読者はまずまるごと味わわねばならないのである。本稿では物語としてよく整った「どんぐりと山猫」を中心に、そのまるかじりに挑んでみたい。それは、賢治とともに自然の中でどれだけ自在に深々と呼吸できるか、試してみることでもある。

二

「おかしなはがき」が、ある土曜日の夕方一郎のところに来るところから「どんぐりと山猫」は始まる。

かねた一郎さま　九月十九日
あなたは、ごきげんよろしいほで、けつこです。あした、めんどなさいばんしますから、おいでんなさい。とびどぐもたないでくなさい。　山ねこ　拝

「う」の欠落した言葉づかいが実に妙だし、うるさく言えば宛名と日付が最初にあるのもおかしい。そのうえ字も下手で墨も指につく。だが、もっともおかしいのは「めんどなさいばん」の開かれる場所も時刻も書いてないことである。招待状としては完全に失格である。が、一郎は「山猫《やまねこ》のにやあとした顔や、そのめんだうだといふ裁判のけしきなどを考へて」、遅くまでねむれなかったのである。つまり、一郎は場所や時刻が書いてないことは気にもかけずに、行けることをすでに確信しているのである。

常識に照らせばはがきもおかしいし、一郎もおかしい。しかし、その「おかしさ」こそが人界の外にある異界（自然界）からの通信の条件なのだし、受け手の条件でもあるのだ。場所も時刻もわからないじゃないか、などと言えば、即刻、はがきは消滅してしまったにちがいない。すなわち、招待状が来、それを喜んで信じた以上、この時点で一郎の裁判参加が決定したのである。「銀河鉄道の夜」では、ジョバンニのポケットにいつのまにか「いちめんの黒い唐草のやうな模様の中に、おかしな十ばかりの字を印刷した切符」が入っているのだが、それが生者でありながら死後の世界を旅するジョバンニへの招待状であった。判読不能のその切符に比べれば、山猫からのはがきは十分にわかりやすい。この違いはそのまま、生と死という謎に満ちた断絶を持つ二つの世界と、人間と異界（自然界）という細くはあっても連続する通路を持つ二つの差異のレベルを表わしていると考えることができる。

こうして一郎は人界に住む者でありながら「向う側」へ行くことを許される。許された以上、どのようにしても山猫の裁判所へ行けるのだから、議論の多い一郎と道を案内する者たちのかみ合わない問答は少しも問題にならないことになる。それどころか、道すがら栗の木、笛吹きの滝、白いきのこ、栗鼠《りす》と交わす問答のその奇妙さこそが、異空間へ導かれるための一種の儀式であったのかもしれないのだ。

「東ならぼくのいく方だねえ、おかしいな、とにかくもつといつてみやう。栗の木ありがたう。」

「おかしいな、西ならぼくのうちの方だ。けれども、まあも少し行つてみやう。ふえふき、ありがたう。」
「みなみならあつちの山のなかだ。おかしいな。まあもすこし行つてみやう。きのこ、ありがたう。」
「みなみへ行つたなんて、二とこでそんなことを言ふのはおかしいなあ。けれどもまあもすこし行つてみやう。りす、ありがたう。」

問答をこうしてならべてみると、池上雄三氏の的確な指摘があるように「要は方向が定まらないことを読者が知ればよい」(2)ことがよくわかる。一郎の四つのつぶやきに共通していることは、「おかしいな」という認識と「ありがたう」という感謝である。少なくとも一番目の栗の木の答えに対しては、「おかしいな」ではなく、「これでいいんだな」というつぶやきであってもいいのだから、迷いながらお礼を言いながら道を辿ることは、儀式的に行われているとさえ言えるのである。あの〈桃源郷〉にたどりつく条件が道に迷うことであって、行こうと決心して再び辿った時には決して行き着くことができないように、(3)一郎も何の確信もなく迷いながら歩き続けることによって、小さな〈桃源郷〉へ行き着くのである。

こうして一郎は裁判の開かれる草原にやって来る。待っていたのは奇妙な男である。その男は「片眼で、見えない方の眼は、白くびくびくうごき、上着のやうな半纏《はんてん》のやうなへんなものを着て、だいいち足が、ひどくまがって山羊《やぎ》のやう、ことにそのあしさきときたら、ごはんをもるへらのかたち」だったのだ。自己を人間界に住めない「修羅」と規定した賢治でなければ描けない人物である。「ひかりの澱／三角ばたけのうしろ／かれ草層の上で／わたくしの見ましたのは／顔いっぱいに赤い点うち／硝子様《やう》鋼青のことばをつかって／しきりに歪み合ひながら／何か相談をやってゐた／三人の妖女たちです」(「谷」)という妖異を見ることのできた作者には、山中でなじみの人物であったかもしれない。ともあれ山猫の馬車別当であるこの男はおそらく山男の一人であろうが、その「人間のようでいてどこか獣のような奇体さを持っている」[4]（松田司郎）ことによって、人界から異界への案内者たる資格を有しているのである。

だから、このこと以外にこの男の醜悪な容貌に何の意味もないことに注意せねばならない。もしこの馬車別当がこのままの容貌で人界に住まねばならぬとすれば、ちょうど「よだか」がその容貌と習性によってさげすまれ迫害されたように、過剰に負わされた生の重荷に呻かねばならなかっただろう。そして、そのことによって「世界」は色濃く意味づけされただろう。だが、ここでは馬車別当の醜悪さによって開示される「世界」の深層（真相）など何もないのである。それはまさに、山男や山猫の住む異界（自然界）が遊戯性をその本質の一つとしていることを示している。

高橋康也氏は「なぞなぞ」や「ゲーム」を深層を排除した表層の世界であるとし、「子供は真に遊ぶとき、おぞましい個人の深層から脱出して、晴れやかな表層の無名性の中にいる」と述べているが[5]、異界はまさに深層（真相）を持っていないことによって、すべてが軽やかに救われている世界であるのだ。一郎が馬車別当を見ても少しもたじろがないのは、彼が「人を外見で判断してはいけない」という倫理的徳目を知っているからではない。遊戯の世界では死も再生も何なく可能であるように、異界（自然界）ではこの男の奇怪な容貌も何の意味もなく可能であるということを無意識に了解しているからにちがいない。

それは「水仙月の四日」で、雪婆《ゆきば》んごが、「おや、おかしな子がゐるね、さうさう、こつちへとつておしまひ。水仙月の四日だもの、一人や二人とつたつてい丶んだよ。」と何の感傷もなく言い放つことに等しい。谷川雁氏の言うように「水仙月の四日」が四月四日を指し、それが雪国に春を招くための聖なる祝祭日であるとすれば[6]、犠牲が要求されるのは当然であるし、それはまさに遊戯のように軽やかな形式性の中で要求されるのである。

かくしてここに示された異界（自然界）の本質を、「自然には一つの否定もない」[7]という定義で代表させることもできる。あるべき「世界」を幻想し、それによって現実を断罪することは、宗教をはじめとするあらゆる思想の源泉ですらあるが、それは異界には適用されない。そこでは「世界」はあるようにある、だけなのだ。〈晴れやかな肯定性〉こそが異界（自然界）の本質なのである。

三

こう考えてくれば、一郎の招待された奇妙な裁判の本質はおのずから浮び上ってくるのではあるまいか。それは、表層の世界に住む異界の住人たちが、人界にしかない深層（真相）を探り味わおうとする遊戯なのである。短く、「深層（真相）ごっこ」と言ってもいい。馬車別当と一郎の会話に注目しよう。


「あのぶんしやうは、ずゐぶん下手だべ。」

「さあ、なかなか、ぶんしやうがうまいやうでしたよ。」

「あの字もなかなかうまいか。」

「うまいですね。五年生だつてあのくらゐには書けないでせう。」

「五年生つていふのは、尋常五年生だべ。」

「い丶え、大学校の五年生ですよ。」

「あのはがきはわしが書いたのだよ。」


二人のやりとりがおかしいのは、もともと「書くこと」など必要ない異界にありながら、はがきを書かねばならなかった別当がその出来にこだわっているからである。おそらく山猫から命令されて無理やり書かされた別当にとって、「書くこと」は人界の深層（この場合、下手から上手までの）に首をつっこむ恐怖を味わうことに他ならない。「下をむいてかなしさう」だったり、「よろこんで、息をはあはあして、耳のあたりまでまつ赤になり、きものゝえりをひろげて風をからだに入れ」たり、「急にまたいやな顔をし」たり、「顔ぢう口のやうにして、にたにたにた笑つて」叫んだりするのは、この山男の人間ほどの狡猾な知能をもたない単純さゆえであるが、それ以上に、「書くこと」によって明白に価値づけられ選別される恍惚と不安を初めて味わっているからである。人界に住み学校に通うことによって、価値づけられることの意味も悲哀もすでに十分知っている一郎にはそれは親しい感情である。だから、一郎はいたわりをもってこの男に接しているのである。

さて、山猫の登場と共に、いよいよ裁判が始まる。裁判の目的はどんぐりたちの中で誰が一番えらいかを決めることである。つまり、「どんぐりの背くらべ」という言葉にあるようなせっかくの均等な世界に、わざわざ序列化を作り出すことである。馬車別当がそうであったように、どんぐりたちももちろん大まじめなのだが、それはやはりすでに述べた意味での「深層（真相）ごっこ」であることに変りはない。山猫は「おとゝひから、めんだうなあらそひがおこつて、ちよつと裁判にこまりましたので、あなたのお考へを、うかがひたいとおも」ったと言うのだが、同時に「まい年、この裁判でくるしみます」とも言う。この毎年行なわれるという裁判がいつもどんぐりたちによってひきおこされているのか、それとも年によって違ったものが登場するのか不明であるが、少なくとも今年は、九月十八日、十九日、二十日がこの裁判にふりあてられたのである。すると、九月中旬の東北の一番気候のいい時期を選んで毎年裁判が行なわれていることになる。

「まつ青なそらのしたに」「たつたいまできたばかりのやうにうるうるもりあがつて」ならんでいる山、その中の「立派なオリーヴいろのかやの木のもりでかこまれ」た「黄金いろの草地」、その「一番日当りのいい所を選んで」

草が刈りとられ、即席の裁判所が出来上る。すると、ぴかぴかして実にきれいな黄金のどんぐりたちがせいぞろいし、黒くて長い繻子《しゅす》の服を来た山猫が勿体らしくすわり、別当は革鞭をひゅうぱちと鳴らしながらひかえている……。これはもう申し分のない一幅の絵であり、異界（自然界）の喜びにあふれた祝祭である。きょうは特に人界から特別のお客様が来ているのであれば、どんぐりたちも一層声を張り上げ、別当の鞭にも力が入るというものではないか。

　この裁判の遊戯性は、形式的な身ぶりには力が入っていても、判決自体は少しも主体的なものではないことにも明らかである。「このなかでいちばんばかで、めちゃくちゃで、まるでなつてゐないやうなのが、いちばんえらい」という一郎の判決を聞くと、山猫は「なるほどといふふうにうなづ」き、「いかにも気取つて、繻子《しゅす》のきもの、胸《えり》を開いて、黄いろの陣羽織をちよつと出して」判決を申し渡す。うなづくという了解の動作の短かさに対して、裁判長らしい威儀を示す動作がいかにもていねいなのをみれば、山猫にとって大切なのは判決の内容なのではなくて、申し渡す動作そのものの方であったことがよくわかる。だから、どんぐりたちは二重に身の入らない判決を申し渡されたことになる。一郎はこの判決を自分で考えたわけではなく「お説教できいた」ことをそのまま言っただけだし、山猫は一郎から聞いたことをおうむがえしに言っただけなのだから。

　ところが、おもしろいことに、このような判決が予想外の効き目を表わして、どんぐりたちは「それはそれはしいんとして、堅まってしま」ったのである。これはこの裁判の中で唯一シリアスな場面であって、一郎も山猫も判決にこれほどの効果があろうとは考えていなかったにちがいない。「必ず比較をされなければ《ママ》ならないいまの学童たちの内奥からの反響です。」（広告文）という作者自身の解説もあるのであるから、多くの論があるようにここにこの物語のテーマを見出すことは不自然ではない。しかし、すでに見てきたように、「比較という愚かな行為の否定」というテーマのためにこの物語が書かれたのではないことは自明であるし、何よりも判決の申し渡しの場面そのものがこの言葉の重々しい受容を相対化していることを忘れることはできない。物語の〈丸かじり〉に挑む本稿では、それが大切なテーマの一つであることを確認するにとどめて先に進むことにする。

こうして思いがけぬ名判決に感じ入った山猫は、一郎に名誉判事になるよう頼むのだが、その言葉もやはり大げさである。

「い、え、お礼はどうかとつてください。わたしのじんかくにか、はりますから。そしてこれからは、葉書にかねた一郎どのと書いて、こちらを裁判所としますが、ようございますか。」

「それから、はがきの文句ですが、これからは、用事これありに付き、明日出頭すべしと書いてどうでせう。」

二つ目の申し出を断わられた山猫は、しぶしぶ今まで通りでいいと言ったあと、お礼にどんぐり一升と塩鮭のあたまのどちらかを選べと言う。くりかえし述べたこの裁判の表層性＝遊戯性がここから一気に噴出することになる。一郎がどんぐりを選ぶと、山猫は「どんぐりを一升早くもつて来い。一升にたりなかつたら、めつきのどんぐりもまぜてこい。はやく。」と命令し、別当は「さつきのどんぐりをますに入れて」一升量って渡すのである。裁判の当事者たちがおみやげにされるのだから実に奇妙なことなのだが、山猫や別当はもちろん、一郎も少しも不思議に思ってはいない。それはこの裁判があくまで遊戯であるからであり、前に述べたようにそこではインヒューマンであることはいっこうに問題ではないのだ。山猫は早くもこの遊戯にあきて、「大きく延びあがつて、めをつぶつて半分あくびをしながら」一郎を送る。一郎を乗せた大きなきのこの馬車が家に着いた時には、おみやげの黄金のどんぐりはどこにでもある茶色のどんぐりに変っている。異界への楽しい旅はこうして終ったのである。

四

最後の問題は、一郎のところに山猫からの手紙が二度と来なかったことをどう考えるかである。萬田務氏は「一郎がいかにすぐれた判決を言い渡したところで、所詮『黄金のどんぐり』に象徴される金、権力に魅力を感じる俗世間の人間と何らかかわらなかった」と述べて、一郎の方が山猫から裁かれたのだと指摘している。(8) 興味深い指摘であるが、くりかえし見て来たように裁判自体が本当は真剣なものではないのだし、「黄金のどんぐり」は金や権力の象徴であるよりも、喜ばしい遊戯性の象徴と考えられるから（だからメッキのどんぐりであってもいっこうにかまわないのだ）、ここに重いテーマを見出すことはできないように思われる。松田司郎氏は判決の場面を「どんぐりたちが『しいんとして』しまったのは、突然大きな鉄槌が頭上からふり下されたように、無意味なそれ故に楽しい遊びの世界に恐ろしい〈意味〉が出現してきたためである。」（傍点原文）と解釈して、遊戯の世界を〈意味〉の導入によってこわす者はもうその中へ参入できないことを指摘している。(9) 私見の文脈から言っても魅力的な指摘である。だが、一郎は深遠な人生の意味を余りに的確に山猫たちに開示したために拒否されたのだろうか。

おそらくそうではない。それが結果的にどんぐりたちを沈黙させたとしても、山猫はその判決文の内容には少しも重きをおいていない。拒否するどころか、山猫は大変よろこんでまた来てくれるように頼んだのである。一郎から適切なアドバイスを受け皆の前で大みえを切ることは、彼の大いなる喜びであったのだから問題はそこにはない。むしろ、「これからは、用事これありに付き、明日出頭すべしと書いてどうでせう。」という一層遊戯性を増大させる大げさな文面を一郎が拒否したところにあったはずである。

異界に招かれた一郎は、山猫たちと「深層（真相）ごっこ」を十分に楽しみながら、この場面でのみ真剣な答えを、つまり実のある答えをしてしまった。もし、何も考えずに山猫の申し出を承諾すれば、再びはがきはやって来たにちがいないのだ。「さあ、何だか変ですね。そいつだけはやめた方がいゝでせう。」というまっとうな判断は、そのまっとうであるだけ、たとえば冒頭の「おかしなはがき」に対する何の疑いもない受容と矛盾するのであり、ここでこそ一郎は裁かれたのである。「やつぱり、出頭すべしと書いてもいゝと言へばよかつた」と後悔している一郎は、自分が遊びそこねたことをよく理解している。

瀬田貞二氏の指摘にあるように[10]、物語の基本が「行って帰ること」であり、主人公がその往復の間に何らかの経験をし、それによって変容をもたらされることがそのかなめを形成するとすれば、あの「銀河鉄道の夜」のジョバンニが「もういろいろなことで胸がいっぱいでなんにも云へずに」家へ急ぐ姿はその典型をなしているし、その物語が重いテーマを持っていることを明証している。だが、同じように「行って帰って来た」一郎は、自分の失敗を悔んでいるだけである。このことは、この物語を倫理的に読むことが誤りであることをよく示していると思われる。もしどうしても作品から人間的なテーマを導きたければ、それを「人間であることのもどかしさ」と言うことは辛うじて許されるだろう。人間の子である一郎は、異界の住人たちのようにはあれ以上遊べなかったのだから。

それは、あの「鹿踊りのはじまり」で、鹿たちのことばが聞こえた嘉十が感動のあまりすすきのかげから飛び出し、とたんに鹿たちから逃げられて「ちよつとにが笑ひをしながら」味わった感情に最も近い。ドリームランドとしての東北の自然を描き、そこでくり広げられる都会では絶対に不可能な動植物たちとの交歓を記しながらも、このような越えがたい両者の境界をくっきりと描いた作者賢治の明断さに改めて感嘆しないわけにはいかない。「嘉十はもうあんまりよく鹿を見ましたので、じぶんまでが鹿のやうな気がして、いまにもとびださうとしましたが、じぶんの大きな手がすぐ眼にはいりましたので、やつぱりだめだと思ひながらまた息をこらしました。」（傍点引用者）というもどかしさこそ、異界（自然界）を歩きまわった賢治が誰よりも強く感じたものであったろう。一郎もまた、その感情を折にふれ反芻しているのである。

五

以上のように、「どんぐりと山猫」が異界（自然界）の豊穣な遊戯性への讃歌だとすれば、この「豊穣さ」は童話集のほとんどの作品を貫いて流れる大河であることがよくわかる。

「山男の四月」は山男の春の白日の夢の豊かさを余すところなく描いて、読者に山男の五月や六月を知りたくてたまらなくする。「山男の十二ヶ月」を作者が残しておいてくれたら、と思わずにはいられない。

（あのいぼのある赤い脚のまがりぐあひは、ほんたうにりつぱだ。郡役所の技手《ぎて》の、乗馬ずぼんをはいた足よりまだりつぱだ。かういふものが、海の底の青いくらいところを、大きく眼をあいてはつてゐるのはじつさいえらい。）

町の魚屋にぶらさがっているゆで章魚《だこ》を見てこんなことを考えている山男。実はこの場面も、中国人の陳にだまされて六神丸《ろくしんがん》にされるのもみな夢の中のできごとなのだが、夢の中でさえ、店先の章魚にこれだけのいきいきとした反応を示す山男の何と魅力的なことだろう。

このように童話集に登場する者たちは実にいきいきと生きているのであって、そこで交される数々の歌は、彼らの生の豊かさをよく示している。

狼森《オイノもり》のまんなかで、
　火はどろ〳〵ぱち〳〵
　火はどろ〳〵ぱち〳〵、
　栗はころ〳〵ぱち〳〵、
　栗はころ〳〵ぱち〳〵。

（「狼森と笊森・盗森」）

くるみはみどりのきんいろ、な、
風にふかれて　すいすいすい、
くるみはみどりの天狗《てんぐ》のあふぎ、
風にふかれて　ばらんばらんばらん
くるみはみどりのきんいろ、な、
風にふかれて　さんさんさん。

（「かしはばやしの夜」）

ドツテテドツテテ、ドツテテド、
でんしんばしらのぐんたいは
はやさせかいにたぐひなし
ドツテテドツテテ、ドツテテド
でんしんばしらのぐんたいは
きりつせかいにならびなし。

（「月夜のでんしんばしら」）

ぎんがぎがの
すすぎの底《そこ》でそつこりと
咲ぐうめばぢの
愛《え》どしおえどし。

（「鹿踊りのはじまり」）

「かしはばやしの夜」の画かきがいみじくも言っているように、大切なことは狼《オイノ》も柏の木も電柱も鹿も、「自分の文句で自分のふしで」歌っていることである。ふざけてみたり、いばってみたり、敬虔であったり、その現われ方は違っていても、彼等が自分の歌を精一杯歌っていることは明らかであって、それは彼等の生の豊かさを何よりもよく伝えているのである。

「あゝ、あしたの戦《たたかひ》でわたくしが勝つことがいゝのか、山烏がかつのがいゝのかそれはわたくしにわかりません、たゞあなたのお考のとほりです、わたくしはわたくしにきまつたやうに力いつぱいたゝかひます」と戦いの前夜祈り、終って再び「あゝマヂエル様、どうか憎むことのできない敵を殺さないでいゝやうに早くこの世界がなりますやうに、そのためならば、わたくしのからだなどは、何べん引き裂かれてもかまひません。」と祈る烏の少佐もまた、その軍人としての生をしっかりと生きぬいていることにおいて、他の者たちと何の変りもない。この熱い祈りは「自分の文句で自分のふしで」歌った軍人としての宿命の歌なのである。

雪童子《ゆきわらす》の「カシオピイア／もう水仙《すゐせん》が咲き出すぞ／おまへのガラスの水車《みづぐるま》／きつきとまはせ。」という比類なく美しい空への呼びかけで始まる「水仙月の四月」も例外ではない。前述したように、この日が招春のための聖なる日であって、それにふさわしい犠牲を取ることさえ許されており、雪童子のこの呼びかけが死をもたらす雪を呼ぶためのファンファーレであるとすれば、ここには〈豊穣な死〉という形容さえ可能であるような死がある。子どもが本当に死んだのか、それとも助かったのかは語られていないが、このようにして雪の下に眠るのなら眠ってもよいと思わせるような〈豊穣な死〉が、たしかにここにはあるのである。

　このようにして見てくると、童話集の題名に取られた「注文の多い料理店」が、童話集の中では例外的な位置にあることがよくわかる。というより、それは他の物語の百八十度反転した世界であると言った方がいいかもしれない。それはそこに登場する二人の若者が少しも「自分の歌」を歌えないこと——生の内実がいかにも空虚であること、によく示されている。この二人の都会人の内実の空虚はその見栄っぱりで大げさな服装や装備に、自分の腕の未熟をたなにあげて相手（この場合は猟場）を非難する態度に、さらに空想ばかりが先行して現実（この場合は動物の死の実態）を少しも知らないことによく現われている。だから、「案内してきた専門の鉄砲打ちも、ちよつとまごついて、どこかへ行つて」しまうような本物の山奥に迷い込んでしまうと、二人の生のうすっぺらさは容赦なくあばかれることになる。

　「注文の多い料理店」という名の通り、「どなたもどうかお入りください。決してご遠慮はありません」という硝子の開き戸の金文字から始って、「いや、わざわざご苦労です。大へん結構にできました。さあさあおなかにおはいりください。」まで、十三回もの案内や注文が扉ごとに登場してくるのであるが、彼らがやっとおかしいと気づくのは十二回目の「いろいろ注文が多くてうるさかつたでせう。お気の毒でした。もうこれだけです。どうかからだ中に、壺《つぼ》の中の塩をたくさんよくもみ込んでください。」という注文を読んでからであって、見栄と虚偽にくもらされた彼等の眼は少しも真実を見ぬくことができないのである。

　二人の生の内実のなさは、死んだはずの犬が山猫たちを追い払ってくれ、「旦那《だんな》あ」と自分たちのやとった猟師がやってくると「俄《には》かに元気がつ」くことにもよく現われている。つまり、二人は、金でやとった自分を「旦那」と呼んでくれる身分の下の者がいなければ、自分では自己を支えることができないのだ。だから、紙くづのやうになつた二人の顔とは、もともとの彼らの生のうすっぺらさのその通りの現われなのであって、彼等は東京から猟に「行って帰る」ことによって本当の自分に出会ったのである。かくして「注文の多い料理店」とは、常に外に向って注文するばかりで、自分の内実をふり返ることなく、真の自己を持てない「注文の多い人間」を料理する料理店であったのである。

こうして見てくると、「わたしたちは、氷砂糖をほしいくらゐもたないでも、きれいにすきとほつた風をたべ、桃いろのうつくしい朝の日光をのむことができます。」と始まる童話集の序文が、見事に作品世界と重なっていることがわかる。

大切なことは生を嘆くことではなく、生を豊かに肯定することであり、他人の歌を真似ることでなく、自分の歌をうたうことである。それが二つながら日本の近代にあっていかに至難な業であったかはここでの論述の範囲を超えているにせよ、まぎれもなく近代人の一人であった賢治にとって、それが生をかけた課題であったことに疑いはない。異界（自然界）とその住人たちがそれをやすやすと果していることに感嘆しながら、彼は野に立つ。そして、自分も胸いっぱいに生を肯定しながら、童話として「そのとほり書いた」（序）のである。

注

（1）見田宗介『宮沢賢治』岩波書店　昭59・2

（2）池上雄三「宮沢賢治の求道と『イーハトーヴ童話』の世界——『注文の多い料理店』の志向するもの」「静岡英和女学院短期大学紀要」　昭52・4

（3）鈴木秀夫『森林の思考・砂漠の思考』参照　NHKブックス　昭53・3

（4）松田司郎『宮沢賢治の童話論——深層の原風景』国土社　昭61・5

（5）高橋康也「イノセンスの構造『マザー・グース』の世界」『ノンセンス大全』所収　晶文社　昭52・6

（6）谷川雁『賢治初期童話考』潮出版社　昭60・10

（7）バーバラ・A・バブコック編『さかさまの世界——芸術と社会における象徴的逆転——』参照　岩崎宗治他訳　岩波書店　昭59・8

（8）萬田務「『どんぐりと山猫』ノート」『注文の多い料理店研究Ⅱ』所収　學藝書林　昭50・12

（9）（4）に同じ。

（10）瀬田貞二『幼い子の文学』中公新書　昭55・1

「やまなし」——聖なる幻燈——

一

多くの評言があるように、宮沢賢治の珠玉の小品というべき「やまなし」は、その読解の難しさでも指折りのものである。中西市次氏は『賢治童話「やまなし」を読む』(1)の中に、教科書を読んだ小学校五年生の感想を掲げているが、そこには「ぼくらにはとうてい無理だ。クラムボンが笑ったとか、死んだとか、何を言いたいのか全然わからない。こんな文章ははじめてだ。」を筆頭に、読みとりにてこずっている子供たちの姿を見ることができる。西田良子氏も同様に「子ども達は勿論、教師側でも『扱いにくい教材』『わかりにくい物語』として敬遠されているようである。」と述べて、その理由に「クラムボン」や「イサド」といった意味の曖昧で不明な言葉があること、「なぜクラムボンは笑ったか」という問いに答えが見出せないように、読者の疑問に明快な解答が与えられない部分があること、水中から上を見上げるという「非日常的な視点」にとまどうことをあげている。(2)平凡な沢蟹の兄弟の言動を題材としていても、表現も内容も人間の日常を超えているから、物語を追体験することは相当に困難なのである。

しかし、中西氏の著書にも「一度でいいから、小さな谷川の底にいってみたいな。どれだけきれいだろう。ほんとうにゆめのようだろうな。」という共感に満ちた反応も見出せるし、林洋子氏のようにアイリッシュハープとタンバリンの伴奏のみで朗読し、聴衆に深い感動を与える仕事を続けている人もある。非日常的だからこそ与えられる感動をしっかり受け止めることも可能なのである。林氏は公演の内容を報告した文章(3)の中で、作品を理解ヽしヽたヽ聴衆の一人の反応をこう紹介している。

すばらしいと思いました。聴きながら背中がゾクゾクしました。宮沢賢治は実践するのが、私たちにとって一番理解できる方法だと思います。（傍点引用者）

林氏の公演では「よだかの星」も取り上げられているから、「やまなし」だけの反応とするわけにはいかないが、「やまなし」の難解さに対するアプローチとしては、この「実践」が最上のものであることは明らかである。つまり、童話というよりもむしろ物語詩というジャンルを設定したいとさえ思えるこの作品は、単なる散文の域を超えており、理性的な分析だけの理解を拒むものがあるということである。ポール・ヴァレリーの、散文を歩行に、詩を舞踏にたとえる高名な定義（「詩と抽象的思考」）をここで想起してもよい。すなわち、詩＝舞踏は、散文＝歩行のように目的地に着くこと＝伝達され了解されることをもって事足れりとするのではなく、舞手が踊ることによってしかその舞踏の理解を示しえないように、詩の享受者は詩の表現そのものを生きることができなければならない、ということである。「クラムボンは笑つたよ／クラムボンはかぷかぷ笑つたよ」は、意味として理解される前に全身で体験されねばならないのだ。林氏の「アイリッシュ・ハープと語りによる宮沢賢治の世界」は、正にこの全身的理解を可能にする場所なのである。

しかし、もちろん、本稿でそれを実行することはできない。以下の論考はあくまで分析による知的理解の域にとどまる他はない。ただ解釈にあたって「どのような感情も想像されたものではなく、生きられたものなんだ」（谷川俊太郎[4]）という指摘が、「やまなし」にはもっともふさわしいことを念頭に置いておくことは可能なのである。

二

その表現もさることながら、「やまなし」のとらえにくさは、より本質的にはテーマの見出し難さにあると思われる。たとえば、「やまなし」と同じく数少ない生前発表作である「雪渡り」には「童心による俗見（きつねはずる賢い）の否定」という誰にでも理解できるテーマを抽出することができる。だが「やまなし」から明快なテーマを導き出すことは容易ではない。第一部「五月」にくりかえしてあらわれる生物の死に注目し、「よだかの星」につながる食物連鎖や弱肉強食の問題をテーマとする評言も多いが、恩田逸夫氏の指摘にもあるように[5]、それは二部構成をとる作品を貫くテーマにはなりえないし、より根源的には作品の透明感あふれる表現のトーンが、そのような重いテーマを抽出することを否定している。性急な抽象化はひとまずおき、具体的な解釈からはじめてみよう。まず冒頭の表現である。

小さな谷川の底を写した二枚の青い幻燈です。

これはいわば舞台の幕開けを告げる口上である。初期形では「小さな谷川の底を写した二枚の青い幻燈を見て下さい。」と、より直接的に語りかけられている。作者はこれから幻燈会が始まりますよと言うのだが、谷川雁氏の指摘の通り[6]、作品の本質は静止画面の解説にとどまるものではないから、始まるのは水中にカメラを入れた映画の画像なのである。しかし、それでは、賢治は「有声活動写真」という言葉を使用できたのだから（『農民芸術概論綱要』）、内容にふさわしいそれを使わず、どうして「幻燈」をここで使ったのかという疑問は残る。作者はあくまで「二枚の青い幻燈」と言っているのだ。とすれば、「幻燈」は作者にとって単なる映写機器の名称以上の意味をもっていると考える他はない。それは他の作品では次のように使われている。
これはあるひは客馬車だ
どうも農場のらしくない
わたくしにも乗れといへばいい
馭者がよこから呼べばいい
乗らなくたつてい丶のだが
これから五里もあるくのだし
くらかけ山の下あたりで
ゆつくり時間もほしいのだ
あすこなら空気もひどく明瞭で
樹でも艸でもみんな幻燈だ
もちろんおきなぐさも咲いてゐるし
野はらは黒ぶだう酒《しゅ》のコップもならべて
わたくしを款待するだらう

（「小岩井農場　パート一」）

この表現に従うかぎり、「幻燈」は、うすぼんやりと浮かび上がる画面や焦点の定まらぬ空想といった一般的イメージを持ってはいない。むしろ、くっきりと浮かび上がってくるために現実ではないような気にさせる、過度に明瞭な画像を指していると言えそうである。このニュアンスは、あの「ポラーノの広場」の「またそのなかでいっしょになったたくさんのひとたち、ファゼーロとロザーロ、羊飼のミーロや顔の赤いこどもたち、地主のテーモ、山《やま》猫《ねこ》博士のボーガント・デステゥパーゴなど、いまこの暗い巨《おほ》きな石の建物のなかで考へてゐるとみんななつかしい青いむかし風の幻燈のやうに思はれます。」（傍点引用者）にも十分に読み取ることができるだろう。

しかし、もちろん、谷川の底をくらかけ山のふもとと同列にあつかうことはできない。それは正に幻視される他ないはずなのだが、「七つ森のこつちのひとつが／水の中よりもつと明るく／そしてたいへん巨きいのに」（「屈折率」）とあるように、賢治にとって水中も地上も本質的な区分は成立しないのである。なぜなら、水中から天空まで世界全体が「わたくし」だからだ。

しづかにしづかにふくらみ沈む天末線
あゝ何もかももうみんな透明だ
雲が風と水と虚空と光と核の塵とでなりたつときに
風も水も地殻もまたわたくしもそれとひとしく組成され
じつにわたくしは水や風やそれらの核の一部分で
それをわたくしが感ずることは
水や光や風ぜんたいがわたくしなのだ

（「種山ヶ原」異稿）

自然との一体化の法悦が語られているようだが、吉本隆明氏の指摘にもあるように、(7) ここにあるのは「素朴な牧歌的詩人の陶酔」以上のものである。つまり、賢治が科学的な視点まで援用して強調しようとしているのは、自己の無化からさらに踏み込んだ自己の遍在化なのである。「世界全体がわたくしである」という自在さがなくては森の光景を水中と比較することもできないし、「そらの散乱反射《さんらんはんしゃ》のなかに／古ぼけて黒くえぐるもの／ひかりの微塵系列《みじんけいれつ》の底に／きたなくしろく澱むもの」（「岩手山」）と表現されたような、仰ぎ見るべき山嶺を天空から見下ろすという視点が成立するはずもない。おそらくここには〈仏のいのちの顕現としての世界〉という賢治の宗教的確信がある。

自己は他から孤絶した共通項をもたない絶対的な個なのではなく、仏によって命のエネルギーを注ぎ込まれたすべてのこの世の存在と同列の「わたくしといふ現象」なのだから、自己の内面を見るようにこの世のすべての存在は透視可能なのである。

わたくしといふ現象は
仮定された有機交流電燈の
ひとつの青い照明です
（あらゆる透明な幽霊の複合体）
風景やみんなといつしよに
せはしくせはしく明滅しながら
いかにもたしかにともりつづける
因果交流電燈の
ひとつの青い照明です

（『春と修羅』序）

詩と序文を重ねて読む時、「やまなし」とは賢治が「沢蟹といふ現象」を生きてみせた、その報告書であることが理解できるだろう。「幻燈」という言葉にはその透視の透明度を低く見積った謙遜も含まれていようし、「青い」という修飾語は水中の世界を指すと同時に蟹たちへの親密感も含んでいるにちがいない。彼らは「わたくし」と同じ色彩の中で生きているのである。

三

さて、「クラムボン」の登場である。

一、五月

二疋《ひき》の蟹《かに》の子供らが青じろい水の底で話てゐました。

『クラムボンはわらつたよ。』

『クラムボンはかぷかぷわらつたよ。』

『クラムボンは跳てわらつたよ。』

『クラムボンはかぷかぷわらつたよ。』

上の方や横の方は、青くくらく鋼のやうに見えます。そのなめらかな天井を、つぶ〳〵暗い泡《あわ》が流れて行きます。

『クラムボンはわらつてゐたよ。』

『クラムボンはかぷ〳〵わらつたよ。』

『それならなぜクラムボンはわらつたの。』

『知らない。』

つぶ〱泡が流れて行きます。蟹の子供らもぽつ〱〱とつゞけて五六粒泡を吐きました。それはゆれながら水銀のやうに光つて斜めに上の方へのぼつて行きました。

冒頭でつきあたる「クラムボン」という意味不明の言葉について、蟹、アメンボ、プランクトン、水すまし、水の泡、水面の反射光などの推定がなされて来たが、近年の多くの評者は具体的に特定する必要を認めず、むしろ積極的に否定している。

正体不明のまんまのクラムボンでこそいい。（中略）クラムボンは何物かのセンサクは無用、無益、有害である。(8)

（岩沢文雄）

ただこの名称の音と、片仮名の字感とをたよりに、とっさに感じとるあいまいな何か以外には何もわからない。

このクラムボンは、おそらく、蟹の子供らにとっても何のことかよくわからないのだ。(9)

（天沢退二郎　傍点原文）

ある具体物にゆきつけばそれでよいと言うなら、なにもわざわざ外来語めいたカタカナの煙幕をはる必要はない。これは幼いカニの脳にきざした観念の初期形だから、きちんと読み解けるものであってはならない。言わばカニ語であって、しかも二匹の兄弟だけが了解するカニ語である。

（谷川雁）

他に佐野美津男氏(10)や山田晃氏(11)も意味の解明の必要を認めていない。「『クラムボン』の死も『殺された』ことも内容を伴わない言葉の上だけのこと」（栗原敦(12)）、「魂の世界のわらべ歌あるいは言葉遊びの類い」（山田晃）という解釈がこうして成立するのだが、それには十分の根拠があるだろう。つまり、言葉が具体物と呼応せず、謎のまま宙づりにされる方が読者の想像力はより広々と解放されるのである。あの「風の又三郎」では、主人公の正体が最後まで謎として残されるのだが、それは日常界と異界のはざまで展開される物語のしめくくりにいかにもふさわしいものであった。同様に「やまなし」で冒頭に「クラムボン」が謎のように登場することが、人間にとっての異界である蟹の世界へ参入するための必須の条件なのだ。天沢氏も指摘するように、作者は十分に意識的に意味不明の言葉を子蟹たちに発語させたのである。

だが、そうであるにしても、「クラムボン」が子蟹たちにとっても無意味であるか否かは判然としない。谷川氏のように意味不明説はとりながらも「存在の外に存在を説定《ママ》するような遊びはまだしないだろう。」と、二匹の年齢を低くみて言葉遊び説を否定することもできるからである。この問題をもう少し掘り下げてみるために他の用例を見てみよう。

たとえば、「タネリはたしかにいちにち噛《か》んでゐたようだった」の主人公ホロタイタネリは「山のうへから、青い藤蔓《ふぢづる》とってきた／…西風ゴスケに北風カスケ…／…崖《がけ》のうへから、赤い藤蔓とってきた…／…西風ゴスケに北風カスケ…／森のなかから、白い藤蔓とってきた／…西風ゴスケに北風カスケ…」と、でまかせの歌をうたうのだが、これは冬中かかって凍らして、こまかく裂いた藤蔓をより柔らかくするためにたたきながら歌う、いわば労働歌なのである。タネリは母親を手伝えるほどの年齢に達しており、それゆえ言葉遊びも可能なのだ。さらにまた、タネリは森の中へ遊びに行き、四本の栗の木とその梢についた黄金のやどり木のまりに向って次のようなからかいの言葉を投げつける。

「栗の木死んだ、何して死んだ、

子どもにあたまを食はれて死んだ。」
すると上の方で、やどり木が、ちらっと笑つたやうでした。タネリは、面白がって節をつけてまた叫びました。
「栗の木食って　栗の木死んで
かけすが食って　子どもが死んで
夜鷹《よだか》が食って　かけすが死んで
鷹は高く飛んでった。」
やどり木が、上でべそをかいたやうなので、タネリは高く笑ひました。

タネリは十分に「言葉の威力」を知っており、それを駆使して遊んでいるのである。であるとすれば、「クラムボンは笑つたよ」を言葉遊びととるか否かは、やはり子蟹たちの年齢をどう見積るかにかかっていることになる。谷川氏はそれを「一冬越してはいるけれど無意識状態からさめたばかりの、幼さの極限値としてとらえられている。」とする。たしかに、魚、かわせみ、樺の花、やまなし、と、子蟹たちの前に登場してくるものは、原初的な新鮮さをもって姿を表わしている。「やまなし」を読むことは、この子蟹たちの胸のときめきを共有することだと言ってもいいのだから、やはり子蟹たちの年齢は相当低く見積られるべきであろう。タネリのように言葉だけで自己を遊ばせるまでに成長しているとは思えないのである。であれば余計に「クラムボン」が何であるかが明確化されねばならない。物語の享受としては不必要であることを自覚しつつ、あえてその対象をさぐってみよう。手がかりは物語の表現のひだを読み込む以外にはない。

　まず、自明のことながら、クラムボンが、笑い、死に（殺され）、また笑う、というサイクルで表現されていること、つまり、簡単に生死の変換可能な存在であることが注目される。これが言葉遊びではないとすれば、表現に従うかぎり通常の生物は対象から除外されることになる。さらに、「かぷかぷ笑」うという「かぷかぷ」の語感に、「青い仮面《めん》このこけおどし／太刀を浴びてはいつぷかぷ」（「原体剣舞連」）の「いつぷかぷ」（溺死）との呼応を感じうるとすれば、溺死状況で起こるような水面の激しい波乱に似た惑乱状態が「かぷかぷ笑う」ととらえられた、と推測できる。また、笑う、死ぬ、笑う、とクラムボンが変化する際に必ず魚が関わっていることも興味深い。クラムボンが笑っている時に「つうと銀のいろの腹をひるがへして、一疋の魚が頭の上を過ぎて行」くと、クラムボンは死ぬ（殺される）のであり、「魚がまたツウと戻つて下流の方へ」去ると、クラムボンは笑うのである。この呼応は偶然とは思われないから、魚によって頭上の何かが変幻することを子蟹たちが「わらつた」「死んだ」と表現したと考えることができる。このように物語の表現に即して読んで行くと、クラムボンとは、どうやら水面の変化、特に光線の微妙な変幻そのものを命名した蟹の幼児語であるように思えてくる。波立ちも含めた水面そのものを指すと考えたいのだが、「なめらかな天井」とあるように、川面に余り波乱はないようだから、川の両岸の林から差し込んで来る木洩れ日が微妙にあるいは躍動的に変化する様を「クラムボンはわらつた」と言い、それが魚の起こす小さな波によって崩されることを「クラムボンは死んだ、殺された」と言ったのではないだろうか。子蟹たちに光線による水面の変化という認識はあるはずもないから、彼らにとってそれはクラムボンという生物に他ならなかったのである。すでに指摘もある平凡な結論に落ちついたが、素直に表現に即して読むかぎりこの結論は動きそうもないのである。

もちろん、ここに言葉遊びの要素が全くないわけではない。『クラムボンはわらつたよ。』に対して『クラムボンはかぷかぷわらつたよ。』、『クラムボンは死んだよ。』に対して『クラムボンは殺されたよ。』と、受け手は必ず表現のレベルを一段高く押し上げようとしている。二匹の会話は単なる実景の報告にとどまるものではなく、ちょうど秋の場面での泡の大きさ比べのような遊戯性は確かに存在しているのである。泡の大きさ比べで兄が勝ったように、この場面でも兄は弟には回答不可能な「なぜ」をもち出すことによって優位に立とうとしている。彼が右側の四本の脚の中の二本を、弟の平たい頭にのせながら「それならなぜ殺された。」と質問するのも、その心情の動作化なのである。

四

冒頭部の解釈ばかりが肥大してしまったが、ここを通り越せば作品は言われるほど難解ではない。それどころか、かつて吉本隆明氏が「美を失はない程度の科学性」と的確に指摘したように、[13] 曖昧さや誇張が少しもない写実が一貫して展開される。

ちょうど太陽が川の真上にさしかかったのであろう、それまでの薄暗がりの光景が一転してまばゆい光にあふれる様子は次のように描かれる。

にはかにパッと明るくなり、日光の黄金《きん》は夢のやうに水の中に降つて来ました。

波から来る光の網が、底の白い磐《いは》の上で美しくゆら〳〵のびたりちゞんだりしました。泡や小さなごみからはまつすぐな影の棒が、斜めに水の中に並んで立ちました。

また、魚が川せみに捕えられる場面。

その時です。俄《にはか》に天井に白い泡《あわ》がたつて、青びかりのまるでぎら〳〵する鉄砲弾のやうなものが、いきなり飛込んで来ました。
兄さんの蟹ははつきりとその青いもののさきがコンパスのやうに黒く尖《とが》つてゐるのも見ました。と思ふうちに、魚の白い腹がぎらつと光つて一ぺんひるがへり、上の方へのぼつたやうでしたが、それつきりもう青いものも魚のかたちも見えず光の黄金《きん》の網はゆら〳〵ゆれ、泡はつぶ〳〵流れました。

散文の一つの規範を主張しうるほどの明確な描写である。水底の光景は想像力でしか描きえないはずなのに、作者の筆は想像力につきものの主観のひずみを全くもっていない。水中をのぞくレンズはあたうるかぎり透明なのだ。それはおそらく対象の問題である。自己意識を扱わざるをえない詩作品では、むしろ「風景はなみだにゆすれ」（「春と修羅」）て歪んでいることが多いことを考えれば、童話、特に人間の登場しないいわゆる花鳥童話を描く時、賢治は幸せな解放感に満たされていたにちがいない。描写が科学的報告書のような具体性を帯びれば帯びるほど、外界を歪ませる解きほぐしがたい自己意識からは遠ざかりうるからである。この間の消息を大岡信氏は次のように述べている。

> 賢治の意識は、たえず自分を脱け出て、物質の方へ摺り寄ってゆく。そこでとらえられる物質のある断面は、あざやかに彼の不安を吸収し、言葉と化して彼を落着かせるであろう。しかしそれは決して永続するものではないから、意識は不断に物質への求愛を続けねばならない。底には生への不安がいつでもあるのだ。[14]

これは賢治の短歌論の一節なのだが、彼の明確な描写力の根源を語ったものとして強い説得力をもっている。「白い柔かな円石もころがって来小さな錐《きり》の形の水晶の粒や、金雲母《きんうんも》のかけらもながれて来てとまりました。」という描写は、沢歩きや科学的知識だけで果たされるものではないのである。もちろん、「やまなし」では「生への不安」は無意識の底に沈んでいるにちがいないが、あえてそれを持ち出したのは、この作品の構成の際立った特色として、春と秋の二場面によるシンメトリカルな対置を見出すことができるからである。[15] 秩序への願望が混沌への不安を前提とするとすれば、作者の「生への不安」を云々することもそれほど的はずれなことでもないと思われる。以下、この視点に立って二つの場面の比較を行なってみよう。

まず、大きく「一、五月」に対して「二、十二月」が対置されている。ここですぐ気づかれることは、「一、五月」が東北の早春であるとすれば、それに対して「二、十二月」を東北の晩秋とするには無理があるということである。多くの評言がこれを視野に入れていない中で、谷川雁氏は「二、十二月」は初期形のように十一月であるべきであり、校本全集などに採用された岩手毎日新聞のテキストにミスプリントがあったのではないかと指摘している。たしかに谷川説の通り、「あんまり月が明るく水がきれいなので睡《ねむ》らないで外に出」るにも、「イサド」に遊びに行く(?)にも東北の十二月は寒すぎるし、やまなしの実が十二月にまだ木に残っているとも考えにくい。『春と修羅』の中には、「けさはじつにはじめての凜々しい氷霧《ひょうむ》だつたから／みんなはまるめろやなにかまで出して歓迎した」(「イーハトーヴの氷霧」)という短詩があるが、つけられている日付は一九二三、一一、二二である。次の「冬と銀河ステーション」(傍点引用者)は一九二三、一二、一〇である。『春と修羅』では巻頭の「屈折率」が一九二二、一、六の日付をもち、以下整然と巻尾の「冬と銀河ステーション」まで日付順に並べられている。とすれば、当然のことながら十二月は明白に「冬」である。少なくとも十一月の下旬には冬は到来するのであり、葉も実も落ちつくした山林に氷霧は美しく花開くのである。「十二月」は「十一月」に改められるべきであろう。

次に対称をなしているのは早春の昼と晩秋の夜であるが、そこで変わることなく行なわれているのは、すでに見たようにいかにも兄弟らしい競争である。㈠ではクラムボンをめぐる言語表現、㈡では吐く泡の大きさが競われる。

こうして遊んでいる時に天上から何かが落下して来る。㈠では「青びかりのまるでぎら〳〵する鉄砲弾のやうなもの」であり、㈡では「黒い円い大きなもの」である。二回とも子蟹たちは体がすくんでしまうほどおびえるのだが、ここで不安を解消してくれるのはいつも冷静な父親である。父によって、落ちて来たように思えたものがかわせみのくちばしであり、かわせみは魚はとるが自分たちを相手にしないことが諭され、落ちて来たやまなしは、ひとりでにお酒となるいわば天からの贈り物であること[16]が説明される。父は恐怖に満ちた世界の実相を知りはじめた子供たちを、正確な知識によってやさしく諭すのであり、それによって、生の恐怖や混沌は生の秩序と恵みとに反転するのである。

㈠の場合、子蟹たちの眼前で行なわれた殺戮を重視して畏怖感を強調することもできるが、このように二場面を対置させて見る時、畏怖感だけを強調することはこの物語にふさわしくないことが理解されよう。つまり、吉本隆明氏が「賢治さんだって『樺の花』がなかったら死がこわいのではなかったのだらうか」と述べている通り[17]、ここに死の恐怖は明らかに存在するが、流れて来た「樺の花」は初めて死の恐怖を知った子蟹たちをやさしく慰めるのであり、それは「やまなし」と同じく天からの慈愛に満ちた贈与物であることにかわりはないのである。春の「樺の花」は弱肉強食をのがれられない生物たちの業《ごう》を浄化する聖なる花であり、秋の「やまなし」のお酒はその宿命に従って生きのびて来た者を祝福する聖なる神酒《みき》なのだ。兄はともかく、『こわいよ、お父さん。』と兄を真似て言う弟蟹の言葉には、死への恐怖感よりも、それをぬぐい去ってくれた父への安堵感と甘えの感情の方が濃厚に流れているのではあるまいか。

かくして、この蟹の家族における母の不在は少しも不自然ではない。母親は病気で入院中であり、三匹で行こうとするイサドとは医者宿（処）であるという説もあるが[18]、松田司郎氏[19]や谷川雁氏の指摘する通り、ここでは蟹たちの住む沢の水底そのものが母の胎内なのである。生の不安がないわけではない。しかしそれはいつも、母の抱擁のような自然の恵みによって慰められ解消されるのだ。

　三疋はぼかぼか流れて行くやまなしのあとを追ひました。
　その横あるきと、底の黒い三つの影法師が、合せて六つ踊るやうにして、山なしの円い影を追ひました。
　間もなく水はサラサラ鳴り、天井の波はいよいよ青い焔《ほのほ》をあげ、やまなしは横になつて木の枝にひつかかつてとまり、その上には月光の虹《にじ》がもかもか集まりました。（傍点引用者）

三匹の蟹たちは、いわばサラサラ鳴る水音をお囃しにし、波の青い焔をかがり火にして、月光の虹のあかりのもとで、母なる自然に感謝する舞踏を踊っているのである。こうして蟹たちの住む沢の水底は聖なる空間として聖別される。

　親子の蟹《かに》は三疋自分等の穴に帰つて行きます。
　波はいよいよ青じろい焔をゆらゆらとあげました。それは又金剛石の粉をはいてゐるやうでした。

ここに単なる客観描写を超えた作者の心情の高まりを見ることは無理ではあるまい。川底はダイヤモンドの輝きに満たされた神殿であるとさえ作者は言いたそうなのである。キラキラッと「黄金《きん》のぶち」を光らせながら落下して来る「やまなし」は神殿の聖体なのであり、題名に蟹ではなくこの名が取られたのも不思議ではないのだ。

おそらく賢治はこの世の浄土を小さな谷川の底に表現したかったにちがいない。彼岸ではなく、此岸のこの世そのものが仏によって荘厳された浄土であるという法華経の教えの根本を、この小品の中でひそやかに展開したかったのだ。かつて「よだかの星」を書いて此岸への絶望を根拠づけた賢治は、ここではそれを百八十度転回させたのである。それは、妹トシの死の悲しみの克服、農学校教師の仕事の習熟という、執筆時大正十二年春[20]の充実によるものであったかもしれない。しかし、再転換はいつでも可能であった。蟹の世界の黄金色のやまなしは、人間の世界ではその聖なる輝きを失うからである。そういう意味ではたしかに、物語は川底を写した二枚の幻燈であった。

注

(1) 中西市次『賢治童話「やまなし」を読む——川底の心象風景——』高校生文化研究会　昭57・11
(2) 西田良子「『やまなし』考　子どもといっしょに味わうために」「日本児童文学」昭60・4号
(3) 林洋子「クラムボン　私の『賢治の世界』」「宮沢賢治」第3号　洋々社　昭58・7
(4) 谷川俊太郎「私と宮沢賢治」『宮沢賢治　童話の世界』所収　すばる書房　昭52・3
(5) 恩田逸夫「賢治童話の読み方——『やまなし』を中心に——」「解釈」昭46・3
(6) 谷川雁『賢治初期童話考』潮出版社　昭60・10　以下谷川氏の引用は本書による。
(7) 吉本隆明『吉本隆明歳時記』日本エディタースクール出版部　昭53・10
(8) 岩沢文雄「やまなし論」（4）と同書所収
(9) 天沢退二郎『《宮澤賢治》論』筑摩書房　昭51・11
(10) 佐野美津男『宮沢賢治の童話を読む』辺境社　昭63・8
(11) 山田晃「宮沢賢治『やまなし』を読む」「青山語文」第20号　平2・3
(12) 栗原敦「テクスト評釈『やまなし』」「國文學」學燈社　昭57・2号
(13) 吉本隆明「やまなし」『吉本隆明著作集15』所収　勁草書房　昭50・5

(14) 大岡信『ことばの力』 花神社 昭53・10
(15) 谷川雁氏は「二項対立の形式」と呼んでいる。
(16) 松田司郎氏に次のような指摘がある。「天から落ちてきて木の枝にひっかかったヤマナシの実は、いわば銀河宇宙の彼方にいて、『すべて』を見守っている〈神〉からの贈物といってもよい。」『宮沢賢治 花の図誌』 平凡社 平3・1
(17) (13)に同じ。
(18) 福島章「質問教室『「やまなし」には何故母親が出てこないのだろうか?」』での討論の報告」「賢治研究」昭46・8
(19) 松田司郎『宮沢賢治の童話論 深層の原風景』 国土社 昭61・5
(20) 初期形の執筆時が特定できないので、新聞発表の意欲を示して改作したこの時期を重視する。

「鹿踊りのはじまり」――その「ほんたうの精神」をめぐって――

一

宮沢賢治の童話集『注文の多い料理店』（大12・12）に収められた「鹿踊りのはじまり」に対する評価はどれも極めて高いものである。

非常に活性度の高いものだね。はじめから終りまで実によくできている。間然することがないというふうな感じで、いつも読むんだけどね。（天沢退二郎[1]）

「水仙月の四日」についてのいい作品だというのは、むしろ理性的理解であって、理屈は立つわけだけどね。「鹿踊り」のほうは理屈抜きで、つまり自分が説明できないところでね。（中略）次元が違うような気がする。（入沢康夫[2]）

僕も賢治の作品をそれこそ長年読んできて、この作品も何回読んだか知れないけれど、これだけは脱帽ですね。どうしようもない。最高の作品ですね。（原子朗[3]）

すべて座談中の言葉であるが、解説や解釈を寄せつけないほど完成度が高く、読者はその前で感嘆するほかはない、という讃辞が一致して献げられている。確かに、賢治作品中の珠玉と評される「やまなし」でも、クラムボンをはじめとする難解な語が読解のつまずきとなりやすいし、首尾がよく整っている「どんぐりと山猫」にも、その主題には不透明さが残るのに比べ、この作品は少しの停滞感もなくクライマックスに向って進展し、「鹿たちの生命の祭」[4]（伊東信夫）が描き出されているのである。しかも角野栄子氏の発言にもあるように[5]、作品を紡ぎ出す言葉は、情景の描写から鹿たちの歌に至るまで、作者の肉体の裏付けを持っている。自己と「世界」との神秘的交感を果していた賢治でなくては描けない作品なのである。恩田逸夫氏は物語の主題を「人間と動物との障壁がなく、狐や鹿が今日の家畜のように交渉し合った時代の素朴な感情[6]」と述べているが、後にふれるようにこの説に疑問は残るにせよ、少くとも作者には「人間と動物との障壁」はなかったのだから、作品の完璧性がこのような作者生来の神秘的資質によるのであれば、確かに読者は脱帽する他はないのだ。

しかし、作品の題材のこのような前近代性、土俗性、あるいは自己密着性にもかかわらず、賢治は決して神秘的にも反理性的にも書こうとしてはいないことに注意せねばならない。たとえば『遠野物語』の「おしらさま」の人獣結婚譚のような前近代性、土俗性には立脚していないのである。物語は「わたし」の疲労による入眠中の風の言葉として語られるという「額縁構造」をもっており、鹿たちの声が聞こえるという神秘はその中の出来事なのだ。その神秘を経験した嘉十も、鹿たちの歌声に感動はしても、「じぶんの大きな手」が目に入ると、自分が人間であることを思い出し「また息をころす」という理性を持ち合わせている。作者は十分に意識的に「近代以後」の物語の枠組みを守っているのである。

この意味では、鹿たちの歌声と一般的な「鹿踊り」の伝承とのつながりを否定し、「これはやっぱり賢治の詩以外のなにものでもない[7]」という入沢康夫氏の評は的を射たものであろう。とすれば「賢治は詩においてよりも童話において一層詩人である[8]」（寺田透）という意味で、作者は「鹿踊りのはじまり」という完璧な「詩」を書いたと考えた方が作品の本質に近いことになる。寺田氏はその根拠として、賢治の詩には本来詩が身につけているべき用語、韻律、映像の超現実性での統一が著しく不足していると言っているが、賢治詩の検討はここでは措くとしても、「用語、韻律、映像の超現実性での統一」が、まぎれもなく「鹿踊りのはじまり」の特質を説明しえていることに異論の余地はあるまい。鹿たちの方言による歌謡は比類なく自然でリアリティに満ちた生の讃歌たりえているし、描写される一齣一齣は明確な内的関連をもって作品を支えている。後にふれるように、嘉十が足を傷めていること一つとっても、かりそめのことではないのである。

では、稀に達成された「詩的小宇宙」を前に、読者はどのような態度を取るべきなのか。その最良のものはおそらく暗唱による言語の血肉化であろう。それが果せた者は誰でも秋の風の中に立ちさえすれば、「イーハトーヴ」の一員になれるのである。しかし、物語の読解の試みにおいては、逆に分析的知性の範囲内でしか接することができないのだから、せめて、物語を過度に分析し、詩的小宇宙から逸脱してしまわないように努めねばならない。

たとえば、谷川雁氏は嘉十が「少し左の膝《ひざ》を悪く」したのは栗の木から落ちたためであることに注目して、栗の実が実るころに木に登って取るというのは、収穫期であるにもかかわらず嘉十が労働力として一人前に認められていないことを示す、として嘉十の年齢を十五歳に想定している。(9)

たしかに、「嘉十《かじふ》はおぢいさんたちと北上川の東から移つてきて、小さな畑を開いて、粟《あわ》や稗《ひえ》をつくつてゐ」たのだから、余り高い年齢は想定できないし、足を治すために一人で湯の湧くところで小屋がけして泊る、ということも余り低い年齢では不可能である。従って嘉十が「こどもとおとなの境い目にある」十五歳という年齢であると読むことはそれほど強引ではない。しかし、そこから出発して、「びっこを引きながら野原をさまよい、『湯の湧くところへ行って、小屋をかけて泊る』というのは、いわば『成年戒』における『山籠り』を意味している。『湯』は『斎《ゆ》』であり、たとえば『斎川水《ゆがわみず》（湯川浴《ゆかわあみ》）』という言葉があるように、それは折口信夫によれば『常世』から湧き出た水、浄めのための霊水である。温泉とはその『ゆ』の湧き出すところである。嘉十はそこにたった一人で『小屋かけ』をして籠ろうとしているのである。[10]」（吉田文憲）と、物語から「通過儀礼《イニシエーション》」の「表象《シーニュ》」を読み取ろうとするのは明らかに民俗学的還元の過剰であろう。それは興味深い読みではあっても、この物語が「風」によって語られたものであるという肝心を忘れている。「風」はいうまでもなく「自然」の産み出すものであり、人間の文化的表象とは無縁である。ゆえに、「風」の語る「鹿踊りの、ほんたうの精神」とは、自然や人為の諸現象、諸行為が人間によって文化的に記号化されることとは無縁の「精神」でなければならない。また、物語の始まりの時空「そこらがまだまるつきり、丈高い草や黒い林のままだつたとき」とは、人間が文化的に生活の場を記号化し、それによってすべてが過剰に意味づけられてしまうにいまだ至らない世界を指すはずである。そこでは「湯」は「湯」以外の何物でもなく、嘉十はただ足の治療にそこへ泊るのであり、それだけで十分に物語は魅力的なのである。

ごく普通の意味で、「詩」が読者を社会性や日常性から解放するものであるとすれば、特にこの作品を前にしては、能うるかぎり「詩を詩以外のもので語らない」という姿勢が要請されるだろう。読者は表現された一語一語の中に身を置き、その像《イメージ》を自己の内に豊かに形成していかねばならない。それはいわば〈夢想の時間〉を生きることであり、人間が社会生活や日常生活以外の生の時間を持ちうることを確認することでもある。「わたしたちは、氷砂糖をほしいくらゐもたないでも、きれいにすきとほつた風をたべ、桃いろのうつくしい朝の日光をのむことができます。」（『注文の多い料理店』序）とは、賢治が誰よりもそのことをよく知り、その時間を豊かに生き、読者をそこへ招いていることを示している。

二

そのとき西のぎらぎらのちぢれた雲のあひだから、夕陽《ゆふひ》は赤くなゝめに苔《こけ》の野原に注ぎ、すすきはみんな白い火のやうにゆれて光りました。わたくしが疲れてそこに睡《ねむ》りますと、ざあざあ吹いてゐた風が、だんだん人のことばにきこえ、やがてそれは、いま北上《きたかみ》の山の方や、野原に行はれてゐた鹿踊りの、ほんたうの精神を語りました。

嘉十と鹿たちの小さな物語はこのようにして語り始められる。多くの指摘があるように、この「風の語る物語」という構造は、物語の収められた童話集『注文の多い料理店』の序文にまっすぐ通じているのだが、ここではそのことに触れる前に、風が語り始めるのは、日常的な意識を失った入眠中のできごとであることをもう一度確認しておこう。従って、冒頭の「そのとき」については、「のっけから現われる《その》という指示形容詞は、その瞬間から、その語りがすでにはじめもなく終りもないものとしての《その》よりはるか以前につながるものであることを明らかにしてしまうのであり、この啓示こそは、《風》の語ることばというモチーフによって語り自体のオリジンを語るというこの作品のはじまりが、またたく間に予言的に打ちあげたものなのである。」(11)(天沢退二郎　傍点原文)というような深淵な解釈を必要とするものではなく、あの真正面から幻想世界を描いた作品「インドラの網」の冒頭と全く同じ形を持つことに注意が払われればよい。

そのとき私は大へんひどく疲れてゐてたしか風と草穂との底に倒れてゐたのだと思います。
その秋風の昏倒の中で私は私の錫《すず》いろの影法師にずゐぶん馬鹿ていねいな別れの挨拶をやつてゐました。
(傍点引用者)

「そのとき」とは意識が日常から眠りへと移行する瞬間であり、二つの作品の違いは疲労による昏倒の際、かすかに外界の光景が意識に残っているか（「鹿踊りのはじまり」）、すぐに入眠状態に入るか（「インドラの網」）の違いでしかない。だから「西のぎらぎらのちぢれた」雲、「赤くなゝめに苔の野原に注」ぐ夕陽、「白い火のやうにゆれて光」るすすきとは単なる客観描写ではなく、主客が未分化になり、日常的意識が溶け去ろうとする時の夢幻的な光景なのである。

「わたくし」がこうして聞くことになる「風のことば」とは、「人のことばに聞こえる」にもかかわらず、天沢退二郎氏の指摘の通り、その本質は非人称的な〈原言語[12]〉であろう。

それは「銀河鉄道の夜」（初期形）でジョバンニが聞く「その語が少しもジョバンニの知らない語なのに、その意味はちゃんとわかる」セロのような声と同質である。この地上で人間が語るかぎり、その言葉は時代、民族、国家、老若、男女……といった細分化された相対的なものである。それはつまりは、人間が「世界」を人為的なゆがみの中で理解伝達することから免れえないことを示している。原言語としての地上の「風のことば」や天上の「セロのような声」とは、そのような相対をこえて、直接「世界」の声を伝えるものなのだ。こうして「鹿踊り」の「ほんたうの精神」（傍点引用者）が明らかにされていく。

その「精神」を形成するものの一つを先に確認しておくとすれば、「世界」に対する謙虚さ、ということであろう。それはまず、嘉十が足を傷めているという設定に現われている。栗の木から落ちて左の膝を少し悪くした嘉十は湯療治のため「すこしびつこをひきながら、ゆつくりゆつくりゆつくり歩いて行」く。清水真砂子氏の指摘のあるように[13]、もし「俗なる世界で十分に活動できる身体強健な男」が山を闊歩しているのであればこの物語は成り立たない。不自由な肉体とは、いわば謙虚な肉体なのであり、それが「ゆつくりゆつくり歩」くことによって、しかも陽が西に傾く頃まで歩き続けることによって、はじめて自然の中へ溶け込むことができるのである。こうして嘉十の心身は「世界」に対して豊かな共感能力を獲得することになる。

たとえば、栃と栗のだんごを食べながら嘉十は「すすきの中から黒くまつすぐに立つてゐる、はんのきの幹をじつにりつぱだ」と思うのだが、やせて灰色っぽく実際には余り見栄えのよくない(14)「はんの木」をそう思えるのは、嘉十の生来の資質もあるにしても、やはり謙虚な肉体が自然との一体化を促したゆえであろう。それは、町の魚屋で「ゆで章魚《だこ》」を見て、「あのいぼのある赤い脚のまがりぐあひは、ほんたうにりつぱだ。郡役所の技手《ぎて》の、乗馬ずぼんをはいた足よりまだりつぱだ。かういふものが、海の底の青いくらいところを、大きく眼をあいてはつてゐるのはじつさいえらい。」と思う山男が生来もっているものと同質である（「山男の四月」）。自然に身をゆだねて生きている山男の自我意識の少なさは、万物へのあふれるばかりの共感能力となっているのだが、嘉十は足の負傷によって山男と同じ感慨を持ちえたのである。

こうして食べ残した栃の団子を鹿たちにふるまおうとすることもいかにも自然に行われる。手ぬぐいを忘れて引き返した嘉十の行動はやはりあくまで謙虚である。

「はあ、鹿等《しかだ》あ、すぐに来たもな。」と嘉十《かじふ》は咽喉《のど》の中で、笑ひながらつぶやきました。そしてからだをかゞめて、そろりそろりと、そつちに近よつて行きました。

嘉十はすすきの隙間《すきま》から、息をこらしてのぞきました。

嘉十はよろこんで、そつと片膝《かたひざ》をついてそれに見とれました。

嘉十は痛い足をそつと手で曲げて、苔《こけ》の上にきちんと座りました。

初め、微笑しながら鹿たちを見ていた嘉十は、最後にはきちんと正座して鹿たちに相対する。痛い方の足は伸していた方が楽であろうのに、彼は居ずまいを正して鹿たちを見守るのである。「嘉十はにはかに耳がきいんと鳴りました。そしてがたがたふるへました。鹿どもの風にゆれる草穂のやうな気もちが、波になつて伝はつて来たのでした。」という描写が来るのはこのすぐあとである。嘉十の〈世界に対する謙虚さ〉はこの時頂点に達しているのであり、それによってはじめて鹿たちの声が聞こえるという神秘が実現したのである。

嘉十という名前が、虔十（「虔十公園林」）と同じく、仏の十力（仏の智恵）を身に帯びた存在という暗示を持っていることは明らかであろう。二人は共にそのこの上ない謙虚さによって常人にはなしえないことを経験し（嘉十）、またなしえたのである（虔十の巧まざる自然公園の建設）。少くとも、嘉十が、傲慢であることによって山猫たちのたくらみに気づけない——自然の声を聞くことができない——二人の若い紳士（「注文の多い料理店」）と対極にあることは言うまでもない。

三

「ぢや、おれ行つて見で来《こ》べが。」「うんにや、危ないぢや。も少し見でべ。」というためらいから始り、「何して遁《に》げできた。」「気味悪《きびわり》ぐなてよ。」「息吐《いぎつ》でるが。」「さあ、息《いぎ》の音《おど》あ為《さ》ないがけあな。口《くち》も無いやうだけあな。」といぶかしがり、「ぢや、ぢや、嚙《か》ぢらへだが、痛ぐしたが。」「プルルルルル。」「舌抜がれだが。」「プルルルルル。」「なにした、なにした。なにした。ぢや。」「ふう、あゝ、舌縮まつてしまつたたよ。」とおびえ、「きつともて、こいづあ大きな蝸牛《なめくづら》の旱《ひ》からびだのだな。」という結論に至る、一本の手拭をめぐっての鹿たちの言動はいかにも微笑しいものである。形を見、臭いをかぎ、色を確かめ、柔らかさを知ろうとする鹿たちの行為は、五感を総動員して初めて出会ったものと真剣に対処しているのであり、原初的な驚きに満ちている。

それは幼い子供たちの「世界」との新鮮な出会いを彷彿とさせるが、もちろん両者を単純に同一視することはできない。鹿たちの「うんにや、危ないぢや」というためらいは、「何時《いつ》だがの狐《きつね》みだいに口発破《くちはつぱ》などさ罹《かか》つて」吹き飛ばされてしまわないために、人間という無類の敵を含む自然界で生きぬくための用心深さなのである。

ここに、小沢俊郎氏が土屋七蔵氏の文章を引用しながら指摘するように⑮「自然の中で生きてゆく農民たちの、自分の目で物事を見極めてゆかねばならぬ生活の厳しさ」を「鹿踊りのほんたうの精神」の一つに数えうる理由がある。土屋氏によれば、関東以北の獅子舞の動作の中には、「へびがかり」「まりがかり」「橋がかり」「竿かがり」「太刀がかり」と呼ばれるものがあり、それはすべて見慣れないものに対してあらゆる角度から用心を重ねて対処するようにとの、生活上の教訓を表現しているという。

作者賢治がこのことを知っていたかどうかはわからないし、通常、この場面には郷土芸能の鹿踊りのなかの「カカシ踊り」のカカシが手拭に代えられたものだという指摘が行なわれているのだが、右のように考えられるとすれば、鹿たちの言動は一層厳粛なものになり、嘉十が正座して見守る必然性もより増すことになるだろう。

しかし、このような教訓性を「鹿踊りのほんたうの精神」の中核として考えることにはやはりためらいが残る。鹿たちの行為が農民と同じく厳しい自然の中で生きぬくための厳粛なものであることは明らかでも、「こいづあ大きな蝸牛《なめくづら》の旱《ひ》からびだのだな」という誤った結論が意に介されていないことが示しているように、鹿たちは農民よりもっと大らかなスケールで生きている。それは人間のように自然と対峙するのでなく、自然に身を任せているものの危うい大らかさなのだが、人間の失ってしまった生の豊かさとして、作者から暖く支持されているのである。

従って、ここで読み取るべきものは手拭をめぐるやりとりで明らかにされる鹿たちの、〝生活〟であるだろう。毒《ぶす》蕈《きのこ》、年老《としよ》りの番兵、柳の葉、ごまざいの毛、と並べられたものは、彼らの行動の範囲が山中に限られた狭いものではなく、豊かな広がりをもつことを示している。特に、「ごまざいの毛のやうにが。」「うん、あれよりあ、も少し硬《こわ》ぱしな。」という会話は、綿の代用にしたり、針山にも入れたというごまざいの柔毛と鹿たちにどういうつながりがあるのだろうという興味を抱かせる。東北の子供たちは玩具としてふりまわし、毛をちらして遊んだというから、[16]鹿たちにとってもなじみの遊具だったのかもしれない。

ともあれ、ここには鹿たちの〝具体的な生活〟があり、そこから紡ぎだされる〈生きた言葉〉がある。より厳密に、〈生きられた言葉〉というべきかもしれない。鹿たちの思考は生活の範囲を出ることがないから、未知のものに対して誤った判断を下しているのだが、結論に辿りついたことを喜ぶその歌には、〈生きられた言葉〉のみが持つことのできる骨太いユーモアがある。

「のはらのまん中の　めつけもの
すつこんすつこの　栃《とち》だんご
栃のだんごは　結構だが
となりにいからだ　ふんながす
青じろ番兵《ばんぺ》は　気にかがる。
青じろ番兵《ばんぺ》は　ふんにやふにや
吠《ほ》えるもさないば　泣ぐもさない
瘠《や》せで長くて　ぶぢぶぢで
どごが口《くぢ》だが　あだまだが
ひでりあがりの　なめぐぢら。」

ここでもあの「注文の多い料理店」との比較が有効であろう。同じように未知のものと出合い、同じように判断を誤っているのだが、二つの物語の結末の相違は、主人公たちが発する言葉が生きられたものであるか否かによると言っていい。「すつかりイギリスの兵隊のかたち」になりすまして山中にやって来た二人の青年は、その服装が示す通り、生活に根を持つ言葉を持っていない。頭だけの学習によるてらいに満ちた言葉を重ねれば重ねるほど判断の誤りは続いてゆき、ついに山猫の食卓に上る寸前にまでなるのである。しかし、自分たちをおびえさせた正体不明物に対して会話を重ね、結論に達すると番兵にしてはふにゃふにゃで、吠えも泣きもしない、瘠せてながくてまだら模様で、どこが口だか頭だかもわからない、と皮肉をこめながらはやしたてる鹿たちの言葉に一言の借り物もないのだ。

かくして、この生きられた言葉が、はやし歌から讃えの歌へと向けられた時、「鹿踊りのほんたうの精神」はおのずから明らかになることとなる。不安の去った鹿たちはめでたく食事にありつくが、たった「ひとかけ」の栃だんごを分けあって食べるというそのつつましさは、それにふさわしい敬虔な生の讃歌となって現われる。この物語のクライマックスである。

太陽はこのとき、ちやうどはんのきの梢《こずゑ》の中ほどにかかつて、少し黄いろにかゞやいて居りました。鹿のめぐりはまただんだんゆるやかになつて、たがひにせわしくうなづき合ひ、やがて一列に太陽に向いて、それを拝むやうにしてまつすぐに立つたのでした。嘉十はもうほんたうに夢のやうにそれに見とれてゐたのです。
「いちばん右はじにたつた鹿が細い声でうたひました。
「はんの木《ぎ》の
みどりみぢんの葉の向《もご》さ

ぢやらんぢやららんの
お日さん懸《か》がる。」
その水晶の笛のやうな声に、嘉十は目をつぶつてふるえあがりました。

松田司郎氏はこの場面を初めて読んだ時、「体の中を電流が走ったような激しい疼き」を覚えたと言っているが、[17]たしかに「目をつぶつてふるえあが」った嘉十に近い反応を読者に引き起す何かをこの場面はもっている。それを見極めるために、後に続く歌も視野に入れて考察してみよう。

「お日さんを
せながさしよへば　はんの木《ぎ》も
くだげで光る
鉄のかんがみ。」
「お日さんは
はんの木《ぎ》の向《もご》さ、降りでも
すすぎ、ぎんがぎが
まぶしまんぶし。」
「ぎんがぎがの
すすぎの中《なが》さ立ぢあがる
はんの木《ぎ》のすねの

長《な》んがい、かげぼうし。」
「ぎんがぎがの
すすぎの底の日暮れかだ
苔《こけ》の野はらを
蟻《あり》こも行がず。」
「ぎんがぎがの
すすぎの底《そこ》でそつこりと
咲ぐうめばぢの
愛《え》どしおえどし。」

まず、「太陽はこのとき」の「このとき」とは如何なる時か。それは、鹿たちが栃のだんごを食べ終った時であり、正体不明物に対する緊張が解け、食事を終えた満足感に満たされた時である。同時に、太陽が真昼の強い光りではなく、「はんの木の梢の中ほど」の位置、つまりもう西方に沈もうという低い位置から柔らかな陽光を注いでいる時でもある。鹿たちの内も外も緊張から解放され、やさしく包み込むような至福に満たされているのであり、その至福の時をのがすまいとするように、鹿たちは傾いてゆく太陽に向って一列に並ぶのである。従って、「たびたび太陽の方にあたまを下げました」「ひくく首をたれて」とあるように、鹿たちの歌は自分たちにこのような時を与えてくれる自然へのこの上ない敬虔な讃歌であるが、ここで肝要なのは、その讃歌の即興性である。

はんの木にかかった夕日↓夕日を背にしたはんの木↓夕日を浴びて光るすすき↓すすきの中に立つはんの木の長い影↓夕ぐれの苔むした野原↓すすきの下に咲くうめばち草、と、鹿たちは連歌の歌仙でも巻くように、つかずはなれず前の歌を受けながら夕ぐれの野原の光景を歌う。それは結果的には「大から小へ、遠から近へ、透視図法のような見事な遠近法」(18)（小沢俊郎）を形成しているのだが、それは決して意図的なものではないであろう。短歌形式をとってはいても、それは俳句でいう属目吟（即興的に目にふれたものを吟ずること）に近いものであり、詩的完成には重きを置かれてはいないのである。なぜなら、ここではうまく歌うこと、あるいは、美しく歌うことは必要ないからである。「美」は世界にあるのであり、歌い手にあるのではない。歌い手の任務は、その「美」を、「時よ止まれ」と言うように、一瞬言語によって固定してみせるだけなのだ。

佐藤泰平氏によれば(19)、宮沢賢治の「歌入り童話」は三二篇あり、そこでは三三三曲が歌われるが、そのうち既成の歌は八〇曲だけで、あとの二五三曲はその場で作られる即興曲である。「鹿踊りのはじまり」もこの即興曲に入るが、このような賢治童話における即興歌の多産こそ登場人物たちの「世界」に対する絶対的信頼を前提としていると言うことができる。たとえば、即興とはいえ曲の体をなさないようなラフなものが次々とくり出される「かしはばやしの夜」では、「さあ早くはじめるんだ、早いのは点がいゝよ。」とはやされる通り、歌の良し悪しの競いは成立していない。どのような粗雑な歌であろうと、かしわばやしの月の夜のめでたさはもう決定しているのだから、参加者はただ歌いさえすればよいのである。

　これに対し、鹿たちの歌は形式も一定しているし、「くだげで光る／鉄のかんがみ」「ぢやらんぢやらんの／お日さん懸がる」「そつこりと／咲ぐうめばぢの／愛《え》どしおえどし。」等の見事な詩的表現が紡ぎ出されている。しかし、本質的にはかしわの木たちの歌と何のかわりもない。そこには人間の場合にはいつもつきまとう意識的な美への希求はどこにもない。彼らはただ、みずからは声を発しえない「世界」にかわって、その一瞬の「美」を言語によって固定化してみせただけなのである。「水晶の笛のやうな」という鹿たちの声の形容も、彼らの「世界」に対する意識に少しの曇りもないことを物語っている。嘉十がふるえ上るほど感動するのも、かくも透明に「世界」そのものが言語化された経験がなかったからにちがいない。この物語が風によって語られるのも同様の理由によるであろう。人語の持ちえない透明さによってしかこの美しい物語は語ることができないのである。

かくして、鹿たちの歌い終ったあとの激しい舞踏に発情期を迎えようとする鹿たちのエロスの発動を見、うめばち草はそのシンボルであるとする説（谷川雁、吉田文憲、松田司郎[20]）には従いがたい。この風によって語られた物語を一貫して流れている「敬虔さ」というトーンに性愛＝エロスはなじまない。鹿たちは彼らにとってもまれにしか訪れることのない至福の時を、時を止めて言語化し、「世界」に対する絶対的信頼を表現しえたことに満足したからこそ「みぢかく笛のやうに鳴いてはねあがり、はげしくはげしくまは」ったのである。うめばち草がシンボルであるとしても、それは天空の太陽からはじまった讃美が地上まで達しえたこと、つまり天と地が一つに結びつけられたことのよろこびのシンボルであろう。この時、うめばち草は「世界」そのものなのであり、「愛《え》どしおえどし」とは単にうめばち草にだけ向って発せられた言葉ではないのである。

「北から冷たい風が来て、ひゆうと鳴り、はんの木はほんたうに砕けた鉄の鏡のやうにかゞやき、かちんかちんと葉と葉がすれあつて音をたてたやうにさへおもはれ、すすきの穂までが鹿にまぢつて一しよにぐるぐるめぐつてゐるやうに見えました。」という鹿たちの舞踏に続く描写には、確かに「エロスの波動」（吉田）と言ってみたいような官能的な激しさがある。しかし、それは「世界」が本来もっている本質なのである。われわれが知識で頭を一杯にしたり、自我意識で歪めさえしなければ、「世界」は本当はこのようなめくるめく美しさに満ちているのだが、とらわれの多い人間はそれに気づかないのだ。エロスの情念とは、つまりは日常的社会的な外皮をはぎ取られた直接性と直接性がぶつかり合う情念なのだから、評家がこの場面に「エロスの波動」を見出すのも当然とも言えるが、ここでは、嘉十が鹿たちの歌に導かれて、「世界」の美を何のとらわれもなしに直接に感受しえたことが明確に描写されていることを確認すれば十分であろう。

かくして鹿たちと全く同じレベルにおいて「世界」と向き合うことのできた嘉十は思わず「ホウ、やれ、やれい。」と叫びながら姿を現わす。まさしく彼は「まだ剖れない巨きな愛の感情」（『注文の多い料理店』広告文）＝全き一体感、を「世界」に対して体験しえたのである。しかし、当然のことながら、鹿たちは嘉十を受け入れない。「はやてに吹かれた木の葉のやうに、からだを斜めにして逃げ出」すのである。もちろん、鹿たちはただ驚いただけなのだが、その他者への恐怖が殺傷のための道具「口発破」に代表される人間の文化的な利器によって増幅されたものであることは指摘できよう。『巨きな愛の感情』が人間たちによって剖られて来たことをここで読み取ることは行き過ぎであるにせよ、「ちよつとにが笑ひ」をして去っていく嘉十の姿に、みずからが生み出したものによって「世界」から隔てられてしまった人間の哀しみを見ることは可能なのである。

もはや「鹿踊りのほんたうの精神」は明らかであろう。それは鹿に代表される「世界」との直接性の中で生きる動物たちの、謙虚で内なる力に満ちた「世界」への感謝と讃美の「精神」である。ゆえに、人間が「世界」を讃美しようとすれば、鹿の姿を借りなければ表現できない「精神」である。

注

（1）天沢退二郎、入沢康夫、林光「共同討議　賢治童話の世界」「ユリイカ」昭52・9臨時増刊「総特集　宮沢賢治」青土社

（2）（1）に同じ

（3）原子朗、伊藤眞一郎、角野栄子、渡辺芳紀「〈共同討議〉賢治童話を読む」「國文學」學燈社　昭61・5臨時増刊

（4）伊東信夫「鹿たちの生命の祭り『鹿踊りのはじまり』を読む」「ひと」平5・11号　太郎次郎社

（5）（3）に同じ

(6) 恩田逸夫「『鹿踊りのはじまり』雑感」『「注文の多い料理店」研究Ⅱ』所収　學藝書林　昭50・12
(7) (1) に同じ
(8) 寺田透「宮沢賢治の童話の世界」『宮澤賢治研究』筑摩書房　所収　昭45・4
(9) 谷川雁『ものがたり交響』筑摩書房　平1・2
(10) 吉田文憲「エロスの波動の『物語』――谷川雁『ものがたり交響』にふれて」「現代詩手帖」思潮社　平3・9号
(11) 天沢退二郎「詩人《宮澤賢治》の成立」(8) と同書所収
(12) (11) に同じ
(13) 清水真砂子「鹿踊りのはじまり」「解釈と鑑賞」昭59・11月号　至文堂
(14) (9) に同じ
(15) 小沢俊郎「『鹿踊りのはじまり』について」(6) と同書所収
(16)『宮澤賢治語彙辞典』東京書籍　平1・10
(17) 松田司郎、笹川弘三『宮澤賢治　花の図誌』平凡社　平3・1
(18) (15) に同じ
(19) 佐藤泰平「私見・宮沢賢治の歌入り童話」平2・6・22の梅光女学院大学特別講演会に於るプリント資料
(20) それぞれ前掲書

「銀河鉄道の夜」初期形——求道者たちの実験——

一

「銀河鉄道の夜」、とりわけその初期形は、多くの場合、作者宮沢賢治を作品に重ねることで読まれて来た。「ぼくはみんなから、まるで狐《きつね》のやうに見えるんだ。」という言葉に集約される主人公ジョバンニの疎外感や孤独感は「社会的被告」（昭7・6・21　母木光あて書簡）という自覚に生きた作者に重ねられ、共に「どこまでもどこまでも行く」ことを望まれながら姿を消す級友カムパネルラは、早逝した妹トシ、あるいは、思想的に訣別した親友保阪嘉内の投影と考えられた。ジョバンニの旅する「幻想第四次空間」は賢治のユートピア幻想の具象化であると指摘された。それぞれに十分根拠のあることである。特にジョバンニのカムパネルラとの悲哀に満ちた別離の経験に、賢治における「個から類へと自らを解き放つ」回生への契機を見る（佐藤通雅(1)）ことに、基本的には異論の余地はない。「あゝさうだ。みんながさう考へる。けれどもいっしょに行けない。そしてみんながカムパネルラだ。おまへがあふどんなひとでもみんな何べんもおまへといっしょに苹果《りんご》をたべたり汽車に乗ったりしたのだ。だからやっぱりおまへはさっき考へたやうにあらゆるひとのいちばんの幸福をさがしみんなと一しょに早くそこに行くがいゝ、そこでばかりおまへはほんたうにカムパネルラといつまでもいっしょに行けるのだ。」というメッセージは、誰よりもまず自己自身に向けて発せられたものであり、この言葉の延長線上に羅須地人協会時代の実践活動は存在したのである。後期形への大幅な改稿も、この物語のもつ作者と主人公の距離の近さが大きな要因となっていることは言うまでもない。

しかし、そうではあっても、この物語の読解に常に作者が呼び寄せられねばならないわけではないだろう。大正末期には一応の完成をみたと考えられる初期形のテキストは、プレテキストとしての作者の現実によって支えられねばならないほどの危うい自立性しか持ちえていないとは思われない。むしろ、親友保阪との訣別、妹トシとの死別、実践活動の挫折等の作者の現実の圧倒的な存在感が読者を魅了し、それが物語の自立的な読みを妨げてきた側面は否定しがたいのではないだろうか。

たとえば、主人公の疎外感や孤独感に早くから注目した中村稔氏は「銀河鉄道が駆けるユートピアをかいまみるために、なぜジョバンニはそれほどまでに孤独でなければならなかったか。」という問いを提出し、作者と主人公を重ねる読みの先鞭をつけたが、その根拠の一つとして示されたのは「ああ松を出て社殿をのぼり／絵馬や格子に囲まれた／うすくらがりの板の上に／からだを投げだしておれは泣きたい」という「絶望」や、「くらかけ山の雪／友一人なく／同志一人もなく」という「わびしい感想」であった。[2] しかし、前者は初期形テキスト成立以後の実践活動のさなかで書かれた詩であり、後者はさらにその後、病臥の床で「雨ニモマケズ手帳」に書き留められたメモである。これらの表現にジョバンニの疎外感や孤独感との類似を見出すことには明らかに無理がある。「ジョバンニの孤独」は実践活動以前に完成していたのであるから、むしろ、実際に「絶望」や「わびしい感想」を抱いた賢治が、にもかかわらず、後期形ではそれらを初期形よりも低いボルテージでしか主人公に反映させなかったことに注目すべきなのだ。

もし、作者の現実を呼び寄せるとしても、少なくとも仲間から疎外された孤独な存在ということに関して言えば、賢治は決してそれを忌避してはいないことを改めて想起する必要がある。

あるとき一つの御城に参りました、(中略) その国の広い事、人民の富んでゐる事、この国には生存競争などと申す様なつまらない競争もなく労働者対資本家などといふ様な頭の病める問題もなく総てが楽しみ総てが悦び総てが真であり善である国でありました、決して喜びながら心の底で悲む様な変な人も居ませんでした、（中略）王子は永い旅に又のぼりました、なぜなれば、かの無窮遠のかなたに離れたる彼の友達は誠は彼の兄弟であったからでありました、それですから今も歩いてゐるでせう。

（「『旅人のはなし』から」）

わたくしはどこまでも孤独を愛し／熱く湿った感情を嫌ひますので／もし万一にもわたくしにもっと仕事をご期待なさるお方は／同人になれと云ったり／原稿のさいそくや集金郵便をお差し向けになったり／わたくしを苦しませぬやうおねがひしたいと存じます

（「春と修羅」第二集序）

大都郊外ノ煙ニマギレントネガヒ　マタ北上峡野ノ松林ニ朽チ埋レンコトヲオモヒシモ　父母ニ共《ママ》ニ許サズ
廃軀ニ薬ヲ仰ギ　熱悩ニアヘギテ唯是父母ノ意僅ニ充タンヲ翼《ママ》（ねが）フ

（「雨ニモマケズ手帳」）

「『旅人のはなし』から」は二十一歳、「春と修羅」第二集序は三十二歳、「雨ニモマケズ手帳」のメモは死の二年前、三十五歳のものである。明らかなように、生涯を通じて〈孤独〉はむしろ熱望されている。最初期の散文「『旅人のはなし』から」では、主人公はこれ以上望みえない理想的な国の王子であり、旅からの帰還時には父母から暖く迎えられながら、王位を継承することなく再び果てしない旅へと出発する。世俗的な幸福を甘受することを潔しとしない賢治の性向が早くも現われている。「春と修羅」第二集序には詩人ぎらいの詩人である賢治の屈折した意識を、「雨ニモマケズ手帳」の再起不能を自覚したメモには、生涯の最後まで出家願望を保持していた賢治の姿を見ることができる。

保阪やトシとの別れ、実践活動の挫折などが賢治の人生の大きなエポックをなしたことは明らかである。しかし、それにひきずられて、彼にとって〈孤独〉は悲哀ではなく深い安息の場所でさえあったことを忘れてはならないだろう。作者と主人公の距離で言えば、町はずれのこわれた水車小屋に一人住むゴーシュ（「セロ弾きのゴーシュ」）や、無人の元競馬場の宿直室に一匹の山羊と共に住む下級官吏レオーノ＝キュースト（「ポラーノの広場」）を、その最短の存在として想起する方がより自然なのである。

このように見れば、父の不在と罪の嫌疑に端を発したジョバンニの仲間からの疎外と町はずれの丘への逃避が、あの「『旅人のはなし』から」の主人公の王子とは対照的であることが明らかになるだろう。同じく逃避行でありながら、通念に照らしてみればジョバンニのそれは不幸な少年として理解できるが、王子のそれは幸福な青年として不可解なものである。後者の不可解さこそ作者の不可解さにつながるものであることは言うまでもない。冒頭に示した「ぼくはみんなから、まるで狐《きつね》のやうに見えるんだ。」というつぶやきに関して言えば、それはあくまで不幸な少年として自然なものであり、あえて作者に重ねられる必要はない。賢治における「社会的被告」の自覚とはその「財ばつと云はれるもの」（母木あて書簡）＝特権的幸福によるのであり、ジョバンニの不幸とは対極にあるものだからである。ジョバンニはあくまでふつうの少年として父の帰還と母の病気の回復を願っているのであり、作者からは自立した主人公として設定されているのである。(3)

同様に、カムパネルラにトシや保阪の投影を過剰に読み込むことにも慎重であるべきだろう。少なくとも物語の中では、所属していた集団からはじき出された主人公が、絶望してただ一人だけとの親交を望むという形をとっていることに注目せねばならない。それは明らかに賢治のトシや保阪との関係とは異なっている。賢治がトシや保阪を失ったことを悲しんだのは、信仰という共同性に生きる同志を失ったからであり（トシ）、また、同志をついに得られなかった（保阪）からである。そこに共同性そのものに対する絶望はないのだ。ここで視野に入れるべきなのは、おそらく賢治自身の経験に基くと思われる次の洞察である。

この不可思議な大きな心象宙宇のなかで
もしも正しいねがひに燃えて
じぶんとひとと万象といつしよに
至上福祉にいたらうとする
それをある宗教的情操とするならば
そのねがひから砕けまたは疲れ
じぶんとそれからたつたもひとつのたましひと
完全そして永久にどこまでもいつしよに行かうとする
この変態を恋愛といふ

（「小岩井農場　パート九」部分）

かつて境忠一氏の指摘があり、(4)近くは牧野立雄氏によって遠藤智恵子という名が明らかにされたように、(5)農学校教師時代の賢治は激しい恋情にとらえられていた。その修羅意識の成立には、万人の究極の幸福を求めんとする〈まことの道〉の一員たることから脱落し、眼前のただ一人の異性との幸福をねがう自己自身に対する強い否定意識がかかわっていたにちがいない。そのような経験があって初めてこの洞察は可能だったのである。

もちろん、物語でのジョバンニが万人の至上福祉を願っていたわけではない。しかし、父の不在をきっかけとして仲間から疎外されていくからこそカムパネルラとの永遠の同伴を願うのであり、物語が「小岩井農場　パート九」に示された人間洞察に添った〈自己救済〉にまつわる葛藤をテーマとして形成されていることは明らかである。すなわち、この物語に主人公の個から類への自己解放を見出すだけでは十分でなく、類から個へさらに高度の類へと向う往復運動による魂の成長を見出すべきであるし、作者の現実を呼びよせるのであれば、トシや保阪との関係だけではなく、自己の恋愛経験を視野に収めた深い人間洞察をも含み入れるべきなのだ。

さらにまた、主人公が死後の世界たる天上の幻想空間を経めぐるというストーリーも、必ずしもトシの死による作者の衝撃にのみ帰せられる必要はあるまい。「死して生まれよ」は古来魂の再生のための必須のテーゼであり、現実に絶望した少年が文字通りの死後の世界を経て魂の回生を得ることは、まことに理に適ったことなのである。

かくして、「銀河鉄道の夜」は不幸な少年を主人公とするいかにもオーソドックスな設定を持つ「少年小説」であると言うことができる。しかし、描かれた幻想空間はおそらく「少年」の理解を超えるものである。ここに至っては、賢治の「思想」とそれを形成したものを援用する他はない。

二

「銀河鉄道の夜」に表現された幻想空間をどのように受け止めるかは大きな問題である。冒頭部分のあふれんばかりの光の描写と、報告されている臨死体験との類似に注目した河合隼雄氏は、妹トシの死を悲しむ余り賢治自身が瀕死体験をしたのではないかという仮説を提出しているし[6]、桑原啓善氏は「わがうち秘めし／異事の数、幽界の〔こ／異空間」（「兄妹像手帳」）というメモの通り、物語の枠組みは賢治の想像ではなく実体験に基いていると主張している[7]。両説に説得力を認めざるを得ないが、作品論を超える問題である以上、これに深入りすることはできない。ここでは、すでに指摘のあるジョン・バンヤンの「天路歴程」[8]、ダンテの「神曲」[9]、ギリシャ神話の中の「オルフェ神話」[10]、『法華経』の「化城喩品」[11]、霊界遍歴譚としての「毘沙門の本地」[12]等と並んで作品の構成に影響を与えたと推察されるものとして、『聖書』の「黙示録」を取り上げ、幻想空間理解の手がかりとしてみたい。「銀河鉄道の夜」と「黙示録」、特に「ヨハネの黙示録」との関連については早くに佐藤泰正氏の指摘があり、上田哲氏も賢治の「〈異空間〉信仰」の物語化として作品を読み取る立場から、「銀河鉄道の夜」に黙示録的本質を見ている。[13] ここではさらに歩を進めて、できるだけ詳細に「黙示録」の本質や「ヨハネの黙示録」の特質を探るところから始めてみよう。

まず、「黙示録」とは何か。

(1) 「黙示」(アポカリュプシス、アポカリプス)とは、隠された事柄(秘密、秘義、奥義)が顕わになること、見えないものが見えるようになることである。これらは本来神にのみ属する事柄で、人間は知ることを許されないものである。

(2) (1)はいずれも神が特定の人間に秘密を啓示するという形をとる。枠組としては、筆者(異現象を見る者)が天使に導かれてまぼろしを見、さらにその意味の解き明しをされるというものが多い。

(3) 啓示されるのは将来の出来事であるが、その意義は現在へ直接かかわり現在を規定する。

(4) 「奥義」に関しては二つの側面がある。宇宙の秩序や天体の性質、運行、天上界や冥府などの領域に関する宇宙的側面と、人類や世界の将来、特に近づいている現世の終末と人類の審判などに関する時間的、歴史的側面である。

(5) (4)のうち重要なのは後者、つまり「時」に関する奥義である。この世は終末に近づいており、やがて来る「大いなる患難の日」と、審判によって神の支配が確立するという期待と、それがいつどのようにして来るかということが啓示される。

では、作者に直接影響を与えたと思われる「ヨハネの黙示録」とは何か。

(6) 成立はローマ帝国、ドミティアヌス皇帝の統治時代（A・D81〜96）の終り頃と考えられる。ドミティアヌス帝は生存中帝国のすべての臣下から神としての尊崇を受けることを要求し、そのためイエスを神の子と信ずる者達を圧迫、迫害した。

(7) 「ヨハネの黙示録」が聖書に入るべき正典として全キリスト教会から承認されるまでには曲折があり、正式に編入されたのは四世紀後半である。

(8) 「ヨハネの黙示録」の要点。（引用は新共同訳版による）

a．受難とそれ故の啓示。「わたしは、神の言葉とイエスの証《あか》しとのゆえに、パトモスと呼ばれる島にいた。ある主の日のこと、わたしは〝霊〟に満たされていたが、後の方で、ラッパのように響く大声を聞いた。」（1章9節以下）

b．選ばれた者への啓示。「勝利を得る者には隠されているマンナを与えよう。また、白い小石を与えよう。この小石には、これを受ける者のほかにはだれにも分からぬ新しい名が記されている。」（2章17節）

c．選ばれた者の権威の獲得。「勝利を得る者にわたしの業を終わりまで守り続ける者に、わたしは、諸国民の上に立つ権威を授けよう。彼は鉄の杖をもって彼らを治める、土の器を打ち砕くように。」（2章26節以下）

d．七つのラッパが鳴り、迫害者への苛烈な災いが次々と起る（9章5節以下）。「その災厄の様子は悪魔的なものにまで拡大している。」（NTD新約聖書註解）

e．千年王国。最後の審判。新しい世界の誕生。（20章・21章）

(9) 歴史観。歴史は次第に発展し、成熟し、最後に完成に到達するのではない。むしろその終末は世界のあらゆる人間に対する審きであり、この終末（世界の滅亡）こそ神の支配による新しい世界の始りである。

⑽　見者ヨハネと使徒ヨハネの相違。両者は同一視されることもあったが、全く違う人物と考える方が適切である。見者ヨハネ＝黙示録的歴史像をキリストの十字架、復活、再臨と結合させた。これによって諸教会の苦難の意味を示し、励ましと慰めを与えようとした。使徒ヨハネ＝信ずる者はいまここで全き救いを受けるのであり、終末は必要ではない。

⑾　価値づけ。カルヴァンは新約聖書のすべての文書について註解書を書いたが、「ヨハネの黙示録」については書かなかった。ルターはこの書を「使徒的権威のあるものとも預言的権威のあるものとも見なすことができない」と述べ、ただ信徒の慰めと、信仰的な躓きを避ける警告してのみ意味を認めた[14]。

改めて言うまでもなく、主人公ジョバンニの名は聖書に登場するヨハネのイタリア名である。主人公がこの名でなくてはならないのは、その孤独と疎外が「黙示」を受けるための必須の条件であるからである。国土を失い流浪するユダヤ民族に神の「黙示」が下り、信仰ゆえに弾圧されたヨハネが神の言葉を聞く者として選ばれたように、「ぼくはどうして、カムパネルラのやうに生まれなかったらう。」「ぼくはどこへもあそびに行くとこがない。ぼくはみんなから、まるで狐《きつね》のやうに見えるんだ。」と嘆き、「俄《には》かにまたちからいっぱい」町から走り出るジョバンニのみが、死者しか乗車できないはずの銀河鉄道の乗客となることを許されるのだ。「銀河鉄道の夜」とは、地上の夜たる「ケンタウル祭の夜」とは全く異質の、天上における「もう一つの夜」のことに他ならぬが、「もう一つの夜」の秘義の世界に参入する資格はかくも厳しいのである。

⑵や⑻のaに従って言えば、物語は「神」ならぬ「ブルカニロ博士」がヨハネならぬジョバンニを選び、「ラッパのような大きな声」（「ヨハネ黙示録」1章10節）ならぬ「セロのやうな声」に導かれて天上に向い、「みんながカムパネルラだ」という啓示を受け、さらにその意味の解き明かしを受ける、という構造を持つのであり、ジョバンニが気

づかぬうちにポケットに入っていた「いちめん黒い唐草のやうな模様の中に、おかしな十ばかりの字を印刷した」切符は、(8)のbの見者ヨハネが受ける「受ける者のほか誰も知らない新しい名が書いてある」白い小石と同様の「選ばれた者」のしるしなのである。

しかし、ここで注意せねばならないのは、ここまではたしかに「ヨハネの黙示録」が援用されたにせよ、「銀河鉄道の夜」には(8)のc、dに示されている「選ばれた者の権威の獲得」や、「迫害者への苛烈な災い」がどこにも登場しないということである。通常の伝承民話や童話が、多かれ少なかれ弱小な主人公を迫害した者は裁かれ滅びに至るという黙示録的な結末をもっていることを考えれば、ジョバンニを意地悪く疎外したザネリに何らかの報いがあってもいいのだが、物語は全く逆に展開する。川で溺れかかったザネリは救われ、ジョバンニをよく理解しひどい言葉を吐くこともなかったカムパネルラの方が死亡するのである。さらに、タイタニック号の沈没をモデルとする船の事故に遭遇し、他者を押しのけてまで助かろうとはせず死亡した大学生と姉弟が登場し、その姉の口から、いたちから逃げようとして井戸に落ちた蠍《さそり》の、「あ、なんにもあてにならない。どうしてわたしはわたしのからだをだまっていたちに呉れてやらなかったらう。そしたらいたちも一日生きのびたらうに。どうか神さま。私の心をごらん下さい。こんなにむなしく命をすてずどうかこの次にはまことのみんなの幸のために私のからだをおつかひ下さい。」という祈りが語られる。この三例を偶発的献身、消極的献身、積極的献身（ただし祈りにとどまる）と考えうるとすれば、ジョバンニに与えられる「啓示」がさらに一歩進んだ〈積極的献身の実行〉であることは当然である。ジョバンニの手にした「たった一つのほんたうの切符」は、他者に罰を下し支配するためではなく、仕え愛するために与えられたのである。

イギリスの作家[15]D・H・ロレンスは、「ヨハネの黙示録」に抑圧された民衆の裏返された権力意識を嗅ぎとり鋭く批判しているし、カルヴァンやルターに(11)のような態度をとらせたのも同様の理由によると推察されるが、逆に言えば、通常の人間的感情はどうしても、黙示録的本質を逃れられないということでもある。そういう意味ではこの物語は、人間の自然感情から逸脱した高度に宗教的な結末を用意したことになるのであり、「少年の読みものとしてはこれは無理だ」という浅野晃氏の感慨(16)も決して不当ではないのだ。

しかし、賢治自身をふり返ったとき、彼が一貫して通常の人間的感情を超越していたと言うことはできない。賢治もまた、明白にこの世の終末と審きを夢想したことがあったのである。

あっちもこっちも／ひとさわぎおこして／いっぱい呑みたいやつらばかりだ／羊歯の葉と雲／世界はそんなにつめたく暗い／けれどもまもなく／さういふやつらは／ひとりで腐って／ひとりで雨に流される／あとはしんとした青い羊歯ばかり／そしてそれが人間の石炭紀であったと／どこかの透明な地質学者が記録するであらう

（「詩ノート　一〇五三政治家」）

風が吹いて／日が暮れかゝり／麦のうねがみな／うるんで見えること／石河原の大小の鍬／まっしろに発火しだした／また労れて死ぬる支那の苦力や／働いたために子を生み悩む農婦たち／また……　の人たちが／みなうつゝとも夢ともわかぬなかに云ふ／おまへらは／わたくしの名を知らぬのか／わたくしはエス／おまへらに／ふたゝび／あらはれることをば約したる／神のひとり子エスである。

（「詩ノート　一〇四九基督再臨」）

昭和二年の春に書かれたこれらの作品は、「銀河鉄道の夜」初期形の成立後、実践活動へ踏み出してからのものである。現実により密着し、農民たちの辛苦や愚劣と自己の無力を知れば知るだけ、賢治にもまた、この世の根底からの浄化と神の支配が夢想されたのであろう。しかしもちろん、これらの心情は後期形へ向けての推敲の過程でも物語の中に持ちこまれることはなかった。「よだかの星」に明白なように、賢治の場合、虐げられた者はそれによって自己もまた虐げる者であることを知りこそすれ、立場を逆転することを夢みることはないのである。

かくして、「銀河鉄道の夜」とは〈反転された黙示録〉であると言うことができる。それは未来が変容することによって現在を耐えるのではなく、自己が変容することによって未来を切り拓いて行くものなのである。

三

初期形のテキストを読み進めて行くと、想像力による描写というには余りに具体的な情景につき当る。作者が自己の体験の生々しさゆえにそれを書き記さずにはおれなかったように思え、前述の実体験説が浮上することになるのだが、ジョバンニとカムパネルラが銀河ステーションにいることを告げる「前からでもうしろからでもどこからでもないふしぎな声」もその一つである。それは天上界を案内する「セロのやうな声」に続いて響いて来るが、奇妙なことに、「その語《ことば》が、少しもジョバンニの知らない語なのに、その意味はちゃんとわかる」のである。この声は「銀河ステーション」の章の冒頭にのみ登場し、改稿された後期形では「ふしぎな声」とだけ記され、その内実は抹消される。それにしても、作者はなぜこのようなエピソードを挿入したのだろうか。

私見によれば、これは宗教的な啓示を受ける際の神秘体験に極めて類似している。一例として、イスラム教の創始者マホメットが神の啓示を受ける際の形態をとりあげてみよう。井筒俊彦氏によれば、聖典『コーラン』には、「神のことば」は何物も見えずただ垂幕のうしろから聞こえてくるとしか記されていないが、マホメットの言動を伝える「聖伝集《ハディース》」には、「神の啓示がどのようにして下るのか」という問いに対して、マホメットが「ある場合には、それは鈴のジャラジャラという音のように（中略）やって来る。私にとってこれが一番苦しい啓示の下り方だ。やがて、鈴の音は私を放して遠ざかる。そのとき、ふと気がつくと、神が私に語ろうとしたことが、この鈴の音から私に了解されていたことを私は意識する。」と答えたエピソードがあるという。(17)井筒氏は、「鈴のジャラジャラいう音」は原語では「何やらわけのわからぬ音」とも解釈できる「非言語的な音」であり、「それが消えたとたん、いわば自動的に言語記号に解釈される」と述べている。『聖書』にも不可解な「異言を語る者」はたびたび登場する。(18)

ここに共通して登場する「非言語的言語」は、すでに指摘のあるように「原言語」とでも呼ぶべきものである。(19)つまり、地上で各民族語として分立する以前の、天上に属する「天のものなる言語」＝「原言語」である。ジョバンニは天上で、マホメットやキリスト教徒たちは地上でそれを聞いたのである。より内実に迫るため、テキストを少しさかのぼって引用する。

するとちゃうど、それに返事をするやうに、どこか遠くの遠くのもやの中から、セロのやうなごうごうした声がきこえて来ました。

（ひかりといふものは、ひとつのエネルギーだよ。お菓子や三角標も、みんないろいろに組みあげられたエネルギーが、またいろいろに組みあげられてできてゐる。だから規則さへさうならば、ひかりがお菓子になることもあるのだ。たゞおまへは、いままでそんな規則のとこに居なかっただけだ。ここらはまるで約束がちがふからな。）

ジョバンニは、わかったやうな、わからないやうな、おかしな気がして、だまってそこらを見てゐました。

するとこんどは、前からでもうしろからでもどこからでもないふしぎな声が、銀河ステーション、銀河ステーションときこえました。そしていよいよおかしいことは、その語《ことば》が、少しもジョバンニの知らない語なのに、その意味はちゃんとわかるのでした。

ぼんやりと立っていた「青じろいひかり」が、突然「新らしく灼《や》いたばかりの古い鋼の板」でできたような三角標に変化したのを見て驚いたジョバンニを、「セロのやうな声」が教え諭す場面につづいて「非言語的言語」が登場している。それはおそらく偶然ではない。つまり、天上ではすべての物質はその形態を失いエネルギーに還元されているゆえに、自在な変容が可能なのであるが、同様に、言語もまた、各民族語という形態を失い原言語に還元されているのだから、あらゆる民族の人間に自在に理解可能なのだ。スチームや電気の動力源なしに汽車が走ったり、疲れることもなく意のままに「風のやうに走れた」り、「苹果だってお菓子だってかすが少しもありませんからみんなそのひとそのひとによってちがったわづかのいゝかほりになって毛あなからちらけてしまふ」のも、ここではすべての存在が物質的制約といふ重い衣装をぬぎすてているからなのである。

このような描写はおそらく「倶舎論」をはじめとする賢治の天上界の知識にも基づいているのであろうし、科学的には「黒と白との細胞のあらゆる順列をつくり／それをばその細胞がその細胞自身と感じてゐて／それが意識の流れであり／その細胞がまた多くの電子系順列からできてゐるので／畢竟わたくしとはわたくし自身が／わたくしとして感ずる電子系のある系統を云ふものである」(「詩ノート一〇一八」)という物質の電子還元論に源を発するものであろう。「唯物論要ハ人類ノ感官ニヨリテ立ツ。人類ノ感官ノミヨク実相ヲ得ルト云ヒ得ズ。」(「兄妹像手帳」)という神秘体験に基づく信念も力にあずかったにちがいない。いずれにせよ、物質的制約をのがれた天上界では存在の真実の相貌が現われるのであり、そういう空間こそが、〈幻想第四次〉の空間なのである。

ジョバンニはこのような旅の終りにカムパネルラとの悲痛な別れを経験し、「黒い大きな帽子をかぶった青白い顔の痩せた大人」に会うのだが、それは彼の経験がこの大人の「変な顔をしてはいけない。ぼくたちはぼくたちのからだだって考だって天の川だって汽車だって歴史だってたゞさう感じてゐるのなんだから。」という言葉に収斂されるためであったと言うことができる。この作者賢治を思わせる人物は幻像さえ生起させてジョバンニを諭そうとする。

そのひとは指を一本あげてしづかにそれをおろしました。するといきなりジョバンニは自分といふものがじぶんの考といふものが、汽車やその学者や天の川やみんないっしょにぽかっと光ってしぃんとなくなってぽかっとともってまたなくなってそしてその一つがぽかっとともるとあらゆる広い世界ががらんとひらけあらゆる歴史がそなはりすっと消えるともうがらんとしたたゞもうそれっきりになってしまふのを見ました。だんだんそれが早くなってまもなくすっかりもとのとほりになりました。

いくら銀河鉄道の旅を経験して来たとはいえ、年若いジョバンニには理解できそうもない光景である。地理や歴史も含めあらゆる存在が実在ではなく仮象である、ということであろうが、やはりこのメッセージの前提には、仏教の根本教義の一つである「色即是空空即是色」という認識があったことを指摘せねばならない。桑原啓善氏は、地上人であるジョバンニに「空」と見えるものが天上にあっては実在であり（プリオシン海岸の発掘の項参照）、それこそが生命の母胎としての光のエネルギーであると述べて、「銀河鉄道の夜」を「空文学」と規定しているが[20]、それが反転されたものがここでジョバンニに示された光景なのだ。「みんないっしょにぽかっと光ってしぃんとなくなって」という表現に注目すれば、我々が実体として感受しているものの本質は「空」であり、「空」であることにおいてすべてが一致することが強調されていることは明らかであろう。今、この教義の核心を口語訳で引用する。

この世においては、物質的現象には実体がないのであり、実体がないからこそ、物質的現象で（あり得るので）ある。実体がないといっても、それは物質的現象を離れてはいない。また、物質的現象は、実体がないことを離れて物質的現象であるのではない。（このようにして、）およそ物質的現象というものは、すべて、実体がないことである。およそ実体がないということは、物質的現象なのである。これと同じように、感覚も、表象も、意志も、知識も、すべて実体がないのである。（「般若波羅蜜多心経」）[21]

周知のように、このような宗教的認識は賢治の学んだ自然科学、特に化学の認識と矛盾しないものであった。斎藤文一氏によれば、賢治は高等農林時代に学んだ片山正夫の『化学本論』に多大の影響を受け、それは彼に「熱力学的自然観」を与えることとなった。

物質は固体、液体、気体の質的に異なる相を持つとしても、それは偶然的なものであって、内在する状態変数のそれぞれの量的な値によって指定される、本質的に一つの物質であるということが、ますますあきらかにされていくように見えた。（中略）重要なものは、「物質」よりもその根底にある「状態」である。相は転移し、たとえば水は氷になるであろう。それは「状態」の変数に支配される。物質は法則的な存在である。物質はその姿を変え、また変えうるのである。それは変幻相を持つ。そのことを賢治は見た。そして生命あるものもまた物質ではなかろうか！[22]

銀河の水が「ガラスよりも水素よりももっとすきとほっ」た気体であったり、天の川の砂の上に降り立った鳥たちが「まるで雪の融《と》けるやうに」縮まり、間もなく、「熔鉱炉から出た銅の汁のやうに、砂や砂利の上にひろがり」やがて消えていく、というエピソードを思い起こしてみよう。それらは単なる神秘ではなく「相の転移」という熱力学の法則の具体化なのである。地上では特別の条件のもとでしか起こりえないそれが、天上では日常のこととして生起しているのである。

こうして見てくれれば、ジョバンニの受けた〈啓示〉の内実は明らかであろう。それは存在の本質が不変の「実体」ではなく変転してやまぬ「現象」であることの確認であり、初期形成立とほぼ同時期に出版された『春と修羅』の序文に言う「わたくしといふ現象は／仮定された有機交流電燈の／ひとつの青い照明です」という認識と二つのものではないのである。そうであってはじめて「みんながカムパネルラだ」という「個から類へ」の道筋が開示されると言うことができるのだ。

カムパネルラとは唯一絶対の実体ではなく、カムパネルラという現象として地上に存在した。その本質は「空」であり、死とは本質に帰ることであるから、「カムパネルラをさがしてもむだ」なのである。逆に、「空」であるという本質はいわゆる因縁によってあらゆる地上的存在を取りうることを意味する。ゆえに「みんながカムパネルラだ」と言いうる。このことが理解されてはじめて「あらゆるひとの幸福をさがが」すことと、「カムパネルラといつまでもいっしょに行」くことが等式で結ばれるのである。

四

「農民芸術概論綱要」は、大正十五年の初め、一月から三月にかけて国策によって開校された「岩手国民学校」での講義のためにまとめられたものである。冒頭の序論を引用する。

おれたちはみな農民である　ずゐぶん忙がしく仕事もつらい
もっと明るく生き生きと生活をする道を見付けたい

われらの古い師父たちの中にはさういふ人も応々あった
近代科学の実証と求道者たちの実験とわれらの直観の一致に於て論じたい
世界がぜんたい幸福にならないうちは個人の幸福はあり得ない
自我の意識は個人から集団社会宇宙と次第に進化する
この方向は古い聖者の踏みまた教へた道ではないか
新たな時代は世界が一の意識になり生物となる方向にある
正しく強く生きるとは銀河系を自らの中に意識してこれに応じて行くことである
われらは世界のまことの幸福を索ねよう　求道すでに道である

今、問題としたいのは「近代科学の実証と求道者たちの実験とわれらの直観の一致に於て論じたい」という一行である。なぜこの一行が挿入されているかは必ずしも分明ではないからである。この一行がなくても十分に論旨は通るのだ。だが、もしここに記された「求道者たちの実験」が、「銀河鉄道の夜」の痩せた大人の言う「もしおまへがほんたうに勉強して実験でちゃんとほんたうの考へとうその考へとを分けてしまへばその実験の方法さへきまればもう信仰も化学と同じやうになる。」や、ブルカニロ博士の「ありがたう。私は大へんいゝ実験をした。私はこんなしづかな場所で遠くから私の考へを人に伝へる実験をしたいとさっき考へてゐた。」という「実験」と同じものだとすれば疑問は解決に近づくと思われる。

「求道者たちの実験」とは、痩せた大人の語る文脈に投げ込んでみれば「自分の求める信仰が正しいかどうかの実験」ということになるが、語られている通り、その「方法」が簡単に決定できるとは思えない。宗教的能力も教養も千差万別であるからである。それが万人に開かれている「近代科学の実証」と大きく異なるところなのだ。しかし、であればこそ、ジョバンニは選ばれてブルカニロ博士の「実験」を体験したのではなかったか。博士の「実験」とは何らかのテレパシィの実験[23]であり、ジョバンニはそれによって博士の想定する幻想空間に投げ込まれ、その反応が手帳に記録されたと考えられるが、一人の不幸な少年がその体験によって再び生きる勇気を得たのだから、少なくともブルカニロ博士の信じる天上界の正しさは証明されたことになるだろう。そして、賢治自身がジョバンニのように幻想空間をめぐったことは考えられても、ブルカニロ博士のような「実験」を他者に施したとは考えにくいとすれば、このような物語を書くこと自体が、求道者としての賢治自身の精一杯の「実験」だったと言うこともできるのである。

とすれば、賢治は、誰よりも国民学校の生徒たちや農学校の教え子たちのためにこの物語を書いたとは言えないだろうか。物語の主人公と同じく「ずゐぶん忙がしく仕事もつらい」農民の子弟たちが物語を読み、科学的真実と宗教的真実が一致し、存在がその根源において一つであることを知るとき、「世界がぜんたい幸福にならないうちは個人の幸福はあり得ない」「自我の意識は個人から集団社会宇宙と次第に進化する」という賢治の直観が「われらの直観」となることが可能なのだ。そうであってはじめて、それまでとは全くちがった生の地平と、勉学の意味が生徒の前に切り拓かれるはずなのである。しかし、この啓蒙的少年小説は草稿のまま机上に置かれた。そして、実践活動の挫折を経験した作者によって、その啓蒙的表現のほとんどすべてが削除されるのである。

注

（1）佐藤通雅『宮沢賢治の文学世界——短歌と童話——』泰流社　昭54・11

（2）中村稔『宮沢賢治』筑摩書房　昭47・4

（3）しかしもちろん、完全にそうだとは断言できない。ジョバンニの言動につきまとう作者の影を認めざるをえない場面が確かに存在する。詳細は147頁からの章を参照されたい。

（4）境忠一『宮沢賢治の愛』主婦の友社　昭53・3

（5）牧野立雄『隠された恋』れんが書房新社　平2・6

（6）河合隼雄「瀕死体験と銀河鉄道」「國文學」昭61・5　臨時増刊号　學燈社

（7）桑原啓善「異次元世界を描写してみせた『銀河鉄道の夜』」「宮沢賢治」第7号　洋々社　昭62・11

（8）内田朝雄『私の宮沢賢治』農山漁村文化協会　昭56・6

（9）新倉俊一「宮沢賢治と夢物語――『神曲』的幻想空間――」「星座」第6号　矢立出版　昭59・7

（10）入沢康夫・天沢退二郎『討議「銀河鉄道の夜」とは何か』青土社　昭54・12

（11）吉本隆明「賢治におけるユートピア」「國文學」昭53・2号　學燈社

（12）和田寛「『銀河鉄道の夜』の仏教宇宙観――『毘沙門の本地』との類似を中心に――」「四次元実験工房」15号　矢立出版　平3・3

（13）佐藤泰正『日本近代詩とキリスト教』新教出版社　昭43・11　上田哲『宮沢賢治　その理想世界への道程』明治書院　昭60・1

（14）「黙示録」の概要については次のものを中心に参照した。矢内原忠雄『聖書講義Ⅳ 黙示録』岩波書店　昭53・3　初出角川書店　昭25・12『NTD新約聖書註解　ヨハネの黙示録』NTD新約聖書註解刊行会　昭48・12　関根正雄・新見宏『聖書の世界　別巻Ⅰ　旧約Ⅰ知恵と黙示』講談社　昭49・6

（15）D・H・ロレンス『現代人は愛しうるか』（原題『アポカリプス論』）福田恆存訳　中公文庫　昭57・6

（16）浅野晃「『銀河鉄道の夜』閑話」「解釈と鑑賞」昭59・11号　至文堂

（17）井筒俊彦『超越のことば　イスラム・ユダヤ哲学における神と人』岩波書店　平3・5

(18) たとえば「使徒言行録」10章46節、19章6節、「コリントの信徒への第一の手紙」12〜14章など。

(19) 「原言語」についてはすでに入沢・天沢両氏の言及がある。しかし「バベルの塔以前の言語世界」という言及のみで宗教的神秘体験についてはふれられていない。前掲書(10)に同じ。

(20) (7)に同じ。

(21) 中村元・三枝充悳『バウッダ・佛教』小学館 昭62・3 賢治がこの経文に親しんでいたことは詩「有明」(『春と修羅』第一集)に明らかである。

(22) 斎藤文一『宮沢賢治とその展開』国文社 昭51・10

(23) 賢治がテレパシイ(精神交感)に興味を示し文献も読んでいたことについては、小野隆祥氏に詳しい指摘がある。『宮沢賢治の思索と信仰』泰流社 昭54・12

「ポラーノの広場」——夢想者のゆくえ——

一

物語は「前十七等官レオーノ・キュースト」の回想から始まり、その終了と共に幕を閉じるのだが、七年前の出来事を回想する彼が居るのは、「暗い巨《おほ》きな石の建物」の中である。キュースト はかつての若い仲間から離れ、一人、「にぎやかながら荒《す》さんだトキーオ市」の「暗い巨きな石の建物」の中で、「はげしい輪転器の音」をとなりの部屋に聞きながら「五十行の欄になにかものめづらしい博物の」記事を書いている。彼の勤め先が出版社であるのなら、普通、会社内に印刷所があるとは考えにくいから、この「暗い巨《おほ》きな石の建物」とは新聞社であろうと思われる。その執筆が普通の原稿用紙に向ってなされているとしてもわずか千字、原稿用紙二枚半であり、新聞社専用の字数の少ないものであるとすれば分量はさらに短いことになる。とすれば、彼の原稿はもの珍しさだけを要求され、読み捨てられる運命にあることになる。キューストはいまや、都会の消費文明の最先端にいるのであって、田舎で労苦の中から協力して産業組合を作り、真剣に生産活動に従事しているかつての仲間とは対極の場にあるのだ。

物語は、なぜ彼がこのような境遇に至ったかを明らかにはしていない。初めは若い農夫ファゼーロ達の組合のための相談にのり、専門家の意見を聞いてやったりしたのに、「仕事の都合で」モリーオ市を去り、大学の副手、農事試験場の技師を経て、理由の明らかでないまま、キューストは七年後の現在、都会の喧噪のただなかにいるのである。彼にできることは過去を「なつかしい青いむかし風の幻燈のやうに」想い起こすことだけであり、当為に向って自己を燃やすことではない。

あのイーハトーヴォのすきとほった風、夏でも底に冷たさをもつ青いそら、うつくしい森で飾られたモリーオ市、郊外のぎらぎらひかる草の波、
またそのなかでいっしょになったたくさんのひとたち、ファゼーロとロザーロ、羊飼のミーロや顔の赤いこどもたち、地主のテーモ、山猫《やまねこ》博士のボーガント・デストゥパーゴなど…

並べられた風景や人物達は哀切に七年前の「イーハトーヴォの五月から十月」までの想い出を語る。あの時は、確かに私も生きていたのだという思いがキューストの中で広がっていく。新聞社の「暗い巨《おほ》きな石の建物」とは、彼の追いつめられた場所であると同時に、彼を追いつめた運命そのものの喩であるということもできるのである。

ここまでくれば、読者はキューストを作者賢治と重ねずにはいられなくなる。作品内論理だけではキューストがなぜ仲間から離れたか説明できないし、物語られたキューストの経験は少し形を変えれば作者の経験につながることは、賢治に親しむ者には明らかであるからである。さらに、この物語が「前十七等官　レオーノキュースト誌　宮沢賢治訳述」という二重性で語られることそのものが、物語と作者を重ねることを要求しているということもできる。かくして、「ポラーノの広場」という物語では読み解けぬ部分は、「宮沢賢治」という、より広大な物語が援用されるのである。

これは羅須地人協会時代の活動がどこに限界を持つかを示している。献身それ自体の中に菩薩行があったとしても、自給自足を理想とする生産活動では、解決のいと口にも届かない冷たい現実が眼の前にあった。(1)

キューストもファゼーロも賢治の分身にほかならなかったが、それがうまくかみあわないとは、知識人とし

（真壁仁）

ての賢治、すなわち現実レベルから飛翔して常に彼岸へと魂をめぐらそうとする賢治と、農民として限りなく「下降」しようとする賢治が、ついに一体となることができなかった謂にほかならなかった。[2]（佐藤通雅）

輪転機のとなりの室で五十行の博物欄をうずめているキュースト は、もはや書くことしか残されていない、最晩年の病床の賢治自身の移転と見てよいのではあるまいか。[3]（磯貝英夫）

評言は一致して「ポラーノの広場」が作者の実践者としての痛々しい挫折の上に語られたものであると指摘している。晩期の賢治がかつての自己の実践活動を単純に肯定できぬ境地にあったのは明らかであるから、このような視点から見ればキューストが農村から離れ、もはや当為を語らないのも当然のことなのである。五月から十月までのイーハトーブとは賢治の生きた東北の最も美しい季節であり、その中で小さなユートピアたる「ポラーノの広場」を探すキューストの姿は、ふるさとに「小さいながらみんないっしょに無上菩提に至る橋梁を架」（大7・2・2父あて書簡）さんとした賢治に重なり、七年後の孤独と回想は羅須地人協会成立からあしかけ七年後の昭和七年、死を前にしてなおも推敲のペンを執りつづけていた賢治に重なる。[4] 農夫ファゼーロや羊飼いのミーロは指導した農村の青年達に、地主のテーモや県会議員デステゥパーゴは農村の地主や顔役に重なり、ファゼーロの姉ロザーロのひそやかな美しさを妹トシと重ねることも心ひかれる試みとなる。特に「春と修羅」第二集以降の詩群や、多田幸正氏や上田哲氏の精密な調査によって明らかになった実践活動の実態や問題点を援用すれば、この物語をより明快に精緻に読み解くことが可能なのである。賢治が初期形（昭3？）にあるキューストの熱烈な演説をこの最終形（昭8）では削除したのも「最晩年の自らの軌跡に対する深甚な悔恨と自省とともに、次代の若い世代に理想の実現を託し期待する思い[5]」（杉浦静）から出たものであるにちがいない。

が、しかし、この物語がこのような痛切なモチーフを持っているにせよ、作者はあくまで「少年小説」のわくを崩してはいないことに注目しよう。作品は冷厳な現実描写に終始しているわけではなく、幻想的なトーンを決して排除してはいないのであり、そこにこの物語の本質的な曖昧さがあることは否定できないのである。だから、この物語を評価しようとすれば、評言もまた矛盾をはらんだものにならざるをえない。真壁仁氏が「最後のところで産業組合づくりによって収束しようとしたり、主人公キュースト が広場を去って仲間からはずれてしまい、わずかに送って来た広場のうたによってつながるという結末にすこしなげやりなものを感ずる」としながら、「文章そのものには、物象をとらえる柔軟な感覚と幻想と現実のふしぎに溶けあった空間を描き出す、ゆたかな想像力にあふれている。[6]」と、肯定否定なかばする評価を下すのも当然のことなのである。

問題は「なげやりな」結末については作者の「現実」を援用することで説明できても、「幻想と現実のふしぎに溶けあった空間」がまぎれもなく存在することは、同じ方法では説明しがたいところにある。つまり、作者の「現実」との対比だけではこの物語の本質には迫ることができない、ということなのである。最終形「ポラーノの広場」は、甘美なファンタジックな作品でもないし、冷厳なリアリスティックな作品でもない。病床での賢治がこのような幻想と現実の狭間に揺れる物語を推敲しつづけたことこそ、まさに「宮沢賢治」という物語をその最深部で語っているはずである。この意味では、四つの「少年小説」の中でこの物語がもっとも作者に近い時空と人物を持っていると言っていい。佐藤通雅氏の評言をかりて言えば、限りなく現実から飛翔しようとする賢治も、限りなく現実に下降しようとする賢治も、ともに詩人としての必然的な分裂であり、一方を切り捨てることができなかったことにこそ彼の本質が明らかに現われているのである。別言すれば、賢治が幻想的にも現実的にもついに小さなユートピアさえ描き切れなかったことに、彼が第一級の詩人であったゆえんを見ることができるということである。以下、登場人物と共に物語の中の幻想と現実の狭間を辿りつつ、賢治におけるユートピア不成立のゆえんを探ってみたい。

二

「ポラーノの広場」に賢治のユートピア幻想を見るにしても、中心人物たるキュースト の仕事が社会問題や未来の理想とは無縁な「標本の採集と整理」であることを見落してはならないだろう。彼が相手にしているのは過去という時空なのであって、未来を展望する産業組合の同志となりえなかったという物語の結末は、すでに冒頭の人物設定によって予言されているともいえるのである。しかし、見田宗介氏の指摘にあるように、(7) キュースト の探している化石が「存在しないものの存在のあかし」であると考えれば、それを未来へ反転して、「存在するかもしれないものの存在のあかし」を求める者の一員となる資格を有しているということはできるかもしれない。いずれにせよ、キュースト の関心が本来〈現在〉に対しては極めて薄弱であることに注意せねばならない。彼は、「競馬場を植物園に拵《こしら》へ直す」という案が市当局から出されると、すぐに宿直という名目で小さな蓄音機と二十枚ばかりのレコードを持ち、ミルクを飲むための山羊を連れて「景色のい丶まはりにアカシヤを植え込んだ広い地面」の中の番小屋に一人移り住むのである。

天沢退二郎氏はキュースト の住む場所を「すでに競馬場ではなく、しかしまだ、植物園でもなく、しかも競馬場、植物園以外の何かでもないという、不思議な、どこでもない場所、何でもない場所」と鋭く分析しているが、(8) 彼はこのように、社会的にはいわば不在の人物なのである。もちろんこれは比喩的な位置づけであり、社会人として博物局の仕事を喜びをもって果していることは明らかであるが、それはその超現在性のためであり、毎朝の食事が、山羊の乳をしぼってつめたいパンをひたしてたべるという簡素なものであることも、彼が食欲も含めて現世的な欲望に恬淡であり、最低の社会性で満足できる人間であることを示している。おそらく休日には誰に遠慮もなくレコードを聴くのであろうが、その音楽とは、極めて人間的な感情でありながら人間の持つ生臭さをあたうるかぎり濾過した、純粋で秩序化された感情であることはいうまでもない。それは彼の愛好する博物の仕事をもじっていえば、標本化された人間感情なのである。

しかし、これらのことがらは、キューストの生が干からびた生気のないものとなっていることを意味しない。彼は社会的生活からは遠く離れていても、あらゆる存在の最も純粋な生の手ざわりにはいつもしっかりと触れているにちがいないのだ。はじめに見た「イーハトーヴォのすきとほった風、夏でも底に冷たさをもつ青いそら、うつくしい森で飾られたモリーオ市……」という言葉は単なる修辞ではなく、彼がその中で真に生きていたことは明らかである。

かくしてレオーノ・キューストを一人の典型的な〈夢想者〉として規定することができるだろう。彼は「夢想はわたしたちを世界のなかにおくのであって、社会のなかにおくのではない。[9]」（ガストン・バシュラール）という定義に見事にあてはまる生を送っているのである。夢想者は現実の社会の中に自己の位置を求めたり、社会の変革を夢見たりしない。彼は社会的存在以外に自己の存在形態がありうることを知っている。彼は自己を限定して確立される社会性を拒否し、丸ごとの全存在で直接「世界」と交渉しようとする。それは「非——生活という偉大な時間」（同）を生きることであり、「人間たちの家族の中では孤児であり、神々の家族の中で愛される」（同）生を選ぶことなのである。キューストの「博物局十八等官」という職業や地位と、前競馬場未植物園内の小屋という居住が、誰もが労働者たらざるをえない近代社会の中では、「社会」に遠く「世界」に最も近いものであることは言うまでもない。

この夢想者としての生が、少なくとも幼児期から少年期までは誰でも享受可能なものであることは多言を要さないだろう。この意味ではキューストは成人になることを拒否している人物であるとも言え、あの、農村を救うために率先して命を捨てる老成した青年グスコーブドリ（「グスコーブドリの伝記」）とは対極にあるのである。しかし、そうであってのみ、キュースト《ママ》はファゼーロたち少年と「磁石で探せない」「ポラーノの広場」を探しに出かける資格を持つことも、また確かである。

三

夢想者を「世界」から「社会」へ連れ出したのは一匹の山羊である。逃げ出した山羊を追って、キューストは十七歳の少年ファゼーロと知りあい、「ポラーノの広場」を探す仲間になる。「ポラーノの広場」とは何か。ファゼーロによれば、それは昔話として伝承されて来た野原の真中にある広場である。そこには磁石で方角を探しても辿り着けず、つめ草の花に記された番号を五千番まで数えなければならないが、広場にはオーケストラでも酒でも何でもあり、そこへ行くと誰でも上手に歌がうたえるといわれている。ファゼーロは「ぼくは何もいらないけれども上手にうたひたいんだよ。」と言う。ささやかな願いであるが、彼が両親のいない、姉と二人で農場で働く貧しい少年であり、日曜日にも教会にさえ行けず朝早くから働かされていることを考えれば、束の間でも自己をのびやかに解放する場所を求めていることは理解できる。

「広場」とは、人間の求める「自由」が限定されているにせよ行使できる空間であるだろう。そこは誰にでも開かれており、身分や貧富の差なしに意見を述べ、音楽を奏で、踊りを楽しむことができる場所なのである。「広場」の伝統は日本にはないのであるから、これは作者賢治の〈西洋的に明るく解放された農村〉という夢のシンボルであったかもしれない。だが、そうであるには、この「ポラーノの広場」は幾重にもその存在を危うくされていると言わねばならない。まず、つめ草の番号を辿って行き着かねばならないという伝承が示しているように、この広場は社会的自由のシンボルとしては余りに幻想的すぎるということである。

最終形テキストの原形をなす「ポランの広場」（大13）は、広場に参入したファゼロ（ファゼーロ）やキューストが小さな蜂の運ぶ花粉によって美しく装飾されるというように、幻想性のトーンははるかに高いのだが、広場に登場する農夫の演説はよくその本質を語っている。

「（前半略）たれももう今度《ママ》（夜）はくらしのことや誰が誰よりもどうだといふやうなそんなみっともないことは考へるな。おゝおれたちはこの夜一晩東から勇ましいオリオン星座ののぼるまでこのつめくさのあかりに照らされ銀河の微光に洗はれながらたのしく歌ひあかさうぢゃないか。黄いろな藁《わら》の酒は尽きやうがもっときれいなすきとほった露は一ばんそらから降りて来る。おゝ娘たちはひときれの白い巾《きれ》をかぶればあとは葡萄いろの宵やみや銀河から来る純い水、さまざまの木の黒い影やらがひとりでにおまへたちを飾るのだ。……」

これは、夏の夜の野原がどこよりも素晴しい生の喜びにあふれた舞台であるという宣言である。天上からは銀河の光に、地上からはつめくさの花あかりに照らされ、かぶと虫やこがね虫の飛び交うこの広場では、酒は尽きても、娘たちの美しい衣装はなくても、誰もが生の喜びに酔いしれることができる。広場は天然の照明に照らされた「野原の劇場」であり、その劇場では「くらしのことや誰が誰よりもどうだ」という日常性は消失し、生は祝祭と化すのである。

しかし、このように賢治にとって広場が社会的解放のシンボルであるよりも、いわば〈夢幻的解放〉のシンボルであったところにそのユートピア幻想の根本的な問題があったといわねばならない。つまり、広場が社会的自由の限定的であれ実現された場所であるとすれば、それが村から町へ国へと拡大されて行くことにより、よりよき社会実現への道筋もつけられることになるが、この夢幻的解放の広場においては、夜明けとともにすべては消え去り、

「くらしのことや誰が誰よりもどうだといふやうなそんなみっともないこと」が動かしがたく待ちうけることになるからである。それがかえってみじめだとすれば、人々が解放されるためには夜の野原をきらびやかな劇場に変えてしまう〈劇場化のまなざし〉とも言うべきものが常に必要なことになる。詩集『春と修羅』第一集や、童話集『注文の多い料理店』は、この〈劇場化のまなざし〉によって祝祭化された世界の忠実な報告であったとも言えようが、問題は、生来の詩人である賢治にはそれが可能でも、生活に疲れた農民にはほとんど不可能な課題であったということである。農夫の演説は空疎なアジテーションであると言わざるをえないのだ。実際に農民に接することによってそれを深く知った賢治は、「ポラーノの広場」では農民を登場させない。だが〈夢幻的解放〉を実体験として味わっている彼はそれを物語から完全に抹消してしまうことはできなかった。「五、センダード市の毒蛾《どくが》」は、農夫の演説の替りにさしいれられたとでも言うべきエピソードである。

出張でセンダードのホテルに泊ったキューストは、大量の毒蛾の発生によって、被害を防ぐためあかりをすべて消された幻想的な夜に出会うことになる。

そこへ立って、私は、全く変な気がして、胸の躍るのをやめることができませんでした。それはあのセンダード市の大きな西洋造りの並んだ通りに、電気が一つもなくて、並木のやなぎには、黄色の大きなランプがつるされ、みちにはまっ赤な火がならび、そのけむりはやさしい深い夜の空にのぼって、カシオピイアもぐらぐらゆすれ、琴座も朧《おぼろ》にまたゝいたのです。どうしてもこれは遥《はる》かの南国の夏の夜の景色のやうに思はれたのです。

大正十一年七月中旬に水沢市を中心に実際に起こった出来事が題材になっているが、「賢治文学の重心はこういうところにこそあり、主題性などは従にすぎないと、あえて言ってみたい思い」(10)（磯貝英夫）にかられるくらい、この章の描写は生きている。キューストが「胸の躍るのをやめることができ」ないほど感動しているのは、毒蛾の発生によって日常性を奪われ、いわば一つの劇場と化したセンダードの町の姿に魅了されているからである。その夜のセンダードは〈劇場化のまなざし〉の必要もなく、僥倖によって出現した「ポラーノの広場」であったと言うことも可能なのだ。かくして「ポラーノの広場」とは、もともと参加者を「社会」に押し出す場所ではなく、「世界」へ引き入れる場所であったと定義することができる。この視点から言えば、キューストは初めに想定したような「世界」→「社会」というベクトルを本当は少しも生きてはいないのであり、また、「広場」がそれを要請しているわけでもないのである。

しかし、このように夢幻的解放の可能性は消し難く残されているにせよ、晩期の作者の自己否定によって、「ポラーノの広場」の幻想性や「世界」性は大きく削除されることになる。農夫の演説が消えたのはもちろん、物語が始まったばかりの「二、つめくさのあかり」で、「ポラーノの広場」はその存在を二度にわたって否定されるのである。

「ハッハッハ。お前たちもポラーノの広場へ行きてえのか。」うしろで大きな声で笑ふものがゐました。

「何だい、山猫《やまねこ》の馬車別当め。」ミーロが云ひました。

「三人で這《は》ひまわって、あかりの数を数へてるんだな。はっはっはっ、」その足のまがった片眼の爺さんは上着のポケットに手を入れたまゝまた高くわらひました。

「数へてるさ、そんならぢいさんは知ってるかい。いまでもポラーノの広場はあるかい。」ファゼーロが訊《き》きました。

「あるさ。あるにはあるけれどもお前らのたづねてゐるやうな、這ひつくばって花の数を数へて行くやうなそんなポラーノの広場はねえよ。」

山猫博士（デステゥパーゴ）の馬車別当である「足のまがった片眼の爺さん」が、あの「どんぐりと山猫」の奇怪な相貌を持つ山猫の馬車別当の残像を強く持っていることは言うまでもあるまい。その奇怪さはこの物語の元来持っていた幻想性の名残りでもあるのだ。だが、その別当が「お前らのたづねてゐるやうなポラーノの広場はない」と断言するのである。デステゥパーゴが選挙めあての酒もりをやっているにすぎぬことをよく知っているからである。夢幻的な「ポラーノの広場」はなく、あるのは社会的なからくりだけなのだ。だが、そうであっても、この馬車別当はそこで酒をたらふく飲めることにまだ夢をつないでいる。ところが、「ポラーノの広場」の探索者に加わったはずのキューストはもっと醒めているのである。馬車別当とも別れ、ひとまずその夜は引きあげることになった時、彼はこう考える。

わたくしはポラーノの広場といふのはかういふ場所をそのまゝ云ふのだ、馬車別当だのミーロだのまだ夢からさめないんだと思ひながら云ひました。
「ミーロ、おまへの歌は上手だよ。わざわざポラーノの広場まで習ひに行かなくてもいゝや。ぢゃさよなら。」

夢想者キューストにしては余りに分別くさいこの判断に、晩期賢治の屈折した立場を見ないわけにはいかない。つまり、作者は明らかに幻想性や「世界」性を本質とする「ポラーノの広場」の存在を否定しようとしており、広場の不在は初めから予定されているということである。「わたくしはもうたまらなくいやになりました。『おいファゼーロ行かう。帰らう。』」（三、ポラーノの広場）という幻滅の過程が伏線を張られながら物語を形成しているのである。それは、「六、風と草穂」で幻滅からの再生が力強く誓われるためであるとひとまず言うことはできるが、ここでも問題は単純ではない。キュースト の演説が最終的テキストでは削除されたことに象徴されるように、幻想性、「世界」性にかかわる新しい「広場」の設計図が明確に作られたとは言えないからである。

四

「ポランの広場」が、賢治の実践活動を契機として「ポラーノの広場」へ改稿された時、広場は〈夢幻的解放〉の場から〈社会的解放〉の場へと変容する。「世界」ではなく、「社会」でより正しく強く生きるための当為が語られる。解放的ではなく、禁欲的な生き方が支持される。そのシンボルとなるのが禁酒である。

「諸君酒を呑まないことで酒を呑むものより一割余計の力を得る。たばこをのまないことから二割余計の力を得る。まっすぐに進む方向をきめて頭のなかのあらゆる力を整理することから、乱雑なものにくらべて二割以上の力を得る。さうだあの人たちが女のことを考へたりお互いの間の喧嘩のことでつかふ力をみんなぼくらのほんたうの幸をもってくることにつかふ。見たまえ諸君はまもなくあれらの人たちへくらべて倍の力を得るだろう。けれどもかういふやりかたをいままでのほかの人たちに強ひることはいけない。あの人たちはあゝいふ風に酒を呑まなければ淋しくて寒くて生きてゐられないやうなときに生れたのだ。ぼくらはだまってやって行かう。風からも光る雲からも諸君にはあたらしい力が来る。そして諸君はまもなくここへ、ここのこの野原へむかしのお伽噺よりもっと立派なポラーノの広場をつくるだらう。」

最終形テキストではこのキュースの演説は削除されるが、酔わせる酒のかわりに目ざめさせる冷たい水を飲んで農村の改革のために立上る少年たちの姿に変りはない。少年たちは酒の臭いを消すために三度も水をかえてコップを洗い、ふるえ上るほど冷たい水を飲んで新しいポラーノの広場建設を誓い合うのである。

テキストの改稿過程の中でこの飲酒に対する態度の変化は目につくものの一つである。「ポランの広場」は賢治の愛好した浅草オペラを思わせる喜劇タッチのトーンで貫かれており、酒が特に槍玉にあげられているわけではない。ところが、「ポラーノの広場」では、この宣言以前にも「よし。酒を呑《の》まなけぁ物を言へないやうな、そんな卑怯《ひけふ》なやつの相手は子どもでたくさんだ。」（三、ポラーノの広場）というキュースの言葉があるように、酒は正面から否定されるのである。このような飲酒の否定↓改革への覚醒というベクトルが賢治の農民へのかかわりから生まれたものであることは言うまでもない。一九二七（昭2）、九、一六という日付を持つ「詩ノート」中の一篇「藤根禁酒会へ贈る」には「しかも諸君よもう新しい時代は／酒を呑まなければ人中でものを云へないやうな／そんな卑怯な人間どもは／もう一ぴきも用はない」とあって、作者の農村改革への熱い情熱と「ポラーノの広場」とのつながりの深さを示している。

しかし、前期（実践活動以前）の賢治の作品世界にあっては、酒は決して否定されているわけではなく、生の喜びのシンボルとして登場する例さえみることができる。たとえば「やまなし」（大12・4）は、川底の蟹の生活を透視した小品であるが、晩秋、川に落ちてきたやまなしを見つけた父親と子供は次のような会話を交わすのである。

『どうだ、やつぱりやまなしだよ。よく熟してゐる、いい匂ひだらう。』
『おいしさうだね、お父さん』
『待て待て、もう二日ばかり待つとね、こいつは下へ沈んで来る、それからひとりでにおいしいお酒ができるから、さあ、もう帰つて寝やう、おいで』

「やまなしのお酒」が蟹たちの祝福された生のシンボルであることは明らかであろう。やまなしは川底に暮らす蟹たちの頭上に月のようにぽっかりと浮び、やがて酒となって、蟹たちにいっそうの生の喜びを与えるのである。

「ポラーノの広場」の宣言では、酒だけでなく、たばこも女性も喧嘩も否定され、生のエネルギーの倫理的昇華が求められているが、「ポランの広場」と相前後して大正十三年に書かれた「毒もみの好きな署長さん」や「税務署長の冒険」は、前期賢治が少しも倫理的でも禁欲的でもなく、むしろ自由奔放であったこと示している作品である。

プハラ国プハラ町には大きな川があって魚がたくさんとれるのだが、そこでは「毒もみ」は厳禁された漁法である。「毒もみ」とは「山椒《さんせう》の皮を春の午《うま》の日の暗夜《やみよ》に剥《む》いて土用を二回かけて乾かしうすでよくつく、その目方一貫《くわん》匁《め》を天気のい、日にもみぢの木を焼いてこしらえた木灰七百匁とまぜる。それを袋に入れて水の中へ手でもみ出す」というものである。禁を破る者が増え、困った町長が懸命に犯人を辿っていくと、犯罪者を捕えるべき警察署長だった。ところが裁判にかけられて死刑を宣告され、いよいよ首を切り落とされる時の署長の態度は何とも見事なものであり、「みんなはすっかり感服」するのである。

署長さんは笑って云ひました。

「あ、面白かった。おれはもう、毒もみのこととときたら、全く夢中なんだ。いよいよこんどは、地獄で毒もみをやるかな。」

弟清六氏は「実はこの人達のようなのが賢治の好きでたまらなかった人間型であったようだ」と証言しているが、(11)

「税務署長の冒険」の登場人物たちも同類である。これは密造酒にまつわる話で、「毒もみの好きな署長さん」と同じく、犯人は校長や名誉村長を中心とするグループだったというおちがついている。このような話をなぜ賢治が続けて書いたのはわからない。実際にあった話かも知れない。それは不明であるが、「イーハトヴの友」とか「北の輝《てる》」とかいう地酒の命名のしかたを見ても、作者が楽しみながら書いていることは明らかである。「ドリームランドとしての岩手県」(『注文の多い料理店』広告文)たるイーハトーヴには地酒も密造も密漁さえもあったことは記憶されていい。そこでは悪徳も少年のいたずらのように輝いているのである。それが可能であったのは、川底の蟹から署長まで、彼等が「社会」ではなく「世界」の住人であったからであることに詳論の必要はないであろう。

しかし、作者が実践活動を経験した後の「イーハトーヴ」は「世界」から「社会」へと大きく変質した。「ポラーノの広場」でふるまわれた酒もまた密造酒であったことが物語の終末で明らかになるが、それを示唆したデステゥパーゴは「税務署長の冒険」の悪者どものようには堂々としていない。こそこそと姿を隠し、キューストの追求にもごまかしの弁明しかできないのである。悪漢としてのデステゥパーゴの魅力の乏しさに象徴されるように、「イーハトーヴ」は処々にその自由で生命にあふれた「世界」の名残りは残しながらも、卑小な「社会」に近づく。それが卑小であるだけ、酒は否定されたのである。

しかし、問題は作品世界の変質とストイシズムによる硬直化にあるのではない。むしろ卑小な「社会」をストイシズムによって改革しようとする情熱の不徹底にあるというべきである。終末部で語られる未来への展望の貧しさについてふれないわけにはいかない。この問題については磯貝英夫氏の丁寧な分析があり、それに従うべきであるが、キュースト の演説の削除も含めて「賢治独得の理想の吐露の消滅は残念といえば残念だが、作品としては最終稿のほうが、ずっとひきしまっている」[12](磯貝英夫)としても、産業組合で作ろうとするものが醋酸とハムと木炭であったり(後にはこれにオートミルと皮類が加わるが)、「ぼくはきっとできるとおもふ。なぜならぼくらがそれをいまかんがへてゐるのだから。」という程度の決意表明は、社会変革を夢みるには余りに弱々しいものである。〈夢幻的解放〉にかわる〈社会的解放〉の設計図が、なぜかくも貧弱なものに収束されねばならなかったのか。

ここで、少し視点を変えて、ラルフ・ダーレンドルフ[13]や小野二郎[14]氏の要約したユートピアの特質と、「ポラーノの広場」のそれとを比較してみたいと思う。

ダーレンドルフはプラトンからジョージ・オーウェルまでのすべてのユートピアには共通した要素があるとして、歴史的社会的変動の欠如、時間的空間的孤立性、闘争と分裂過程の欠如をあげている。また小野二郎氏は、ユートピア文学は理想社会の建設案を具体的に提出せねばならないから、素朴な自然社会ではなく智恵にあふれた法律に拘束された輝ける都市の構想が基本となるとして、合理性、人工、計画、規制、禁欲主義などにその特性を見ている。「ポラーノの広場」の少年たちの決意や、出来上った組合組織にあると思われるものは、闘争と分裂過程の欠如と禁欲主義くらいであり、彼等は時間的空間的孤立に耐えうる自給自足体制さえ作りえていない。生産されたハムや皮類や醋酸やオートミルは一般に販路を求められているのである。それは農業よりも加工業の方が生産性が高いということを示しているだけであるから、組合に参入できなかった第二、第三のファゼーロやミーロたちはいつまでも日曜日も農場で働かねばならないことになる。

小野二郎氏はウイリアム・モリスのユートピアがむしろアルカディア(牧歌的田園の理想郷)と呼ばれるべきものであると言っているが、ファゼーロたちの組合は、モリスがモデルとしたといわれているヨーロッパ十四世紀の独立農民層やクラフトギルド(同業組合)の堅固で自足的な独立小生産者形態にも遠いし、販路を都市に求めている点ではアルカディア的要素さえ乏しいと言わざるをえない。このような社会的ヴィジョンの貧困、さらには中心人物と思われていた者がヴィジョンからさえ離れ去るという展開は、「グスコーブドリの伝記」の主人公の燃えるような献身への情熱と好対照をなしている。賢治は変革のために死ぬ者は描けても、変革のために生きぬくものをついに描くことができなかったと言うべきであろうか。
もちろん、「ポラーノの広場」をユートピア物語と位置づけることにも疑問があるし、歴史も民族も異なるヨーロッパのそれと単純に比較することも乱暴なやり方である。ただ、作者がこの物語で残存する夢幻性のリアリティに比べて魅力に乏しい未来図しか描けなかったところに、宮沢賢治を理解する鍵の一つがあることは明らかであるように思われる。つまり、この物語に単に作者の実践活動の挫折と深刻な反省を見るだけでは十分ではなく、このようなユートピア幻想の不成立にこそ賢治の本質が顕現している、ということである。
幻想の不成立をもたらした理由の一つは、作者もキュースト本質的に夢想者であり、いわば背中を押されるようにして実践の中に入って行ったところにある。

夜にはわたくしの泊った宿の前でかゞりをたいていろいろな踊りを見せたりしてくれました。たびたびわたくしはもうこれで死んでもいゝと思ひました。けれどもファゼーロ！あの暑い野原のまんなかでいまも毎日はたらいてゐるうつくしいロザーロ、さう考へて見るといまわたくしの眼のまへで一日一ぱいはたらいてつかれたからだを踊ったりうたったりしてゐる娘たちや若ものたち、わたくしは何べんも強く頭をふって、さあ、われわれはやらなければならないぞ、しっかりやるんだぞ、みんなの〔数文字分空白〕とひとりでこゝろに誓ひました。

（五、センダード市の毒蛾）

キュースト博物局職員という自己の特権的地位に対する負い目にかられて実践者たらんとするのであって、彼が「もうこれで死んでもいゝ」とまで感動するのは、実践生活の中ではなく、イーハトーヴ海岸の漁業の町サーモの人々が彼を歓迎して総出で幻想的な踊りを見せてくれた時なのである。だからキュースト は夢想者としての自己を「何べんも強く頭をふって」否定するのだが、負い目から出たエネルギーは小さなものでしかありえないのだから、彼の少年たちからの離反はやはり必然的なのだ。作者賢治の実践生活へのためらいについては中村稔氏の指摘があるが、(15) ここでの両者は極めて近い位置にいるのである。

今一つはいわゆる〈察知の能力〉(16) である。伊藤眞一郎氏は「ポラーノの広場」の仕掛け人であるデステゥパーゴを善人か悪人か決めかねているところにキューストの立場の曖昧さを見、それが彼の奇妙な不在感につながると指摘しているが、(17) キューストがデステゥパーゴの人間像を正確に結びえないのは、センダード市で思いがけず会った時に、彼の中に弱い平凡な人間を見出してしまったからである。「いまわたくしは全く収入のみちもないのです。どうか涼解してくださ い。」と言われれば、彼の感情は思わずデステゥパーゴに同化する。「あなたはよっぽどうまくだまされておいでですよ。」とあとで言われても、キューストはどちらを信じていいかわからないのである。それはまた、にせの「ポラーノの広場」で、ファゼーロがデステゥパーゴと決闘したあと、ゆくえがわからなくなった時に心配するところにもあらわれている。

あの青い半分の月あかりのなか、争って勝ったあとのあの何とも云はれないさびしい気持ちをいだきながら、ファゼーロがつめくさのあをじろいあかりの上に影を長く長く引いて、しょんぼりと帰って行った。そこには麻の夏外套《なつがいたう》のえりを立てたデステゥパーゴが三四人の手下を連れて待ち伏せしてゐる、……

(四、警察署)

後にこの空想は全く当っていなかったことが明らかになるのだが、「争って勝ったあとのあの何とも云はれないさびしい気持ち」とは、もちろんファゼーロのものではなく、キューストの想像である。キューストはふだんそういう思いを経験していたからこそ、ファゼーロもそう思ったにちがいないと想像をめぐらしたのだが、この敗者へ同化し、勝つことへ負い目を感じるような心性こそ、キューストを「社会」ではなく「世界」へ住まわせる原因の一つであったにちがいない。「社会」に確かな位置を占めるには自己定立が必須の条件であるが、それが自他の善悪を明白に決定することなしには果たしえないとすれば、過剰な想像力を持つキューストには不可能なのである。

このような〈察知の能力〉は賢治の生来の資質であり、また「法華経」授読によってより一層高めることが願われた能力であった。「妙法蓮華経法師功徳品第十九」には、この経文の功徳として、下は地獄、畜生から、上は菩薩、仏の声まで三千大千世界の一切の声が聞こえ、見え、理解できることが約束されている。賢治はこの約束の通りに、一般の者には見えない世界を見、聞こえない音声を聴いて理解した。彼にとってそれは想像力の問題ではなく生々しい事実であった。だが、その対象が「世界」ではなく「社会」となる時、この「わかってしまうこと」は必ずしもプラスにのみは働かないだろう。すでに見たように、ユートピアを成立させるために合理性、人工、計画、規制というような機械的な整合性が要求されるとすれば、個々の人間の内心は無視されざるをえない。「銀河鉄道の夜」のカムパネルラの名前に使われたのではないかと言われる十六世紀ヨーロッパの異端の修道士トマーゾ・カンパネッラのユートピア幻想の書『太陽の都』では、労働や学習、衣食住はもちろん、優秀な子孫を作るために性生活さえ管理されている。そこでは完全な社会を実現させるために人間の自由な内的欲求は無視されているのである。また、ウィリアム・モリスの『ユートピアだより』に於いても、理想郷が実現するまでには支配層と被支配層による「ひどい戦争《ビターウォー》」があったことが示されている（第十七章）。たとえ正義のためでも賢治が武力闘争を肯定できなかったことは改めて言うまでもない。

賢治には「あしたの世界に叶《かな》ふべきまことと美との模型をつくりやがては世界をこれにかなはしむる予言者、設計者」（「龍と詩人」大10）たらんとする望みがあった。しかし、彼の〈察知の能力〉はその深さゆえにその設計図を完成させなかったのである。ファゼーロたちがキュースト に送って来た「つめくさ灯《ひ》ともす　夜のひろば／むかしのラルゴを　うたひかはし……」という「ポラーノの広場のうた」は、ユートピア達成のためのスローガンとして歌われるには余りに詩的であり、現実的な力に欠ける。しかし賢治にとってはこれが精一杯の嘘のない労働歌であり同盟歌であったろう。ただそれは、一歩まちがえれば狂気をはらんだ支配欲の具体化となるユートピア幻想とは無縁のものであることは明らかである。

かくして賢治はついに明確な未来図を描けず撤退した。「ポラーノの広場」の物語はそのような自己認識の冷静な報告書であった。最後に少年たちと別れた時、キューストは「ほんの小さなつめくさのあかり」を一つ見付け、それを摘んで襟にはさむ。それは晩期賢治の自己認識の確かさとその淋しさの証しである。

注

(1) 真壁仁「『ポラーノの広場』をめぐって」『宮澤賢治研究』所収　筑摩書房　昭44・8
(2) 佐藤通雅『宮沢賢治の文学世界——短歌と童話——』泰流社　昭45・11
(3) 磯貝英夫『ポラーノの広場』『作品論　宮沢賢治』所収　双文社出版　昭59・7
(4) 続橋達雄氏の指摘による。『宮沢賢治少年小説』洋々社　昭63・6
(5) 杉浦静「ポラーノの広場」「國文學」特集「賢治童話の手帖」所収　學燈社　昭61・2
(6) (1)に同じ。
(7) 見田宗介『宮沢賢治』岩波書店　昭59・2
(8) 天沢退二郎「『ポラーノの広場』あるいは不在のユートピア　プロローグをめぐって」「解釈と鑑賞」特集「宮沢賢治——童話の世界」所収　至文堂　昭59・11

（9）ガストン・バシュラール『夢想の詩学』参照　及川馥訳　思潮社　昭51・6

（10）（3）に同じ。

（11）宮沢清六氏の創元文庫版解説による。引用は『新修宮沢賢治全集第11巻』解説から行った。

（12）（3）に同じ。

（13）ラルフ・ダーレンドルフ『ユートピアからの脱出』橋本和幸他訳　ミネルヴァ書房　昭50・6

（14）小野二郎『ウィリアム・モリス研究』晶文社　昭61・3

（15）「ぎちぎちと鳴る汚い掌を／おれはこれからもつことになる」（「春」）という表現について、「この調べは、羅須地人協会、という賢治生涯の頂点（中略）への飛躍を目前にしているにしては、なにかその踏切が鮮やかではない」という指摘がある。中村稔『宮沢賢治』筑摩書房　昭47・4

（16）吉本隆明氏の用語による。『悲劇の解読』筑摩書房　昭54・12

（17）伊藤眞一郎「ポラーノの広場」「解釈と鑑賞」特集「宮沢賢治――詩と童話」所収　至文堂　昭61・12

「銀河鉄道の夜」後期形——死の夢・夢の死——

草稿は現存しないものの、文圃堂版全集、十字屋版全集、筑摩昭和三十一年度版全集所収の「銀河鉄道の夜」には、最後尾に次のようなテキストが存在していた。

一

けれどもまたその中にジョバンニの目には涙が一杯になつて来ました。

街燈や飾り窓や色々のあかりがぼんやりと夢のやうに見えるだけになつて、いつたいじぶんがどこを走つてゐるのか、どこへ行くのかすらわからなくなつて走り続けました。

そしていつかひとりでにさつきの牧場のうしろを通つて、また丘の頂に来て天気輪の柱や天の川をうるんだ目でぼんやり見つめながら座つてしまひました。

汽車の音が遠くからきこえて来て、だんだん高くなりまた低くなつて行きました。

その音をきいてゐるうちに、汽車と同じ調子のセロのやうな声でたれかゞ歌つてゐるやうな気持ちがしてきました。

それはなつかしい星めぐりの歌をくりかへしくりかへし歌つてゐるにちがひありませんでした。

ジョバンニはそれにうつとりき丶入つてをりました。

宮沢清六氏の記憶によれば、草稿には全体に大きく抹消の×印が付けられており[1]、ために、昭和四十二年度版全集からは本文には登場しない。しかし、このテキストは抹消されるには惜しい短くも豊かな内容を持っていると言えないだろうか。カムパネルラとの別れがどうしても納得できず、無意識に再び丘に登り銀河の彼方を放心したように眺めるジョバンニ。それは、「僕はもうあのさそりのやうにほんたうにみんなの幸のためならば僕のからだなんか百ぺん灼《や》いてもかまはない。」という決意がまだ真に自己のものになつていないことも示しており、未熟な少年のふるまいとしては、むしろこのテキストの方にリアリティを見出すこともできるのである。たとえば横井博氏編『宮沢賢治名作集』（昭61・2笠間書院）では、ブルカニロ博士の言説とともにこのテキストがカットされることなく末尾に置かれているのも同様の視点によるものであろう。

しかし、作者はブルカニロ博士の力強い励ましも、ジョバンニのためらいも抹消し、夢から醒めてカムパネルラの死を知り、一直線に母のもとへ走るジョバンニを描いて一応の定稿とした。すでに多くの指摘があるように、物語が作者の現実の変化によって支配されたためである。物語における作者の「思想」の重量は大幅に軽減され、少年を主人公としたファンタジーの性格が前面に押し出されたのである。

作品が作者の精神の自在な展開によって形成されるのであれば、時に作者を置き去りにし、突き破り、未知の世界へ作者を導くこともありうる。それは秀れた作品誕生のための必須の条件でさえある。しかし、少なくとも晩期賢治の場合、作品は作者の現実から自由に飛翔できず、逆に、いわば食い破られるのである。

たとえば、死去の年昭和八年夏に改稿の筆が取られたと考えられる「ひのきとひなげし」では、作品の要をなすひのきによるメッセージは核心部が削除され、「何を云ってるの。ばかひのき、けし坊主になんかになってあたしら生きてゐたくないわ。おまけにいまのおかしな声。悪魔のお方のとても足もとにもよりつけないわ。わあい、わあい、おせっかいの、おせっかいの、せい高ひのき。」というひのきへの罵詈へとさしかえられている。作品は美しくなりたいという欲望にかられ悪魔に身を売ろうとしたひなげしをひのきが救い、淡々とした口調でたしなめるという構成をとつているのだから、ひのきの「説教」が削除されてしまえば作品の存在理由も消滅してしまうのであるが、(2)作者はそれを十分承知した上で改変したにちがいない。

この時、「おせっかい」という批判の矢が正確に作者自身に向けられていたことは言うまでもないであろう。ひのきの「説教」は、「美しさ」を実体化しそれにとらわれることの愚かしさをたしなめるものであり、それが『注文の多い料理店』や『春と修羅』の序文と本質を同じくする仏教思想に基づくものであることは明らかであるから、病床で推敲の筆を執る賢治が、それまでの自己の思想や行動（特に他者に対する）への深い疑問と否定の中にあったことは疑うことができないのである。

同様に、「銀河鉄道の夜」初期形における「黒い大きな帽子をかぶった青白い顔の痩《や》せた大人」と、そのジョバンニに対する「説教」もまた、「おせっかい」としてしりぞけられたと考えることができる。筆者はすでに、「銀河鉄道の夜」初期形は国民学校の生徒たちや農学校の教え子たちのために書かれたのではないかと述べたが、そうだとすれば、晩期賢治の心の傷は相当に深いものであったことが推測されるのである。

ここで当然、賢治における改稿の根源の理由が尋ねられなければならないのだが、その前提として、彼にとって物語の創作がどのような意味を持つものであったのかを再確認してみたい。

次にあげるのは昭和六年頃に書かれたと思われるメモ風の作品である。

われらぞやがて泯ぶべき
そは身うちやみ　あるは身弱く
また　頑きことになれざればなり

（中略）
われは泯ぶるその日まで
たゞその日まで
鳥のごとくに歌はん哉
鳥のごとくに歌はんかな
身弱きもの
意久地なきもの
あるひはすでに傷つけるもの
そのひとなべて
こゝに集へ
われらともに歌ひて泯びなんを

（『補遺詩篇Ⅱ』）

「頑き」が「カタクナシき」なのだとすれば、[3]世俗の生活に必要な身体の強さはもちろん、精神の強さ（カタクナさ）さえ自分は持ちあわせていないことを賢治が痛く自覚しつづけていたことを示している。唯一つ可能な行為である「歌うこと」とは私見の文脈で言えば「物語ること」であり、それはまさに「泯ぶるその日まで」続けられたのである。それは身体や精神の強さではなく、弱さにおいて他者と連帯しようとした彼の祈りの行為であると言うこともできる。ここには「雨ニモマケズ」よりもっと等身大の賢治がいる。

しかし、以上の立言でもなお、賢治が過酷なほどに物語を改変したことを説明しきれてはいないだろう。右のような状況は秀れた詩人や作家には共通するものだと言うことさえできるからである。とすれば、ここで、賢治にとって〈書くこと〉が自己の至高点ではなかったことを改めて想起せねばならない。仏の道に生きようとした彼には、〈書くこと〉は常に「現実」によって厳しく点検され裁かれていたにちがいない。後に詳察するが、あの「手紙一、二、三、四」が自己自身のために書かれただけでなく、「手紙」として他者に配布されたことも、賢治における〈書くこと〉が、それによる自己満足を許されないものであったことを示している。少なくとも羅須地人協会設立以後、実践活動に入ってからは「あしたの世界に叶《かな》ふべきまことと美との模型をつくりやがては世界をこれにかなはしむる予言者、設計者」（「龍と詩人」）にとどまることなく、その「実行者」とならねばならなくなったのであり、「まことと美との模型」たる物語の小宇宙は、その完成度の高さに自足することを許されず、常に「現実」の視線にさらされたのである。

おそらく、このような過度の倫理性こそ賢治に「雨ニモマケズ」に至る徹底した自己幻想の破砕への道程をもたらしたものである。それは、考えようによっては文学者としての豊穣さを削ぎ落とす悪しき道程であった。しかし、〈書くこと〉につきものの、現実よりも物語世界でのみ真に生きる逆倒（それは彼にとっても魅惑的な世界であった）と懸命に戦いつづけたことこそが賢治文学を成立させたのである。

死の二、三日前、賢治は父政次郎に「この原稿はわたくしの迷いの跡ですから、適当に処分して下さい」と語ったといわれる。それは、宗教と文学を同時に生きようとして悪戦した彼の、心底からのつぶやきであったにちがいない。この「迷いの跡」こそが賢治文学の本質なのである。もちろん、すべての物語がそうだと強弁することはできないが、少なくとも「賢治文学の集大成」たる「銀河鉄道の夜」がもっとも著しいその軌跡を残していることは明らかである。それは削除された終末部以外にも見出すことができる。以下、詳察する。

二

物語は教室での先生の言葉から始まる。

「ではみなさんは、さういふふうに川だと云《い》はれたり、乳の流れたあとだと云はれたりしてゐたこのぼんやりと白いものがほんたうは何かご承知ですか。」（傍点引用者）

この問いに答えられなかったジョバンニは、まさに銀河が「ほんたうは何か」身をもって経験するのだが、この問いは単に伏線としての意味を持つだけではない。「ほんたうの」という真実を求める言葉は物語にくりかえし現われ、まるで主題の旋律を合奏するオーケストラのようにその場面を熱く燃え立たせる。煩をいとわずその主なものをぬき出してみよう。（「ほんたうの」という言葉がそのまま使われていなくても、同内容のものは引用することとする）

(1)「おっかさんは、ぼくをゆるして下さるだらうか。」
いきなり、カムパネルラが、思ひ切ったといふやうに、少しどもりながら、急きこんで云ひました。（中略）
「ぼくはおっかさんが、ほんたうに幸になるなら、どんなことでもする。けれども、いったいどんなことが、おっかさんのいちばんの幸なんだらう。」カムパネルラは、なんだか、泣きだしたいのを、一生けん命こらえてゐるやうでした。
「きみのおっかさんは、なんにもひどいことないぢゃないの。」ジョバンニはびっくりして叫びました。

「ぼくわからない。けれども、誰だって、ほんたうにいいことをしたら、いちばん幸なんだねえ。だから、おっかさんは、ぼくをゆるして下さると思ふ。」カムパネルラは、なにかほんたうに決心してゐるやうに見えました。

(傍点引用者以下同じ)

(2)「おや、こいつは大したもんですぜ。こいつはもう、ほんたうの天上へさへ行ける切符だ。天上どこぢゃない、どこでも勝手にあるける通行券です。こいつをお持ちになれぁ、なるほど、こんな不完全な幻想第四次の銀河鉄道なんか、どこまででも行ける筈でさあ、あなた方大したもんですね。」

(3)ジョバンニはなんだかわけもわからずににはかにとなりの鳥捕りが気の毒でたまらなくなりました。鷺をつかまへてせいせいしたとよろこんだり、白いきれでそれをくるくる包んだり、ひとの切符をびっくりしたやうに横目で見てあはてゝほめだしたり、そんなことを一一考へてゐると、もうその見ず知らずの鳥捕りのために、ジョバンニの持ってゐるものでも食べるものでもなんでもやってしまひたい、もうこの人のほんたうの幸になるなら自分があの光る天の川の河原に立って百年つゞけて立って鳥をとってやってもいゝといふやうな気がして、どうしてももう黙ってゐられなくなりました。

(4)(あゝ、その大きな海はパシフィックといふのではなかったらうか。その氷山の流れる北のはての海で、小さな船に乗って、風や凍りつく潮水や、烈しい寒さとたたかって、たれかゞ一生けんめいはたらいてゐる。ぼくはそのひとにほんたうに気の毒でそしてすまないやうな気がする。ぼくはそのひとのさいはひのためにいったいどうしたらいゝのだらう。)

(5)「なにがしあはせかわからないです。ほんたうにどんなつらいことでもそれがたゞしいみちを進む中でのできごとなら峠の上りも下りもみんなほんたうの幸福に近づく一あしづつですから。」

燈台守がなぐさめてゐました。

「あゝさうです。ただいちばんのさいはひに至るためにいろいろのかなしみもみんなおぼしめしです。」

青年が祈るやうにさう答へました。

(6)「(前略)あゝなんにもあてにならない。どうしてわたしはわたしのからだをだまっていたちに呉れてやらなかったらう。そしたらいたちも一日生きのびたらうに。どうか神さま。私の心をごらん下さい。こんなにむなしく命をすてずどうかこの次にはまことのみんなの幸のために私のからだをおつかひ下さい。(下略)」

(7)「あなたの神さまってどんな神さまですか。」青年は笑ひながら云ひました。
「ぼくほんたうはよく知りません、けれどもそんなんでなしにほんたうのたった一人の神さまです。」

「ほんたうの神さまはもちろんたった一人です。」

「あゝ、そんなんでなしにたったひとりのほんたうのほんたうの神さまです。」

(8)「カムパネルラ、また僕たち二人きりになったねえ、どこまでもどこまでも一緒に行かう。僕はもうあのさそりのやうにほんたうにみんなの幸のためならば僕のからだなんか百ぺん灼いてもかまはない。」
「うん。僕だってさうだ。」カムパネルラの眼にはきれいな涙がうかんでゐました。

「けれどもほんたうのさいはひは一体何だらう。」ジョバンニが云ひました。

「僕わからない。」カムパネルラがぼんやり云ひました。

(9)「僕もうあんな大きな暗《やみ》の中だってこわくない。きっとみんなのほんたうのさいはひをさがしに行く。どこまでもどこまでも僕たち一緒に進んで行かう。」
「あゝきっと行くよ。あゝ、あすこの野原はなんてきれいだらう。みんな集ってるねえ。あすこがほんたうの天上なんだ。あっあすこにゐるのはぼくのお母さんだよ。」

長い引用になってしまったが、天上の描写の美しさと共に、この「ほんたう」をめぐる登場人物たちの熱い言葉がこの物語の読者を魅了して来たことは改めて言うまでもないことであろう。それは〈まことの道〉を求める賢治その人の心の底から紡ぎ出された言葉なのである。

この「ほんたう」をめぐる議論に注目して鋭い論を提出しているのは村瀬学氏である。(4) 氏の指摘によれば、このような「ほんたう」の多発は、主人公ジョバンニの「少年の主観性」(相対的な事実と絶対的な物語の間を信じたり疑ったりして揺れるこころ)を浮び上らせるためであり、「この『ほんたうの――さいわい』という用語にあまり実体的な内容を見てとろうとしないほうがいい」と言う。村瀬氏は物語を物語として読みぬく立場から作者の現実に還元する論理をきびしく拒んでいるし、ジョバンニに少年から青年へのきわどい「境界」を生きる者の典型を見ているのだから、この結論が示されるのも当然であろう。たしかに、ほとんどの大人はもう「ほんたう」をめぐって議論することをやめてしまうのである。しかし、問題は残るように思われる。なぜなら、ジョバンニやカムパネルラがこの言葉を使う時、それはあらゆるものの本当の価値の見極めがつかないために発せられたというには、余りに唐突であり、切実であるからである。

たとえば(1)において、カムパネルラが「いきなり」「おっかさんはぼくをゆるして下さるだらうか。」と言うところは少しも唐突ではない。溺れかけている友人を救おうとして誤って死んでしまった者が、死後の世界を旅することに少し慣れ、突然母親を思い出すことには何の不自然さもないのである。しかし、母を気づかう気持ちが「ぼくはおっかさんがほんたうに幸になるなら、どんなことでもする。」と展開することには明らかに飛躍がある。まるで病気か何かで不幸の中にある者を気づかうような言葉だからである。カムパネルラは辛うじて「誰だって、ほんたうにいいことをしたら、いちばん幸なんだねえ。だから、おっかさんは、ぼくをゆるして下さると思ふ。」と言葉を収めるのだが、犠牲死が「ほんたうにいいこと＝いちばんの幸」であるにしても、それが「おっかさんの幸になる」

行為と結びつけられ価値づけられるのは、少年の言葉としては無理があるだろう。作者は、友人を救おうとして不覚にも死んだ自己の死を親不幸ではないはずだと考えようとしているカムパネルラを描写したいのだが、「ほんたうに幸になる」や「いちばんの幸」という言葉にこだわるためにリアリティが損なわれているのである。

わが子がその生を他者へささげることを親は「幸」として許すはずである（許さねばならぬ）という論理は、賢治に早くから執着されていたものであった。「銀河鉄道の夜」と同じく汽車を舞台とする「氷と後光」は、花巻農学校教諭時代、トシの逝去のあと執筆されたものと考えられているが、親子の設定は逆でも、子供を他者のために献げることを親は悲しみつつも肯定すべきであるという共通のテーマを見出すことができる。

雪の中を走る夜汽車の中で若い夫婦は子供に風邪を引かせないように気を配りながら朝を迎える。子供のうしろの凍った窓ガラスが朝日の光を受けて後光のように輝いているのを見た父は次のように言う。

「この子供が大きくなってね、それからまっすぐに立ちあがってあらゆる生物のために、無上菩提を求めるなら、そのときは本当にその光がこの子に来るのだよ。それは私たちには何だかちょっとかなしいやうにも思はれるけれども、もちろんさう祈らなければならないのだ。」

続橋達雄氏の指摘のある通り、父の言葉は「唐突」であり、「それまでの詩情を突き破って、ここだけが作品全体の中から浮きあがっている」(5)。初めての子供を愛情をこめて育てながら「無上菩提（仏の悟り）」を求めて旅立っていくことを祈る親がいるとは普通考えられないからである。作者は周到に「だまって下を向く」若い母を描いてはいるが、この父の言葉の唐突さは、前述のカムパネルラの言葉の唐突さに対応していると言うことができる。賢治が「手紙一」で描いたように、他者のために自己の命を献げる「不惜身命」も「無上菩提」の一つの形であるとすれば、それは「ほんたうの幸」を体現したことになるのだから、とっさの行動とはいえ、友人のために命を捨てた息子の死を母は「いちばん幸」なことだと受け止めねばならないのである。

ここには、自己の思想や感情を過剰に登場人物に背負わせようとしている作者の姿を見ることができる。それは「少年の主観性」ならぬ「作者の主観性」とでも言うべきものであり、[6] 物語はそれによってまだら模様のように色濃く染め上げられた数ヶ所を持っているのである。

(4)においては事情は一層明瞭である。氷山に衝突して沈んだ船から無理をして助かろうとせず水死した姉弟と青年に出会ったジョバンニは、その状況を聞いて(4)のように思うのだが、ここに示された反応は極めて奇妙なものである。彼は青年の説明する事故の様子そのものには何ら感慨を抱くことなく、「その氷山の流れる北のはての海で、小さな船に乗って、風や凍りつく潮水や、烈しい寒さとたたかって」いる「たれか」に激しい負目を感じ、「そのひとのさいはひ」のために何をなすべきかを考え、「すっかりふさぎ込む」のだ。

芹沢俊介氏の指摘にあるように、ここでは「人はそれぞれ生まれた場所や時代のなかで生きるしかないという現実は無化されて」いる。[7] このような〈全人類への負い目〉とでも言うべきものをこの少年が背負わねばならぬ必然性はストーリーの展開上からも認められないのであり、作品のリアリティという点ではまだ、「氷山の流れるはての海で、小さな船に乗って、風や凍りつく潮水や、烈しい寒さとたたかって、僕に厚い上着を着せよう」とする父親を思い起す第一次稿の方が勝っているのである。

ここでもまた、表現を改悪した「作者の主観性」は明らかである。それをもたらした意識のしこりは賢治の人生の随所に結節していたというべきだが、その一つを高等農林時代に見ることができる。

雲の暗い日、円森山といふ深い峯から馬を二頭ひき自分も炭を荷ひ一生懸命に私に追ひついた青年がありました。この人は歩きながら馬の食物の高いことと自分の賃銀の廉いことなどをも云ひました。私はこれを慰めることができません。

こう申しました。「私はもし金はもうけてもうまいものは食はない。立派な家にすまない。妻をめとらない。」こんな事がこの人の何かよろこびになるでせうか。私はある谷の上で青い試験紙を一束この人にやり、私は谷に下りて別れました。

（大7・5・19　保阪嘉内あて書簡）

おそらく土性調査のための山歩きの時に出会ったと思われるが、この若い農民は、同世代の気安さと、相手の学生という特権的身分への軽い嫉妬からぐちをこぼしたのであろう。このような場合、相手はうんうんと口先だけで応答するより態度のとりようがない。青年の貧困や窮状に対して、いくら自分がよき身分であろうとも何の責任もないからである。しかし、賢治はぐちに対して美食と豪邸とを否定することで答え、さらに妻帯をも否定した。前者二つはまだ理解できても、他人の貧窮に対して妻をもたないことで責任をとる（？）というのは通常の反応をはるかに逸脱している。しかし、伝記的事実が示すように賢治はこの言葉に責任をとったのだし、過剰反応は思想にまで高められた。「世界がぜんたい幸福にならないうちは個人の幸福はあり得ない」（「農民芸術概論綱要」）という宣言[8]の源に、この若き日のエピソードを置くことも不可能ではないのである。

このような視点から言えば、(7)に示されたジョバンニとクリスチャンの青年との会話もまた、「作者の主観性」が前面に露呈した性急な宗教談義である。青年と交される絶対神をめぐる議論は相当に高度なものであり、少なくとも「銀河鉄道」に乗るまでのジョバンニの日常性から見た時、「先生」から何らかの宗教的な感化があったことは推察できても、その口から反射的にこのような熱のこもった言葉が発せられるとは考えられないのである。

であるとすれば、ここに、内田朝雄氏の言うように賢治の「宗教改革」への「悲願」を見ることができるかもしれない。内田氏はウィリアム・ジェイムズの『宗教的経験の諸相』の影響を重く見、ジェイムズの「神という語を使わず『神らしきもの』ということによって自分の属しているキリスト教世界を離れ、あらゆる民族、あらゆる人間の宗教世界に眼を配る」態度や、「天地の創造者ではなく、宇宙の統一者でもない」「唯一絶対の存在でない」神という位置づけを知った時、それまでのかたくなな賢治の宗教は、まさに「宇宙に向けて」「開かれた」と言う。[9]氏の指摘の当否を判断する用意はないが、人間存在を「実体」ではなく「現象」と考えようとした賢治（『春と修羅』序）が、宗教をわが神をのみ尊しとする実体化＝絶対化の呪縛から解放しようと念じたとしてもおかしくはない。(7)の引用部分のすぐ前で、ジョバンニは「天上へなんか行かなくたってい丶ぢゃないか。ぼくたちこ丶で天上よりももっとい丶とこをこさえなけぁいけないって僕の先生が云ったよ。」と言うのだが、地上を「天上よりももっとい丶とこ」にするためにも、宗教の自己絶対化は乗り越えられるべき壁なのである。

それは、佐藤泰正氏の「仏教にせよキリスト教にせよ、真に対者を知らずして自らを深遠なりとし、是とすることの軽薄さを排する言葉」をジョバンニの発語に見る指摘[10]に通じるし、上田哲氏も賢治の宗教の本質をシンクレティズム（相反するあるいは互いに異なる二つ以上の宗教が相互に接触することによって生ずる意識的あるいは無意識的融合）に見ている。[11]抹消された「みんながめいめいじぶんの神さまがほんたうの神さまだといふだらう、けれどもお互ほかの神さまを信ずる人たちのしたことでも涙がこぼれるだらう。」という初期形末尾のメッセージと重ねて読む時、「たったひとりのほんたうのほんたうの神さま」に、リゴリズムを乗り越えた「万人に開かれた宗教」を求める賢治の熱い心を読み取ることは不可能ではないのである。

それは「宗教の地位を全く変換しよう」（大14・2・9　森佐一あて書簡）とした野心的な「悲願」でさえあった。だが、この書簡にすでに「無謀な」「愚かにも」と予見的に表現されているように、晩期賢治は「ほんたうの」宗教を求める故の「悲願」もまた「慢」のあらわれとして否定し、[12]ジョバンニを諭すメッセージは消滅した。ジョバンニの激しい言葉のみが、あたかも形見のように宙づりのまま残されたのである。

賢治は「学者アラムハラドの見た着物」という未完の作品の中で、「小鳥が啼かないでゐられず、魚が泳がないでゐられないやうに」「人が何としてもさうしないでゐられないことは一体どういふ事だらう。」というアラムハラドの問に対して、少年セララバアドに「人はほんたうのいゝことが何だかを考へないでゐられないと思ひます。」と答えさせている。そして、その答えを聴いたアラムハラドのつぶった眼の中に「そこら中ぼおっと燐の火のやうに青く見え、ずうっと遠くが大へん青くて明るくてそこに黄金の葉をもった立派な樹がぞろっとならんでさんさんさんと梢を鳴らしてゐるやう」な光景が浮んだと書いている。ここには、人間は真理を求めるためにこの世に存在しているのであり、それを自覚することはこの上なく尊いことであるという、極めてまっとうな人間観がある。

それはまっとうすぎることにおいて、いまだ世俗に染まらない少年としか問答できないものである。しかし、賢治の生涯はこの命題に献げられた。彼は物語に登場する少年たちに「ほんたうの幸」(1)(3)(4)(5)(6)(8)(9)、「ほんたうの天上」(2)(9)、「ほんたうの神」(7)について考えさせた。それは最後まで残された自問自答であり、読者への熱いメッセージであった。結果としてそれが物語のリアリティを損ねる場合があったとしても、そうせざるをえなかった。そういう意味でも確かに「銀河鉄道の夜」は賢治文学の「集大成」なのである。

三

「ほんたう」という言葉をめぐって作家論的側面から物語を読んで来たのだが、「銀河鉄道の夜」が失敗作であると言いたいわけではない。第六章で述べたように、物語は作者の思想を伝えるべき〈啓蒙的少年小説〉として想定されたのであり、手入れによってファンタジーの要素が全面的に強まったとはいえ、その〈成長小説〉としての機能は失なわれてはいない。終末部における「謎解き」が消滅した分だけ、各エピソードはその意味づけを重くされたと言えるのである。ここでは前節と同じく冒頭で示される言葉に注目して、ジョバンニの「成長」の内実を追ってみたい。

それは、先生によって「天の川」の「ほんたう」の姿が真空の中に浮んでいる無数の星であることが確認されたあと、「太陽や地球もやっぱりそのなかに浮んでゐるのです。つまりは私どもも天の川の水の中に棲んでゐるわけです。」と説明されることである。つまり、銀河は外なるものとして彼方にあるのではなく、人間の住む地球もまた、その中に包含されることをジョバンニは最初に啓示されるのだ。地球だけが孤絶して宇宙に対峙しているのでなく、地球もまた星の一員であること、すなわち、天上の一面の星に向って「あそこにも地球がある」と言いうる契機を先生の言葉から得たのである。

ジョバンニは少年らしくこの啓示から夢を紡ぎ出し、時計屋の店先に飾ってある「星座早見」を見ると、「ほんたうにこんなやうな蝎だの勇士だのそらにぎっしり居るだらうか、あゝぼくはその中をどこまでも歩いて見たい」と思うようになる。さらに星空を見上げると、「そのそらはひる先生の云ったやうな、がらんとした冷たいとこだとは思はれ」ず、「見れば見るほど、そこは小さな林や牧場やらある野原のやうに考へられて仕方」ないまでに至るのである。先生の言葉はまことに素直に少年の中で受け止められ、想像が花開いたのである。しかし、ここで注意せねばならないのは、それはジョバンニの生来の性質のためというよりも、彼の不幸のためであるということである。

父は監獄へ入れられたという噂をたてられたまま帰って来ず、母は病床にあるため、学校がひけるとすぐに活版所で働くジョバンニは「毎日教室でもねむく、本を読むひまも読む本もないので、なんだかどんなこともよくわからない」という状態にある。先生の質問に答えられなかったのもそういう身心の消耗状態のためである。だが、肩身の狭いのは学校だけではない。活版所でも「声もたてずこっちも向かず冷たくわら」う大人たちのしぐさを感じずにはおれないし、ザネリを中心とする友人たちは不確かな父に対する噂をもとに彼を傷つけ、頼みにするカムパネルラもそこでは無力である。ジョバンニが「あゝぼくはその中をどこまでも歩いてみたい」と「われを忘れて」星座の図に見入るのは、「お父さんから、らっこの上着が来るよ。」という心ない言葉をあびせられて、「ザネリはどうしてぼくがなんにもしないのにあんなことを云ふのだらう。走るときはまるで鼠のやうなくせに。ぼくがなんにもしないのにあんなことを云ふのはザネリがばかなからだ。」と「せはしくいろいろのことを考へながら」街を通っていた直後であり、星空を見上げて「見れば見るほど、そこは小さな林や牧場やらある野原のやうに」思うのは、二度目の嘲りの言葉によって、祭りでにぎわう街の中からはじき出されるように丘へ登って来た直後なのである。ジョバンニが不幸であった分だけ、先生の言葉は誰よりも真剣に受容されたのだ。

それは現実での居場所を失った者が求める〈もう一つの現実〉であり、それを現実逃避と言ってしまうこともできる。しかし、彼の希求した〈もう一つの現実〉は、彼には確かに存在したのであり、それは積極的意味を持つものであった。

天上にも河原があり、銀色のすすきが揺れ、りんどうの花が咲いている。川には鱒や鮭などの魚が泳ぎ、空には孔雀や鶴や無数の渡り鳥が飛んでいる。測候所や燈台もあり、奇妙な鳥を捕る人や、発掘調査をする人もいる。何と、インディアンまでいたのである。実際にはそれがわずか四十五分間の夢であったとしても、自分だけが孤絶して存在しているのではなく、あの満天の星の只中で大勢の人間や生物たちと共に確かに存在していたという実感は消滅することはない。もちろん、死後の世界の旅でもあったその経験はジョバンニにとっては重いものでありすぎたから、息子の死を見守るカムパネルラの父にも「胸がいっぱいでなんにも云へ」ない。おそらく誰にも打ちあけることはできないであろうが、秘密を持つことは自己確立の重要なステップでもあるのだから、彼がこれ以後より強く生きる力を獲得したことは明らかなのである。

この、先生の言葉に端を発し、ジョバンニを救った新しい世界の開示を〈中心の移動〉と呼んでみよう。すると、それがジョバンニにおける世界の変容を意味するだけでなく、彼自身にも〈中心の移動〉＝〈自己の変容〉があったことが見えてくるはずである。すなわち、地上だけではなくそれを包む天上までが生の場所であり得ることが確認されたように、自己だけが大切なのではなく、他者と共に生きることこそ尊いことがジョバンニに体感されたということである。中村文昭氏や芹沢俊介氏の指摘にもあるように[13]その契機をなしたのが奇妙な鳥捕りとの出会いである。

鳥捕りはジョバンニの持っている切符を大げさにほめあげたあと突然姿を消す。

「あの人どこへ行ったらう。」カムパネルラもぼんやりさう云ってゐました。
「どこへ行ったらう。一体どこでまたあふのだらう。僕はどうしても少しあの人に物を言はなかったらう。」
「あゝ僕もさう思ってゐるよ。」
「僕はあの人が邪魔なやうな気がしたんだ。だから僕は大へんつらい。」ジョバンニはこんな変てこな気もちは、ほんたうにはじめてだし、こんなこと今まで云ったこともないと思ひました。

ジョバンニが鳥捕りを「邪魔」に思ったのは、追いつめられた彼がたてこもったカムパネルラとの「対」の世界への闖入者であったからであるが、少年たちの内心さえ推量できない愚かなまでのその「無心さ」[14]はジョバンニをうち、「一体どこでまたあふのだらう。」と心を向けさせる。ジョバンニには、自分が「邪魔」に思ったことが鳥捕りを消失させたように思えたのである。「こんな変てこな気もち」とはその罪障感であり、また、他者のもつかけがえのない存在感でもあるにちがいない。ジョバンニにとって他者とはザネリに代表されるように自己をおびやかすものであった。できることなら世界から消し去りたかったことだろう。しかし、ここで、生きるとはまさに異質の他者と共にあることであるということをジョバンニは知ったのである。

これがジョバンニにおける〈中心の移動〉の第一段階であるとすれば、沈没してゆく船から他者を押しのけてまで助かろうとしなかった青年と姉弟の登場は、その第二段階へジョバンニを導く。三人の人物が「苹果」の匂いによっていわば荘厳されて現われるのも、それが「愛」のシンボルであるからに他ならない[15]。それは消極的な形ではあれ、それまでのジョバンニには考えられなかった他者への献身の行為なのである。彼が青年から話を聞き、「首を垂れて、すっかりふさぎ込む」という反応を示すのも、「他者」が急激にその意識に存在しはじめたからなのだ。

それはさらに、かほる子によって語られるパルドラの野原に住んでいた一匹の蝎の、「こんなに空しく命をすてずどうかこの次にはまことのみんなの幸のために私のからだをおつかひ下さい。」という祈りに示された、他者への積極的献身へと階段を上る。こうしてジョバンニは「僕はもうあのさそりのやうにほんたうにみんなの幸のためならば僕のからだなんか百ぺん灼《や》いてもかまはない。」と力強く語るに至ることになる。彼には「祈り」ではなく「実行」が要請されているのだ。しかし、事情はもちろん簡単ではない。

ジョバンニは他者へと解放されていきながらも、なお、「対」の世界に閉じ込もることの誘惑から逃れられない。彼はくりかえしかおる子と楽しそうに語るカムパネルラの方を見やり、「ほんたうにつらい」と感ずるのである。もし真に他者に向って自己が解放されているのであれば、そして「みんなの幸」を願うのであれば、まず目の前の女の子と楽しく語らう友を認めなければならない。ジョバンニの〈中心の移動〉は決して全面的には体現化されていないのである。

それは再び二人きりになったあとの対話のちぐはぐさとして現われている。「僕はもうあのさそりのやうにほんたうのみんなの幸のためならば僕のからだなんか百ぺん灼いてもかまはない。」という過剰なのめり込みをもつジョバンニの言葉に対して、カムパネルラは「眼にはきれいな涙」を浮かべながら「うん。僕だってさうだ。」と答える。カムパネルラの眼に涙が浮んだのは「他者の幸」のために命を実際に捨てることが、本当はどれほど重いできごとであるかを身をもって知っているからである。彼は「銀河鉄道」に乗ってすぐ残された母のことを案じなければならなかったのだ。一人の友を衝動的に救おうとし、そのために命を捨てただけでもこれほどであるのに、ジョバンニは自分の言葉の意味の重大さに気づいているのか……。「僕だってさうだ。」という言葉は、なかばうつろにカムパネルラの口から発せられたのではなかったか。

ジョバンニもまた、自分の言葉の軽さに気づいてはいる。「けれどもほんたうのさいはひは何だらう。」という疑問がついてまわるのは、彼が決して体現化されていない自分の決意にかすかではあっても気づいているからに他ならない。

かくして、銀河鉄道の旅の終りを告げる「石炭袋の孔」＝暗黒星雲とは、ジョバンニにおける〈中心の移動〉が真には果されてはいなかったことの暗喩であると読める。「天の川の一とこに大きなまっくらな孔がどほんとあいてゐるのです。その底がどれほど深いかその奥に何があるかいくら眼をこすってのぞいてもなんにも見えずたゞ眼がしんしんと痛むのでした。」というその描写は、そのまま、他者へ向って自己を解放しようとして果せない人間の自己愛の淵の深さを思わせる。この描写を「人の心の一とこに大きなまっくらな孔がどほんとあいてゐるのです……」と読みかえることは十分に可能なのである。

ジョバンニにおける「中心の移動」が、「自我の意識は個人から集団社会宇宙と次第に進化する／この方向は古い聖者の踏みまた教へた道ではないか／新たな時代は世界が一の意識になり生物となる方向にある／正しく強く生きるとは銀河系を自らの中に意識してこれに応じて行くことである／われらは世界のまことの幸福を索ねよう　求道すでに道である」（「農民芸術概論綱要」）という作者の宣言と正確に呼応するものであることは言うまでもない。ジョバンニはまさに「銀河系」の只中でそれを自覚したのである。しかし賢治は、「自己の内なる銀河系」の中にも底しれぬ深淵を開いている暗黒星雲の存在を書き落すことはなかった。物語を単なる思想伝道の手段としなかった作者の明晰を思い見るべきであろう。

四

かくして、ジョバンニの未熟さは物語のリアリティの上からは当然であり、少なくとも初期形においては、「黒い大きな帽子をかぶった青白い顔の痩せた大人」の諭しによって補われることを前提に描かれたと言うことができる。未熟さは「求道すでに道である」という認識によって救済されている、と言ってもいい。したがって、ジョバンニがあの『グスコーブドリの伝記』の主人公のように、この後、他者のために生きる困難な道に踏み出して行くことは十分に推測できる。

その時、母親へ持ち帰る「牛乳」[16]とは、自己を他者に向って開き、他者と共に生きることを覚悟した彼の「悟り」のシンボルと考えることもできる。仏陀が六年にわたる苦行を終え、悟りを得た時口にした食物が乳粥であったことを想起すれば、「牛乳」に仏教的サクラメント（秘蹟）のシンボルとしての意味を与えようとした作者の思いを見ることも可能なのである。

しかし、同様のことを後期形で指摘しうるだろうか。初期形が「博士ありがたう、おっかさん。すぐ乳をもって行きますよ。」という言葉だけで、ジョバンニが牛乳屋へ立寄る描写もないのに比べて、後期形では牛乳屋の詫びの言葉と共に「まだ熱い牛乳」がジョバンニの手に渡されるのだ。

だが、それは物語の結末の幸福感を印象づける役割りは果しても、牛乳をめぐるやりとりが具体的に描写されればされるほど、そこからシンボリックな意味は薄れていくように思われる。そこにいるのは「みんなのために生きようとするジョバンニ」であるよりも、「辛い経験を乗りこえて安らいでいるジョバンニ」であるという印象をぬぐうことができないのである。

このような、物語の非幻想化＝日常化、あるいは非観念化＝散文化というべき変化は、後期形において父の帰還の知らせが付け加えられたことにも現われている。カムパネルラの父からそれを聞いて喜び勇んで家に走るジョバンニの姿に明らかなように、父親が帰って来ることはそのまま、物語の最初で語られた彼の苦しみが消失することを意味する。つまり、ジョバンニはこの旅によって「成長」せずとも、これからは町の中でしっかりと自分の居場所を確保できるのだ。それは父親とは無関係に新しい歩みを始めるであろう初期形のジョバンニとは大きくへだたっている。

こうして後期形「銀河鉄道の夜」は、孤独な少年の見た夢の物語として一応完成された。「死の夢」は整理され、ところどころに噴出する作者の思想の名残りの息吹以外は首尾一貫するまとまりを得た。しかし、それは同時に、作者がジョバンニに託そうとした「熱い夢」の死をも意味していた。

注

（1） 旧校本全集第十巻校異参照

（2） 天沢退二郎氏に「少くともこの手入れによって、初期形の説教臭・仏教臭がぬぐいさられ、数ある花鳥童話の中でも独特の魅力ある一篇が、ぎりぎりのところで成立したように思われる。」という改稿肯定論があるが、苦しい弁明と言わざるをえない。新修宮沢賢治全集第十二巻解説

（3） 栗原敦氏の指摘がある。「われらぞやがて泯ぶべき——賢治の病と泯びの歌——」「実践国文学」第26号　昭59・10

（4）村瀬学『「銀河鉄道の夜」とは何か』大和書房　平1・7
（5）続橋達雄『宮沢賢治・童話の軌跡』桜楓社　昭53・10
（6）「ほんたう」をめぐる賢治の表現のあり方については、吉本隆明氏の「それに触れるとき宮沢賢治は言葉の美的な構成を、いつもぶち壊してしまった。」という指摘がある。『宮沢賢治』筑摩書房　平1・7
（7）芹沢俊介「『銀河鉄道の夜』論」「星座」第4号所収　矢立出版　昭58・10
（8）しかし、この宣言は賢治の「思想」を表していると言うよりも、「感性」のあり方を示しているという方が正しいだろう。賢治は、まわりの人が幸せでないと私は息苦しくて仕方がない、と言っているのだ。
（9）内田朝雄『続・私の宮沢賢治』農文協　昭63・9
（10）佐藤泰正『日本近代詩とキリスト教』新教出版社　昭43・11
（11）上田哲『宮沢賢治　その理想世界への道程』明治書院　昭60・1
（12）昭8・9・11　柳原昌悦あて書簡
（13）中村氏は、鳥捕りをザネリと共に「生々しい他者」と言い（「『銀河鉄道の夜』――そのシルエット描法（ザネリと鳥捕りをめぐって……）」「宮沢賢治」創刊号　洋々社　昭56・10）、芹沢氏は「回心を媒介するもの」と呼んでいる。（7）に同じ
（14）吉本隆明氏は、ジョバンニが鳥捕りに激しく心を動かされたのは、鳥捕りが、自分が邪慳に扱われていることに全く気づいていないためであると指摘している。「賢治文学におけるユートピア」「國文學」昭53・2号　學燈社
（15）「氷と後光」では、「こどもの頰は苹果のやうにかゞやき、苹果のにほひは室いっぱい」であり、さらに「小さな有平糖のやうな美しい赤と青のぶちの苹果を、お父さんはこどもに持たせ」る、というように「苹果」の「愛」のシンボル性がより一層強調されている。賢治におけるりんごの意味づけについては、菅谷規矩雄『宮沢賢治』が説得力に

富む。大和書房　昭55・11

(16)　天沢退二郎氏も「〈乳〉というモチーフは『銀河鉄道の夜』という作品のひそかなライトモチーフである」と述べているが、「その内実である瓶の中身はといえば、〈乳〉、すなわち天の川、詩人が夢の中で追求した不可能の作品行為そのものなのだ！」(傍点原文)とあるように、作者の創作意識と結びつけて意味づけられている。『討議「銀河鉄道の夜」とは何か』青土社　昭54・12

〈魂の眼〉で見られた世界――「銀河鉄道の夜」覚え書き――

一

近代合理主義の支配の中で、意識の無意味として顧みられることのなかった夢を、無意識の意味に反転して人間の生の中に復権させたのはS・フロイトである。[1] 以後、「略字と象形文字からなる言語」[2]である夢は、精神科学の対象となり、古代、神託として尊ばれたように、現代では精神を病む人々の回復の道標とされることとなった。古代エジプト人は、夢という名詞を覚めるという動詞から作ったといわれるが、[3] 真に自己の夢を理解できた者は、いわばこの世の夢から覚醒するのである。

　このような視点から言えば、文学的営為とは人工的な白日夢であり、それによって病める自己意識を闇から白日のもとに引き出し、理解し、真の覚醒へと導くものであると言うことができる。少なくとも「夢十夜」（明41）を書いた夏目漱石が極めて明敏な意識家であったことを疑うことはできない。

　賢治もまた右のような意味での〈夢みる人〉であったと言うことができるだろう。彼は生涯にわたって物語を書き続けることによって危機的状況を乗り越え、同時に目ざめて生きることを自己に課したのである。

　その生を支配したとも言うべき「世界がぜんたい幸福にならないうちは個人の幸福はあり得ない」（「農民芸術概論綱要」）、「正しく強く生きるとは銀河系を自らの中に意識してこれに応じて行くことである」（同）、「まづもろともにかがやく宇宙の微塵となりて無方の空にちらばらう」（同）という命題も同様である。近代の自我崇拝を基軸とする競争社会にあっては、これは夢のようなたわごとである。「略字と象形文字からなる言語」そのものであり、理解不可能であるとさえ言える。しかし賢治は、古代の預言者たちが選ばれて夢の神託を語ったように、世界への幻想＝目ざめて見る夢を語ったのである。それは彼が世俗の競争社会の夢からはっきりと覚醒したことの表明に他ならなかったが、その正確な解読は後代のわれわれの課題なのである。

「銀河鉄道の夜」はこの夢と覚醒というテーマそのものによって成立した物語である。前見の「農民芸術概論綱要」の命題が初期形成立時と時を同じくして書かれていると推定されるのも、賢治が執筆によって人生の意味のより明瞭な覚醒へと導かれたことを示している。もちろん、「わがうち秘めし／異事の数、／〈幽界の〔こ〕〉／異空間／の断片」（「兄妹像手帳」）というメモの示しているように、事実として古代の神託に比肩する夢や神秘体験に遭遇した可能性は否定できない。あの命題がその時神託のようにして与えられた生の課題であったと考えれば、彼の過激な生涯は理解しやすくなるし、「銀河鉄道の夜」の意義もより深く了解できるのである。しかし、必ずしもそのような大事を想定する必要はないだろう。ここでは、この物語が愛する妹の死という夢のような出来事に対する賢治の精一杯の解読であったことをまず確認しておこう。詩に示された「Ora Orade Shitori egumo」（「永訣の朝」）というローマ字表記は、トシの発語が死者は一人でこの世から去らねばならぬという宿命を告げてはいても、受け手である賢治には外国語のように了解不能のことばであったことを示している。[4] 彼はこのことばを真に了解するために一篇の物語を書かねばならなかったとも言えるのである。しかも賢治には夢の告知ならぬ異界からの通信が、ただ一回だけという極めて気がかりな形で送られていた。

とし子とし子
野原へ来れば
また風の中に立てば

きつとおまへをおもひだす
おまへはその巨きな木星のうへに居るのか
鋼青壮麗のそらのむかふ
（ああけれどもそのどこかも知れない空間で
光の紐やオーケストラがほんたうにあるのか
……此処《ここ》あ日《ひ》あ永《な》あがくて
一日《いちにち》のうちの何時《いづ》だがもわがらないで……
ただひときれのおまへからの通信が
いつか汽車のなかでわたくしにとどいただけだ）
（「風林」部分）

「ただひときれの通信」が単なる幻聴であろうとなかろうと、賢治は「此処《ここ》あ日《ひ》あ永《な》あがくて／一日《いちにち》のうちの何時《いづ》だがもわがらないで」の意味を解かねばならなかった。物語が北の十字星から南の十字星までという広大な宇宙空間を舞台とするのも、物語の中で「新世界交響楽」が聞こえてくるのも（「ジョバンニの切符」）、その解答の一つであったにちがいない。答えの全貌を求めて、汽車は地上から天へと向うのである。

しかし同時に、すぐれた文学は作者の個人的経験を超えた何かによって成立に導かれるものであることを、ここで確認しておかねばならない。S・フロイトよりもさらに心理学の領域を深化拡大させたC・G・ユングは「人類の魂から汲み出される偉大な文学は、個人的なものに還元して解釈しようとすると、私の見るかぎり、完全に的外れになりかねない。」と述べて次のように指摘する。

芸術作品の本質は、決してそれが負っている個人的な特質にあるのではない――むしろ個人的特質につきまとわれていればいるほど、芸術ではなくなってくる――そうではなく、個人をはるかに超出して、人類全体の精神と魂から、人類全体の精神と魂を代弁して語るところに芸術本来の面目はある。（中略）彼（註・芸術家）は普遍的人間なのである。無意識のうちに働いている人類の魂の、彼は担い手であり形成者なのである。これが彼の公務にほかならない。この責務の重さは重く、そのためしばしば人間としての幸福や、普通の人たちにあって人生を生きるに値するものにしているすべての善きことを犠牲にしなければならないほどである。

（「文学と心理学」松代洋一訳）

その結婚の拒否一つとっても、賢治の生涯を彷彿とさせる示唆深い指摘である。では、賢治がユングのいう「普遍的人間」であったとして、彼はいかなる「人類全体の精神と魂」とのかかわりをその「公務」としたのか。これは余りに大きな問題であるから、ここでは対象を近代文学に限定することとするが、結論から先に言えば、それは〈近代的自我〉のたどった袋小路からの解放と再生ということであったように思われる。

乱暴に要約すれば、「近代」は自己が何者にも束縛されることなく自己自身の主人公となることを許し、それによって「真実」の追求を可能にした時代である。このあらゆるものを対象化しうる主体が〈近代的自我〉である。しかし、少なくとも近代文学に描かれた〈自我〉はデカルトの言葉のように「我思うゆえに我あり」と明確に確立されることはなく、むしろ「我思うゆえに我あらず」とも言うべき実体を呈して来たのではなかったか。二葉亭四迷の『浮雲』（明20〜22）、森鷗外の『舞姫』（明23）以来、小説の主人公たちは「真実」を求めようとするゆえに苦悩を深め、現実での足場を失っていくのである。「真実」が手をのばそうとすればするほど遠のくという逆説は、漱石の『行人』（大元〜2）の一郎の造形に鮮やかであるが、「死か狂気か宗教か」と、その「自我」の消滅を願った一郎の生を、さらに深刻に実際に生きたのが芥川龍之介であった。

最も著しい自己嫌悪の徴候はあらゆるものに譃を見つけることである。いや、必ずしもそればかりではない。その又譃を見つけることに少しも満足を感じないことである。

（「侏儒の言葉」遺稿　昭2）

芥川にとって虚妄の果てもまた虚妄であり、作家として〈真実〉を追求していくことは自己を解体し尽くすことに他ならなかった。このような芥川の生を、高名な「彼の個性は人格となることを止めて一つの現象となった。」（小林秀雄「芥川龍之介の美神と宿命」）という言葉で要約しうるとすれば、「わたくしといふ現象は／仮定された有機交流電燈の／ひとつの青い照明です」（『春と修羅』序）と書いた賢治がそれと無縁であるはずがない。芥川に四年遅れて生れ、六年遅れて世を去った賢治は〈近代的自我〉のもたらすニヒリズムの毒を十分に浴びていた。「私は邪道を行く。見よこの邪見者のすがた。学校でならったことはもう糞をくらへ。（中略）成金と食へないものとのにらみ合か。へッへ労働者の自覚か。へい結構で。どうも。ウヘッ。」（大8・8・20前後　保阪嘉内あて書簡）には、早くも現実での足場をどこにも見出せなくなった二十三歳の青年の姿を見ることができる。

しかし、賢治はそのニヒリズムを究極のところで反転させた。「実体」ではなくもはや流転してやまぬ「現象」にまで解体された〈自我〉は、それゆえに他の生物と同等の「仏のいのちの顕現」として肯定され、再生するのである。

「誰か僕の眠つてゐるうちにそつと絞め殺してくれるものはないか?」という言葉で終る芥川の「歯車」（昭2、遺作）の原題が「ソドムの夜」であったこともここで確認しておこう。ソドムとは旧約聖書に登場するその悪徳ゆえに神の怒りにふれ滅亡に至った町の名である。芥川にとって自己を罰する神は信じられても、自己に再生を与える神は不在なのだ。しかし、彼が自己の再生を真に望んでいたことは、最晩期に志賀直哉の「暗夜行路」(大10〜昭12)や島崎藤村の「新生」(大8)への言及があることによって理解されるだけではない。芥川はその自殺の前夜、「我々はエマオの旅びとたちのやうに我々の心を燃え上らせるクリストを求めずにはゐられないのであらう。」(「続西方の人」昭2、遺作　傍点引用者)と書き終えてから死の床に就いた。「エマオの旅びとたち」とは新約聖書に登場する復活のイエスに出会う弟子たちのことである。芥川は睡眠薬の致死量を飲んでなお、床の中で意識のとぎれるまで聖書を読んでいたといわれている。

かくして、C・G・ユングのいう「普遍的人間」の「公務」が、芥川の場合、「近代的自我」の袋小路のはてまで自己を追いつめることであり、賢治の場合、それを突き抜け自己の再生を果たすことであったことが理解されるであろう。この文脈で言えば、「銀河鉄道の夜」とは、芥川の経巡ることを許されなかったもう一つの夜＝再生の夜の物語なのであり、主人公ジョバンニは文字通り「心を燃え上らせて」夢から醒めるのである。

二

賢治がいわゆる幻視者であったことは疑いえない事実であったように思われる。早くにそれを指摘した栗谷川虹氏は、「春と修羅」の難解さは「詩としての難解さ」ではなく、「体験そのものの難解さ」であると言っているが、(5) その「体験」はたとえば次のように記されている。

ユリアがわたくしの左を行く
ペムペルがわたくしの右にゐる

…………はさつき横へ外《そ》れた
あのから松の列のとこから横へ外れた
《幻想が向ふから迫ってくるときは
　もうにんげんの壊れるときだ》
わたくしははつきり眼をあいてあるいてゐるのだ
ユリア　ペムペル　わたくしの遠いともだちよ
わたくしはずゐぶんしばらくぶりで
きみたちの巨きなまつ白なすあしを見た
どんなにわたくしはきみたちの昔の足あとを
白堊系の頁岩の古い海岸にもとめただらう
《あんまりひどい幻想だ》
わたくしはなにをびくびくしてゐるのだ
どうしてもどうしてもさびしくてたまらないときは
ひとはみんなきつと斯ういふことになる
きみたちとけふあふことができたので
わたくしはこの巨きな旅のなかの一つづりから
血みどろになつて遁げなくてもいいのです

（「小岩井農場　パート九」部分）

作者賢治のように「はっきり眼をあいて」幻想を見ることは少年ジョバンニには不可能であるから、夢みられたものとして物語化されたのが「銀河鉄道の夜」であったと言えるだろう。父の不在と罪の疑惑に端を発して、学校では「なんだかどんなこともよくわからない」状態に陥り、家計を助けるために働いている活版所でも冷たくあしらわれ、友人たちから心ない言葉を投げかけられ、ジョバンニはついに町での居場所を失うのだが、それは詩の用語で言えば「もうにんげんの壊れる」までに追いつめられなければ「幻想が向ふから迫つてくる」ことはないからである。「どうしてもどうしてもさびしくてたまらない」ゆえにジョバンニには夢の幻想世界への参入が可能となり、それによって崩れかけた自己は「血みどろになつて遁げなくてもいい」状態へと癒されるのである。

では、なぜ幻想や夢にそれが可能なのか。日本におけるユング派心理学の第一人者である河合隼雄氏は次のように言っている。

デカルトが「考える」ことを重視したのに対して、たましいは「想像する」ことを重視する。想像《イマジネーション》こそは、たましいのはたらきであり、それを端的に体験するのは夢であろう。夢の大切な特徴は、それが人間の意識的自我によって支配できぬことである。夢は自我のつくり出したものでない証拠に、われわれは夢の展開がどうなるのか、まったくわからないし、「思いがけない」人物が登場し、展開が生じる。つまり、夢創作の主体は自我ではない。このような夢を創り出す主体をたましいであると考えてみるのである。(6)

河合氏は「たましい」は実体概念ではなくあいまいなものであるが、物と心、自と他という明快な切断からもれた人間存在の「大切な何か」であると言う。以下、この視点に従ってジョバンニの変容を跡づけてみよう。

ジョバンニの自我が「考える」限り、自己をめぐる状況は絶望的である。しかし、自我のあずかり知らぬ世界が夢《ファンタジー》として伝えられた時、世界は全く別の様相を示しはじめる。まず、ジョバンニの座る銀河鉄道の列車の座席には、「ぬれたやうにまっ黒な上着を着た、せいの高い子供」（カムパネルラ）をはじめとして、「ここへかけてもようございますか」（鳥捕り）と、次々に思いがけない人物が乗り込んで来る。彼等の役割はその不幸によって閉ざされたジョバンニの心を他者へ向って開き、もう一度共に生きることを可能にすることである。

自分のことで頭が一杯で他者への配慮など思いもよらなかったジョバンニは、奇妙な鳥捕りに出会うことによって、この人のためならどんなことでもしてあげたいという「ほんたうにはじめてだし」「今まで云ったこともない」思いにかられる。さらに海難事故に遭いながら、他者を押しのけてまで生きようとしなかった青年と子供たちに出会い、その姉から蝎の死のエピソードを聞くことにより、「僕はもうあのさそりのやうにほんたうにみんなの幸のためならば僕のからだなんか百ぺん灼いてもかまはない。」とさえ思うようになる。それはジョバンニの見た「雪の融《と》けるやうに」「熔鉱炉から出た銅の汁のやうに」砂に広がり消えていく鷺の如く、彼の自我が溶解していった過程を示している。ジョバンニの出会う人物が死者たちであるのは、死こそ自我の了解不可能の領域であるという意味において、自我を溶かす最も強い炎であるからである。

しかし、もちろん、ジョバンニの「僕はもう……」という決意を過大評価すべきではない。「けれどもほんたうのさいはひは一体何だらう。」と付け加えなければならなかったように、それは献身の決意というより、過度の自我の溶解による過剰な発語と考えるべきである。また、「カムパネルラ、また僕たち二人きりになったねえ、どこまでもどこまでも一緒に行かう。」というその直前の言葉に明らかなように、ジョバンニは最後までカムパネルラが死者となったことに気づいていない。それにはっきりと気づくのは夢から醒めて川に近づいてからであり、夢の中での彼の意識は決して明晰なものではないのである。

もう一つの未知の世界は、言うまでもなくその美しさによってジョバンニを魅了してやまない天上界そのものである。それは知的な自我は存在を否定しても、たましいが主体となった時には見ることのできる世界である。知的な自我がつまるところ世界から切り離された個（Individualとは、これ以上分割できないの意）を自覚させるに対して、たましいの眼によって見られた世界の美しさは、世界への親愛の情で自己を満たす。賢治が白昼の幻想を見ることで、「これらはみんなただしくない／いま疲れてかたちを更へたおまへの信仰から／発散して酸えたひかりの澱だ」と自覚しつつも、世界と自己の親密な関係を再生し続けていたことは前見の詩（「小岩井農場」）に明らかであるが、あの「雨ニモマケズ手帳」に記された詩「月天子」は、彼がさらに明晰な自覚のもとにこのたましいの眼を保持していたことを示している。

　月を科学的に対象化して、それが宇宙の法則に従う一つの物体であることを確認したあと、詩人は次のように言う。

しかもおゝ
わたくしがその天体を月天子と称しうやまふことに
遂に何等の障りもない
もしそれ人とは人のからだのことであると
さういふならば誤りであるやうに
さりとて人は
からだと心であるといふならば
これも誤りであるやうに
さりとて人は心であるといふならば
また誤りであるやうに

しかればわたくしが月を月天子と称するとも
これは単なる擬人でない

月天子とは、月宮天子、名月天子等の異名を持つ人格化神話化された月の呼称である。[7] おそらく彼はこう言いたかったのだ。人間をどのように対象化しようと人間の本質に到達することはできない。それは〈たましいの眼〉（想像力）によって見られた時初めて真の姿を開示し、他者との親密な共生を可能にする。同様に、月も物質的に月であって同時に月天子として敬愛することができた時、真に月を理解することができる。こうして世界はその真実の姿を人間に示し、人間と世界の親愛に満ちた合一は可能となる……。

かくして、「銀河鉄道の夜」とは、ジョバンニの「単なる擬人でない」（「月天子」）天上めぐりの旅であったと言うことができる。それによって世界はそれまでの冷たく疎外するものとは全く別の様態をもってジョバンニの前に現われるのである。ゆえに、旅の前後をはさんで置かれた牛乳をめぐるエピソードが、暗と明において対照的なのは単なる偶然ではない。「二つの場面を重ねあわせると、現実の総体が出現する。二つの場面は、いわば、一つの現実の両側面なのだ。」（磯貝英夫）[8] という卓見がすでにあるように、それは夢体験によって果された世界の親愛化の最初の共時的な現われなのである。[9] 父の帰還もその延長上に果されたと見るべきであろう。執筆時、作者は夢とその意味について深い理解に達していたのではあるまいか。

注

（1） L・ビンスワンガー／M・フーコー『夢と実存』荻野恒一他訳　みすず書房　平4・7
（2） 高橋巌『神秘学序説』イザラ書房　昭61・5

(3) デーヴィッド・コクスヘッド他『イメージの博物誌3 夢』河合隼雄他訳 平凡社 昭52・12

(4) このことについてはすでに小沢俊郎氏の指摘がある。「Ora Orade Shitori egumo」『小沢俊郎 宮沢賢治論集2 口語詩研究』所収 有精堂 昭62・4

(5) 栗谷川虹『宮沢賢治 見者の文学』洋々社 昭58・12

(6) 河合隼雄『宗教と科学の接点』岩波書店 昭61・5

(7) 丹羽俊夫「賢治の詩と法華経」による。これは賢治理解に必読の文献である。『宮沢賢治と法華経』所収 昭62・9 国書刊行会

(8) 磯貝英夫「銀河鉄道の夜――改稿の周辺」「國文學」昭57・2号 學燈社

(9) この結論は、前章(「銀河鉄道の夜」後期形――死の夢・夢の死)のそれと矛盾した点もあるが、作品の多面的な読みを尊重する立場から、このような意味づけを行った。

「風の又三郎」——畏怖・祝祭・謎——

一

物語が夏休みの終った九月一日から始まることに、何か意味を見出すことができるだろうか。賢治の書簡には次のようにある。

> この頃「童話《ママ》文学」といふクォータリー版の雑誌から再三寄稿を乞ふて来たので既に二回出してあり、次は「風野又三郎」といふある谷川の岸の小学校を題材とした百枚ぐらゐのものを書いてゐますのでちやうど八月の末から九月上旬へかけての学校やこどもらの空気にもふれたいのです。（昭6・8・18　沢里武治あて書簡）

書簡は、この物語の作者にとっての位置をよく語っているように思われる。つまり、「風の又三郎」は雑誌のために書き送った二つの作品（「北守将軍と三人兄弟の医者」と「グスコーブドリの伝記」）のあとに続く第三作として、読者を明瞭に意識して推敲されているということである。乱暴に言って、「北守将軍と三人兄弟の医者」が幻想的な物語であり、「グスコーブドリの伝記」が理想主義的な物語であるとすれば、作者はここで前二作とは明らかに違った世界を子供たちに提出しようとしているのである。それを〈現実的〉とひとまず言うとすれば、題材に谷川沿いの学校が選ばれ、そこでの子供たちのありさまを、教え子であり、小学校の音楽教師である沢里から具体的に取材しようとしていることに不思議はない。

小康を得た昭和六年から死去する八年までの賢治は、文学者としてはその重要な作品のほとんどを推敲し書き上げる豊潤な時間を生きていた。それは、「あのころわたくしは芸術へ一種の偏見をもってゐまして自分でも変なものを書きながら詩の雑誌をこさえたり議論したりすることを大へん軽べつして居りました」（草野心平あて書簡下書　日付不明）という若き日の屈折（それを「修羅」と呼んでもいい）を自己の傲慢とはっきり意識し、己れの天分に素直に従う境地にあったからである。かつての人並すぐれた教師でありながら、なお現場の教師に学ぼうとするこの姿勢は、この時期の文学者としての覚悟がかりそめでなかったことを示している。

こうして物語は九月一日から始まる。それは物語の骨格をなす「風」が一年中で一番爽やかに吹き渡る季節、というだけではない。山間の分教場で学ぶ子供たちが、四季の中でもっとものびのびと行動できる空間や時間が用意されている季節でもあるからである。二学期が始まり、そこには休み中の眠りから醒め、エネルギーを一杯に充たして生徒たちを迎える学校がある。変ったようで変っていない先生と友達がいる。長かった遊びのリズムが徐々に学びのリズムに変化していくむずがゆい時間が身体に流れる。そして転校生がいる。

二

転校生高田三郎が、それと知られず初めて現われる場面は次のようである。

さわやかな九月一日の朝でした。青ぞらで風がどうと鳴り、日光は運動場いっぱいでした。黒い雪袴をはいた二人の一年生の子がどてをまはって運動場にはひって来て、まだほかに誰も来てゐないのを見て「ほう、おら一等だぞ。一等だぞ。」とかはるがはる叫びながら大悦びで門をはひって来たのでしたが、ちょっと教室の中を見ますと、二人ともまるでびっくりして棒立ちになり、それから顔を見合せてぶるぶるふるえました。が、ひとりはたうたう泣き出してしまひました。といふわけは、そのしんとした朝の教室のなかにどこから来たのか、まるで顔も知らないおかしな赤い髪の子供がひとり一番前の机にちゃんと座ってゐたのです。そしてその机といったらまったくこの泣いた子の自分の机だったのです。

物語の構図がくっきりと浮び上ってくるすぐれた描写である。子供たちはなぜおびえたのか。休み明けの教室という聖地に無垢の一歩を踏み入れるよろこびを奪われたこと、さらには、「異族」でありながら「人間の相貌で人間界に来ている者」のシンボルである「赤い髪」[1]を見た子供たちが、民俗的な恐怖にかられたことが考えられる。だが、より直接的には、机という教室での自己のよりどころ、中心点が突然奪い取られたからにほかならない。泣いた子はいわば生の根源をおびやかされるに等しい恐怖を感じたのである。それはあの「ひかりの素足」で、楢夫が、風の又三郎から母親に湯で洗われ、父親に新しい着物を着せられるという死の予言を聞き、泣きじゃくるのと同質のものと言っていい。

ここで冒頭に置かれた「どっどどどどうど　どどうど　どどう、／青いくるみも吹きとばせ／すっぱいくゎりんもふきとばせ／どっどどどうど　どどうど　どどう」という風の歌が、早くもその意味を明らかにする。つまり、「風」とは文字通りすべてを吹き払うものなのである。未熟な「青いくるみ」や「すっぱいくゎりん」さえ容赦されないように、幼い命さえこの世から異界（死の世界）へと風と共に連れ去られるのだ。しかもそこに何の理由もない。楢夫が何の罪もなく死なねばならぬように、一年生の机が座る場所に選ばれたことも単なる偶然なのである。

こうして、「風」は、「自然」という、それに対してただ畏怖するほかないものからの使者であることを明らかにする。もちろん、この場面では「まるで顔も知らないおかしな赤い髪の子供」が「風の又三郎」であると名指しされてはいないが、それは一年生の概念化の能力の未熟によるのであって、「風がどうと吹いて来て教室のガラス戸はみんながたがた鳴り、学校のうしろの山の萱《かや》や栗の木はみんな変に青じろくなってゆれ、教室のなかのこどもは何だかにやっとわらってすこしうごいたやう」なのをきっかけに、みんなは二百十日を機にやって来た風の神の子＝「風の又三郎」であることを信じはじめるのである。

　このように、物語には冒頭から畏怖の構図が色濃く引かれるのだが、もちろん、そのことのためだけに又三郎が登場したわけではない。喧嘩をはじめた五郎と耕助に注意を向けている間に又三郎を見失った子供たちが「せっかく友達になった子うまが遠くへやられたやう、せっかく捕った山雀《やまがら》に遁げられたやう」に思ったことに注目しよう。彼らにとって「又三郎」とは、その日常性への愛すべき闖入者そのものである。子うまや山雀を手にした子供たちが毎日それにかかりっきりになるように、この日以後、子供たちの生活は「又三郎」を軸に回転しはじめるのである。

　それを子供たちの生活を照らす〈鏡としての又三郎〉、と言いかえることも可能であろう。それでなくとも転校生は注目の的にされるのに、高田三郎は異界から到来したのだから、創作メモに「みんな又三郎の挙動ばかり見てゐる」とあるように、その一挙手一投足はくまなく凝視される。必然的に子供たちは彼の視線をも意識することになるから、校内、校外の又三郎の行く所はどこも、〈又三郎という鏡〉によって目覚めさせられるのである。

　又三郎はちょっと工合が悪いやうにそこにつっ立ってゐましたが又運動場をもう一度見まはしました。それからぜんたいこの運動場は何間あるかといふやうに正門から玄関まで大股に歩数を数へながら歩きはじめました。
（九月二日）

子供たちは「又三郎」と共に自分たちの世界を初めてのように見つめはじめる。いつも遊んでいる運動場の狭さに改めて気がついた者もいたにちがいない。

長田弘氏に、「風の中にいることは、どこかしら物語のなかにいることに似ている。」という美しい言葉があるが、(2) かくして、「風の又三郎といることは、どこかしら物語のなかにいることに似ている。」と言うことができるだろう。平板な日常が立ちあがり、睡っていた五感が目覚め、忘れていたものを思い出させる……。風はその中に立つ者を一瞬でも緊張した物語の主人公にさせてくれるのである。

こうして「上の野原」や「さいかち淵」はこれまでになく新鮮な舞台となるのだが、物語の主人公となっている子供たちが演じなければならないのはやはり恐怖の感情であり、しかも明確に死への恐怖である。

「又三郎」の発案で競馬遊びをして道に迷った嘉助は、土地の大人でさえ忌避する笹長根の下り口に入り込み、意識を失う。そして、ガラスのマントと靴を着けている「又三郎」を見る。

そして風がどんどんどんどん吹いてゐるのです。又三郎は笑ひもしなければ物も云ひません。たゞ小さな唇を強さうにきっと結んだまゝ、黙ってそらを見てゐます。いきなり又三郎はひらっとそらへ飛びあがりました。ガラスのマントがギラギラ光りました。ふと嘉助は眼をひらきました。灰いろの霧が速く速く飛んでゐます。

（九月四日、日曜）

「風の又三郎」の原形の一つである「種山ケ原」では、気を失った達二は幻想の世界で「可愛らしい女の子」と「山男」に出会う。「一緒に向ふへ行って遊びませう」という女の子も、「小僧。さあ、来。これから俺れの家来だ。」という山男も、生と死の境界に立つ者であることは明らかである。「達二さどこへ行く」、とおっかさんが声をかけたことと、山男の横腹をすばやく刺したことで、達二はあやうく「向ふへ行く」ことから逃れるのだが、この場面でも、黙って空を見ている又三郎が嘉助を連れて飛びあがったとしたら、嘉助は再びこの世に戻れなかったにちがいない。笹長根の下り口にかろうじて留まり、「降りたらそれっきりだ」という向う側へ降りなかったことが、「又三郎」が一人で飛び上ったことにシンボリックに表現されているのである。誰よりも三郎＝又三郎であることを信じた嘉助は、その褒賞のように真の又三郎に会い、死の入口まで案内を受けたのである。

「さいかち淵」の場面では、「又三郎」であるはずの高田三郎自身が死の恐怖に直面する。突然の雷雨の中を急いでみんなの方へ泳ぎ戻ろうとした三郎に「雨はざっこざっこ雨三郎／風はどっこどっこ又三郎」という叫び声が聞こえ、もう一度みんながそれに唱和するのを耳にすると、三郎は急に恐怖にかられるのである。

するとまた又三郎はまるであわてて、何かに足をひっぱられるやうに淵からとびあがって一目散にみんなのところに走ってきてがたがたふるえながら

「いま叫んだのはおまへらだちかい。」とききました。

（九月八日　傍点引用者）

河童を持ち出すまでもなく、淵へ引き込まれることは土俗的な死の恐怖感覚としては典型的なものの一つである。はきはきと挨拶もでき、風の効用について議論すれば相手を論理的に追い込むことのできる利発な町の子三郎は、ここではじめて、風の歌とともに畏怖すべき「自然」に、死の世界のとば口に、はっきりと触れたのである。世界を鮮明化する鏡たる、また、子供たちを物語の世界の住人にする媒介者たる三郎は、あの一年生たちや嘉助と同質の恐怖をみずから写し出し、みずから物語の結末である死の入口まで辿り着いたのだから、作品がこの「九月八日」をもって村童スケッチを実質的に終了するのも当然のことなのだ。

しかし、にもかかわらず、「風の又三郎」から「近代」が失ったかに思える自然への畏怖、他界との接触をのみテーマとして抽出することには問題があるだろう。亀井志乃氏の指摘にもあるように、(3)物語は決して土俗＝前近代で覆いつくされてはいないからである。

とすれば、ここで「風」の持つもう一つの意味を明らかにせねばならない。それは、「風」は時に命さえ奪う「自然」からの使者ではあるが、同時にその命さえ吹き払ってしまう超倫理性によって、われわれを倫理の世界――日常から解放するものでもある、ということである。「どっどどどどうど　どどうど　どどう」という風の歌は、われわれを守るものでありながら同時に束縛するものである日常性を吹き払う、大いなるよろこびの歌なのだ。

あゝい、な　せいせいするな
風が吹くし
農具はぴかぴか光つてゐるし

（「雲の信号」部分）

ホウ
髪毛《かみけ》　風吹けば
鹿踊《しし》りだぢやい

風が吹くと　風が吹くと
傾斜になったいちめんの釣鐘草《ブリユーベル》の花に
かゞやかに　かがやかに

（「高原」部分）

またうつくしく露がきらめき
わたくしもどこかへ行ってしまひさうになる……

（「山の晨明に関する童話風の構想」部分）

これらの詩は、賢治にとっての「風」が世界を祝祭化するものであることを明示しているが、特に「山の晨明に関する童話風の構想」は、これまでの文脈に置いて読めば、死と祝祭とは矛盾ではなく、むしろ同一線上に連続するものであることを示している。「風が吹くと……どこかへ行ってしまひさうになる」とは、生の喜びが極まり日常性からの飛翔が頂点に達したことを示していようが、それはそのまま帰って来ないこと――死の世界へ到達することでもありうるのである。

「上の野原」や「さいかち淵」では、子供たちの遊びがその頂点に達した時死が準備されるのであって、彼らは明らかに祝祭の極みとしての死を、そのとば口まで経験している。賢治の愛した「剣舞《けんばい》」に「青い仮面《めん》このこけおどし／太刀を浴びてはいつぷかぷ／夜風の底の蜘蛛おどり／胃袋はいてぎつたぎた」（「原体剣舞連《はらたいけんばいれん》」）という「いつぷかぷ」（溺死）の表現が取り込んであるように、祝祭はむしろ死を必須とすると言うことさえできる。そこで死滅するのは古びた日常性であり、踊り手たちはそこから言葉通りよみがえり、新たに誕生したばかりの清い日常へと帰って行くのである。子供たちの遊びとは、おそらく本質的にその模倣と変奏なのだ。

かくして、風の又三郎たる高田三郎は、みずから祭司でありかつ踊り手であるという二役を担って祝祭（遊び）の中心となった。そして、九月四日から八日にかけてのその祝祭は、彼の旧き日常――町者としての日常を葬り、村童たちの一員に変容させていったのである。

三

夜風太郎の配下と子孫とは
大きな帽子を風にうねらせ
落葉松のせわしい足なみを
しきりに馬を急がせる

（「第四梯形」部分）

初期形にあたる「風野又三郎」は、賢治が野や山を歩く中でこのように実体として感受していた風の神の子の物語である。

「さうだ。おら去年烏瓜の燈火《あがし》拵《こさ》えた。そして縁側へ吊して置いたら風吹いて落ちた。」と耕一が言ひました。すると又三郎は噴き出してしまひました。「僕お前の烏瓜の燈籠を見たよ。あいつは奇麗だったねい。だから僕がいきなり衝き当って落してやったんだ。」

すべては風の神の子のしわざとはっきり記される。子供たちはその異界からの訪問者と日々話し戯れる。これは、たとえばミルチャ・エリアーデの言う意味での宗教的な世界である。

世界は物言わぬものでなく、暗い不透明なものでもない。それは決して目的も意味もない、生命なき何物かではない。宗教的人間にとって、宇宙は〈生き〉て〈話す〉何物かである。[4]

「風野又三郎」と、改作された「風の又三郎」を比較することの意味は、ここを措いてはないように思える。つまり、「風の又三郎」においては、このような宗教的空間が意識的にぎりぎりまで狭められたのである。題目の「風野」から「風の」への変化が象徴しているように、[5]又三郎もいわば実体から虚体へと変容させられる。高田三郎が物語の結末へ至ってもなお風の神の子なのかどうか不透明であるのもこのためである。

「風の又三郎」は、「風野又三郎」のほかに「種山ケ原」「さいかち淵」「みぢかい木ペン」などをも使って合成改作された作品であるが、その際のテクストの質的な変化を見逃すわけにはいかない。「種山ケ原」で達二が気絶して見る幻想は、「風の又三郎」では能うる限り短くされているし、「みぢかい木ペン」の万能の不思議なエンピツは、一郎たちの教室で捜し出すことはできない。三郎がかよにやるのはごく平凡な半分の短かさになったエンピツなのだ。

こうして見てくると、多くの「風の又三郎」論に取り上げられている雨の「さいかち淵」で最初に叫んだ者は誰か、という問題にも一つの答えが用意できるのではあるまいか。

たとえば天沢退二郎氏は諸説をていねいに検討したあと、「《雨はざっこざっこ雨三郎……》と、誰ともなく発声したのは、決して子どもたちの中の一人ではないがそこにいた子どもたちの一人としてまぎれこんでいた、土地の精霊に擬しうる存在であると思われる。」（傍点原文）と結論する。[6]氏の言うように「《さいかち淵》の《淵》とは、単に設定された場の地名の一部にとどまらず、子どもたちにとっての世界のへりといおうか真只中といおうか、最も恐ろしい場所に置かれた〈異空間への入口〉を示すことはまちがいない。[7]」（傍点原文）とすれば、あの「上の野原」で嘉助の幻想の中に風の神の子たる又三郎が出現したように、ここで「土地の精霊」が出現しても不思議はない。そうであれば確かに高田三郎のおびえも生きてくるのである。

賢治の残したこの物語の原稿の冒頭に「生徒は三年生がないだけで」とありながら三年生が十二人いることになっている矛盾についても、天沢氏は、「魔（註　風の又三郎を指す）をよびこむ装置としての《三年生不在》なる設定は、いまや魔の到来を見た以上その役割をおえたのだから、これからは《三年生》はいくらでも登場してよい！」[8]というかにも実作者らしい書く行為の本質を衝いたユニークな論を展開している。だが、しかし、果して「さいかち淵」にも「魔」はいたのだろうか。私見を述べるために、長くはなるが「さいかち淵」と、改稿された「風の又三郎」のテキストを比較してみょう。

「さいかち淵」

そのうちに、いきなり林の上のあたりで、雷が鳴り出した。と思ふと、まるで山つなみのやうな音がして、一ぺんに夕立がやって来た。風までひゅうひゅう吹き出した。淵の水には、大きなぶちぶちがたくさんできて、水だか石だかわからなくなってしまった。河原にあがった子どもらは、着物をかかへて、みんなねむの木の下へ遁げこんだ。ぼくも木からおりて、しゅっこといっしょに、向ふの河原へ泳ぎだした。そのとき、あのねむの木の方かどこか、烈しい雨のなかから、

「雨はざあざあ　ざっこざっこ

風はしゅうしゅう　しゅっこしゅっこ。」

といふやうに叫んだものがあった。しゅっこは、泳ぎながら、まるであわてて、何かに足をひっぱられるやうにして遁げた。ぼくもじっさいこわかった。やうやく、みんなのゐるねむのはやしについたとき、しゅっこはがたがたふるえながら、「いま叫んだのはおまへらだか。」ときいた。

「そでない、そでない。」みんなは一しょに叫んだ。ぺ吉がまた一人出て来て、

「そでない。」と云った。しゅっこは、気味悪さうに川のほうを見た。けれどもぼくは、みんなが叫んだのだとおもふ。

　「風の又三郎」

　そのうちに、いきなり上の野原のあたりで、ごろごろと雷が鳴り出しました。と思ふと、まるで山つなみのやうな音がして、一ぺんに夕立がやって来ました。風までひゅうひゅう吹き出しました。淵の水には、大きなぶちぶちがたくさんできて、水だか石だかわからなくなってしまひました。みんなは河原から着物をかかへて、ねむの木の下へ遁げこみました。すると又三郎も何だかはじめて怖くなったと見えてさいかちの木の下からどぼんと水へはひってみんなの方へ泳ぎだしました。すると誰ともなく

「雨はざっこざっこ雨三郎
風はどっこどっこ又三郎」

と叫んだものがありました。みんなもすぐ声をそろへて叫びました。

「雨はざっこざっこ雨三郎
風はどっこどっこ又三郎」

　すると又三郎はまるであわてて、何かに足をひっぱられるやうに淵からとびあがって一目散にみんなのところに走ってきてがたがたふるえながら

「いま叫んだのはおまへらだちかい。」とききました。

「そでない、そでない。」みんなは一しょに叫びました。ぺ吉がまた一人出て来て、「そでない。」と云ひました。又三郎は、気味悪さうに川のはうを見ましたが色のあせた唇をいつものやうにきっと噛んで

「何だい。」と云ひましたが、からだはやはりがくがくふるってゐました。
そしてみんなは雨のはれ間を待ってめいめいのうちへ帰ったのです。

語り手が一人称から三人称へ移り、文体が丁寧体に変えられてはいるが、作者は題材をほとんどそのまま「風の又三郎」に転用していることがわかる。もちろん、天沢氏が力説しているように、「はやし歌」の回数が倍加していることは注目されるが、果して、氏の指摘のように「風の又三郎」で歌われる歌は「さいかち淵」のそれとは全く異質なのだろうか。これを考える前提として、しゅっこと三郎とを比較してみょう。

「さいかち淵」におけるしゅっこ(舜一)は、明らかに子供たちの主人公あるいは先導者としての位置を与えられている。大人たちが発破をかけて魚をとる時、ちゃっかりと横どりするように指揮するのもしゅっこだし、せっかく作った生洲《いけす》をこわそうとする正体不明の男を「あんまり川を濁すなよ/いつでも先生云ふではないか」と囃して追いたてるのもしゅっこの発案である。また、次の日、毒もみを持って来て自分たちで魚を取ろうとするのも、効き目がないとなると「鬼っこしないか」と興味をそらす(あるいは白けないように気をつかう)のも彼である。さらに、粘土質の傾斜地にかたまっていた子供たちに水をかけて滑り落させつかまえるかしこい鬼を演じたあと、突然の夕立の場面が登場する。

とすれば、「雨はざあざあ　ざっこざっこ/風はしゅうしゅう　しゅっこしゅっこ。」という「はやし歌」が、それまでリーダーとしてのしゅっこに支配されていた子供たちが、その位置を逆転させる絶好の機会に歌われていることは明らかである。誰かがその名前を取り込んだ歌を歌った時、しゅっこは雨も風も一層烈しくなったように感じ、名前と共に自然の中へ消滅するような恐怖を味わった。子供たちはそれまでの借りを一気に返し、見たことのないしゅっこの姿を見ることができたのである。みんなは「いま叫んだのはおまへらだか。」と尋ねられて「そでない、そでない。」といっしょに叫ぶ。それは、気転をきかして「天からの声」を響かせた者をたたえる讃美の叫びでもあるのだ。

「風の又三郎」では、主人公は一人ではない。発破の場面と正体不明の男に対する時の指揮者は一郎であり、毒もみは佐太郎の発案である。作品の規模が全く違うのだからこれは当然の変化であるが、一郎が正体不明の男から三郎をかばう場面が付加されていることに明らかなように、物語を展開させているのはやはり又三郎たる高田三郎である。したがって、鬼っこを始める場面からは完全に三郎がしゅっこの役割を演じることになる。

それは、雷が鳴り風が吹き、石つぶのような雨が降ってくると「又三郎も何だかはじめて怖くなったと見えて……泳ぎだしました。」という表現に明らかである。ここまでの三郎は町者であっても土地の子供たち以上にたくましく遊んできたのだが、ここで初めて子供らしい恐怖の表情を見せたのである。

すると間髪を入れず「雨はざっこざっこ雨三郎／風はどっこどっこ又三郎」という声が聞こえてくる。天沢氏はこの一回目と、みんなが唱和した二回目の質的な相違に注目して前見の論を提出しているのだが、果してこの両者は全く異質なのだろうか。

そう考えられないのは、「雨はざっこざっこ……」というこの歌が、「さいかち淵」で歌われているものとその質が一致するからである。

しゅっこは舜一の愛称であるが、それがしゅうしゅうと吹く風の音と重なるところに歌の面目はある。ざっこという子供はそこにはいないが、それが雨の音と呼応する名前であってもいいのである。同様に、雨三郎はいないが、風と対応する又三郎はいるのだから、二人の名前はあわせて歌われる。つまり、この二つの歌は全く同質の、名前を折りこんだ「はやし歌」なのであり、雨よ風よお前の親族がここにいるぞ、もっと降れ、もっと吹け、と言っているのだから、歌われた者が自然の脅威にさらされ、「足をひっぱられる」＝溺れるように思うのも無理はないのである。

それはあの「水仙月の四日」で雪童子《ゆきわらす》によって発せられる「アンドロメダ、／あぜみの花がもう咲くぞ、／おまへのラムプのアルコホル、／しゆうしゆと噴かせ。」という「はやし言葉」に通じるものである。あぜみの英語名はアンドロメダであるから、[9]ここでも、雪を降らせるアンドロメダよ、お前の親族であるあぜみの花が早く咲きたいと待っているぞ、最後の雪を早く降らせてしまえ、と天上と地上の呼応が着眼の中心となってはやしが成り立っている。

であるとすれば、天沢説のように、それがくり返されることに余り重きを置く必要はないと思われる。「風の又三郎」には、気転をきかした者に対する共感がより明瞭に表現されているだけなのだ。さらに、「さいかち淵」では「あのねむの木の方かどこか、烈しい雨のなかから」とあるのに対して、「風の又三郎」では「誰ともなく」としか声の出所が表現されていないのを見れば、畏怖感はむしろ薄められていると言わなければならない。「風の又三郎」には子供たちの遊びのクライマックスは見事に表現されていても、〈魔〉は出現していないのではあるまいか。

かくして、「高田三郎には物語の主人公として異人になりきれない弱さ、貧しさがある。小さな村にやって来た都会風の転校生ぐらいでは、あの異人という物語が本質的にもつおどろおどろしい主題を消化できないのではないだろうか。[10]」（押野武志）という指摘が、主人公論としても物語論としても説得力を持つ。高田三郎に風の神の子＝異人を期待する読者にはそれが「弱さ、貧しさ」と映るだろうし、幻想的な物語に酔いたい読者には不満が残るかもしれないが、作品は子供たちの世界は隈なく踏破していても、境界の向う側にまでは踏み込んではいないのである。

それは作者が辿り着いた現実感覚の確かさでもある。少なくとも晩期賢治は、世界を宗教的に過剰に意味づけることで現実を超越しようとはしていない。現実をたじろぐことなく受容するという意味では、それはむしろ宗教性の深化である。そうであったからこそ、風は作者にとっての実体である「風の神の子」ではなく、読者にとっての実体であるいつも吹き渡る風として物語の中に自然に吹きぬけるのである。

かくして「風の又三郎」において実際に吹き払われるのは子供たちの生命ではない。風が吹き払ったのは結論や判断や解釈なのであった。三郎の言う「春日明神さんの帯」とは何のことだか皆にはわからないし、三郎をつかまえに来たように思えた男の正体も不明のままである。もちろん、転校生高田三郎が「風の又三郎」であるかどうかは最後までわからない。しかし、世界が謎に満ちており知的に判断できないことこそが、子供たちの生の一齣一齣を生き生きと際立たせるのだ。三郎が姿を消した朝の一郎と嘉助の姿を描いて物語は終る。

二人はしばらくだまったまゝ相手がほんたうにどう思ってゐるか探るやうに顔を見合せたまゝ立ちました。
風はまだやまず、窓がらすは雨つぶのために曇りながらまだがたがた鳴りました。

この時の風と雨と窓ガラスの音を、一郎と嘉助は決して忘れることはないだろう。謎に満ちた現実をありのままに受け止めよ、過剰な意味づけなしに世界は十分に美しい。小康を得た賢治は、風の中に立ちながらこう語っているのである。

注

（1）益田勝美『山男の四月』『作品論宮沢賢治』所収　双文社出版　昭59・7　この論考には又三郎の名の由来についても示唆に富む考察が示されている。

（2）長田弘『詩人であること』　岩波書店　昭58・8

（3）亀井志乃「〈風の又三郎〉とは誰だったのか――異界との交錯――」「藤女子大学国文学雑誌」44号　平2・3　亀

井氏は、三郎の父の仕事、学校、たばこの専売などに「近代」が制度として物語に大きくかかわっていることを見、舞台が単なる前近代的な農村ではないことを指摘している。

（4）ミルチャ・エリアーデ『聖と俗』　風間敏夫訳　法政大学出版局　昭44・11

（5）書簡にも見られるように、賢治自身は改稿後も題名を「風の又三郎」ではなく、「風野又三郎」と表記している。しかし、旧校本全集の註にもあるように、賢治も「風の又三郎」がふさわしいと考えていたのであるし、現在の慣用題名が作品の本質により即したものであることは明らかである。（旧校本全集第十巻校異参照）

（6）天沢退二郎『《宮澤賢治》鑑』　筑摩書房　昭61・9

（7）天沢退二郎『新修宮沢賢治全集』第十巻解説

（8）（6）に同じ。

（9）谷川雁氏の指摘がある。『宮沢賢治初期童話考』　潮出版社　昭60・10

（10）押野武志「宮澤賢治『風の又三郎』の構造——境界の時空と遊びの理論——」「文芸研究」第１２４号　平２・5

「グスコーブドリの伝記」——植物的な死——

一

「グスコーブドリの伝記」は数少ない生前発表作品として、昭和七年三月『児童文学』第二冊に発表された。作者の死の一年六ヶ月前である。主人公が二十七歳で犠牲的な死をとげることになっていても、実際に物語の展開に従って計算すると二十九歳であったり、[1]第九章が抜けたまま「十、カルボナード島」で終ったりしているところに、病床での作者の痛々しい推敲の姿を見ることもできるのであり、自由奔放なバケモノ世界を舞台とした「ペンネンネンネンネン・ネネムの伝記」（大9?）から生真面目な「グスコンブドリの伝記」（昭6）へ改稿され、さらに現在の形をとったこの物語が賢治最晩期の深い思いを荷っていることを疑うことはできない。それゆえこの物語は「ありうべかりし賢治の自伝」と呼ばれて来た。小沢俊郎氏の言うように「ブドリの状況に賢治が立てばブドリのようにしたろうという意味であり、賢治がブドリに近い生涯を送ったということではない[2]」ことは明らかであるが、やはり一方で栗原敦氏が言うように「私たちは、作者の実人生上の体験と作中事実との深い呼応関係をこの作品に見出さないではいられない[3]」のである。

それは単にブドリが農業に従事していたり、科学技術者になったりすることや、冷害に襲われるイーハトーブが作者の現実に極めて近いというだけではない。たとえばブドリの結婚について考えてみよう。

さらわれて行方不明であった妹ネリは兄との再会を果したあと幸せな結婚をし、子供も生まれるのに、ブドリはなぜか結婚のそぶりさえみせない。見つかった両親の墓も立派なものに建て直し、心に何のわだかまりもなく火山局の技師として「ほんたうに楽しい」五年間を送ったのだから、ブドリもまた結婚を考えても何の不思議もないのだが、物語は右の出来事を語ったあと、急転直下、冷害から死へのブドリの道ゆきを語るのである。この主人公の結婚への無関心、あるいは拒否は、作者の次のような決意と呼応していると言うことができる。

私は一人一人について特別な愛といふやうなものは持ちませんし持ちたくもありません。さういふ愛を持つものは結局じぶんの子どもだけが大切といふあたり前のことになりますから。

（昭和四年日付不明　小笠原あて書簡下書　傍点引用者）

自分へ好意を寄せて来た女性への断わりの手紙である。ここで賢治は相手を傷つけないために自分が独身主義者であると弁明しているのではない。もっと強く、自分は「あたり前の」人間ではないから近づくな、と言っているのである。賢治はなぜ「あたり前のこと」を拒否するようになったかをここで語ってはいない。それは女性だけではなく、父母にも家族にも誰に対しても、真に語りえないものであったにちがいない。それ故に彼は書く世界に入らねばならなかったし、われわれは少しでもその理由を知るために彼の創作の森に分け入らねばならぬのである。ブドリはもちろん等身大の宮沢賢治ではない。しかし、このような意味において「あたり前」ではない賢治の分身なのである。

二

「グスコーブドリの伝記」の初期形である「グスコンブドリの伝記」には、主人公の生死に関して次のような異様な言葉を見出すことができる。

私はもう火山の仕事は四十年もして居りましてまあイーハトーヴ一番の火山学者とか何とか云はれて居りますがいつ爆発するかどっちへ爆発するかといふことになるとそんなにはきはき云へないのです。そこでこれからの仕事はあなたは直観で私は学問と経験で、あなたは命をかけて、わたくしは命を大事にして共にこのイーハトーヴのためにはたらくものなのです。」ブドリは喜んではね上りました。（六、イーハトーヴ火山管理局　傍点引用者）

初対面の青年に、いきなり命がけで働くことを勧めるペンネン老技師も普通ではないし、それを聞いてはね上って喜ぶブドリも通常の理解を超えている。二人はブドリが死ぬべく運命づけられていることをすでに知っていると考えないかぎり、このやりとりは成立しないのである。さらに「グスコンブドリの伝記」では、冷害から人々を救うにはカルボナード火山を爆発させ温度を上昇させる他なく、最後の一人は犠牲にならねばならないことをクーボー大博士から聞くと、「私にそれをやらせて下さい。私はきっとやります。そして私はその大循環の風になるのです。あの青ぞらのごみになるのです。」と答えるブドリが描かれている。ブドリにとって死は悲しむべきことでは少しもなく、むしろ喜々として迎えるべきものなのである。これも現テキストでは削除され、トーンは低められてはいるが、このような死への態度に根本的な変化はない。それを異様だとしてしまえば「グスコーブドリの伝記」は理解不可能なのである。

もちろん、このようなブドリの死への態度が作品内論理で全く理解できないわけではない。ブドリの父や母はわが身を犠牲にして子どもを救ったのだから、その子どもであるブドリが人々のために命を捨てるのは当然だし、苛酷な自然と懸命に戦いながら農業に取組んでいる人々の労苦を肌で知ったブドリが、彼等のために喜んで命を捨てるのも不思議ではない、というふうに。しかし、父や母が命がけで守ってくれた命であればこそ大切にせねばならないと考えるのが普通だし、一回や二回の天災に出会って早々と命を捨てるのではなく、火山技師としての大成を期すのが本当だと考えることもできる。

要するに、ブドリの二十七歳での犠牲的な死は性急にすぎるのではないか、という思いを読者はぬぐい切れないということである。宮沢賢治という作者に長く親しんで来た者にはよくわかるかも知れないが、一つの独立した作品としてはわかりにくいと言わざるをえない。だから、鳥越信氏の「科学の限界を限界としてきちんと描くことを怠り、ひたすら必然性をもたない自己犠牲へと突っ走ったこの作品は、完全な失敗作と呼ぶほかはない」という全否定の論も、[4] あながち苛酷だとも言えないのである。従ってこの物語を肯定しようとする論も複雑に屈折したものにならざるをえない。

学者としての、すなわち知識人としてのわくを守ろうとする大博士に対して、ブドリはわくにおさまりきれず、脱出する方向へと自らをおし出していった。農民にも知識人もなりきれず、その中間に宙吊りになっている者が、なお意志的に農民に関わろうとすれば、その間隙を埋めるべく、激しく生きる以外なかった。それがブドリの自己犠牲の意味だった。[5]（佐藤通雅）

赤鬚の男もブドリも、己れの夢と祈願に生き、現実には敗残や滅亡の道をたどるとはいえ、自我内面の燃焼を徹底した行動に転じていく人間であったのであり、そこにこそ作品の主題も求められるのではなかろうか。ここに見られるのは現象的事実や科学的真実をもねじ伏せる賢治自身の内面的昂揚であろう。[6]（土佐　亨）

佐藤氏はブドリを「農民にも知識人にもなりきれず、その中間に宙吊りになっている者」と規定して、それが自己犠牲という激しい行為を生んだとしている。しかし、この位置づけはむしろ作者賢治自身にふさわしいのではあるまいか。ブドリは沼ばたけの主人と別れたあと、「汽車さへまどろくつてたまらないくらゐ」に思いながら、教えを乞うためにクーボー大博士に会いに行き、博士から火山局の仕事を紹介されると何のためらいもなく応じるのであり、彼に「宙吊り」の苦悩などないのである。

さらにブドリの死を理解しがたくさせているのは、火山の爆発は地表の温暖化をもたらすのではなく、逆に冷却化をもたらすという周知の科学的事実である。賢治がこのことを知っていて最後の場面を書いたかどうかは、ブドリの死を論じる上でも大きなポイントになる。土佐氏は賢治が科学者として無理を承知の上で主人公を火山と共に空に散らしたと考え、さらに『妙法蓮華経薬王菩薩本事品第二十三』を引いて、「賢治はブドリに喜見菩薩を写しつつ、自己の捨身の供養をも表象した」と述べ、ブドリの死を仏への焼身供養として理解しようとしている。科学者としてよりも宗教者としての賢治に重きを置いた魅力的な読みである。しかし、大塚常樹氏が、S・A・アレニウスの『宇宙の進化』という書物との関連を指摘して以来[7]、この読みは成り立たなくなったという他はない。

大塚氏によれば『宇宙の進化』は当時の宇宙科学に最新の知見を与えた書物であり、広く読まれたという。そこには、炭酸ガスの量が二倍になれば、地表の温度は四度昇り、四倍となれば温度は八度昇ること、火山は空気中に最も多量の炭酸ガスを供給することが記されている。この説は、クーボー大博士の、カルボナード火山の爆発によって温度が五度上昇するという計算に使われる。また、同書の、空中放電によるアンモニア化合物や硝酸塩の生成の可能性の指摘は、「七、雲の海」で、雲の中にうす白く光る大きな網がかけられそこに電流が流されると、それは「美しい桃いろや青や紫に、パツパツと眼もさめるやうにかゞやきながら」硝酸塩を作り、肥料混りの雨を降らせることに成功するという〈科学の勝利〉を美しく描いた部分に借用されている。大塚氏の指摘の正しさは疑うことができないから、賢治はやはり正面から火山の爆発による人々の救済を信じてブドリを死に赴かせたことになる。

こうして考えてくると、「グスコーブドリの伝記」は二十七歳の若者が他者のために喜んで死に赴いたことを、真正面から何のてらいもなく書いたものであることを認めざるをえない。それが尋常の理解を超えているとしても、そうだからこそ「伝記」が書かれたのだと作者は反論するにちがいない。それによって「あたり前」の生活を送らざるを得ない者を撃つ、というのではない。賢治にとってはこのような〈超越〉こそが人間の条件であっただけである。それは「人間らしさ」という名のもとに〈超越〉に虚偽を見出そうとする「近代的人間観」とは背反する。しかし、果して〈超越〉はそれほど賢治にのみ特有の理解しがたいテーマなのだろうか。

三

たとえば、かつて少年少女向けの読みものとして広く愛読されていた一九世紀イタリアの作家デ・アミーチスの「クオレ」を取り上げてみよう。(8) 賢治にも強い影響を与えたと思われるこの作品(9)では、献身や自己犠牲といった超越的なテーマは極めて当然のこととして平然と登場する。賢治は「銀河鉄道の夜」「風の又三郎」「ポラーノの広場」「グスコーブドリの伝記」を少年小説と呼んでいるが、小学校四年生エンリーコを主人公とするこの物語もそう呼ばれるにふさわしいものである。そこでは「クオレ」(愛の学校)の名の通りに、徹底して弱者への思いやり、寛大な心、献身、自己犠牲による他者の救済が語られる。エンリーコは学校内外の出来事でそれを肌で知るだけでなく、折にふれて父や母からも条理を踏んで注意を受けるし、さらに「毎月のお話」を筆写することによっていやが上にも人間の愛の心の偉大さを知ることになるのである。

作品の中に挿入された「毎月のお話」は、ストーリーに長短はあるがそれぞれ独立した物語となっており、それだけを取り出して子供たちに聞かせることもできるようになっている。内容を要約して挙げてみる。
十　月「パドヴァの少年愛国者」　祖国イタリアの悪口を言われ、もらったお金をたたき返した少年。
十一月「ロンバルディアの少年監視兵」　危険を冒して敵の様子を監視しているうちに、敵弾によって死亡した少年。

十二月「フィレンツェの少年筆耕」　父のために黙って真夜中に手紙の宛名書きの仕事を続け、そのために身体をこわす少年。
一　月「サルデーニャの少年鼓手」　片足を失ってまで戦場での務めを果した少年。
二　月「ちゃんの看護人」　父親と間違って看護した老人を、間違いがわかったあとも最期まで看取った少年。
三　月「ロマーニャの血」　強盗から祖母を救うため命を捨てた、ぐれかかっていた少年。
四　月「市民勲章」　危険をかえりみず溺れた子供を救った少年。
五　月「アペンニーノ山脈からアンディーズ山脈まで」　行方不明の母を訪ねて困難な旅をし、病気の母を救った少年。
六　月「難破船」　船が難破し、二人のうち一人しか助からないとわかったとき、少女を救命ボートに乗せた少年。
一番高名なのが「アペンニーノ山脈からアンディーズ山脈まで」であり、これは「母を訪ねて三千里」という邦訳名でいまも親しまれている。「市民勲章」や「難破船」は「銀河鉄道の夜」にも影響を与えたのではないかと思われる。特に「難破船」の主人公のみなし子の少年の行為は本当に立派なもので、現代人ならこんな少年がいるだろうかと疑うこともできる。しかし、「クオレ」という物語を読み進んで来た者には、この少年の行為は余り違和感なく受け止めることができるのであって、それほど作者アミーチスの少年たちへの熱烈なメッセージで満たされた作品なのである。

このように「クオレ」に登場する少年たちの姿が「愛」の純粋な諸形態を示したものだとすれば、そしてそれが十九世紀末のイタリアの社会的歴史的苦難を前提に成り立つとすれば、[10]同じく多くの問題を抱えていたわが国の昭和初期に、子供のための雑誌『児童文学』に発表された「グスコーブドリの伝記」が一つの〈愛の物語〉として子供たちに与えられたとしてもおかしくはない。そこに虚偽を感じるのは現代の我々が余りに自己愛にとらわれすぎてしまったからだとも言えるのである。この視点から言えば、この物語は「ありうべかりし賢治の自画像」というよりも、むしろ「ありうべき少年像」として、当時十分なリアリティを持っていたと言うことも可能である。思春期を迎え、性の混乱に巻き込まれる前の少年少女が一種の完成状態の中にあり、この世の真実に敏感に反応する深い精神性を持ちうることは心理学の見地からも認められている。[11]人間の気高さを語ろうとする「クオレ」や「グスコーブドリの伝記」の理想主義が、大人ではなく少年少女に向って語られることはそれほど不自然なことではないのである。

では、「グスコーブドリの伝記」をこのような意味で「ありうべき少年像」として読むとすると、どのような特色が浮んでくるだろうか。恩田逸夫氏の指摘にあるように[12]この物語を一つの教養（成長）小説として読むとしても、ブドリが通常の学校へはほとんど通っていないことがまず注目される。十歳になって最初の「寒い夏」が来るまではブドリも普通に学校に行き、読み書きもできるようになったのだが、次の年の秋、イーハトーヴがついに本当の飢饉に襲われると、「もうそのころは学校へ来るこどもたちもまるで」ない状態におちいってしまう。ここでブドリと学校の関係は絶たれてしまうのであり、以後彼は全くの独学で学問を身につけることになる。

ブドリが初めて書物らしい書物を手にするのは、父や母が死に、妹ネリはさらわれ森の中にとり残されたあと、てぐす工場の手伝いをすることでようやく命をとりとめ、その冬一人で工場に残された時である。男たちの置いていったボール紙の箱に入っていた十冊ばかりの本は、てぐすの絵や機械の図がたくさんあるものや、様々な樹や草の図と名前の書いてあるもの（植物図鑑であろう）などであったが、まるで読めないものがあっても、「ブドリは一生けん命その本のまねをして字を書いたり図をうつしたりしてその冬を暮し」たのである。これが十三歳の少年の、父も母も失い妹もさらわれたあとのひと冬の「勉強」であった。

さらに十五歳の春、世話になっている農民の主人から「おれの死んだ息子の読んだ本をこれから一生けん命勉強して、いままでおれを山師だといつてわらつたやつらを、あつと云はせるやうな立派なオリザを作る工夫をして呉《く》れ。」と言われたブドリは、ひと山の本をもらい仕事のひまに片っぱしから読破する。この読書によって早速オリザの病気をくいとめることができたブドリは、いつかこの本を書いたクーボー大博士に直接会って教えを乞いたいと思うようになる。

十六歳になり農民と別れたブドリはまっすぐにクーボー大博士のところに向う。「早くイーハトーヴの市に着いて、あの親切な本を書いたクーボーといふ人に会ひ、できるなら、働きながら勉強して、みんながあんなにつらい思ひをしないで沼ばたけを作れるやう、また火山の灰だのひでりだの寒さだのを除く工夫をしたいと思ふと、汽車さへまどろこくつてたまらない」（傍点引用者）気持にかられながら町へ急ぐ。学校では授業のあと試験が行なわれ、ブドリは一回で合格してしまう。そして博士からイーハトーヴ火山局に勤めるよう紹介され、晴れて技師になるのである。

これは一見、ブドリの出世譚のようにも読める。しかし、そうではない。彼がクーボー大博士の試験に一回で合格したのは、その教えを直接受けるまでもなく、内発的なやむにやまれぬ衝動を持った働きながらの勉強によって、十分な知識と思考力を身につけていることを博士が見抜いたからである。ここには学問のための学問でも、出世のための学問でもない、生きた学問のあるべき姿がはっきりと描かれている。労働者のために学校を開いているクーボー大博士は、生きた学問によって育った秀れた人材としてブドリを火山局に推薦したのである。このようなブドリはいわば作者の実践活動の中から生み出された人物である。

しっかりやるんだよ
これからの本統の勉強はねえ
テニスをしながら商売の先生から
義理で教はることでないんだ
きみのやうにさ
吹雪やわづかの仕事のひまで
泣きながら
からだに刻んで行く勉強が
まもなくぐんぐん強い芽を噴いて
どこまでのびるかわからない
それがこれからのあたらしい学問のはじまりなんだ

（「〔あすこの田はねえ〕」部分）

これは賢治の開いた稲作指導の講習会に学び、それを実行しようとして苦労している少年農夫（作品中では「こども」と呼ばれている）を励ます言葉として書かれている。「グスコーブドリの伝記」になぞらえれば、クーボー大博士が賢治であり、少年農夫がブドリに当ることになる。ブドリは正に「テニスをしながら商売の先生から義理で」教わったのではなく、「吹雪やわづかの仕事のひまで泣きながらからだに刻んで行く勉強」が「ぐんぐん強い芽を噴い」った典型的な例として、火山局に勤めるに至ったのである。現実の賢治は実践活動に挫折し、この少年農夫のその後は不明である。だが、「本統の勉強」「あたらしい学問」への希望は、この物語の中で熱く語られたのである。

さらにまたここに、〈からだに刻んだ勉強〉をした者だけが世界を変えうるという、学校や学生や「知識人」たちへの静かな批判を読むことも可能であろう。ブドリの早すぎる死に対する批判に対して、〈からだに刻んだ勉強〉をした事のない者の頭の中だけの批判だ、と賢治は答えるかも知れない。飢饉で両親を失い、苛酷な自然と闘う農民の労苦を肌で知り、その中で現実を打破するために夢中で勉強したブドリが、科学の力で自然の脅威を少しでも支配できる機会に、まるで人柱になるように命を献げたとしても不思議ではない。賢治の学生や「知識人」の空疎な学問に対する批判は詩「丸善階上喫煙室小景」や童話「土神と狐」などに明らかであるが、ブドリの学問が彼等と違って血の通った生きた学問である以上、みずからの死によってそれが完成することは無上の喜びであったにちがいないのだ。かくして、「グスコーブドリの伝記」を、「本統の勉強」「あたらしい学問」への熱い希望の語られた物語として読むことも可能なのである。

四

賢治の作品に親しんでいくと、いくつかの特徴のある表現にくりかえし出会うことになるが、「鉄砲丸《てつぱうだま》のやうに」もその一つである。この表現は本論のテーマである〈いかに死すか〉にも深くかかわると思われる。

(a)チユンセは困つてしばらくもぢもぢしてゐましたが思ひ切つてもう一ぺん云ひました。「雨雪とつて来てやらうか。」「うん。」ポーセがやつと答えました。チユンセはまるで鉄砲丸《てつぱうだま》のやうにおもてに飛び出しました。

(b)これらふたつのかけた陶椀《たうわん》に／おまえがたべるあめゆきをとらうとして／わたくしはまがつたてつぽうだまのやうに／このくらいみぞれのなかに飛びだした。

（「永訣の朝」）

（「手紙　四」）

(c)「カムパネルラ、僕たち一緒に行かうねえ。」ジョバンニが斯《か》う云ひながらふりかへって見ましたらそのいままでカムパネルラの座ってゐた席にもうカムパネルラの形は見えずたゞ黒いびろうどばかりひかってゐました。ジョバンニはまるで鉄砲丸《てつぽうだま》のやうに立ちあがりました。

（「銀河鉄道の夜」）

(d)須利耶の奥さまは童子の箸をとって、魚を小さく砕きながら、（さあおあがり、おいしいよ）と勧められます。童子は母さまの魚を砕く間、じっとその横顔を見てゐられましたが、俄かに胸が変な工合に迫って来て気の毒なやうな悲しいやうな何とも堪らなくなりました。くるっと立って鉄砲玉のやうに外へ走って出られました。そしてまっ白な雲の一杯に充ちた空に向って、大きな声で泣き出しました。

（「雁《かり》の童子」）

(e)うずのしゅげは光ってまるで踊るやうにふらふらして叫びました。「さよなら、ひばりさん、さよなら、みなさん。お日さん、ありがたうございました。」そして丁度星が砕けて散るときのやうにからだがばらばらになって一本づつの銀毛はまっしろに光り、羽虫のやうに北の方へ飛んで行きました。そしてひばりは鉄砲玉のやうに空へとびあがって鋭いみぢかい歌をほんの一寸歌ったのでした。

（「おきなぐさ」）

(a)(b)は妹との死の直前のやりとり、(c)は親友との決定的な別れ、(d)は食卓にならべられた魚を食べねばならぬ苦しみ、(e)はうずのしゅげ（おきなぐさ）の死の瞬間、が取り上げられている。愛する者の死という永遠の別れを前にして、あるいは生きるためには他の生物の死を前提にせねばならぬという宿命におびえ、またどの生物もが避けることのできない死を見た者が、その悲しみを表現する唯一の方法として「鉄砲丸（玉）のやうに」駆け出し、飛び上るのである。「生物の根源的な悲しさ」は、そのようにしか表現できない、と作者は言っているかのようである。この世はそのような悲しみに満ちているから、鉄砲玉のような速度で駆け抜けなければ生きていけない、と言っているかのようでもある。

「グスコーブドリの伝記」に「鉄砲玉のやうに」という直接の表現はないけれども、ブドリの一生を、飢饉による父母の死という悲しみを号砲として、鉄砲玉のように駆けぬけたものと規定することは許されるだろう。火山の噴火と共に空に散ったブドリに、おきなぐさの時のようにひばりの歌が献げられてもいいのである。それが感傷的でありすぎるとしても、ブドリが地上での定住を許されぬ〈走り出る者〉であったことはまちがいない。

イーハトーヴが飢饉にみまわれた時、まずお父さんが、ついでお母さんが「よろよろ家を出て」行く。せめて子供たちにだけ食物を残してやるためである。二人は泣きながらあとを追って行くのだが、ついに両親は帰って来ない。二十日ばかり後、妹ネリが人さらいにさらわれる。ブドリは泣き叫びながら追いかけるが、見失い、一人で森に取り残される。てぐす飼いの男たちに救われたブドリは、その手伝いをして生き延びるが、火山の噴火で工場は閉鎖となり、ブドリもまた「みんなの足痕《あしあと》のついた白い灰をふんで野原の方へ出て行」くことになる。そこで沼ばたけの農民と知り合い世話になったブドリは、六年間懸命に働くが自然には勝てず思うような成果を上げられない。農民と別れたブドリはクーボー大博士に教えを乞うことで自然災害を克服したいと考えイーハトーヴ市に急ぐ。クーボー大博士にも会え、その紹介で火山局の技師となったあと四年の間に肥料を降らせるほどの技術も修得し、妹ネリにも再会する。それから五年間は楽しい日々を送るが、二十七歳の時、「寒い夏」を防ぐべく「私のやうなものは、これから沢山できます。私よりもっともっと何でもできる人が、私よりもっと立派にもっと美しく、仕事をしたり笑つたりして行くのですから。」という言葉を残して、この世を去っていくのである。

これが〈走り出る者〉としてのブドリの一生であった。(a)(b)では愛する者の死を前になすすべを失った者が、唯一できる行為として半ば衝動的に「鉄砲丸のやうに」外へ飛び出すのだが、自分のために死んだ父母の愛を知っているブドリは、「あめゆき」ではなく人々に幸福をもたらすために、地上のどこにも安住せず、この世の外にまで飛び出して行くのである。

当然のことながら、このような視点から見たブドリは作者賢治に極めて近い存在である。弟清六氏の「前生から持って生まれた旅僧のようなところがあった」という言葉[13]に的確に示されているように、彼は地上的価値から出て行き続けることによって一生を終ったと言うこともできる。地方の名士、富豪たる宮沢家からも、父によって教えられた浄土真宗の教義からも、いろんな意味で彼自身に最もふさわしいと思われた教師からも、自分を詩人と考えることからすらも[14]、彼は出ていったのである。社会の中に安定した位置を占めることになれることのできなかった賢治は、ひそかに自分が人間ではなく雁の化身であると考えたり（「雁の童子」）、堕ちた天人であると考えたりした（「〔堅い瓔珞はまっすぐに下に垂れます〕」）。地上は仮の宿りであり、真のすみかは天上であった。こう考えることができるとすれば、死は少しも苦しみではなく、むしろ喜びである。ブドリの淡々とした死へ赴く姿はやはりこのような作者の生を視野に入れなければ理解できない。「大循環の風」や「青ぞらのごみ」になることは、ふるさとに帰ることなのだから、ブドリは作者にかわって喜んで帰還するのである。

このように作者と主人公を重ねてみるとすれば、ブドリの死が二十七歳であることにも意味を見出すことができるだろう。すでに見たように、物語の記述に基づいて数えるとブドリの死が二十九歳でなければならないとすれば、賢治が二十七という数にあるこだわりを持っていたと推察することも可能なのである。数え年で数えると作者賢治の二十七歳は大正十一年であり、この年の十一月に妹トシが死亡している。それはブドリの死んだ年齢と一致する。このことについて、たなか・たつひこ氏は、賢治は妹トシの死に際して無力だった自己を悔恨し、もしもう一度生き直せるならトシの幸せのために命を捨ててもかまわないと考え、妹を含めたぜんたいの人々の幸福のために死ぬブドリを描いたと指摘している[15]。あるいはもっと単純に、賢治はトシと共に二十七歳で本当はこの世を去りたかったのだ、と考えることもできる。「他者のため」という重々しいよろいはみせかけであって、死に向って急ぐブドリ、死を喜ぶブドリこそ作者の姿なのだと考えてみることも興味深いことなのである。

それがうがった見方であるとしても、トシの臨終での言葉「うまれでくるたて／こんどはこたにわりやのごとばかりで／くるしまなあよにうまれてくる」（「永訣の朝」）が、この物語を一貫して流れていることを感受することはできるだろう。兄と同じく深い宗教的資質を持ちながら、病いのために献身することもできぬまま死んでいこうとする無念がこの言葉に込められているとすれば、賢治がトシにかわって「わりやのごとばかりで」苦しむのでなく他者のために心を砕き、命を捨てるブドリを描いたと考えることは、「自己犠牲」という重苦しい行為に暖い血を注ぎ入れることを可能にするように思われる。

五

このように賢治が死を夢見ていたとしても、それは単なる現実逃避ではないことを再確認しておこう。賢治のような宗教的人間にとっては聖なる絶対性こそが渇望されるのであり、果てしない相対的混乱の連続である現実は忌避されるか、逆に過度に激しく生きられざるをえない。それが賢治が「何とも言えないほど哀しいものを内に持っていた[16]」大きな理由であった。おそらく、この一点で作者とブドリは最も深くつながることになる。なぜなら、ブドリは賢治のような宗教的人間であるとは思えないが、〈聖なる絶対性〉を生きた記憶をはっきりと持っているからである。

グスコーブドリは、イーハトーブの大きな森のなかに生れました。お父さんは、グスコーナドリといふ名高い木《き》樵《こ》りで、どんな巨《おほ》きな木でも、まるで赤ん坊を寝かしつけるやうに訳なく伐《き》ってしまふ人でした。ブドリにはネリといふ妹があって、二人は毎日森で遊びました。ごつしごつしとお父さんの樹《き》を鋸《ひ》く音が、やっと聴えるくらゐな遠くへも行きました。二人はそこで木《き》苺《いちご》の実をとって湧水《わきみづ》に漬《つ》けたり、空を向いてかはるがはる山鳩《やまばと》の啼《な》くまねをしたりしました。するとあちらでもこちらでも、ぽう、ぽう、と鳥が睡《ねむ》さうに鳴き出すのでした。

（一、森）

冒頭の部分である。全部を引用できないのが残念なほど、ここには幼児にとっての聖なる空間と時間が美しく描かれている。

偉大な父の庇護のもとで森の中の遊びに没頭する兄妹。この構図だけでもう完全である。兄妹といえば賢治と妹トシのことを連想し、そこに恋愛感情をかぎ出そうとする論を想起することになるが、そういう論はおそらく根本的な誤りを犯している。なぜなら兄と妹という血縁の強さや自然さにくらべ、男女という関係は同じ原初的な一対であってもはるかにあやうい相対性しかもちえないからである。二人の、木苺の実を泉に漬けたり、山鳩の啼きまねをしたり、ブリキ罐で蘭の花を煮たり、白樺の木に「カツコウドリ、トホルベカラズ」と書いたりする行為は、あらゆる恋愛のしぐさや、結婚生活での諸行為に勝っている。そこにはイメージと実体との幸福な一致があり、そのずれによる相対的な現実の露呈はどこにもないのであるから。

ブドリが十歳、ネリが七歳になるまでこの〈聖なる絶対性〉は崩れることはなかった。その至福の中で育ったブドリは以後この聖なる絶対性を破壊した自然と戦い、それを回復させるために自分の人生を献げたと言うことができる。

どんな巨きな木でも赤ん坊を寝かしつけるようにわけなく伐ってしまう父。しかし、農民はそうはいかない。あの「山師はる」農民のあがきが自然の圧倒的な力に左右される農業の難しさを示している。何とかして木を伐るようにオリザを作ることはできないか。もしその方法がみつかれば、地上はどこも「イーハトーブの森」のようになるはずである。ブドリを駆け抜けるように生きさせたのはこのような自問であったろう。ブドリは命をかけて答えを出す。「ちやうど、このお話のはじまりのやうになる筈の、たくさんのブドリのお父さんやお母さんは、たくさんのブドリやネリといつしよに、その冬を暖いたべものと、明るい薪《たきぎ》で楽しく暮すことができた」のである。

この時、ブドリはちょうどあのおきなぐさのような、植物の如き死を死んだということができる。[17] 一般の植物は両性具有であることによって死が死に終らず生に反転する。しかし雌雄が別である動物や人間は植物のようには多量の生を準備できない。ブドリの父や母が救いえたのは二人の子供だけであった。それによって命ながらえたブドリが妹のように結婚しなかったのは、それでは「イーハトーブの森」を再現できないからである。ブドリが死ぬ時「さよなら、ひばりさん、さよなら、みなさん、お日さん、ありがたうございました。」（「おきなぐさ」）と言ったかどうかはわからない。しかし、「丁度星が砕けて散るときのやうにからだがばらばらにな」（同）ったことは明らかであり、そのあとに、たくさんのブドリやネリたちが、ちょうど散らばった種子のように生命を与えられたのである。

注

（1）田口昭典氏の指摘がある。『賢治童話の生と死』洋々社　昭62・3

（2）小沢俊郎「賢治童話事典　グスコーブドリの伝記」「宮沢賢治必携」所収　學燈社　昭55・5

（3）栗原敦「グスコーブドリの伝記」「國文學」昭61・5臨時増刊「賢治童話の手帖」所収　學燈社

（4）鳥越信「グスコーブドリの伝記」「解釈と鑑賞」昭48・12号所収　至文堂

（5）佐藤通雅『宮沢賢治の文学世界――短歌と童話』泰流社　昭54・11

（6）土佐亨「『グスコーブドリの伝記』私見」『作品論宮沢賢治』所収　双文社出版　昭59・7

（7）大塚常樹「賢治の宇宙論――銀河をめぐって――」「宮沢賢治」第4号所収　洋々社　昭59・5

（8）矢崎源九郎訳角川文庫版による。昭32・4初版

（9）「風の又三郎」では、物語が新学期（休み明け）から始まり、月、日、曜日の学校日誌形式をとっていることに影響をみることができる。「銀河鉄道の夜」では、優等生デロッシにあこがれ、いつもそばにいたいと思う「ぼく」（エンリーコ）にカンパネルラとジョバンニが重なるし、父親が六年間刑務所に入っていた少年や、いじめられる炭屋の少年、病気の母を持ち、家のために懸命に働く少年、等呼応する題材が多い。また、「ラッコの上着」ならぬ「ラッコの帽子」も登場する。「銀河鉄道の夜」との呼応についてはすでに『別冊太陽　宮沢賢治銀河鉄道の夜』（平凡社昭60・6）に指摘がある。

（10）矢崎源九郎『クオレ』あとがき参照　角川文庫『クオレ』上巻

（11）河合隼雄氏は、子供は思春期の直前十二、三歳で精神的に一応の完成をみるとしている。『明恵　夢を生きる』参照　京都松柏社　昭62・4

（12）恩田逸夫「ブドリのことなど」旧校本全集十巻月報所収

（13）宮沢清六「兄賢治の生涯」『宮澤賢治全集』別巻『宮澤賢治研究』所収　筑摩書房　昭44・8

（14）「あのころわたくしは芸術へ一種の偏見をもってゐまして自分でも変なものを書きながら詩の雑誌をこさえたり議論したりすることを大へん軽べつして居りました」日付不明草野心平あて書簡下書

（15）たなか・たつひこ「二十七歳考――グスコーブドリの死と賢治」「四次元」第110号　昭34・11

（16）（13）に同じ。

（17）　このことについてはすでに見田宗介氏の指摘がある。「〈星が砕けて散るときのやうにからだがばらばらになって〉そのうずのしゅげたちが、いつかあたらしいおきなぐさたちの生命のなかによみがえるという構図は、グスコーブドリの死と同型のものである。けれどもこれらのうずのしゅげたちの〈死〉は、あの〈自己犠牲〉の暗さも息苦しさもなく、生命連環の恍惚のようなものだけがある。」『宮沢賢治』　岩波書店　昭59・2

「セロ弾きのゴーシュ」――もう一つの祈り――

一

その死のおよそ一年前にあたる昭和七年九月二十三日、宮沢賢治は、友人藤原嘉藤治にあてて次のように書いている。

今夕の放送之を聴けり。／始めたゞ遇《ママ》障なきを希ふのみ。而も奏進むや、泪茫乎たり。その清純近日に比なきなり。／身顫ひ病胸熱してその全きを祈る。事恍として更に進めり。最后の曲後半に至りて伴奏殆んど神《しん》に会す。奏了りて声を挙げよろこび泣く。弟妹亦枕頭に来って祝せり。凡そ今夕意を迎えて聴けるにあらず。たゞ鍛へたるものは鍛へたるもの、よきものはよきものなり。／更に盛岡の演あらん。翼《ママ》くは餐を重んじ煙を節して身を興奮より護られんことを。

封書の表には宛名の下に「祝詞」と書き加えてあり、裏に賢治の名はなく「二十三日一町民」とのみ記してある。藤原は花巻高等女学校の音楽教師であり、隣接した稗貫（のち花巻）農学校に勤めた賢治と音楽を通じて交友を深めた。それは賢治の農学校退職後も続き、昭和二年の藤原の結婚に際しては賢治が媒酌人となったほどである。この日、その藤原のピアノ伴奏による高等女学校の生徒三名の独唱が、午後六時から仙台放送局により放送され、賢治は深い感動をもってそれを聴いたのである。それが並々ならぬものであったことは書簡に明らかであるが、その文体もまた、当時の友人や教え子あてのものにしては異数の文語体であり、彼の心の昻りをよく示している。この夜の演奏が賢治の何を揺り動かしたのか。友へ心をこめた祝いのことばを書きながら、賢治の胸には何が去来していたか。

大正15年3月、花巻農学校退職。4月から下根子に独居。5月からレコードコンサート、楽器の練習会開く。賢治はオルガン、チェロ担当。6月、「農民芸術概論綱要」を書く。8月、羅須地人協会創立。12月、上京。チェロ、オルガン、エスペラントの勉強。

昭和2年2月、「岩手日報」に地人協会の記事が載るが、それがかえって以後の活動を制約する。集会もオーケストラの練習も不定期となり、活動は肥料設計が主となる。

昭和3年8月、過労のため肺浸潤で病臥。

昭和5年4月、病床から離れ、少しは仕事もできるようになる。9月、東北砕石工場を訪問。

昭和6年2月、東北砕石工場花巻出張所設置、嘱託技師となる。以後各地を炭酸石灰の宣伝販売のため奔走。9月、上京。発熱病臥。死を覚悟し、遺書を書く。花巻に帰り病臥。11月「雨ニモマケズ」を手帳に記す。

昭和7年、病床から離れられず。

覚え書き風にこうして農学校退職以後の道程をふり返ると、「小さいながら、公立の学問に対して私塾の学問を、義務としての労働に対して使命としての労働を、職業としての芸術から人間の生命の表現としての芸術を」(1)という賢治の願いが、余りにも早くついえたことに改めて気づく。昭和に入っての七年間は、その全存在を賭けた生への幻想が次々と崩壊していく悲劇的な過程に他ならなかった。それはまた、裏がえせば、己れの才を頼んだ倨傲や慢心がうち砕かれるために必要な時間でもあった。例えば大正十五年十二月の上京の時、賢治は父に対して「一時間も無駄にしては居」ず勉強していることを報告した後、授業料やその他の経費のためと称して二百円の金をねだっている（十二月十五日書簡）。巡査の初任給が昭和十年の時点でさえ四十五円であった[2]ことを考えれば、彼の要求は法外とも言えるものである。「いくらわたくしでも今日の時代に恒産のなく定収のないことがどんなに辛くひどいことか、むしろ巨きな不徳であるやうのことは一日一日身にしみて判って参ります」（同）と言いながら、「わたくしは決して意志が弱いのではありません。あまり生活の他の一面に強い意志を用ひてゐる関係から斯ういふ方にまで力が及ばないのであります。」（同）と開き直り、既成事実として父の友人から七十円借りてしまうしたたかなエゴイズムには、郷里の先輩であり偉大なエゴイストであった石川啄木を思わせるものがある。「みんなといっしょに無上菩提に至る橋梁を架し」（十二月十二日書簡）、「風とゆききし雲からエネルギーを取」る（農民芸術概論綱要）ことが、このような甘えた物質的基礎から成り立っているとすれば、下根子での活動が金持ちの町者の道楽と受け取られることは必然であったと言っていい。「土も掘るだらう／ときどきは食はないこともあるだらう／それだからといって／やっぱりおまへらはおまへらだし／われわれはわれわれだ」という言葉を賢治はこれから聞くことになるのである[3]。

昭和五年、小康を得た賢治は、病いを気づかい便りをよこした教え子たちに率直に自分の非を伝えている。

根子ではいろいろお世話になりました。／たびたび失礼なことも言ひましたが、殆んどあすこではじめからおしまひまで病気（こころもからだも）みたいなもので何とも済みませんでした。／どうかあれらの中から捨てるべきははっきり捨て再三お考になってとるべきはとって、あなたご自身で明るい生活の目標をおつくりになるやうねがひます。

（三月十日　伊藤忠一あて書簡）

人はまはりへの義理さへきちんと立つなら一番幸福です。私は今まで少し行過ぎてゐたと思ひます。おからだお大切に。

（三月三十日　菊池信一あて書簡）

あなたもどうか今の仕事を容易な軽いものに考へないであくまで慎み深く確かにやって行かれることを祈ります。私も農学校の四年間がいちばんやり甲斐のある時でした。但し終りのころわづかばかりの自分の才能に慢じてじつに虚傲《ママ》な態度になってしまったこと悔いてももう及びません。

（四月四日　沢里武治あて書簡）

このような思いはさらに深められて、昭和六年十一月には次のようにいわゆる「雨ニモマケズ手帳」に記される。

（前半略）

◎〈ソレ〉妄リニ
　天来ニ
身ヲ　〈求ムルモノハ〉
委スルモノハ
　コレニ百スル
　　　疾苦
　　後ヘニ
　　　随フヲ
　　　知レ

註〈　〉は抹消部分

全体に太字の力強い筆跡であり、「雨ニモマケズ」のすぐ後に置かれているから、十一月四日から五日にかけて書かれたものであろうと推察されている。「天来」とは天賦の才といった意味であろうが、[4]ここではそれは自分の「疾苦」の原因と、はっきり認められている。賢治は再び倒れたあと、くり返し自分の来し方をふり返っていたのである。

昭和七年九月二十三日夜の賢治の感涙は、このような自己の道程への深い思いなしには流れなかったのではないだろうか。「たゞ鍛へたるものは鍛へたるもの、よきものはよきものなり。」という表現には、自分と異なり音楽の道を「容易な軽いものに考へないであくまで慎み深く確かにやって」来た藤原への尊敬の念があろう。思えば賢治は、チェロの技法さえもわずか三日でわがものにしようとしたのである。[5]いくら高い理想のためとはいえ、これもまた、己れの才を頼む慢心ゆえの行動ではなかったか。

しかし、言うまでもなく、この夜の感動は心身共に傷ついた賢治に聞えて来た音楽の純粋な美しさによるものであった。「全くさびしくてたまらず、美しいものがほしくてたまら」ないという彼にとって、[6]この夜の演奏は心身に沁みわたるものであったろう。しかも音楽を本当に愛し、作品そのものが音楽の本質を持っていた賢治である。初期の『春と修羅』はもちろん、病中に書かれた『疾中』の「目にて云ふ」や「〔丁丁丁丁丁〕」には、秀れた音楽、例えばモーツァルトの音楽が持っているような、どんな悲惨な現実をも乗り越えてしまうユーモアと、死の恐怖さえ吹き飛ばす奔放な生きたリズムがある。大岡信氏の指摘にあるように、「深い私的なモチーフから発しながら、しかも私的な感情の定着には目もくれない」[7]、別言すれば、自己の感情に拘泥しないのが彼の詩や童話の特質なのであり、それを〈音楽的〉と言っても大きな誤りはないと思われるのである。

このような賢治ゆえに、音楽への思いは病中も絶えることはなかった。例えば、昭和五年十二月一日、藤原嘉藤治の長男嘉秋の誕生日の祝賀に招かれた際、病気のため欠席せねばならなかった彼は、その席でなされるであろう弦楽四重奏に思いを馳せて、「おのおのに弦をはじきて賀やすらん」に始る短い連句を書き送っている。さらにそのすぐ後、十二月十八日の沢里武治あての書簡では「もすこし丈夫になってゐれば、セロでも合せたいところですが」と、チェロへの絶ちがたい愛着を語っている。沢里が音楽の教師であるせいもあろうが、「この休みにはいっしょに音楽でもやる筈の処をまるで忙がしく歩いてばかりゐて」（昭6・8・13）「作曲の方はこれからもどしどしやられ亦低音部がゆるやかに作ってあればセロも入れられるでせうし」（8・18）と、音楽への言及は続いている。

「セロ弾きのゴーシュ」を論ずるに当り、いくらか周辺を巡ったのであるが、それは賢治の自己省察の厳しい確かさと、それ故の一層の音楽への愛を確認するためであった。この作品の執筆が昭和六年から八年にかけてであるという現在の推定が正しいとすれば、その推敲の筆は藤原の音楽による「茫乎たる泪」によって一層進められたと考えることもできよう。前見の書簡の結びにある盛岡の演奏会で、藤原は賢治のチェロを借用してカルテットの演奏に臨んでいる。曲目はチャイコフスキーの「アンダンテ・カンタービレ」とベートーヴェンの四重奏曲のうちの一つの楽章であったという。

作品の主人公ゴーシュが、重松泰雄氏の指摘にあるように「羅須地人協会時代の自己と病苦にあえぐ晩年の自己との時空を超えた二重の分身[8]」であることは言うまでもない。だが、賢治は単に自己の分身のみをそこに書きつけたのではないであろう。ゴーシュは賢治であると共に、あの畏友藤原嘉藤治の音楽に精進する姿でもあるのではないか。いまや賢治は友人に深く促されて、ありうべき一人のチェロ奏者の成長を描いたのである。作者は「火事にでもあったあとのやうに眼をじっとしてひっそりとすはり込」む（「セロ弾きのゴーシュ」）ほどのこの日の感動を反芻し、その感動をわれ知らず聴く者にもたらしたセロ弾きの音楽三昧の生活を跡づけていく。賢治の思想が立ち現われてくるのは、そこに動物たちが登場するところからである。

二

ゴーシュがその名の通り不器用で下手なチェロ弾きであり[9]、楽器も粗末なものであるという設定には、言うまでもなく羅須地人協会時代の素人オーケストラの練習ぶりが反映しているであろう。そのミニオーケストラが「さっぱり上達しなかった[10]」としても、病床にある身にはそれ故に一層なつかしく甘い回想であったに違いない。また、ゴーシュが楽長から手ひどく注意される箇所は、彼がチェロを習いに行った新交響楽協会（現NHK交響楽団）での実際の練習風景の見聞が基になっているかも知れない。ゴーシュが叱られている時の団員の「気の毒さうにしてわざとじぶんの譜をのぞき込んだりじぶんの楽器をはじいて見たりしてゐます。」という態度には、実際にオーケストラの練習を経験した者のみが知りうるリアリティがある。ともあれ、自分のチェロが「何か巨きな黒いもの」、つまり自分を押しつぶしそうな異物と化し、それと懸命に戦っているゴーシュの姿は「下手」の烙印を押されたプロの音楽家としてよく描かれており、ここまでなら、音楽好きの作者の愛情に満ちた一チェロ奏者のルポルタージュといった趣があるのである。しかし、物語は扉をとんとんとたたいて入って来る「大きな三毛猫」の登場と共に、一挙に「童話」の世界へ突入する。

賢治にとっての「童話」が、宗教的幻想の展開される広大な舞台であったことは改めて言うまでもない。そこでは現実の諸相や諸価値は徹底して転倒される。貧困に苦しむ岩手県がドリームランドとしてのイーハトーヴに転化されるように、人間にとって最も大切なはずの生命は守られるよりも放棄されることが願われる。「みんなの幸せのためなら僕のからだなんか百ぺん灼《や》いてもかまはない」というジョバンニの言葉は「我身命を愛せず但無上道を惜む」という法華経勧持品十三の偈に裏打ちされていることは明らかであり[11]、この自己犠牲による真理の実現を望む暗く激しい情熱に貫かれた「銀河鉄道の夜」や「グスコーブドリの伝記」が、時に童話として否定的な評価を受けるのはある意味で当然のことなのである。[12]その視点に立てば、この「セロ弾きのゴーシュ」は他の晩期の作品と違って、健康で明朗な人獣交歓譚であるように思える。しかし、もちろん、秀れた文学が必ず持っている諸価値の転倒と、そこに込められた作者の観念のまなざしが抽出できないわけではない。すなわち、賢治特有の〈弱小者の勝利〉というテーマがここでも顔をのぞかせる。他の誰でもない、オーケストラで一番下手なゴーシュがアンコールに応えるということ、しかもそれを可能にしたのが楽長でもコンサートマスターでも同僚でもなく、音楽のことなど何も知らないはずの小さな動物たちである、ということである。しかし、ここで肝要なのは、ゴーシュが自分の〈勝利〉に一向気づいていないことである。彼は自分の技術を誇らしげに披露するのではなく、反対に「どこまでひとをばかにするんだ」と被害者意識にかられながら舞台に立ち、なかばやけになってその心情にふさわしい「印度の虎狩」をアンコール曲に弾くのである。

〈弱小者の勝利〉はあくまで無意識のものでなければ無意味である、という作者の観念のまなざしは相当に強い力で物語を照らしている。ゴーシュが「すっかり落ちついて」独奏できたのは自分の技能を誇示する必要が少しもなかったからであり、曲が終れば「みんなの方などは見もせず」楽屋へ帰り、「やぶれかぶれだと思ってみんなの間をさっさとあるいて行って」「長椅子《ながいす》へどかっりとからだをおろして足を組んですは」るのである。ゴーシュは最後まで自分の「勝利」に気づかないのだ。ここにはあの「雨ニモマケズ」の「デクノボー」に通じる理念があるのではまいか。「ミンナニデクノボートヨバレ／ホメラレモセズ／クニモサレズ」とは、「東ニ病気ノコドモアレバ／行ッテ看病シテヤリ／西ニツカレタ母アレバ／行ッテソノ稲ノ束ヲ負ヒ……」という「善」は全くの無意識の下になされたのでなければ一切は意味を失うという厳しい自己追求の言葉なのだと読むこともできる。意識の極限としての無意識とは、それ自体矛盾する到達不可能な課題であるが、それは宗教の要求する極北の課題であり、賢治が病床にあってなお、自己を宗教的に追いつめ続けていたことは明らかであろう。

作品に登場する動物たちは、この〈無意識の善行為〉――ここでは〈無意識の学習〉〈無意識の上達〉――という不可能を可能にする唯一の師なのであり、決してそれは「上手な」（これは意識の産物である）人間であってはならないのである。彼等はさらに〈愚〉という理念を紡ぎ出す。

例えば「かくこう」とゴーシュのやりとりは、コンプレックスにかられ、そのため他者を寄せつけずかたくなになったゴーシュの心がほぐされていく最初の契機をなしているが、それを可能にしたのは「かくこう」の音楽の才ではなく愚かさである。演奏会を前にして焦っているゴーシュの都合など考えもせず「どうかもういっぺん弾いてください。」と夜が明けるまで言いつづける愚直さによって、ゴーシュは「ほんたうのドレミファ」を体得する。さらにゴーシュから最後にひどくおどされると冷静さを失い、三度も閉じられている窓にぶつかり、嘴のつけねから血を出し、気絶までしてしまう「ばかだなあ」と言われても仕方のない行動。しかしそれがあってこそ、四度目に飛び立った時、ゴーシュは立てつけの悪い窓を「思はず足を上げて」（傍点引用者）蹴やぶり、外へ逃してやるのである。砕け散ったのはガラス窓だけではなく、ゴーシュの心でもあるだろう。次の晩「こら、狸、おまへは狸汁といふことを知ってゐるかっ。」とどなりはするが、子狸の無邪気な姿を前にすると、それ以上のおどしの言葉が彼の口から発せられることはないのである。「かくこう」がゴーシュのかたい心の窓をこわし、風通しを良くしていなければ、足りない時間を犠牲にしての翌晩の子狸との交歓もなく、従って「二番目の糸」の欠陥の発見もなかったに違いない。

このような〈愚〉は野ねずみ親子の登場によって頂点に達する。野ねずみはゴーシュを医者だと思い込んでいるのであるから。実際にゴーシュの下手なチェロによって床下の動物たちの病気が治るにしろ、それは動物の世界のみで通用することであって、知的、論理的なレベルではありえないことである。だから、もはや声を荒だてることもなく野ねずみを招き入れたゴーシュも思わずむっとして「おれが医者などやれるもんか。」と言うのだ。しかし、それがいかに奇妙なことであっても、動物の世界ではゴーシュは名医である。おっかさんねずみから十ぺんも「ありがたうございますありがたうございます。」と感謝されたゴーシュは、自分がこの世になくてはならぬ存在であったことを知ったはずである。楽長から頭ごなしにどなられ、感情の冷えきっていたゴーシュはここではじめて、暖い心と豊かな感情を取り戻すのである。「ちょっと待てよ。その腹の悪いこどもへやるからな。」と言ってパンを戸棚から取り出すゴーシュ。おそらく百ぺん楽長からどなられてもゴーシュには音楽的な感情の表現は不可能であったろうが、動物たちによって彼の内側に暖かな血が巡り始めたのであるから、上達は必至であったのである。

かくてこの物語は動物達の〈愚〉によって何よりも「自分はだめなセロ弾きだ」という主人公の先入観がこわされ、ゆるめを与えられ、自分を回復、獲得する物語であると読める。おそらくゴーシュは再び三毛猫がトマトを土産に訪ねて来ても、「そのトマトだっておれの畑のやつだ。」と言って怒りはしないであろう。すべてを明確に裁断する〈知〉ではなく、自他の区別さえつかぬ〈愚〉こそが自分を救ってくれたことを知ったはずだからである。

ここで、この動物たちの存在そのものを作者の思想の中に位置づけることができるか、という問題が最後に残される。以下はあくまで試論に過ぎないが、動物たちを賢治の思想の核を形成した「法華経」の中に登場する「常不軽菩薩」として位置づけてみたい。

三

「雨ニモマケズ手帳」はすでに見たように病床にある賢治の厳しい自己凝視の記録であるが、そのような自己を信仰によって救出せんと試みた生々しい軌跡をもそこに見ることができる。それは救いを願う祈りのメモといった程度のものではなく、まるで〈信〉を〈病〉そのものに激突させ、〈病〉を微塵に砕こうとするかのような鬼気に満ちている。たとえば第五ページから「病血熱すと雖も……」に始まる覚え書きは次のように結ばれている。

さらばこれ格好の
　道場なり
三十八度九度の熱悩
肺炎流感結核の諸毒
汝が身中に充つるのとき
汝が五蘊の修羅
を化して或は天或は
菩薩或仏の国土たらしめよ
この事成らずば
如何ぞ汝能く
　十界成仏を
　　談じ得ん

校本全集や『「雨ニモマケズ手帳」新考』[13]の写真版によれば、最後の「談じ得ん」の「ん」は筆が流れているのが明らかであり、全体に筆力もそう強くはない。熱のさなかでしたためられたであろうこの覚え書きには、病気さえも信仰深化の契機にしようとする賢治の厳しい信仰者としての姿勢がある。

このような手帳の一二二ページに「不軽菩薩」の名は記されている。

あるひは瓦石さてはまた
刀杖もって追《ママ》れども
見よその四衆に具はれる
仏性なべて拝をなす

不　軽　菩　薩

菩薩四の衆を礼すれば
衆はいかりて罵るや
この無智の比丘いづちより
来りてわれを礼するや

我にもあらず衆ならず
法界にこそ立ちまして
たゞ法界ぞ法界を
礼すと拝をなし給ふ

このメモはさらに推敲されて最晩期の文語詩（ただし未定稿）となったと思われる。

不軽菩薩

あらめの衣身にまとひ
城より城をへめぐりつ
上慢四衆の人ごとに
菩薩は礼をなしたまふ

（われは不軽ぞかれは慢
こは無明なりしかもあれ
いましも展く法性と
菩薩は礼をなし給ふ）

われ汝等を尊敬す
敢て軽賤なさざるは
汝等作仏せん故と
菩薩は礼をなし給ふ

（こゝにわれなくかれもなし
たゞ一乗の法界ぞ
法界をこそ拝すれと
菩薩は礼をなし給ふ）

この無智の比丘いづちより
来りてわれを軽しむや
もとよりわれは作仏せん
凡愚の輩をおしなべて
われに授記する非礼さよ
あるは恐りてむちうちぬ

この二つの文語詩が「妙法蓮華経常不軽菩薩品第二十」によっていることはいうまでもない。岩波文庫版『法華経』（坂本幸男他訳注）によって該当部を引用する。

最初の威音王如来、既已《すで》に滅度したまいて、正法滅して後、像法の中において、増上慢《ぞうじょうまん》の比丘《びく》に大勢力《だいせいりき》あり。その時、一《ひとり》の菩薩の比丘あり、常不軽《じょうふきょう》と名づく。得大勢よ、何の因縁をもつて不常軽と名づくるや。この比丘は、凡そ見る所有らば、若《ある》いは比丘《びく》・比丘尼《びくに》・優婆塞《うばそく》・優婆夷《うばい》を皆悉く礼拝し讃歎して、この言を作せばなり。

『われ深く汝等を敬《うやも》う。敢えて軽《かろし》め慢《あなど》らず。所以《ゆえん》は何《いか》ん。汝等は皆菩薩の道《どう》を行《ぎょう》じて、当に仏と作ることを得べければなり』と。しかも、この比丘は専ら経典を読誦《どくじゅ》するにはあらずして、但、礼拝《らいはい》を行ずるのみなり。乃至《ないし》、遠くに四衆を見ても、亦復《また》、故《ことさら》に往きて礼拝し讃歎して、この言を作せり『われ敢《あ》えて汝等を軽《かろ》しめず。汝等は皆当に仏と作《な》るべきが故なり』と。四衆《ししゅう》の中に、瞋恚《しんに》を生《おこ》し心浄からざる者ありて、悪口《あつく》し罵詈《ののし》りて言く『この無智の比丘は、何れの所より来るや。自ら、われ汝等を軽《かろ》しめず、と言ひて、われ等がために、当に仏と作ることを得べし、と授記《じゅき》す。われ等は、かくの如き虚妄《こもう》の授記《じゅき》を用《もち》いざるなり』と。かくの如く、多年を経歴《きょうりやく》して、常に罵詈《ののし》らるるも、瞋恚《しんに》を生《おこ》さずして、常にこの言を作せり『汝は当に仏と作るべし』と。この語を説く時、衆人《もろびと》、或は杖木《じょうぼく》・瓦石《がせき》を以ってこれを打擲《うちたた》けば、避《さ》け走《はし》り、遠くに往《とど》まりて、猶、高声《こうしょう》に唱えて言《い》わく、『われ敢て汝等を軽しめず、汝等は皆正に仏と作るべし』と。それ、常にこの語《ことば》を作すを以っての故に、増上慢《ぞうじょうまん》の比丘・比丘尼・優婆塞・優婆夷は、これを号《なづ》けて常不軽《じょうふきょう》となせるなり。

どんな人にも仏性はある、と礼拝を続け、それ故に迫害されるこの常不軽はこのあと釈迦牟尼の前身であることが明らかにされるのであるが、この「悉有仏性」の教えは法華経の特質の一つをなすものといわれる。[14] また、常不軽の行為はいわゆる「折伏逆化」であって、人々をして悪口罵詈せしめることにより仏縁を結び、成仏の種を植えしめるものといわれる。[15] 法華経本文と文語詩を比べれば、賢治がこの二つの教義をよく理解し、その骨子を作品化したことが解るであろう。

この不軽菩薩のイメージが「雨ニモマケズ」のデクノボーに通じるとはよく指摘されるところである。例えば小倉豊文氏は、デクノボーたらんとした賢治を「不軽菩薩の再来ともいうべきか」と評している。[16] しかし、ここで注意せねばならないのは、デクノボーに「悉有仏性」の理念に近い働きはあっても、「折伏逆化」の行動はない、ということである。誰からも「ホメラレモセズクニモサレ」ぬことを願うデクノボーは、四衆から罵しられ木石を投げられる不軽菩薩とは遠くへだたっている。かつては確かに真理を求める故の受難にみずからを投げ込んだのであるが、それがいかに傲慢なことであったかをこの時の賢治はよく知っている。文語詩を推敲しながら彼は、〈真〉は決して自分の側にはなく、己れもまた、不軽菩薩から礼拝さるべき愚かな人間に過ぎぬことを肝に命じようとしていたのではないか。なぜなら、賢治こそは誰よりも「汝等正に作仏すべし」を信じ得ず、あるべき自己、家、世界への過剰な夢に生きていたのであるからである。

以上の文脈に「セロ弾きのゴーシュ」を置いた時、この物語を書いた賢治の思いをある程度抽出することができると思われる。つまり、自力をたのみ増上慢に犯されている比丘たちとは、上手くなろうとして他者を寄せつけぬゴーシュであり、彼らに迫害される愚者としての不軽菩薩とはあの動物たちではないかということである。文語未定稿詩にいう「われ汝等を尊敬す／敢て軽賤なさざるは／汝等作仏せん故と」を「われ等汝を尊敬す／敢て軽賤なさざるは／汝作仏せん故と」とすれば、それはそのまま動物たちとゴーシュの関係となる。動物たちは三毛猫から野ねずみ親子に至るまで、皆ゴーシュを軽んじることはなかったのであるが、ゴーシュはそれを逆に自分を馬鹿にしているとしか受け取ることができなかった。聞いてあげるから弾いてみろと言われて「生意気なことを云ふな。ねこのくせに。」と、「まっ赤になって」怒るゴーシュとは、どこの誰とも解らぬ乞食坊主のような者から「あなたは成仏できる」と言われて「瞋恚《しんに》」の心を起す比丘たちと同質である。もし菩薩がもっと立派な威厳に満ちた姿で現れ、経典も誦すれば、比丘たちの態度は変っていたであろうし、ゴーシュを訪ねたのが友人のホーシュでもあれば、何を言われても追い出されることはなかったはずである。作品は、菩薩たる動物たちの毎夜の訪問によって「汝は作仏すべし」ならぬ「汝は秀れたセロ弾きたるべし」が成就する物語なのである。

ここでさらに留意すべきは、ゴーシュの「瞋恚」とは彼の受けた心の傷に他ならないということである。

(a)いきなり楽長が足をどんと踏んでどなり出しました。「だめだ。まるでなってゐない。（中略）音楽を専門にやってゐるぼくらがあの金沓鍛冶《かなぐつかぢ》だの砂糖屋の丁稚《でっち》なんかの寄り集りに負けてしまったらいったいわれわれの面目はどうなるんだ。おいゴーシュ君。君には困るんだがなあ……」

(b)ゴーシュはひるからのむしゃくしゃを一ぺんにどなりつけました。「誰がきさまにトマトなど持ってこいと云った。……」

(c)「生意気だ。生意気だ。生意気だ。」ゴーシュはすっかりまっ赤になってひるま楽長のしたやうに足ぶみしてどなりましたが……

(b)に見えるように、ゴーシュの心はすっかり平静を失っているのだが、もし彼が楽長によって(a)のように名ざしで非難されなかったら、あれほど猫を傷めつけることはなかったであろう。(c)にあるように、ゴーシュは楽長に受けた心の傷の分だけ猫に当っているのだ。それは楽長も同じである。楽長もまた、専門家たるプライドによって自己を傷つけている。ゴーシュのまずい演奏によってそれがいたく損われそうになったからこそ、床を踏んで怒るのである。

ここにあの「三界は安きこと無く、猶火宅の如し」という法華経譬喩品第三に示された人間の生の実相を見ることは、そう無理ではあるまい。「夜中もたうにすぎてしまひはもうじぶんが弾いてゐるのかもわからないやうになって顔もまっ赤になり眼もまるで血走ってとても物凄い顔つきになりいまにも倒れるかと思ふやうに」なるまでチェロを弾きつづけるゴーシュの姿とは、この世で生きつづける以上不可避に生の苦悩に焼かれている人間の普遍的な姿なのである。「あゝかくこう。あのときはすまなかったなあ。おれは怒ったんぢゃなかったんだ。」と演奏会を終え我家に帰ってぽつりとつぶやいたゴーシュ。それは自分の言動が、「熾然《しねん》として息《や》まざる」（「法華経譬喩品第三」）苦悩の火による「瞋恚《しんに》」であったことを確かに了解したことを示しているであろう。思えば、動物たち（不軽菩薩）はゴーシュがその火に焼き尽くされる前に、毎夜扉をたたいて訪問してくれたのである。
「セロ弾きのゴーシュ」は、病床にある賢治が改めて法華経への帰依を語った深い宗教性を秘めた作品ではあるまいか。そこには主人公の、人生との、さらには自己自身との和解が、少しの悲壮さもなく、明るく上質のユーモアをもって描かれている。それは「グスコーブドリの伝記」とも「銀河鉄道の夜」ともちがう、賢治のもう一つの祈りの結晶であった。

注

（1）内田朝雄『私の宮沢賢治』　農山漁村文化協会　昭56・6
（2）週刊朝日編『値段の明治大正昭和風俗史』　朝日新聞社　昭56・1
（3）「〔土も掘るだらう〕」（『春と修羅　第三集』）による。賢治は同内容の文語詩を病床で書いている。「〔土も掘らん汗もせん〕」
（4）『日本国語大辞典』によればその意味は次のようである。「天からこの世に来ること。天から恵まれること。多く『天来の』の形で、よい、すばらしいの意を込めて用いる。」　小学館　昭50・3初版
（5）続橋達雄「『セロ弾きのゴーシュ』論」に詳しい事情が紹介されている。『宮沢賢治・童話の軌跡』　桜楓社　昭53・10
（6）昭和七年六月二十一日　母木光あて書簡
（7）大岡信「『疾中』詩篇と『文語詩稿』と」　旧校本宮沢賢治全集第五巻月報　筑摩書房　昭49・6
（8）重松泰雄「セロ弾きのゴーシュ　〈慢〉という病の浄化」「國文學」　昭57・2号　學燈社　本稿はこの論に多くを

負うている。

（9）ゴーシュという名がフランス語 gauche（左手、いびつな、もじもじした、不器用な）によるものであることは明らかである。佐藤泰平氏に詳しい指摘がある。「『セロ弾きのゴーシュ』私見」「立教女学院短期大学紀要」第13号所収　昭57・1

（10）伊藤克己「『先生と私達』――羅須地人協会時代――」『宮沢賢治研究（Ⅰ）』所収　筑摩書房　昭56・2

（11）この偈は『雨ニモマケズ手帳』の二七ページに記されている。

（12）たとえば鳥越信氏は「グスコーブドリの伝記」を「必然性をもたない自己犠牲」を描いた完全な失敗作とし、「銀河鉄道の夜」は、難解で一貫したストーリーをもたない、しかも未完の、全く子ども向きではない作品と評している。『解釈と鑑賞』昭48・12号　至文堂

（13）小倉豊文『「雨ニモマケズ手帳」新考』東京創元社　昭53・12　本稿はこの労作に多くの示唆を受けている。

（14）平川彰「大乗仏教における法華経の位置」『講座・大乗仏教4　法華思想』所収　春秋社　昭58・2

（15）坂本幸男「解説」岩波文庫『法華経（下）』所収　昭51・12改版

（16）（13）に同じ。

「報告」――賢治理解のために――

宮沢賢治が生前ただ一冊刊行した詩集『心象スケッチ　春と修羅』（大13・4）の中に、わずか二行の作品がある。

報告

さつき火事だとさわぎましたのは虹でございました
もう一時間もつづいてりんと張つて居ります

『春と修羅』に収められた作品にはすべて日付がついており、「報告」では一九二三・六・一五となっているので、賢治が稗貫《ひえぬき》農学校の教員として充実した生活を送っていた頃、童話「やまなし」や「シグナルとシグナレス」などと同時期に書かれたものであることがわかる。初夏、六月の雨あがりの虹の情景を描いたものであろう。しかし、この時、火事と見まちがうほどに明るく一時間も虹が天空を飾ったとしても、この「報告」が、誰によって誰に対して行なわれたものなのかは不明である。

「ましたのは」「ございました」「居ります」と丁寧体で表現されているから、身分の低いものから高い者への報告ということになるが、それ以外のことはわからない。

となれば、これは人間界を超えた動物の世界の出来事で、獅子の王様に向って犬の衛兵がうやうやしく報告していると読んでみてはどうだろう。町に火の手が上ったのかと大騒ぎしていたら、実は虹でありました、王様もどうぞご覧下さい…という「報告」である。

それが許されるとすれば、この作品は読者を一挙に童話の世界＝イーハトーヴの世界に誘い込むことになる。それは「著者の心象中にこの様な状景をもつて実在したドリームランドとしての日本岩手県」（童話集『注文の多い料理店』広告文）である。作者はこう解説する。

これらのわたくしのおはなしは、みんな林や野はらや鉄道線路やらで、虹や月あかりからもらつてきたのです。

ほんたうに、かしはばやしの青い夕方を、ひとりで通りかかつたり、十一月の山の風のなかに、ふるえながら立つたりしますと、もうどうしてもこんな気がしてしかたないのです。ほんたうにもう、どうしてもこんなことがあるやうでしかたないといふことを、わたくしはそのとほり書いたまでです。

（童話集『注文の多い料理店』序）

ここでは二つのことが強調されている。

賢治にとって作品は創作ではなく報告であるということ、世界はどうしても報告せずにはおれないほどの豊かさを持って自分に語りかけてくるということ、である。彼はそれを自分の「ドリームランド」（夢の世界＝想像の世界）での出来事であると自覚しつつも、「イーハトーヴ」（岩手《イワテ》のエスペラント語的なもじり）と命名してまでその状景を報告せずにはおれなかったのである。

かくして、冒頭の詩は、動物の世界でなされた「報告」を、作者が読者へ向けて「報告」した作品ということになる。賢治が自分の詩を「心象スケッチ」と呼んだのも、一つ一つの作品に日付けをつけたのも、外界から感受したものを飾ることなく素直に記録、報告しようとする姿勢を、童話以上に徹底しようとしたからであろう。

彼が自然の中でいつも首から鉛筆をぶらさげ、ほっほう、と叫んだり跳び上ったりしながら、他者には判読不可能な文字で猛烈な勢いで手帳に記録をし続けていたことはよく知られている。また、地質調査の際、ハンマーで岩をたたきながら、「ほうほう、何十万年もの間眠っていたのでみんな眼をさまされて驚いている」と、まるで生き物のように岩に語りかけるエピソードも残されている。どうしてもこんなことがあるようでしかたがないことをそのまま書いた、という賢治の言葉に偽りはないのである。

ここに宮沢賢治の「天才」を見るのはたやすいが、では、彼は創作の苦悶とは無縁の、生まれながらの詩人と言う他はないのだろうか。

賢治は多面的な才能を持っており、文学者にとどまることなく、教育者、科学者、社会運動家として力を尽くし、音楽や言語学にも深くかかわったが、その本質は宗教的人間《ホモ・レリギオーズス》であったと思われる。それは単に、父と対立し、家出してまで信仰を貫いた法華経信者としての賢治を指すにとどまらない、深い資質としての宗教的感性を持った人間である。宗教学者ミルチャ・エリアーデは、宗教的人間と世界との関係を端的に次のように述べている。


世界は物言わぬものでもなく、暗い不透明なものでもない。それは決して目的も意味もない生命なき何物かではない。宗教的人間にとって、宇宙は〈生き〉て〈話す〉何物かである。

（『聖と俗』）


谷川の底の蟹の兄弟のほほえましい生活（「やまなし」）から、天上の不思議な美しさに満ちた世界（「銀河鉄道の夜」）まで、賢治の筆の及ばぬ所はなかったが、それは彼が近代社会ではまれな真正の宗教的人間であったからである。科学的合理主義によって構築された近代社会では、あらゆるものは対象化され聖性を奪われていく。世界は、〈神による創造物〉から「物言わぬもの」「暗い不透明なもの」へと転落し、残されるのは断片的で無機質な生である。今や、子どもたちまでが〈生きて話す〉世界を感受できなくなりつつある中で、宮沢賢治の諸作品は読者や鑑賞者に〈世界との対話〉を促す力を持つ。かつて人類が共有していた、畏怖と親和に満ちた世界との一体感が呼び醒まされると言ってもいい。今回の『絵で読む宮沢賢治展』でひときわ目を惹くにちがいない水彩画「日輪と山」（通称）もまた、絵画による世界への親和の表現なのである。

しかし、このような賢治の表現世界は、宗教的人間としての資質によってのみ成立したわけではないことをここで確認しておこう。

初期作品「家長制度」や「よだかの星」に強く表現されているように、賢治にとって、この世は弱肉強食の救いのない世界であり、自己はその中で生き抜く力を持たない者であった。「鳥の仲間のつらよごし」である「よだか」とは、家業（質屋・古着屋）を嫌い、長男としての義務を果すことのできない人間失格者たる自己の文学的な表現に他ならないのである。

だが、もちろん、現実には、「よだか」になることさえ不可能である。

「いかりのにがさまた青さ／四月の気層のひかりの底を／唾《つばき》し　はぎしりゆききする／おれはひとりの修羅なのだ」（「春と修羅」）と書きつけた時、「よだか」のように地上から飛び去ることを許されず、「気層のひかりの底」でこの世を呪いながら生きる他はない自己がはっきりと自覚されていた。修羅（阿修羅）とは仏教では人間よりも下位に位置づけられ、常に怒りにかられ心穏やかな時を持たない者のことである。

かくして、賢治の表現世界を造っている〈世界への親和〉が、このような〈世界への絶望〉との戦いによってもたらされたものであることが理解できるだろう。それは極めて意識的な自己克服の作業でさえあったのだが、それに力を与えたのは賢治の生涯を支配した『法華経』であった。特に「如来寿量品」は身の震えるほどの感動を与えたと言われている。

衆生劫盡きて　大火に焼かるると見る時も／我が此の土は安穏にして　天人常に充満せり／園林諸《もろもろ》の堂閣種種の宝をもつて荘厳し／宝樹華果《けくわ》多くして　衆生の遊楽《ゆらく》する所なり（下略）

賢治が「如来寿量品」を尊んでいたことは、原漢文のこの部分が彼の手によって書き留められていることでもわかるが、今、その核心を短く意訳してみよう。

この地上は、久遠の昔から仏によって荘厳された浄土であるのに、罪に満ちた人々にとっては大火に焼かれたような救いのない苦しみの場所である。しかし、悪業の因縁を絶ち、功徳を修め、柔和にして真実なる身を得たものは、今ここが、まさに仏のいます楽土であることを知るのである。

若き日にこの世からの離脱を願った賢治は、こうして着地する場所を得、同時に自己の使命を自覚することができた。それは、この地上が仏の楽土であることの報告者となることであり、報告が独りよがりの妄想ではないこと証しするために、地上が楽土となるよう命を懸けることであった。羅須《らす》地人協会による農民運動はこうして生まれ、当然のことながら挫折した。宗教的感性による文学表現は可能でも、それのみで現実を動かすことは不可能であるからだ。

しかし、賢治に導かれて岩手にイーハトーヴを訪ねる人は跡を絶たないし、その童話は形をかえて次々と出版されている。それは、自力ではむずかしくても、賢治を媒介者として世界と自己が親しく結ばれるからにちがいない。賢治に学ぶものはやがて、「イギリス海岸」や「笛吹きの滝」が、岩手のみではなく、今、ここにあることに気づくに至るのである。

「装景手記」と「東京」――楕円形の生――

一

賢治には「装景手記」と題されたノートがあり、その中には八篇の詩稿が残されている。このノートは「三原三部」ノートや「東京」ノートと同規格のもので、執筆時の重なるものがあると考えられる。ここで取り上げるその中の一篇「〔澱った光の澱の底〕」は、内容からみても昭和三年六月の東京、大島旅行から花巻に帰った際に作られたことは明らかである。

澱った光の澱の底
夜ひるのあの騒音のなかから
わたくしはいますきとほってうすらつめたく
シトリンの天と浅黄の山と
青々つづく稲の氈
わが岩手県へ帰って来た
こゝではいつも
電燈がみな黄いろなダリヤの花に咲き
雀は泳ぐやうにしてその灯のしたにひるがへるし

麦もざくざく黄いろにみのり
雲がしづかな虹彩をつくって
山脈の上にわたってゐる
これがわたくしのシャツであり
これらがわたくしのたべたものである
眠りのたらぬこの二週間
瘠せて青ざめて眼ばかりひかって帰って来たが
さああしたからわたくしは
あの古い麦わらの帽子をかぶり
黄いろな木綿の寛衣をつけて
南は二子の沖積地から
飯豊　太田　湯口　宮の目
湯本と好地　八幡　矢沢とまはって行かう
ぬるんでコロイダルな稲田の水に手をあらひ
しかもつめたい秋の分子をふくんだ風に
稲葉といっしょに夕方の汗を吹かせながら
みんなのところをつぎつぎあしたはまはって行かう

年譜によれば、この時の上京の大よそは次の通りである。

六月七日（木）午前六時三十五分花巻出発。十時五十四分仙台着。開催中の東北産業展覧会見学。後、東北帝国大学に行く。古本屋で浮世絵を漁る。夜、仙台駅から父へ報告書簡。十一時発の夜行列車に乗る。

六月八日（金）午前五時四分水戸着。早朝偕楽園を見物。八時県立農事試験場で調査。午後東京へ向う。夜、父に報告書簡。

六月九日（土）水産物調査。

六月十日（日）水産物調査。築地小劇場でゴオリキイの「夜の宿」（「どん底」）を観たか。

六月十一日（月）水産物調査。

六月十二日（火）朝、父へ調査報告の書簡。大島行きの船に乗船。伊藤七雄、チエの兄妹を訪ねる。兄には農芸学校開校のための助言を受ける希望があり、妹には賢治との見合いの意味があった。

六月十三日（水）農芸学校のための指導。（「三原三部」に詳しい）

六月十四日（木）午後東京への船に乗船。


これ以後については自筆のメモが二種あるのでそれを挙げる。

十四日	帰京			
十五日	図書館	浮展	新演	
十六日	図書館	浮展	築地	16　図、浮、　P
十七日	図書館			17　　　　　　築
十八日	図書館			18　　　　　　新

十九日　農商ム省　　　19　新
二十日　農商ム省　　　20　市
二十一日　図書館　浮展　21　図、浮、本、明、

メモにはこの後に甲府長野新潟山形と地名があがっているが、六月二十三日には夜行列車で東京を発ち、二十四日には帰花したと思われる。メモ中の「図書館」は上野公園の帝国図書館、「浮展」は上野公園内府立美術館で開催中の御大典記念徳川時代名作浮世絵展覧会、「新演」と「新」は新橋演舞場、「築地」と「築」は築地小劇場、「市」は市村座、「本」は本郷座、「明」は明治座の意味と推定される。「P」は不明。

この二つのメモがそのまま実際の行動を示しているのか、予定を示しているのかはわからないが、どちらにせよ出発から帰花まで席の暖まる間もない行動力であり、「眠りのたらぬこの二週間／瘠せて青ざめて眼ばかりひかって帰って来た」という表現に偽りはない。しかも詩は「さああしたからわたくしは……」と、休む間もなく今度は農民のために働くことを決意して終っている。賢治にとって自分のために時間を使ったあとは他人のために献身することは当然すぎるほどの行為であったろう。しかし、結果的には自己虐使ともいえるこのような行為の積み重ねは彼を病いに倒れさせることになる。八月十日、発病病臥。以後病いとの長い闘いがはじまる。

こうして「〔澱った光の澱の底〕」と、賢治の上京の様相を重ねてみる時、他の詩人や作家と異なり、東京ではなく故郷岩手に生きぬこうとした賢治の内実がくっきりと浮び上ってくるように思われる。

それは、東京も故郷も彼にとっては共になくてはならぬものであり、彼を深いところで二つに引き裂いているということである。確かに東京は透明で清冽な岩手の風土に比べれば夜昼ない騒音に満ちた澱んだ空間である。しかし、そこでは賢治を魅了してやまぬ学問や絵画や演劇が手をひろげて迎えてくれるのである。彼は睡眠を削ってま

でもそれらの〈文化〉に触れずにはおれない。詩は故郷の風土への讃美とそこで生きることの喜びを語っているが、実際には故郷の美しい〈自然〉だけが「たべもの」では賢治は生きて行けないのだ。それは端的に彼が真に土着の人間として生きたのではないことを示している。一方、賢治の指導する農民達もまた、自然の風光が食べものであったり、ダリヤの花が電燈であったりするよりも、実際に飢えないだけの食糧が確保され、実際の電燈がにぎやかに村中を彩るような豊かな生活を望んでいることはいうまでもあるまい。賢治の上京も勉強もいわゆるドリームランドとしての岩手県＝イーハトーヴも、宮沢家の資産という物質的基礎があってのものなのである。賢治は明らかに「町者」であり、彼はそれを痛く自覚している。その負い目が彼を過剰に実践活動にかりたてる。眠りも不足し、「瘠せて青ざめて眼ばかりひかって」いる賢治の姿は、故郷岩手でこそいっそう著しかったのである。

しかし、秀れた魂に矛盾はつきものである。賢治はいわば東京（文化）と岩手（自然）という二つの中心を持つ楕円である。それは中心が一つである円のように美しくはなく、いびつであるがそれゆえにその生の軌跡をくっきりと残している。賢治の一生はその二つの中心を何とかして重ねようとする情熱によってつき動かされていたともいうことができるが、本稿はひとまず、その二つの中心の内実と距離を計ろうとするものである。

二

ここで改めて上京の跡を簡単にまとめてみよう。（（）内は年齢を示す）

①大正5年(20)3月19日〜31日　盛岡高等農林学校の京都方面への修学旅行へ参加。行きと帰りに東京でも見学。

②同年7月30日〜9月10日（推定）ドイツ語夏期講習会受講。

③大正6年(21)1月4日〜7日　商用のため。明治座で歌舞伎を見る。「東京へ来ると神経が鋭くなって何を見てもはっとなみだぐみます。」（保阪嘉内あて書簡）
④大正7年(22)12月26日〜翌3月3日　妹トシ看護のため。「朝七時半乃至八時に病院に参り模様を聞き書信上げ候後上野の図書館にて三時頃迄書籍の検索読書等を致し夕方病院に参り候」（父あて書簡）という毎日を送る。将来の職業について思いをめぐらす。
⑤大正10年(25)1月23日〜8月中旬　父との宗教上の対立から家出。国柱会で奉仕活動。一方で旺盛な創作意欲。帰花した時にはトランク一杯の原稿があった。
⑥大正12年(27)1月初旬　童話原稿の売り込みを計るが失敗。静岡県三保の国柱会本部へトシの分骨を持参したか。
⑦大正15年(30)12月2日〜29日　セロを持参、講習を受ける。エスペラント、オルガン、タイプライター学習。図書館通い。築地小劇場、歌舞伎座観劇。「どうか遊び仕事だとは思はないでください。遊び仕事に終るかどうかはこれからの正しい動機の固執と、あらゆる慾情の転向と、倦まない努力とが伴ふかどうかによって決ります。生意気だと思はないでどうかこの向いた方へ向かせて進ませてください。実にこの十日はそちらで一ヶ年の努力に相当した効果を与へました。」（父あて書簡）
⑧昭和3年(32)6月8日〜28日　前述。
⑨昭和6年(35)9月19日〜28日　炭酸石灰販売促進のため。20日夜発熱病臥。21日遺書を書く。27日の夜行列車で病身のまま帰花。

こうして見ると、賢治の上京が外的な要因に基づくのではなく、内的な促しによって果されるのは②を除けば⑤の家出以後であることがわかる。従ってそれ以後の上京は、その時々の賢治の生きる姿勢を如実に物語ることになっている。⑤においては宗教的自己実現のため、⑥においては文学者としての自己実現のため、⑦⑧では実践的な指導者としての自己実現のため、と一応言うことができようが、最後の⑨は⑦⑧の夢想家的な側面はぬぐい去られ、一人の篤実な販売人としての上京であったことも注目されてよい。上京の跡を一覧すれば、それは賢治が白熱的な世界と自己に対する幻想から現実へと徐々に梯子を下りていった軌跡であるともいえるのである。

だが、賢治にとっての「東京」はそのような積極的な意味を持つ場所である前に、一つの逃避すべき場所であった。もちろん、家から家業から故郷花巻からの逃避である。

宅へ帰りて只店番をしてゐるのは余りになさけなきこと、東京のくらし易く、花巻等に比して少しもあたりへ心遣ひのなきこと、当地ならば仮令失敗しても無資本にて色々に試み得ること、その他一一列挙する迄も御座無く候。地方は人情朴実なり等大偽にして当地には本当に人のよき者沢山に御座候。

（大8・1・27　父あて書簡　傍点引用者）

この手紙を「個人個人が独立者であることを認められている『近代』都市東京と、個人の存在が血縁社会、地域社会の中に埋没して生きねばならぬ『前近代』地方都市花巻、を対比してはっきりとこの時『近代』を選んだ」[1]と読むことはもちろん可能である。「地方は」以下には賢治の本音が珍しく父に対して率直に語られている。だがそれにしても、傍点部の弱々しさは何であろうか。まるで新しい職業への試みが失敗するに違いないことを、父も自分も認め合っているかのようである。賢治には家業（質屋、古着商）に代る職業について、本当は何の成算もなかったに違いない。それでも妹の看病のため東京に留りその実体を知るにつれ、ふるさとを厭う心がつのって来たのである。事情は二年後、大正十年の勇ましい家出上京でも変ってはいない。

さあこゝで種を蒔きますぞ。もう今の仕事（出版、校正、著述）からはどんな目にあってもはなれません。こゝまで見届けて置けば今後は安心して私も空論を述べるとは思はないし、生活ならば月十二円なら何年でもやってみせる。
（大10・1・30　関徳弥あて書簡　傍点引用者）

ここでも職業に対するコンプレックスは明らかである。事実、彼の持ち出すものは次々と現実味に乏しい「空論」としてしりぞけられたのであるし、賢治にもそれを否定する根拠はなかったのである。では、ここで賢治はやっと堅実な職業を手にしたのか。決してそうではない。ここで言う「出版、校正」とは怠け者の大学生のための講義ノートの謄写版の出版のことであって、仲間は皆「立派な過激派ばかり」（同書簡）、つまりまともではないのだ。国柱会への献身という家出上京の名目は当然、最低の生活に甘んじることを強いることになるが、それこそ自己の経済能力や職業への意志の欠如をおおうにふさわしいものであったのである。

十年後、賢治は次のように書くことになる。

昭和六年九月廿日　再ビ東京ニテ発熱　大都郊外ノ煙ニマギレントネガヒ　マタ北上狭野ノ松林ニ朽チ埋レンコトヲオモヒシモ　父母ニ共《ママ》ニ許サズ　廃躯ニ薬ヲ仰ギ　熱悩ニアヘギテ唯是父母ノ意僅ニ充タンヲ翼《ママ》(ねが)フ
（「雨ニモマケズ手帳」）

花巻に帰り、病に臥した中で書かれたと思われるこのメモには、賢治にとっての「東京」の意味がこれまでにあげた例を集約するように示されている。「大都郊外ノ煙ニマギレントネガヒ」が大正十年の家出を指し、「北上狭野ノ松林ニ朽チ埋レン」が大正十五年以後の実践活動を指すとしても、このメモの異様さは「家」からの脱出が、「近代的」な「個人の独立」どころかその逆の自己消滅の願いによって起されているという点にある。その意味で「父母ニ共ニ《ママ》許サズ」は当然のことであるが、賢治はこの倒立した自己実現とでもいうべき願望をついに理解してもらえぬまま病いに倒れたということになる。

東京。それは明治以後、個我に目ざめた〈近代人〉たちの自己実現の場であった。あるいはより多く未だ〈個〉に目ざめず〈家〉と臍《へそ》の緒のつながった者たちの「身を立て名をあげる」場所であった。「東京に行く。大学に這入《はい》る。有名な学者に接触する。趣味品性の具《そなは》つた学生と交際する。図書館で研究をする。著作をやる。世間で喝采《かつさい》する。母が嬉しがる。」（夏目漱石「三四郎」明41）という図式に従って、少なくとも有産階級の子弟には上昇的な上京が果されて来た。賢治の上京にその要素がないわけではないことはすでにみた通りである。だが、賢治にとっての自己実現そのものが通常のそれとは逆倒しているために、「東京」が絶対的な場所としては彼の中に像を結ばないのである。メモにあるように「大都郊外」と「北上狭野ノ松林」は同位なのだ。

さて然らば如何にしてこの御恩の幾分をも報じ申さんやを真面目に考へたる事全く無之とはよもや御疑無之事と存じ候、誠に仮に世間にて親孝行と云ふ如く働きて立派なる家をも建て賢き子孫をも遺し何一つ不自由なき様に致し候ともこの世に果して斯る満足は有之べく候や

報恩には直ちに出家して自らの出離の道をも明らめ恩を受けたる人々をも導き奉る事最大一なりとは孰れの宗とて教へられざるなき事に御座候

（大7・2・2 父あて書簡）

賢治にとって上昇的な自己実現は際限のない欲望にとらわれることであり、それが父母に対する「報恩」とは思われなかった。唯一の道は世俗的価値から離れて〈まことの道〉を究め、父母をはじめすべての人を教え導くこと

であった。従って「出家」することはそのための大前提であった。それは単に青年期の熱狂的な夢想に終ることなく一生を貫いたのである。この願いの正しさは絶対的なものであり、父母の方が息子に従うべきものであった。「氷と後光」という習作はおそらく父母に読まれるべきものとして書かれている。

　岩手県を通って東京に向っている（と思われる）夜行列車に若い夫婦が乗っている。二人は愛らしい赤ん坊をいつくしみ、夜汽車の寒さから守ろうと心をくだくのだが、夜明けを迎えて太陽が射し込み、寒さのために窓についた氷が赤ん坊の後で後光のように光った時、若い父は「少し泣くやうにわらひ」ながら妻に向って言う。「この子供が大きくなってね、それからまっすぐに立ちあがってあらゆる生物のために、無《む》上《じょう》菩《ぼ》提《だい》を求めるなら、そのときは本当にその光がこの子に来るのだよ。それは私たちには何だかちょっとかなしいやうにも思はれるけれども、もちろんさう祈らなければならないのだ。」若い母はそれを聞いてだまって下を向いてしまう。夫の言葉が理解できないからである。生れて間もない愛らしい子供に将来の出家を望む親があるとも思えないが、若い父は心に痛みを感じながらもそう祈るのである。これが賢治にとってのありうべき父親像であった。実際には彼の言う「報恩の道」は父から否定されつづけるのだが、そうであればあるだけこう書かずにはおれなかったのである。

　夜汽車が東京に向っていると思われるのは象徴的である。実際に出家することはできなかったにせよ、賢治の上京はあくまで「無上菩提を求める」ための手段としてなされねばならなかった。前見の⑦に引用した書簡は「エスペラントとタイプライターとオルガンと図書館と言語の記録と築地小劇場も二度見ましたし歌舞伎座の立見もしました。これから得た材料を私は決して無効にはいたしません。みんな新しく構造し建築して小さいながらみんなといっしょに無上菩提に至る橋梁を架し、みなさまの御恩に報いようと思います。どうかご了解をねがひます。」（傍点引用者）とつづくのである。

　こうして見てくると、賢治が小沢俊郎氏の指摘の通り「弱虫」であり、[2]同時にそれが反転して、父政次郎の言うように「渋柿」であった[3]ことがよくわかる。賢治は「自分の個我を尊重することがとりも直さず他人の個我を尊重することと[4]」でなくては自己のための行動を取ることができなかった。「東京」という自己実現のための場に留まれなかったのはそのためであり、文学への従事も「法華文学」という仏の教えをひろめるためという口実によって初めて身を据えて可能になった。しかし、すべての自己の行為がそのまま他者のための行為であるということは、事実上不可能なことである。父はそのことをよく知っており、それを口にする息子の未熟を諭した。息子は、親がかりでする他者のための行動（上京の場合は勉強）という滑稽な矛盾を承知の上でそれを押し通した。「どうかご了解をねがひます。」という手紙の末尾はそれをよく表わしている。それが賢治の「渋柿」（食えない奴）たるゆえんである。父にとって、単純に自分のために東京で勉強してくれる方がはるかに楽であったにちがいないのである。内田朝雄氏は「出来ないことを夢想しないこと。空想は生活を放逸にすること。出来ないと分ったことをきっぱりと捨てて出来ることに全力を尽すこと。出所進退を明確にし人情は別のところで考えること。[5]」と政次郎の人物像を描いているが、すべて賢治と対照的であると言っていい。しかし、このような賢治であったからこそ、「東京」は立身出世のために上京した者には見えない光景をもって立ち現われて来たのである。賢治は「東京」に何を見ただろうか。

三

賢治は昭和三年六月の上京時の見聞に基づいて「東京」という総題の下に九篇の詩を残している。それらは東京の種々の光景の粗描であり、詩的な完成度は高いとは言えないのだが、その中の数篇を取り上げることによって、賢治の見た東京の断面を明らかにしてみよう。

九篇の中で強い印象を与えるものの一つに「丸善階上喫煙室小景」がある。ヨーロッパの最新の学術文化の情報を提供してくれる洋書店「丸善」の二階に喫煙室があるが、そこに入った時に奇妙なことに気づくことから詩は始まる。そこには趣味のいいソファーやイスが壁ぞいに部屋をかこんで置かれているのだが、そのソファーとイスのちょうど上の部分の壁が、どこも団子の形ににじんでいるのである。どうしてそんなにじみがあるのかと不思議に思っていると、学生らしい青年が現われる。

たちまちひとり
青じろい眼とこけた頬との持主が
奇蹟のやうにソーファにすはる
それから頭が機械のやうに
うしろの壁へよりかゝる
　なるほどなるほどかう云ふわけだ
二十世紀の日本では
学校といふ特殊な〔機〕関がたくさんあって
その高級な種類のなかの青年たちは
あんまり自分の勉強が
永くかかってどうやら
若さもなくなりさうで
とてもこらえてゐられないので
大てい椿か鰯の油を頭につける

そして充分女や酒や登山のことを考へたうへ
ドイツ或は英語の本も読まねばならぬ
それがあすこの壁に残って次の世紀へ送られる

（下略）

団子のような壁のしみは学生たちの髪につけた油のためであったというわけである。この詩の持っている風刺の棘は、現在でもなおこの国の学生達によく刺さるといわねばなるまい。学ぶべきものが自己の歴史や文化として親しく内部にあるのではなく、ヨーロッパという外部にある時、学ぶ者は威圧的なまでに膨大な量を前にしてより一層その無力感にとらわれずにはおられない。しかもほとんどの学生にとって勉学は目的ではなく、世に出るための手段であるのだから、女や酒や登山の楽しみを捨ててまで励むべきものではないのだ。自分もまたその「高級な種類のなか」の一員であった賢治は、そのために、学ぶことが内在化、肉体化されて真に自己を生かす力となることが難しく、知識が内的連関を持たぬ浮遊した断片として集積されてしまうことが多いことをよく知っていたにちがいない。髪に油をつけて壁によりかかるのは何も学生達にかぎらないのだから、そういう苦い経験なしにこれだけの想像をめぐらすことは不可能なはずである。

賢治が自他共に適職だと思われた教師をやめたことには種々の理由が考えられるが、この知識階級の内的空虚という問題がその一つを占めたとしてもおかしくはないのである。羅須地人協会以後の実践活動はそれを克服する自己統一の試みであり、「これからの本統の勉強はねえ／テニスをしながら商売の先生から／義理で教はることでないんだ」（『春と修羅』第三集　一〇八二〔あすこの田はねえ〕）というメッセージが「丸善階上喫煙室小景」の否定の上に成り立っていることは明らかであろう。さらにまた、童話「土神ときつね」は大正十二、三年執筆と推定される初期の作品であるが、この詩と重ねて読む時、右の事情はより明瞭になるはずである。

作品は賢治の作にしては珍しく恋愛と嫉妬を扱っている。野原に立つ一本の樺の木に狐と土神《つちがみ》が共に好意を持っている。狐は上品で人あたりもよく、詩集を読み星や芸術の話をして樺の木をあきさせない。土神は姿も汚くてみすぼらしく、プライドばかり高くて怒りっぽい。当然樺の木は狐の方に心をひかれるようになり、そのことのよくわかっている土神は狐へのコンプレックスのために気も狂わんばかりである。秋のある日、自分の愚かさに気づいた土神は狐とも和解するつもりで樺の木を訪ねるが、そこにやって来た狐が美学の本を渡し、望遠鏡の話をすると我を忘れ、狐を追いかけその穴の前でふみ殺してしまう。

この作品を「嫉妬に関わる愛憎の問題」として読むことは(6)ストーリーの展開からしても当然であろうが、二人の主人公がいわゆるハイカラと土着を代表するように造形されているのはそれにも増して興味深い。知識人であるらしい狐は、昔からの土着の神であること以外誇るべきものを持たぬ土神より〈西洋〉を知っていることによって圧倒的優位に立っている。

「ですから、どの美学の本にもこれくらゐのことは論じてあるんです。」

「美学の方の本沢山おもちですの。」樺《かば》の木はたづねました。

「え丶よけいもありませんがまあ日本語と英語と独乙《ドイツ》語のなら大抵ありますね。伊太利《イタリー》のは新らしいんですがまだ来ないんです。」

「あなたのお書斎、まあどんなに立派でせうね。」

「い丶え、まるでちらばってますよ、それに研究室兼用ですからね、あっちの隅《すみ》には顕微鏡こっちにはロンドンタイムス、大理石のシィザアがころがったりまるっきりごったごたです。」

「まあ、立派だわねえ、ほんたうに立派だわ。」

二人の会話を聞きながら土神は「おれといふものは何だ結局狐にも劣ったもんぢゃないか」と胸をかきむしるのであるが、物語の語り手が言うように正直なのは土神であって、狐は明らかにだますものとしての役を荷っている。狐は樺の木をよろこばせるためとはいえ、調子にのってドイツ製のツァイスの望遠鏡を取りよせるという嘘までつくのである。だが、コンプレックスにかられた土神がついに狐を殺してねぐらの穴に飛び込んでみると、「中はがらんとして暗くたゞ赤土が奇麗に堅められてゐる」ばかりであった。顕微鏡もロンドンタイムスも大理石のシイザアもなかった。あったのは狐のレインコートのかくしの中の茶色のかもがやの穂だけだったのだ。

土神は途方もない声で泣き、「その泪《なみだ》は雨のやうに狐に降り」そそがれるのだが、それは単に狐を殺してしまったという後悔のためにだけに流れたのではないであろう。近頃は誰も拝みに来てくれず寂しくてたまらぬ自分と同じように、狐もまた無一物でありながら精一杯もの知り顔で「西洋の知識」をふりまいていただけなのだ、狐も自分と同じく空虚な心をひきずっていたのだ……。そういう思いがからっぽな穴とかもがやの穂を見た土神に一瞬でもわき起らなかったら、泪は「雨のやうに」は流れなかったのではあるまいか。「首をぐんにゃりしてうすら笑ったやうに」死んでいる狐にも、それを踏み殺してしまった土神にも、作者賢治の涙が熱く注がれていることは確かであろう。

たとえば夏目漱石の「こゝろ」（大3）の学生の「私」とその父親の対照的な姿に典型的に表わされているように、日本の「近代」にあっては、学問をすることはいやおうなく土着の大衆との共通項を失っていくことであった。「西洋」を規範とする近代化は北村透谷の言うように〈共有の花園〉（共通の感覚、共通の価値観）の破壊をもたらしたのである。[7] 東京とは、そうして浮遊した知識階級や、生活のためにやむなく土着から離れねばならなかった下層階級による新たな〈共有の花園〉を作ろうとするエネルギーによって形成されて来た場所であるといえるかも知れない。しかし、共通項を失い、水平にではなく上昇的にのみ使用されるエネルギーは人間を幸せにするだろうか。賢治は東京を「つかれし都」と感じ、そこに生活する人々に「うるみて弱き瞳と頬」を見ずにはおれない（「高架線」）。それは共通項を失った者特有の際限のない自己主張のもたらすものではないのか。

さうしてすべてのこれらの　、、、は
何は何何で何だわよと主張をし
何は何何で何だわよと他を叱り
、、、は、、、で、、、だわよ　戦って
いまや巨きな東京をほとんど征服しやうとする

（「光の渣」）

「一千九百二十八年では／みんながこんな不況のなかにありながら／大へん元気に見えるのは／これはあるひはごく古くから戒められた／東洋風の倫理から／解き放たれたためでないかと思はれまする／ところがどうも／その結末がひどいのです。」（「高架線」）とある通り、土着の生活につきものの封建倫理のしがらみからは解放されても、個我の際限ない主張という新たな石ころが、東京を歩む人々の靴の中に入り込み安息を奪うのである。

少なくとも教職に就いて後の賢治の生をかけた課題は、おそらくこのような学びのベクトルを逆転させることであった。すなわち、学ぶことによって個我意識を尖鋭化させるのではなく、それから解放されること、同じく土着から浮遊上昇するのではなく、土着により深く根づくこと、である。そのためにのみ東京での学びは必要であった。それは父の叱責をまつまでもなく資産家の二代目たる特権の上でのみ可能な夢であったし、そのための武器がセロであり、エスペラントでありタイプライターであるのも矛盾といえば矛盾であった。しかし、夢想こそが知識人の特権でなくて、誰が新しい世界を切り拓けよう。「東京」はかくして賢治の訪れをいつも待っていた。そして故郷の自然は学びに疲れた彼を蘇生させた。

南方に汽車いたるにつれて
何ぞ泣くごとき瞳の数の多きや
そは辛酸の甚しきといふのみにはあらず
北方に自然のなほ慰むるものあり
南方にたゞ人の冷きあるのみ

（補遺詩篇Ⅱ）

注

（1）小沢俊郎「東京――花巻　賢治地理『集落』」「四次元」昭30・2月号
（2）小沢俊郎「弱虫論――宮沢賢治と太宰治――」「四次元」昭28・3月号
（3）佐藤隆房『宮沢賢治』（改訂増補版）冨山房　昭45・9
（4）（2）に同じ
（5）内田朝雄『私の宮沢賢治』　農山村文化協会　昭56・6
（6）萩原昌好「『土神と狐』論」『作品論宮沢賢治』所収　双文社出版　昭59・6
（7）北村透谷「漫罵」（明25・10）参照

「〔丁丁丁丁丁〕」——恋愛伝説について——

一

宮沢賢治が病床にあって筆を執ったいわゆる疾中詩篇は、この詩人を論ずるにあたって不可欠のものであるが、中でも「〔丁丁丁丁丁〕」は傑作としてよく知られている。

　　　　　　　　　丁丁丁丁丁
　　　　　　　　丁丁丁丁丁
叩きつけられてゐる　丁
叩きつけられてゐる　丁
藻でまっくらな　丁丁丁
塩の海　　丁丁丁丁丁
　熱　　丁丁丁丁丁
　熱熱　　　丁丁丁
　　　〔尊々殺々殺
　　　殺々尊々
　　　尊々殺々殺

殺々尊々尊）

ゲニイめたうたう本音を出した
やってみろ　　　丁丁丁
きさまなんかにまけるかよ
　何か巨きな鳥の影
　ふう　　　丁丁丁
海は青じろく明け　　　丁
もうもうあがる蒸気のなかに
香ばしく息づいて泛ぶ
巨きな花の蕾がある

たとえば大岡信氏は「デーモンの唸り声が聞こえてきそうに感じた。」と評し、周到な分析を行っている。[1] 氏の指摘にもあるように、この作品の魅力は、前半の激しい感情を伴った抽象的なイメージが末尾四行の生命感に満ちた華麗な花のイメージに変容するところにもあるのだが、今問題にしたいのはこの「巨きな花の蕾」である。詩の享受としては、病床にあった賢治に思いをはせながら、幻想的な絵画のような不思議な美しさを味わえば十分であるかも知れない。が、やはりこの花の蕾が具体的にどういうイメージを喚起するかは取り上げるに価する問題であると思われる。

筑摩版旧校本全集において、校訂者小沢俊郎氏が「三原三部」（昭3・6）の第一部に現われる「……南の海の／南の海の／はげしい熱気とけむりのなかから／ひらかぬま丶にさえざえ芳り／つひにひらかず水にこぼれる／巨きな花の蕾がある……」との類似を指摘して以来、この「巨きな花の蕾」は伊藤ちゑという女性を指し、そこには「賢治の他の作品には見られぬ心の高揚と熱い愛恋の気持ちとがこめられ(2)ており、それは「『成就しない貴重な恋』のシンボル(3)」であるとみなされるようになった。

昭和三年六月十二日から十四日まで、賢治は伊豆の大島に伊藤七雄、ちゑの兄妹を訪れている。農芸指導のためであるが、妹ちゑとは見合いの意味もあり、「結婚するならあの女性だな」という証言も残っているところから(4)、右の説は強い説得性をもつことになった。病床の中で熱にあえぎながらも果せなかった恋愛に思いを馳せ、それを詩に昇華した賢治を想像することは、読者として心安らぐものさえあるのである。が、にもかかわらず、このついに開かぬ「巨きな花の蕾」を晩期の賢治を彩る恋情のシンボルとして読むには大きな疑問があるといわねばならない。

たとえば松山俊太郎氏は精密な論考「『宮沢賢治と蓮』覚書」の中ですでに引用したような解釈（注3）を下しながらも、一方で「賢治の経歴と作品に無知な人か、法華経信者であることを知っていて作品に暗い人に、この一篇だけを示せば、全く異る解釈をするのではないかと思う。」とことわって、大よそ次のような説を示している。

(1)、この「巨きな花」は古代インドの「世界創成説」において「世界の母胎」ないし「世界」そのものを示す「巨大蓮」であり、それは後に仏典の「華厳経」の「蓮華蔵世界」や、「梵網経」の「蓮華台蔵世界」に発達した。ゆえにこれは、やがて顕現すべき仏の真実の浄土である蓮華蔵世界をあらわすと解することができる。

(2)、(1)があまりに「華厳」的でありすぎて、「法華経」の信者である賢治にふさわしくないとすれば、この「巨きな花の蕾」は「妙法蓮華経」の「蓮華」つまり、白蓮（プンダリーカ）と解釈しうる。この白蓮は妙法＝日輪＝仏陀の三重の至上存在のシンボルであり、人類の救済を約束するものである。

こうして松山氏はこの花を「女人への渇仰」の産物であるとは毛頭思えず、「イデアとしての花」であると結論づけながら、そのヴィジョンが「いじらしい恋情から」出てきたものであることは認めるのである。だが、松山氏は伝記的な通説を尊重しすぎているのではあるまいか。筆者はこの解釈は全く正しいと考える。論文中にもあるように、「女性的なるもの」を救済の原理とすることは賢治にはふさわしくないし、作品のより詳細な分析は通説の誤りを明証すると思われる。「賢治の経歴と作品に無知な人」でなくても、いや逆に、経歴や他の作品をよく知る者ならば、この花を宗教的なシンボルと読む方が自然なのではあるまいか。以下詳察してみたい。

二

まず、時間的な経過の問題がある。「〔丁丁丁丁丁〕」より先に、大島行きの記念としての「三原三部」の第一部の終末部にこの「巨きな花の蕾」は現われるのだが、もしこれが果たせぬ恋のシンボルであるとしても、伊藤ちゑとの出会いの後に現われるのが通常の順序であろう。ところがこの花のイメージは、船が東京の港を出発して品川の海にさしかかった時に早くも現われるのである。詩が完成されたのは花巻に帰ってであろうから、順序はかまわないということも可能ではあるが、作品は題名に示すとおりに第一部が出港から品川沖に出るまでの光景、第二部が大島での農芸指導の実際の光景、第三部が大島を出発したあとの海からの光景と明確に分けられており、それぞれ六・一三、六・一四、六・一五という日付もついている以上、[5]花＝恋のイメージが大島を訪れる前から登場すると考えることは不自然であるといわねばならない。第三部に伊藤兄妹への思慕は明らかであるが、それは「おゝあなた方の上に／何と浄らかな青ぞらに／まばゆく光る横ぐもが／あたかも三十三天の／パノラマの図のやうにかゝってゐることでせう」や「船にはいま十字のもやうのはいった灯もともり／うしろには／もう濃い緑いろの観音崎の上に／しらしら灯をもすあのまっ白な燈台も見え／あなたの上のそらはいちめん／そらはいちめん／かゞやくかゞやく／猩々緋です」のように、なつかしさをこめた呼びかけとしてうつくしく表現されている。しかもここには俗なる感情としての恋情は排されている。伊藤ちゑの上にあるものは浄らかな青ぞらと光る横雲であり、それは天人たちの住むという三十三天（忉利天）を連想させるのだし、夕やみ迫る伊豆の海に鮮やかなのは「十字のもやう」や「観音崎」という宗教的シンボルを冠せられた船のあかりや燈台なのである。夕やけの一面の赤い輝きが宗教的な聖なる情感に燃えていることは明らかであろう。賢治は何よりも、病身をおして伊豆大島に農芸学校をつくりたいという兄と、それを支える妹の高い理想に心から共鳴しているのである。

詩に登場する三十三天のイメージは「銀河鉄道の夜」にも取入れられた、賢治には重要な意味を持つものである。

しかも三十三天は
やっぱりそこにたしかにあって
木もあれば風も吹いてゐる
天人たちの恋は
相見てえん然としてわらってやみ
食も多くは精緻であって
香気となって毛孔から発する

（「〔北いっぱいの星ぞらに〕」異稿）

もし伊藤ちゑに賢治が恋情を抱いていたとしても、それは天人のようにほほえみを交すだけで十分満たされるものとしてあったはずであった。それはまた、すでにみた佐藤隆房氏の証言が「結局、おれと結婚する人があれば、第一心中の覚悟で来なければなりませんが、五十にならない今から永久に兄妹のようにして暮らす、そういう結婚ならしてもいいです。」と続くこととも一致するのである。このような男女関係のシンボルとしては「巨きな花の蕾」

は官能的でありすぎると思われる。病床で詩人が夢みたものは女性ではなく、やはり「自然」であった。「〔丁丁丁丁丁〕」と同じく疾中詩篇に収められた二つの作品を見てみよう。

たけにぐさに
風が吹いてゐるといふことである

たけにぐさの群落にも
風が吹いてゐるといふことである
（「病床」）

風がおもてで呼んでゐる
「さあ起きて
赤いシャッツと
いつものぼろぼろの外套を着て
早くおもてへ出て来るんだ」と
風が交々叫んでゐる
「おれたちはみな
おまへの出るのを迎へるために
おまへのすきなみぞれの粒を
横ぞっぽうに飛ばしてゐる

おまへも早く飛びだして来て
あすこの稜ある巌の上
葉のない黒い林のなかで
うつくしいソプラノをもった
おれたちのなかのひとりと
約束通り結婚しろ」と
繰り返し繰り返し
風がおもてで叫んでゐる

（「〔風がおもてで叫んでゐる〕」）

賢治にとって病いの床に臥すとは「たけにぐさ」に会いに行けないことなのであった。「たけにぐさ」は荒地に育ち小さな白い花をつけるケシ科の植物で、見ばえのいいものでは決してないが、わずか二連のこの作品は、その単純な構成ゆえにいっそう「自然」からへだてられた詩人の悲しみを極だたせている。

「〔風がおもてで叫んでゐる〕」においては、「自然」はより明瞭に多数の人格をもつ風として登場する。「風野又三郎」や「風の又三郎」を書いた賢治にとって、風に男女や大人と子供の別があるのに不思議はないし、風との交歓は人間とのそれよりもはるかに胸おどり心安まるものであった。童話「ポラーノの広場」（初期形）のキューストは、ファゼーロの姉ロザーロとの結婚を少年たちから勧められてあわてて断わるのだが、ひとけのない元競馬場の宿直室に一人で住むキュースト、が、風と結婚するにふさわしい作者の分身であることは明らかであろう。風と結婚する、とは何か。それは〈おもてへ出て行く〉ことである。風になびくたけにぐさも、みぞれまじりの風も、賢治に「出ておいで」と呼びかける。いわゆる結婚が、〈家に入る〉ことであり、自己と家族の日常性を守ることであるのなら、風との結婚とはその逆のベクトルを生きることである。つまり自己を限りなく拡散させ、「かがやく宇宙の微塵となりて無方の空にちらば」る（「農民芸術概論綱要」）ことなのだ。この言葉はたしかに難解である。だが少なくとも、自己を守ることをやめ、〈おもてへ出て行く〉ことなしに、彼の実践運動も何もありえなかったことは確かであろう。「自然」が賢治を呼ぶのはその人間嫌い《ミザントロープ》のためばかりではないし、女性に近づかぬ代償として「自然」との官能的な交流があったということにとどまるものでもない。それは理想に殉じようとする生のあり方そのものの呼び声なのであった。

三

「〔丁丁丁丁丁〕」にもどろう。まず「丁丁丁……」という擬音（？）が目につく。これを大岡氏の指摘にもあるように病床での高熱との戦いを表わしたものと考えるとすれば、それはあの「雨ニモマケズ手帳」の冒頭に「当知是処／即是道場」（まさに知るべしこの処はすなわちこれ道場なり）と記されているように、熱や咳と戦う病床そのものが仏道修行の道場であり、そこでの苦しみが仏を供養することであるという強い自覚にもとづくものであるにちがいない。手帳には「さらばこれ格好の／道場なり／三十八度九度の熱悩／肺炎流感結核の諸毒／汝が身中に充つるのとき／汝が五蘊の修羅／を化して或は天或は／菩薩或仏の国土たらしめよ」（9・10頁）とある。この詩と手帳の執筆時期が重なるとは考えにくいにしろ、[6]賢治が病床という道場でまさに「叩きつけられ」ながらも「丁丁発止」と戦っていたことは理解できるのである。

そう考えることができれば、「藻でまっくらな　塩の海」という謎めいた部分を除いて「きさまなんかにまけるかよ」までは理解が可能である。ゲニイはgenieであり、アラビアの物語に登場する魔神を指すと推定されるが、[7]それが釈迦を誘惑した魔王波旬に通じるとすれば、「ゲニイめたうたう本音を出した／やってみろ　丁丁丁／きさまなんかにまけるかよ」とは病熱の中での内なる仏と魔の熾烈な戦いを表わしていると読める。

仏法に従うとはいいながらこうして身を破り、肉親たちに多大の迷惑をかけ、現実には敗残者となってしまった。愚かなことである。父の言うように現実を見すえて現世的な生き方をすべきではなかったか。私はすべてを誤ったのではないか……。賢治の中にこのような根本的な葛藤が渦まいていたとしてもおかしくはない。「ゲニイめたうたう本音を出した」とは、体中の力が萎えるような自己の歩みに対する否定の声であったかもしれないのである。

「波旬」は梵語パーピーヤスの音写で「より悪しき者」の意味であり、漢語訳では極悪、悪者、殺者の例があるから、「尊々殺々」の尊が釈尊を指し、殺が波旬を指すと考えることも不可能ではない。[9]大岡氏は尊属殺人を連想し、[8]山本太郎氏は咳の擬音だとしているが、[10]内なる仏と魔との闘争として読むことができるのではあるまいか。[11]それはまた、「藻でまっくらな　塩の海」という表現や「巨きな花の蕾」とも無関係ではない。賢治の戦いは一貫して藻が海を一面に暗くするほど茂っている塩の海でなされており、巨きな鳥がその上を飛び去り、それを合図にするように闘争がひとしきりおさまったあと、夜明けの海に立ち昇る蒸気の中に「巨きな花の蕾」が幻想的に現われるのである。

この「塩の海」とは何か。普通、海は塩辛いに決っているのだから、「塩の」と修飾されているだけで単なる実在の海とは区別されねばならないし、「塩の海」とは別の海があることも予想されることになる。であれば、この海とは松山氏の指摘する「世界の母胎」としての海であり、そこに咲き出た花とはこの世が仏によって荘厳された世界であることを示す蓮華の花に他ならない。

この仏教的世界構図としての「蓮華蔵世界」は日本では東大寺の大仏（毘盧舎那仏）の蓮座に描かれているものが高名であるが、仏教辞典や、[12]特に西村公朝氏の『仏の世界観——仏像造形の条件——』[13]によればそのおおよそは次の通りである。

まず、無数の風輪によって支えられた香水海がある。この海から一本の大蓮華が咲き出している。この大蓮華の上面はまた海になっており、その中ははまた小蓮華が無数に開花している。その一つ一つの上面も海であり、そこにはまた蓮華が咲き出している。これが限りなくくりかえされたものが蓮華蔵世界であって、この世が仏（毘盧舎那仏）の行願によって浄化荘厳されていることを表わしている。その細部はどうなっているか。

蓮華の海の真中には一つの大きな島があり、これを須弥山《しゅみせん》という。この須弥山を輪になった連山がドーナツ状に七重にとり囲む。これを七金山《しちきんざん》といい、この連山の中はすべて香水の海である。七金山の外側は塩水の海で、鉄囲《てつい》山《ざん》によってとり囲まれている。この塩水海の中に四つの大きな島がある。これを須弥四洲《しゅみししゅう》といい、東弗婆提洲《とうほつぼだい》、南《なん》瞻部洲《せんぶ》、西牛貨洲《さいごけ》、北倶盧洲《ほつくる》に分かれる。中心にある須弥山はふもとの最下部で二竜王によって守護され、その上に三夜叉宮、四天王宮があり、帝釈天をはじめとする三十三天の住む忉利天は最上層にある。無数の仏たちはさらにこの上空に住んでおり、われわれ人間は南の塩水海にある南瞻部洲に住んでいる。

こうしてみてくると、「〔丁丁丁丁丁〕」が蓮華蔵世界そのもののイメージによって成立していることは明らかである。「塩の海」とは人間の住む南瞻部洲をとり囲む海である。「三原三部」で「南の海」とあるのもこれであり、実在としての南の海である伊豆の海と二重のイメージになっている。それが「藻でまっくら」なのは仏の教えを真に理解しない人間の蒙昧のためであろうか。少なくとも賢治は仏の住む香水海から遠い場所で高熱にあえいでいるのである。しかし、そのような暗い場所にも仏の光は射さぬはずがないし、そこをこそ寂光土とするために戦えと教えるのが彼の信じた法華経の教えであった。すでに見たようにそのなかばに倒れた賢治にとって今度は病いとの戦いが仏道の修行であった。ゆえに、あの『梁塵秘抄』に「仏はつねにいませどもうつつならぬぞあはれなる／人の音せぬあかつきにほのかに夢にみえたまふ」と歌われた仏のように、高熱や咳にあえぎながら辛うじて夜明けを迎えた賢治をはげますように蓮の花は現われるのである。「香ばしく息づいて泛ぶ」（「〔丁丁丁丁〕」）、「さえざえ芳り」（「三原三部」）と、共に芳香が強調されるのも、それがもともと仏の住む七香海に開くものであるからにちがいない。

「三原三部」の場合、「甘ずっぱい雲の向ふに／船もうちくらむ品川の海／海気と甘ずっぱい雲の下／なまめかしく青い水平線に／日に蔭るほ船の列が／夢のやうにそのおのおののいとなみをする」（傍点引用者）という海の光景の描写の後にこの花の蕾が現われることに注意せねばならない。品川の海からはるか遠くの水平線を眺めそこに浮ぶ帆船の群を見た時、賢治の思いは海の上で日々の生計をたてている人々の上に馳せられたであろう。

あれは漁をしているのであろうか。帆の白さが目にしみ、あそこにもあのような生活があるとしみじみ思う。ふりかえって自分の生活とは何だったのか……。それは宗教的な熱情につき動かされ夢を追いつづけて日々であった。しかもその夢は何一つとして果されたとはいえない。「そのまっくらな巨きなものを／おれはどうにも動かせない／結局おれではだめなのかなあ」（「境内」）や「わたくしは湧きあがるかなしさを／きれぎれ青い神話に変へて／開拓紀念の楡の広場に／力いっぱい撒いたけれども／小鳥はそれを啄まなかった」（「札幌市」）に代表される深い挫折感や孤独感を実践活動に入った賢治は早くから味わっていた。しかし、たとえ小鳥たちさえも彼の悲しみを知らないとしても、賢治の幻想《ヴイジョン》の中にこの蓮華が消えることはなかった。それが蕾のままについに開くことなく水に落ちたとしても、その芳香だけはかぐことができた。そのリアリティだけはすべてを失っても彼の中に残ったのであり、それが彼の「いとなみ」なのであった。

この蓮華蔵世界を、たとえば暁烏敏《あけがらすはや》（明10〜昭29）は次のように具体的に歌っている。

厳粛なる華の世界よ。
豊満なる華の万象よ。

万物すべて生き
光曜天地にみちてをる。
人と物とのへだゝりなく
生物と無生物のけち《ママ》めもない。
すべてが生きてをる
一切が踊つてをる。
草木が語り
国土がうたふ、
瓦礫がさゝやき
塵芥が叫ぶ。
大地から人が生れ
人の毛孔から国土が現れる。
神々は万物より化現して
不可思議光かゞやく。

（中略）

心眼この華の世界に開くる時、
万象光り、
山海に音楽ひゞき
一人の世界は万人の世界となり、

個が種族となり、社会が個人となって、
因陀羅綱《ママ》の互に影するやうである。

（『華厳三昧の中より』序歌　大11・9　香草社）

暁烏敏は浄土真宗大谷派の秀れた学僧であり、真宗教団の改革者として花巻にもよく来た。賢治も十歳と十一歳の時の八月、大沢温泉で開かれた「我信念講話」に参加し、講師として招かれた暁烏の話を聞いている。賢治がこの『華厳三昧の中より』を読んだという確証はないが、序歌に歌われた世界がそのまま彼の童話の世界であることはまぎれもないし、「一人の世界は万人の世界となり／個が種族となり、社会が個人とな」ることがその理想であったことはくりかえす必要もあるまい。「厳粛なる華の世界」のシンボルである「因陀羅網」は帝釈天の宮殿を荘厳する網であり、網目にはみな宝珠がつけられ、その一つ一つの宝珠にはまた他の宝珠の光が映り出され、無限に交錯し反映してたとえようもなく美しいものとされる。賢治にはこれを題材とした幻想的な作品「インドラの網」があるし、「あゝ東方の普賢菩薩よ／微かに神威を垂れ給ひ／曽つて説かれし華厳のなか／仏界形円きもの／形花台の如きもの／覚者の意志に住するもの／衆生の業にしたがふもの／この星ぞらに指し給へ」（「北いっぱいの星ぞらに」大13・8）と、夜空に蓮華蔵世界が描き出されることを望んだ詩も残されている。彼が華厳経にも深く親しみ、「心眼この華の世界に開くる」境地にあったことは明らかである。

かくして、伊豆大島に向う海上であらわれた蓮華の蕾のヴィジョンは、病床に臥したあともなお賢治に親しかったにちがいない。賢治の後半生は、すべての人々にこの世が仏によって荘厳された蓮華蔵世界であることを知ってもらうために費やされたと言うこともできるのだから、それが挫折に終り、ついに蕾は開花しなかったとしても、そのヴィジョンは熱にあえぎ心の葛藤に苦しむ賢治を慰めるようにたびたび現われたのではあるまいか。「あゝ今日ここに果てんとや／燃ゆるねがひはありながら／外のわざにのみまぎらひて／十年はつひに過ぎにけり」（「あゝ今日ここに果てんとや〕という悔恨と、「手は熱く足はなゆれど／われはこれ塔建つるもの／滑り来し時間の軸の／をちこちに美ゆくも成りて／燦々と暗をてらせる／その塔のすがたかしこし」（〔手は熱く足はなゆれど〕）という自負のあいだを揺れ動いていたこの求道者をこの蕾はやさしく慰撫したにちがいないのである。

四

二十五歳の春に、賢治はこう書きつけている。

　　ちいさな自分を劃ることのできない
　この不可思議な大きな心象宙宇のなかで
もしも正しいねがひに燃えて
じぶんとひとと万象といつしよに
至上福祉にいたらうとする
それをある宗教情操とするならば
そのねがひから砕けまたは疲れ
じぶんとそれからたつたもひとつのたましひと
完全そして永久にどこまでもいつしよに行かうとする
この変態を恋愛といふ
そしてどこまでもその方向では

決して求め得られないその恋愛の本質的な部分を
むりにもごまかし求め得やうとする
その傾向を性慾といふ

（「小岩井農場　パート九」部分）

この恋愛や性欲を断罪するかのような断言は、逆に当時彼に「完全そして永久にどこまでもいつしよに行かうとする」者がいたことを臆測させる。境忠一氏はその女性が当時花巻在住の実在の女性であり、単なる片想いの対象ではなく、二人の結婚を予想した人もあったといわれるほどの仲であったことを指摘しているが[14]、ここで賢治が自己の経験を通して、かつて北村透谷（明元～明27）が主張したと同じく[15]、恋愛の本質を、自己の理想を果せなかった者がその代償として自己を支えようとする行為であると考えたことに注目せねばならない。この定義が正しいかどうかはわからない。誰もが万人の幸福を夢想し献身するとは考えられないが、恋愛は誰もが思慕するものだとすれば、それだけでこの定義は危うくなるからである。しかし、賢治はそう看破したのだし、そう看破した以上、万人の幸福→恋愛→性という位階を下ることをこれ以後潔しとはしなかったのである。「巨きな花の蕾」はそのようにしてついに病床に横わった者にかぐわしく訪れたのであった。

注

（1）大岡信「丁丁丁丁丁」『日本詩歌紀行』新潮社　昭53・11
（2）入沢康夫「解説」『新修宮沢賢治全集第七巻』筑摩書房　昭55・4
（3）松山俊太郎「『宮沢賢治と蓮』覚書」「ユリイカ」昭52・11号　青土社
（4）佐藤隆房『宮沢賢治』（改訂増補版）冨山房　昭45・9

（5）賢治の誤記か？　前述の通り、実際には六月十二日から十四日までであったと考えられる。
（6）「疾中」詩篇は大正三年八月から五年にかけての執筆と考えられ、「雨ニモマケズ手帳」は大正六年秋に病床で記されたと考えられる。しかし、前者がその後にわたって書かれた可能性は絶無ではない。新修全集第六巻解説参照。
（7）ただし、英語では〔dʒi:ni〕ジーニイと発音するのが正しく、フランス語では〔ʒeni〕ジェニイとなる。ドイツ語ではゲニイであるが、「魔」という意味は薄れ、「天才」の意味が強い。従って、厳密にはこう断言できないのだが、今は、詩の文脈から言って賢治がこの意味で使用したと推定することとする。
（8）『総合仏教大辞典』　法蔵館　昭62・11
（9）賢治は初期作品や青年期の書簡の中で、くりかえし魔王波旬に言及している。「〔峯や谷は〕」、大7・7・24　保阪嘉内あて書簡参照。
（10）山本太郎「解説」『旺文社文庫版宮沢賢治詩集』　昭44・12
（11）山本太郎氏も「菩さつゲニイ（悪魔）との絶えざる闘いを感じとることもできる」と指摘しているが、詳細な言及はない。（（10）に同じ）
（12）『望月仏教大辞典』　世界聖典刊行協会　昭29・11
（13）西村公朝『仏の世界観――仏像造形の条件――』　吉川弘文館　昭54・12
（14）境忠一『宮沢賢治の愛』　主婦の友社　昭53・3
（15）北村透谷「厭世詩家と女性」（明25・2）参照

「〔雨ニモマケズ〕」――〈樹木的生〉の与えるもの――

一

宮沢賢治の世に知られた作品の中で「〔雨ニモマケズ〕」はもっとも評価の定まらぬものの一つである。この小さな手帳に記された詩の形式を持つ自戒のメモは、知名度の上では群を抜きながら、決して賢治を代表する作品とは認められないという奇妙な位置を占めて来た。谷川徹三氏のように賢治精神を集約するものと見る評者もあるが[1]「童話であるにはあまりに想像力を奪われ、詩であるにはあまりに単純なことば[2]」（山内修）で成り立つこの作品（便宜上以下このように呼ぶこととする）は、賢治の世界をカバーするに足るスケールを持たないのである。

たとえば、童話「どんぐりと山猫」における一郎の名判決「このなかでいちばんばかで、めちやくちやで、まるでなつてゐないやうなのが、いちばんえらい」と、「ホメラレモセズ／クニモサレ」ぬ「デクノボー」との関連は指摘できても、「おもてにでてみると、まわりの山は、みんなたつたいまできたばかりのやうにうるうるもりあがつて、まつ青なそらのしたにならんでゐました。」（「どんぐりと山猫」）という描写に代表される賢治特有のあふれるばかりの生の喜びに対しては「〔雨ニモマケズ〕」は全く無縁である。同様に、『春と修羅』第三集や『春と修羅　詩稿補遺』に著しい賢治の社会意識との関連は指摘できても、『春と修羅』第一集の、当時の詩人たちを驚嘆させた詩的達成とは接点を持たない世界でしかない。中村稔氏のこの作品に対する「ふと書き落とした過失」という激しい言葉も[3]、このような事実を無視した賞賛が横行することへの反発から出たものにちがいない。

賢治その人とここに描かれた「デクノボー」が一致しないことも言をまたない。その死の前日、尋ねて来た農民のために病いを押して長時間相談にのったこと一つとっても、彼は最後まで「デクノボー」になることはできなかったのである。

かつて正宗白鳥は、夏目漱石の「道草」は「芸術上の見地」からではなく、「全作品の注釈書」として多大な価値を持つと言ったが（「夏目漱石」）、当然のことながら「〔雨ニモマケズ〕」は、作品群の注釈書としても人間像の注釈書としても落丁が多いのである。

さらに言えば、この作品は作者自身にとっても根本的な矛盾をはらんでいる。賢治は「私といふ現象は／有機交流電燈の一つの青い照明です」（『春と修羅』序）と宣言して、人間が自閉的な実体として他から隔絶して存在しているのではなく、この世のあらゆる他者を内包しつつ存在していると考えた。それは「宮沢賢治という名をやめてしまいたい（4）」というほどの自己嫌悪から解放され、この世で生き続けるための根拠となる人間観であった。難解だが実に興味深いこの「序」に示された賢治の〈私とは何か〉を、他の作品も視野に入れつつ、できるだけ平易に語ってみよう。

私はこの世のすべての存在と同じく、永遠に存在することはできない。晴れ曇り雨と定めなくうつろう気象現象のように、存在の可能性の中から仮に今、人間という生物の時間を生かされているだけである。しかし、そのようなはかない私の中にも、目には見えなくてもあらゆる他者が生きている。すなわち、仏教的に言えば、腹が減れば餓鬼になり、怒れば修羅や畜生と化し、もっとひどく地獄の絶望に陥ることもあるし、まれに仏のような慈悲を持つ時もある。また、生物学的に言えば、私はかつて母の胎内でエラ呼吸する魚から出発し、哺乳類の進化の過程をすべてたどって誕生した。もっと単純に、私は父と母から生を享けたが、その前には人類誕生以来の無数の父と母がいる。つまり、私は私であって私ではなく、あらゆる生物の複合体なのだ。外部にだけではなく内部にも他者をはらみながら、今こうして命の青い光を発して生きているのである。
このような自在な〈現象としての私〉があればこそ、次のような作品が成立したのであった。

報告

さつき火事だとさわぎましたのは虹でございました
もう一時間もつづいてりんと張つて居ります

〔何と云はれても〕

何と云はれても
わたくしはひかる水玉
つめたい雫
すきとほった雨つぶを
枝いっぱいにみてた
若い山ぐみの木なのである

ここで賢治はまるで動物王国の犬の衛兵となって獅子の王様に状況を報告し、野性の山ぐみとなって野の雨と風を体全体で感じているようである。彼の詩の鮮烈な魅力は、それが頭脳によって作られた詩的世界でなく、からだ全体で感受された世界の報告であったためである。それを可能にしたのが「世界全体がわたくしである」ということの認識であった。

しかし、「サウイフモノニ／ワタシハナリタイ」で結ばれる「〔雨ニモマケズ〕」にそのような自在さはない。〈現象としての私〉は消え去り、〈実体としてのデクノボー〉が希求される。現実での挫折を経て病床にある作者の強いモチーフによって成立したその人間像は、他の人々との共通項はもちろん、彼の愛した動物や植物たちとの接点も失っている。それは個人的で自閉的な願いであり、それ故にひそかに手帳にしたためられたのである。

では、文学的な価値でもなく、伝記的な価値でもなく、作者自身の確立した新鮮な人間観とさえ矛盾するとすれば、一体なにゆえにこの作品は世に受け入れられ続けて来たのか。おそらくここにこの作品の独自の問題が現出する。すなわち、この作品は、これまで述べたような作品や作家にまつわる文学的言説からはずれた場所で享受され続けて来たのではないか、ということである。賢治の実像や作品が影を落とさない領域でこそデクノボーは独り歩きを始め、今日に至ったのではなかったか。

このような視点から言えば、「〔雨ニモマケズ〕」の最初の公表に立ち合った詩人の一人であった永瀬清子氏の感想は、今でも十分に意味を持っている。

『春と修羅』はすでに読んでいても、どうした人柄の方かすこしも聞いたことがなかったので、この時私には宮沢さんの本当の芯棒がまっすぐにみえた感じがした。或はその芯棒が私を打ったのかもしれない。でも私だけではなく一座の人々はそれぞれに何かこのめっそうもないものを感じ取った風だった。

この時の世の中で、この時の詩壇で、一般には考えられないようなことをそこには書いてあったのだ。それはその時までに詩のことばとして考えられていたもの以上だったから、或は粗雑で詩ではないと人はみるかもしれぬ。でもそこにはきらびやかな感覚の底にあった宮沢さん自身が、地上に露呈した鉱脈のようにみえていた。(5)（傍点引用者）

この回想のポイントは次のようになるだろう。

(1)「〔雨ニモマケズ〕」は、それまで隠されていた賢治の人となりの核心を語っているように思えた。
(2)しかし、それは賢治の実像の発見というよりも、何か強いもので撃たれた感覚を与えるものであった。
(3)詩としての質の高さに撃たれたというより、むしろ詩的でない何かに強い印象を受けた。
(4)それは「めっそうもないもの」とでも言う他ないものであった。

(1)、(2)、(3)については多少なりとも触れて来た。問題は(4)の「めっそうもない何か」であり、それが賢治の実像とは切り離されて独り歩きして来たのではないかと考えられるところにある。以下その内実を表現に即して検討してみよう。「めっそうもない」とは、本来、とんでもない、法外な、という意味であるが、ここでは「理解を絶する何か」と考えることとする。

二

雨ニモマケズ
風ニモマケズ
雪ニモ夏ノ暑サニモマケヌ

丈夫ナカラダヲモチ
慾ハナク
決シテ瞋ラズ
イツモシヅカニワラッテヰル
一日ニ玄米四合ト
味噌ト少シノ野菜ヲタベ
アラユルコトヲ
ジブンヲカンジョウニ入レズニ
ヨクミキキシワカリ
ソシテワスレズ
野原ノ松ノ林ノ蔭ノ
小サナ萓ブキノ小屋ニヰテ
東ニ病気ノコドモアレバ
行ッテ看病シテヤリ
西ニツカレタ母アレバ
行ッテソノ稲ノ束ヲ負ヒ
南ニ死ニサウナ人アレバ
行ッテコハガラナクテモイヽトイヒ
北ニケンクヮヤソショウガアレバ

ツマラナイカラヤメロトイヒ
ヒデリノトキハナミダヲナガシ
サムサノナツハオロオロアルキ
ミンナニデクノボートヨバレ
ホメラレモセズ
クニモサレズ
サウイフモノニ
ワタシハナリタイ

平尾隆弘氏の言うように「〈雨ニモマケズ〉」は、「一見単純にみえながら、きわめて難解な〈詩〉[6]」である。それが氏の指摘するように「賢治の生きた〈近代〉の中に、存在する場所をもたぬ」とまで言えるか否かは措くとしても、定型律のリズムを基本とする口調の良さに乗って経文のように呑み下すのでないとすれば、いたるところでつまづくことになる。

まず、風雨にも寒暑にも負けぬ「丈夫ナカラダ」は生来のものなのか、それとも努力してそうならねばならぬのか不明である。しかも、頑健な肉体を持つ者は往々にして欲望や感情が激しいことが多いのに、どうしてこの人は「慾ハナク／決シテ瞋ラズ／イツモシヅカニワラッテ」おれるのか。それに「一日ニ玄米四合ト／味噌ト少シノ野菜ヲタベ」るだけで本当にその頑健な肉体は維持できるのか。「慾ハナク……」という静謐な精神にはこのような食事がいかにもふさわしいということなのか。「アラユルコトヲ／ジブンヲカンジョウニ入レズニ／ヨクミキキシワカリ／ソシテワスレ」ぬほどの知恵と知性を持っている人が、普通の屋敷でなく、「野原ノ松ノ林ノ蔭ノ／小サナ萱ブキノ小屋ニヰ」るのは本人の自由であろうが、この人はそこに住んで、日常的な村人の苦しみにより添うように生きる以外に人生の目的はないのか。その知恵と知性を使えば「ヒデリノトキハナミダヲナガシ／サムサノナツハオロオロアル」くこと以上のものを村人にもたらし得るはずではないのか。そういう風に考えて来ると、「ミンナニデクノボートヨバレ／ホメラレモセズ／クニモサレズ」という願望と、現実のこの人の間には何か大きな乖離があるのではないか。実際、もし「ケンクヮヤソショウガ」あった時に「ツマラナイカラヤメロ」などと言えば、すぐにデクノボーではすまない立場に追いやられてしまうにちがいない。それより何より、この人は一体どうやって生計を立てているのか。

　思いつくままに挙げただけでこれだけの疑問がある。しかし、それを作品の中で解くことは不可能なのだ。これがこの作品の「めっそうもない何か」の第一である。なぜこのようなことになるのか。

　それは何よりもこれが作品としてではなく、欄外に付けられた十一月三日の日付が示すように、[7]作者のモチーフに支配された祈願のメモとして成立し、それ以上の内容を持ってはいないことを如実に示している。「雨ニモマケズ……」という頑健な肉体が祈りの対象として最初に願われているだけなのであって、「慾ハナク……」という精神とも「一日ニ玄米四合ト……」という食事とも脈絡は持っていないにちがいない。以下、疑問を呈したところはすべて同様である。肉体、精神、食事、生活の態度と棲み家、日常生活での他者との関わり、あるべき究極の自己像、これらが次々と並べられただけの、簡便なメモなのである。

　それにはそれぞれ賢治の実生活に由来する私的なモチーフがあることは改めて述べるまでもない。これまでの「〔雨ニモマケズ〕」論はそれについて縷々言及しているから、ここでは一例をあげるにとどめたい。それは修羅たる賢治の瞋りである。作品にいう「慾ハナク／決シテ瞋ラズ／イツモシヅカニワラッテヰル」ことが彼にとっていかに困難なことであったか。

なにがいつたい脚本です
あなたの雑多な教養と
愚にもつかない虚名のために
そこらの野原のこどもらが
小さな赤いももひきや
足袋をもたずにゐるのです
旧年末に家長らが
魚や薬の市《いち》へ来て
溜息しながら夕方まで
行つたり来たりするのです
さういう犠牲に値する
巨匠はいったい何者ですか
さういう犠牲に対立し得る
作品こそはどれなのですか
もし芸術といふものが
蒸し返したりごまかしたり
いつまで経つてもいつまで経つても
無能卑怯《やくざ》の遁げ場所なら
そんなものこそ叩きつぶせ

（「詩への愛憎」部分）

ここに示されたような「われらを離れしかもわびしく堕落した」「真善若くは美を独占し販る」（「農民芸術概論綱要」）職業芸術家への激しい〈瞋り〉なしには、教職の辞任も農民芸術運動もなかったであろう。「世界がぜんたい幸福にならないうちは個人の幸福はあり得ない」（同）という高い理想の根底には常に「唖し　はぎしりゆききする」（「春と修羅」）修羅としての賢治がいたのである。

しかし、右のような思想がほとんどすべてトルストイの「芸術論」や室伏高信の『文明の没落』の著しい影響下に書かれたことが指摘されているように[8]、彼もまた知識によって〈知識人を否定する知識人〉を自負をもって演じていたということを否定することはできない。「カノ肺炎ノ虫ノ息ヲオモヘ　汝ニ恰モ相当スルハタゞカノ状態ノミ。他ハミナ過分ノ恩恵ト知レ。」（75・76頁）という手帳中の厳しい自省の言葉は、修羅たる自己がそのまま高慢な自己であったことへの痛き自覚によるものである。それなしには「ヒデリノトキハナミダヲナガシ／サムサノナツハオロオロアル」くだけの、また「ホメラレモセズ／クニモサレ」ぬ「デクノボー」への憧憬はありえなかったのである。

〈瞋り〉だけではない。すでに丹沼昭義氏[9]をはじめ、多くの指摘があるように、「慾ハナク」「決シテ瞋ラズ」「ヨクミキキシワカリ／ソシテワスレズ」の三つの部分は、仏教が人間の根本的な煩悩とする〈貪欲〉〈瞋恚〉〈愚痴〉という〈三毒〉からの脱却を祈願する表現であることは言うまでもない。「雨ニモマケズ手帳」は賢治の全身全霊を上げての法華行者としての原点回帰の記述の連続であり、ここで真正面から自己の再生が祈られているのである。

しかし、このように作家論的視点を導入することで表現内容については一応の説明がつくとしても、賢治の人生を知らない一般の人々によって「〔雨ニモマケズ〕」が受容されて来たことは説明できない。以下、視点をかえて、読み手からの作品の意味づけを試みてみよう。

三

たとえば別役実氏は、この作品に一貫して異物感を持って来たが、ある空腹時にふと「一日ニ玄米四合ト／味噌ト少シノ野菜」の食事が「うまそう」に思え、それが「敢えておとしめた貧しい食事」のことではなく、「食事を食事とするための最も本質的なイメージを内包しているもの」であることは理解できるようになったという[10]。興味深い視点である。だとすれば、同様にここに挙げられた他の願望もまた、虚飾を脱ぎ捨てた人間のもっとも本質的なイメージだけで成立しているとは言えないだろうか。もっと言えば、ここにこそ真に本質的な人間の条件が示されているとは言えないか。

たしかに、頑健な肉体、静謐な精神、簡素な食事、深い知恵、他者への献身、と並べて見ればそう言えそうに思える。しかし、隣人に常により添い苦しみを分かとうとするのは尊いとしても、この人が生業もなくほとんどその存在さえ無視されるに等しい姿で生きていることは、決して人間の本質的な生のありようとは言えないだろう。「アラユルコトヲ／ジブンヲカンジョウニイレズニ」とは、無我への希求であるより、文字通り、社会的営為から自己をみずから疎外しようとしている言葉とさえ思えて来るからである。この意味では、ここに〈ドラマの拒否〉を見る芹沢俊介氏の指摘[11]は傾聴に価する。

「雨ニモ負《ママ》ケズ」は、ドラマを拒否している。「無声慟哭」三部作や挽歌群および「銀河鉄道の夜」といった作品は、地上の価値を遠離し独り行くときに生じるドラマを書きとっているのだけれど、「雨ニモ負《ママ》ケズ」は地上の価値からの遠離の意志は認められても、そのようなドラマは生れない。ドラマのない場所へ行くこと、ドラマの外へ出ることを希求している。人間的なドラマの外に立っている存在、それが賢治にとってのデクノボーである。

このような視点から、氏は、頑健な肉体が願われるのは、それが自分のことを勘定に入れないで行動できるための前提であるからだと述べている。が、もっと進めて、それは他者の世話にならないための前提であると言うこともできる。簡素な食事も、文字通り自活するために自分で用意できる素材としての玄米、味噌、野菜なのである。だとすれば、ここには共生の下限ともいうべき生のありようが描かれていることになる。「東ニ病気ノコドモアレバ」以下の行為は、その下限をかろうじてかすめているのであって、これ以上進めば、人は人間としての生を放棄することになるにちがいない。これが「めっそうもない何か」の第二である。

しかし、それにしても、なぜ「ワタシ」はそのような生を希求するのか。まるで存在していないかのように存在する必要がなぜあるのか。このような問に作品は答えることはない。だが、それが理解されぬ限り、「〔雨ニモマケズ〕」が一般に受容されてきた理由は不明のままである。

ここで想起されるのは会田綱雄の回想(12)である。昭和二十年八月、上海で敗戦を迎えた会田は、凱旋した中国軍の命令により住居をあけ渡さねばならなくなった。わずかばかりの荷物を整理しているところに現れた武田泰淳、堀田善衛と黙って酒を飲み交わしているうち、感傷的になってきた会田はガランとした北側の壁に墨汁で詩を書いてしまう。それが三十行の「〔雨ニモマケズ〕」であった。その理由は次のようなものである。

〈戦争〉が〈大日本帝国の侵略〉であったという後ろめたさがわたしたちにはあった。新祥里のわたしの住宅にしても、その〈侵略〉を支える勢力によって不法に取得され、不当に擁護されていたものなのだ。わたしの感傷など甘いといえば実に甘いのである。口にこそ出さなかったが、武田が腹のなかで「会田のやつは、いい気なものだ。正しいことはなにひとつしなかったくせに、この期《ご》に及んで、やさしくけなげな賢治の詩なんぞ持ち出しやがって。おまえは〈侵略〉の上にアグラをかいてヌクヌク生きてきただけじゃないか」と考えていたとしても、わたしには、そのときかえす言葉がなかったのだ。しかし、武田よ。大戦中、正しいことは、なにひとつ、なしえなかったからこそ、賢治の〈雨ニモマケズ〉を、まさに〈真言〉として、わたしは信じていたのだと、いまは思う。

人間としてこの地上で生きて行く以上不可避な不正と、うしろめたさ。〈侵略戦争〉という特別な状況の中でこのようにくっきりとその姿が浮かび上がらなくとも、多くの人々は〈正しいことは、なにひとつ、なしえなかった〉自分をうっすらと感じているのではないか。それは実際に目に見える形で不正を働いたことがあるかないか、ということではない。人間として生活する以上不可避に意識に上るうしろめたさが問題なのである。

富岡多恵子氏は「『雨ニモマケズ』を読むたびに、大阪の人間なら『雨ニモ負ケトコ、風ニモ負ケトコ』と、いうのではないかと思ってしまう。」と言っているが[13]、それはそうしてやりすごすことが生き延びるための知恵だからである。「雨ニモマケズ／風ニモマケズ」現実に立ち向かっていては、人は自己や家族を守り生き続けていくことはできないのだ。知恵とはすなわちずるさなのである。

「ヨクミキキシワカリ／ソシテワスレズ」ということができないのも同じ理由による。他者の事がもし真に良心に達するまで理解可能であれば、自己の自由は奪われざるをえないからである。会田が中国人の内心を「ヨクミキキシワカ」ったとしたら、すぐにでも帰国せねばならない。「ワスレ」ることが他者と共生するめたの必須の知恵であることも言うまでもないであろう。

同様に、「ワタシ」の隣人への愛の業も自己の「生活」を欠如させることによってはじめて可能である。誰もが他者の不幸を気がかりに思いながら関わることができないのは、自己とその生活を守らねばならないからである。他者のために「ナミダヲナガシ」たり「オロオロアル」いたりする前に農民には沢山の果たすべき仕事があるのだ。

かくして、このデクノボーは〈聖者〉となる。もしここで願われているような生が可能なら、会田氏ならずとも侵略者と呼ばれることなく他国で生きうるという意味において。そして、どんな人でもうしろめたさなく生存が可能であるという意味において。人々が己れの生活を守り生き続けねばならず、そのため〈うしろめたさのない生存〉が不可能である以上、この〈聖者〉は崇敬の対象として生き続けるのである。こうしてこの作品の「めっそうもない何か」はそのリアリティを保証されるのだ。

以上の文脈が正しいとしても、それは賢治には全く与り知らぬことであることを再び確認しておこう。執筆時、彼はただ、どのように自己を追いつめようとも、自己が何者かであるかぎり、自己正当化のワナからのがれることはできないという現実が見えて来たのではなかったか。教師という特権を否定し、農民と共に生きようとしようとも、詩人を否定しつつ詩を書こうとも、それが結果的には自己正当化に帰着することにおいて、単純に教師であり詩人であることと何のかわりもない。むしろ自己否定の装いをもっているだけ始末が悪いと考えるべきである。おそらく「〔雨ニモマケズ〕」のデクノボーがもっとも強く否定するのは次のような生き方である。

納豆を買って来た時は納豆ばかり、豆腐を買って来た時は豆腐ばかり、何もない時は醤油をかけて御飯をたべました。（中略）叔母さんは、賢治さんに「賢さん、お前、も少し、滋養のあるものをとらないと、身体に悪いもな。」と申しますと、笑いながら答えました。「僕は茄子の漬物が大好物でね、それさえあれば、何もいらないもす。五本も六本も食べます。ところが、ある日この近くの子供に、『茄子二本食べたぞ』と言ったら、ほう、一度に二本もか、といってびっくりされたもな。僕は百姓と同じように暮らせばいいです。」(14)

四

賢治が病床にあって推敲を続け、「なっても（何もかも）駄目でも、これがあるもや」という自負と執着をみせたのは文語詩であった。この晩期賢治を理解する上で必須の詩群の本質に言及する用意はないが、今、その定稿百五十一篇中の一つに注目して「〔雨ニモマケズ〕」理解の一助としてみたい。それは「文語詩　一百篇」の中にある無題詩で、定稿中唯一カタカナ表記の採られているものである。

〔沃度ノニホヒ　フルヒ来ス〕

沃度ノニホヒフルヒ来ス、　青貝山ノフモト谷、
荒レシ河原ニヒトモトノ、　辛夷ハナ咲キ立チニケリ。
モロビト山ニ入ラントテ、　朝明ヲココニ待チツドヒ、
或イハ鋸ノ目ヲツクリ、　アルハタバコヲノミニケリ。
青キ朝日ハコノトキニ、　ケブリヲノボリユラメケバ、
樹ハサウサウト燃エイデテ、　カナシキマデニヒカリタツ。
カクテアシタハヒルトナリ、　水音イヨヨシゲクシテ、

鳥トキドキニ群レタレド、　ヒトノケハヒハナカリケリ。
雲ハ経紙ノ紺ニ暮レ、　樹ハカグロナル山山ニ、
梢螺鈿ノサマナシテ、　コトトフコロトナリニケリ。

ツカレノ銀ヲクユラシテ、　モロ人谷ヲイデキタリ、
ココニ二タビ口《クチ》ソソギ、　セナナル荷ヲバトトノヘヌ。

ソハヒマビマニトリテ来シ、　木ノ芽ノ数ヲトリカハシ、
アルイハ百合ノ五魂《タマ》ヲ、　ナガ大母ニ持テトイフ。

ヤガテ高木モ夜トナレバ、　サラニアシタヲ云ヒカハシ、
ヒトビトオノモ松ノ野ヲ、　ワギ家ノカタヘイソギケリ。

この作品についてはすでに栗原敦氏のていねいな理解がある。[15]氏の言葉通り「それぞれに山仕事に入る人々の労働と暮しの変らぬ繰り返しが、互の心の通わせあいや家族への慈しみとともに、安らぎに満ちた眼差しによって、くっきりと捉えられ」ている。この忘れがたい作品世界の中心に位置するのが「ヒトモトノ」「辛夷」（こぶし）の樹である。マグノリアという学名を持つこの樹を賢治が深く愛したことは初期散文「マグノリアの木」に明らかであるが、ここでも花を一杯につけた辛夷は朝日に映えて「カナシキマデニヒカリタツ」のである。

この「『モロビト』の営みをみつめ、光を受け、水音を聞き、鳥を迎え、山々に語りかけ、帰る『ヒトビト』を見送る、あたかも作中の全ての出来事の目撃者」（栗原）たる辛夷の存在こそ、晩期賢治の希求した存在のあり方であり、あのデクノボーに通じるものである、と言えば奇異に聞こえるだろうか。

農民と同化し、その幸せのために奔走することの不可能と欺瞞を知りぬいていたこの時期の彼にとって、鳥たちを憩わせ、働く人々の団欒を枝を広げて守り、すべてを見守る一本の樹木の無為自然は何にも増して尊いものではなかったか。人間であるゆえに樹木にはなれないが、デクノボーというあたうる限り植物に近い生を送る存在を夢みることはできるのである。「雨ニモマケズ風ニモマケズ……」という「丈夫ナカラダ」は、野外に立つ樹木には何の不自然さもない生来のものである。〈三毒〉から離れ「慾ハナク／決シテ瞋ラズ／イツモシヅカニワラッテ」いることも、与えられた場所を永遠の棲み処とする大樹にのみ可能である。「玄米四合ト味噌ト少シノ野菜」を存在を維持するための最低限の糧と考えれば、樹木における水分に他ならない。「アラユルコトヲ／ジブンヲカンジョウニ入レズニ／ヨクミキキシワカリ／ソシテワスレズ」を真に実行できているのは、まさにこの辛夷の木である。さすがに樹木はデクノボーのように実際に他者のために行動することはできないが、デクノボー以上に人々に慰めを与えることができるのだし、「ホメラレモセズ／クニモサレズ」という、人間的な意識のはからいを超越するという難問を解決できるのは、無為にして立ち、それだけで結果的には人々のよりどころとなっているこの辛夷のような樹木なのである。

右のような立言に深読みのそしりはまぬがれまい。しかし、病いを得、その志をほとんど果たすことなく病床にありながら、最後まで他者との共存の夢を紡いでいた賢治の希求する生の位相を〈樹木的生〉と言うことは許されるのではないか。それこそが、「めっそうもない何か」の本質であり、人々によって「〔雨ニモマケズ〕」が受容されて来た根本の理由も、ここにあるのではないであろうか。「イツモシヅカニワラッテヰル」につなげて言えば、草木の花が美しく咲くことを、日本語では〈笑う〉とも表現するのである。

注

（1）谷川徹三『宮沢賢治の世界』　法政大学出版局　昭38・11
（2）山内修『宮沢賢治研究ノート』　河出書房新社　平3・9
（3）中村稔『宮沢賢治』　筑摩書房　昭47・4
（4）大正七年十月（推定）保阪嘉内あて書簡
（5）永瀬清子「『雨ニモ負ケズ《ママ》』の発見——『モナミ』の賢治追悼会——」「賢治研究11」昭47・8
（6）平尾隆弘『宮沢賢治』　国文社　昭53・11
（7）冒頭部の欄外に大きく書かれている「11・3」は明治節の日付である。賢治の属した国柱会は天皇崇拝を核とする宗教団体であり、この日は特別な祝日であった。志半ばにして病床にある賢治が再生を祈ってペンを執ったとしても、不思議ではない。
（8）上田哲『宮沢賢治　その理想世界への道程』　明治書院　昭60・1
（9）丹沼昭義『宗教詩人　宮澤賢治——大乗仏教にもとづく世界観』　中公新書　平8・10
（10）別役実「『雨ニモ負ケズ《ママ》』に負けず」「仏教　13号」　法蔵館　平2・10
（11）芹沢俊介「〈独り行くもの〉のドラマの外へ」（10）に同じ
（12）会田綱雄「〔雨ニモマケズ〕」「ユリイカ　77・9臨時増刊号　総特集宮澤賢治」　青土社
（13）富岡多恵子「手帳と暖簾」　新修宮沢賢治全集別巻所収
（14）佐藤隆房『宮沢賢治』（改訂増補版）所収のエピソード　冨山房　昭45・9
（15）栗原敦『宮沢賢治　透明な軌道の上から』新宿書房　平4・8

〈郵便脚夫〉としての賢治――「物語」はいかにして届けられたか――

一

宮沢賢治の書簡集を開くと、大正七年の高等農林卒業の前後から大正十年の家出上京を経て稗貫農学校教諭となるまでの時期に、質量ともに相当量のものが集中していることに気づく。全四八八通中、一五八通がこの時期のものであり、職業選択を含め、自己確立にまつわる苦悩を率直に語る文面は、この時期が賢治における疾風怒濤時代であったことを如実に物語っている。それをここでは賢治における聖と俗の葛藤として位置づけてみよう。

父政次郎がわが子の天才を早くから見抜き、自由奔放でいつ天空へ飛び去ってしまうかわからないから、自分はこの天馬を地上につなぎ止めるための手綱の役割を果そうとしたと語ったことはよく知られているが、正にこの時期、賢治は宗教＝法華経信仰という聖なる翼を持った天馬であった。地上＝世俗につなぎ止めようとする父には懸命にあらがい、父に語りつくせぬ宗教的情熱は親友保阪嘉内にあびせかけるように語られている。

私の只今の信仰妄想にや御座候はん　私の只今の願分際を知らぬ事にや御座候はん　免《ママ》に角私にとりては絶対なるものに御座候　聖道門の修業千中無一と召思《ママ》され候はゞ誠に及び難きを悟らせ下さる事こそ御慈悲に御座候　斯て仏を得べしと信じ勇みて懈怠上慢の身を起し誠の道に入らんと願ひ候ものを只一途に御止め下され候事は止むなき御慈悲とは申せ実は悲しき事に御座候（中略）誠の報恩は只速に仏道を成じて吾と衆生と共に法楽を受くるより外には無之御座候

（大7・3・10　政次郎あて）

私は斯う思ひます。誰も退学になりません　退学なんと云ふ事はどこにもありません　あなたなんて全体始めから無いものです　けれども又あるのでせう　退学になったりこの手紙を見たりして居ます。これは只妙法蓮華経です。妙法蓮華経が退校になりました　妙法蓮華経が手紙を読みます　下手な字でごつごつと書いてあるらしい手紙を読みます　手紙はもとより誰が手紙ときめた訳でもありません　元来妙法蓮華経が書いた妙法蓮華経です。あゝ生はこれ法性の生、死はこれ法性の死と云ひます。只南無妙法蓮華経　只南無妙法蓮華経

（大7・3・20前後　保阪あて）

父に向っては、一心に仏の道に入ろうとしているものを自力の修業など不可能だなどと止めてくれるな、子としての恩返しは仏道を極めることしかない、と言い、卒業寸前に退学処分になった友に向っては、この世の現象はすべて仏＝妙法蓮華経の形を変えた現れであるから、退学になっても悲しむには及ばないと説く。父も友も困惑する他はなかったろう。特に宗教的問題においては言説がファナティックであればあるほど相手を納得させることが困難であることは世の常であるが、この時の賢治に自己を客観視する余裕などなかったのである。しかしそれは、ある意味で当然のことであった。なぜなら、自己が俗世をはみ出し聖なる世界に属する宗教的人間《ホモ・レリギオーズス》であることは、単なる教義への信奉を超えた身体的実感だったからである。

私の世界に黒い河が速にながれ、沢山の死人と青い生きた人がながれを下って行きまする。青人は長い手を出して烈しくもがきますがながれて行きます。青人は長い長い手をのばし前に流れる人の足をつかみました。また髪の毛をつかみその人を溺らして自分は前に進みました。あるものは怒りに身をむしり早やそのなかばを食ひました。溺れるものの怒りは黒い鉄の瓦斯となりその横を泳ぎ行くものをつゝみます。流れる人が私かどう

かはまだよくわかりませんがとにかくそのとほりに感じます。

（大7・10・1　保阪あて）

石丸さんが死にました。あの人は先生のうちでは一番すきな人でした。ある日の午后私は倚子《ママ》によりました。ふと心が高い方へ行きました。錫色の虚空のなかに巨きな巨きな人が横はってゐます。その人のからだは親切と静な愛とでできてゐました。私は非常にきもちがよく眼をひらいて考へて見ましたが寝てゐた人は誰かどうかもわかりませんでした。次の日の新聞に石丸さんが死んだと書いてありました。私は母にその日「今日は不思議な人に遭った。」と話してゐましたので母は気味が悪がり父はそんな怪しい話をするなと、云ってゐました。石丸博士も保阪さんもみな私のなかに明滅する。みんなみんな私の中に事件が起る。（大8・8月上旬　保阪あて）

それぞれ賢治が実感した地獄界（あるいは修羅界?）、天上界であるのかもしれない。周知のように前者は「〔あゝこれはいづちの河のけしきぞや人と死びととむれながれたり〕」以下十首の「〔青びとのながれ〕」連作として短歌に転成されている。「みんなみんな私の中に事件が起る」とあるように、賢治はこのような現象を仏教教義、特に天台教義にいわゆる十界互具[1]の顕現と考えたにちがいない。それは後に「（すべてがわたくしの中のみんなであるやうに／みんなのおのおののなかのすべてですから）」という難解な『春と修羅』序の宣言として明文化されたと考えられるが、このような「怪しい話」が自己に生起することこそ、賢治と他の近代詩人、童話作家とを大きくへだてる要因であった。彼の業績を近代文学史上に位置づけることの困難さは早くから指摘のあることであるが、「〔青びとのながれ〕」連作にみられるように、賢治にとって、創作とは通常の文学者におけるような言語の構築による小宇宙の創造ではなく、逆に、ゆえしらず構築されてしまった小宇宙の言語化であったのだから、その困難さは極めて当然のことなのである。栗谷川虹氏が賢治を生来の「幻視者」と位置づけ、『春と修羅』の難解さは詩としての難解さではなく、体験そのものの難解さであること、その「異空間」での体験に比べれば現実の生活とは何か大きなものが抜け落ちた無意味な白けたかたちと感じられたかもしれないことを指摘し[2]、河合隼雄氏が、「銀河鉄道の夜」は高度な宗教的資質に基づく実際の臨死体験に裏づけられた物語ではないかという仮説を提出している[3]のもこの文脈上のことである。青年期における自己確立は誰にとっても大きな課題であるが、賢治にとっては宗教的人間としてのそれであり、それは聖と俗の激しいせめぎあいとして彼を襲ったのである。

しかし、賢治がいかに「天馬」であるとも父によって世俗の手綱はしっかり握られていた。すでにみた大正八年八月上旬の保阪あて書簡のすぐ前に置かれている七月二日から十六日にかけての父あての六通の便りは、それがいかに強かったかを示している。それらは毎年恒例の温泉保養に出かけた政次郎に対する株式売買の報告書である。その一つを引用する。

御手紙拝見仕候　鋼管もう一つの出来報知は未着、近江銀行よりは残高一八二九円として回答参居候　南満株数は参拾と相成居候　外に別段の事も無之候間折角御静養願上候　先は
（大8・7・9）

静養先からさえ株式売買の指令を欠かさない父と、うやうやしくそれに答える息子。高等農林を卒業しながらも自立できないまま空しく家業を手伝っていた賢治は、この時、「仏教を知らなかったら三井、三菱くらいの財産は作れただろう」と豪語したといわれる父に対抗すべき何のすべもなかったのである。

しかし、ここで俗なる父に対立する聖なる息子という図式を強調したいのではない。内田朝雄氏の首肯すべき擁護論があるように[4]、政次郎の宗教的資質の深さを疑うことはできない。ただ、その信仰が絶対他力を旨とする浄土真宗である以上、父にとって俗なる世界に生きることは決して忌避される必要はなく、むしろそこであがきながら

生きることが意識されればされるほど浄土の救いは近かったのである。この逆説をわがものとしている父には「怪しい話」＝神秘体験は何ら宗教とは関係をもち得ない愚かなものでしかなかったのだし、それを肯定できぬ賢治には神秘体験こそが自己を聖別するものだったのだ。

この、もっとも身近な者に自己の宗教的体験の意味を伝え得ない障害こそ、賢治に『春と修羅』や『注文の多い料理店』を出版させた大きな要因ではなかったか。その二つの序文は、自己の神秘的体験に裏打ちされた宗教的人間たることの高らかな宣言であると読むことも可能であり、その第一の読者として誰よりも先ず父が想定されていたことは明らかであるように思われる。しかし、それが果されるのはこのエピソードの五年後、大正十三年であり、この時期の賢治は無為徒食の「ならずもの　ごろつき　さぎし　ねぢけもの　うそつき　かたりの隊長　ごまのはひの兄弟分　前科無数犯　弱むしのいくぢなし　ずるもの　わるもの　偽善会会長」(大8・秋　保阪あて書簡)であった。自嘲の言葉の過激さは自己の宗教的資質を生かしきれぬ憤怒と絶望の深さを示している。だが彼は全く無為であったのではない。ささやかなものではあるが、みずからさし絵を書き、印刷させ、母校盛岡中学の下足箱に入れたり、知人たちに郵送されたといわれる布教のための文章が残されている。いわゆる「手紙一、二、三、四」である。

二

大正八年九月二十一日、賢治は一通の葉書と共に保阪へ五十枚の印刷物を送っている。

本日別便にて半紙刷五十枚御送附申上候　御一読の上貴兄の御意見に合する点有之候はゞ何卒貴兄の御環境に

撤布奉願候　今後は毎月二回自刻自刷にて出す積に有之若し右御賛成御気附の点有之候はゞ御教諭を戴き度候

この五十枚が「手紙一」であるが、「毎月二回自刻自刷にて出す積」という意欲は実際には空回りに終り、年末に二度目を出した時には「印刷物はできましたが今度はどうも配る気になれません」（同・12・23　保阪あて書簡）と早くも弱気になっている。「手紙一、二、三」がこのようにして作られたあと、「手紙四」は大正十二年九月に配布されるのだが、この四つの「手紙」は、物語とも呼べないくらいの「布教のための短いお話」ではあっても、賢治と創作の関連を考えるうえで見逃しえない意義を持つと思われる。

まず、これらの「お話」が作者の危機的状況で書かれたものであることを確認しておこう。すなわち、「手紙一、二、三」はのちに大正十年一月の家出上京という形で噴出する宗教的情熱の空転の只中で書かれており、「手紙四」は、大正十一年十一月の妹の死という深い悲しみを、樺太旅行に取材した一連の挽歌群の創作によって再確認した大正十二年夏の終りの執筆である。それらが賢治の生涯の中でも有数の出来事であったことはいうまでもない。ここには、飢えた者が食物を求めるように、いわば「物語」を書くことで生きのびようとしている賢治を見ることができる。

宗教学者ミルチャ・エリアーデは、物語やおとぎ話を聞くことが人間には実存的に必要であり、人間は神話に対して有機的欲求を持っていると指摘して、ソビエトのシベリア強制収容所のある宿舎で、一人の老女が語るおとぎ話を毎夜聞くことによって、他の宿舎では毎週十人以上の死者が出たにもかかわらず、全員が生きのびた例をあげているが[5]、その状況はこのエピソードほど過酷ではないにせよ、賢治もまた、物語を実存的、有機的に欲したのであり、みずからがペンを執ることで危機の中を生きのびえたのだと言うことができよう。

最初期の「丹藤川」（のち「家長制度」）から最晩年の「銀河鉄道の夜」まで、彼は大小さまざまな物語を書いたが、その著しい特色はテキストの絶えまない改稿にある。すべてがそうではないにしても、重要と思われる作品ほど繰り返し手を入れられたことは他の童話作者には見られないことである。なぜそうであったのかを説明しつくすことは難しいが、賢治の場合、生のそれぞれの重要な時点で自己の生き方にふさわしい物語が必要であったと考えることで、その解答の一つとすることはできるだろう。生の悲しみの根源を問う物語（「よだかの星」「雁の童子」「二十六夜」など）があり、生の喜びを確認するための物語（『注文の多い料理店』の諸作など）があり、自己変革のための物語（「ポラーノの広場」「銀河鉄道の夜」「セロ弾きのゴーシュ」など）がある。物語は死の床まで書き続けられたのである。それは、生のための物語と言うよりむしろ、物語のあとを追う生と言った光景を呈している。

であるとすれば、「手紙一」にも、スケールは小さいながら賢治の生を支えた物語の骨格はあるはずである。この話は周知のように釈迦の前世譚ジャータカをなぞって書かれているが、これが形を変えて「銀河鉄道の夜」のさそりのエピソードとして登場することもよく知られている。賢治にとって大きなテーマであったにちがいない捨身布施の話である。

むかし、一匹の巨大な力を持つ龍がいたが、ある時、発心して悪い心を捨てることを誓う。その龍が寝て蛇の姿をとっていた時に、美しい色彩をよろこんだ猟師たちに皮をはがれてしまう。しかしすでに発心していた龍はなすがままにされ、暑さにうたれ、虫に食われて死ぬ。死後龍は天上に生まれかわり、さらには釈迦に転生し、「みなに一番のしあわせ」を与え、龍を食べた虫たちも「まことの道」に入った。これが概略である。この作品についての言及は少いのだが、たとえば小沢俊郎氏は作品の成立事情にふさわしく、「仏教に関する知識なしに（中略）それを受け取った信仰以前の立場から」分析して、モラルの高さは認めつつも「感動にひたりきれない」理由を二つあげている。[6] 一つは「あるとき、よいこころを起して、これからはもう悪いことはしない、すべてのものをなやまさないと誓いました」という龍の発心の契機があまりに漠然と、しかも唐突になされていることへの疑問であり、もう一つは、その結果も龍の一方的な思い込みにしか思えず、捨身した龍の心情が明確に猟師や虫たちに伝わった可能性もないという点である。つまり、捨身＝みんなの幸せという図式が余りに素朴に主観的な予測として語られているということである。批判の矢は正確に的を射ていると言わざるをえない。「このはなしはおとぎばなしではありません」という作者の願いが配られた者にしっかりと受け止められたとは思えないのである。それはそのまま賢治の法華経信仰の具体性の欠如へつながっている。一年後、彼は次のように書いている。

今度私は　国柱会信仰部に入会致しました。即ち最早私の身命は　日蓮聖人の御物です。従って　今や私は　田中智学先生の御命令の中に丈あるのです。（大9・12・2　保阪あて書簡）

只　末法の大導師　絶対真理の法体　日蓮大聖人　を無二無三に信じてその御語の如くに従ふことでこれはやがて無虚妄の如来　全知の正偏知　殊にも　無始本覚三身即一の　妙法蓮華経如来　即ち寿量品の釈迦如来の眷属となることであります（同・12上旬　保阪あて書簡）

自己の仏道への献身のみが白熱的に語られている。その主観性と具体性の欠如は「手紙一」で先に生きられていたと言うことができるのであって、この後すぐ何の具体的プランもなく家出上京して国柱会を訪ねた賢治は、「どうか下足番でもビラ張りでも何でも致しますからこちらでお使い下さい」と言って逆に「会員なことはわかりましたが何分突然のことですし今は別段人を募集も致しません。よくあることです。」とたしなめられている。（大10・1・31　関徳弥あて書簡）　家出の最大の目的が生家の改宗にあったとはいえ、その行為は現実性に欠けると言わざるをえない。賢治の宗教的献身が実際に具体的な形をとりはじめたのは全くの偶然から農学校の教師となり、農村の現実が視野に入り始めて以後のことであって、この時期、彼はひたすら俗世からの離脱のみを願っていたのである。

では、「手紙一」はただこのような青年期特有の性急さ未熟さ、あるいは、父の世俗的生活の完璧さへの反動を語っているのみなのだろうか。龍の発心の唐突さに別の照明を当てることはできないだろうか。たとえば高橋巌氏はその『神秘学序説』の中で神秘体験の本質の一つとして「思いがけない時に、しかも短時間に、自分の努力によってというよりもむしろ呼びかけられたように体験する」ことを挙げているが、[7]この指摘は聖書に登場するダマスコ途上でイエスから呼びかけられるパウロの発心のエピソードを想起させる。大切なのはパウロ自身の卓越性や努力とは無関係に（むしろパウロはキリスト教の迫害者であった）非日常的な出来事を体験することである。賢治の場合も修行を積んだ結果神秘的体験を得たのではないし、「銀河鉄道の夜」（初期形）におけるジョバンニに対する「セロのような声」の呼びかけも同様の出来事として理解できよう。「手紙一」の龍に異界からの呼びかけがあったわけではないが、特別な事件もなく突然発心することにむしろ宗教的体験の特殊な、しかし確かな具現を見ることも可能なのである。

後代の、世界の非宗教化＝世俗化がより進んだ現代において、賢治の羅須地人協会時代以降の献身的行為を知る者は、その源に具体的日常的原因を探ろうとする。そうして、宗教的雰囲気に満ちた生い立ちや、東北の貧困と、その上に成立したかのような生家の裕福さを見つけ出す。もちろん、それらも大切な要因である。しかし、より本質的には彼が正にその現実的諸条件とは無関係に、外発的に青年期以降神秘体験を持たされてしまったことにあるのではないか。ちょうど「どんぐりと山猫」のかねた一郎に突然山猫からハガキが舞い込んだように、賢治は宗教的世界に組み込まれてしまったのだ。

しかし、そうであるにせよ、このような賢治における信仰の外発的契機の過度の強調はやはり公正を欠くことになるだろう。少なくとも「手紙一、二、三」はいずれも自己超越による〈神力〉の獲得が生真面目に願われているからである。保阪あて書簡に「早く出離の道を明らめ、人をも導き自ら神力をも具へ人をも法楽に入らしめる。それより他に私は母に対する道がありません」（傍点引用者　大7・6・20前後）とあるように、賢治が人間的レベルを超えた次元まで信仰を発展させようとしたことは明らかである。「すっかり覚悟がきまりましたので目をつぶって痛いのをじっとこらへ、またその人を毒にあてないやうにいきをこらして一心に皮をはがれながらくやしいといふこゝろさへ起しませんでした」という龍や、「手紙二」に描かれた、どのような身分の者をもわけへだてなく敬まいつつ自分の肉体を与える娼婦ビンヅマティーは、その自己感情からの超越という宗教的課題に全身をあげて応えているのであり、その不可能性を乗り越えたからこそ龍は天上に転生し、娼婦はガンジス河の流れを逆流させえたのである。「手紙三」にいう「自分のこゝろを修める」とはこの人間的条件からの超越を果すことであり、それをなしえた者のみが超絶顕微鏡でさえ見えない極小の世界さえ「明に見て、すこしも誤らない」（「手紙三」）境地に達しうるのだ。

これを荒唐無稽なオカルティズムと呼ぶことはもちろん可能であるが、「異空間の実在　天と餓鬼分子——原子——電子——真空　幻想及夢と実在　菩薩仏並に諸他八界依正の実在　内省及実行による証明」（「〔東の雲ははやくも蜜のいろに燃え〕」下書稿裏メモ）と書き記した賢治は、真剣に「こゝろを修め」ようとし、それによって地獄から仏に至る十界のすみずみまでをこの目で確かめようとしたのである。女性に近づかず一生不犯で終ったのも、それが「こゝろを修める」重要な要因であったからにちがいない。それが実際に可能であったかどうかを検証する手だてはない。しかし、地獄を描いた「光の素足」や天上を描いた「銀河鉄道の夜」が不可視の世界を見て来た者の報告の物語であったことは確かである。

だが、このような超越性への願望は妹トシの死とともにひとまず消失したことを、最後に配布された「手紙四」は示している。チュンセ＝賢治、ポーセ＝トシとして読むとして、もし賢治が超越性をわがものとしていれば死後ポーセがどのような世界へ行ったかは他者に尋ねるまでもなく明確に知りうるはずだからである。池上雄三氏の指摘があるように、(8)種々の神秘的体験により自己の霊的能力を信じていた賢治は「増上慢の鼻をへし折られ」「信仰上の挫折に至った」のである。他者に配布されるには余りに私的なモチーフで貫かれている「手紙四」は、何よりもまずそのような賢治の自己回復のための「お話」であった。それは、神秘的能力に信仰のあかしを見るのでなく、地上での利他的な愛の営為に信仰のあかしをみるという大きな転換点に賢治がたどりついたことを示している。

「チュンセはポーセをたづねることはむだだ。なぜならどんなこどもでも、また、はたけではたらいてゐるひとでも、汽車の中で苹果《りんご》をたべてゐるひとでも、また歌ふ鳥や歌はない鳥、青や黒やのあらゆる魚、あらゆるけものも、あらゆる虫も、みんな、みんな、むかしからのおたがいのきやうだいなのだから。チュンセがもしポーセをほんたうにかあいさうにおもふなら大きな勇気を出してすべてのいきもののほんたうの幸福をさがさなければいけない。それはナムサダルマプフンダリカサスートラといふものである。」と書かれた時、「ナムサダルマプフンダリカサスートラ」すなわち「南無妙法蓮華経」という真言は、呪術的な力を獲得するための祈りから、利他的行動のための力を獲得するための祈りへと変質したのである。しかし、ここでも「すべてのいきもののほんたうの幸福をさが」すという献身のモチーフの抽象性は未解決のままである。それはまた「グスコーブドリの伝記」をはじめとするいくつかの「物語」の成立を要請することになる。

三

「屈折率」は詩集として生前唯一出版された『春と修羅』の冒頭に置かれている。

七つ森のこつちのひとつが

水の中よりもつと明るく
そしてたいへん巨きいのに
わたくしはでこぼこ凍つたみちをふみ
このでこぼこの雪をふみ
向ふの縮れた亜鉛《あえん》の雲へ
陰気な郵便脚夫《きやくふ》のやうに
（またアラツディン　洋燈《ラムプ》とり）
急がなければならないのか

大正十一年一月六日の日付を持つこの詩は、賢治がその疾風怒濤時代を経て、ともかくも農学校教師として故郷に落ちついたあとの最初の冬、小岩井農場を訪れた時に作られたものである。小岩井農場は賢治の愛好した場所であり、季節を問わずたびたび訪れている。その有様は長大な「小岩井農場」の連作に明らかであるが、この一月六日の訪問も、後になつかしさを込めて「どうしてかわたくしはここらを／der heilige Punkut と呼びたいやうな気がします／この冬だつて耕耘部まで用事で来て／こゝいらの匂のいゝふぶきのなかで／なにとはなしに聖いこころもちがして／凍えさうになりながらいつまでもいつまでも／いつたり来たりしてゐました」（「小岩井農場」パート九）と回想されている。「小岩井農場」の表現に従うかぎり、その場所はすべてが凍りついたでこぼこ道ではないのであり、聖なる地（der heilige Punkut）でさえありえたのだ。

一月の時点で賢治を歩きづらくさせていたもの、それはおそらく教職につくことによって始った世俗の生活への違和やおそれである。教師という仕事は賢治の資質に合い、後にはその四年間は生涯でもっとも喜悦にみちたものとして回想されることになるのだが、十二月に職に就いたばかりの賢治には雪の中を行き悩む郵便脚夫のように、つらい義務としか受け取られていない。「屈折率」という題名もこのような心情を明らかにしている。つまり、彼は本来、水の中よりもっと明るくて巨きな七つ森の方へ向って歩きたいのに、大きく屈折して縮れた亜鉛の雲の方へ道をたどらねばならないのだ。「七つ森」は彼を招く神秘に満ちた聖なる空間であり、「縮れた亜鉛の雲」は忌避すべき俗なる空間である。「世間皆是虚仮仏只真[9]」と書きつけた賢治が、世俗を生きぬくことそのものに過度の重荷を感じたことはここで改めて強調するまでもない。「急がなければならないのか」という自問は現実には杞憂に終ったと言うべきだが、大正十五年、教職を辞し農村での実践に踏み込む時にこの自問はもう一度繰り返されることになる。未刊の『春と修羅』第三集に収められた「春」は実践への決意を記した詩として知られているが、その初稿は次のようであった。

陽が照つて
鳥が啼き
あちこちの、楢の木ばやしもけむるとき、
おれは、
ひらかうとすると
こはれたぜんまいのやうにぎちぎちと鳴る掌《てのひら》を
これから一生、
もつことになるのか

二つの詩はちょうど相似形をなしている。前半に賢治を魅するものが描かれ、後半にそれをふり切って行くべき場所が示される。「春」の場合、陽が照り鳥が鳴き水蒸気にけむる楢の林が呼んでいるのに、彼はそちらへではなく百姓にふさわしい「ぎちぎちと鳴る掌」を作るべく田畑の方へ行かねばならないのだ。

二つの詩はまた、賢治の信仰が初期の宙づりの熱狂から現実そのものへと次第に梯子をおろしていったことを語っている。それは、あの世で救われることを願うのでなく、この世を浄土にするために献身せよと説く法華経の教えに従ったものであった。「屈折率」にあるように、法華経はそれを決意した者にアラディンのランプのような万能を与えると保証していた。しかし、賢治にとって、それは同時に天に属すべき自己資質とのやまざる戦いであった。二つの詩の自問の深さはその戦いが悪戦であったことを示している。この時、「物語」はその戦いにうち勝つための大切な武器であったのである。伝記的事実は、この〈郵便脚夫〉が凍ったでこぼこ道の上で行き悩み倒れたことを教えている。しかし、「物語」だけは確かに大勢の人に配られたのである。

注

（1）この世は地獄、餓鬼、畜生、修羅、人間、天上、声聞、縁覚、菩薩、仏の十界で成り立っているが、どの境界もそれぞれ十界を具備すると考える。「修羅」たる賢治の中に地獄も天上もあるのである。
（2）栗谷川虹『宮澤賢治見者の文学』　洋々社　昭58・12
（3）河合隼雄「瀕死体験と銀河鉄道」「國文學　賢治童話の手帖」所収　昭61・5臨時増刊号　學燈社
（4）内田朝雄『私の宮沢賢治』　農文協　昭56・5
（5）ミルチャ・エリアーデ「文学的想像力と宗教的構造」「ユリイカ　特集エリアーデ」所収　青土社　昭61・9
（6）小沢俊郎『宮沢賢治論集1』　有精堂　昭62・3

（7）高橋巌『神秘学序説』イザラ書房　昭50・11　宗教における神秘体験の意義に学問的な照明を当てた本書は、賢治を論ずる上で有益な一冊である。

（8）池上雄三「『銀河鉄道の夜』の位置――「風林」から「宗教風の恋」までの系列化と考察――」『日本文学研究資料叢書　宮沢賢治Ⅱ』所収　有精堂　昭58・2

（9）大正七年三月十四日前後　保阪あて書簡

宮沢賢治における〈芸術と実行〉——イーハトーブ幻想と現実——

一

宮沢賢治がこの世を去ったのは昭和八年、九月二十一日であるが、その早逝を惜しむ声は早くから上った。地元紙「岩手日報」は十月六日、学芸欄に「宮沢賢治追悼号」を設け、詩「春谷暁臥」を紹介、加えて森佐一、佐藤惣之介、高村光太郎等の追悼文、追悼書簡等を掲載した。次にあげる「或る日の『宮澤賢治』」もここに載せられたものである。花巻高等女学校教諭であり、賢治の親友であった藤原草郎（嘉藤治）の作である。

或る日の『宮澤賢治』

突拍子のリズムで賢さんがやつてくる
カーキ色の服をはづませてやつてくる
午前の国道街は気を付けいだ
あの曲り角まで来た
雲の眼と風の変り様で
どつちへ曲るかゴム靴に聞いて見ろ

草藪の娘から借りて来た帽子だ
野葡萄の香りがして来た
一体あのユモレスクな足どりは
おれの方を差してゐるではないか
それ用意だ
おれの受信局しつかりしろ

象の目つきをして戸口に追つて来た
三日月の扉からまつげが二三本出てゐる
地球の切線の方へと向いてる前歯
唇でおひ《ママ》かくされるものか
アザラシに聞いてみるがいゝ
何だ挨拶などしてゐる

ほほ
頑丈な手だ
スケツチブックを振り廻してゐる　あゝ
その廻転速度を少しゆるめてくれ
その放射量を減らして貰ひたい

おれはすでにでんぐりがへつてゐる

八畳の部屋は賢さんで一ぱいだ
野良の風景であふれてゐる
よろしい聴かう
プレストだつてヴイバアチエだつて構はん

あゝ少し待つた
とてもたまらない
さう引ッ張り廻されてはおれは分裂する

ぎら〳〵光る草原を
プリズム色彩で歌はされる
松の葉の尖端を通り抜け
雲の変化形を一々描き分け
銀河楽章のフイナーレだ

おれのセロはうなり通しに疲れ
賢さんのタクト棒だつてへし折れてゐる

アメーバの感触と原生林の匂ひから
四次元五次元の世界へだ
とんでもない心象スケッチだ

賢さん行かう
ベエトウベエンの足どりで
イギリス海岸を通つて行かう
イーハトヴの農場へ
トマトの童話でも聴きに行かう

賢治の媒酌で結婚式を挙げたほどの仲であるから、当然のことだとも言えるが、親愛と畏敬の情に満ちた佳作である。

「突拍子のリズム」「ユモレスクな足どり」「廻転速度」「放射量」「プリズム色彩」「銀河楽章」「アメーバの感触と原生林の匂ひ」「四次元五次元の世界」、これらはすべて、日常的な枠をはるかに逸脱して爆発的な賢治の命のエネルギーに圧倒された経験から生み出された表現である。地上の微小な「アメーバ」から無限大の「銀河」まで、百年前の「ベエトウベエン」から百万年前の渚（「イギリス海岸」）まで、時空を自在に超えるその感性のスケールを前にしては、藤原ならずとも「おれの受信局しっかりしろ」と言わずにはおれないであろう。賢治の細い目や出っ歯を冷やかしながらも、藤原は全身でそのメッセージ（「とんでもない心象スケッチ」）を受け止めようとする。次々と溢れ出る言葉に即興でメロディを付け、とてもついていけなくなる、という経験を藤原が幾度となくしていたことがこの作品からうかがわれるのである。
一人、藤原だけではない。農学校の名物先生賢治を語る表現は不思議と似かよっている。

> 首にペンシルぶらさげてね、菜っ葉服。それで実習の列の先頭に立って猫背にこうして歩くんですよ。麦藁帽子で、歯出してね。それが突然天から電波でも入ったように、さっさっさっと、生徒取り残して、前の方に駆けてゆくのですよ。そうして、跳び上って、「ほ、ほうっ」と叫ぶんですよ。叫んで身体をこまのように空中回転させて、すばやくポケットから手帳を出して、何かものすごいスピードで書くのですよ。
>
> （教え子長坂俊雄の証言[1]）

よく知られたエピソードであるが、藤原の詩と重ねてみると、賢治の飾らぬ人柄への親近感（「菜っ葉服」「麦藁帽子」「歯出してね」）と、その感性への畏敬の念がここでも一致していることに気づく。これを〈天才賢治の所業〉と安易にまとめてしまうのではなく、別の意味づけをすることができるだろうか。

たとえば、斎藤孝氏は「私にとっての賢治は、何よりも、どこまでも自分で自分を鍛えあげ練りあげることを欲し、また宿命的な課題として自分に課し続けることによって、世界への独自なふれ方を身体に『技化《わざか》』した人間である」と述べ、「掘る」「研ぐ」「溶かす」「上昇する」「さらす」などの動詞をキイワードにして、賢治の著作を身体論的に読み解いている[2]。それはその所業を、及び難い天才のものとしてまつり上げるのでなく、自覚的方法的に誰もが到達可能な「技法」として解放しようとする極めて魅力的なものである。その視点から見れば「あ、少し待った／とてもたまらない／さう引ツ張り廻されてはおれは分裂する」や「突然天から電波でも入ったように、さっさっさっと、生徒取り残して、前の方に駆けてゆくのですよ」という一般人との断絶は「天才の所業」ではなく、「同質であることの幻想的一体感にまどろみたがる『日本的』空気に、新しい風を吹き込むもの」（斎藤）と位置づけられることとなる。

この、他者など眼中になく「一人で大地に屹立する」とも言うべき自由な生の姿勢への共感は、同じく身体論的な賢治評価を行なっている鳥山敏子氏にも見られるものである。

自分のやっていることを、安易な次元で人にわかってもらおうなどという気持ちは賢治にはさらさらなかった。そんなよけいな気を集めることを、賢治は必要としないほど生命の根源のところで満たされているからだをしていたと思う。(3)

両氏の位置づけの適正さは、例えば次のような詩句に明らかである。

諸君よ　紺いろの地平線が膨《ふくら》み高まるときに
諸君はその中に没《ぼつ》することを欲《ほつ》するか
じつに諸君はその地平線に於《おけ》る
あらゆる形の山岳《さんがく》でなければならぬ
（「生徒諸君に寄せる」部分）

もしもおまへが
よくきいてくれ
ひとりのやさしい娘をおもふやうになるそのとき

おまへに無数の影と光の像があらはれる
おまへはそれを音にするのだ
みんなが町で暮《くら》したり
一日あそんでゐるときに
おまへはひとりであの石原の草を刈る
そのさびしさでおまへは音をつくるのだ
多くの侮辱や窮乏の
それらを噛んで歌ふのだ
もしも楽器がなかったら
いゝかおまへはおれの弟子なのだ
ちからのかぎり
そらいっぱいの
光でできたパイプオルガンを弾《ひ》くがいゝ

（「告別」部分）

特に「告別」は、音楽の才能にたけていた教え子への熱いメッセージであるのだから、創造の源泉としての孤独の甘受が強調されるのは当然であるが、問題は〈同質の一体感にまどろむ〉ことなく、〈山岳のように屹立〉できるための「生命の根源のところで満たされているからだ」をなぜ賢治は持つことができたか、である。斎藤氏はそれを意識的で徹底的な自己鍛練によるものとするのだが、そのためのエネルギーがどこから来るかについては深い記述はない。以下、その創造のエネルギーの源へさかのぼる作業を試みてみよう。

二

まず、藤原の言う「とんでもない心象スケッチ」の一つをあげてみる。

どこからかチーゼルが刺し
光《くわう》パラフヰンの　蒼いもや
わをかく、わを描く、からす
烏の軋り……からす器械……

(これはかはりますか)
(かはります)
(これはかはりますか)
(かはります)
(これはどうですか)
(かはりません)
(そんなら、おい、ここに
雲の棘をもって来い　はやく)
(い、え　かはります　かはります)
……………………刺し

光パラフヰンの蒼いもや
わをかく　わを描く　からす
からすの軋り……からす機関

（「陽ざしとかれくさ」）

チーゼル、光パラフヰンという見なれぬ言葉があり、「からすの軋り」「からす器械、からす機関」「雲の棘」という意味をなさない形容表現があり、どれだけ想像力をめぐらしても対話者もその内容も具体化できそうにない会話がある。しかし、この作品の難解さは、そのような表現上のレベルにとどまるものではおそらくない。

同時代詩人として賢治の『春と修羅』に理解を示した萩原恭次郎や中原中也が、「意味」を蹂躙しようとする一群の「ダダイズムの詩」を書いていることは興味深いが、彼等の詩の意味不明は意図されたものであり、概念の否定と再生という近代芸術の一つの流れから見れば決して理解不可能なものではない。しかし、この「陽ざしとかれくさ」の難解さはそれとは全く異っている。それは、この作品では題目と内容に脈絡がないことでもわかるように、詩的言語は、それによる小宇宙を形成する意志をもっていないということである。

詩という言葉が元来〈規制正しい言葉〉を意味しているように、詩はふつう、現実の無秩序と混乱の代償作用を果すかのように言語による完結した小宇宙を形成しようとする。形成を捨てたはずの近代詩でも実質は同じであって、あの「永訣の朝」が読者をうつのは、「けふのうちに／とほくへいつてしまふわたくしのいもうとよ」から「わたくしのすべてのさいはひをかけてねがふ」まで、情念が徐々に高められながら完璧な詩的小宇宙が構築されていくからである。この点から言えば、「永訣の朝」は「詩」であって、「心象スケツチ」ではない。作者賢治にとって妹トシの死というこれ以上ない「欠如」を補償するために、「詩の完璧性」が求められたからである。作品の根本的な虚構性が指摘される[4]のもゆえなしとしないのだ。しかし、これは『春と修羅』では数少ない例外に属するものである。「陽ざしとかれくさ」はあくまで「序」にいう「わたくしといふ現象」が「風景やみんなといっしよに／せわしくせわしく明滅しながら」感受したことの「そのとほりの心象スケッチ」なのである。

今、無理にでも具体的な情景を想像するとすれば、次のようになるだろうか。

早春の東北（日付は四月二十三日）の野を陽光を浴びながら歩いている私は、昨年の実をつけたまま立枯れているチーゼル（羅《ら》紗掻草《しやかきそう》）の一群の中を通った。掻草という名の示すように、その実は乾燥するとラシャや毛糸の起毛に使われるくらい鋭く鉤状に曲っているから、[5]私はあちこち刺されてしまった。あたり一面はまるでパラフィン（蠟）を溶かしたように靄でけぶっている。空には鳥が器械じかけのおもちゃか何かのように正確に輪を描きながら飛んでいる。チーゼルに刺されたことが刺激になって、私の心にふと、誰かから強迫されているような対話が浮んでくる。かわりません、と答えたとたん、雲の棘が用意される……。

注意すべきは、このような推測が当っているか否かではなく、少しでも理解しやすく詩的世界を形成しようとする意志が詩人に欠如していることである。「なんのことだか、わけのわからないところもあるでせうが、そんなところは、わたくしにもまた、わけがわからないのです」（『注文の多い料理店』序）という賢治における創作原理は、童話以上にここで貫かれているのだ。

賢治にとって、詩とは詩的世界の創造ではなく、世界のいまここに生きていることの忠実な報告であったこと、彼が自己の作品を「到底詩ではありません」と言い、「とても文芸だなんといふことはできません」[6]と位置づけようとすることの根拠はこれに尽きると思われる。「小岩井農場」の近代詩の常識をはるかに超えた長大さも、「イーハトーヴの氷霧」や「報告」のわずか二行という短さも、賢治が「書くことのゆるがない根拠」をおのがものとしていたゆえに可能であったにちがいない。それが「とんでもない心象スケッチ」を産み出したとして、では、その確信を支えたものは何であったのか。

三

心理学の領域に〈集団的無意識〉という新しい広大な分野を開拓したC・G・ユング（一八七五～一九六一）には、その生い立ちにおける環境や神秘体験を取り上げるだけでも宮沢賢治との類似点が多く、両者の比較検討は今後の賢治研究の上で貴重な材料を提供しうると考えられるが、ここでその一端をのぞいてみよう。たとえば、その『自伝』の中には次のような記述がある。

私はいつも自分が二人の人物であることを知っていた。一人は両親の息子で、学校へ通っていて、他の多くの少年ほど利口でも、注意深くも、勤勉でも、礼儀正しくも、身ぎれいでもなかった。もう一人の人物はおとなで——実際年老いていて——疑い深く人を信用せず、人の世からは疎遠だが、自然すなわち地球、太陽、月、天候、あらゆる生物、なかでも夜、夢、「神」が浸透していくものすべてと近かった。

（『ユング自伝』学童時代　河合隼雄他訳）

意表をつく表現ではあるが、「社会」への違和と「世界」（自然）への親和が興味深く語られている。ユングは牧師の息子として生れながら、「教会が死んでおり、教会的キリスト教がもはや彼の問になにも答えないという苦い洞察に早くから達していた。」（『ユング　現代の神話』M・L・フォン・クランツ　高橋巌訳）それは「私の家には一つの信仰が満ちてゐます。私はけれどもその信仰をあきたらず思ひます。勿体のない申し分ながらこの様な信仰はみんなの中に居る間だけです」（大7・6・20前後　保阪嘉内あて書簡）とあるように、賢治と父の信ずる浄土真宗との関係に等しい。二人の息子は、「真実」＝「神」（仏）が尊ばれる家庭に育ったゆえに、それは「社会」ではなく「世界」（自然）の側にしかないことを早くから見抜いていた。「両親の息子」ではない「もう一人の人物」が「年老いてい」るのはそのためである。それは単に、自家の宗教の教義が社会の真実と切り結ぶ力を持っていないというだけでなく、彼等に「人の世から遠い」分だけ、その補償のように与えられた「言い難き神秘《スミノーゼ》」体験が強烈なものだった[7]ということをも示している。彼等が共に尋常ではない「悪夢」に見舞われ、神秘体験や超常現象に出会っていることは、かりそめのことではないのである。

しかし、ここでは「世界」（自然）への親和感がいかに強いリアリティを持っていたかを確認するだけで十分である。賢治はたとえば次の様に書いている。

（おい　かしは
　てめいのあだなを
　やまのたばこの木つていふつてのはほんたうか）
こんなあかるい穹窿《きゅうりゅう》と草を
はんにちゆつくりとあるくことは
いつたいなんといふおんけいだらう
わたくしはそれをはりつけとでもとりかへる
こひびととひとめみることでさへさうでないか

（おい　やまのたばこの木
あんまりへんなおどりをやると
　未来派だつていはれるぜ）
わたくしは森やのはらのこひびと
蘆《よし》のあひだをがさがさ行けば
つつましく折られたみどりいろの通信は
いつかぽけつとにはひつてゐるし
はやしのくらいとこをあるいてゐると
三日月《みかづき》がたのくちびるのあとで
肱やずぼんがいつぱいになる

（「一本木野」部分）

気のおけない他者への呼びかけ、恩恵と受難、恋愛、恋文、接吻……。ふつうは社会的生活の中でくりひろげられることが、賢治にあっては「世界」（自然）の中で営まれている。それはいかにも素直に行なわれているように見え、たとえば実生活上での女性との交際をかたくなに拒否する態度と好対照である。(8)

しかし、このような形で自然への親和感に包まれてしまうことは、時として社会的自己を失うことにつながりかねない。「毒もみのすきな署長さん」は、警察署長でありながら、子供たちが川遊びの時にする禁じられた漁法「毒もみ」の魅力にとりつかれ、ついに、「はりつけ」（「一本木野」）ならぬ首を落とされることになる男の話である。

さて署長さんは縛られて、裁判にかゝり死刑といふことにきまりました。

いよいよ巨《おほ》きな曲った刀で、首を落されるとき、署長さんは笑って云ひました。
「あゝ面白かった。おれはもう、毒もみのことときたら、全く夢中なんだ。いよいよこんどは、地獄で毒もみをやるかな。」
みんなはすっかり感服しました。

作品はユーモラスなタッチに包まれてはいるが、作者の底知れない非社会性を語って余りあるといえるだろう。社会の中でお互いを犯し合わずには生きえない生命体の悲しみは「よだかの星」「なめとこ山の熊」「オツベルと象」などに明らかであるが、「こんどは地獄で毒もみをやるかな」と笑いながら処罰されていく署長は、悲しむどころか喜んでこの世から去っていくことにおいて、人間が社会的存在であるという定義の無効を、悲劇的諸作以上に主張しているのである。

賢治の現実認識、社会認識の甘さについては早くから批判がある。しかし、真正の宗教的人間《ホモ・レリギオーズス》としての彼には見当違いの批判であると言わざるをえない。むしろ、このような人間が社会生活にとどまり続けたことに驚くべきなのだ。

ここで賢治の生涯を支配した「法華経」にふれないわけにはいかない。その中の「如来寿量品」は特に彼に強い感動を与えたといわれているが、その手放しの世界への親和を保証したのは、例えば次の部分である。

衆生劫盡きて　大火に焼かるると見る時も／我が此の土は安穏にして　天人常に充満せり／園林諸《もろもろ》の堂閣種種の宝をもつて荘厳し／宝樹華果《けくわ》多くして　衆生の遊楽《ゆらく》する所なり／諸天天鼓を撃ちて　常に衆《もろもろ》の伎楽を作《な》し／曼陀羅華《まんだらけ》を雨《ふら》して　仏及び大衆《だいしゆ》に散ず／我が浄土は毀《やぶ》れざるに而も衆《しゆ》は焼け盡きて／憂怖《うふ》諸《もろもろ》の苦悩　是

の如き悉く充満せりと見る／是の諸《もろもろ》の罪の衆生は　悪業の因縁を以つて／阿僧祇劫《あそうぎこう》を過ぐれども　三宝の名を聞かず／諸の有《あら》ゆる功徳を修し／柔和質直なる者は　則ち皆我が身　此に在りて法を説くと見る

（『漢和対照妙法蓮華経』　島地大等　明治書院　大13・10　25版　原文総ルビ）

最初の二行（「衆生劫盡きて」から「充満せり」まで）は、原漢文が賢治によって写筆されており、この部分が尊ばれていたことがわかる。今、その核心を短かく意訳してみよう。

この地上は、久遠の昔から仏によって荘厳された浄土であるのに、罪に満ちた人々にとっては、大火に焼かれたような救いのない苦しみの場所である。しかし、悪業の因縁を絶ち、功徳を修め、柔和にして真実なる身を得た者は、今ここが、まさに仏のいます楽土であることを知るのである……。

C・G・ユングの言う「内なる二人の人物の存在」に早くから気づき、その分裂に苦しんでいた賢治にとって、この世界観がいかに魅力に満ちていたかは想像にかたくない。法華経の説くところを真に理解し実行すれば、この世は離脱を望むはかない苦界から美しい浄土へと変容するからである。というより、ここでは、そのような二元論そのものが無効であるのだから、自己の分裂もまた止揚されるはずだからである。

少くとも大正十年の家出上京をピークとする疾風怒濤時代を終え、農学校教師として「社会生活」を開始した賢治は、この世界観の理解と実行こそが己れを地上につなぎとめる唯一の方法であることをよく知っていた。

私は気圏オペラの役者です

鉛筆のさやは光り
速やかに指の黒い影はうごき
唇を円くして立ってゐる私は
たしかに気圏オペラの役者です

（「東岩手火山」部分）

舞台が「世界」や「自然」ではなく「気圏」であるのは、仏教的宇宙観と共に最新の科学的宇宙観を理解していた賢治にとって当然のことであった。かくして、人間はもちろん、地上の微小なボウフラから、天空の広大な銀河まで、あらゆるものは「気圏」という壮大な舞台に登場することが可能となり、そこで生起する命のきらめきはどんな瞬間的な一齣であろうと、大切に高らかに歌われることになった。「気圏オペラの役者」とは、「いのちを讃える者」であり、賢治はこうして、常に主役を演じることができたのである。

四

『春と修羅』第三集は「自　大正十五年四月　至　昭和三年七月」という自註の示すように、農学校教師をやめ、羅須地人協会を興し、農民となろうとした賢治の、詩による日録集とでも言うべきものである。昭和三年八月には東京で発熱し、以後長い病臥の時期が続くのだから、これは志半ばで倒れた挫折の記録でもあるのだが、同時期に書かれながらこの「第三集」にも収録されず、現在「口語詩稿」として収められている作品群の中に「第三芸術」がある。

蕪のうねをこさえてゐたら
白髪あたまの小さな人が
いつかうしろに立ってゐた
それから何を播くかときいた
赤蕪をまくつもりだと答へた
赤蕪のうね　かう立てるなと
その人はしづかに手を出して
こっちの鍬をとりかへし
畦を一とこ斜めに掻いた
おれは頭がしいんと鳴って
魔薬をかけてしまはれたやう
ぼんやりとしてつっ立った
日が照り風も吹いてゐて
二人の影は砂に落ち
川も向ふで光ってゐたが
わたしはまるで恍惚として
どんな水墨の筆触
どういふ彫塑家の鑿《のみ》のかほりが
これに対して勝るであらうと考へた

農作業中の小さなエピソードの報告である。通りすがりの老農夫が、手つきのおぼつかない仕事ぶりを見て、手本を示してくれたのだが、その鮮やかな鍬づかいに、「わたし」は芸術的な感動を覚えた、というのである。平鍬で「うね」を作るのには確かに年季が必要であるから、素人同然であった賢治が感動しても当然であろう。しかし、その手つきを画家や彫塑家さえもしのぐものと讃える必要はどこにあったのだろうか。

「第三芸術」という題名の由来は明白ではないが、今、桑原武夫氏にならって(9)「第一芸術」を専門的な芸術家の手になるもの、「第二芸術」を趣味的な素人の手になるものとすれば、「第三芸術」は、この作品の文脈から言って、労働者の行動そのものが芸術として享受できるもの、ということになろう。賢治はここでも懸命に「世界を讃える者」としての自己の役割を果そうとしているのである。しかし、ここでのその根拠は「法華経」ではなく、教師をやめ、「農村に入る」のと機を同じくしてまとめられた『農民芸術概論綱要』の中に求められるべきものであった。

農民芸術とは宇宙感情の　地人　個性と通ずる具体的なる表現である／（中略）／そは常に実生活を肯定しこれを一層深化し高くせんとする／そは人生と自然とを不断の芸術写真とし尽くることなき詩歌とし／巨大な演劇舞踊として観照享受することを教へる

（「農民芸術の本質」）

詩はこの「概論」のいわば「各論」である。賢治は農学校教師として生徒たちに「常に実生活を肯定し」「深化し高く」するすべを身をもって教えたように、農民たちにも今ここにあることを喜びと共に肯定することを伝えたかったのだ。しかし、「学校」の中で制度として保証されている教師としてのコミュニケーションの権限は、もちろんここでは保証されない。感動して立ちつくしていた賢治を見た農夫は「たぶんはおれが怒ってゐると思ったのだらう／いそいで下流の舟場へ行って／両手をあげて　渡しを呼んだ」（「第三芸術」初期形異稿終末部）のである。もし、農夫に向って、改稿表現にあるような意味づけを行なったとしても、おそらく一笑に付されるだけであろう。それはいわば〈農作業のイーハトーヴ化〉であり、東北の貧しい農民にとって何の救いにもならないからである。

農村に入ってからの賢治の道程は、教師時代には可能であったこの〈イーハトーヴ幻想〉の無力化のそれであったと言うこともできる。「今日わたくしが疲れて弱く／荒れた耕地やけはしいみんなの瞳を避けて／おろかにもまたおろかにも／昨日の安易な住所を慕ひ／この方室にたどって来れば、まことにあなたがたのことばやおももちは／あなたがたにあるその十倍の強さになって／……風も燃え……／わたくしの胸をうつのです／……風も燃え　禾草《かそう》（註、稲）も燃える……」（「僚友」部分　傍点引用者）と、久しぶりに農学校の職員室を訪れた賢治は書いている。「いつまでも中ぶらりんの教師など生温いことをしてゐるわけにも行きませんから多分来春はやめてもう本当の百姓になります。」（大14・4・13　杉山芳松あて書簡）と断言した自己の思いあがりを、こうしてしたたかに知らされることになるのである。

それは「宗教は疲れて近代科学に置換され然も科学は冷く暗い／芸術はいまわれらを離れ然もわびしく堕落した／いま宗教家芸術家とは真善若しくは美を独占し販るものである／われらに購ふべき力もなく／又さるものを必要とせぬ／いまやわれらは新たに正しき道を行き　われらの美をば創らねばならぬ」（「農民芸術の興隆」部分）という高揚した宣言が、ほとんど当時ベストセラーであった室伏高信の『文明の没落』のなぞりであり、[10]賢治の現実が捨象されていることと同位である。つまり、賢治自身にとっては、「宗教は疲れ」ているはずもなく、「科学は冷く暗い」こともなく、「芸術」が「わびしく堕落し」てなどいなかった、という事実がここでは無視されているということである。彼は自他共に認める宗教・科学・芸術の三位一体の具現者であったにもかかわらず、自己の特質を大きくまたぎ越した上に、「われら」は成り立っているのだ。

かくして、賢治の農村での活動の失敗は必然的であった。自己の真実を捨象したイデオロギッシュな行動が実を結ぶことはありえないからだ。この意味では賢治もまた、〈ブルジョア知識人の自己否定と再生〉という、有島武郎や武者小路実篤らによって作られた大きな時代の流れ[11]から自由ではなかったといえるかもしれない。あるいはこの時、マイナスの選択こそが新たな創造を生む、とでもいうべき、創造的な人間に訪れる自己自身にも理解できない転機にあったという他ないのかもしれない。[12]それは誰にも説明しきれないことであるが、ただひとつ確かなことは、「気圏オペラ」の舞台からは下りたとしても、彼が「鉛筆のさや」を「光ら」せること——書くこと——だけは決してやめなかったということである。

注

（1）畑山博『教師宮沢賢治の仕事』小学館　昭63・11
（2）斎藤孝『宮沢賢治という身体——生のスタイル論へ——』世織書房　平9・2
（3）鳥山敏子『賢治の学校』サンマーク出版　平8・3
（4）藤掛和美「『永訣の朝』の虚構」「宮沢賢治」第3号　洋々社　昭58・7
（5）原子朗編著『新宮沢賢治語彙辞典』による。東京書籍　平11・7
（6）大13・2・9　森佐一あて書簡
（7）ユングが四歳の時（一八七九年）、見た夢。牧師館の地下に石の階段があり、その先の部屋の中央に天井まで届く巨大な虫のような男根がそびえ、母がそばで「よく見てごらん。あれが人喰いですよ」と叫んでいる。彼は六十五歳になるまでこの夢を人に語らなかった。また、二十歳の時（一八九五年）、食堂のテーブルが何の理由もなく大音響とともに割けたり、戸棚のナイフが砕けたりする、いわゆるポルターガイスト現象を経験したことはよく知られている。賢治は「私の世界に黒い河が速にながれ、沢山の死人と青い生きた人がながれを下って行きまする」という地獄の光景を連想させる幻想を見、それを友人保阪に告げ（大7・10・1書簡）、「青びとのながれ連作」として短歌を書いている。また、「わかうち秘めし／異事の数、〈幽界のこ〕〉／異空間／の断片」（「兄妹像手帳」）というメモが残っている。

（8）賢治に好意をもって近づいて来た高瀬露あて書簡下書き参照　昭和4年日付不明

（9）桑原武夫「第二芸術論」昭21・11

（10）上田哲氏の詳しい研究がある。「宮沢賢治と室伏高信」『新修宮沢賢治全集　別巻』所収　筑摩書房

（11）有島武郎による農場解放が大正十年、武者小路実篤による「新しき村」運動が大正七年〜十五年である。

（12）たとえば夏目漱石は東京高等師範学校教師を辞し、格下の愛媛松山中学校へ赴任した（明28・4、二十九歳）。賢治が教職を辞したのは三十歳の時である。

〈聖なる視線〉の拓く世界――宮沢賢治における生と死――

一

昭和六年九月二十一日、炭酸石灰販売のため上京したものの、発熱病臥した賢治は、宿をとった神田の旅館八幡館の備えつけの便箋に二通の遺書を書いた。一通は父母あて、もう一通は弟妹あてのものである。

　この一生の間どこのどんな子供も受けないやうな厚いご恩をいたゞきながら、いつも我慢《ママ》でお心に背きたうたうこんなことになりました。今生で万分一もつひにお返しできませんでしたご恩はきっと次の生又その次の生でご報じいたしたいとそれのみを念願いたします。
　どうかご信仰といふのではなくともお題目で私をお呼び出しください。そのお題目で絶えずおわび申しあげお答へいたします。

九月廿一日　　賢治

父上様
母上様

たうたう一生何ひとつお役に立たずご心配ご迷惑ばかり掛けてしまひました。
どうかこの我儘者をお赦しください。

清六様
しげ様
主計様
くに様

賢治

この二通の遺書は、賢治の死後「雨ニモマケズ手帳」と同じく石灰販売用の大トランクの蓋裏ポケットから発見されたのだが、「短い文章であるが賢治らしい死の直前の真剣な誠意がまざまざと感ぜられる」[1]（小倉豊文）ものである。たしかに「清六氏のショックは手帳を発見した時よりもはるかに強く大きかった」（同）にちがいない。死を自覚した賢治が己れの半生をふりかえり、明白に失敗者のそれとして総括しているからである。

今日、宮沢賢治は、文学者・詩人としてだけではなく、教育者・科学者・宗教者・農民運動文化運動の実践家など多彩な視野から論じられ、評価されている。谷川徹三氏が彼を四つの頂点を持つ三角錐にたとえるのはその典型である。しかし、改めて言うまでもなく、実際には、その多彩な活動は文学や教育の一部を除いてほとんどが成熟の域に達することはなかった。多くは途上で放棄され、一家をなすことはなかったのである。賢治はそのことをよく自覚していた。彼は生前最後の書簡（昭8・9・11　柳原昌悦あて）で、自己の「惨めな失敗」の原因を「今日の時代一般の巨きな病、『慢』といふもの」に求めているが、奇しくも死のちょうど二年前に書かれたこの遺書にも、その言葉はくり返し使われている。他者（この場合は家族）の意見を聞こうとせぬ傲慢や慢心こそが、己れの身を破り、不孝の因を作ったのであり、賢治はこれから死までの二年間、そのような自己の内面と向き合い続けることになる。「雨ニモマケズ手帳」はその真摯な記録に他ならない。

しかし、賢治の場合、事は簡単ではない。金持ちの世間知らずの息子が親兄弟の言うことも聞かず、我儘な人生を送り、ついに役立たずのまま早逝した、というのではないやっかいさがその〈慢〉の内実にはあるからである。その一端は、この真摯な懺悔の心に満ちた父母あて遺書にさえ現われている。文面中の「どうかご信仰といふのではなくともお題目で私をお呼び出しください」である。

ここに言う「お題目」が、父母や家族が信仰する浄土真宗の「南無阿弥陀仏」ではなく、自己の信じてやまない日蓮宗の「南無妙法蓮華経」であるのは、「どうかご信仰といふのではなくとも」という保留がついていることで明らかである。校本全集校異や『雨ニモマケズ手帳新考』の写真版によれば、この部分は後から付加されていることが確認できる。おそらく賢治は「お題目」が取り違えられることに気づき、この一文を付け加えたにちがいない。自己の「我儘」を全面的に詫びながらも、その「我儘」の核心にある法華経信仰だけは決して放棄されていないのだ。

それは、約一ヶ月後の十月二十九日の日付のある「雨ニモマケズ手帳」中のメモでも変っていない。「疾すでに／治するに近し」と病状の好転を自覚した賢治は「再び貴重の／健康を得ん日」の戒めを書きつけるが、そこにも「法を先とし／父母を次とし／農村を／最后の目標として／只猛進せよ」と記されるのである。さらにそれは二年後の、死を前にして父によって書き留められた遺言にまで貫かれる。「なにか言っておくことはないか」と政次郎に尋ねられた賢治は、「国訳の妙法蓮華経を一、〇〇〇部つくってください」と答え、自分の一生の仕事は、このお経をあなたの御手許に届け、あなたが仏の心に触れ、正しい道に入られるよう願うためであったことをその本に書いてくれと言っている。父は「たしかに承知した。おまえもなかなかえらい」と言い、子は、「おれもとうとうおとうさんにほめられたもな」と微笑した、と伝えられているが、ここまでくれば、誰もその「我儘」を否定することはできないのである。

このように見てくれば、彼の人生を「たうたうこんなこと」にしたもの、——完成に至らしめなかったものの核心に、その強烈な法華経信仰があったことが明らかになろう。「いつも我慢《ママ》でお心に背き」とは、父の忠告に従って堅実な生活を送らなかったことを示すが、賢治をそうさせたものこそ、信仰にもとづく現世的な価値の転倒であった。「雨ニモマケズ手帳」の鉛筆入れに丸めて差し入れられていた次のメモは、彼の生を支配していたものが何であったかを鮮やかに示している。

塵点の／劫をし／過ぎて／いましこの／妙のみ法に／あひまつ／りしを

久遠の昔から続くこの世の時間の流れの中で、私は今、ここにこうして生を享けている。そして、奇しくも妙法蓮華経の教えに出会うことができた。それは奇跡のように有難い出会いなのだから、私は己れの生のすべてをかけて教えに応えていかねばならない……。小倉豊文氏の言葉通り、これは自作の「釈教歌」である。おそらく「妙法」への帰依を忘れないために胸ポケットの中の手帳の中心部に収められていたのであろう。発見されたのは「雨ニモマケズ手帳」からであるが、あるいは賢治は手帳を代えるたびにこのメモを鉛筆入れに差し入れていたのかもしれない。

このように賢治の生は常に聖なる視線に見すえられていた。それは、教えに帰依した結果というより、生来の反世俗性が教えによって確固たる根拠を得た、といった方が正しい出来事だったかもしれないが、これによって、通常の人間が生の目標と定めるものは否定されることとなる。たとえば、大正十四年頃に、叔父宮沢恒治に依頼されて書いたといわれる「法華堂建立勧進文」は、あたかも、先の「釈教歌」の内容を反転させて展開させたかのような様相を示している。

阿僧祇法《あそうぎほふ》に遭《あ》はずして

心耳《しんに》も昏《くら》く明《めい》を見《み》ぬ
罪《つみ》の衆生《しゆじよう》のみなともに
競《きそ》ひてこれに従《したが》へば
人道《じんだう》疾《はや》く地《ち》に堕《お》ちて
邪見鉄囲《じやけんてつゐ》の火《ひ》を増《ま》しぬ
皮薄《ひはく》の文化《ぶんくわ》世《よ》に流《なが》れ
五慾《ごよく》の楽《らく》は日《ひ》に増《ま》せど
本《もと》を治《をさ》めぬ業疾《ごうしつ》の
苦悩《くなう》はいよよ深《ふか》みたり
さればぞ憂悲《うひ》を消《け》さんとて
新《あらた》に憂苦《うく》の具《ぐ》を求《もと》め
互《たがひ》に競《きそ》ひ諍《あらそ》へば
こは人界《じんかい》か色《いろ》も香《か》も
鬼畜《きちく》の相《さう》をなしにけり
菩薩衆生《ぼさつしゆじやう》を救《すく》はんと
三悪道《さんあくだう》にいましては
たゞひたすらに導《みちび》きて
辛《から》く人果《じんくわ》に至《いた》らしむ
衆生《しゆじやう》この世《よ》に生《うま》れ来《き》て

虚仮《こけ》の教《をしへ》に踏《ふ》み迷《まよ》ひ
ふたたび三途《づ》に帰《かへ》らんは
痛哭《つうこく》たれか耐《た》ふべしや

全一四三行にわたる大作中の核心部だけを引用したが、七五律のリズムに乗って、次々と俗世の所業が否定されている。「阿僧祇」も「塵点の劫」と同じく無限の時の流れを言う言葉であるから、勧進文はいわば「塵点の劫をし過ぎていましこの妙のみ法にあひまつらざりしならば」が具体的に述べられていることになる。「法」により真実を知る機会を得なかった者は、ただ際限のない欲望の導くままに生き、苦悩は尽きることがない。この世に生を得ても生涯がそのくり返しであり、空しく死を迎えるのだとすれば、これ以上の痛哭があろうか……。「二十六夜」（大12?）では「梟《ふくろふ》のお経」まで作って「離苦解脱の道」を述べようとした賢治が、この「勧進文」を強い内発性のもとで書いたとしても少しも不思議ではないのである。

しかも、ここに表現された現世的営為の根本的な空しさは、単なる教義ではなく、強い実感として経験されていた。この「勧進文」の書かれた二年前、大正十二年九月一日に起きた関東大震災の衝撃がそれである。死者九万人余、全壊焼失約四六万五千戸を出したこの未曾有の災害は、花巻にも罹災者の避難という形で実態を現わした。九月三日、国鉄が避難地までの無賃乗車を許可したので、人々は当面の生活のため全国に散らばったのである。花巻駅に下り立った罹災者数がその三日から十二日までで七〇七名に上ったこと、他、このことについては栗原敦氏の綿密な調査があるが、(2) 賢治はこの震災にいち早く反応して、九月十六日の日付をもつ二つの作品にこう書いている。

なぜこんなにすきとほつてきれいな気層のなかから

燃えて暗いなやましいものをつかまへるか
信仰でしか得られないものを
なぜ人間の中でしつかり捕へやうとするか
風はどうどう空で鳴つてるし
東京の避難者たちは半分脳膜炎になつて
いまでもまいにち遁げてくるのに
どうしておまへはそんなに医される筈のないかなしみを
わざとあかるいそらからとるか

（「宗教風の恋」部分）

そのまつ青な夜のそば畑のうつくしさ
電燈に照らされたそばの畑を見たことがありますか
市民諸君よ
おおきやうだい、これはおまへの感情だな
市民諸君よなんてふざけたものの云ひやうをするな
東京はいま生きるか死ぬかの堺なのだ
見たまへこの電車だつて
軌道から青い火花をあげ
もう蝎かドラゴかもわからず
一心に走つてゐるのだ

（「昴」部分）

詳しい作品の分析はここではおくとして、二つの作品とも、自分のはてしのない迷いの感情や、気まぐれな感情を否定するものとして東京や避難民たちが想起されていることが注目される。すべてを失った人々に較べて、お前は何と甘ったるいことを言っているのだ、この世の根源的なはかなさ空しさがまだわかっていないのか、と、賢治は己れを叱責するのである。そして、「昴」では、作品は次のように結ばれる。(「わたくし」は夜の軽便鉄道に乗っている。星や夜の風景や車内を見渡したあとこういう感情に辿りつく)

どうしてもこの貨物車の壁はあぶない
わたくしが壁といつしよにここらあたりで
投げだされて死ぬことはあり得過ぎる
金をもつてゐるひとは金があてにならない
からだの丈夫なひとはごろつとやられる
あたまのいいものはあたまが弱い
あてにするものはみんなあてにならない
たゞもろもろの徳ばかりこの巨きな旅の資糧で
そしてそれらもろもろの徳性は
善逝《スガタ》から来て善逝《スガタ》に至る

レールから青い火花をあげて疾走する軽便鉄道の中で、粗末な造りの車壁によりかかって一瞬身の危険を感じた「わたくしは」、人間のあらゆる営為の「あてにならな」さに思いをいたす。突然の大震災が何よりの動かぬ根拠である。そして唯一、人間をまちがいなく支えてくれるものとしての「善逝《スガタ》」の「徳」が賞揚されるのである。言うまでもなく、「善逝」とは仏の異名の一つである。栗原敦氏は、関東大震災を知った賢治が、正嘉元年の鎌倉大地震をはじめとする災厄をきっかけに「立正安国論」を書き、幕府諫言にまでに至る教祖日蓮の事跡を思い、自己を省み、改めてその使命感に衝き動かされたことは疑いない、と述べている。

この後『春と修羅』（大13・4）、『注文の多い料理店』（同・12）と、たてつづけにいわば自分のための行動＝詩集、童話集の出版、をとった賢治であるから、氏の指摘のようにただちに法華信者の使命感が再燃したとは考えにくい。しかし、この大震災の経験が、深く人為の空しさと、仏の使徒として生きることへの渇望を自覚させたことは動かぬところであろう。

かくして、この聖なる視線は強さを増し、賢治にふさわしいと思われた教師の職も、詩人として世に出ることも否定された。もちろん、それぞれ他にも理由があることであるが、その根底に聖なる視線による人間の営為の相対化があったことは疑えないのである。今、詩人として生きることの拒否だけを例示してみよう。大正十四年に入って、まだ中学生でありながら同人誌を主宰するほどの文学愛好家として賢治に接近してきた森佐一に、賢治は一連の手紙を書き送っている。

> そのスケッチ（注、『春と修羅』所収のもの）の二三篇、どうせ録《ママ》でもないものですが、差し上げやうかと思ひました。そしたらこんどは、どれを出さうかと云ふことが、大へんわたくしの頭を痛くしました。これならひとがどう思ふか、ほかの人たちのと比較してどうだらうかなどという厭な考がわたくしを苦しめます。わたくしは本統に弱いのですから、笑ってもようございます。どうかしばらく私などは構はないでこゝらにそっと置いておいて下さい。
>
> （二月九日）

あなたのならどれだって中央のものより一段上です。どうか自重してください。詩の政治家になんぞならないことをぼくは至心に祈ります。（八月十四日）

ご親切はまことに辱けないのですがいまはほかのことで頭がいっぱいですからどうかしばらくゆるして下さいませんか。（中略）今月も金はありません。雑誌にも出せませんしあそびにも行けません。さよなら　さよなら（十二月二十三日）

ここでは、賢治にとって詩を書くことと詩人として世に出ることが全く異質のものであったことが確認できればよい。若い森にとって、このような思考は思いもかけないものであっただろう。しかし、それは賢治にはもはや血肉化された聖なる視線によって紡ぎ出されるものであった。それによって詩は一段と厳しく鍛えられた。しかし、詩人としての像はどこにも焦点を結ばれることはなかったのである。

教師の場合も同様である。賢治が適職であった教師をやめた理由については、校長の交代はじめ多くのものが挙げられているが、「私もいつまでも中ぶらりんの教師など生温いことをしてゐるわけに行きませんから」（大14・4・13　杉山芳松あて　傍点引用者）がもっともよく内心を表わしているだろう。教職といえども聖なる視線に耐えうるものではなかったのである。それだけではない。私見によれば、賢治は三十歳になるまでを猶予期間として自由にふるまい、三十歳を越えたら妙法に出会った者にふさわしく献身したいと決意していたふしがある。「みんながめいめいじぶんの神さまがほんたうの神さまだといふだろう、けれどもお互いほかの神さまを信ずる人たちのしたことでも涙がこぼれるだろう。」（「銀河鉄道の夜」初期形）と書いた賢治は、仏教の教えだけでなく他の宗教にもよく通じていた。特にキリスト教の聖書や讃美歌に親しんでいたことは改めて言うまでもない。従って福音書に記されたイエスの伝記の中に、「イエスが宣教をはじめられたのは、年およそ三十歳の時」（「ルカによる福音書」）とあることが心に残ったとしても不思議ではない。ひそかにイエスにならい、真理を知った者にふさわしく歩み出そうとしたのではあるまいか。[3] 大正十五年（昭和元年）三月、教職辞職。賢治は三十歳（数え年で三十一歳）であった。

二

「8・1928――1930」というメモが残されていることから、昭和三年八月から五年までの病床中の記録として書かれたと考えられる作品群が『疾中』詩篇である。三十篇からなるこの作品群は「その異様な迫力で、多くの読者の心をとらえつづけて来[4]」（入沢康夫）、「賢治の全作品の中で、一つの『極』として高くそびえている」（同）のだが、それは見て来た通り、「妙法」との出会いがもたらしたものでもあった。自己のすべてをかけたはずの実践活動に挫折し、病いに倒れた賢治は、ここではっきりと死に直面している。だが、〈聖なる視線〉を内在させてしまった者の生がどのように分析してみても不透明なように、その死を前にした様相もどこかで理解を絶するものがある。「その異様な迫力」とはこのことを指しているにちがいない。ここではその最も明らかな例である「眼にて云ふ」をとり上げてみよう。

だめでせう
とまりませんな
がぶがぶ湧いてゐるですからな
ゆふべからねむらず血も出つづけなもんですから
そこらは青くしんしんとして

どうも間もなく死にさうです
けれどもなんとい丶風でせう
もう清明が近いので
あんなに青ぞらからもりあがって湧くやうに
きれいな風が来るですな
もみぢの嫩芽と毛のやうな花に
秋草のやうな波をたて
焼痕のある藺草のむしろも青いです
あなたは医学会のお帰りかなにかは知りませんが
黒いフロックコートを召して
こんなに本気にいろいろ手あてもしていたゞけば
これで死んでもまづは文句もありません
血がでてゐるにかゝはらず
こんなにのんきで苦しくないのは
魂魄なかばからだをはなれたのですかな
たゞどうも血のために
それが云へないがひどいです
あなたの方からみたらずゐぶんさんたんたるけしきでせうが
わたくしから見えるのは

やっぱりきれいな青ぞらと
すきとほった風ばかりです。

この作品については、題材となっている「出血」（歯ぐきの潰瘍のため）が昭和七年春の出来事と推定されることにより、他の「疾中」詩篇と執筆時がずれるという問題があるが、(5) ここではそれに立ち入らない。今取り上げたいのは、「わたくし」の死を前にしての通常の理解を超えた平静さである。たとえば鈴木志郎康氏は詩人らしい実感をこう述べている。

この「な」の主格が、私を恐れさせたのであった。その主格となるものは、多量の出血をしているものを前にして、ほとんど関係のないもののように会話をしている。(6)

「だめでせう／とまりませんな／がぶがぶ湧いてゐるですからな」（傍点引用者）の主格が、患者をみている医師（あなた）なら驚くに価しないが、ここでは、治療されている自分自身が、冷たくそう言い放っているのである。「わたくし」の自己判断によれば、このように「のんきで苦しくない」のはもう自分が死にかけており、魂が肉体から離れかけているためだ、ということになるが、つまりは、多量の出血のため神経が麻痺し、「もみぢの嫩芽」や「きれいな青ぞら」と同様の自然物の一つとして自己の肉体をながめている、というのだろうか。

同じ様に、多量の出血と、それにより死のとば口に触れた経験をした文学者に夏目漱石がいる。「思ひ出す事など」（明44）はその詳細な記録であるが、そこで漱石は「幸《ブリス》」という言葉で、出血後の貧血がもたらす神経の安穏と、それによる自然と一体化した「縹緲《へうべう》とでも形容して可《よ》い気分」に感謝している。賢治がここで漱石と同じ生のレベルにあったと考えれば、作品中の風や青空を讃えた表現は理解できる。しかし、自己の「どうも間もなく死にさう」な状態への対処は決して同じではない。

「弱い」「えゝ」「駄目だらう」「えゝ」「子供に会はしたら何うだらう」「さう」という脈を診る医師のドイツ語を理解した漱石は、「出来る丈《だけ》大きな声と明瞭な調子で、私は子供抔《など》に会ひたくはありません」と言ったと、「思ひ出す事など」には記されてある。漱石の方が人間のレベルの内にあるまっとうな反応であり、賢治のそれが〈異様〉であることは言うまでもあるまい。

もちろん、他の作品では賢治も人の子として、死におびえ、またおびえている自己を懸命にはげましている。しかし、それらのほとんどすべてが文語で書かれていることに注意しよう。

疾いま革まり来て
わが額に死の気配あり

いざさらばわが業のまゝ
いづくにもふたゝび生《あ》れん

たゞひたにうちねがへるは
すこやけき身をこそ受けて
もろもろの恩をも報じ
もろびとの苦をも負ひ得ん

さてはまたなやみのなかと
数しらぬなげきのなかに
すなほなるこゝろをもちて
よろこばんその性を得ん

さらばいざ　死《しに》よとり行け
この世にて　わが経ざりける
数々の快楽の列は
われよりも美しけきひとの
すこやかにうちも得ななん
そのことぞいとゞたのしき

（「疾いま革り来て」）

『疾中』詩篇中だけでなく、数多くの賢治の作品の中でも屈指の美しいものである。一言で言えば、信仰を持つ者にのみ許される、死を前にした安らかさが述べられているのだが、この作品は作者にとっても大切なものであったにちがいない。「すこやけき身をこそ受けて……もろびとの苦をも負ひ得ん」は、あの「〔雨ニモマケズ〕」の祈りを思ひ起させるし、「さらばいざ……うちも得なん」の達観は、「グスコーブドリの伝記」中にあるブドリの「私のやうなものは、これから沢山できます。私よりもつともつと何でもできる人が、私よりもつと立派にもつと美しく、仕事をしたり笑つたりして行くのですから。」という死を決意した言葉に直結しているように思われるからである。

このような死の超越は彼の信仰する仏教思想によって支えられており、その観念性が文語の使用と五七のリズムを必要としたと考えることができる。「水銀は青くひかりて／今宵また熱は高めり／散乱の諸心をあつめ／そのかみの菩薩をおもひ／息しづにうちやすらはん」（「熱またあり」部分）、「手は熱く足はなゆれど／われはこれ塔建つるもの／／滑り来し時間の軸の／をちこちに美ゆくもなりて／燦々と暗をてらせる／その塔のすがたかしこし」（「〔手は熱く足はなゆれど〕」）など同類の作品は多いのである。あの「法華堂勧進文」がのめりこむような七五律であったに比べて、これらがより重厚な五七律であることも、賢治の信仰が実際に試されたのがこの病床であり、それに彼がよく応えようとしていることが理解できるのである。

それに対して口語体の採用されている作品には死に対して赤裸々におびえている自己が告白されているから、「身体の病は彼の観念、思想、信仰を破綻させた。その告白が口語詩である。しかし、彼は同時にその破綻から新たに観念の再構築を行おうとした。それが文語詩である。」[7]（山内修）というまとめも不可能ではない。しかし、ここで取り上げた「眼にて云ふ」はこのように一括されることを拒否している。ここでは死が、平然と口語で、それにふさわしく何の観念性もなしに超越されようとしているのだ。鈴木氏の注目した「な」こそ、この恐るべき超越性の具体的表出に他ならない。

では、ここでは一体何事が起っているのか。それは先に見てきた、「聖なる視線」による生の相対化が、ここまで彼の自己にまつわる感情を解体したことを示している。それは見方によれば、すべての日常的感興に興味を示さない、つまりは死さえ無意味とするニヒリズムと紙一重である。しかし、ユーモアさえ漂わせているこの自己感情の相対化＝自我の解体は、ニヒリズムとは似て非なるものである。少くとも、ここに表現されている自然との深い親和感はニヒリズムの決して生み出しえないものである。奇妙に思えるかもしれないが、私見によれば、「眼にて云ふ」に表現された光景は、たとえば次の作品に現われているものに一番近い。

起伏の雪は
あかるい桃の漿《しる》をそそがれ
青ぞらにとけのこる月は
やさしく天に咽喉《のど》を鳴らし
もいちど散乱のひかりを呑む
（波羅僧羯諦《ハラサムギャテイ》　菩提《ボージユ》　薩婆訶《ソハカ》）

（「有明」）

作品につけられた一九二三、四、一二、という日付からみて、賢治はその冬最後の雪と思われる積雪があった時、早朝から山歩きに出かけたのであろう。静かに降り積った白い雪の上に朝日が射すと、一面の雪はまるで桃のエキスを注がれたように桃色に染まっていく。明けてゆく空に残った有明の月は、ゴクゴクと咽喉を鳴らしてその美しい日光を呑んでいるようにさえ見える。官能的と言ってもいいほど美しい東北の早春の雪の朝が比類なく豊かに表現されているが、賢治と筆者の決定的差異は、彼が比喩表現など一語も使っていないのに、筆者は分析にあたって「ように」という言葉を使わざるをえない、というところにある。それは、筆者にとって、雪も太陽も月も自然界の対象物としてしか存在しないのに、賢治にはそれらと自己との区分は存在しない、ということに基づくと考えられる。つまり、自己以外のものをすべて対象化してしまう意識――これを近代的自我と呼んでいいであろう――がここですでに解体されており、それによってのみ、この至福感は達成されているということである。

（波羅僧羯諦　菩提　薩婆訶）はおそらく自然界と一体化できた至福を確認するためにその場で唱えられたのであろう。言うまでもなく「般若波羅密多心経」の末尾に置かれた真言である。その意は悟りの智慧の完成を讃えるものであるから、賢治はここでまさしく経文に言う「色即是空」をその通りに経験したのである。

「眼にて云ふ」の状況はもちろん「有明」のそれとは大幅にへだたっている。しかし、自我の解体による自然との合一の完成という点では一致している。賢治の内部にはもはや自我は存在せず、それゆえに自己の死をあたかも他人の死のように見なすことができるのである。それは死を前にした態度としてはおそらく至高の宗教性を示している。少くとも、自己の死を他者への献身として意味づけようとする「グスコーブドリの伝記」を執筆している賢治よりも、自我執着から解放されているという点で宗教性のレベルは高いのである。

だが、この境地は長く続かなかった。小康を得た賢治は、昭和六年二月、東北砕石工場の技師となり石灰販売に従事するが再び病臥。「妙法」に出会ったゆえの「我儘」と内省は病床で持続される。

注

(1) 小倉豊文『雨ニモマケズ手帳新考』東京創元社　昭55・12
(2) 栗原敦『宮沢賢治　透明な軌道の上から』新宿書房　平4・8
(3) 因みに、釈迦の出家は二十九歳と伝えられ、日蓮が故郷安房に戻った後、法華信仰の布教を開始したのは三十一歳の時である。
(4) 入沢康夫「解説」新修宮沢賢治全集第五巻　筑摩書房
(5) (4)に詳細が述べられている。
(6) 鈴木志郎康「宮沢賢治『疾中』詩篇に立ち止まる」「ユリイカ　総特集宮沢賢治」青土社　昭52・9
(7) 山内修『宮沢賢治研究ノート　受苦と祈り』河出書房新社　平3・9

中原中也「一つのメルヘン」成立と宮沢賢治

一

中原中也の「一つのメルヘン」(「文芸汎論」昭11・11)は、夭逝した詩人の「最も美しい遺品」(小林秀雄「中原中也の思ひ出」)としてよく知られている。教科書に取り上げられたこの作品との出会いから中也への接近が始まるという例は多いのである。しかし、もし「一つのメルヘン」と同じレベルの「美しさ」を初心の読者がその詩集から捜そうとすれば、おそらくあるとまどいを覚えることになるだろう。四、四、三、三という整ったソネット形式、母音あ音の多用(79個)による開かれた空間性の感覚、[1]〈夜/昼〉、〈死/生〉〈静/動〉、〈時間性/空間性〉、〈固体/流体〉などの二元的対立[2]によって支えられた形式美、といった美的要素の累積を他の作品に求めるのは相当に困難なことなのである。少くともこの作品が収められている詩集『在りし日の歌』(昭13・1)からは、「含羞《はじらい》」、「湖上」、「北の海」、「言葉なき歌」、「月夜の浜辺」、「冬の長門峡」などを「美しい遺品」の一群に加えうるにすぎない。整った抒情性はむしろ例外であり、「骨」、「正午」、「春日狂想」に代表されるバロック的なゆがんだ抒情こそ主流をなしていると言わねばならないのだ。

では、なぜ「一つのメルヘン」が例外的に誕生したのか、と問うてみても正確な回答が不可能であることは言うまでもない。創造の秘密は論理を超えているからである。しかし、たとえば吉田凞生氏の次のような視点は、この問に対する有力な回答になりうると思われる。

吉田氏は「一つのメルヘン」と同年同月に発表され、『在りし日の歌』では並置されている「ゆきてかへらぬ」(「四季」昭11・11）との関連に注目する。

「一つのメルヘン」はダダイズムの延長上に創り出された幻想世界であり、原初的な自然を舞台とした世界である。これに対して、「ゆきてかへらぬ」は人間不在の街であり、人間が否定された社会を舞台とする。二つの詩は一見異質のように見えるが、しかし時間の交錯あるいは逆転を詩法としている点では共通のものがある。そういう意味で、この「ゆきてかへらぬ」もやはりダダイズムの延長上に創られた世界と考えることができよう。推測すれば、この時中原は二つの詩の制作に際して「此の世の果て」という世界の表現を、人間関係の否定（「ゆきてかへらぬ」）と、自然法則の逆転（「一つのメルヘン」）という二つの面から意図したのかもしれない。(3)

何気なく読めばつながりなど見出せそうもない二つの作品を、「此の世の果て」という空間の同質性と「ダダイズム」という秩序破壊的な表現意識の同一性でつなげてみせた卓見である。吉田氏は、「ゆきてかへらぬ」がかつての「京都時代」を舞台としながら、実際には昭和十一年の時空によって構成されており、「過去と現在とが自由に交錯している」ところにダダイズムの影を見ているが、具体的な表現においても、「林の中には、世にも不思議な公園があって、」以下の「ゆきてかへらぬ」の最終連と、「秋の夜は、はるかの彼方に、／小石ばかりの、河原があって」という「一つのメルヘン」の冒頭は確かにつながっていることが感得されるであろう。しかし、かりに「ゆきてかへらぬ」を反転させたものが「一つのメルヘン」であると考えうるとしても、生の感覚が無機的にぬぐい取られている「ゆきてかへらぬ」を「異教的な天地創造神話(4)」とさえ読まれている「一つのメルヘン」の世界へと反転させるためには、大きな創作上の契機、エネルギーが必要であるにちがいない。それを作ったのが宮沢賢治の童話「やまなし」ではないか、と考えたいのだが、本論に入る前に中也にとって宮沢賢治はどのような意味を持っていたのかを確認しておこう。

二

中原中也が宮沢賢治について触れた文章は五つ残っているが、詩集『春と修羅』（大13・4）については「私がこの本を初めて知つたのは大正十四年の暮であつたかその翌年の初めであつたか、とまれ寒い頃であつた。由来《ママ》この書は私の愛読書となつた。何冊か買つて、友人の所へ持つて行つたのであつた。」（「宮沢賢治全集」（昭10・4））と語って、彼が数少い生前からの賢治理解者の一人であったことを強調している。その賢治への共感は次の一文に尽きていると言っていいだろう。

> 彼は幸福に書き付けました。とにかく印象の生滅するまゝに自分の命が経験したことのその何の部分をだつてこぼしてはならないとばかり。それには概念を出来るだけ遠ざけて、なるべく生の印象、新鮮な現識を、それが頭に浮かぶまゝを、——つまり書いている時その時の命の流れをも、むげに退けてはならないのでした。（中略）彼にとつて印象といふものは、或ひは現識といふものは、勘考さるべきものでも翫味さるべきものでもない、そんなことをしてはゐられない程、現識は現識のまゝで、惚れ惚れとさせるものでもあつたのです。それで彼は、その現識を、出来るだけ直接に表白出来さへすればよかったのです。（「宮沢賢治の詩」昭10・6）

くりかえし使われる「現識」の意味については、佐藤泰正氏や北川透氏の仏教用語をふまえての言及があるが、(5) ここでは中也のいわゆる「名辞以前」（『芸術論覚え書き』）につながる詩を発生させる根源的な生命感を指し、それが賢治の詩作における「心象スケッチ」の「心象」に相当するものであることを確認しておけば十分であろう。おそらく中也は詩作の意味を己れと同じくする稀な存在を賢治に見出したのである。それは彼が詩を論じる時、形を変えながら常に主張していたものに他ならない。

自分に、方法を与へやうといふこと。これが不可《いけ》ない。どんな場合にあるとも、この魂はこの魂だ。
（一九二七・一・一九　日記）

デザイン、デザインつて？そんなものは犬にでも喰はせろ。歌ふこと、歌ふことしかありはしないのだ。
（同・一・二十　日記）

近代の作品は、私には、歌はうとしてはゐないで、寧ろ歌ふには如何すべきかを言つてゐるやうに見える。歌ではなく歌の原理だ。かくて近代の作品は外的である。（中略）つまり近代は表現方法の考究を生命自体だと何時の間にか思込んだことである。（中略）だから私は繰返していふ、座標軸を、概念を、偶像を、他人の眼を忘れよ！（中略）忘れよ！忘れよ！自展的観念が誘起する記憶以外の記憶は、たゞ雑念に過ぎないものだ。
（「生と歌」）

中也の言うように「自展的観念が誘起する記憶」のみに従い、「他人の眼」も「表現方法の考究」も視野に入れず書かれた例を、賢治の「心象スケッチ」群からあげてみよう。

コバルト山地《さんち》の氷霧《ひょうむ》のなかで
あやしい朝の光が燃えてゐます

毛無森のきり跡あたりの見当です
たしかにせいしんてきの白い火が
水より強くどしどしどしどし燃えてゐます

（『コバルト山地』）

青じろい骸骨星座のよあけがた
凍えた泥の乱《らん》反射をわたり
店さきにひとつ置かれた
提婆のかめをぬすんだもの
にはかにもその長く黒い脚をやめ
二つの耳に二つの手をあて
電線のオルゴールを聴く

（「ぬすびと」）

けふはぼくのたましひは疾み
烏《からす》さへ正視ができない
　あいつはちやうどいまごろから
つめたい青銅《ブロンズ》の病室で
　透明薔薇《ばら》の火に燃される
ほんたうに　けれども妹よ
けふはぼくもあんまりひどいから

やなぎの花もとらない　　　　（「恋と病熱」）

少くとも詩に於ける賢治が、中也の言う如く「他人の眼」（読者の眼）など全く考慮の外に置いていたことは、この三つの作品だけでも明らかである。「コバルト山地」「毛無森」は何のことわりもなしに登場するし、「骸骨星座」とは、ある星座の別名なのか、勝手につけた名前なのか不明である。（実際、どんな星座表にもこの名を持つ星座はない）「青銅《ブロンズ》の病室」が、当時、肺結核を病む者の安静と保温のためにかやをつった、その青がやを指すなどとは解説書を読まない限り理解できない。「せいしんてきの白い火」「透明薔薇の火」も明白に理解することはむつかしいし、「ぬすびと」が「提婆のかめ」を盗み、風のためにオルゴールのように鳴っている電線を聞いていることに何の意味があるのか、また、「あいつ」と「妹」が同一人物なのか否かも作品の内部から答えを捜すことはできない。

このような特質は「七つ森のこつちのひとつが／水の中よりもつと明るく／そしてたいへん巨きいのに」（「屈折率」）から「そらにはちりのやうに小鳥がとび／かげろふや青いギリシア文字は／せはしく野はらの雪に燃えます」（「冬と銀河ステーション」）に至る全作品に一貫している。中也の言う通り、賢治は「幸福に」自己のためだけに、「書きつけた」のであり、言語による秩序ある小宇宙の形成という通常の詩的営為からは遠く隔った場所に居るのである。

しかし、このように宮沢賢治が「湧出する生命感の率直な表出」、「外在的なるものの遮断」に於て中也と一致しているとしても、賢治における「心象スケッチ」と、中也における「歌」には決して重なることのない領域があったことは言うまでもない。

「すべてわたくしと明滅し／みんなが同時に感ずるもの」「すべてがわたくしの中のみんなであるやうに／みんなのおのおののなかのすべてですから」（『春と修羅』序）にあるように、賢治にとって「命の流れ」（心象）とは世界のあらゆる存在との交流、照応そのものを指すものであり、単なる自己意識とは似て非なるものであった。自己とは世界から孤絶し共通項をもたない絶対的実体的な個なのではなく、仏によって生命のエネルギーを注ぎ込まれたすべての存在と同質の「わたくしといふ現象」（『春と修羅』序）である。ゆえに、自己の「命の流れ」（心象）を語ることはそのまま「世界」を語ることであり、「世界」を語ることは、そのまま自己の「命の流れ」を語ることであった。その語りが「粗硬な」（大14・2・9　森佐一あて書簡）「スケッチ」でなければならないのは、「風景やみんなといつしよに／せはしくせはしく明滅」（同）すること、即ち変化流転して止まないことがこの世の真の姿である以上、当然である。もし、高度に秩序化された言語世界が造られたとしたら、それは過分な装飾化を伴ったものと見なされねばならない。（mental sketch modified）という頭注を入れた作品の存在は、賢治がこのような「現象としての自己」＝「世界」のありのままの報告に極めて意識的であったからに他ならない[6]。

かくして、賢治における「心象スケッチ」とは、彼が到達した世界観によって自己意識からも言語による美的秩序志向からも解放され、読者をとまどわせるほどの「自由」を獲得したことの証しであったと言うことができる。すでに見た作品の「ひとりよがり」は、その「自由」のゆえであるが、それに対しては、「なんのことだか、わけのわからないところもあるでせうが、そんなところは、わたくしにもまた、わけがわからないのです」（『注文の多い料理店』序）と答えれば済んだのである。

一方、中原中也における「歌」の「自由」は、彼の「早熟」（自己完成の意識）からもたらされたものであった。

私は全生活をしたので（一歳より十六歳に至る）私の考へたことはそれを表はす表現上の真理についてのみであつた、謂はば。（十七歳より十九歳に至る）そこで私は美学史の全階段を踏査した、実に。かくて私は自らを全部解放されたやうな風になり行つた。

（一九二七・四・四　日記）

・宇宙の機構悉皆了知。
・一生存人としての正義満潮。
・美しき限りの鬱憂の情。
以上三項の化合物として、
中原中也は生息します。

（同・四・二七　日記）

ダダイズムとは、
全部意識したとしてなほ不純でなく生きる理論を求めた人から生れた。

（同・五・一四　日記）

二十歳の中也がここでくりかえして主張しているのは、「私は人生についても芸術についてもすべてを知り尽くした」ということであり、知り尽くしてなお拠るべきものとして残ったものがダダイズムである、ということである。〈全生活の知悉〉については、中也の若さ故の傲慢と理解すればいいであろうが、〈美学史の全階段の踏査〉については、例えば大岡信氏の次のような指摘に学ばねばならない。

大岡氏は、中也の詩法の確立について「中原は昭和の詩の、いわゆるモダニズム系統の詩人たちとは全く別個の道を歩んだ。富永太郎から教えられたランボオ、ヴェルレーヌをはじめとするフランス十九世紀への傾倒は、やがて小林秀雄との運命的な出会いもあって、ますます強まる」と述べ、さらにこうつけ加えている。

これら十九世紀末葉の詩人たちのうちに、「自分自身であること」が、とりもなおさず「表現者」であることにほかならなかった詩的生活者たちを見出していたのである。それに対して、二十世紀のめまぐるしく展開する芸術思潮や様式変化の多くは、かれには根のない空疎なから騒ぎと映った。「問題は紛糾してはいない。野望が紛糾してゐる」というのが大根《おおね》のところでのかれの現代芸術観であり、同時に現代人観であった。ダダイズムは二十世紀の運動だが、かれはダダの中に技巧を排し、理智を排し、ひたすら魂の純粋性に生きるための理論を見たのである。(7)

かくして、中也は生活人として「社会生活」を営むことからも、詩人として新しい「表現」を求めて腐心することからも「解放」され、ただ、自己自身でありつづけることだけを自分に求めればよい、そういう「解放区」を得た、と言うことができる。実家からの変らぬ金銭の援助は、「解放区」を物質的に支えた。しかし「美しき限りの鬱憂の情」（『日記』傍点引用者）と早くも記されているように、その「自由」は、賢治のような「幸福」なものではなかったと言わねばならない。なぜなら、事実として誰も「自己自身を生きる」ことのみで生を持続することは不可能だからであり、その「自己自身」も賢治のように「世界」に向って限りなく解放されることのない、自閉したものであったからである。

なにもかも、いはぬこととし、
このゆふべ、ふきすぐる風に頸《うなじ》さらし
夕空に、くろぐろはためく、
いちぢくの、木末　みあげて
なにものか、知らぬものへの
愛情のかぎりをつくす。

（「いちぢくの葉」部分）

此処では薪が燻つてゐる、
その煙は、自分自らを
知つてでもゐるやうにのぼる。

誘はれるでもなく
覓《もと》めるでもなく、
私の心が燻る……

（「冷たい夜」部分）

通りに雨降りしきり、
家々の腰板古い。
もろもろの愚弄の眼《まなこ》は淑《しと》やかとなり、
わたくしは、花弁の夢をみながら目を覚ます。

（「雨の日」部分）

ここにはたしかに、「ある時刻における小さな宇宙が自分の中にも目覚めてくる」（吉田秀和[8]）とでも表現する他ない、不思議な存在感覚がある。それは、中也が求めた「名辞以前」の世界の感覚であったかもしれないし、あるいは「現識」の言語化であったかもしれないが、「なにもかも、いはぬこととし」や「もろもろの愚弄の眼は淑やかとなり」などの中也特有の「愚痴」さえ無視すれば、風の立った夕刻、または小さな薪の火を前にして、また、雨の日の朝（?）、自己が生きてあることの実在感覚を可能なかぎり言語化しようとする詩人の姿勢を読み取ることができる。それを、通常の社会生活を営む人間たちには稀にしか訪れない「自己が自己自身に回帰できる時間」と言い換えることも可能であろう。とまれ、中也の目ざしたものは、どこにもない、誰にも似ていない、初めての、という形容のつく外在的価値に基づく詩的世界を作ることと正反対のものだ。彼は、誰にもある共通の心の領域を探そうとし、その中での魂の陶酔を夢みたのである。

しかし、くり返し述べて来たように、そのような時間も空間も自閉的であることをまぬがれることはできない。見上げているものが「いちぢくの木末」ではなく「なにものか、知らぬもの」であり（「いちぢくの葉」）、真に燻り立ち上ってくるものが薪ではなく「私の心」であり（「冷たい夜」）、見ているものが外の雨ではなく「花弁の夢」である（「雨の日」）のは、中也についに「世界」との具体的な交流が始まらなかったことを示している。「あゝ、空の歌、海の歌、／僕は美の、核心を知つてゐるとおもふのですが／それにしても辛いことです、怠惰を逭《のが》れるすべがない！」（「憔悴」）という強い閉塞感はすでに第一詩集『山羊の歌』（昭9・12）に登場している。それは人生についても芸術についてもすべてを知悉したという中也が生きた「解放区」の、もう一つの姿であった。

三

秋の夜は、はるかの彼方《かなた》に、
小石ばかりの、河原があつて
それに陽は、さらさらと
さらさらと射してゐるのでありました。

陽といつても、まるで硅石《けいせき》か何かのやうで、

非常な個体の粉末のやうで、
さればこそ、さらさらと
かすかな音を立ててもゐるのでした。

さて小石の上に、今しも一つの蝶がとまり、
淡い、それでゐてくつきりとした
影を落としてゐるのでした。

やがてその蝶がみえなくなると、いつのまにか、
今迄流れてもいなかった川床に、水は
さらさらと、さらさらと流れてゐるのでありました………

（「一つのメルヘン」）

すでに多くのに指摘があるように、この作品は現実的な条理を超えた世界によって成立している。秋の夜であるのに陽が射し、それが硅石か何かの固体の粉末であり、さらさらと音をたてるのは全く奇妙である、蝶の「淡い」が「くつきりとした影」はまだ条理が通っていると言えるが、蝶の去ったあとの突然の水の流れや、それが陽の射す音と同じであるというのは不可解という他はない、というように。もちろん、実際には読者は「この詩にあるこれだけの不条理を読みながら、殆んど矛盾を感じていない。さらさらということばは、連を改める度に、その意味を変えるが、しかし、ぼくらはそれすら気づかずに美しいひびきとして聞いてしまう。」（北川透）[9]という指摘の通り、この作品はその非条理性、超現実性を意識させない完成度をもって読者を魅了するのである。

それは絵画性よりも音楽性によるものが大きいと考えられるから、この作品を〈ダダ音楽〉という概念で位置づけようとする北川透氏の指摘(10)は、これまでの文脈からも傾聴に価するものである。ただ、作品の非条理性、超現実性は、「一つのメルヘン」という題名と「秋の夜は、はるかの彼方に」という冒頭の一行によって保証されているのだから、「太陽が上つて／夜の世界が始つた」（「ダダ音楽の歌詞」）という秩序破壊を目指すダダイズムの系譜にこの作品を置くだけでは十分ではないだろう。少くとも、表現の非条理性、超現実性に関しては、「一つのメルヘン」よりも音楽性に欠ける分だけ突出した印象を与える作品を『在りし日の歌』からいくつも挙げることができるからである。

今宵月は蘘荷《めうが》を食ひ過ぎてゐる
済製場《（せいせいじやう）》の屋根にブラ下つた琵琶《（びは）》は鳴るとしも想へぬ
石灰の匂ひがしたつて怖《おち》けるには及ばぬ
灌木がその個性を砥《（と）》いでゐる

（「月」部分）

黒い夜草深い野にあつて、
一匹の獣《けもの》が火消壺の中で
燧石《ひうちいし》を打つて、星を作つた。
冬を混ぜる風が鳴つて。
コバルト空に往交《ゆきか》へば

（「幼獣の歌」部分）

野に
蒼白の
この小児。

黒雲空にすぢ引けば、
この小児
搾《しぼ》る涙は
銀の液……

（「この小児」部分）

「月」にはダダイズム調の言葉遊びの名残りがあるとしても、どれもが超現実の〈幻視〉によって成り立っている。これらの作品の延長上に「ホラホラ、これが僕の骨だ」に始まる「骨」や、「一つのメルヘン」が生まれたことは明らかであろう。「骨」はそのニヒルでありながらとぼけたようなユーモアによって、「一つのメルヘン」はその秀れた音楽性によって単なる幻視の世界以上の作品として生成されたのである。しかし、ここでそれにも増して重要なのは、これらの〈幻視〉が、中也の生の危機的状況から生れたものであるということである。『在りし日の歌』という第二詩集の命名が何より雄弁に中也の死への接近を語っているのだから、ここで改めてその由来を論じる必要もないが、これらの〈ダダイズム〉や〈幻視〉は彼を死へと追いやった自閉的世界のいわば最後のあがきであったことをここで確認しておこう。そして、彼がまぎれもなく自己自身こそが自己を死へと追いやったことを明白に自覚していたことも。

自然は、僕といふ貝に、
花吹雪き《ママ》を、激しく吹きつけた。

僕は現識過剰で、
腹上死同然だつた。

自然は、僕を、
吹き通してカラカラにした。

僕は、現識の、
形式だけを残した。

僕は、まるで、
論理の亡者。

僕は、既に、
亡者であった！

（「僕と吹雪」）

この未刊の詩には一九三五・一・一一という日付と、詩の本篇のあとに、「祈祷す、世の親よ、子供をして、呑気にあらしめよ／かく慫慂《しょうよう》するは、汝が子供の、性に目覚めること、／遅からしめ、それよ、神経質なる者と、なさざらんためなればなり。」というエピローグ（?・）が字を小さくして付け加えられている。

二つを合せて読めば、ここで中也が、すでに見た一九二七年の日記に書きつけた「宇宙の機構悉皆了知」という早熟の自負を全否定していることは明らかである。宮沢賢治を賞賛するために用いられた「現識」という言葉は、ここでは肯定的に使われない。それはみずからを「腹上死」させるもの——快感が反転して生を奪うもの——とみなされているのであり、残されたのは自己を生かしめない形式論理としての世界の知悉意識なのであった。では、どうすればいいのか。詩人は同じ日付を持つ「不気味な悲鳴」（未刊）で次のように自答する。

僕はもう、何にも欲しはしなかつた。
暇と、煙草とくらゐは欲したかも知れない。
僕にはもう、僅かなもので足りた。

そして僕は次第次第に灰のやうになつて行つた。
振幅のない、眠りこけた、人に興味を与へないものに。
而《しか》もそれを嘆くべき理由は何処にも見出せなかつた。

（中略）

僕はいつそ死なうと思つた。

而も死なうとすることはまた起ち上ることよりも一層の大儀であつた。
かくて僕は天から何かの恵みが降つて来ることを切望した。
而もはや、それは僕として勝手な願ひではなかつた。
僕は真面目に天から何かゞ降つて来ることを願つた。
それが、ほんの瑣細《ささい》なものだらうが、それは構ふ所でなかつた。

※

——僕はどうすればいゝか?

かくして、すでに見た「黒い夜草深い野にあつて/一匹の獣が火消壺の中で/燧石を打つて、星を作つた」(「幼獣の歌」)という〈幻視〉が、単なる幻視ではなく、中也の詩的営為そのものを表すものと読めることが了解されよう。

詩人はすでに人間世界に居場所を持たず、獣と化し、その生は「火消壺の中で星を作」るという無意味性、あるいは不可能性(酸素のない火消壺の中では、燧石は発火しないはずである)を繰り返すだけである。しかし、それが生命の火を消され、「火消壺」の中で「灰のやうになつて行つた」(「不気味な悲鳴」)自己のなしうる唯一の行為なのだ。それが〈幻視〉を伴うことが多いのは、詩の成立の契機がすでに「天からの恵み」にしかなく、地上の具体的な生の交感が途絶えているためなのである。

以上の文脈が成り立つとすれば、「一つのメルヘン」は、「火消壺の中で星を作」ることの、稀な成功例であったということができるだろう。おそらくこの時、「天からの恵み」としてあったものが、宮沢賢治の「やまなし」である。

四

中也が宮沢賢治の詩だけではなく、童話も読み、それに刺激を受けて童話を書いていたことについてはすでに大岡昇平氏の指摘がある。[11]「家族」「夜汽車の食堂」がそれであり、特に後者は、「僕」が「お母さんやお父さんを離れて」、まるで「お星の方へ」向っているような夜汽車に乗って旅しているというものである。賢治の「銀河鉄道の夜」の影響も十分に考えられるが、内容の貧弱さは比較にならない。ただ、注目に値するのは、「雪の野原の中に、一條《ひとすぢ》のレールがあつて」「レールの片側には、真ツ黒に火で焦がされた、太い木杭立ち竝んでゐて、レールを慰めてゐるやうなのでありました」「遮ニ無ニ走つて行くのでした」（傍点引用者）などの語り口調が「一つのメルヘン」と同じであることである。それは「家族」においても全く同様であるから、中也はそれを童話の文体として意識していたにちがいない。であれば、十分な童話を書けなかった中也が、ひとつのきっかけを得て詩の中に童話的幻想世界を作ってみせたのが「一つのメルヘン」であったと言うことは可能である。そのきっかけを「やまなし」が作ったと考えてみよう。

「小さな谷川の底を写した二枚の青い幻燈です」という口上から「やまなし」は始まる。一枚は春五月の昼の谷川であり、もう一枚は秋十一月の夜の谷川である。[12]「十一月」は次のように始まる。

　蟹の子供らはもうよほど大きくなり、底の景色も夏から秋の間にすつかり変りました。

白い柔かな円石もころがつて来、小さな錐《きり》の形の水晶の粒や、金雲母《きんうんも》のかけらもながれて来てとまりました。

そのつめたい水の底まで、ラムネの瓶《びん》の月光がいつぱいに透とほり天井では波が青じろい火を、燃したり消したりしてゐるやう、あたりはしんとして、たゞいかにも遠くからといふやうに、その波の音がひゞいて来るだけです。


舞台が水底であるにもかかわらず、ここには有機的な濁りや汚れが全くない。「白い柔かな円石」「錐の形の水晶の粒」「金雲母のかけら」はあくまで美しく、そこに青い月光がいっぱいに降りそそぎ、水の天井は燃えているように見える。次の場面で蟹たちが登場しなければ、これば天上界の描写と言っていいほどの幻想性を持っているのである。特に月の光によって「波が燃える」という超日常的な逆転描写が注目されるが、「笹の雪が／燃え落ちる、燃え落ちる」（「丘の眩惑」）、「たしかにせいしんてきの白い火が／水より強くどしどしどしどし燃えてゐます」（「コバルト山地」）とあるように、それは賢治に特有な描写であり、その世界感受の強烈さを示すものに他ならない。同様の描写は蟹の親子の上に「やまなし」が落下したあと再び登場する。


間もなく水はサラサラ鳴り、天井の波はいよいよ青い焔《ほのほ》をあげ、やまなしは横になつて木の枝にひつかかつてとまり、その上には月光の虹がもかもか集まりました。

『どうだ、やつぱりやまなしだよ、よく熟してゐる、いい匂ひだらう。』

『おいしさうだね、お父さん』

『待て待て、もう二日ばかり待つとね、こいつは下へ沈んで来る、それからひとりでにおいしいお酒ができるから、さあ、もう帰つて寝よう、おいで』

親子の蟹《かに》は三疋自分等の穴に帰つて行きます。
波はいよいよ青じろい焔をゆらゆらとあげました。それは又金剛石の粉をはいてゐるやうでした。

もし、世界との生々した交感を「生のボルテージ」という言葉で計るとすれば、農学校教師時代の賢治が極めて高いボルテージを持ち、死を前にした中也のそれがゼロにも近いものであったことはすでに見て来た通りである。しかし、「やまなし」の命の喜びに満ちた世界を感受しえた時、中也の中にわずかな時間でも「生のボルテージ」が上昇する機会が与えられたのである。それを導いたものがくりかえし登場する幻想的な「月光により燃えあがる波」であり、終末部に登場する「サラサラ」鳴る川音であり、また、「金剛石の粉」のイメージである。もちろん、生のボルテージを賢治のレベルまで引きあげることは不可能であるから、同じく秋の夜ではあっても、舞台は生物の匂いがしない小石ばかりの河原である。夜であるのに陽が射す、という超日常的逆転は「月光により燃え上がる波」を無機的に裏返した表現と考えることが可能であり、陽の光が「硅石か何かのやう」な粉末であるのは、月の光が「金剛石（ダイヤモンド）の粉」のように降り注ぐことがヒントになっているであろう。「サラサラ」鳴る川音は、オノマトペの独自性において際立つ賢治にしては全く平凡であるが、生のボルテージの低い中也にはむしろ心地よい平凡さであったにちがいなし、それが他の描写と共に感受された時、「耳のよい人であった」（大岡信[13]）彼の中で確かな幻想的世界が創られはじめたためである。

では、「蝶」はどこから来たのか、という疑問が残るが、ここで想起されるのは、『山羊の歌』の中ではひときわ死の匂いに満ちた「秋」の一節である。[14]

草がちつともゆれなかつたのよ、

その上を蝶々がとんでゐたのよ。
浴衣《ゆかた》を着て、あの人縁側に立つてそれを見てるのよ。
あたしこつちからあの人の様子　見てたわよ。
あの人ジッと見てるのよ、黄色い蝶々を。
お豆腐屋の笛が方々で聞こえてゐたわ、
あの電信柱が、夕方にクッキリしてて、
——僕、つてあの人あたしの方を振向くのよ、
昨日三十貫くらゐある石をコジ起こしちやつた、つてのよ。
——まあどうして、どこで？つてあたし訊《き》いたのよ。
するとね、あの人あたしの目をジッとみるのよ、
怒つてるやうなのよ、まあ……あたし怖かつたわ。

死ぬまへつてへんなものねえ……

死を前にした者と蝶という組み合わせは、たとえば北村透谷の蝶の連作を想起させるが、[15]少なくとも「蝶」に「はかない生」と「死への先導者」という二重の喩を読み取ることは無理ではあるまい。「一つのメルヘン」においては、それはさらに人界を離れたほとんど無機的なもののみで成立する世界の住者となって登場するのである。しかし、ここでは蝶は「死」へ導くものではない。それは「水」＝「生命」を招く存在なのだ。ここに一層死に魅入られた中也の生を見出しても誤まりではないであろう。死者が末期の水を求めるように、ここに「いのちの水」

は流れはじめる。それは、生命にあふれた「やまなし」を読んだ中也におとずれた一瞬の至福の時であった。ゆえに、「やまなし」と同じく、「一つのメルヘン」の最後にこうつけ加えられてもいいのである。

私の幻燈はこれでおしまひであります。

注

(1) 中村文昭『中原中也の経験』 冬樹社 昭55・9
(2) 小関和弘「作品の新解釈『一つのメルヘン』」「解釈と鑑賞」 至文堂 昭64・9
(3) 吉田凞生編著『鑑賞日本現代文学㉘中原中也』 角川書店 昭56・6
(4) 大岡昇平『中原中也』 角川書店 昭49・1
(5) 佐藤泰正『近代日本文学とキリスト教・試論』 基督教学徒兄弟団 昭38・9
北川透『中原中也の世界』 紀伊國屋書店 昭43・2
(6) 「心象スケッチ」をこのように自己の心象の「ありのままの報告」と簡単に理解してしまうことの危険については、入沢康夫氏の詳細な指摘がある。（新修全集第二巻解説）しかし、ここでは秩序化された詩的世界を問題にしているので、この点には深入りしないこととする。
(7) 大岡信『現代詩人論』 角川書店 昭44・2
(8) 吉田秀和「中也のことを書くのは、もうよさなければ……」「ユリイカ」 青土社 昭45・9
(9) (5)に同じ
(10) 北川透「悪魔の伯父さんが来る所――中原中也〈ダダ音楽〉の行方」「日本文学研究」第32号 平9・1

（11）角川版全集第3巻解説

（12）ふつうのテキストはすべて十二月となっているが、すでにくりかえし述べているように、これは初期形の通り十一月とすべきである。

（13）次のような発言がある。「耳がよかったんだと思いますね。この人は。耳で記憶しているんですね。目ではこんなに記憶できないですね。」対談「銀の涙、中原中也」「短歌」角川書店　昭50・5号

（14）『在りし日の歌』には、生の錯乱のシンボルとしての「蝶」が登場する「僕は何を云つてゐるのか／如何《いか》なる錯乱に掠《かす》められてゐるのか／蝶々はどつちへとんでいつたか／今は春でなくて、秋であつたか」（「秋日狂乱」）作品はこの世の終末幻想に濃く色どられているから、ここに登場する蝶が再び姿を現わしたのが「一つのメルヘン」であると言うことも可能であろう。

（15）「蝶のゆくへ」（明26・9）、「眠れる蝶」（明26・9）、「雙蝶のわかれ」（明26・10）がある。この年の十二月、透谷自殺未遂。翌明治二十七年五月、自殺。

宮沢賢治の〈tropical war song〉

一

一九二三（大12）・八・三の日付を持つ「オホーツク挽歌」の後半部に、次のような一節がある。

ここから今朝舟が滑つて行つたのだ
砂に刻まれたその船底の痕と
巨きな横の台木のくぼみ
それはひとつの曲つた十字架だ
幾本かの小さな木片で
HELL と書きそれを LOVE となほし
ひとつの十字架をたてることは
よくたれでもがやる技術なので
とし子がそれをならべたとき
わたくしはつめたくわらつた
　（貝がひときれ砂にうづもれ
　白いそのふちばかり出てゐる）

やうやく乾いたばかりのこまかな砂が
この十字架の刻みのなかをながれ
いまはもうどんどん流れてゐる
海がこんなに青いのに
わたくしがまだとし子のことを考へてゐると
なぜおまへはそんなにひとりばかりの妹を
悼んでゐるかと遠いひとびとの表情が言ひ
またわたくしのなかでいふ

前年十一月の妹トシの死の衝撃から立ち直れないまま、この時、賢治は樺太（サハリン）に旅していた。教え子の就職斡旋のためやってきた栄浜の、人気のないオホーツクの海岸が詩の舞台となっている。ハマナスの青い花や波うち際の白い貝殻を見ながら、また、亡き妹のことを思っているのだが、特に、偶然砂浜に現われた十字架のイメージによって、かつて妹が岸辺でやった、遊びのような木片の並べ換えが思い出されている。この、木片で作った文字「HELL」を「LOVEとなほ」すとは、どんな行為なのだろうか。

小さな木片で字を形取るすれば、それに必要な本数は次のようになる。H（3）、E（4）、L（2）、L（2）、＝11。L（2）、O（□とする）（4）、V（2）、E（4）＝12。このように行うとすれば、HELLが11本必要であるに対して、LOVEは12本となり、本数が一致しない。この遊びの眼目は、「HELL（地獄）」が並べかえによって「LOVE（愛）」の世界に転換される所にあるのだから、本数の不一致は許されないはずである。そうだとすれば、少し不自然でも「O」は四本必要な□ではなく、三本の▽にするしかないことになる。

この遊びに不案内な筆者にはこう推察するより他ないのだが、賢治はここで、かつて妹とこんな遊びのようなことをし、その余りに都合のいい、〈転換〉を冷たく笑って受け流したことを思い起しているのである。

詩はこの後、「玉髄の雲」に向って鳴きながら飛ぶ鳥や、丘陵に咲くやなぎらんの花、青い草地、黒緑のとど松の列に目を移す「わたくし」を描写し、「ナモサダルマプフンダリカサスートラ」という、「南無妙法蓮華経」を意味する「偈」が二度唱えられて終る。この偈は心を静めるために唱えられたのであろうが、実際には八日後の「八・一一」の日付を持つ「噴火湾」で、さらに強くトシのことが想起されているのを見れば、賢治の傷心はいかにも深いものだったことが解るのである。

しかし、そうではあっても、ここに示された〈転換〉のエピソードは、見過すことのできない重みを持っているのではあるまいか。

つまり、前見の木片の〈並べ換え〉こそが賢治の創作行為の本質を象徴的に示しているということであり、彼の生きる岩手のHELL（地獄）的諸相は、それによってLOVE（愛）の世界へと転換されたということある。もちろんそれは、遊戯としては可能でも、現実には不可能な転換であり、賢治自身、「つめたくわら」う反応しか起さなかったのだ。だが、周知の「注文の多い料理店」広告文に宣言されているように、岩手県の現実は「ドリームランドとしての日本岩手県」＝「イーハトヴ」に〈転換〉される。


イーハトヴは一つの地名である。強て、その地点を求むるならばそれは、大小クラウスたちの耕してゐた、野原や、少女アリスガ《ママ》辿つた鏡の国と同じ世界の中、テパーンタール砂漠の遥かな北東、イヴン《ママ》王国の遠い東と考へられる。実にこれは著者の心象中に、この様な状景をもつて実在したドリームランドとしての日本岩手県である。（。点原文）

想像力による心象世界の中でのこととはいえ、それがアンデルセン(「小クラウスと大クラウス」)、ルイス・キャロル(「鏡の国のアリス」)、タゴール(「テパーンタール砂漠」＝その詩集『新月』に登場)、トルストイ(「イワンの馬鹿」)等の作品世界に匹敵すること、また、舞台となる国々の北東や東、つまり極東に位置する日本での創造であることの強調が注目される。事実、「ドリームランドとしての日本岩手県である」の部分は、わざわざ赤字で印刷されているのである。

かくして、先に見た、木片で書かれるLOVEの中の「O」の文字が、▽ではなく、□で示されたとすれば、そのために加えられねばならない一本とは、そのまま賢治の手にする一本のペンであったと言うことができるだろう。青春期の疾風怒涛の時代を、家出出奔を経ての帰郷で終え、学校教員の職を得た賢治は、明白な帰郷宣言として、また、自己が表現者として立つ宣言として、一本のペンによる〈転換〉を表明したのである。トシの死に関していえば、そのHELLのような心情は、「銀河鉄道の夜」の主人公の「ほんたうの幸い」を捜すLOVEの旅の経験に〈転換〉されたのである。

しかし、賢治の場合、事情は簡単ではない。「オホーツク挽歌」に示された〈つめたい笑い〉は常に彼の中に留り続けたと考えねばならない。世界の〈ドリームランド化〉は陶酔なしには果されないが、賢治は一方で、常に〈つめたい笑い〉＝覚醒の中に住んでいた。「銀河鉄道の夜」で、友人のために命を捨てたカムパネルラが「ほんたうの幸い」について「僕、わからない」とつぶやく場面は、その典型である。〈転換〉に際して常に保持される〈陶酔〉と〈覚醒〉こそ、賢治における「文学の力」を産み出すものであった。以下、具体的に見て行きたい。

二

前見のように、賢治の表象世界にあっては岩手は「イーハトーブ」に転換され、仙台は「センダード」に、花巻は「ハームキヤ」となる。地名の西欧化というよりも、エスペラント語を学んだ賢治には、普遍化、世界化が意識されていたと言えるだろう。エスペラント語を考案したのはザメンホフであるが、ヨーロッパの中心をはずれたポーランド（当時はロシア領）に生まれ、かつユダヤ人であったザメンホフは、領土や民族を超えた〈世界言語〉を創ることで、人間が言語によって現実の諸条件に縛られることからの解放を夢見たに違いない。Esperantoとは「希望を持つ者」を意味するのである。同じく周縁に位置する岩手と、東北弁の中で生きた賢治が、その厳しい生の条件を超越する希望の世界として「イーハトーブ」は造られたのではなかったか。

しかし、〈転換〉は常にこのように上昇的に行なわれるわけではない。仮に彼の想像力が天秤であるとすれば、暗く重いものは持ち上げられ、明るく快いものは逆に引き下げられるのである。ここでは後者の例を見ていくこととする。

そらの散乱反射《さんらんはんしゃ》のなかに
古ぼけて黒くえぐるもの
ひかりの微塵系列《みぢんけいれつ》の底に
きたなくしろく澱《よど》むもの
（「岩手山」）

仰ぎ見られる岩手富士＝岩手山が、ここでは見おろされている。故郷の先輩石川啄木が「ふるさとの山に向ひて／言ふことなし／ふるさとの山はありがたきかな」と歌い上げた心情は、どこにも見出すことができない。賢治自身、登山を重ね、数々の詩にも登場する故郷の秀峰は、ここでは気圏の底にきたなく澱むものとして、また、空間をえぐり取るものとして位置づけられている。天秤は明らかに下げられているのだが、それを可能にしたものは高く広大な鳥瞰的視点である。常人では決して持ちえないこの視点があればこそ、この表現は成り立っているのだ。それは、庭に置かれた石の窪みの水たまりに居るボーフラ（蠕虫《ぜん》）の動きを踊り子に見立てた「蠕虫舞手《アンネリダタンツエーリン》」と、対極にあるものと言うことができる。誰もが顧みるはずもないボーフラへの讃歌であるこの詩（それを虫瞰的視点の所産と呼んでも良い）と、「岩手山」を対として見ることができれば、賢治の〈転換〉の本質が浮び上って来るはずである。

この「鳥瞰的視点」は、さらに次のような表現を生むことになる。

こぶしの咲き
きれぎれに雲のとぶ
この巨きななまこ山のはてに
紅い一つの擦り傷がある
それがわたくしも花壇をつくってゐる
花巻温泉の遊園地なのだ

（〔こぶしの咲き〕）

ここでは、花巻温泉の開発のため造られた遊園地が、「紅い一つの擦り傷」と見なされている。昭和二年、温泉遊園地北側に大きな花壇を作ることを依頼された賢治は設計を開始した。教え子で園に勤務している冨手一《はじめ》あての四月の二通の手紙では、植えるべき花の三十八種にも及ぶ一覧表を付し、植え方、手入れの方法、土地改良法など、微に入り細に入り、指示を出している。大きな喜びと共に設計に取りかかったことは明らかであり、「南斜花壇トデモゴ命名願ヒマス」と、みずから名前まで付けているのに、なぜこの花壇のある遊園地を大地の「擦り傷」と表現せねばならなかったのか。この疑問を解く鍵が次の詩にある。

夜のあひだに吹き寄せられた黒雲が、
山地を登る日に焼けて、
凄まじくも暗い朝になった
今日の遊園地の設計には、
あの悪魔ふうした雲のへりの、
鼠と赤をつかってやらう、
口をひらいた魚のかたちのアンテリナムか
いやしいハーデイフロックス
さういふものを使ってやらう
食ふものもないこの県で
百万からの金も入れ
結局魔窟を拵えあげる、
そこにはふさふ色調である

（「悪意」）

一九二七（昭2）・四・八の日付があるので、この詩は花壇造りの最中で書かれたことが解る。アンテリナム（金魚草）やハーデイフロックス（草夾竹桃）が、詩に言われるほどの醜悪さを持っているとも思えないが、大金を投入して行なわれている温泉地開発を「結局魔窟を拵えあげる」行為としか思えなかった賢治は、善意ではなく「悪意」を持って、花を選ぶ、と言うのである。

地元の金融界、経済界の中心人物であった金田一国士《くにお》（盛岡銀行頭取、岩手軽便鉄道社長）によって創設された花巻温泉・遊園地は、昭和二年に「大阪毎日新聞」と「東京日日新聞」が行なった「日本新八景コンテスト」で二百万票を集め全国一位となった。当時の「花巻温泉案内」には、「公衆浴場」「遊戯場」「撞球室」「ピンポン室」「郷土考古館」「動物園」「植物園」「スキー場」「ゴルフ場」「講演場」「テニスコート」「グラウンド」「遊園地」「水泳場」「釣堀」「登山遊歩道」「花壇」（千三百余坪より成る南斜花壇及ダリヤ花壇と別荘地に点々数ヶの花壇あり）等々と記されており[1]、賢治の仕事も取り込まれている。

この一般大衆から高い評価を得ていた一大レジャー施設を、賢治は悪意を持ってながめている、ということになる。

そこには、花壇設計というこの上ない創造的行為が、温泉歓楽地という、消費されるために存在する場所に吸収される矛盾に耐え得ない賢治がいるのかも知れない。また、前年から羅須地人協会の活動に専念し、教師時代以上に農民の窮状を知った者として、世を救うためでなく、利益のために使われる大金や、結局そこに送り込まれる貧者の娘たちの苦難を思う故の感情なのかも知れない。ともあれ、歓迎されるべき花巻の発展を、賢治は「紅い一つの擦り傷」に転換したのである。しかも、その「擦り傷」造りには自分自身も参加しているのだから、批判の矢は自己にも向けられているのだ。

このような〈陶酔〉と〈覚醒〉のせめぎ合いは、彼の表象世界に、或る解りにくさをもたらすことになる。

例えば、「銀河鉄道の夜」で、主人公ジョバンニが知らないうちに持っていた不可解な紙切れを見た「鳥捕り」は、次のように言う。

「おや、こいつは大したもんですぜ。こいつはもう、ほんたうの天上へさへ行ける切符だ。天上どこぢゃない、どこでも勝手にあるける通行券です。こいつをお持ちになれぁ、なるほど、こんな不完全な幻想第四次の銀河鉄道なんか、どこまででも行ける筈《はず》でさあ、あなた方大したもんですね。」

ここでは、物語の登場人物（鳥捕り）が、物語の舞台である死後の世界を走る鉄道を「不完全な幻想第四次」空間として、否定的に捉えているのである。語り手が登場人物を評価するのは常道であるが、登場人物自身が語られている世界（幻想第四次空間）を「銀河鉄道なんか」と評するのは異数のことと言わねばならない。ここには、自己に与えられた〈書く〉という陶酔の世界さえ相対化する作者の醒めた目がある。「ほんたうの天上へさへ行ける切符」を持つことが、「法華行者」として、精進の道を進むことを示しているとすれば、「幻想第四次空間」の中でいくら「あらゆることが可能」（『注文の多い料理店』広告文）でも、それは安易な「不完全な」行為でしかないのである。

賢治は「小岩井農場　パート九」で、農場への道を自分と一緒に同行している天人たちの幻を描いている。「ユリア、ペムペル、わたくしの遠いともだちよ／わたくしはずゐぶんしばらくぶりで／きみたちの巨《おほ》きなまつ白なすあしを見た／どんなにわたくしはきみたちの昔の足あとを／白堊《はくあ》系の頁《けつ》岩の古い海岸にもとめただらう」「きみたちとけふあふことができたので／わたくしはこの巨きな旅のなかの一つづりから／血みどろになつて遁《に》げなくてもいいのです」と親愛を持って表現したあと、自己の幻視を正面から否定して、次のように続ける。

もう決定した　そつちへ行くな／これらはみんなただしくない／いま疲れてかたちを更《か》へたおまへの信仰から／発散して酸えたひかりの澱だ／（中略）さあはつきり眼をあいてたれにも見え／明確に物理学の法則にしたがふ／これら実在の現象のなかから／あたらしくまつすぐに起て

こうして、信仰的幻想さえ容赦なくしりぞけられる。賢治にあっては、内心の自由の唯一許容される場である表象の世界は、常に現実の世界から問われ続けるのだ。これが、その作品を単なる「童話」や「ファンタジー」に終らせなかった最大の理由であったに違いない。しかし、それはすでに見たように、物語に、何か不明瞭な亀裂を与えることになる。ここで、「銀河鉄道の夜」以外の作品でそれを確認してみたい。

①「お前たちは何をしてゐるか。そんなことで地理も歴史も要つたはなしでない。やめてしまへ。えい。解散を命ずる」

かうして事務所は廃止になりました。

ぼくは半分獅子に同感です。（傍点引用者　以下同じ）（「猫の事務所」）

②「まあ、よかつたねやせたねえ。」みんなはしづかにそばにより、鎖と銅をはづしてやつた。

「ああ、ありがたう。ほんとにぼくは助かつたよ。」白象はさびしくわらつてさう云つた。

おや、〔一字不明〕、川へはひつちやいけないつたら。（「オツベルと象」）

③けれども日本では狐けんといふものもあって狐は猟師に負け猟師は旦那に負けるときまってゐる。こゝでは熊は小十郎にやられ小十郎が旦那にやられる。旦那は町のみんなの中にゐるからなかなか熊に食はれない。けれどもこんないやなづるいやつらは世界がだんだん進歩するとひとりで消えてなくなって行く。僕はしばらくの

間でもあんな立派な小十郎が二度とつらも見たくないやうないやなやつにうまくやられることを書いたのが実にしゃくにさわってたまらない。

（「なめとこ山の熊」）

①の「猫の事務所」では、身も心も弱い事務員「竈《かま》猫」が、事務長の黒猫をはじめ、同僚の白猫、虎猫、三毛猫からいじめられ、居場所を失って行く姿が描かれる。最後には泣くことしかできなくなるのだが、そこに突然「いかめしい」「金いろの頭」をした獅子が乗り込んで来て、引用したような命令を下したことで物語は突然終る。事務所で行なわれている愚かないじめを察した獅子は、職員たちに働く資格はないと判断したのである。この作品には「寓話」というただし書きが付いているから、明らかに人間の愚行を強く批判した内容になっているのだが、なぜ作者はわざわざ語り手（ぼく）を最後に登場させ、「半分獅子に同感」することを表明させたのだろうか。残りの「半分」で、獅子の判断を疑問視するのであれば、それまで語られて来た内容の持つ風刺の力も半減する他はないのに、このように作品は締めくくられるのである。

②は、オツベルという悪辣な事業主に上手くあしらわれ、都合よく苛酷な労働に従事させられた「白象」が、仲間の象たちに救出される物語である。オツベルは銃まで撃って抵抗するが、象の大群にかなうはずもなく、最後には「くしゃくしゃに潰れ」て死ぬことになる。物語は「ある牛飼ひがものがたる」という形を取っており、第一、第二、第五日曜の三回に分かれているので、牛飼いは、休日の日曜日に子ども達を集めてこの物語を聞かせたのかも知れない。第一、第二日曜日には「オツベルときたら大したものだ」と語り始められ、第五日曜日には「オツベルかね、おれも云はうとしてたんだが、居なくなつたよ。まあ落ちついてききたまへ」と語り出され、牛飼いの見聞した臨場感が強調されているのである。

そうだとしても、「『ああ、ありがたう。ほんとにぼくは助かつたよ。』白象はさびしくわらつてさう云つた。」で終っても、十分に作品のメッセージは伝わるのに、なぜ、傍点部が付け加えられたのだろうか。牛飼いの話を聞くのに飽きた子どもが、川の方へ遊びに行こうをしたのをとがめた、とも考えられるが、なぜその描写までが物語の中に含まれるのか。

③の「なめとこ山の熊」では、語り手は一貫して主人公の小十郎に寄り添い、彼の行動や心情をていねいに伝えている。それは小十郎の死という最終の場面でクライマックスを迎え、読者は語り手と共にその死を悼むこととなるのである。

しかし、いくら小十郎の立場に立つとはいえ、傍点部にあるように、世の不条理を具体的に語りながら、それを書き記すことを「しゃくにさわってたまらない」と、語り手みずからの感情が表明されるのは尋常ではない。「狐けん」が実際には現実で成立せず、商売人の旦那がぬくぬくと生きていることを批判するのであれば、努めて冷静に語るべきなのである。

こうして見てくれば、もはや事情は明らかであろう。執筆することが、自己の生の全領域に対する意識の記録であるとすれば、賢治にあっては、その執筆する行為そのものさえ検証されたということである。「銀河鉄道の夜」に於ける「死後の世界」という未知の幻想世界を描くことは、ついに未完に終っている。たび重なる改稿によっても、自己検証の強い視線は物語を完成させなかった。「ほんたうの幸い」の内実は、不明のままで終ったのである。「猫の事務所」の獅子、「オツベルと象」の象の大群という救済者は、その強大な力によって弱者を救いはするが、そのような甘い結末を書き記した自己そのものが、最後の語りによって批判的に記録されたと考えることができる。物語世界をいくら都合よく完結しても、現実の苦難は少しも動かないからだ。物語の造形は体のいい自己慰安ではないか、と賢治は自己に問い返すのである。この意味では、「なめとこ山の熊」の語り手（僕）のいら立ちは、書くことの無力を知っている賢治にしか表現しえないものであったのかも知れない。

かくして、一本のペンによる〈転換〉とは、〈陶酔〉と〈覚醒〉のせめぎ合いによって、表現という天秤を常に平衡に保とうとする、強い意志によって行なわれる作業であったことが理解できるであろう。LOVE（愛）の本質が「感情」ではなく「意志」であるとすれば、HELL（地獄）の全現実をたじろぐことなく受容することが、常に求められたのである。

三

農学校教師であった賢治は、厳しい自然を相手にして働くことになる生徒のために、若い生命の力を燃やすような歌曲を幾つも作っている。例えば「日ハ君臨シカガヤキハ／白金ノアメソソギタリ」と始まる「精神歌」は、現在も花巻農業高校で愛唱されている。そのような歌曲の一つに「応援歌（「種山ヶ原の夜」の歌〔二〕）」と題されたものがある。

Balcoc Bararage Brando Brando Brando
Lahmetingri calrakkanno sanno sanno sanno
Lahmetingri Lamessanno kanno kanno kanno
Dal-dal pietro dal-dal piero
正しいねがひはまことのちから
すすめ　すすめ　すすめ　やぶれ　かてよ

歌曲であるから楽譜も付けられており、実際に当時、生徒と共に歌ったのであろう。楽譜では、英字表記は「バルコク　バララゲ　ブランドブランド　ブランド……」と片仮名に改められ、歌い易いように配慮されているが「ダルダル　ピイトロ　ダルダル　ピイロ」までの前半部の意味が不明であることに変わりはない。「応援歌」であれば、もっと伝えるべき具体的なメッセージがあっていいのに、なぜ、賢治はこのような不思議な表記を創作したのだろうか。

この問いに答えるための鍵は、曲名の下にもう一つのカッコ付きで添えられている（a tropical war song modified）という表現にあるように思われる。直訳すれば、「修飾された熱帯の戦いの歌」となる。「modified」という言葉は、「mental sketch modified」という形でよく使われており、作品の内容が「mental sketch（心象スケッチ）」よりも高いレベルで整えられたものであることの断り書きになっているのだが、ここでは、「熱帯の戦いの歌」をより美しく修飾した、と注されていることになる。

しかし、「熱帯の戦い」とは何か。東北は熱帯ではないのだから、その内容は依然として不明である。とすれば、「tropical」の意味を他に探す他はない。ここではそれを、象徴的表現と見て、「情熱的な」「激しい」「灼熱の」等の意味と考え、以下、「灼熱の」を採用することとする。

では、「tropical war song」が〈灼熱の戦いの歌〉を意味し、「正しいねがひはまことのちから／すすめ　すすめ　すすめ　やぶれ　かてよ」がその熱い戦いを持続するための激励の言葉であるとして、「まことのちから」を与える「正しいねがひ」とは何か。前半の内容が意味不明の呪文（？）の如きものである以上、この文言を検証する他はない。今、想起されるのは、賢治によって多量に作られた「文語詩」の中の一篇である。

早　春

黒雲峡を乱れ飛び　技師ら亜炭の火に寄りぬ
げにもひとびと崇むるは　青きGossan　銅の脈
わが索むるはまことのことば
雨の中なる真言なり

これは「冬のスケッチ」と総称される、盛岡高等農林学校時代の試作的な詩を改作して出来たものである。後半部の三行は、賢治の筆跡のまま詩碑となって、旧稗貫農学校跡地の公園に建てられている。この草稿にはいくつかの表現のバリエーションがあるが、もっとも長いものは次の通りである。

わがもとむるはまことのことば
雨の中なる真言なり
風とみぞれにちぎれとぶ
かの黒雲のなかを来て
この山峡の停車場の
小さき扉を排すれば
毛布まとへる村人の
褐の炭燃す炉によれり
げに大理石のそれよりも
いよよ望みにうち慾りて

わがもとむるはまことのことば
雨の中なる真言なり

賢治は土性調査のために冬も山野を渉猟し、みぞれ交りの寒い風の中を停車場にたどり着いたと思われる。その待合室には質の悪い石炭が焚かれ、村人たちが暖を取っている。その中に居る技師たちは、「大理石」よりもより価値の高い「銅」の鉱脈を求めて集まっていることが、定稿と草稿を併読することで読み取れる。「早春」に言うGossanとは、英語ではiron hat《アイアン ハット》（鉄帽）と呼ばれる、鉱床の地上での露頭部を指し、鉱脈を発見する手がかりとなるものである。(2) 待合室でこれだけの事を理解した賢治は、自分が求めているのはそのような現世的価値による欲望の充足ではなく、「まことのことば」すなわち「雨の中なる真言」を獲得することであることを確認するのである。「早春」の他の異稿には「真言」の部分を「陀羅尼」と書き直した跡が確認できるから、この「真言」とは、すでにみた「ナモサダルマプフンダリカサスートラ」という「偈」ではなく、「法華経　陀羅尼品第二十六」に記されている次のような「陀羅尼」そのものであるかも知れない。


そこで、偉大な志を持つ求法者パイシャ＝ラージャは、世尊にこのように語った。

「わたくしたちは、世尊よ、この『正しい教えの白蓮』を、身につけているにせよ、書物にしているにせよ、これを護持する良家の子女たちを保護し防衛し庇護するために、呪文の句を贈りましょう。それは次の通りであります。

アヌェー、マヌェー、マネー、ママネー、チッテー、チャリテー、サメー、サミター、ヴィシャーンテー、ムクテー、ムクタタメー、サメー、アヴィシャメー、サマサメー、ジャエー、クシャエー、アクシャエー、アク

シネー……（以下略）　　（坂本幸雄他訳注　岩波文庫）

もちろん、ここでは「真言」の内容の追求が目的なのではなく、賢治が、現世的価値を大きく超えた宗教的価値の極点まで自己を追い詰めようとしたことが理解できれば良い。しかし、もし、この「雨の中なる真言」という信仰による苦難の甘受を意味する言葉が、右のような「陀羅尼」であるとすれば、あの「tropical war song」の「バルコク　バララゲ、ブランドブランド　ブランド……」の不可思議な文言もまた、同質の「陀羅尼」であり、「正しいねがひ」を現実にするために灼熱の戦いの中にある若者たちを「保護し防衛し庇護するため」の「呪文」であると考えることが可能である。[3]

このように考えてくれば、この「陀羅尼」があの「銀河鉄道の夜」でジョバンニが天上で聞いた「その語《ことば》が少しもジョバンニの知らない語なのに、その意味はちゃんとわかる」〈原言語〉[4]の、地上での表現とみなせるものであることが理解できるだろう。それは、天上では了解できても、地上では意味不明の「呪文」でしかないが、それゆえに、意味の限界を超えて、すべての者が保持でき、それを我がものとした者は、「まことのちから」を得ることができるのである。

さらに、この〈原言語〉の本質が、セロのような声として聞こえたことに示されているように意味ではなく調べであり、音楽に近いものであるとすれば、人間以外の世界のあらゆる存在が、この〈原言語〉を奏でていると考えることができる。賢治はそこで奏でられている調べ、すなわち、「林や野はらや鉄道線路」「虹や月あかり」が奏でる〈原言語〉を「もらって」き、それを人間の言葉に変換して、物語としたことになる（『注文の多い料理店』序）。「風の語る言葉」によって「鹿踊りの本当の精神」が物語られる「鹿踊りのはじまり」はその最も美しい例であるが、詩にも同例を見出すことができる。

天賦の音楽の才能はあっても、貧しさ故にそれを磨くことのできない教え子を前に、賢治は、パイプオルガンは教会にだけあるのではないことを教えている。

もしも楽器がなかったら
いゝかおまへはおれの弟子なのだ
ちからのかぎり
そらいっぱいの
光でできたパイプオルガンを弾くがいゝ

（「告別」）

空一杯の光からできたパイプオルガンは、おそらく、「バルコク　バララゲ、ブランドブランド　ブランド……」と鳴ったであろう。それは、未到の「ほんたうの幸い」（「銀河鉄道の夜」）への道を灼熱の下で歩む者への「応援歌」であり、この世がどのように「地獄」的であっても、それを「愛」の世界に変える力を持つのである。

繰り返し見たように、一本のペンを持って書く世界に居るということは、賢治の場合、〈陶酔〉と〈覚醒〉のせめぎ合いの只中に身を置くことに他ならなかった。しかし、それによって賢治文学は、比類のないエネルギーを持つ磁場を獲得したのである。その磁力は、〈意味〉という限界を超えた〈原言語〉の領域にまで及ぶものであった。かくして、賢治文学に親しむ者は、世界全体から tropical war song を聴き取ることが可能となるであろう。

この時、読者は、確かに賢治と共に〈陶酔〉の世界に住むことになる。

注

（1）『宮沢賢治イーハトヴ学事典』中の「花巻温泉・遊園地」の記述参照　天沢退二郎他編　弘文堂　平22・12

（2）『宮沢賢治語彙辞典』参照　原子朗　東京書籍　平11・7

（3）このような理解については、すでに瀬尾育生氏の指摘がある。本論は瀬尾氏の卓見に満ちた論考に多くを負うている。『純粋言語論』　五柳書院　平24・7

（4）〈原言語〉の詳細については、「『銀河鉄道の夜』初期形——求道者たちの実験——」を参照されたい。

II 近代日本と文学的達成

若松賤子論——彼岸からの視点——

一

若松賤子（本名島田甲子、のち嘉志子、元治元・3〜明治29・2）をどのように論じ、日本の近代文学史上に位置づけるかは、相当に困難な課題である。多くは病床での執筆であったため、息の長い仕事は限られたし、三十三歳という早すぎる死が文学者としての焦点を絞りきれぬものにしているからである。あえて言えば、賤子は翻訳家、児童文学作家、評論家にまたがる存在であるが、はっきりした分類は賤子自身にとっても、また、時代からしても不要であったし、不可能でもあった。つとに『小公子』の名訳で知られてはいたが、その『小公子』もみずからの校訂によって刊行されたのは明治二十四年十月の前篇のみであり、後篇も含む完本が刊行されたのは、死後の明治三十年一月であった。[1]翻訳された作品も「小公子」を除いては長篇と呼べるものはなく、小説として楽しめるものは「いなっく・あーでん物語」「わが宿の花」「雛嫁」「ローレンス」「せーら・くるー物語」「いわひ歌」「淋しき岩」等を挙げ得るにとどまる。賤子の名を最初に高めた「忘れ形見」も掌編とも呼ぶべき短いものである。冨山房百科文庫版『若松賤子集』（昭13・5）は「せーら・くるー物語」「忘れ形見」「淋しき岩」「いなっく・あーでん物語」「雛嫁」の五篇を収める小冊子であるが、たしかにこの一冊と『小公子』でその翻訳は概観できるのである。質的には讃えられるべき業績であっても、病いと死が翻訳家としての賤子のスケールを小さなものにしたことは争えない。

児童文学作家としての若松賤子は、近年『日本キリスト教児童文学全集1　巖谷小波・久留島武彦・若松賤子集』（教文館　昭57・4）として確認され、「着物のなる木」「林のぬし」「砂糖のかくしどこ」「思い出」「黄金機会」の五つの創作が収められた。しかし、「砂糖のかくしどこ」の主人公の奔放でユーモラスなふるまいを除いては、いずれも児童の想像力を解放するファンタジーとしてよりも、訓話としての機能の高さは明らかである。ファンタジーの概念はまだなかったのであるし、本論は「教化文学」を否定するものではなく、むしろその意義を探ろうとするものではあるが、同集に収められた久留島武彦や巖谷小波と同列に論ずることのできないことは確かである。

また、文学者としての教養の質から、所謂社会小説の萌芽を賤子に見るという指摘がある。(2)この視点に従い賤子からの発展を考えるとしても、そこであげられている徳冨蘆花よりむしろ同じ女流である清水紫金がふさわしいと思われるが、(3)紫金の描いた「こわれ指輪」や「移民学園」の戦闘的、非妥協的な生を貫く主人公達と、賤子のそれとの距離はやはり遠いと言わざるを得ない。賤子は後に見るように、社会小説を書きうるだけの現実認識と自己認識を持っていたが、社会の変革よりも自己の変革を説き続けたのである。

評論家としての賤子の業績は英文遺稿集『IN MEMORY OF MRS. KASHI IWAMOTO』にまとめられている。しかし、入手も困難であったし、日本語訳もなかったことから、これまでほとんど触れられることはなかった。(4)賤子のこの側面の解明はこれからの研究課題の一つである。

以上のように見てくると、たとえば次のような評価があるのも首肯できるであろう。

賤子の道徳が穏健であるのは、それが（中略）既に社会に認めずみになっている道徳範囲にあったからであった。その故に彼女の文学に現われた思想は常識的で先駆性がなく、しかし、その故に、安全なるものとして、万人に肯定される処の意義を有した。（塩田良平(5)）

では、若松賤子はあくまでも明治初期の女流作家の黎明期にあってこそ意義づけられるべき啓蒙的文学者であり、現在の視点からは二葉亭四迷と並ぶ口語文体の創始者として文学的位置を要求しうるのみなのであろうか。しかし、作家としての賤子よりも広い円周を持つ、人としての賤子を視野に入れれば結論は簡単ではない。少なくとも人としての賤子――島田嘉志子――には、〈穏健〉〈常識的〉〈安全〉という言葉ではくくれない、劇烈ともいうべき精神世界があったことを見のがす訳にはいかない。それは、発表の舞台であった「女学雑誌」に一度姿をあらわしたのみで再録刊行されることのなかった小品の中のいくつかに、また英文で書かれた評論の中に現われている。あるいは「葬式は公けにせず、伝記は書かず、墓にはただ『賤子』と銘してくれ、人若し問はば、一生基督の恩寵を感謝した婦人とのみ申してくれ」と夫に語ったという遺言[6]の中に残っている。以下、このような精神世界にできるだけ具体的に触れ、そこから改めて作品を眺め返して見たいと思う。

二

若松賤子の夫巖本善治（文久3・6〜昭18・10）が、森鷗外の「舞姫」（明23・1「国民之友」）に対して激しい否定的評価を下したことはよく知られている。

森林太郎氏の「舞姫」に対しては、吾れ一読の後ち躍り立つ迄に憤ふり、亦嘔吐するほどに胸わろくなれり、嗚呼此れ大学才子が留学の末路か、彼能く書を読めり、彼よく文を草せり、彼よく新聞紙に報道を為せり、而して彼は正礼を履まず一舞姫に私通し、不生の兒を挙げさせて……（中略）吾れ之れを男子とは思はず況して大学の卒業生なりと思はんや、（明23・1「女学雑誌」195号「批評　国民之友新年附録」原文総ルビ）

農業学校で植物改良を学んだことから人間や社会の改革に志し、啓蒙活動に入ったという巖本には、素朴な進化論的発想と、熱烈なキリスト教信仰が矛盾することなく根づいていたように思われる。彼にとって、一般人はいざ知らず、大学や外地で〈西洋〉を学んだ者のヨーロッパ的自己（主体）確立は自明のもののはずであった。現実はそれがいかに厳しいものであっても、真に主体的で情熱的な人間の力によって変革されうるはずだ、という発想は明治初期に於けるキリスト者たちに共通の世界観であったと言っていい。「造化は人間を支配す、然れども人間も亦た造化を支配す、人間の中に存する自由の精神は造化に黙従するを肯ぜざるなり」（「内部生命論」明26・5）と北村透谷はその核心を述べている。人間の主体的な自由は現世的な何者からも侵されるはずのないものであり、その不羈の力の根源が神への信仰なのであった。そのような世界観をもたらした西洋市民社会で十分に生活しうるだけの知的能力を持つ太田豊太郎に、何らそれが根づかず、時と場所と相手によってその主体は揺れ動き、エリスを悲劇に導いたことに巖本は憤ったのである。

この前年、明治二十二年七月に巖本との結婚生活に入っていた賤子にとっても、事情は同様であった。「女学雑誌」の同じ号に、彼女は「舞姫」批判とも読める短文を書いている。

> 氏なくして玉の輿に乗ると云うほど、女につらい諺はありません、人は之を栄華のやうに誇りましやうが、私しには心《むね》を割く剣の如くに感ぜられます、身に夫丈《それだけ》の才もなく、況して一廉《いつかど》の徳と云ふものもなく、只だ顔が美しひ《ママ》と云つて顔を愛でられて玉の輿に乗ればとて何の立身でしやう、夫《それ》よりも良人は身健やかにして猟に出で、妻は洗ひすゝぎて爐にもやし、夜るうちくつろぎて物語ると申す、終生の友に超す何の幸わひがありましやうか、
>
> （「玉の輿」）

「何の立身でしやう」以下の記述はそのまま、平凡だが尊ぶべき愛の生活を捨て立身を選んだと見える太田豊太郎の生き方の否定となっている。海軍のエリート士官であった世良田亮との婚約を破棄した経験を持つ賤子にとって、右の一文はかりそめのものではない。結婚とはお互いの主体が尊重され、真の自己実現が果されるべき場でなければならなかったのである。それはこの六ヶ月前、巖本との結婚に際して妻から夫へ向けたものとして書き留められた英詩に、より明瞭な形で表わされている。

THE BRIDAL VEIL

1. We're married they say and you think you have won me,
Well, take this white veil and look on me;
Here's a matter' to vex you and matter to grieve you,
Here's doubt to distrust you and faith to believe you,–
I am all, as you see, common earth and common dew;
Be weary to mould me to roses, not rue!
Ah! shake out the filmy thing, fold after fold,
And see if you have me to keep and to hold–
Look close on my heart – see the worst of its shining–
It is not yours to – day for the yesterday's winning–
The past not mine – I am too proud to borrow–
You must grow to new heights if I love you to morrow.

（2、3略「女学雑誌」172号 明22・7）

夫によって「一読するに頗る味ひあり、只だ其訳しがたきに艱《な》やむ」と注せられたこの英詩は、昭和五十二年に至って、乗杉タツ氏訳によりはじめて広い読者の前に供せられることとなった。

花嫁のベール

1、われら結婚せりとひとは云う、また君はわれを得たりと思う／然らば、この白きベールをとりて、とくとわれを見給え／見給え、きみを悩ます問題を、また君を歎かす事柄を／見給え、きみを怪しむ疑い心を、また君を信ずる信頼を／見給う如く、われはたゞありふれし土、ありふれし露なるのみ、われをしようびに造型せんとて、疲れて悔い給うなよ／あゝこのうすものをくまなくうちふるいて／われとそいとぐべきや　見給え／わが心をとくと見給え、その輝きの最も悪しきところを見給え／昨日君が得られしものは、今日はきみのものならず／過去はわれのものならず、われは誇り高くして、借りたる物を身につけず／君は新たに高くなり給いてよ、若しわれ　明日きみを愛さんがためには

（2、3略「巖本」別冊No.1　昭52・12）

もし日本語で書かれていれば近代詩史上でもユニークな位置を占めたのであろうこの「花嫁のベール」は、若松賤子を論ずる上で不可欠のものである。花嫁から花婿に贈られるという形も異例であるし、後の3で従順な妻となることが確認されるとはいえ、ここに表現されたものは、自己が花嫁である前に、夫からさえも独立した一個の人格であることの高らかな宣言であるからである。しかも、この可憐なだけの薔薇たることを拒否する花嫁は Look close on my heart-see the worst of its shining と言う。ベールをうち振い、「その輝きの最も悪しきところ」を見よ、と言う時、作者の中に「おぞき苦闘の告白」（「藤村詩集序」）につながる内部生命の熱き自覚があったことは明らかであろう。「ありふれし土、ありふれし露」という自己認識は聖書からの発想であろうが、〈あるべき自己〉でなく、

〈ありのままの自己〉の容認を迫るこの姿勢を、三十年代の浪漫主義、四十年代の自然主義の人間観の先駆と見ることも可能である。また、2に表現される、夫の視野や力の及ばぬところまで自己を伸長せずにはやまぬという決意に、後の女性解放運動に通ずる「月」ならぬ「太陽」としての女性の位置づけ（与謝野晶子「そぞろごと」明44・9）を見ることもできよう。少くとも、「舞姫」のエリスがついに〈美しい薔薇〉でしかなく、愛の破局に際して発狂するというストーリーが示すように、真の成熟――自己確立を果していないに対して、「花嫁のベール」に於ける「われ」は、前見の「玉の輿」と通ずる人間観を確かに有しているのである。ただし、近年、長く賤子の作と信じられていたこの詩が、諸岡愛子氏により、アメリカの女流詩人アリス・ケアリーの作品の賤子による引用であるということが解明された[7]。発表にあたって原典の開示がなかったためである。だが、たとえ実作でなかったとしても、本作が賤子の内心を最も良く盛る器であったことは、明らかであろう。そうでなくては、結婚に際して、啓蒙誌「女学雑誌」に発表される必要はなかったからである。

しかし、賤子はこのような全人的、近代的女性像をこれ以後翻訳でも創作でも呈示することはなかった。その文学にたずさわる決意は次のように述べられている。

> 凡そ婦人たるものに教育、矯風の事業の責任ありとせば、一般小説文学の嗜好に投じて正義、高潔などの世に勝利を得る補助を為すとは、婦人等の多少為し得る処と確信して居り升、それ故聊か教育の事に志ある自身も多少己の学び得たる処と悟り得たる処を理想的に小説に編んで妹とも見る若手の女子たちに幾分かの利益を与へ、社会の空気の掃除に聊かの手伝が出来れば幸福と考へて居り升た、
>
> （「閨秀作家答」「女学雑誌」207号　明23・4　傍点引用者）

巖本善治は、後に、「愛などという語彙には少しも精神的な意味は含まれず、極く低級な感覚的な意味とだけしか解され」なかった時代に、〈愛〉に宗教的な意味を根づかせるべく悪戦したことを回想しているが[8]、賤子もまた真と善の一致を信ずる熱き啓蒙家として生きんとしていた。その仕事は当然、あるがままの内なる近代ではなく、あるべき近代—具体的にはあるべき家庭、夫婦、児童像の呈示でなければならない。啓蒙家には自己を語ることは不要なのである。しかし、改めて言うまでもないが、賤子が自己の the worst of its shining を書くことがなかったのは、彼女が単なる啓蒙家以上の者、つまりキリスト者であったからに他ならない。「女学雑誌」の片すみにひっそりと載せられた次の小品は、自己を語らなかった賤子の世界観をよく表わした佳作である。

初ひばり　賤の女

風あらく、塵すさまじき春の日に、心静かに／登りゆく、御空は高し、はつひばり、御そらは高し、初ひばり。
風はなぎ塵も及ばぬ、雲の上に、うたひつ登る／汝が幸を、人は知らめや、はつひばり。
登りゆく、御空は高く、清けれど、塵の浮世に／帰るなる、心たのもし、初ひばり。

（「女学雑誌」３７０号　明27・3）

賤子三十一歳、その死のおよそ二年前の作である。死を意識した病床でしたためられたこの小品と、結婚という生の輝きのさなかに書き留められた「花嫁のベール」とを単純に比較することはできないにせよ、秀逸ともいうべきあの英詩ではなく、この素朴な小品に示された生の姿勢こそが、彼女に「閨秀作家」という名を与えた根源的な力であったことは疑うことができない。この世は塵の世であり、自己もまた、塵で作られた賤しき器に過ぎぬ。しかし、生の望みは、そのような地上から遠くへだたった天上をあこがれながらも、そこへ登り着くのではなく、逆にこの「塵の浮世」に留まるところにある、というのである。ヒューマニスティックに自己にとっての救いや理想郷を望みつづける往路ではなく、今一度天上から地上への還路を歩むというこの姿勢は、イエスの生涯を「天上から地上へ登るために無慚に折れた梯子」（「西方の人」傍点引用者）にたとえた芥川龍之介のキリスト教理解を想起させる。あるいはまた、彼女が、いわば人生や自己についての省察を終えた者であることを思わせる。遺言の禁を破って書かれた賤子の伝記『とくと我を見たまえ』（山口玲子　昭55・5　新潮社）に詳細に記されているように、彼女にとってこの世が「風あらく、塵すさまじき」ものであるのは単なる比喩や教義ではない。幼くして戊辰戦争の戦乱に巻き込まれ、故郷と母を失い、父と別れるという辛酸をなめた賤子は、この世がいかなるものであるかを早くから知りつくしてしまったのである。にもかかわらずこの世に留まろうとする時、信仰は彼女にとって絶対的な支えなのであった。天上に舞い上るのでなく、地上に向って「心たのもし」く舞い下るひばり。これが賤子の生であった。それはそのまま、彼女が心血を注いで紹介した児童文学の主人公達の生き方でもあったのである。

三

若松賤子の児童観は、『小公子前篇』出版に際し書かれた序文に見ることができる。

　母と共に野外に逍遥する幼子が幹の屈曲が尋常ならぬ一本の立木を指して、「かあさん、あの木は小さい時、誰かに踏まれたのですネイ、」と申したとか。考えて見升と、美事に発育すべきものを遮り、素直に生ひ立つ筈のものを屈曲《くねら》せる程、無情なことは実に稀で御座り升。心なき人こそ、幼子を目し、生ひ立ちて人となるまでは真《まこと》に数の足らぬ無益の邪魔物の様に申し升うが、幼子は世に生まれたるその日より、否、其前父母がいつ〳〵にはと、待設ける時分から、はやおのずから天職を備へて居り升て、決して不完全な端た物では御座りません。

（傍点原文、原文総ルビ）

続いて賤子は幼子を「家庭の天使《ホームエンヂエル》」と言い、その純潔故に父母をさえ正しい道に導く力を持っていると言う。幼児の純潔を神に近きものとする聖書的ロマンチシズムは勿論、ここにジャン・ジャック・ルソーに始まる近代的な〈児童の発見〉の典型例を見ることもできよう。たとえば巌谷小波の『こがね丸』（明24・1）の主人公が、〈小さな大人〉として、また仇討ちという封建的道徳内にとどまる手段によって現実を変革するに対して、『小公子』のセドリックは〈児童の無垢〉という子供にのみ許された特権によって現実を改革するのである。この意味では「『小公子』の序文で、若松賤子が述べている児童観は、日本において近代的な意味で児童性を問題にした先駆であったし、この時代に果したキリスト教徒の進歩的な役割を強く感じとることができるものである」[9]という評価や、「キリスト教に導かれた向日的な浪漫主義」[10]という評価は妥当なものということができる。しかし、より詳細にその翻訳作品に触れてみれば、右の評言にいくつかの保留が必要であることに気づく。つまり、賤子は確かに「児童」の意義を発見しているが、それはより厳密には〈児童性〉ではなく〈天使性〉と呼ぶべき強い宗教的理想主義に隈取られているということである。現実の児童は天使である以上に、生命力の横溢によって悪魔的側面を持つのであり、その両面を描くことが児童文学の要件であろうが、この意味では賤子の取り上げる主人公たちは少しも児童的ではない。その主人公たちは確かに大人よりも秀れてはいる。だがそれは大人の失った生命力によって秀れているのではなく、肉体性を除去した精神性によって秀れているのである。評言の如く「キリスト教によって導かれた浪漫主義」ではあるが、それは〈向日的〉というよりむしろ〈彼岸的〉なのだ。

たとえば「せーら・くるー物語」では、父の死によって孤児となり召使い同様となった主人公は、数々の辛酸をなめるのであるが、精神的には並の大人よりはるかに成熟している。

時としては、ミンチン先生に、何か荒々しく残酷なことをいはれてゐる最中、セーラは年に似合はぬ底意ありげな妙な眼つきをして、ミンチン先生を見て超然と、一般高くゐる者の如くに、ほゝえんでゐる処に気づくことがありました。

あるいは、「いわひ歌」のカロルは不治の病に罹りながら決して自分の運命を呪うことはない。逆に彼女の「何ともいへない程愛らしく、哀れ気にもまた、優しく辛抱づよい様な微笑」によって、家中の「隅ゝまでも、キリストの幼な顔から発するかの様な優に柔らかき光明」に満たされるようになるのである。また、「淋しき岩」に於ては、港の入口にある暗礁によって漁師である父を失った乙女は、その野辺の送りを終えると、その日から「五十年の今日まで盛年より老年と年々変る面かげも、聊か乙女の慈善なる苦心にさし障りを生ぜずいつも夜を昼に代へて孤燈の番人となり……」という灯台守りとしてのその一生を送る。これは近代的なヒューマニスティックな見地から言えば、全く馬鹿げたふるまいとも言えるものである。何も彼女が犠牲になることはない、村役場にでも訴え出ればいいのだ、それによって失なわれた青春の日々はどうなるのか……いくらでも疑問を呈することはできるが、作品には心理的葛藤は何ら表現されていない。主人公は少しのためらいもなくそうしてしまうのである。

『小公子』はこれらの苦難や死の影の濃い作品に比べれば、ほほえましく明るいものであるが、セドリックに苦しみが与えられない訳ではない。祖父のドリンコート侯爵と一緒に住むことになったセドリックが、母と別居せねばならない場面がそれである。しかし、彼は自分の感情を超越する。

だけど、世の中にはいろいろ苦労があるもので、誰でも辛抱しなければならないッてね。メレもよくさういひいひしましたし、ホッブスをぢさんも、そういつたことが有りましたよ。かあさんがお祖父さまのお子がみんな死んでしまつたんで、それは大そう悲しいことだから、お祖父さまと御一緒にいるのが好きにならなくつちやいけないつて、そういいましたよ。

セドリックもまた、自己の運命をこの上なく素直に受容することに於いて、他の主人公達と少しの変りもないのである。

このような〈自己超越〉〈運命の受容〉〈献身〉を主要なテーマとする作品を特に選んだことに賤子の思想が強く打出されていることは言うまでもない。主人公達はみな、前述の〈舞い下るひばり〉としての賤子の分身なのである。そして、この〈ひばり〉達は次の様な言葉を胸に刻んでいるはずである。

「坊や、坊にはいろいろ言ひのこしたいことがあるが、時迫つて……何もいへない……坊はどうぞ、無事に成人して、こののちどこへ行つて、どの様な生涯を送つても、立派にまことの道を守つておくれ。わたしの霊はここを離れて、天の喜びに赴いても、坊の行末によつては満足が出来ないかも知れません、よつくここを弁へるのだよ……」

（「忘れ形見」）

事情によって生母である事を告白できぬまま臨終を迎える「奥様」が「僕」に語りかける場面である。「忘れ形見」はA・Aプロクトルの英詩 The Sailor Boy を自由に翻訳、小説化したものであるが、ここに戦火に故郷を追われ客死した母と賤子の最期の別れの場面を見ることは強引に過ぎるであろうか。賤子はわずかに六歳の時に目前で死んでいった母の最期を思い起こしながらその戒めをここにひそやかに書きつけたのではなかったか。それが強引に過ぎるとしても、少くとも「死者の霊」の語りかけがあってはじめて、〈自己超越〉〈運命の受容〉〈献身〉が可能であることは明らかであろう。生から生を見るのではなく、死の側から生を見ること、それは宗教的発想の根源の一つであり、賤子の業績の核心に存在するものなのである。

さらに賤子の場合、そのキリスト教信仰は新渡戸稲造の所謂「旧約」としての武士道(11)によって養われたことを忘れることはできない。山口玲子氏の伝記によれば、会津では藩士の子弟は「什《じゅう》」という仲間を持ち、そこでは次のような誓いが常に守られねばならなかったという。

一、うそを言うてはなりませぬ。
一、弱い者をいじめてはなりませぬ。
一、卑怯な振舞いをしてはなりませぬ。
一、ならぬことはならぬものです。

ここで要請されているのは、勿論「児童」としてのふるまいではなく、「小さな武士」としてのそれである。封建時代に於いては洋の東西を問わず「児童」概念は成立しえないのであり(12)、賤子自身の「家庭の天使《ホームエンヂエル》」という言葉にまどわされなければ、その翻訳や創作が、この「什」の中で読まれるのが最もふさわしい性質を持つことに気づくのである。

賤子の娘中野清子は「若松賤子」というペンネームが、「生れた土地会津藩への執着」と、「神婢という様な敬虔な感情」の複合であると指摘している(13)が、その苗字は、生地への愛情であると共に、明治の典型的なクリスチャンとして生地で養われた儒教道徳の延長上に信仰を形成した賤子の明白な自己確認であったと言えるのではないか。英文で書かれ『日本伝道新報』に掲載された賤子の評論文には、保守主義者としての賤子の立場が明確に現われている。

しかし、この家族制度はこの上ない勤勉さと思慮深さ、そして自己犠牲を生み出す最も成功した訓練の制度だと感ぜずにはいられません。怠慢で気まぐれ、おまけに身勝手な女性は別として、品格ある献身的なタイプの妻や母親が今日に至るまで家代々の宝として日本の古風な家庭に受け継がれてきたのは、実にこの制度のお陰だといえます。私たちは老いた姑の力強くしかも有益な教えに、心から感謝の意を表わすことを忘れてはなりません。

（"SOME PHASES OF THE JAPANESE HOME AND HOME DISCIPLINE"「日本の家と家庭の躾」明28・10）

さて、ここにキリスト教が、日本の形式や慣習を破壊したり排除するためでなく、個人の生活や社会生活に大切なものを与えるばかりでなく、現存するものを聖なるものとし、また生命を与えるために導入されました。わが国に必要なキリスト教とは、その理解と適用において、古い日本の魂ともいうべきものを支持し、またそれを乗り越えてゆく力となるべきものであらねばならないのです。

（"THINKING OF OUR SISTERS BEYOND THE GREAT SEA"「太平洋の向うがわのわが姉妹を思う」明27・6）

キリスト教が明治以後も白眼視された理由の一つに、信仰による個我の確立と、日本の天皇を頂点とする国家や家族制度との矛盾対立があげられるが、右に見られるように、賤子にとってはキリスト者たることは近代的な意味での個我の確立を意味せず、むしろ旧秩序を聖化する役目を果たすべきものであった。たとえば、あの『小公子』のセドリックは頑迷な老侯爵を回心に導くのであるが、それは結果的にはドリンコート城を中心とする旧秩序を正に〈聖なるもの〉とし、それに〈生命を与え〉たのであって、決して所謂近代的に解放した訳ではない。それどころか作品は、貴族制度の讃美によって締めくくられるのである。このような意味では、賤子の取り上げた作品は近代以前ともいえるものである。

しかし、逆に言えば、このような賤子の「前近代性」「保守性」は、彼女の現実認識の鋭さをよく示していると言うことができる。英文評論での主張は、同じく儒教道徳に育ち、同じく外国語を良くし、西欧精神を血肉化しながら、「保守的」であった鷗外を想起させる。鷗外は後に「半日」(明42・3)で、個我を主張し、「家」の秩序を顧みない「奥さん」を苦々しげに書くのであるが、賤子は日本の「近代」を支えたものが「奥さん」のような〈新しさ〉でなく、〈古い日本の魂〉であったという逆説をよく理解していたのである。彼女は熱き理想主義ではあったが、同時に冷静な現実主義者でもありえたのだ。もし賤子が小説に筆を染めたとすれば、日本の矛盾と混乱に満ちた近代化をめぐる「社会小説」を書いたかも知れない。

ともあれ、このように賤子の文学は、クリスチャン作家として「文学を至上とするのではなく、神を至上とする」[14]ものであった。それは果して彼女の文学を「キリスト教的制約で非常に狭く」[15]したであろうか。そうであるとも言えるし、そうでないとも言える。少くとも『小公子』や『若松賤子集』所収の、賤子の血によって濾過された翻訳を読む時、そこに現代文学が失った波瀾万丈の面白さと、心の高貴さと、人生に対する熱を強く感受できることは確かであろう。同じく文学を至上とせず、従って自我意識を中軸に置かずに書いた宮沢賢治が(彼はそれを法華文学と呼んだ)、幻想にあふれた作品を成立させ、さらに〈自己超越〉〈献身〉という賤子につながるテーマを呈出したことは興味深いことである。賤子や賢治によって開示、展開されたこの彼岸からの視点は、おそらく、これからの児童文学は勿論、現代文学の新たな展望に必須の条件であるはずである。

注

（1）桜井鷗村が校訂にあたった。その「遺稿編纂の辞」は賤子への敬愛にあふれたものである。
（2）『座談会明治文学史』中の「明治の社会文学」に於ける勝本清一郎の発言。岩波書店　昭36・6
（3）笹淵友一『明治大正文学の分析』参照　明治書院　昭45・11
（4）『若松賤子英文遺稿集』は、師岡愛子氏による日本語訳と合わせて龍溪書舎から昭和五七年六月発行された。
（5）塩田良平『明治女流作家論』寧楽書房　昭40・6
（6）巖本善治『小公子』解説　岩波文庫　昭2・10、昭14・8改版
（7）尾崎るみ『若松賤子　黎明期を駆け抜けた女性』参照　港の人　平21・6
（8）巖本善治「撫象座談」「明日香」所収　昭11・12
（9）管忠道『日本の児童文学Ⅰ総論』大月書店　昭31・4
（10）平岡敏夫『明治文学史の周辺』有精堂　昭51・11
（11）新渡戸稲造著・桜井鷗村訳『武士道』丁未出版　明41　矢内原忠雄訳　岩波文庫　昭2・10
（12）柄谷行人『近代日本文学の起源』講談社　昭55・8　参照
（13）中野清子「母の思ひ出」冨山房百科文庫『若松賤子集』所収
（14）三浦綾子「この頃思うこと」「旭川市民文芸」17号所収　昭50・11
（15）（2）に同じ。

「楚囚之詩」――〈うつろな主体〉をめぐって――

一

北村透谷の「楚囚之詩」（明22・4）をめぐっては、すでに多くの評言が積み重ねられて来た。それは何よりも透谷の文壇処女作としての、また、日本の近代詩の嚆矢としてのこの作品の重要さの故であるが、同時に、評者の側から言えば、作品を読み解くために必要なサブテキストとしての作者とその周辺の現実が豊富に確認できるからでもある。すなわち、楚囚たる「余」とは実際に大阪事件（明18・11）で「法を破り」下獄した大井憲太郎や大矢正夫等の透谷のかつての同志たちがモデルであると考えられ、同じく獄舎にある「花嫁」とは、壮士たちと行動と共にした女性を指すにとどまらず、透谷の妻ミナの面影が重ねられていると思われるし、何よりも精神的な意味において透谷自身が「楚囚」であったことは彼自身が繰り返し語っているところである。これだけでも作品に相当複雑な補助線が引かれることになるのだが、さらにここに「評者の現実」が引く補助線がからむことになる。いわゆる〈私の透谷〉を語るため格好の試金石となるのがこの作品であり、評者の現実認識や世界観が多かれ少なかれ評言の中にせり出して来るのである。

たとえば、黒古一夫氏にとってこの作品は氏みずから語っているように、現実で決定的に敗北した自己を観念の世界へ導いた最初の道標であり、その果てに自己を回復させることさえ可能にした強烈な文学的磁場をもっていた。(1) 従って氏の論述はその主体をかけた極めて熱のこもったものになっている。たとえこのようないわゆる政治的敗北を喫し現実的な足場を失うといった経験がなくとも、アクチュアルな問題を題材とする「楚囚之詩」は、評者がその主体のありかたを問われる重い対象として存在して来たように思われる。

しかし右のような事情は、それゆえにどこかこの作品に対する等身大の評価を妨げて来たとは言えないだろうか。特に、冒頭の「曾つて誤つて法を破り」という表現をめぐってそれが著しいように思われる。

この表現に対する評価は、管見の範囲では大よそ五つに分けることができる。

①笹淵友一氏[2]や小田切進氏[3]のように、ここに透谷の「悪法と戦うという意識の欠如」や政治的立場の曖昧さを見て否定的に評価するもの。②佐藤泰正氏[4]、小沢勝美氏[5]、黒古一夫氏のように、ここに透谷の誠実な自己批判や自己処断を読み取るもの。③藪禎子氏[6]や橋詰静子氏[7]のように、透谷の苦渋に満ちたアイロニーを読み取るもの。④北川透氏[8]、佐藤善也氏[9]、桶谷秀昭氏[10]のように、作品全体は評価しつつも、ここに作者の主体の移入を認めず、作品が物語的展開を始めるための形式的表現と見るもの。ただし、佐藤善也氏は、一方で、「誤つて法を破り」にミナとの結婚生活の失敗を読み取りうると指摘している。[11] ⑤平岡敏夫氏[12]のように、作品の表現通り、民権運動を批判していると見るもの、である。

一見、多彩に評価が分かれてはいるが、ここには「楚囚之詩」に対峙するにあたって共通の認識があるように思える。つまり、一部を除いて、作品執筆時に於ける透谷の作家的主体が揺るがぬものとして成立していることについては何ら疑われていない、ということである。桶谷秀昭氏は『近代の奈落』[13]で、藤村や独歩など透谷以外の多くの文学者が〈近代の何か〉を大きく跨いだにもかかわらず、透谷のみがそこに留まりつづけ、身も心も破った、と述べたが、氏の指摘通り、透谷を学ぶとは正に透谷の踏みとどまった〈近代の奈落〉を見すえることに他ならない。それは、透谷が他の誰もがなしえなかったほど常に自己の熱き主体をかけて現実と対峙し、それを表現したことを認めることでもある。ゆえに、「楚囚之詩」は、彼の見た〈近代の奈落〉の最初の表現として評価され、その表現に作者の主体が込められていることも疑われることはないのである。従って、「曾つて誤つて法を破り」に、いかなる透谷の主体がかかっているかは、論ずるに足る大きな問題となったのである。

しかし、文学者として歩み始めたばかりのこの時期の透谷にとって作家的主体とは何であったのか。たとえば、バイロンの「シオンの囚人」がこの作品に与えた影響についてはすでに詳しい報告があり、透谷がいわば換骨奪胎して「楚囚之詩」を仕上げたのだと言われている。しかし、文字通り換骨奪胎するためには、何を取り換え、何を奪うかを判断する主体が存在しなければならない。だが、少なくとも「楚囚之詩」執筆までの透谷に、あの藤村が『若菜集』で東西の古典を前にして筆を執ったような的確な判断力をもった詩人的主体が形成されていたのであろうか。あるいは鷗外が『於母影』の翻訳に当たって保持していたような、明快な啓蒙的視線がわがものとされていたのであろうか。種々の評伝は、その劇的な恋愛と入信によって、この時期の透谷はすでに精神的再生＝主体の形成が果たされたと述べている。たとえば中山和子氏は次のように「楚囚之詩」と作者を結びつけている。(14)

この詩に流れる悲痛で陰鬱な気分は、一筋の清らかな恋愛憧憬によって柔らいでいるが、これはミナとの幸せな出会いを反映している。最愛の花嫁に出獄を迎えられる主人公の人生は、素朴に期待され肯定されようとしており、世界は神の経倫のうちにあることも、透谷の入信の歓びを示している。おそらくこの詩のモチーフは民権運動離脱以来の鬱積した苦悩を、恋愛と入信によって自己革命的に超脱した透谷の、自己再生の歓びにあったと思う。

ここでは、挫折→苦悩→恋愛・入信→自己再生という透谷の自己確立（主体の形成）への道程が信じられている。氏によれば、透谷は自己を再生できた歓びによってこの作品を作りあげたのである。しかし、果たして人はこのように見事に自己再生を果たしうるものなのだろうか。透谷はむしろ逆に、民権運動からの離脱によっても、恋愛・

入信によっても、結婚によっても、それを契機に揺るがざる主体を確立しえなかったのではないか。そこにこそ、彼が文学的領域に入って行かねばならなかった必然があるはずである。

透谷の日記に「楚囚之詩」が登場するのは明治二十二年四月十二日であるが、その前に記された四月一日の日記には次のようにある。

余は実に過る二三年の間を混雑紛擾の間に送りたり。愛情の為め、財政上の為め、或は病気の為め、是等の凡てが余をして何事も成すことなく過ぐる二三年を費消せしめたり。人生僅に五十年、今日の壮顔は明日の白頭、昨日の無罪なる小童は今日の多恨多罪なる老人とならんとす、況んや余の如き多病なる者に於てをや。

「過る二三年」が、明治二十年夏に於けるミナとの出会いにはじまる透谷の一大転機を指すことはあきらかであるが、彼はそれを「混雑紛擾の間」と呼び、「何事も成すことなく過ぐる二三年を費消」した、と言っているのである。わざわざ四月一日から再開されたこの日記の真摯さを疑えないとすれば、評伝の伝える華々しさとはうらはらに、透谷の主体はこの時期、再びうつろに病んでいたと言わねばならない。透谷は続いて「余が前後左右を見よ、驚く可き余の運命は萎縮したるにあらずや、自ら悟れよ、自ら慮れよ……独立の身事、遂に如何んして可ならんとする?」と書き、自己を懸命に奮いたたせようとするのである。

比喩的に言えば、この時期に於ける透谷は揺るがざる樹木として自立していたわけでは決してなく、からまるべき対象を捜して揺れている一本のか細い蔦でしかなかったのではないか。そして、「文学」とは「独立」＝自己確立を果すべく這い登る最後に残された対象ではなかったか。透谷は「シオンの囚人」から換骨奪胎して「楚囚之詩」を書いたのではなく、「シオンの囚人」という幹にからみつくことによって辛うじて文学的営為を開始し、うつろな主体を充たそうとしたのではないか。

二

透谷を理解する上で、彼には何かに触発されて爆発的に自己の内面が喚起され、それが一気呵成の表現となる、という場合が多いことをここで確認しておこう。たとえば、すでに早くに平岡敏夫氏の指摘があるように、[15]「生のミザリイ」を聞いて欲しいとの願いによって書かれた、透谷の自叙伝ともいえる石坂ミナあて明治二十年八月十八日の書簡は、当時東京日日新聞に連載されていた「昆太利物語」に触発されたものである。「生の少年の時の教育と行為とは毫も彼れに異なる所なし」（明20・8下旬　父快蔵あて書簡）と考えた透谷は、「昆太利物語」を借りて自己を語ったのである。書簡が書かれた八月十八日までにわずか十六回の連載があったに過ぎないのに、十一ヶ所もの影響関係が指摘できるのも、[16]彼の思い入れの激しさを示している。「昆太利物語」と自己の過去とが時に混同された可能性は十分にあるのである。

ここにあるのは恐ろしく空虚な透谷の内面である。生来の資質、家庭環境（特に母との関係）、挫折と屈折に満ちた青春、それらを縷縷述べたあと、透谷は自己を「敗軍の将」とか、「成すところなき一糟粕」と表現している。それは単なる謙辞ではなかったであろう。彼はこれ以上なくうつろな自己をなすすべもなく抱え込んでいたのである。それを何らかの実体に反転させるには「昆太利物語」を借りて自己の半生をドラマ化する他はない。ある意味では通俗的でさえある悲劇の主人公となる以外になかったのである。

ここで透谷の視野に入っていたのは、石坂ミナの許婚者であった平野友輔であろう。東大医学部卒のエリートであり、クリスチャンであり、民権家としてもミナの父昌孝に重んじられていた平野の圧倒的な実質に対抗する唯一の武器が「生のミザリイ」であり、しかも、離別するにあたってそれを語るという、より劇的な場面設定であった。この書簡が彼にとっての「文学」の扉を開くものであったことは明らかである。

同様に、透谷が自己を語ったものに明治二十一年一月二十一日のミナあて書簡がある。この書簡は「彼等壮士の輩何をか成さんとする、余は既に彼等の放縦にして共に計るに足らざるを知り……」という透谷の壮士批判と、神の兵卒たらんとする決意の披瀝されたものとして周知のものであるが、中山和子氏の指摘にもあるように[17]、これが前年十二月二十六日の保安条例施行を契機として書かれたことは否定できない。石坂昌孝はこの条例によって東京追放となった民権派五十七人の一員となったのだが、透谷はミナを慰めるべく次のように書いている。

Dearest よ、余は昌孝氏の志想を能く知るなり、一朝自ら顧る時、氏の為めに愁涙袖を湿すを免かれず、氏は其生平《せいへい》の義心を以て、誤つて壮士の群に推されたり、悲い乎無謀の輩に誘はれたり、却つて名望を落したり、我が愛する私交の親友よ（余は政治上の友にあらざればなり）、君は遂に東洋風慷慨家の一人に数へられたり、嗚呼英雄の末路此の如き乎……

父を追放させられたミナのために書かれた[18]とはいえ、この文面には保安条例そのものが悪法であるという認識はどこにも見出せない。透谷によれば、昌孝はその尊い「義心」のもって行くべき場を誤ったゆえに、世間での「名望」を落とし、「英雄」の末路としての悲憤慷慨を抱かねばならなかったのである。書簡のこれ以下の文脈を、私（透谷）は昌孝と同じ「義心」を持つものであるが、これからはそれを神の真理を実現するための兵卒として果たさんとするのだから、昌孝のような誤ちはしない、と述べていると読むことも可能なのだ。ミナと出会い、恋愛感情とともにキリスト教の教義に接した透谷が、かつての民権運動家としての自己の傲慢を恥じ、自己否定の徹底による神の救いと自己再生の喜びを語っていることは明らかであるが、その前提としてのあっけない民権運動の否定は、半年前自己の「ミザリイ」を語ろうとした際と同様の自己劇化が、保安条例を契機として再燃したと推察させるのに十分なものである。

私は透谷をおとしめるためにこのような評言をなしているのではない。このような透谷の揺れ動く主体こそ、後に彼自身によって明晰に語られるように、その「不幸」によってもたらされたものであることを確認したいのである。

幸福なる生涯には、熱意なる者少なし。熱意は不幸の友なり。熱意は悲哀の隣なり。幽沢邃谷《すゐこく》のなかに濃密なる雲霧を屯せしむ。平地には斯の如き事あらず。国乱れて忠臣興るなり。家破れて英児現はるゝなり。遂げ難き相思益々恋情を激発し、成し難きの事業愈々志気を奮励す。不幸の観念は何物をか捉へんとして、捉ふること能はざるより生ずるなり、此の観念の存在する限は、心霊の平衡を失ひたる者にして、熱意なる者は蓋し此の平衡を回復せんが為に存するなり。

（「熱意」明26・6）

語られていることはすべて、透谷によって痛く経験されたことばかりであったにちがいない。「不幸」のもたらす「心霊の平衡」の喪失＝うつろな主体こそが「熱意」を生むのであり、それが民権家透谷となり、恋する人透谷となり、キリスト者透谷となったのである。そうでなければ、あの「罪と罰」のラスコーリニコフの老婆殺しという「熱意」が、彼の「不幸」の源泉たる「無形の社会」によるものであることが見ぬけるはずもない（「『罪と罰』の殺人罪」明26・1）。生来の資質と、家庭環境、明治初期の社会の混乱が「何物をか捉へんとして、捉ふること能はざる」不幸に導き、その分だけ彼を激しく生きさせたのである。ラスコーリニコフがやってしまったあとで観念と現実の落差に愕然とするように、透谷もまた、何かに身を投じ、自己を燃え上がらせた後、半ば呆然として我にかえる、という経験を繰り返して来たのではなかったか。「君知らずや、人は魚の如し、暗らきに棲み、暗らきに迷ふて、寒むく、食少なく世を送る者なり。」（「時勢に感あり」明23・3）という〈近代の奈落〉の最底辺にまで届く視線は、どこにも自己の不動の実体化を果たしえなかったことにおいてのみ獲得可能なものであったはずである。勝本清一郎氏は「透谷は若い時から理想主義とシニシズムの稜線を鋭く歩いている」と言っているが、[19]この評論家透谷を成立させた二面性こそ、そのうつろな主体の所産なのである。

三

しかし、もちろん、以上の立言によって、うつろな主体を抱えた透谷が「シオンの囚人」を支えとして、あてどもなく作品を書き始めた、と言いたいのではない。逆に、透谷は過剰なほど意識的であったと考えるべきである。「楚囚之詩」は、あの「厭世詩家と女性」（明25・2）をなぞって言えば、「想世界の敗将をして立籠らしむる文学といふ牙城」の最初の一つであった以上、透谷なりの冷静な計算があったにちがいない。

それは、自序にある通り、「狭隘なる古来の詩歌を進歩せしめて、今日行なはるゝ小説の如くに且つ最も優美なる霊妙なる者となす」という野心を果たすために、つまり、人間の内面を詩的な言語として詳細に表出しうる新しいフォルムを完成させるために、国事犯大赦という外的状況を絶妙の題材として使い切るということであった。

ここで注意せねばならぬのは、自序の中で透谷が「小説の如く」とか、「寧ろ小説に似て居るのです」と、「小説」という言葉をくりかえし使用しているために、また、「楚囚之詩」の評価が、主人公の内面の独白が伝統的な詩のリズムを破壊してなされたことに力点を置かれて定まったために、この作品があくまで「シオンの囚人」を模した叙事詩であることが見失われがちであるということである。とすれば、作品論の前提として、作者の言葉にまどわされることなく叙事詩の本質を確認しておく必要があることになる。

小説と叙事詩の区別については、たとえば、W・ベンヤミンは次のように述べている。

叙事的な人間は、ただ休らっているだけだ。ひとびとは、一日の仕事をおえて叙事詩の中に憩う。耳をそばだて、夢想し、集める。小説家は、ひとびとや、かれらの営みから身をひきはなしてしまっている。孤独のなかにある個人こそ、小説の生まれる産屋なのだ。かれは、自己の最大の関心事についてさえも、範例となりうるような発言をおこなうことはもはや不可能であり、他人の助言を受け入れることも、また、他人に助言を与えることもできない。小説を書くことは、人間生活の描写のなかで、公約数になりえぬものを極限までおしすすめることにほかならない。

（「小説の危機」高木久雄他訳　著作集7）

ベンヤミンによれば、小説家と叙事詩人との違いは、公約数、つまり集団で共有可能なテーマを持ちうるか否かにある。透谷の用語で言えば「共有の花園」（「漫罵」明26・10）が存在するか否かにある。それを持ちえており、誰もが愛でることのできる花を作るのが叙事詩人の仕事であり、全き孤独のなかで誰も見たことのない花弁を作らんとするのが小説家の仕事なのである。

であるとすれば、「楚囚之詩」が主人公の孤独の強調にもかかわらず、小説ではなくあくまで叙事詩であり、「シオンの囚人」がスイスの政治的反逆者たちの記念のために書かれたように、公約数としての周知の社会的事件をふまえて書かれる必要があったことを忘れることはできない。

改めて言うまでもなく、日本の浄瑠璃を例にとれば、その題材のほとんどは実際に起きた事件、あるいは周知の伝承説話等に取材している。よく知られた事件や伝承の主人公たちの心情をいかに説得力のある表現として聴衆に与えるかが、作者の能力として問われたのである。透谷の親しんだシェイクスピアの戯曲においても事情は同様であろう。とすれば、「楚囚之詩」が一種のオケイジョナルポエムとして明治二十二年二月十一日の国事犯大赦を契機として書かれたことに何の不思議もない。

この作品については、「熟考するに余りに大膽に過ぎたるを慚愧したれば、急ぎ書肆に走りて中止することを頼み、直ちに印刷せしものを切りほぐしたり。」という明治二十二年四月十二日の日記が重視され、それが作品の先駆性ゆえの不安を示したものとされることが多いが、佐藤善也氏の指摘にもあるように、[20] それは事実に反する。四月から五月にかけて各雑誌に短評が出ており、「國民之友」五月十一日の広告文はみずから筆を取って書かれている。作品の先駆性に対する不安よりも、「大に江湖に問はん」（明22・4・12日記）という野心の方が勝ったのである。透谷には大赦の記憶も生々しい世間にこの作品が必ずや注目をあびるだろうという計算があったにちがいないが、それ以上に叙事詩という作品の本質が現実的な契機を必要としたのである。

この視点から言えば、「此篇の楚囚は今日の時代に意を寓したものではありませぬから獄舎の模様なども必ず違つて居ます。」という自序の言葉と、「此著は国事の犯罪人が獄舎の中にありての感情と境遇とを穿てる者なり」という「國民之友」の広告文との矛盾も矛盾ではなくなる。たとえば、「仮名手本忠臣蔵」がその時代を南北朝に設定しても聴衆はその同時代性を疑うことがないように、今日の時代に意を寓したものではない、という註は、逆に、作品の今日性を暗に示唆しているのである。

以上の文脈が成り立つとすれば、冒頭の「曾つて誤つて法を破り／政治の罪人として捕はれたり」が、透谷にとっては、自己批判やアイロニーと言った自己主体とのかかわりからではなく、叙事詩としての必然から書き始められたことが理解できるのではなかろうか。とすれば、作品の冒頭を透谷の主体とのかかわりで評価することには、やはり無理があると言わざるをえないのである。

それは、冒頭表現そのものからも指摘できる。

私見によれば、「曾つて誤つて法を破り／政治の罪人として捕はれたり」の中で、最も腑に落ちないのは「誤つて」でも「法を破り」でもなく、「曾つて」の一語である。「誤つて法を破り」には、すでに見たように「余」の自責はもちろん、読みようによってはアイロニーも読み取れるが、それが「曾つて」でくくられると、とたんにそこに込められた「余」の心情のボルテージが低められるように思えるのである。「曾つて」は、昔、以前、ある時、これまでに、等と言い換え可能であるが、どのように言い換えてみても、何か現在の自己からは断絶のあることを認めている言葉に映る。なぜ透谷は率直に「余は誤つて法を破り」とせず、「曾つて」と書き始めたのか。

考えられる回答の一つは、詩的な音韻やリズムの問題である。「かつてあやまつて」であれば、母音はaueaaueとなり、ａとｅにはさまれてｕの音が印象的に繰り返される快い音韻が成立する。何よりも西欧的な叙事詩を作り上げたかった透谷にとって、これは魅力的な冒頭である。しかし、それだけの理由で「曾つて」が導き出されるはずもないとすれば、「曾つて」は文字通りある具体的な過去の事象を指していると考える他はない。

だとすれば、「曾つて」とは三年半前の大阪事件をはじめとする反政府的政治事件を指し、「誤つて法を破」った者とは大矢正夫や大井憲太郎らをはじめ、「誤つて壮士の群れに推され」た石坂昌孝までをも視野にいれた民権運動家たちがイメージされていることは言うまでもない。彼らは作品の表現通り「たゞ国の前述を計」らんとし、「此世の民に盡」さんとしたのだが、文字通り「たゞ」世の流れに呑まれてそうしたのであり、この時期の透谷が自覚していたような「神のため」という時流を抜いた視線を持っていたわけではなかった。従って、彼らは男子の常として、透谷の自省の言葉通り「己れの権力を弄ばんとするの義侠心」（明21・1・21　石坂ミナあて書簡）や、「我が技量を試みんとする」「天下を以て、功名を戦はすの広野となさんとする」（同）野心もあわせ持っていたにちがいない。世がもし平穏な時代であればこれらの感情は別の形をとって現われ、「法を破」ることも「政治の罪人として捕はれ」

ることもなかったかもしれないが、時代の流れがそうさせたのであるから、それが変化してしまった今となっては、まるで夢のようにしか思えないのである。「つたなくも、（注　不運にも）余が迷入れる獄舎」（傍点引用者）という表現には、右に述べた主人公の非主体性が正確に語られている。

「曾つて」というよそよそしいニュアンスを持つ言葉はこうして冒頭に置かれた。そこには自由党の変節とそれによる混乱に代表される、時流に翻弄された壮士たちの過去を夢幻のように見つめる思いが込められているのである。従って、くりかえしのべたようにここに作者透谷の影を過剰に読み込むことは誤りであると思われるが、あえてそうするとすれば、そこに前述の彼の「うつろな主体」を見ることはできるだろう。ここにはかつての自己の行動に対する否定も肯定もない。自己の過去を放心してみつめている透谷の姿があるだけである。

かくして、「楚囚之詩」を小沢勝美氏の言うように「政治的抒情詩」と規定すること[21]には無理があると言わざるをえない。「楚囚」という語が幕末から明治にかけての壮士たちが好んだ文天祥の「正気歌」によるものとしても、佐藤善也氏の指摘通り[22]質的には全く無縁のものとなっているのである。

それは主人公「余」が入獄を契機に自己の政治的立場を思想的に深めることなど皆無に近いことによく現れている。わずかに第二連に「吾が祖父は骨を戦野に暴《さら》せり、吾が父も国の為に生命を捨たり、／余が代《よ》には楚囚となりて、／とこしなへに母に離るなり。」と悲痛に自己の政治的来歴が回想されているが、それは自己の宿命的な悲運を悲しんでいるのであって、社会的状況は何ら視野には入っていないのである。さらにまた、「彼等は山頂の鷲なりき、／自由に喬木の上を舞ひ、／又た不羈《ふき》に清朗の天を旅し、／ひとたびは山野に威を振ひ、／慓悍なる熊をおそれしめ、／湖上の毒蛇の巣を襲ひ／世に畏れられたる者なるに」という、かつての壮士としてのふるまいの回想は、その余りに類型的な表現そのものがその政治活動の空虚さを示していると言わざるをえない。すでに作者自身の認識の中で壮士たちへの幻想は消滅しているのだから、このような表現がとられたのは当然であるが、「身を抛うちし国事」が具体的にどのようなものであったのかは作品から何ら知ることはできないのである。前田愛氏は「楚囚之詩」から「獄舎の空間の見取り図を復元しようとする試みはほとんど徒労に近いと思われる。(23)」と透谷の具体的描写に対する意志の欠如を指摘しているが、同様に、「余」をはじめとする壮士たちの政治的活動を復元することも不可能なのである。

もちろん、この作品の叙事詩としての成立を考えれば、それらは読者には周知のこととして省かれたと考えることもできないことはないが、そうであるにせよ、「余」の独白における政治性の欠如は、結果として「余」の本来の人間像を浮き上がらせることになっている。このような意味で言えば、作品は期せずして楚囚となった「余」の自己発見の物語であったと言うこともできる。

　画と見えて画にはあらぬ我が故郷！
雪を戴きし冬の山、霞をこめし渓《たに》の水、
よも変らじ其美くしさは、昨日《きのふ》と今日《けふ》、
――我身独りの行末が……如何に
　　浮世と共に変り果てんとも！
嗚呼蒼天！　なほ其処に鷲は舞ふや？
嗚呼深淵！　なほ其処に魚は躍るや？
　春？　秋？　花？　月？
是等の物がまだ存《あ》るや？
曾つて我が愛と共に逍遙せし、

楽しき野山の影は如何にせし？
摘みし野花？　聴きし渓《たに》の楽器？
あゝ是等は余の最も親愛せる友なりし！

「余の最も親愛せる友」は故郷の自然であって、共に戦った壮士たちでも、さらに言えば花嫁でさえなかった。「彼山、彼水、彼庭、彼花に余が心は残れり、／彼の花！余と余が母と余が花嫁と／もろともに植ゑにし花にも別れてけり、」という別の回想を見れば、「花嫁」は「花」に対する思い出を飾る存在でしかなかったことが明らかである。「余」が自己を支えるべく回想するものはことごとく自然であって人間ではない。「余」が獄中で「花嫁」を脳裏に浮かべるのは「鉄窓の外に鳴く鶯」を通じてでしかないのである。その意味では「愛といひ恋といふには科《しな》あれど、／我等雙個《ふたり》の愛は精神《たま》にあり」という二人の「純愛」は、その社会性の欠如という点において、まことに「余」にふさわしいものであったと言うこともできるのである。

かくして、終末部における「余」の「大赦の大慈《めぐみ》」への感謝に少しの不思議もない。彼にとって自己を獄に下らせた政治的事件とは、本質的に一種の自然現象であり、都に春が来るように、時がめぐり釈放されたのであるから、それを素直に喜ぶことに不思議はないし、それにふさわしく鶯もその祝福に加わるのである。それは「冬は厳しく余を悩殺す、／壁を穿つ日光も暖を送らず、／日は短し！して夜はいと長し！／寒さ瞼《まぶた》を凍らせて眠りも成らず。／然れども、いつかは春の帰り来らんに、／好し、顧みる物はなしとも、破運の余に、／たゞ何心なく春は待ちわぶる思ひする、」という予感がひとたびは裏切られたあと二度目に成就したということであり、入獄とは彼にとって冬の季節を生きたこと以上の意味はなかったのである。

このような視点から言えば、「楚囚之詩」の主人公の造形は、九ヶ月後森鷗外によって発表される「舞姫」の主人公に近いものがあると言うこともできる。太田豊太郎がドイツ留学によって〈まことの我〉を把んだと思いながら、エリスとの一連の出来事により逆に自己の非主体性をみずから明らかにしたように、「余」もまたその下獄によって、みずからの非政治性を明らかにしたのである。

以上の立言はこの作品を否定するためになされたのではない。鷗外が〈西洋的近代〉を体現することの困難さを早くも太田豊太郎の造形を通じて報告したように、透谷もまた、おそらく期せずして、日本における政治的主体の成立の困難さを「余」の独白を通じて報告したと言えるのである。

注

（1）黒古一夫『北村透谷論　天空への渇望』冬樹社　昭54・4
（2）笹淵友一『「文学界」とその時代　上』明治書院　昭34・1
（3）小田切進『北村透谷論』八木書店　昭45・4
（4）佐藤泰正「『楚囚之詩』再論――序説――〈誤つて〉の一句をめぐって・諸家の論にふれつつ――」「キリスト教文学」創刊号　昭56・7
（5）小沢勝美『透谷と漱石　自由と民権の文学』双文社出版　平3・6
（6）藪禎子「『楚囚之詩』論――とこしなへに母に離るなり――」「藤女子大学国文学雑誌」29号　昭57・6
（7）橋詰静子『透谷詩考』国文社　昭61・10
（8）北川透『北村透谷　試論Ⅰ〈幻境〉への旅』冬樹社　昭49・5
（9）佐藤善也「回生の試み　北村透谷『楚囚之詩』小論」「國文學」學燈社　昭47・3号
（10）桶谷秀昭『北村透谷』筑摩書房　昭56・11

(11)（9）に同じ
(12)平岡敏夫『北村透谷研究第三』有精堂　昭57・1
(13)桶谷秀昭『近代の奈落』国文社　昭43・4
(14)中山和子「北村透谷」『日本文学研究資料叢書　北村透谷』所収　有精堂　昭47・1
(15)平岡敏夫「透谷と『昆太利物語』」『北村透谷研究』所収　有精堂　昭42・6
(16)私見による。平岡氏の指摘にない例の一つとして「生は父母祖父母、皆、愛情に薄き人なりと思いこみければ、生を親愛する者一人もなく、人生の価値とす可き所なしと考へ居けり、是れ則ち後に生をして気鬱病を発せしむべき最大なる原素なるべきか」（透谷書簡）に対する「噫已ぬる哉余が病の原因は『世の中に誰も余を愛する人なし世の中は詰ぬものなり』といふ初一念より無聊となり勝気となり独力修業となり妄想となり遂に斯る病気に沈みしと云ふ事は医師も教師も乳母も知らざりけり」（第四回）をあげることができる。
(17)（14）に同じ
(18)ここには、獄中で睾丸を引き裂くという狂態を演じた父昌孝のことに心痛しているミナを慰めようとする意図ももちろん存在する。詳細は色川大吉「透谷と政治——透谷の新資料紹介に当って——」参照「文学」第4巻第2号岩波書店　平5・4
(19)勝本清一郎「解題」『透谷全集』第三巻　岩波書店
(20)佐藤善也『日本近代文学大系9北村透谷徳冨蘆花集』注釈　角川書店　昭47・8
(21)（5）に同じ
(22)（20）に同じ
(23)前田愛『都市空間のなかの文学』筑摩書房　昭57・12

「漫罵」――〈共有の花園〉の喪失がもたらすもの――

一

作家は処女作に向って成熟するという言葉がある。処女作における自己の根源から溢れ出たテーマを生涯かけて深化発展させるのが作家の道程である、ということであろう。では、同様に、近代文学史は北村透谷に向って成熟するということが可能だろうか。「その惨憺とした戦ひの跡には、拾つても拾つても尽きないやうな光つた形見が残つた。彼は私達と同時代にあつて、最も高く見、遠く見た人の一人だ。」（島崎藤村「北村透谷二十七回忌に」）という言葉に代表されるように、透谷の「形見」は〈近代文学の源流〉と位置づけられて来た。政治的挫折から文学へ、文学の自立的価値の確立、近代自由律詩の創始、近代抒情詩の先駆、キリスト教的世界観から汎神論的世界観への回帰、等々。厳密な内容の検討は措くとしても、これらのテーマで何一つ透谷と無縁なものはない。藤村の言うように、彼は「天才の誠実」（同前）をもって日本の「文学的近代」の扉を押し開いたのである。しかし、その〈源流〉の中に、「文学者と狂気」、「文学者の自殺」が付加されることが常であることも忘れることはできない。狂気や自殺への成熟ということが言葉として成り立たないように、透谷に著しいのは、その〈源流〉が口に含むことがためらわれるような濁りを持っているということである。

ここに桶谷秀昭氏の「きみは透谷のように生きようと願うか？[1]」という、より本質的な命題が登場する。ここには〈近代文学の源流〉といった文学史的言辞では決して表現しえない、達成がそのまま悲劇であるような光景がある。桶谷氏はその光景をもたらすものを次のように説明している。

透谷のように、内部生命といった思想的根拠を、時代の現実情況と同じ次元に対決させたばあい、内部生命の観念的上昇による現実離れは、じつは、現実情況との牽引の極限までの緊張にほかならなかった。このぎりぎりの緊張に堪ええたとき、透谷の内部生命は思想の優位と独創を近代日本思想史上に獲得した。同時にこの緊張に堪えて思想をきりひらいていくことが、いかに困難かをも、思想主体の玉砕をもって示した。

透谷の場合、ロマン的な観念の肥大とみえるものは現実情況からの離脱の願望ではなく、現実の全情況とかかわろうとする激しい意志であった。「おのれは怪しむ、人間《ひと》が智徳の窓なり、／美《び》の門《かど》なりとほめちぎる雙《さう》の眼《め》の、／まことに開《ひら》けるものなりや？」（「蓬萊曲」明24・5）というあらゆる情況の果てまで見尽さんとする意志である。月村敏行氏は、山路愛山との人生相渉論争における透谷の後退とみえるものは、「書く行為」に決してロマン的になれなかった透谷を示しており、「この論争で『書く行為』をローマン的に夢想しているのは愛山の側なのである。」と述べている。[2] 卓見であろう。「眼を挙げて大、大、大の虚界を視よ」（「人生に相渉るとは何の謂ぞ」明26・2）という言葉に、書くことの果てまで見すえようとした、一歩危まれば虚無に転落する透谷の位相をつかまなければ、彼が文学実利説を排し、文学の自立性を擁護しようとしたという二元論に陥らざるをえないのである。

ここで注目されるのはその評論に多用される「然れども」という一語である。この逆接の接続詞は単に明治二十年代の評論文における常用語ということにとどまらない。透谷にとってこの語は対象の本質ににじり寄るようにして近づき、その全体像にかかわらんとする精神のありようそのものであった。

要するに佐藤氏は所謂国粋家の一人なる可し、衆人が是を改良し、或は進歩せしめん事に苦しめるに、国粋家は傲然として唯我を観ずる事常なり。余も亦国粋を好めり、然れども耕やさゞる可からざるの地を充分耕やさ

れたりとして、鎒《くは》と鋤《すき》とを用ひざらんとするを好まず。（「『日本の言語』を読む」明22・7　◦点原文　傍点引用者）

現在見うる透谷の評論文の最初のものであるが、彼の思考の方法がすでに鮮明に示されている。即ち、透谷は決して論述の対象を予見的に裁断しようとはしない。多くの場合対象の中に自己を投げ込み、そこに共通の場さえ見出す。ただ彼が肯んじようとしないのは問い続けることをやめること、判断停止である。「今ま其揺籠の中にある日本」（同前）にあって、真の国粋家とは判断停止によって国を賞揚する者ではなく、ありうべき日本を問い続ける者ではないのか、と透谷は言う。この時、「然れども」の一語はまさにこの未開の土壌にふりおろすべき「鎒と鋤」に他ならないのである。

しかし、透谷の短い生涯が語っているように、それはありうべき真の近代を切り拓く鎒鋤であったが、すべての認識を相対化してやまぬその鋭利さによって、自身の生の場そのものまで掘り崩して行ったということができる。桶谷氏の言う〈玉砕〉である。北川透氏は明治期のロマン主義を「近代が個的なモチーフのなかに深く抱きかかえられて、わが国の風土のなかでラジカルに生きられようとするときに吸われる毒」(3)という表現で規定しているが、それはそのまま「然れども」の内実であろう。

明治二十七年五月十六日の自殺から二週間後の五月三十日、「文学界」第十七号に透谷の遺作の一つである「髑髏《どくろ》舞《まい》」が掲載された。

うたゝねのかりのふしどにうまひして
　としつき経ぬる暗の中。
枕辺に立ちける石の重さをも

物の数とも思はじな。
月なきもまた花なきも何かあらん、
　この墓中《おくつき》の安らかさ。
たもとには落つるしづくを払ねば、
　この身も溶くるしづくなり。
朽つる身ぞこのまゝにこそあるべけれ、
　ちなみきれたる浮世の塵。」

（後略　傍点引用者）

余りにも皮肉なタイミングの発表であるが、ここには〈玉砕〉よりもさらに悲劇的な、死への近親と溶解する自己の認識がある。透谷をはじめとして、日本の「近代」の中で文学的達成を果した者は、その代償であるかのようにこのような自己の危機に直面せざるをえなかった。小林秀雄の「彼の個性は人格となることを止めて一つの現象となった。」（「芥川龍之介の美神と宿命」）という芥川像はその典型である。全状況を見据えんとすること、即ち問いの持続は、デカルトのいわゆる「我思うゆえに我あり」ではなく、「我思うゆえに我あらず」ともいうべき位相に問う者を追いつめるのである。今回の〈透谷以後の検証〉とはこの危機に直面した文学者たちの悪戦を見極めることに他ならない。以下はその荒いスケッチである。

二

自分は女の容貌に満足する人を見ると羨ましい。女の肉に満足する人を見ても羨ましい。自分は何うあつても女の霊《れい》といふか魂《たましひ》といふか所謂《いわゆる》スピリットを攫《つか》まなければ満足が出来ない。

夏目漱石の『行人』（大元～2）の主人公一郎の言葉である。しかし、このような願望は恋愛における「春情」（肉欲）を否定した透谷（「厭世詩家と女性」明25・2）と同じく、精神的存在としての異性を求める故に自他共に傷つくという逆説を生きていくことになる。物語に登場するとすぐ彼の「特色」はこう語られる。

彼は事件の断面を驚く許《ばか》り鮮やかに覚えてゐる代りに、場所の名や年月《としつき》を全く忘れて仕舞ふ癖があつた。夫《それ》で彼は平気でゐた。

一郎にとって「場所の名や年月」は「女の肉」と同じく対象の本質を包んでいる衣装にすぎない。常に「本質」だけが問題なのだ。しかしもちろん、そのような二元論は彼のたずさわる学問の世界では仮定できても、現実には成立しえない。「スピリット」をこそつかみたいという一郎は、そのつかみがたさに耐ええず、弟に妻の「節操を試す」ことを要求するのだが、この言葉の意味から「肉体」を排除することは不可能なのである。しかも、不可視の本質のみが存在することはありえなくとも、可視である具体的事象は把握可能であり、通常の場合、人々の興味がそこにあることは言うまでもない。一郎の「特色」が説明されたあとすぐに続く次の描写は、一郎夫婦の危機が何によるものなのかをよく示している。

「何処だか解らなくつちや詰まらないわね」と嫂《あによめ》が又云つた。兄と嫂《あによめ》とはこんな所でよく喰ひ違つた。

かくして「本質」をのみ求める一郎の苦悩は妻お直のみならず、弟二郎にも家族にも、親友Hさんにも理解されない。それは彼がみずから認める如く「図を披いて地理を調査する人」＝観念の人であったからに他ならない。しかし、ここでも両者を現実と観念の二元論で区別し、優劣を論じることは誤りであろう。一郎は透谷のいわゆる「第二の心宮」（「各人心宮内の秘宮」明25・9）の扉を開こうとしたのであり、それは何よりも彼の人生や人間に対する「濃情」（透谷の愛用語）を示しているのである。それが一郎の「現実」なのだ。

　このような一郎の造形は、別言すれば透谷の言う「人間の根本の生命を暗索」（「内部生命論」明26・5）せんとする意志がこの地に根づいたことを意味している。作者漱石もまた、他者との魂の一致を終生希求していた。

> それで私はともすると事実あるのだか、又ないのだか解からない、極めてあやふやな自分の直覚といふものを主位に置いて他《ひと》を判断したくなる。そうして私の直覚が果して当つたか当らないか、要するに客観的事実によつて、それを確かめる機会を有《も》たない事が多い。其所にまた私の疑ひが始終靄のやうにかゝつて、私の心を苦しめてゐる。もし世の中に全知全能の神があるならば、私は其神の前に跪《ひざま》づいて、私に毫髪の疑を挾《さしはさ》む余地もない程明らかな直覚を与へて、私を此苦悶から解脱せしめん事を祈る。でなければ、此不明な私の前に出て来る凡ての人を、玲瓏透徹な正直者に変化して、私と其人との魂がぴたりと合ふやうな幸福を授け給はん事を祈る。
>
> （「硝子戸の中」大4　傍点引用者）

漱石四十九歳、死の一年前の執筆である。『こゝろ』（大3）における人間の罪の徹底した追求は、このような晩年に至ってなお止まない魂の一致への激しい渇望なしには成り立たないものであった。それは「幸福なる生涯には、熱意なる者少なし。熱意は不幸の友なり。」（透谷「熱意」明26・6）とあるように、漱石の生い立ちや結婚生活の不幸に起因するものかもしれない。それを説明しつくすことは不可能であるが、漱石が〈透谷以後の道〉をその真中で歩いていることだけは確かである。かつて『三四郎』（明41）の広田先生は「熊本より東京は広い。東京より日本は広い。日本より（中略）頭の中の方が広いでせう。（中略）囚《とら》われちや駄目だ。」と現実に対する内面の優位を主張した。しかし、このような転倒は客観的な文明批評には有効でも、具体的な他者との関係では内面の無限性ゆえに解決不能の苦悩をもたらすのである。

しかし、くり返すことになるが、この「我思うゆえに我あらず」の苦悩を否定することはできない。『行人』は、眼前で「ぐう〱寐てゐ」る一郎に対する「兄さんが此眠から永久覚《さ》めなかつたら嘸《さぞ》幸福だらうといふ気が何処かでします。同時にもし此眠から永久覚めなかつたら嘸悲しいだらうといふ気も何処かでします。」（傍点引用者）というHさんの感慨で終っている。それは、一郎が陥った狂気にさえ至ろうとする解決不能の苦悩こそ「近代」の切り拓いた〈人間的なるもの〉の証しであることを作者が明断に自覚していたからにちがいない。漱石にとって、作家たることはこの一郎の苦悩の中に立ちつくすことに他ならなかったのである。

早くに佐藤春夫の指摘があるように（「森鷗外のロマンチシズム」）、初期鷗外もまたこの〈人間的なるもの〉の自覚から出発した。「狂気」がその豊饒に過ぎる人間性の所産であるという視点に立てば、初期三部作、特に「舞姫」（明23・1）「うたかたの記」（明23・8）に「狂気」が繰り返し取扱われることに不思議はない。「うたかたの記」には実在のバイエルン国王ルートヴィヒ二世が登場するが、鷗外はドイツ留学中からその「狂気」に心を留めていた。「独逸日記」には「翌日聞けば拝焉《バイエルン》国王、此夜ウルム湖の水に溺れたりしなり。（中略）王の未だ病まざるや、人主の徳に詞客の才を兼ね、其容貌さへ人に勝れ、民の敬愛厚かりしが、西洋の史乗にも例少き死を遂げしこと、哀む可きに非ずや。」（明19・6・13）、「加藤岩佐とウルム湖に遊び、国王及グツデン（注、従医。国王と共に溺死）の遺跡を弔す。」（同6・27）とある。王がワーグナーの熱心なパトロンとなったことに象徴される熱狂的な芸術愛好家であり、その過剰が狂気を引き起したことに鷗外は強い興味を抱いたにちがいない。王がなぜ突然入水死したかは当時からさまざまな臆測を呼んだが、「うたかたの記」では、王が恋した母と同名の美しい少女マリイをその眼前に突然出現させることで、その動機としたのである。鷗外によれば王は美のために死んだのである。

このような過剰と逸脱はマリイにも著しい。孤児である彼女はモデルとして辛うじて身を立てているのだが、その内面は境遇から遙かに抜きんでている。画家たちの真贋を見抜く鋭い感性と見識を持ち、すでに「悲しきことのみ多かれば昼は蟬と共に泣き、夜は蛙と共に泣」くという、いわば〈世界苦〉を知っているのである。であればこそ本物の芸術家としての巨勢に共鳴し、「あはれ二人は我を忘れ、わが乗れる車を忘れ、車の外なる世界をも忘れたりけむ」という激しい雨を冒しての馬車の旅へ出るのであり、それがマリイの死へとつながるのである。このような自己の身分や境遇に納りきれぬ人間性の豊饒こそ、留学帰りの鷗外の最も深刻なテーマであった。それは豊太郎やエリスの悲劇を生み出し、イイダ姫の出奔をうながす。初期三部作において彼は、自己が作家たることの根拠を、柔らかな雅文体に包みながら激しく呈示したのである。

しかし、陸軍軍医総監、陸軍省医務局長というその地位が示すように、鷗外に〈人間的なるもの〉に立ちつくすことは許されなかった。ヨーロッパから訪ねて来たかつての恋人の接吻も「ここは日本だ」という一語で拒絶する渡辺参事官の造形（「普請中」明43）は、鷗外が〈人間的なるもの〉を断念することで、日本の全状況にかかわり、公人としての現実に責任をとり続けたことを示している。「仮面」「傍観者」「諦念」「あそび」という言葉はそのバリエーションに他ならないが、その文体の緊張度の高さから言っても万感の思いを込めて翻訳されたと思われる「冬の王」（原作 HANS LAND 明45）は、彼のこのような生の位相を語って余すところがない。

恋人をつけねらった男を殺し、懲役五年の刑を受けたエルリングは、刑期を終えた後、世捨人のように、下僕としてデンマークの海岸の別荘地で働いている。にぎやかな短い夏が終り、人々の姿が消えると、彼は一人哲学書を読み、星を観察し、冬の王として海岸に住みつづける。
それでも稀には、あの荊の輪飾の下の扁額（註、刑の判決文が入れてある額）に目を注ぐことがあるだらう。そしてあの世棄人も、遠い、微かな夢のやうに、人世とか、喜怒哀楽とか、得喪利害とか云ふものを思ひ浮べるだらう。併しそれはあの男の為めには、疾《と》くに一切折伏し去つた物に過ぎぬ。

「冬の王」とは、単に人跡の絶えた冬の別荘地に三十年住み続けて来た男ということを指すにとどまらない。一切の人間的なものを捨てて生きるという断念の深さが「冬」と「王」に象徴されているのである。いかに逆説的に聞こえようと、この「世棄人」は世を捨ててはいないのであり、それは鷗外の〈濃情〉が人生に対して取らせる姿勢でもあった。ゆえに、ここでも桶谷氏にならって「きみは鷗外のように生きようと願うか？」と問うことは可能なのである。

三

以上の文脈が成り立つとしても、文学的達成が悲劇的なものを伴うという透谷以後の地平を見極めたことにはならないだろう。問題は問い続けることにあるのではない。共に問う者を発見できぬことにこそ、より根底的な要因があるはずである。

今の時代は物質的の革命によりて、その精神を奪はれつゝあるなり。その革命は内部に於て相容れざる分子の撞突より来りしにあらず。外部の刺激に動かされて来りしものなり。革命にあらず、移動なり。人心自ら持重するところある能はず、知らず識らずこの移動の激浪に投じて、自から殺ろさゞるもの稀なり。（中略）国としての誇負《プライド》、いづくにかある。人種としての尊大、何《いづ》くにかある。民としての栄誉、何《いづ》くにかある。適ま大声疾呼して、国を誇り民を負《たの》むものあれど、彼等は耳を閉ぢて之を聞かざるなり。彼等の中に一国としての共通の感情あらず。彼等の中に一民としての共有の花園あらず。彼等の中に一人種としての共同の意志あらず。晏逸は彼等の宝なり。遊惰は彼等の糧なり。思想の如き、彼等は今日に於て渇望する所にあらざるなり。

（「漫罵」明26・10）

周知の一節である。透谷が「革命にあらず、移動なり」と言った時、彼の意識には自己が全力をあげて確立せんとした「人間の根本の生命を暗索」するという命題（「内部生命論」）が、多くの者にとって無縁の命題であったことに対する苦い自覚が含まれていたであろう。対象を文学に限っても、透谷は同時代の小説のほとんどに江戸期の人情本の影しか認めることができなかった。あるいは巖本善治や山路愛山などのキリスト教によって立つ論客からも、儒教的とさえいえる現実密着の論理を聞かざるを得なかった。文学と文学観の根底的な変革がなされたわけではなかったのである。しかもより一層の不幸は、このような「移動の時代」は必然的に「共同の意志」を喪失させ、「共有の花園」を枯らしてしまったことにあった。

〈共有の花園〉とは、換言すれば民族の共有する感性であり、価値観である。それは必ずしも大輪の花の咲き誇る園である必要はない。どのように小さくとも、花が共有されたものである時はじめて「詩」や「思想」は可能なはずである。透谷は明治の人々がその精神を「自から殺ろさゞるもの稀」であると指摘しているが、それは江戸期においては一層深刻な形で存在していたものであった。江戸の平民たちは「自《みずか》ら重んずる故を知ら」なかったのである（「徳川氏時代の平民的理想」明25・7）。しかし、にもかかわらず、その中にあって、彼等はいかに矮小で下卑たものであっても〈粋〉や〈俠〉という理想を持つことができた。幡随院長兵衛という〈俠〉の典型を持つことができ、さらに十返舎一九の戯作に笑うことができ、近松の悲劇に泣くことができた。なぜならそこには万人共有の封建時代の不幸があったからである。しかし、あの「蓬萊曲」における「我思う」ゆえの不幸は誰からも理解され得ぬ孤絶したものであった。というより、むしろ透谷はその不幸を万人のものとして示しうるだけの典型的な人物と状況設定と詩的言語を持たなかったことに注目すべきだろう。フランスの哲学者アランは、その演劇論の中で、ドラマは何事かを説明しようとしてはならず、作者の観念はすべて状況と動きによって示されねばならぬと言っているが（『諸芸術の大系』）、「蓬萊曲」はまさに主人公の不幸を性急に説明しようとする意図によって破綻している。

しかし、もちろん、非は透谷の才能にのみ帰されるべきではない。透谷の内心のドラマを描き出すためには、「蓬萊山」という「他界」と「大魔王」という「妖魅」は必須であったが、「他界に対する観念」（明25・10）で嘆きと共に指摘しているように、自己の観念世界を表出する場として「他界」を設定する伝統のほとんどない日本において、それらのリアリティの欠如は必然的であるからである。

林達夫氏の「文芸の社会学的基礎」(4)によれば、ヨーロッパでは現世に永遠に自足できぬ人間が、その観念を「夢」の形で描く伝統がキリスト教と共に古くからあった。六世紀の聖フルゲンチウスによる神々との巡礼記、グレゴリウス教皇の「対話」、ベード「教会史」の中のノルタムブリェンの夢、ダンテの「神曲」の最も古い原型と言われるワラフリード・ストラボンによる「ウェッティンの夢」、ヒンクマールの「ベルナルドの夢」、「アンドラードの夢」、あるいは俗語文学としての「聖パトリスの煉獄めぐり」「地獄の夢」「天国の道」等々。それらの長い伝統の上に十四世紀のダンテの「神曲」は成立したのである。詩の成立に「伝統」との重い関連を見なければ、透谷における詩の破綻をその特異な人格に帰してしまうことになるのである。

同様なことがそのまま他の近代作家たちの生にあてはまると言えるだろう。人間の内面を問い続け、現実をその果てまで見据えんとすること、即ち「我思う」ことが他者と共有されえないゆえに、「我あり」ならぬ「我あらず」という状況が現出するのだ。

森鷗外の「玉篋《たまくしげ》両《ふたり》浦嶼《うらしま》」は、明治三十五年十二月に刊行され、翌年に上演された小さなオペラとも言うべき実験的な戯曲であるが、この作品について鷗外はこう述べている。

> 我従来《わがじゆうらい》の劇《げき》にも長白《ながぜりふ》といふものがある。然《しか》し真《しん》に長白《ながぜりふ》といふべきものは、一つも無《な》かつたといつても好《よ》いだらう。西劇《せいげき》の独白《ひとりぜりふ》の稍長《やゝなが》いといふ側《がわ》の分《ぶん》は、俳優《はいゝう》が或《あるひ》は着座《ちやくざ》したまゝ或《あるひ》は立《た》つたまゝで述《の》べるもので、浦島全《うらしません》曲《きよく》の総《すべ》ての人物《じんぶつ》の白《せりふ》を合《あわ》せた位《くらゐ》のものも、決《けつ》して珍《めづ》らしくない。（「浦島《うらしま》の初度《しよど》の興行《こうぎやう》に就《つい》て」明36・2）

しかし、この戯曲のささやかな「長白《ながぜりふ》」さえ、「公衆《こうしゆう》がそれに耳《みゝ》を傾《かたむ》けるといふことを知《し》らなかつたので、後《のち》には俳優《はいゝう》が悪口《わるくち》を恐《おそ》れて、白《せりふ》の一部《ぶ》を省略《せいりやく》するやうにな」る（同）という反応しか返って来なかった。シェイクスピアの「ハムレット」の完全上演はさらに後、明治四十二年であり（坪内逍遥訳）、それは初め「葉武列土《はむれつと》倭錦絵《やまとにしきえ》」と題され通俗的な仇討譚として紹介されたのである（明治19年　仮名垣魯文訳）。もちろん、ハムレットの高名な独白が語られるはずもなかった。（5）現実的な事件の展開にしか興味を持ちえず、人間の内面を抽象化するまでに問い続ける伝統の欠如した日本の風土にあって、〈文学的近代〉を達成することは、荒野に一人道をつけるような徒労感や孤絶感をもたらすのである。漱石が「夢十夜」（明41）第六夜で語った明治の木には仁王が埋っていないというエピソードを、このような〈新しい共有の花園の欠如〉という意味で読み解くことも十分に可能なのだ。

右の視点から言えば、「先生の遺書」という異例の「長白《ながせりふ》」を持つ漱石の『こゝろ』（大3）の成功は、強引なまでの〈共有の花園〉の設定にあったと言うこともできるだろう。すなわち、「先生」が死をもって贖わんとした「人間の罪」である。日本人的な恥の意識や自尊心をからませながら、誰もが認めざるをえないエゴイズムを設定することで、『行人』の一郎の孤絶は止揚され、「先生」の罪の意識は若い「私」に共有される。

　私は其時心のうちで、始めて貴方を尊敬した。あなたが無遠慮に私の腹の中から、或生きたものを捕まへやうといふ決心を見せたからです。私の心臓を立ち割つて温かく流れる血潮を啜らうとしたからです。

ミイラのように生きて来たという「先生」が、「温かく流れる血潮」を云々するのは矛盾ではないか。いや、そうではない。人間の罪の熱き自覚こそが「先生」のメッセージの核心なのであり、その自覚により、〈罪という共有の花園〉を共に歩もうとする者を得た「先生」の喜びが、ここに語られているのである。

この枯れることのない〈罪という花園〉にこの後も文学者の訪れは絶えることがなかった。しかし、それを許す神の愛、イエス・キリストの救いという〈もう一つの花園〉を持たぬ日本にあって、「誰か僕の眠つてゐるうちにこつそりと絞め殺してくれるものはないか？」（芥川龍之介「歯車」昭2、遺稿）という生の袋小路は必至であった。芥川は多量の睡眠薬を飲み死の床に横たわったあと、その意識のとだえるまで聖書を読んでいたと言われるが、それは〈もう一つの花園〉の欠落のもたらす悲劇を残酷なまでに語っている。

注

（1）樋谷秀昭『近代の奈落』国文社　昭49・12

（2）月村敏行「北村透谷私論――評価・本質・死のことなど」「磁場」昭54・冬季号　国文社

（3）北川透「明治浪漫のこころとは何か――透谷から樗牛まで」「文学」昭52・10号　岩波書店
（4）林達夫「文芸の社会学的基礎」『思想の運命』所収　中公文庫
（5）河竹登志夫『日本のハムレット』参照　南窓社　昭47・10

明治の〈二代目たち〉の苦闘——代助・光太郎・朔太郎——

一

夏目漱石（慶応3〜大5）が日露戦争（明37・2〜38・8）後の混乱した社会への批判を作品『それから』で展開したのは、明治四十二年であった。「一等国日本」への文明批評は主人公長井代助の口を通して語られるのであるが、三十歳になっても職に就かず、妻帯もせず、「高等遊民」に甘んずる彼は、いわば社会に確かな位置を占める〈父〉となることを拒否していると考えることができる。

親爺の頭の上に誠《まこと》者《は》天《てん》之《の》道也《みちなり》と云ふ額が麗々と掛けてある。先代の旧藩主に書いて貰つたとか云つて、親爺は尤も珍重してゐる。代助は此額が甚だ嫌である。第一字が嫌だ。其上文句が気に喰はない。誠は天の道なりの後へ、人の道にあらずと附け加へたい様な心持がする。（『それから』三）

ここには黒船以後の西欧化の波の中で人となった代助が、父の古くさい儒教倫理に反撥している、という図式以上のものがある。代助が父に反感を持つのは、道学者風のことを言いながら実業家としてかなりあくどいこともやってのけるその偽善性ゆえであるが、より深くは、父の鈍さへの反撥である。誠実と熱心さえあれば何事もやり通せるということのみ強調し、行為の本質的な意味を問うことには無感覚なその鈍さ、である。芥川龍之介（明25〜昭2）によれば「自ら代助を気どつた人も少なくなかつた」というほど『それから』は当時の若い知識層に受け入れられたのであるが、[1] それには明治の〈二代目〉たる彼の鋭敏な意識家ぶりによるところが大きかったに違いない。

芥川の回想の真実性を実在の人物で確かめることができるだろうか。たとえば高村光太郎（明16～昭31）は明治四十二年には留学先のパリから帰国し、大きな混乱の中に生きることになるのだが、その前年、代助と同じ〈二代目〉としての困惑に直面している。

「身体を大切に、規律を守りて勉強せられよ」と此の間の書簡でも父はいつも変らぬ言葉を繰り返してよこした。外で夕飯を喰つて画室へ帰つて此の手紙を読んだ時、深緑の葉の重なり繁つた駒込の藁葺きの小さな家に、蚊遣りの烟の中で薄茶色に焼けついた石油燈の下で、一語一語心の底から出た言葉を書きつけられてゐる白髯の父の顔がありありと眼に見えた。[2]

（「出さずにしまった手紙の一束」）

光太郎の父光雲は代助の父と違って律儀な職人であるが、「勉強する」ことの意味を不問にしていることで、代助の父と同位にある。勉強すればするほど、「規律を守る」どころか、それから大きく逸脱することがあり得るということに、この父の思考は決して及ばぬのだ。「深緑の葉の重なり繁つた駒込の藁葺きの小さな家」とは、内発性もなく西欧化の波に足を洗われはじめた古き日本であり、そこで蚊遣りの烟にくすぶりながら息子を気づかう手紙を書く白髯の父とは、波に足元をさらわれながらも懸命に生き延びて来た、けなげな開化下の一代目の姿なのである。父の鈍感はその余裕の無さによるものであり、子の鋭敏は父の働きによる経済的余裕によるものであるに過ぎないが、両者の溝はもはや埋めがたく深いのである。

萩原朔太郎（明19～昭17）は良俗に反すること、働かざることに於てさらに徹底した二代目であった。第五高等学校、第六高等学校、慶応予科と入退学を繰り返し、ついに二十八歳になって学成ざるままに故郷前橋に帰った彼は、ある時、南京鼠や蟻さえ働いている、と父から怠惰をなじられてこう答える。「そりや働らいてゐるのじやないでせう。動いて居るんです。（中略）働らくと言ふことは、ですね。目的のある仕事を言ふのです。此奴のは働らくんじやない。本能的に動いてゐるんだ」（「永遠の退屈」『廊下と室房』所収　昭11）

二代目たちはもはや、がむしゃらな生のための生を肯定することができない。彼等には意識的な生の意味づけがどうしても必要なのだ。しかし、そもそも生は意識的な検証に耐え得るものなのだろうか。考え始めることは蝕ばまれ始めることではないか。代助が入浴中に自分の体を仔細にみつめた時感じた当惑は象徴的である。

すると其の足が変になり始めた。どうも自分の胴から生えてゐるんでなくて、自分とは全く無関係なものが其所に無作法に横はつてゐる様に思はれて来た。さうなると今迄は気が付かなかつたが、実に見るに堪えない程醜くいものである。毛が不揃《むら》に延びて、青い筋が所々に蔓《はびこ》つて、如何にも不思議な動物である。

（『それから　七』傍点引用者）

「足」という言葉による概念化をやめ、はじめて見たようにそれを凝視した時、対象はもはや「足」ではなく、醜悪で正体不明のあるものと化す。「足」だけではない。代助に与えられた経済的時間的余裕は、大学卒業後三年の間にその生を根源から検証させ、それによってあらゆる場所に「見るに堪えない程醜くいもの」を発見させる。そうして、世界の無価値化がもたらされる。

代助は凡ての道徳の出立点《しつたつてん》は社会的事実より外にないと信じてゐた。始めから頭の中に硬張つた道徳を据ゑ付けて、其道徳から逆に社会的事実を発展させ様とする程、本末を誤つた話はないと信じてゐた。従つて日本の学校でやる、講釈の倫理教育は無意義のものだと考へた。彼等は学校で昔し風の道徳を教授してゐる。それでなければ一般欧洲人に適切な道徳を呑み込ましてゐる。此劇烈なる生活慾に襲はれた不幸な国民から見れば、迂遠の空談に過ぎない。此迂遠な教育を受けた者は、他日社会を眼前に見る時、昔の講釈を思ひ出して笑つて仕舞ふ。でなければ馬鹿にされた様な気がする。

（『それから　九』）

代助はいわばわかってしまった人である。もはや社会の基盤である倫理道徳は、見て来たような嘘である「講釈」としか映らない。旧来の儒教倫理は勿論、新たな西欧キリスト教倫理さえも、その日本での根拠のなさは見透かされている。おそらく、思想や観念とは、どのような原初的な凝視にも耐えて人間に生の意味づけを与え、人間を生かしめるものであるはずであるが、漱石の所謂「外発的な開化[3]」は二代目たちに思想の崩壊をもたらしたのである。

それは言葉によって生存を理念的に支えることが不可能になったことを意味する。思想や観念が虚構であることがわかってしまった代助は、いわば実存的な生の位相に生きざるを得ない。前見の入浴の場面は彼が概念としての足ではなく、その実存に出会ったことを示している。J・P・サルトルの『嘔吐』（一九三八〈昭13〉）は周知のようにフランス実存主義文学の記念碑的作品であるが、主人公ロカンタンが実存を発見する場面は次のようである。

ところで暫く前私は公園にいた。マロニエの根はちょうど私の腰掛けていたベンチの真下の大地に深くつき刺っていた。それが根であるということが私にはもはや思い出せなかった。ことばは消え失せ、ことばと共に本物の意味もその使用法も、また事物の上に人間が記した弱い符号もみな消え去った。いくらか背を丸め、頭を低く垂れ、たった一人で私は、その黒い節くれ立った、生地そのままの塊と向かい合って動かなかった。その塊は私に恐怖を与えた。

（白井浩司訳）

ここで漱石がサルトルより三十年近く文学的に先んじていたと言うつもりはないが、日本の近代が、その諸矛盾によって、ヨーロッパより早く観念的世界の崩壊に立ち会わねばならなかったことは確かなことであろう。漱石は鋭くそれを感受していたのであって、たとえば『それから』に先行する『夢十夜』（明41・7〜8）は、ポール・フールキエの言葉を借りれば「望みもしなかったのにそこに投げ出され、結果もまったくわからないし、正当化することもできないような選択を強いられているというつよい感じ(4)」という実存的不安に満ちた世界なのである。

実在の朔太郎、光太郎に目を移そう。朔太郎は『それから』と同じ明治四十二年と推定される書簡の中で、父への親不幸を詫びた後、開き直るように書いている。

> 人生とは何ぞや、空なり、人はたゞ子孫を残さんがために生くるのみ、生存の価致《ママ》を問へば無意味なり、自然は人間より霊智をうばひ生存の慾を過度にあたへて彼等の義務を果さしめんとす、（中略）宇寅《ママ》には神といふものあることなく仏もあることなし、耶蘇教も仏教も皆大ウソなり、人間に安心をあたへるために作りたるものに外ならず、既に世に神なし、仏なし、順つて罪といふものなく、悪も善もなき筈なり、(5)（傍点原文）

朔太郎がここで自分の世界観を形成する唯一の理念として〈自然——ありのまま〉を提出していることは注目に値する。〈自然〉を持ち出して人間の霊性を否定し、次々に観念的世界を突き崩す思考の方法は、たとえば日本の急進的な無政府主義者たちを想起させる。明治四十年十一月三日、明治天皇の誕生日にサンフランシスコでばらまかれたアジビラでは、彼等は天皇制の虚妄を自然科学の真理によって衝こうとしている。「足下知るや。足下の祖先なりと称する神武天皇は何者なるかを。日本の史学者は彼を神の子なりといふと雖も、そは足下に阿諛を呈するの言にて虚構也。自然法のゆるさざるところ也。故に事実上彼また吾人と等しく猿類より進化せる者にて……」という文言がそれである。西欧からの輸入品の一つである自然科学がアナーキスト達の力であったとすれば、それは彼等の対極に居る〈医者の白痴《ばか》息子〉たる朔太郎に根底的なニヒリズムを与えたのである。日本に進化論が本格的に紹介されたのは明治十年、当時東大教授であったアメリカの生物学者エドワード・モースによってであるといわれるが、約三十年かかってそれは通俗化されつつ定着したことになる。朔太郎が神も仏も罪も罰も存在しないことによるぬめぬめとした実存的不安の中に投げ出されたことはいうまでもない。それは『月に吠える』(大6・2)を始めとする全詩業の根源をなすことになるのである。

光太郎の場合、代助や朔太郎と違って父の正統な二代目になることに疑いを抱かず成人して行ったのであって、彼の父への相対化の視線はフランス留学を契機に生れたものであった。ここでその詳細を論ずる余裕はないが、父の命令通り真面目に学んだことによってデカダンスに沈むというアイロニカルな道筋だけは確認しておこう。

◦彫刻に独創はいらない。生命がいる。

◦私は自分の見たものを自分の記憶と自分の精神とへのろのろと彫りつける。

◦自然は決してやり損はない。自然はいつでも傑作を作る。此こそわれわれの大きな唯一つの何につけてもの学校だ。他の学校は皆本能も天才も無いものの為めに出来たものだ!

(『ロダンの言葉』高村光太郎訳)

ロダンを学ぶことによって、光太郎は芸術という概念の崩壊に立ち会ったのだと考えることができる。大切なのは自己の内心から湧きあふれる対象への生命に満ちた共感なのであり、その前では芸術に対するあらゆる先見的な価値づけは無効なのだ。独創という理念や学校という制度の否定はそれを明示している。芸術家とは、自己の内なる自然を自然の真理にまで引き上げる努力を極限まで、しかも作為的でなく、なし得る者の謂いなのである。

このような芸術家としての在り方が概念的な「芸術」を否定する余り、一種の神秘主義者に見られるのは必然的であった。帰国した光太郎が気負って「私は生《ラギイ》を欲する。ただ生《ラギイ》を欲する。其の余の贅疣《ぜいいう》は全く棄てて顧みない。生《ラギイ》はただ一つである。『無くて叶はぬものはただ一つなり』と言ったクリストの心は私の心である。」（「文展の彫刻」大正2・10『時事新報』）と書き、当時の芸術的な身ぶりに安んじている美術界を片端から否定した時、その指導的立場にあった石井柏亭（明15～昭33）は激しく反撥した。

生の芸術の主張と同時に力説されることは芸術的制作の絶対的態度である。是れ固より重んず可きことには相違ないが、それが甚だ世間見ずなる空威張り的大言壮語に終るもの多きは笑う可きことである。（中略）高村光太郎氏の振りかざした処の大刀は生《ラギイ》の芸術一筋であった。さうして彫刻部の列品は此大刀の為めに悉く切靡けられてしまつた。併しながら読者の多くは此批評に興味を感じ得なかつたらうと思ふ。

（「生の芸術の主張に対する反感」大3・1「太陽」）

石井は、光太郎のフランス体験が自己を内側から突き崩す程重いものであり、生《ラギイ》の力説は彼の悲鳴の如きものであることに、もちろん気づいてはいない。すでに述べたように、光太郎にとって芸術の根拠は所謂芸術を否定するという逆説の中にしかなかった。彼の賞揚する生《ラギイ》とは、それによって実存的に対象に出会った時の、醜悪でさえある驚きに満ちた感性の湧出の謂いなのである。石井は北原白秋（明18～昭17）の処女詩集『邪宗門』（明42・3）の装丁に当った人でもあるが、詩的な情緒性をかき立てるその造本と、『道程』（大3・10）の味も素気もないそれとの差異は、両者の芸術理解の深い溝を具体的に示しているということができる。

かくして、対象の自明な概念化という生の安全弁を自ら取りはずした光太郎に見えて来るものは、たとえば次のような光景である。

「御傘を此方へ願ひます。」といふ脂ぎつた声が、僕の背中を厭といふ程どやしつけた。やつぱり平常《いつも》の停車場の様な会場であつた。三越の荷物運搬部の出入口に見る様な、間抜けて四角な入口に、光沢の無い鰕茶色の幕が絞つてかけてある。その前にひよろひよろと高い松の盆栽が置いてある。PLATFORMへ入る様な木の柵を通りぬけて、ぽかんとしてゐる巡査の青い顔を見ながら左へ折れる。(中略)屋根では雨が一調子下げた馬鹿囃をたたいて居る。

(「第三回文部省展覧会の最後の一瞥」明43・1「スバル」傍点引用者)

これは帰国後早い時期に書かれたものであるが、かつて通い馴れた美術学校の二号館はデパートの裏口かプラットホームのように見え、そこで忠実に仕事をしている案内人も巡査も生の充実の中で生きているとは思えない。すべての生のヴォルテージが一調子低いのである。この文章が一年後同じく「スバル」に発表された「根付の国」の前奏であったことは明らかであろう。「頬骨が出て、唇が厚くて、眼が三角で、名人三五郎の彫つた根付《ねつけ》の様な顔をして/魂をぬかれた様にぽかんとして/自分を知らない、こせこせした/命のやすい/見栄坊な/小さく固まつて、納まり返つた/猿の様な、/狐の様な、/ももんがあの様な、だぼはぜの様な、麦魚《めだか》の様な、鬼瓦の様な、茶碗のかけらの様な日本人」と一気に書き終えた光太郎は、ここで日本人の生の様式の根底的な否定にまで突き進んだのである。より厳密に言えば、それは江戸庶民の生の様式である。かつて自分を暖く育んでくれたいきでいなせな生のありようは完膚なきまでたたきつぶされている。それは「今迄は気が付かなかったが、実に見るに堪えない程醜くい」(『それから』)ものと化したのであり、ここに光太郎の生の足場は全くついえたのである。

二

極言すれば、現実に対する絶望は何程のことでもない。それは〈子〉が〈父〉の成熟に向って踏み出す必須の第一歩でさえある。問題は絶望の意味づけなのであり、それが不可能である時、真の絶望が始るのだ。

青くさき新緑の毒素は世に満てり／／姙《はら》みたる瘠犬は共同墓地に潜みて病菌に歯を鳴らし／蛇は安らかなる冬の眠よりめざめて／再び呪はれたる地上に腹這ひ嘆かざるべからず／二十日鼠は天井裏に交《つる》み／磯巾着は気味悪き擬手を動かす／ああ、禽獣虫魚／悉く無益《むやく》なる性の昂奮に／虐殺と猜疑と狂奔とにいがみ合へり

（光太郎「新緑の毒素」部分　明44）

ながれてゆく砂と砂との隙間から、／蛤はまた舌べろをちらちらと赤くもえいづる、／この蛤は非常に憔悴《やつ》れてゐるのである。／みればぐにやぐにやした内臓がくさりかかつて居るらしい、／それゆゑ哀しげな晩かたになると、／青ざめた海岸に坐つてゐて、／ちら、ちら、ちら、ちらとくさつた息をするのですよ。

（朔太郎「くさつた蛤」部分　大4）

二十世紀の日本に生息する彼は、三十になるか、ならないのに既に nil admirari《ニル アドミラリ》 の域に達して仕舞つた。

（『それから　二』）

二代目たちは父の偽りの生を撃つことはできても、それに代る新しい生の原理を発見することができない。若き生命力は対象を失っていたずらに溢れ出し、生を呪い病み疲れていくか、すべてに興味を失った無感動（nil admirari）の中に消滅していくのみなのである。だから、『月に吠える』や『道程』には編み入れられなかったが、二人の詩人に宗教的救済を望む真摯な詩があることは当然のことであった。

手に釘うて、／足に釘うて、／十字にはりつけ、／邪淫のいましめ、／歯がみをして我こたふ。／空もいんいん、／地もいんいん、／肢体に青き血ながれ、／するどくしたたり、／電光したたり、／身内ちぎれやぶれむとす、／いま裸形を恥ぢず、／十字架のうへ、／歯がみをなしてわれいのる。

（朔太郎「情慾」大3）

童貞なるマリア。／いと憐み深き、基督の母なるマリア。／基督を信ぜずして、基督の聖教《みをしへ》に涙を垂るるいと卑しき者、／まして爾聖母《なんじせいぼ》の奇跡を心より信じ能はぬいと貧しき者、／斯かる者も尚ほ爾の膝下に身を投げかけ、／爾の衣《ころも》の裾に接吻《くちづけ》せむとする事多し。／願はくは、この時、「異教徒よ、去れ、」と辱《はじし》め宣《のたま》ふ事なかれ。

（光太郎「祈禱」部分　明44）

朔太郎の被虐性と光太郎の向日性は、二人の個性をよく示していて興味深いが、朔太郎の罪人として十字架上に斃れんとする願いも、光太郎のありのままの愚かさで救われんとする願いも、もちろん果されるはずはなかった。「情慾」に於て、十字架上で流れる血が赤い鮮血ではなく、「青き」それであることは象徴的である。異教徒としてついに神の絶対を信ずることのできぬ日本の反逆者たちは、罪人にさえなりきることができないのだ。神を前にしての切なる祈りも、それによって湧き起こされるのは官能的でさえある情念であり、真の宗教的な罪の自覚による自己の覚醒と回復は不可能なのである。生の証しである〈赤い鮮血〉はどこに求められるべきか。

が、最後に、自分を此薄弱な生活から救ひ得る方法は、たゞ一つあると考へた。さうして口の内で云つた。

「矢つ張り、三千代さんに逢はなくちや不可《いか》ん」。（『それから　十一』）

この場合、恋愛とは単なる行き場を失った生命力の解放という意味以上のものを持っている。恋人の獲得とは、何よりも自己確認の契機の獲得を意味するからである。漱石の作品の主人公たちが肉体的存在としての女性に満足せず、社会の規範を犯してまでその魂をつかもうとするのは、それによって空虚な自己を満たし、自己を確認するためなのである。漱石に於ては、女性とは神の代用を務める形而上的な存在とも言えるものであり、たとえば『こゝろ』（大正3）の「先生」の妻の造形が稀薄であることは、この意味では一向にさしつかえのないことなのである。かくして、代助は友人の妻を奪うという社会的な罪人（精神的なそれではない）となることで生の証しを得る。「仕舞いには世の中が真赤になつた。さうして、代助の頭を中心としてくるり〳〵と焰《ほのほ》の息を吹いて回転した」という結末は、極めてアイロニカルな代助の生の回復を告げている。

併し恋を獲るといふことは奇跡に近い問題です、（単に女を獲るといふことならば容易であるが）（中略）ある女と私との情熱は既に全くさめてしまひました、ほんとの話をすれば私は今日迄二、三度恋の激しい経験をしました、併しそれは所謂「三日の恋」にすぎませんでした、ほんとの恋、身をやき殺すような恋は一度も味わつたことがありません、（大3・12・29　萩原栄次宛書簡(6)）

ここに登場する「ある女」はエレナという洗礼名を持つ馬場ナカという人妻であり、朔太郎は大正三年の秋急速に接近しているが、彼女は決して光太郎に於ける智恵子、代助に於ける三千代の位置を占めることはできなかった。朔太郎にはなぜ恋人は不在なのか。

朔太郎にはノートに清書された歌集『ソライロノハナ』があるが、その中に「ぴすとるの口を額に押しあててそのつめたさに驚きて泣く」「きちがひになりたくなりて爪屑を火鉢にくべて見て居たるかな」等の自嘲歌に交って次の歌を見ることができる。

　コニヤツクの強き心をもつ人に此の女等はもの足らぬかな

短歌としては取るに足らぬものであるが、ここには彼の生の位相がよく表わされている。「コニヤツクの強き心」とは恐らく、コニャックのような強い陶酔を必要とする鋭敏な意識の謂いであろう。安酒場のみじめな女給たちはもちろん、美しい人妻エレナでさえ「三日の恋」で終る他ないのは、対象の問題ではなく朔太郎自身の問題である。つまり、朔太郎に於ける恋人の不在とは「日本の地方都市という環境の中で、特別欧米かぶれの甚だしい奇妙な青年詩人に恋してくれるような女性は、実際、探したとて容易に見つかるはずもなかった」[7]という現実的根拠はもとより、それ以上に、無限により強い陶酔を要求する「コニヤツクの強き心」を根拠とするものなのである。だから、この時期白秋に心酔した彼は「恋といつては失礼かも知れないが、僕があなたをしたふ心はえれなを思ふ以上です、万有をこえて涙を流すものに合掌するものに真実を認めてください、(中略)私はきちがひだ、あまり一本気にすぎる、そのくせおく病だ、憎い奴は殺さなければ気がすまない、好きな人は抱きつかなければ気がすまない、僕はこゝに居ます、(大3・10・24《推定》北原白秋宛書簡　傍点原文)」というように書くのである。しかし、その白秋への同性愛的な感情も長くは続かなかった。恐らく、朔太郎の恋人は彼の敬愛したボードレールにならって言えば、〈この世の外〉にしかいないのであり、この永遠の〈不在〉こそ彼の詩作の根底をなす「魂ののすたるじい(望郷)」(『青猫』序)の源泉なのであった。この恋人の不在――自己確認の不可能は『月に吠える』の中に最も衝撃的な作品を生み出すことになる。

わたしはくちびるにべにをぬつて、／あたらしい白樺の幹に接吻した、／よしんば私が美男であらうとも、／わたしの胸にはごむまりのやうな乳房がない、／わたしの皮膚からはきめのこまかい粉おしろひのにほひがしない、／わたしはしなびきつた薄命男だ、／ああ、なんといふいぢらしい男だ、／けふのかぐはしい初夏の野原で、／きらきらする木立の中で、／手には空色の手ぶくろをすつぽりとはめてみた、／腰にはこるせつとのやうなものをはめてみた／襟には襟おしろいのやうなものをぬりつけた／かうしてひつそりとしなをつくりながら／わたしは娘たちのするやうに／こころもちくびをかしげて、／あたらしい白樺の幹に接吻した、／くちびるにばらいろのべにをぬつて、／まつしろの高い樹木にすがりついた。

（「恋を恋する人」傍点原文　大4）

この作品は「愛憐」と共に、官憲によって初版『月に吠える』から削除を命ぜられたものであるが、その異様な形象は彼の絶望と渇望の深刻さをよく示している。ここから性欲の対象の喪失――生命力の病的な横溢を読むこともできるし、社会的失格者たる朔太郎の、社会的に有意味な者であれという強迫を感じずに済む、それ自体自足した存在である〈女性〉への変身願望を読むこともできる。しかしこの作品はそれ以上に深刻である。恋人の不在によって、ついに自己自身を恋するより他なくなってしまった朔太郎の姿を見ざるを得ないからである。それは病的なナルシシズムに他ならないが、そのナルシシズムは社会にも宗教にも女性にも自己を託するものを発見できなかった朔太郎が、自己自身を生の原理とせねばならなくなったことを示している。袋小路にある自己をなでるようにいとおしまねばならぬという絶望。それが彼の唯一の確かな生の手ざわりであったのだ。

朔太郎は代助よりはるかに強烈なアイロニイを味わっているのだが、もちろんそれに十分気づいている。表現によって病めるナルシシズムを相対化することは、彼が詩人としてとり得る最後の現実への抵抗であった。作品の醜悪さは、自己を笑い飛ばすための懸命の相対化のゆえなのである。しかし、詩人朔太郎と共にこの毛ずねを出した女装の登場人物を笑うことができるだろうか。笑うには仲間がいる、と言ったのはベルグソンであるが、[8] 病いの共有者を発見できぬ彼の孤独は、笑いを凍りつかせたのではなかったか。「ああ、なんといふいぢらしい男だ」という一行を、彼は書かずにはおれなかった。グロテスクな笑いによって時代の良識そのものに一撃を与える形象は、それによって微妙に損われる。そして、自己憐憫という卑小な感情に作品は収斂されていくのである。[9] こうして詩作による感情の解放（カタルシス）もまた損われることになる。『氷島』（昭9・6）に於ける憤怒に満ちた生の全否定への道の始りがすでにここにある。

三

改めて述べるまでもなく、実在の恋人たる長沼智恵子は、北村透谷（明元〜27）が正確に指摘した意味での〈再生〉を光太郎に与えた。[10] しかし、智恵子の精神病の発症、病死が無言で語っているように、彼等の恋愛もまた真に揺ぎない生の原理を与えるものではなかったといわねばならない。

をんなは多淫／われも多淫／飽かずわれらは愛慾に光る／／縦横無礙の淫心／夏の夜のむんむんと蒸しあがる／瑠璃黒漆の大気に／魚鳥と化して躍る／つくるなし／／われら共に超凡／すでに尋常規矩の網目を破る／（中略）淫心は胸をついて／われらを憤らしめ／万物を拝せしめ／肉身を飛ばしめ／われら大声を放つて無二の栄光に浴す／／をんなは多淫／われも多淫／淫をふかめて往くところを知らず／万物をここに持す／われらま

すます多淫／地熱のごとし／烈烈――　（「淫心」大3）

ここでは「人間の心の影の／あらゆる隅隅《くまぐま》を尊重しよう／卑屈も、獰悪《だうあく》も、惨憺も／勇気も、温良も、湧躍も、／それが自然であるかぎり」（「カフェにて」大2）という、彼等が立て籠った〈自然〉という生の原理が一つの極限まで引っぱられている。エロスという秘されるべきものも、それが愛する二人の必然である限り、何らはばかることはないのである。しかし、ここでも朔太郎の場合に似て「われら共に超凡／すでに尋常規矩の網目を破る」という表現が、作品のボルテージを下げているのを見ることができる。エロティシズムはそれだけで社会の良俗に痛撃を与える武器たり得るのであるが、「淫心」は読む者にそれを感じさせるだろうか。「根付の国」や「新緑の毒素」の爆発的エネルギーはここになく、文語の文体はむしろ静謐でさえある。光太郎が「われら共に超凡……」と書かねばならなかったのは、作品のエロティックな形象そのものによって自己の「超凡」を示すことが不可能であることを、彼自身自覚していたからではなかったか。「淫心」の下敷きには「火のやうな恍惚の眼をして／なんと容易《たやす》く彼女は有頂天になることぞ。生活に面してはあんなにひたすら／やさしくおとなしい彼女が。」（ヴェルハーレン「明るい時　十一」部分　高村光太郎訳）というように、愛する者の性的エクスタシーをこだわりなく描いたヴェルハーレンの作品があることは明らかである。翻訳にさえ感じることのできる自然でリアリティのあるエロティシズムに較べ、「淫心」は余りに理念的である。つまり、ここにはエロティシズムはなく、それの学びがあるだけなのだ。日本のニセの近代を否定し、ヨーロッパの真の近代を日本で生きんとした光太郎と智恵子の、それ故の爪先き立った歩みの始りである。

代助を待っていたものは社会的な日影者であり、朔太郎は「見よ、人生は過失なり」（「新年」昭9）と叫び、光太郎は自己を「暗愚」の典型と認めねばならなかった（「暗愚小伝」昭22）。しかし、彼等のアイロニカルな人生の歩みを否定することは決してできない。二代目たちのこの真摯な苦闘以外に、日本の近代はなかったからである。

注

（1）芥川龍之介「長井代助」「点心」所収　大11・1

（2）発表されたのは帰国後、明治四十三年七月の「スバル」である。

（3）夏目漱石「現代日本の開化」大2・2

（4）ポール・フールキエ『実存主義』矢内原伊作、田島節夫共訳　白水社文庫クセジュ

（5）筑摩版全集未収録書簡　萩原隆『若き日の萩原朔太郎』筑摩書房　所収　昭54・6

（6）（5）に同じ

（7）大岡信『萩原朔太郎』筑摩書房　昭56・9

（8）ベルグソン『笑い』林達夫訳　岩波文庫

（9）このことについては既に岡庭昇氏に鋭い指摘がある。『萩原朔太郎　陰画の近代』参照　第三文明社　昭49・12

（10）「恋愛豈単純なる思慕ならんや、想世界と実世界との争戦より想世界の敗将をして立籠らしむる牙城となるは、即ち恋愛なり。此恋愛あればこそ、理性ある人間は悉く悩死せざるなれ、此恋愛あればこそ、実世界に乗入る慾望を惹起するなれ。」（「厭世詩家と女性」明25・2「女学雑誌」）

「夢十夜」――強いられた近代人――

一

一九〇一年（明34）、イギリスに留学していた漱石はロンドンの下宿で次のように記している。

日本ハ三十年前ニ覚メタリト云フ然レドモ半鐘ノ声デ急ニ飛ビ起キタルナリ　其覚メタルハ本当ノ覚メタルニアラズ狼狽シツ、アルナリ　只西洋カラ吸収スルニ急ニシテ消化スルニ暇ナキナリ、文学モ政治モ商業モ皆然ラン日本ハ真ニ目ガ醒ネバダメダ　（3・16　日記　原文改行なし　以下同じ）

ここに記された〈上滑りの近代化〉批判は、およそ十年後の『それから』（明42）の主人公長井代助の言動や、漱石自身の講演の中でさらに深く展開されることになる（「現代日本の開化」明44）のだが、ここで最初に確認しておきたいのは、ロンドンでの漱石が、ただ単に日本と西洋の圧倒的な落差に驚き、遅れている祖国を嘆いているのではないということである。五日後の二十一日の日記には次のようにある。

英人ハ天下一ノ強国ト思ヘリ仏人モ天下一ノ強国ト思ヘリ独乙人モシカ思ヘリ　彼等ハ過去ニ歴史アルコトヲ忘レツ、アルナリ　羅馬ハ亡ビタリ希臘モ亡ビタリ　今ノ英国仏国独乙ハ亡ブルノ期ナキカ西洋列強の国々が、その繁栄に酔いしれ、目醒めてあることを忘れてしまえば亡びる、と漱石は言う。それが歴史の必然だからである。日本に足りないのはこのヨーロッパに於いてさえ困難である〈真の覚醒〉なのだ。では、それは具体的にどのような行為なのか。日記はこう続いている。

自ラ得意ニナル勿レ、自ラ棄ル勿レ黙々トシテ牛ノ如クセヨ　孜々トシテ鶏ノ如クセヨ、内ヲ虚ニシテ大呼スル勿レ　真面目ニ考ヘヨ誠実ニ語レ摯実ニ行ヘ　汝ノ現今ニ播ク種ハヤガテ汝ノ収ムベキ未来トナツテ現ハルベシ

「黙々トシテ牛ノ如クセヨ」は、あの高名な芥川龍之介・久米正雄宛書簡の「牛になる事はどうしても必要です。吾々はとかく馬にはなりたがるが、牛には中々なり切れないです。（中略）あせつては不可ません。頭を悪くしては不可ません。根気づくでお出なさい。」（大5・8・24）にまでつながって行く、漱石の根本的な人生への姿勢であった。満足や絶望で目を曇らすことなく、過去に学び未来に希望を抱いて、今、為すべきことを着実になせと書く、この時点の漱石に、鋭敏な「文明批評家」よりも、篤実な「教育者」の面影を見ることも可能かもしれない。日記に記された漱石の警告の正しさは、日本の太平洋戦争での敗北やヨーロッパにおける二つの世界大戦といった歴史が証明することになるが、しかし、このように常に複眼的思考を持ち目醒めてあることは、自己に緊張を強い続け、一定の立場に立つことを不可能にする。日記はこの後次第に言葉を失って行き、ついに「神経病」に陥った有様を記すことになるのである（明34・7・1）。

おそらく、ここに〈漱石的なるもの〉の核心がある。その「休息なき覚醒」は現実を相対化せずにはやまず、自己もまた立脚地を奪われる。それを実存的不安と呼ぶことは可能であるが、漱石の場合、それにニヒリスティック

に横たわることはまれであり、そこから再び絶対的なるものが渇望される。しかし、さらにそれさえも相対化される……。このほとんど凄絶と言うべき複眼的思考、精神の往復運動こそ〈漱石的なるもの〉の核心なのである。本稿では、主として「夢十夜」のいくつかを取り上げることで、その諸相に触れてみたい。そこに描かれた「夢」とは決して単なる夢想ではなく、むしろ漱石の〈休息なき覚醒〉が招き寄せたリアルな「現実」だと考えられるからである。

二

「夢」という視坐から見れば、文学的営為とは人工的な白日夢であり、それによって曖昧に眠っている自己意識を闇から白日のもとに引き出し、夢からの覚醒へと導くものであると言うことができるだろう。少くとも、〈休息なき覚醒〉を生きていた漱石が、このような意味での夢を描くのに最もふさわしい作家であったことに間違いはない。

ここでは「夢十夜」のうち、「第二夜」、「第三夜」、「第四夜」を取り上げることにする。それらはすべて「自己存在の深層に関わる覚醒」であり、「本当の自己の告知」であるが、その「覚醒」や「告知」が生をその根底から揺るがすことにおいて同質の構造を持つからである。まず「第二夜」から始める。

こんな夢を見た。

和尚の室を退《さ》がつて、廊下伝ひに自分の部屋へ帰ると行燈《あんどう》がぼんやり点《とも》つてゐる。片膝を座蒲団の上に突いて燈心を掻《か》き立てたとき、花の様な丁字《ちやうじ》がぽたりと朱塗の台に落ちた。同時に部屋がぱつと明かるくなつた。襖《ふすま》の画は蕪村の筆である。黒い柳を濃く薄く、遠近《をちこち》とかいて、寒むさうな漁夫が笠を傾けて土手の上を通る。

床《とこ》には海中文珠《かいちゅうもんじゅ》の軸が懸つてゐる。焚き残した線香が暗い方でいまだに臭つてゐる。広い寺だから森閑として、人気がない。黒い天井に差す丸行燈の丸い影が、仰向く途端に生きてる様に見えた。

立膝をした儘《まゝ》、左の手で座蒲団を捲《めく》つて、右を差し込んで見ると、思つた所に、ちやんとあつた。あれば安心だから、蒲団をもとの如く直して、其の上にどつかり坐つた。（原文総ルビ）

すべては過度なまでに鮮明である。襖の画も床の掛軸もその内容が明らかに説明される。特に、獅子にまたがった文殊菩薩が、侍者を従え白雲に乗り海を渡る「海中文珠」の図が描写されることで、主人公がいやが上にも宗教的緊張の中に投げこまれていることが示される。しかし、このような緊張感を高めるための仕掛けはそれだけには止まらない。「和尚の室を退がつて」と、いきなり始まる語りは、「なぜ」を説明しない。何のために和尚の所へ行ったのかの説明のないまま、読者は部屋を案内され、さらにもう一つの謎に出合うことになる。座蒲団の下に何があるのか、なぜそれがあれば「安心」なのかわからないままなのである。

前者の謎は、引用部分に続く「御前は侍である。侍なら悟れぬ筈はなからうと和尚が云つた」。という回想の部分で説明され、後者は「どうしても悟らなければならない。自分は侍である。もし悟らなければ自刃する。」という覚悟の部分で了解されるようにしくまれている。明らかに語り手は、主人公の命をかけた「悟りへの渇望」のテンションを高めるべく念入りに表現しているのであり、それは「忽然《こつぜん》隣座敷の時計がチーンと鳴り始めた。はつと思つた。右の手をすぐ短刀に掛けた。時計が二つ目をチーンと打つた。」という結末まで螺旋状に高められて行くのである。時計の音は、「夢」を見ている男の寝室の時計の午前二時を告げる音であり、その音と共に、男は「悪夢」から解放される、という構図が言外に意図されているということも十分に可能なのだ。

かくして、第二夜は「悟りをめぐる悪夢」として極めて完成度の高い作品となっているのだが、ここで、そのリアリティを支えている漱石の実体験を確認しておこう。

明治二十七年暮れ、漱石は鎌倉円覚寺に十日余り参禅した。それは、「僕前年も厭世主義なり今年もまだ厭世主義なり」（明24・11・10　子規あて書簡）と記されたような生来の世になじめぬ感性、敬愛してやまなかった嫂登世の死（明22・7）、英語教師としての適格性への疑問、肺結核の不安、等々、自己を取り囲む現世の苦しみからの脱出の試みであったにちがいない。

だが、もちろん、このような短期間で人生苦からの解脱が果されるはずはない。この試みは空しく終るのだが、注目したいのは「失敗」を報告する手紙の文面である。

新年の御慶目出度申納候　今度は篠原嬢と御結婚のよし謹んで御祝ひ申上候　小子去冬より鎌倉の楞伽窟に参禅の為め帰源院と申す処に止宿致し旬日の間折脚鐺裏の粥にて飯袋を養ひ漸く一昨日下山の上帰京仕候　五百生の野狐禅遂に本来の面目を撥出し来らず御憫笑可被下候　先は右御祝ひまで　余は拝眉の上万々

（明28・1・9　斎藤阿具あて）

斎藤は漱石の友人であり、後にイギリス留学から帰国した漱石が妻子と共に最初に住んだのは、この斎藤の持ち家である。この手紙はそのような親しい友の結婚への祝意と、新年の賀を兼ねて書かれているが、奇妙なことに、「先は右御祝ひまで」と言いながら、その中味は自己の参禅の失敗を笑ってくれ、という報告なのである。この書簡が引用される機会は多いが、右の事情を見落してはならないだろう。恐らくこの時、漱石は自己が三十歳に近くなりながら、いまだに何者でもないことに対する痛切な思いに支配されていたにちがいない。妻をめとり、一家をなそうとする友人に対して、自分は〈青春の彷徨〉にきりをつけることさえもできないのだ。それだけではなく、自己の知識人たる自信もこの参禅によって砕かれてしまったのではなかったか。

此静かな判然《はつきり》しない燈火《ともしび》の力で、宗助は自分を去る四五尺の正面に、宜道の所謂《いはゆる》老師なるものを認めた。彼の顔は例によつて鋳物の様に動かなかつた。色は銅《あかがね》であつた。彼は全身に渋に似た柿に似た茶に似た色の法衣を纏《まと》つてゐた。足も手も見えなかつた。たゞ頸《くび》から上が見えた。其頸から上が、厳粛と緊張の極度に安んじて、何時迄経つても変る恐を有せざる如くに人を魅した。さうして頭には一本の毛もなかった。

此面前に気力なく坐つた宗助の、口にした言葉はたゞ一句で尽きた。

「もつと、ぎろりとした所を持つて来なければ駄目だ」と忽《たちま》ち云はれた。「其位な事は少し学問をしたものなら誰でも言へる」

宗助は喪家《そうか》の犬の如く室中を退いた。

（『門』十九の二　傍点引用者）

自己の体験をモデルとした『門』（明43）の一場面である。「老師」とは釈宗演であり、宗助の突破できなかった公案が「父母未生以前の面目」であったこともよく知られている。

この場面が実体験に基づいているとすれば、容易に想像できるのは、この時、自己の「学問」が「悟り」には何の力もない空虚なものであるという認識が漱石を貫いたということである。「もつと、ぎろりとした所を持つて来なければ駄目だ。」という「老師」の言葉は、参禅前の宗助が安井の出現におびえ、「是からは積極的に人世観を作り易《か》へなければならなかつた。さうして其人世観は口で述べるもの、頭で聞くものでは駄目であった。心の実質が太くなるものでなくては駄目であつた。」（十七の五　傍点引用者）と考える場面と正確に呼応している。「学問＝口耳の学」をいくら重ねても、それは生の力の充溢につながるものではない。少くとも、「鋳物の様に動かな」い老師の如き生は自分には無縁なものであることを、漱石は思い知らされたのである。「さうして頭には一本の毛もなかつた。」という描写は、老師と、有髪の俗人としてしか生きえない自己との距離の大きさを強く暗示している。

かくして、残されたのは「喪家の犬」（見捨てられたみじめな犬）としての自己認識である。宗助の生の位相の描写としては「彼は門を通る人ではなかつた。又門を通らないで済む人でもなかつた。要するに、彼は門の下に立ち竦んで、日の暮れるのを待つべき不幸な人であつた。」（二十一の二）がよく知られているが、「喪家の犬」はさらに厳しく、根源的な救いからへだてられた自己の姿を表現している。この年の四月からの漱石の「松山落ち」（松山中学赴任）の原因については、失恋説をはじめ多くの推測がなされているが、この参禅によって思い知らされた自己の知性に対する無力感を大きな要因とすることも十分に可能なのだ。

しかし、漱石はいかにみじめであろうと空虚であろうと「学問をした者」として、「有髪の俗人」として生きる他はなかった。そして、第五高等学校教授（明29・4〜33・4）を経て、イギリス留学を果し（明33・5〜36・1）、東京帝国大学に迎えられた時、彼はもはや「悟り」を求めない人間となっていた。明治三十八、九年と推測される断片には次のように記されている。

×日を積んで月となし。月を重ねて年となし。年を畳んで墓となすとも……。
×何が故に神を信ぜざる
×己を信ずるが故に神を信ぜず
×尽大千世界のうち自己より尊きものなし
×自を尊しと思はぬものは奴隷なり
×自をすて丶神に走るものは神の奴隷なり。神の奴隷たるよりは死する事優れり。況んや他の碌々たる人間の奴

隷をや（中略）

寂滅為楽の後極楽に生るゝは此世にて一寸たりとも吾が意志を貫くにしかず。一個半個の犬を撲ち殺すにしかず。

われは生を享く。生を享くとはわが意志の発展を意味する以外に何等の価値なきものなり……

この傲然たる自己絶対宣言に、明治維新後四十年に至らんとする日本に、はっきりと〈近代的精神〉が刻印されたことを読むことができる。かつて高橋義孝氏は、鷗外と共に何かが終り、漱石と共に何かが始まった、とその鷗外論の冒頭に書いたが(1)、ここには、現世と自己以外を信じることのない一人の「近代人」が揺るぎないリアリティを持って存在しているのである。漱石はこの自己と世界への認識を「自己本位」とか「個人主義」という言葉で公的にも表明したが（「私の個人主義」大3）、それが単にイギリス留学の所産ではないことをここで確認しておこう。それは、すでに見て来たような長きにわたる「青春の彷徨」が完全に終ったことの宣言であった。全体を貫く苦々しいトーンは、「自己超越（悟り）」にまで至らんとする「真の自己」の追求の道が絶たれ、現世と現実の自己にのみ生を限定されてしまった者の魂のうめきによるのである。

かくして漱石は「近代人」として自己を確立したが、それはいわば〈強いられた近代人〉であることを忘れることはできない。彼は「神の奴隷」となることや「人間の奴隷」となることを拒否し、自己の企図を邪魔する者を「犬」として、その撲滅を宣言する。しかし、それは漱石にあっては「若き日の自己」に対する苦い自己否定の感覚と共になされたのである。

このように作者の来歴を振り返る時、「第二夜」の「侍」が本質的には〈強いられた近代人〉としての作者自身でありうることが了解されるだろう。彼は「悟らなければ自刃する」覚悟で「無」を求める。しかし、「悟つた上で、今夜入室する。さうして和尚の首と悟と引き替《かへ》にしてやる。」というのは「悟り」と何の関係もない行為である。悟れば和尚を殺す必要はないからだ。彼がふとんの下に隠し持っている「朱鞘の短刀」が、「犬を撲ち殺す」(日記)ための武器と同じものであることは言うまでもない。彼の「自己」にとらわれる有様は、明らかに戯画化されて表現されているのだ。

であれば、「御前は侍である。侍なら悟れぬ筈はなからう」と揶揄する「薬鑵頭」の和尚とは、釈宗演ではなく、あの見限られた「若き日の自己」であると読める。漱石は「夢」を描くことで、「近代社会」の中で生きぬくために生きたまま葬ったもう一人の自己と対峙しているのだ。少くとも彼の心の深層では、両者の葛藤は間断なく続いていたにちがいない。それなくして「それでも我慢して凝《ぢつ》と坐つてゐた。堪へがたい程切ないものを胸に盛《い》れて忍んでゐた。其切ないものが身体中の筋肉を下から持上げて、毛穴から外へ吹き出やう〳〵と焦るけれども、何処も一面に塞つて、丸で出口がない様な残刻極まる状態であつた。」という迫真の描写は不可能であろう。それは単なる悟れない焦燥感の表現としては余りに生々しい、自己の中に何か得体の知れないものが存在し、それが体内からせり上ってくる、といった感覚である。それが生き埋めにされた〈若き日の自己〉であっても少しも不思議ではない。

三

「第三夜」は『夢十夜』中最も強い印象を与える夢であり、荒正人氏の「父親殺し」説をはじめとして、「夢の解釈」に格好の対象となったものである。ここでそれらの妥当性を云々する用意はないが、「自己確立をめぐる葛藤」、あるいは「二人の自己」という「第二夜」の文脈に置いてみれば、この作品がそれほど複雑な内容を持つものではないことが指摘できるだろう。

「第三夜」が読者に「恐怖」を与えるのは、「おれは人殺《ひとごろし》であったんだな」という「自己の真実の告知」に向ってサスペンスを高めながら直線的にひっぱって行かれるからである。「人は『真実の告知』に耐えられない」という共通感覚を、改めて強く刺激されるのだ。あらゆる恐怖劇を貫く「見たな！」という衝迫を、読者は短い時間に体験させられるのである。「自己の罪」を知ったオイディプスは目をつき（「オイディプス王」）、美しい女房が本当は鶴であることを見てしまった男は彼女を失なう（日本民話）。同様に、「本当の自己」を知った「自分」は「石地蔵の様に重くなつた」子供を背負わねばならない。おそらく生涯その重さにうめきつづけねばならないのだ。

漱石は自己の知見を総動員して一幕物の恐怖劇をオーソドックスに書いたのであり、「子殺し」についてはラフカディオ・ハーンの怪談『知られざる日本の面影』、「盲人殺し」については河竹黙阿弥の『蔦紅葉宇都谷峠《つたもみじうつのやとうげ》』や、三遊亭円朝の『真景累ケ淵《しんけいかさねがふち》』が題材を提供したという指摘[2]は、十分にうなづけるものである。

従って、物語は少しも難解ではない。むしろ上手《うま》すぎると言ってもよいほど筆は進んでいる。それは「第二夜」で自己の中にある「二人の自己」を確認した作者が、その勢いに乗じて今度は「六つの子供」と「自分」というパターンで変奏を試みた、という事情であったろう。

「無」＝「真実」を求めてやまない「侍」のかわりに、「分つては大変だから、分らないうちに早く捨て丶仕舞つて安心しなくつてはならない」と思う「自分」が登場する。「真実」など知りたくはないし、それはむしろ「生」を困難にするものであることを「自分」は無意識に知っているのである。しかし、「侍」に「無」＝「真実」がつかめないのと反対に、「自分」は、願いもしない「真実」＝「人殺しとしての自己」を知らされてしまう。二人は表裏一体なのである。

一方、「薬鑵頭」の「和尚」のかわりに「眼が潰れた」六才の「自分の子」が登場する。フロイト流の解釈を持ち出すまでもなく、「盲目の子供」は「すべてを見抜く力を持った老人」の逆説的な喩である。子供が「青坊主」なのもそのためである。「和尚」が「侍」をからかい混乱させ、ますます「悟り」から遠ざけるのに対して、「眼が潰れた子供」は、その一言一言で「自分」を「真実」へと近づける。


「もう少し行くと解る。――丁度こんな晩だつたな」と背中で独言《ひとりごと》の様に云つてゐる。

「何が」と際どい声を出して聞いた。

「何がつて、知つてるぢやないか」と子供は嘲けるやうに答へた。すると何だか知つてる様な気がし出した。けれども判然《はつきり》とは分らない。只こんな晩であつた様に思へる。さうしてもう少し行けば分る様に思へる。分つては大変だから、分らないうちに早く捨てゝ、仕舞つて、安心しなくつてはならない様に思へる。自分は益《ます〳〵》足を早めた。

（「第三夜」）


右の場面は「第二夜」の次の場面と対比できる。


　御前は侍である。侍なら悟れぬ筈はなからうと和尚が云つた。さう何日《いつ》迄も悟れぬ所を以て見ると、御前は侍ではあるまいと云つた。人間の屑ぢやと云つた。ははあ怒つたなと云つて笑つた。口惜しければ悟つた証拠を持つて来いと云つてぷいと向ふをむいた。怪《け》しからん。

　隣の広間の床《とこ》に据ゑてある置時計が次の刻を打つ迄には、屹度悟つて見せる。悟つた上で、今夜又入室する。さうして和尚の首と悟と引き替にしてやる。悟らなければ、和尚の命が取れない。どうしても悟らなければならない。自分は侍である。

（「第二夜」）

「第三夜」は一歩一歩「真実」に近づく「恐怖感」の高まりによって、「第二夜」は、時が経っても「真実」に近づけない「焦燥感」によって構成されている。従って、「第二夜」の「焦燥感」が「それでも我慢して凝《ぢつ》と坐つてゐた。」以下の描写で頂点に達するのに対して、「第三夜」の「恐怖感」の頂点は次のように描かれる。

雨は最先《さつき》から降つてゐる。路はだん〳〵暗くなる。殆んど夢中である。只背中に小さい小僧が食附いてゐて、其小僧が自分の過去、現在、未来を悉く照らして、寸分の事実も洩らさない鏡の様に光つてゐる。しかもそれが自分の子である。さうして盲目である。自分は堪らなくなつた。

「真実」を告げられる恐怖感――漱石はそれを後に『こゝろ』（大3）で、さらに深刻に描くことになる。

私の眼は彼の室《へや》の中を一目見るや否や、恰《あたか》も硝子で作つた義眼のやうに、動く能力を失ひました。私は棒立ちに立竦《たちすく》みました。それが疾風の如く私を通過したあとで、私は又あゝ失策《しま》つたと思いました。もう取り返しが付かないといふ黒い光が、私の未来を貫ぬいて、一瞬間に私の前に横《よこた》はる全生涯を物凄く照らしました。

（『こゝろ』先生と遺書　四十八）

共に「光」は「闇」を照らすのだが、それは「救い」を照らし出すのではなく、文字通り「闇」＝「人間の罪」をくまなく暴き出す。それを知らされた者はもはや生きる力を奪われる。「自分」の生は「石地蔵」を乗せたように重くなり、『こゝろ』の「先生」が「黒い光」から逃れる道は自殺以外にないのだ。

もちろん、すでに述べたように漱石ならずとも「真実の告知」は恐怖であるし、誰にでも「二人の自己」を抱える苦痛は存在する。しかし、彼にあってはこの恐怖と苦痛は骨がらみとなってその生をおびやかすのである。かつて桶谷秀昭氏は、『こゝろ』のKとは、留学を経て世に出る前の捨てられた自己自身——「金之助」のKだ、という卓抜な指摘をしたが、[3]「Kを殺したのはお前だ」という自覚を持ちつづけて生きねばならなかった「先生」の生の感覚は、「第三夜」の「石地蔵を背負わされた重さ」そのものである。Kの自刃した刃物も、「盲人殺し」に使われた刃物も、「第二夜」に登場するあの「犬を撲ち殺す」ための「朱鞘の短刀」と同じものであることは言うまでもあるまい。

四

「第二夜」、「第三夜」で自己意識をめぐる葛藤を極限まで描いた漱石は、「第四夜」を穏やかなトーンでまとめている。縁日などで日銭をかせぐ香具師《やし》を思わせる「爺さん」は、金も取らずに「子供」である「自分」に「蛇になる手拭《てぬぐい》」を見せるのだが、ついに何事も起らずに物語は終るのである。「葦の鳴る所に」「たつた一人何時までも待つてゐる」「自分」の姿が寒々しく印象的である。

この作品については、人間の胎内回帰願望が表現されたものという定説が動きそうもない。「家は何処かね」と聞かれて「臍《へそ》の奥だよ」と答えた爺さんは、母胎の羊水を思わせる河の中へ入って行くからである。

しかし、老人と子供という組み合せと、手拭が蛇になるという「不思議な出来事」を取り出してみれば、作品は少しちがった表情を見せてくれるだろう。想起されるのは河合隼雄氏の次のような指摘である。

> 老人と子ども、その共通点は、あちらの世界——あるいはたましいの世界——に近いことである。子供はあちらからやって来たばかりだし、老人はもうすぐそちらに行くのだ。[4]

つづいて河合氏は、「桃太郎」や「一寸法師」のような不思議な出来事は「老夫婦」と「子供」という組合せにのみ可能なのであり、この世を生きることで精一杯な通常の父や母は、昔話やおとぎ話の世界の住人になれない、という意味のことを述べている。それらが「昔々おじいさんとおばあさんがありました」と語り始められ、決して「あるところにお父さんとお母さんがありました」と語られることがない根拠を明快に示した興味深い指摘である。

であれば、第四夜がいわば「欠損のあるおとぎ話」であることが理解されよう。「爺さん」は「臍の奥」＝「あちらの世界」に最も近い人間でありながら、それにふさわしい「霊力」＝「手拭いを蛇にかえる力」を示さない。「子供」は、あのシンデレラが「魔法つかいのお婆さん」によってカボチャを馬車に変えてもらい、それを発端にして王妃に至る段階を上りはじめるような奇跡を授かることはついになく、空しく河の前にたたずむのである。

もちろん、作品の規模から言っても「シンデレラ」のようなストーリーの展開は期待できない。しかし、彼女が「まま子」であったように、漱石自身が「余計な子」として里子や養子に出されたことを考えれば、ここに登場する「自分」には、シンデレラに与えられるような恵みが何らもたらされないことは悲痛な光景である。だが、少なくともこれが漱石の〈魂の光景〉にもっとも近いものであったろう。ここには悟りや自己抹殺をめぐる激烈な葛藤はない。しかし、「あちらの世界」との通路も閉ざされ、何の手助けもなく「この世」にとり残された感覚だけは鮮明である。おそらく、このとり残された「自分」が生きる道は一つしかない。あの日記に表現された「強いられた近代人」としての道、である。

注

（1）高橋義孝『森鷗外』新潮社　昭29・9
（2）いずれも岩波書店版『漱石全集』第十二巻注解参照　平6・12
（3）桶谷秀昭『夏目漱石論』河出書房新社　昭47・6
（4）河合隼雄『子どもの本を読む』光村図書　昭60・6

「こゝろ」I——福音書的構造と変容する実存——

一

夏目漱石（慶応3〜大5）の『こゝろ』（大3）が、非キリスト教的風土である日本において福音書的な働きを果して来たのではないかと言うと、奇異に聞こえるだろうか。近代において人間の「真実」を追求する役割が「宗教」から「芸術」へと世俗化されて移行したと考えるとすれば、その一ジャンルとしての「小説」が言語芸術としての性質上、真摯にその一翼を担わねばならなかったことは言うまでもない。太宰治（明42〜昭23）の桜桃忌に集う人々は、いわば殉教者を悼むように墓前に集うのである。漱石が終生キリスト教になじめなかったことは周知の事実であるが、にもかかわらず、近代日本の作家の中で彼ほど徹底して人間の真実としての〈罪〉を追求しようとした者はいない。『こゝろ』はたとえば次のように中学二年生の少年を揺り動かしている。

この本を読んでいる間は、毎日がすばらしいものであった。生まれてはじめて感動した。僕は今まで何のために生きていたのだろうと思った。本の大切さ、偉大さを知った。だれかにこの感動を伝えてやりたかった。しかしやめた。僕の組《クラス》の人は、みな幼稚なやつだったから。悲しかった。（中略）読み終った。涙が出た。生まれてはじめて感動して、泣いた。「こころ」の中の人に比べれば、今の自分の苦しさなんて……と思った。僕はこの本を読んでから、生まれかわったような気がした。まだ、本当の意味で生まれてない人には、この本をすすめる。(1)

（『石川仁木『こころ』を読んで』）

特に最後の部分は「私は今自分で自分の心臓を破つて、其血をあなたの顔に浴せかけやうとしてゐるのです。私の鼓動が停つた時、あなたの胸に新らしい命が宿る事が出来るなら満足です。」（「先生と遺書」二）という、血潮したたる十字架上のイエスを連想させる「先生」の言葉がこの中学生の中に成就したことを示している。「新らしい命」とは高木文雄氏の指摘のように「罪を意識している命[2]」のことであり、中学生は明らかに罪の自覚が「本当の意味で生まれる」ために、つまり真の成熟のために必須のものであることを知ったのである。「だれかにこの感動を伝えてやりたかった。しかしやめた。僕の組《クラス》の人はみんな幼稚な奴だったから。悲しかった。」は、よくそれを伝えている。

この〈新しい命の誕生〉はまた、イエスの宣教によってはじめて人間の中に「内面」が成立したこと[3]と同じレベルの出来事である。少年はたとえば「すべて外から人の中にはいって人をけがしうるものはない。かえって人の中から出てくるものが、人をけがすのである」（「マルコによる福音書」・7・15）というイエスのメッセージと同質のものを『こゝろ』から受け止め、肉体と同じリアリティをもって「内面」が実在することを知ったのである。つまり、意識の夜明けを迎えたのだ。

しかし、もちろん、『こゝろ』の「先生」は救い主でも神の御子でもないし、「先生」と「私」の関係がそのままイエスと弟子達の関係であるわけでもない。ただ、作品に福音書という光を当てることによって、読者を罪の自覚へと導く作品構造のいくつかをよりくっきりと浮び上らせることは可能であると思われる。以下はそのささやかな試みである。

二

作品の冒頭、「まだ若々しい書生」であった「私」は、鎌倉の夏の海で「先生」と出会う。多くの指摘があるように、深い意味を秘めた出会いの場面であるが、注目すべきは、はじめ「私」は一人で鎌倉へ行ったわけではないということである。友人からの誘いで「私」の方が呼び寄せられたのであり、本来なら二人で夏の鎌倉に遊ぶはずだったのだ。ところが友人は国元から帰れという電報を受け取る。友人はその電報がかねてから強いられていた気のすすまない結婚を進めるためにしくまれたものか、それとも本当に母親が病気なのかわからない。しかし帰らざるをえない。こうして「私」は一人とりのこされる。そして「先生」とめぐり会う。

このさりげない冒頭のエピソードは見逃せない意味を持つものと思われる。なぜなら、もし二人で鎌倉に滞在していたのであれば、たとえ「先生」を見たとしても、それが運命的な出会いになることはありえなかったからである。一人とりのこされた「私」が、「いつも一人であった」先生に近づく。この構図こそ人を〈意識の夜明け〉に導く必須の条件でなければならない。「私」と「先生」、読者と作品、もっといえば「人間」と「神」。それらの関係が真に成立する条件が〈ひとりであること〉なのである。この意味でも「私」は田舎から東京に出ている学生でなければならなかった。都会こそが自己が自己の主人公であることを可能にする空間であり、学生こそが社会のしがらみにからめ取られる前の単独者であることを許される存在だからである。

こうして「私」は、友人と二人で過ごす、楽しくはあってもはかなく消えさる夏の休暇の時ではなく、暗く重いが決して消え去らない「先生」の過去という時に一歩近づく。その「先生」も単独者である。両親を失い、叔父から裏切られるという運命によって、日本的な血縁集団の一員からはじき出され、二度とそれに帰属しないと決意した男である。

最初出会った時、「先生」は「猿股一つで済まして皆なの前に立つてゐる」西洋人を連れていた。ことさらに肉体を隠しがちであった当時の日本人の中にあって異彩を放つこの西洋人を連れていたからこそ「私」は「先生」を記憶にとどめたのだが、余計なものを身につけていない「猿股一つ」の西洋人とは、天涯孤独であった「先生」のありようのアレゴリーであると言うこともできる。そして、もっと言えば、その西洋人とは猿股一つで十字架にかけられた男、つまりイエスのアレゴリーであるかもしれない。

では、なぜ「私」は単独者でなければならぬのか。

福音書によれば、イエスの初めての宣教は「悔い改めよ、天国は近づいた」（「マタイによる福音書」4・17）であり、「時は満ちた、神の国は近づいた。悔い改めて福音を信ぜよ」（「マルコによる福音書」1・15）である。マタイ伝によれば、ゼベダイの子のヤコブとヨハネは宣教をはじめたイエスに招かれると「すぐ舟と父とをおいてイエスに従っていった」とある。それはイエスの言う「神の国」に入るためには、職業や肉親という現世的な絆を断ち、純粋に自己の主体でなければならぬということであろう。弟子になりたいと言って近づいて来た青年に向って、イエスが財産を捨てよと言うのも同様である。財産を守ろうとするかぎり、自己は自己の主体たりえないからである。このようなイエスの宣教とそれに参入するための条件については、伊藤虎丸氏の次のような指摘がある。


いったい、終末論的論理とは、まずすべての人間を同じように呑みこんで流れる〝自然〟的な時間（クロノス）に対して、「時は満ちた、神の国は近づいた」と言われるような、ひとりひとりの人間に主体的決断を迫って臨む時（カイオス《ママ》）を対峙させる思考であり、それは、あの九十九匹の羊の群れと一匹の迷える羊の寓話が、この終末論的論理の例として語られるように、〝個〟は直接に絶対者と結びつくもので、〝全体〟に対する〝部分〟

ではなく、従ってひとりひとり全く別個に絶対者に対して意味を持つ（あるいは絶対者によって意味を与えられる）ものであり、従ってまた、一匹と九十九匹は量的にその価値の軽重を比較し得ないものであるという、唯一超越神固有の非合理主義を、その論理の根底にもつものと理解される。(4)（伊藤虎丸『魯迅と終末論』傍点原文）

また、荒井献氏は「神の国」について次のように述べてぃる。

イエスがいわゆる「神の国」を「神支配」として理解していたことは、次の有名な言葉によって裏書きされるであろう。

二〇神の国は見られるかたちで来るものではない。二一また「見よ、ここにある」「あそこにある」などとも言えない。神の国はあなたがたの只中にあるのだ。（ルカ一七）

議論の多い「只中」(entos)を、私は人間の「内面」とか、人類の「間」とかにはとらない。それは、原意に即して、人々の「手のとどく範囲」というほどの意味である。ただしそれは、人々の「掌中」にあるという客観的事実を言っているのではない。――もし「神の国」というものがあるとすれば、「神支配」に自らを開いた人間の可能性としてである、ということであろう。とすれば、「神の国」が「神支配」となるのは、それらに直面した人間の、それによってひき起される実存のあり方にかかっている。(5)（荒井献『イエス・キリスト』）

二つの論は共に、神の人間世界への介入によって、人間がその実存の根源的な変容を迫られることをイエスの宣教の核心と考えている。そこでは時間もまた変容する。『こゝろ』一篇に流れているのは、このような意味での非日常的・垂直的な時間＝カイロスである。

学生である「私」が臨終を前にした父を見捨て、手紙により自殺を知らせて来た「先生」のもとへ走るという設定は、父と舟を捨ててイエスに従ったヤコブとヨハネの姿に等しい。その決断は伊藤氏のいわゆる「唯一超越神固有の非合理」性を持っているということができる。すでに多くの指摘があるように、この設定が不自然であり、不合理であることはいうまでもない。息子が死に瀕した父の前から離れることは普通考えられないことであるし、かりにそうして東京に着いても「奥さん」に会うこともできない。なぜなら、手紙は「奥さん」に秘密で書かれているからである。作者は状況を無理に劇的にするために、「私」を轟音をあげて走る汽車に乗せたともいえるのである。

だが、「私」は汽車に乗らねばならない。それは「私」がすでに「先生」によって生き方そのものを変えられていたからである。たとえば、あの三四郎の夢見た「東京に行く。大学に這入《はい》る。有名な学者に接触する。趣味品性の具つた学生と交際する。図書館で研究する。著作をやる。世間で喝采する。母が嬉しがる。」(『三四郎』明41)という素朴に上昇する階段を上ることをすでに「私」は夢見ていない。逆に「私」は人間の魂の暗闇に向って階段を下り始めていたのだ。遺書を読み終えた「私」の実存は深く変容をもたらされるであろうが、父の死は「私」にとって自然に流れ去るクロノスのひとこまに他ならず、「私」を変容させる力を持たないのである。「私」がたどり着く東京とふるさとの距離はそのまま父と子の距離の遠さを示している。作者は全力をあげてカイロスに基づく劇的な世界を造形しようとしており、次作『道草』(大4)が「己のは黙つてなし崩しに自殺するのだ」(六十八)という健三の言葉に象徴されるクロノスの世界であるのと際だった対照をなしているのである。

このようなカイロスの世界がより堅固になるために、「先生」は死ななければならなかった、ということができる。実在としての「先生」は消え、一巻の厚い遺書だけが残される。そうであってこそ、これ以後、「先生」による直接的で受動的な影響によってでなく、遺書による、より主体的な変容が残された「私」に課題として与えられるからである。

先に、「私」は遺書によって決定的に変容させられたにちがいないと述べたが、逆の場合も充分想定できる。なぜ「先生」は「奥さん」にすべてを告白しなかったのか、「奥さん」はきっと涙を共にすべてを許してくれるに違いないのだから、それから新しい人生を切り開くこともできるし、「先生」はまちがっている、というように。「私」は遺書から深い人生の教訓を得ることもできるし、無意味と断じることもできるのである。それはちょうど、福音書を読む我々が、直接的にはイエスの奇跡にも復活にも立ち合うことができないために、こんなことがあるはずがないし、イエスのように生きるのもごめんだ、と考える自由が与えられているのと同様である。「先生」もイエスも不在であり、二人は言葉――物語として投げ出されている。そしてその投げ出された言葉――物語を受け止める者であってはじめて、時間はクロノスからカイロスへと変容するのである。

三

遺書のクライマックスがKの突然の自殺の場面にあることはいうまでもない。

其時私の受けた第一の感じは、Kから突然恋の自白を聞かされた時のそれと略同《ほぼ》じでした。私の眼は彼の室《へや》の中を一目見るや否や、恰も硝子で作った義眼のやうに、動く能力を失ひました。私は棒立ちに立竦みました。それが疾風の如く私を通過したあとで、私は又あゝ失策《しま》つたと思ひました。もう取り返しが付かないといふ黒い光が、私の未来を貫ぬいて、一瞬間に私の前に横はる全生涯を物凄く照らしました。さうして私はがた〳〵顫《ふる》へ出したのです。

（「先生と遺書」四十八）

福音書でいえば、ペテロの三度にわたるイエスの弟子たることの否認と号泣の場面に呼応するであろう。「先生」はKを、弟子ペテロは主イエスを自分で殺害したわけではない。しかし、Kを自殺に追いつめたことと、主を裏切ったことにおいて、共に明白な罪人なのである。以後先生はこの「黒い光」からのがれることができない。その罪の意識は、策略をめぐらしてまで自分のものにした妻と微妙な溝をつくることになり、文字通り「義眼のやうに動く能力を失」った眼は、以後外界へ注がれることなく、「人間の罪といふもの」にのみ注がれ、先生は「死んだ気で生きて行」（「先生と遺書」五十四）かねばならないのである。

しかし、「先生」に他に取るべき方法があっただろうか。『それから』（明42）の代助のように恋する人を友人に譲ることが偽善であり、それ故のより大きな悲劇をもたらすとすれば、人は「先生」のようになりふりかまわず恋人を奪うほかはない。そして一人を得ることが一人を死に至るまで傷つけることであるとすれば、人は行為を奪われて立ちすくむほかはない。譲ることが空虚をもたらし、奪うことが罪をもたらすとすれば人はどうすればよいのか。作品は人間のエゴのもたらす罪という次元を超え、人間の行為そのもののもつ根本的な矛盾にまで目を注ぐのである。それを人間存在そのものの不条理性ということもできるだろうが、しかし、作品『こゝろ』が読者をうつのはこのような立ちすくませるような人間観にのみあるのではない。「先生」は言っている。

> 私は其時心のうちで、始めて貴方を尊敬した。あなたが無遠慮に私の腹の中から、或生きたものを捕まへやうといふ決心を見せたからです。私の心臓を立ち割つて温かく流れる血潮を啜らうとしたからです。
>
> （「先生と遺書」二）

ミイラのように生きて来たという「先生」が、温かく流れる血を云々するのは矛盾であろうか。そうではない。いわば熱き罪の自覚こそが、「先生」メッセージの核心なのであり、その熱き罪の自覚こそが人間の条件なのである。「先生」は私に職業は与えてくれなかったが、この自覚をこそ人間としての生存の必須の条件として与えてくれたのである。このような認識の極北を、たとえば過酷なシベリア抑留体験を持つ詩人石原吉郎（大5～昭52）は次のように表現している。

私が理想とする世界とは、すべての人が苦行者のように重い憂愁と忍苦の表情を浮べている世界である。それ以外の世界は、私には許すことのできないものである。

（「一九五六年から一九五八年までのノートより」）

石原は〈うなだれて生きる〉ことを知らない人間がいることに憤ってさえいるのだが、このような認識が本質的にキリスト教的なものであることは改めていうまでもない。

プラトンは〈至高善〉が、存在そのものをさえ超えて、超越的なものであると断言していた。プラトンのこの道徳的形而上学は、後にキリスト教によって活性化され劇的な形を与えられ（る）。（中略）超越と理想の名において、どんなときにも、この現実世界は断罪しうるものとなったのである。「正義に命を、世界に死を」(Fiat justifa, pereat mundus.) というわけなのだ。(6)

（モーリス・パンゲ『自死の日本史』）

イエス・キリストによる罪からの救済が、罪に死すべき者としての痛き自己認識を前提とするとすれば、作品『こゝろ』もまた、少くとも救済の前段階としての自己断罪にまで主人公を追いつめねばならなかった。過去の告白による自己解放、もっと言えば「世界」との和解は、ついに「先生」の選ばなかったところである。ちょうど作品に登場する乃木将軍が、軍旗を奪われたことを戦争だから止むをえなかったと自己弁護しなかったように、[7]「先生」は恋したのだから仕方がなかった、とは言わないのである。極論すれば、作者は人間の代表として「先生」を殺し、それによって「世界」に死を宣告したかったのだ。

ここに作者漱石のユダヤ的な生の位相を見出すことも可能であろう。幼時から家庭の愛、恋愛、夫婦の愛、子供への愛と、ほとんどすべての愛の世界から拒まれて来た漱石は、どこにも生の安息をもたらす場を持たなかった。ここに、自己の領分を安んじて所有している者を意識の世界を掘り進むことによって崩壊させるという、D・H・ロレンスのいわゆるユダヤ・キリスト教的な倒錯した権力意識を見ることも[8]不可能ではないのである。それが意地の悪い見方であるとすればこう言い換えることができる。すなわち、漱石はキリスト教と同じく「超越と理想の名において」真向から人間に対峙しているのだ、と。漱石は『こゝろ』において過度に理想主義的であり、いわゆるヒューマニズムを踏み破っている。「先生」がそれに従って殉死するという「明治の精神」もこれと別なものではないであろう。それが、白樺派の「人道主義」に代表される「大正の精神」と遠く隔たる人間観であることは明らかである。

四

遺書は次のように結ばれる。

私が死んだ後でも、妻が生きてゐる以上は、あなた限りに打ち明けられた私の秘密として、凡てを腹の中に仕舞つて置いて下さい。

（「先生と遺書」五十六）

この結びは読書の熱中からさめた読者をつまずかせないだろうか。すでに指摘したように、「私」はすぐに「先生」の家に駆けつけることはできないし、仮に時間を置いて「奥さん」の前に出たとしても、何の事情も説明できない。結果は「私」も「先生」と同じく「奥さん」にとってもどかしく不透明な存在になるだけなのである。誰も「先生」に似た経験をせずに人生を送ることが出来ないとしても、誰も「先生」のようにうずくまって生きることはできない。また、仮に罪の自覚のために自殺し、遺書を書くとしても、誰も「先生」のようには書かないのではないか。「妻《さい》が已れの過去に対してもつ記憶を、成るべく純白に保存して置いて遣《や》りたい」という言葉は、遺書が妻ではなく一青年に向って書かれた理由としては弱いと言わざるをえないのである。

しかし、このような構成の無理や非現実性こそが、『こゝろ』と福音書との共通性を保証するものであると言える。つまり、誰もイエスのように自己が無罪でありながら、すべての人々の罪をひきうけて自己を死に渡す者はいないからである（イエス以後は可能でも）。処女マリアより生れ、数々の奇跡を起し、人間の罪のために死ぬということはイエスの超越性であるが、それは裏返せば荒唐無稽性でもある。しかしそれを否定し、ヒューマニスティックな解釈をしてしまえば宗教性は崩壊してしまう。イエスが無罪でありながら死に従ったところにのみ、遺書の書かれた理由があったと同様に、「先生」が妻への告白の理由は十分にありながらそれをしなかったところに福音書の書かれる必然性があったのである。さらに、イエスの母マリアにとって、神の子イエスの行為と受難は彼女の人間の母としての理解を超えるものであり、死体の前で嘆く他ないものであるように、「先生」の罪意識と死への決意は現実生活に根ざした妻の理解力を初めから超えているとも言える。非現実的な構成こそが『こゝろ』の本質を形成しているのであって、その意味では、まだいわゆる現実の何たるかを知らない白面の青年に遺書が送られるのは極めて当然のことなのである。

かくして、次作『道草』が現実的であるようには『こゝろ』は現実的ではないが、人間の悲劇的な真実を充分に浮かび上らせる。もっと言えば、人間を超えた絶対者に問われる人間の姿を浮び上らせる。次作『道草』で「若し其神が神の眼で自分の一生を通して見たならば、此強慾な老人の一生と大した変りはないかも知れないといふ気が強くした」（四十八）と、「神」という言葉が使われても、それが少くともこの引用文では〈非情な自然〉という意味に近く、前引の伊藤氏のいわゆるすべての人間を同じように呑み込んで流れるニヒリスティックなクロノスが作品を貫いているに対して、『こゝろ』では「神」という言葉は顔を見せないけれども（Kが聖書を読む場面はある）、神の前に問われる人間を浮び上らせるのである。すなわち、人間は罪によって死すべきものであることを主人公が身をもって示すことによって、自己の生を自然的な時間の中に埋没させ流失させることを拒否するのである。なぜなら、人間が他の誰でもなくその人間であることは、その罪によって最もくっきりと示されるからであり、それによってのみ、〝個〟は直接に絶対者と結びつく」（伊藤）からである。「記憶して下さい。私はこんな風にして生きて来たのです。」という「先生」の言葉は、「先生」がその罪の意識によって決して風化しない垂直的な時間（カイロス）を生きて来たことを証している。

漱石は『こゝろ』のすぐ後に書かれた随筆『硝子戸の中』（大4）で、「生か死かに迷ふ」悲惨な過去を持つ女に「凡てを癒す『時』の流れに従つて下れ」という指示を与えた後で次のように自己の心境を述べている。

> 私は深い恋愛に根ざしてゐる熱烈な記憶を取り上げても、彼女の創口から滴る血潮を「時」に拭はしめやうとした。いくら平凡でも生きて行く方が、死ぬよりも私から見た彼女には適当だつたからである。斯くして常に生よりも死を尊いと信じてゐる私の希望と助言は、遂に此不愉快に充ちた生といふものを超越することが出来なかつた。しかも私にはそれが実行上に於ける自分を、凡庸な自然主義者として証拠立てたやうに見えてならなかつた。私は今でも半信半疑の眼で凝《じ》つと自分の心を眺めてゐる。（八）

人は死を選ばぬ以上、現実には「凡庸な自然主義者」であることを余儀なくされる。しかし、作者の観念の具現者である「先生」は決してそうではないのだ。何よりも「時の流れ」がどのように流れても「先生」を「癒さ」なかったことがそれを明証している。それは、この世に「終末のラッパ」が鳴り響くまで、人間は己れの罪を背負ったまま審判者を待ち続けねばならぬという、聖書に示された時間意識に近いものである。少くとも『こゝろ』において、漱石は極めて非日本的——キリスト教的であるのだ。

しかし、繰り返し述べて来たように、当然のことながら『こゝろ』は福音書ではない。神の愛とイエス・キリストの贖いによる罪の許しはどこにも探し出すことができない。それは「スターンは自分で責任を免れると同時に、之を在天の神に嫁した。引受けて呉れる神をもたぬ余は遂に之を泥溝《どぶ》の中に棄てた」（『草枕』明39）という一文に代表される日本人としての漱石の限界である。漱石は罪の責任を取って自殺する者のリアリティは信じられても、それを赦す神のリアリティを信ずることはできなかったのである。

だがそうだとしても、乃木将軍がその内心とはかかわりなく、その殉死によって、以後天皇制支配の一層の強化に道を拓いたように、作者の心中とは無関係に、作品『こゝろ』の読者には「神支配」への道がつけられたということができる。つまり、「私」がその父のように大衆の中に没して生きるのでなく、目ざめた近代人として、その主体をかけて近づいた「先生」は、その犯した罪を通じて人間が自己の主人公として生きること、つまり近代人として生きることの不可能を教え、人間は自己を超えた者の支配に身をゆだねる他ないのではないかという、宗教的認識のとば口に読者を導くと言えるからである。そこから先の道を歩むか否かは読者に任されているにしても。

注

（1）石川仁木「『こころ』を読んで」「図書」岩波書店　昭61・5

（2）高木文雄「『伝通院裏』――『こころ』の一面――」『漱石の命根』所収　桜楓社　昭52・9

（3）たとえば下村寅太郎氏は、内面の実在性を認め、それを現実よりも優越的なるものとするのはキリスト教の出現以後のことであると指摘している。下村寅太郎『無限論の形成と構造』を参照されたい。みすず書房　昭54・9

（4）伊藤虎丸『魯迅と終末論――近代リアリズムの成立――』龍渓書舎　昭50・11

（5）荒井献『人類の知的遺産12　イエス・キリスト』講談社　昭54・4

（6）モーリス・パンゲ『自死の日本史』竹内信夫訳　筑摩書房　昭61・5

（7）西南の役の軍旗喪失については、乃木は免罪されていた。「書面軍旗ハ格別至重之品ニ候得共旗手戦死急迫之際万不得已場合ニ付別紙乃木希典待罪書之儀何分之沙汰ニ不及候事」（明治十年五月九日征討総督本営）橋川文三「乃木伝説の思想――明治国家におけるロヤルティの問題」参照　『歴史と体験――近代日本精神史覚書――』所収　春秋社　昭43・9

（8）D・H・ロレンス『現代人は愛しうるか』（原題『アポカリプス論』）参照　福田恆存訳　中公文庫

「こゝろ」Ⅱ――文学表現のリアリティとは何か――

一

二〇一五（平27）年五月、六九歳でこの世を去った作家車谷長吉《くるまたにちょうきつ》は、〈文士の生き残り〉とでも言うべき私小説作家であった。直木賞受賞作となった『赤目四十八瀧心中未遂』（平10・Ⅰ）には、現世的価値に背を向け、地を這うように生きる人々の姿が冷徹かつ執拗に描かれているが、そこからは物語の内容とは別に、「文学的表現が読者を撃つほどの高いレベルまで達するためには何が必要であるか」がまぎれもなく立ち昇ってくるように思われる。

主人公（私）は、名門大学の出身でありながら身を持ち崩し、尼崎の下町で、安商いの焼鳥屋に出す串刺し肉を、一本三円で日に千本刺すという仕事を続けている。隣人から「あんたなんか、こんなところにおる人間やないやろ」と言われながら、最下層の生活から抜け出そうとはしないのだが、そんな生活をなぜしてしまうかについて「私」はこのように人生観を語る。

　こういう私のざまを「精神の荒廃。」と言う人もいる。が、人の生死には本来、どんな意味も、どんな価値もない。その点では鳥獣虫魚の生死と何変ることはない。ただ、人の生死に意味や価値があるかのような言説が、人の世に行われて来ただけだ。

また、東京で会社勤めをしていた時のある年の正月、ノートに次のように書きつけている。

　正月が来ても、行く所もなければ、帰る所もなし。訪うて来る人もなければ、訪うて行きたい人もなし。午後、千住の土手を歩く。枯蘆の茫茫と打ち続く様物凄まじく、寒き川はぬめぬめと黒く光りて流る。

「私」は心身ともに現世に自己の置き所を失っている。「私」の経験したさまざまな出来事に加え、文語で日記を付けることのできるその教養が重なり、現世的なゼロ地点に「私」を追い込んだのである。

先に、「文学的表現が読者を撃つほどの高いレベルに達するためには何が必要であるか」と述べたが、こうして、主人公には、自己と世界を過剰なまでに意識することのみが唯一の意味のある行為となっていることがわかるだろう。「私」はみずから進んですべてを失い、最後に残った「言葉」だけを自己の支えとして生きている。もちろん、日記をつけることの空虚さえも明白に自覚されている。しかし、意味のある現実を失い、言葉のみで生を意味づける〈報告者〉へと追い詰められる過程の真摯さを疑うことはできない。

「私小説」とは不思議な器である。それは一つの文学的世界を展開しながら、並行して、主人公＝話者が〈書く世界〉以外に生きる場がないことを納得させる道筋を示す。語られる作品世界の内容の愚かさが、書き手の態度の真摯さによって補償されてのみ、「私小説」は存在できるのである。

しかし、このような〈書く世界〉にまつわる状況は、何も私小説の世界の専売であるわけではない。例えば宮沢賢治の場合、「雨ニモマケズ」の流布や、農民への献身的行為、また早逝により、〈聖人〉のイメージさえ与えられているが、その実像は決してこの車谷の対極に位置づけられるものではない。むしろ、重なるところが多いとみるべきである。

大正八年、八月に書かれた次の書簡には、盛岡高等農林学校を前年に卒業し、研究生ではあっても未来に希望を持てぬまま日を送っていた賢治の〈居場所の喪失〉が、生々しく記されている。

私の父はちかごろ申します。「きさまは世間のこの苦しい中で農林の学校を出ながら何のざまだ。何か考へろ。みんなのためになれ。錦絵なんかを折角ひねくりまわすとは不届千万。アメリカへ行かうのと考へるとは不見識の骨頂。きさまはとうとう人生の第一義を忘れて邪道にふみ入ったな。」お、、邪道、O, JADO! O, JADO! 私は邪道を行く、見よこの邪見者のすがた。学校でならったことはもう糞をくらへ。（中略）成金と食へないもののにらみ合か。へっへ労働者の自覚か。へい結構で。どうも。ウヘッ。わがこの虚空のごときかなしみを見よ。私は何もしない。何もしてゐない。幽霊が時々私をあやつって裏の畑の青虫を五疋拾わせる。どこかの人と空虚なはなしをさせる。正に私はきちがいである。

（大８・８　保阪嘉内あて書簡）

父が指し示すような「人生の第一義」＝人のために生きる＝に迷いなく進むことができなくなったのは、父の言葉とは逆に、高等教育機関である「農林の学校」で〈世界の真実〉を深く学んだためであったに違いない。ロシア二月革命は二年前の大正六年に起きているが、賢治は、世界の構造を根底から変える新思想に与することもできず、父のような現実的処世にも従えないという、ゼロ地点に追い込まれたことになる。「私」の刺す一日千本の串と、賢治の裏の畑で拾う五疋の青虫は同位にあるのであり、生の目的の喪失は、やがて賢治を「邪道にある者」＝人間失格者＝「修羅」の自覚に導くことになるのである。

もちろん、賢治が書いたのは私小説ではない。彼は周到に「イーハトーヴ」と命名までして己れの心象世界を別世界として創造した。しかし、それは「まことの言葉はここになく／修羅のなみだはつちにふる」（「春と修羅」）という、自己と世界に対する絶望と、それにもかかわらず自己と世界を回復しようとする熱意から生まれたものであることを確認しておこう。従って、この次元で彼の作品は現実のリアリティから解放されることになる。リアルな現実への足場を喪失した者にとって、表象の世界こそが唯一残された世界なのだから、賢治の「イーハトーヴ」ではに値する。

たとえば、出版された作品集に収められることのなかった創作の中でも、次のメモは異彩を放つものとして注目に値する。

海盤車《ひとで》君、過去といふのはどういふのかね。すると海盤車は這ひ出した。のそのそ砂を一めぐりして、一つの円を描いたのだ。それからこれが過去ですといふ。そばには黒い海胆も居て、さう、その通りと賛成した。それなら未来はどうだときいた。海盤車はわらってまた這った。それからさっきの輪のまん中で、砂をもくもく堀《ママ》りだした。さう、その通りと海胆も大へん賛成だ。そこで今度は我輩は、われらの遠き祖先のすゐ、原成虫《ママ》を訪れて、おい、アミーバー過去とはどうだ、ときいてみた。（下略）

賢治の信仰した仏教の世界観が基盤にあるにもせよ、この大胆な〈水中の哲学者たち〉の描写は、ゼロ地点にある者が、その悲苦の代償として与えられる〈自由〉の豊かさを示している。それは車谷の「私小説」においても同様であろう。車谷が賢治と同様に人間の特権など少しも信じていないのは前見の引用にも明らかであり、「赤目四十八瀧心中未遂」が事実の装いをもってする創作の世界であることも改めて言うまでもない。その愚かで鮮烈な作品世界の創造こそが、彼に与えられた唯一の〈自由〉なのであった。

二

前置きが長くなったが、夏目漱石の作家への道程の出発点となった『吾輩は猫である』（明38・1〜39・8）誕生にも、右に述べたものと同質の事情が指摘できるように思われる。

明治維新の前年（一八六七年）に八人の子の末子として生まれた金之助は、すぐに里子に出され、その後、塩原昌之助の養子となり、さらに実家に戻されることとなった。実父母を祖父母と思い込んでいたという「硝子戸の中」に描かれたエピソードは漱石理解の核心の一つとなるものであるが、親の都合で生家に戻され二十二歳で復籍するという、送籍体験は、自己の生の基盤を揺すぶり続けるに十分であった。浅野洋氏はその体験の本質を次のように述べている。

> 人間関係は恣意的な社会制度の一種にすぎないが、それでもそうした関係性をぬきにしてはこの「私」も存在し得ない。だとすると「私」が〈ここにいる〉こと自体は事実だとしても、それが自己の確かなアイデンティティに結びつくなどきわめておぼつかない。現に少年（註金之助）の眼前にいる老夫婦は「祖父母」から「父母」に突然変貌したし、その前にいる少年自身も「孫」から「子」に変貌した。とすれば、「祖父母」や「父母」は「私」との実体的関係をあらわす名辞ではなく、「私」自身をさす「孫」や「子」もたかだか記号としての名辞に過ぎない。[1]

「記号としての名辞」とは、取り換え可能な、機能のみで存在するものを指す。人間存在の記号化については、ユダヤ人哲学者マルチン・ブーバーが『我と汝』の中で、かけがえのない〈我（わたし）と汝（あなた）〉の関係と、取り換え可能な〈我（わたし）とそれ〉の関係とを厳しく区別して示したことが想起される。前者から後者への移行は現代の機能社会の本質を示したものであるが、漱石の夏目家への復籍が、実家に戻されてから十年以上も経った後実行されたこと、しかもそれは長兄、次兄が相次いで死去したための処置であったことを考えれば、彼の夏目家の中での存在が〈我とそれ〉の関係でしかなかったことは明らかであろう。

もちろん、明治維新という将来予測の不可能な混乱の時代、また、何よりも家名の存続が大切であった時代の処置であり、両親の対応はやむをえないものであったことは十分に理解できる。漱石自身、「硝子戸の中」でも自伝的小説『道草』の中でも、それについて非難がましいことを述べているわけではない。しかし、真実を下女から知らされた時、「心の中では大変嬉しかつた。さうして其嬉しさは事実を教へて呉れたからの嬉しさではなくつて、単に下女が私に親切だつたからの嬉しさであつた」（傍点引用者）という「硝子戸の中」の記述は、幼少期の金之助が、ブーバーの言う〈我と汝〉の関係を渇望していたことを明らかにしている。

その渇望は後に、『坊っちゃん』の「おれ」と「清」との関係として豊かな造形をもたらすことになるのだが、今は、漱石が前見の二人と同じく、早くから生のゼロ地点に住まわされる者であったことを確認しておこう。車谷に於ける裏社会への逃亡者としての自己、賢治に於ける修羅としての自己、漱石に於ける記号化された自己。そのような自己から世界を見る時、流布している現世的価値や結ばれている人間関係が仮象のものであり、確かな世界を取り戻すためには〈書くこと〉しかないことが自覚されることは当然である。

漱石の場合、ほとんど戯れ事のように始めた『吾輩は猫である』の執筆（明38・1「ホトトギス」）により書くことの充実を知ると、「大学者だと云はれるより教授や博士になったより遥かに愉快です」（明38・5 山縣五十雄あて書簡）、「やめたきは教師、やりたきは創作」（明38・9 高濱清あて書簡）という内心は抑えがたいものとなっていく。すでに多くの指摘があるように、「捨てられた名無しの猫」とは漱石の「記号化された自己」の喩である事は言うまでもなく、賢治がヒトデに哲学を語らせたと同じく、猫に人間世界を分析させたとしても少しも不思議ではない。それがゼロ地点に生きる者に与えられた〈特権的な自由〉だからである。

三

漱石の代表作であるだけでなく、日本の近代文学を代表する作品となった『こゝろ』（大3・4〜8）については、当然のことながら様々な論評がなされて来た。その中でも一時代を画したのが小森陽一氏の「『心』における反転する〈手記〉――空白と意味の生成――」（「成城国文学」1　昭60・3）であり、石原千秋氏の「『こゝろ』のオイディプス――反転する語り――」（同前）であったことは改めて言うまでもない。小森氏によれば、遺書の受け手である「私」は、残された先生の妻静《しず》と共に生活し、子供も生まれている、という読みが可能となる。妻にさえ知らせるな、という言葉で閉じられる遺書の自己閉鎖性は読み手により破られ、新たな展開が与えられたのである。

そのことの当否をここで改めて述べる用意は今はない。ここでは、以後、ロラン・バルトを始めとする〈テキスト論〉の強い流布のもと、「隠されたもう一つの物語」を発見しようとする一連の論が量産されるようになったことを確認するだけにとどめておきたい。しかし、田中実氏の指摘するように「既存の読み（通説）に対して、読者の恣意である別のコードを導入して論の相対化が無限に続くこと」になり、「本文との間にダイナミズムとしての〈対話〉が欠落して」しまう(2)傾向が覆いがたく存在して来たことは否定できない事実である。つまり、作品が作者から切り離され、読み手による再創造が読書行為のたびごとに行なわれ、そこに新しい表象世界が立ち上ってくるのは良いとしても、それがもう一度、作品に投げ返されるという〈対話〉がしっかりとなされて来たか否かの検証が必要であるということである。

『こゝろ』は、改めて言うまでもなく〈悲劇〉として造形されている。K、下宿の奥さん、乃木将軍、「私」の父（死が近い）、先生、と、五つの死（三名は自殺）が描かれる（回想を含めるともっと増える）。シェイクスピアの『ハムレット』を思わせる主要登場人物の死である。音楽で言えば明白に短調のトーンが全篇を覆っていることは言うまでもない。であれば、〈新しい読み〉は、少くとも作品のトーンと響き合わされ、作品と〈対話〉することが、論考成立の最低の条件となるべきではないだろうか。

ここで、小森氏の提出した読みの恣意性を改めて問題にしたいのではない。そうではなく、『こゝろ』の結末に、「私」と「先生」の妻との結婚、子供の誕生、という現実的世界が想定されることが問題なのだ。作品の〈悲劇性〉は、語り手の「私」によって早くから示されている。

先生は美くしい恋愛の裏に、恐ろしい悲劇を持つてゐた。さうして其悲劇の何《ど》んなに先生に取つて見惨《みぢめ》なものであるかは相手の奥さんに丸で知れてゐなかつた。奥さんは今でもそれを知らずにゐる。先生はそれを奥さんに隠して死んだ。先生は奥さんの幸福を破壊する前に、先づ自分の生命を破壊して仕舞つた。（「先生と私」十二）

問題は、この「悲劇」がどのような位相で展開されているか、にある。「自己の心を捕へんと欲する人々に、人間の心を捕へ得たる此作物を奨む」（漱石『こゝろ』広告文）という一文に明らかなように、『こゝろ』は純然たる心理小説である。サスペンスタッチとさえ言える物語の展開は、人間の定かならぬ心の有様を見事に、そして、厳粛に描き切っている。しかし、それは、この作品が現実に即した世界＝日常性を描いていることを意味しない。それは、次作『道草』で成立した世界であり、『こゝろ』は非現実的、観念的世界の位相で染め上げられている。「先生」の悲劇が、奥さんと共有できないことに於いても、また、「先生」が、いくら父の遺産があるとはいえ、一切働くことなく日々を送っていることにも、その非現実性、観念性は明白である。もし、「先生」が一介のサラリーマン生活を余儀なくされたとしたら、日常性の強い力によってその罪意識がなし崩しに消えていき、妻への告白もなされる可能性は十分に想定できる。さらに、「先生」の、自殺に際しての「明治の精神に殉死する」という動機も、「先生」みずからが他者の理解の不可能を認めるほど、観念的で一人よがりなものであると言わざるをえない。
かくして、『こゝろ』に描かれているのは現実ではなく、「先生」の心の現実なのだということを認めねばならないだろう。

社会性の欠如の中で生きて来た「先生」にとって、それは現実を超えるほどふくれ上がり、もはや他者と共有することが不可能となっていったのである。「先生」の自殺に至る諸行為については、妻の人格を認めていない、男性原理による自己満足的な罪意識である、などの批判がある。現実の世界に即せば、その批判は当然のものである。しかし、「先生」が他者と共有することのできぬ心の現実に押しつぶされて生きており、その前では現実は無残なまでに変質し、そのリアリティでさえ失なわれていたとしたらどうであろうか。

例えば、シェイクスピアの『ハムレット』において、主人公は他者からは理解しがたい奇矯な言動を繰り返す。友人や従臣はもちろん、恋人オフェリアとさえ共有できない苦悩に、ハムレットは身心ともに追いつめられていくのだが、その原因となったものは冒頭に登場する父の亡霊である。亡霊はホレイショーやマーセラスなどの従臣の前に姿を現わしたあと、息子ハムレットにだけその内心を語る。

仮寝のひまに、実の弟の手にかかり、命ばかりか、王位も妃も、ともども奪い去られ、聖礼もすませず、臨終の油も塗られず、懺悔《ざんげ》のいとまもなく、生きてある罪のさなかに身も心も汚れたまま、裁《さば》きの庭に追いやられたのだ。なんという恐ろしさ！　おお、なんという！　かりにも父を想う心あらば、デンマーク王家の臥床《ふしど》を不義淫楽の輩《やから》に踏みにじらせてはならぬぞ……だが、いたずらに事をあせり、卑劣なふるまいに心を穢《けが》すなよ。母に危害を加えてはならぬ――天の裁きにゆだね、心のとげに身をさいなませるがいい。頼んだぞ、ハムレット。

（第一幕第五場　福田恆存訳）

こうしてハムレットは「この天地のあいだには人智などの思いも及ばぬことが幾らもある」（同）ことを思い知り、この後、「関節がはずれてしまった」この世を一人で「直す役目を押しつけられる」（同）ことになるのである。

シェイクスピアが生きた十六世紀から十七世紀初頭においては、魔女や亡霊の存在が疑われることはなかったにちがいないが、それにしても、人智を超えたことが起きてしまったことからストーリーが展開されることは極めて重要である。現代においても『ハムレット』は世界各地で常に上演されているが、冒頭の亡霊登場をとがめだてする観客がいるはずもない。事例は違っても、何ごとか世界を狂わせてしまうことが起き、その後、受難者がどう生きるのかは、悲劇的展開において不変の、重大なテーマであるからだ。

少くとも芸術の世界では、それが非現実的なテーマや構成を持つことは極めて当然のことである。

シャガールの描く、宙に浮いている人間や動物たちの姿が現実的でないと言う必要はないし、カフカや村上春樹の奇妙な小説世界や宮沢賢治の童話の非現実を非難する者は誰もいない。ゴッホの「ひまわり」を観る者は、ひまわりという現実の花の再現を見るのではなく、ひまわりを通して表出されたゴッホの心の現実を観ているのであり、例にあげた諸作も同様に享受されているのである。

近代以前の物語と異なり、近代小説の扱う対象が、基本的に人間に限られるため、小説世界は現実と対照されて読み取られることが多い。作家の現実や、それを作っている社会や時代性までがプレテキストとして採用され、多様な読みが誕生するのである。しかし、小説がフィクションである以上、作品世界を現実に引き下して論じることには慎重さが要求される。先に、田中実氏の論を引いて述べた「作品との〈対話〉」とは、それがどのレベルまで許されるか、論者は自覚的でなければならぬということである。

あなたにだけ私の真実を告げる、として遺書を送付され、その内容は生涯秘すべき義務を負わされたはずの「私」が、なぜ「先生」の遺書を公開したのか、と、もし問う人がいれば、それは滑稽な行為という他はない。遺書は作品の〈装置〉として作られたものであり、表象世界を作り上げるための約束であるにすぎないからだ。『こゝろ』は明らかに「悲劇」として存在しており、主人公の自死とともに突然幕を下ろす。自死の先に予測される混乱には一切言及がない。遺書の衝撃こそがすべてであり、現実的な後日譚とは無縁の世界なのである。

近代小説が現実的でなければならないという通念について、例えばアンドレ・ジイドは『贋金づくり』の中で次のような疑義を呈している。

「あらゆる文学様式のなかで」とエドゥワールは弁じていた。「小説が最も自由であり、最も無法則だから……そのために、その自由を恐れるために——小説は常にあのようにびくびくしながら現実にしがみついているのだろうか。小説は、いまだかつてニイチェが言っているような『輪郭の恐るべき腐蝕』も、ギリシャの劇作家の作品や、あるいはフランス十七世紀の悲劇などに独自なスタイルを許したあの意識的な人生からの乖離も経験したことがないのです。それらの作品以上に完璧な、そして深く人間的な作品がほかにあるだろうか。深ければこそ人間的なのだ。それは人間的に見えることを誇りはしない。少くとも真実らしく見えることを誇りはしない」(川口篤訳)

今一度『ハムレット』と比較してみれば、『こゝろ』の「先生」もまた、ハムレットと同様に、本当のことを知ってしまった者であることが了解されるだろう。叔父、K、そして自己自身。人間は思いもよらぬ変貌をとげる。それは単なるエゴイズムの問題ではない。機会さえやってくれれば、人間はどのようにも変ってしまう。それが「先生」が知った本当のことである。そして、あらゆる神話や伝説が示すテーゼに従い、真実を知った者はそこに居ることが許されないことも悲劇の必然として了解できるだろう。それは、決闘の申し込みに「胸騒ぎ」を覚え、自分の最期を予感しながら敢て死の結末に向って歩み出すハムレットの姿に、また、「私は今自分で自分の心臓を破つて、其血をあなたの顔に浴せかけやうとしてゐるのです。私の鼓動が停つた時、あなたの胸に新らしい命が宿る事が出来るなら満足です（「先生と遺書」二）」を、比喩ではなく文字通り実行した「先生」の姿に現われている。それは、刑死を自覚したイエス・キリストがサクラメントとして、自己の血と肉の代りとなるブドウ酒とパンを弟子たちに配った行為に近いことも、注目に値する。かくして、『こゝろ』は小説である以上にむしろ神話的、伝説的であるとも言えるが、それが言いすぎであるとしても、少くともジイドの言う「深く人間的」であるために、小説を踏み抜いた小説として形成されたことを疑うことはできない。

四

「私」に与えられた「先生」の遺書の冒頭部分に、次のような印象に残る表現がある。

　私が筆を執ると、一字一劃が出来上りつゝ、ペンの先で鳴つてゐます。私は寧ろ落ち付いた気分で紙に向つてゐるのです。不馴《ふなれ》のためにペンが横に外れるかも知れませんが、頭が悩乱して筆がしどろに走るのではないやうに思ひます。（「先生と遺書」三）

「先生」の手によって、静謐にかつ明晰に記された悲劇。『こゝろ』が現代に至るまで百年にもわたって読み継がれて来た理由の最大のものは内容以上にこの文体にある、と言いたくなるほど、読者の心を離さない力が「遺書」にはある。なぜそれが可能であったのか。

それは、一と二で見て来た作家と作品との関係が、「先生」の中で誕生した、という視点で説明できるだろう。「不馴のためにペンが横に外れるかも知れませんが」とあるように、大学を出ても、能力に見合った仕事にさえ就くことのなかった先生は、このような長大で深刻な内容の文章を書くことは未経験であったに違いない。しかし、社会との交りを断ち、ひたすら自己の内心を見つめ続けるという修道僧にも似た社会的ゼロ地点に留まるその生そのものが、「私」という唯一無二の読者を得た時、反転して生きた文体を誕生させたのである。

吉本隆明氏は、もし文学作品に価値があるのなら、それはその発行部数の多さにあるのではなく、読者がまるで我が事のように読んでしまう〈内閉性〉にある、と指摘している。[3] 言うまでもなく、この遺書は、かつての自己の姿を彷彿とさせる一人の大学生の「私」に向って、まさしく内閉的に書かれたものである。読み手(私)の内閉性の高さは指摘するまでもない。そして、当然のことながら、その内閉性は、「先生の遺書」を読む読者一人一人に受け継がれていくことになる。先生→私→読者という流れは、先に見た〈我と汝〉というかけがえのない関係性を作り上げてさえ行くのだ。

吉本氏は続けて、その内閉性が成り立つためには、作者はその人生に於て大切なものを棒に振らなければならぬ、とつけ加えている。すでに見た車谷長吉、宮沢賢治、夏目漱石のそれぞれの人生が、暖い家庭的な愛、を始めとする、人間を人間たらしめる大切なものが大きく欠けたものであったことは言うまでもない。みずから望んでか、また、結果的にそうであったのかは判別しがたいが、彼らは何かに追いたてられるようにそのように生きたのである。そして、唯一つ自己の世界を託せるものとして〈書く世界〉が成立したのだ。

「私が筆を執ると、一字一劃が出来上りつゝ、ペンの先で鳴つてゐます」という表現には、書く行為に伴う喜びさえ感じ取ることができる。それはおそらく、愛する妻との生活にさえ与えられなかったものである。「先生」はあのハムレットとは異なり、父の仇である叔父を討つのではなく、親友Kの仇となった自己自身を討たねばならぬ道に追い込まれた。しかも、ハムレットの父の亡霊が「妻＝母に危害を与えてはならぬ」と言うのと同様に、当事者の一人であるお嬢さん＝妻に、真実を告げることは許されなかった。繰り返して言うが、それが人智を超えたことが起きてしまった者の、心の現実なのである。しかし、その代償のように、生きた言葉が、遺書の一回性として迫真の力をもって立ち昇る経験が与えられた。こうして、「先生の遺書」は、人間の心の底知れぬとらえがたさ、人間の自己中心性の罪が描かれているだけではなく、文学作品のリアリティの源がどこにあるかについても、読者に呈示するのである。

注

（1）浅野洋「『硝子戸の中』二十九章から――漱石の原風景――〈小説家の起源1〉」『小説の〈顔〉』所収　翰林書房　平25・11

（2）田中実「新しい作品論のために」『小説の力――新しい作品論のために』所収　大修館書店　平8・2

（3）吉本隆明「文芸的な、余りに文芸的な」『吉本隆明著作集4　文学論Ⅰ』所収　勁草書房　昭44・4

原文は次の通り。

「優れた文学者はいつも痛ましさの感じを伴っている。かれが棒にふったのは恋人であるのか、家庭であるのか、社会の序列であるのかその他であるのかよくわからない。ただ文芸作品が読むものに、じぶんだけのために書かれているように感じさせる要素は文学者が創作のためにたんに労力や苦吟を支払ったのではなく、じっさいに現実に生きてゆくために必要な何かを棒にふってしまったことと対応している。そして優れた文学者が支払ったこういう現実上の欠如は、読むものに毒をあてる作用をするように思われる。」（傍点原文）

「道草」――クロノスの世界――

一

漱石の唯一の自伝的作品とされる『道草』（大4・10）を読む者は、その冒頭から末尾に至るまで、主人公と共に日常生活のあらゆる場面で〈異和〉を感受することを余儀なくされる。それはまるで金太郎飴のようにどの場面にも用意されており、作者は健三を知るとはその〈異和〉を共有することだと言っているかのようである。

姉が余り饒舌《しやべ》るので、彼は何時迄《いつまで》も自分の言ひたい事が云へなかつた。訊きたい問題を持つてゐながら、斯う受身な会話ばかりしてゐるのが、彼には段々むづ痒《がゆ》くなつて来た。然し姉にはそれが一向《いつかう》通じないらしかつた。（六）

「実は此間島田に会つたんですがね」

「へえ何処で」

姉は吃驚《びつくり》したやうな声を出した。姉は無教育な東京ものによく見る わざとらしい仰山《ぎやうさん》な表情をしたがる女であつた。（七）

往来で思いがけず出会った養父のことを聞くために久しぶりに姉のところへ出かけた健三は、姉から金をせびられることも含めて本題に入るまでにこれだけの〈異和〉を忍ばねばならない。しかもその〈異和〉を解消する手だては何もない。作品の著しい特色は、健三の〈異和〉を解消する唯一の手段と思われる言葉や会話が初めから健三にも、他の登場人物にも失なわれていることである。姉と話す場面では、健三は姉という目上の者に対する気づかいから、また、逆に姉でありながら無教養者であることへの蔑視から言葉を失っているのであるが、妻との場合、その理由は「気質」としか説明されない。

然し細君には何も打ち明けなかつた。機嫌のよくない時は、いくら話したい事があつても、細君に話さないのが彼の癖であつた。細君も黙つてゐる夫《おつと》に対しては、用事の外決して口を利かない女であつた。（二）

もちろん、結婚当初からこの二人が「癖」として必要以上に言葉少なだったとは考えられず、どこかでうまく行かなくなった一組の夫婦の姿が描かれているだけなのだが、このように健三は妻をはじめとする他者（しかもそのほとんどは親族である）に対して、自己の真の内心を伝えるべき言葉を持てないのである。

この主人公の日常的な生への異和感と言葉の喪失は、前作『こゝろ』の主人公のそれとさほどへだたっているわけではない。『こゝろ』の先生夫婦は、健三とお住とは逆に仲むつまじい一対なのだが、「私達は最も幸福に生れた人間の一対であるべき筈です」（「先生と私」十　傍点引用者）という言葉に示されているように、心の最深部でお互いを了解できない。Kの死にまつわる罪の意識が先生の心を内閉させているためである。先生も健三と同じように、最も身近な存在である妻に対して言葉を喪失しているのであり、そこから起る生の異和は酒によっても学問によっても癒されることはなかったのである。

この二作はすべてに対照的な作品として比較検討されることが多いし、本編もその例外ではない。しかし、物語としての設定そのものに限れば、むしろ同質性の方が高いと言えるのではないだろうか。物語の冒頭、『こゝろ』では「私」が「先生」に出会い、『道草』では「健三」が「帽子を被らない男」（島田）に出会う。『こゝろ』では夏の鎌倉という非日常な場所で、『道草』では日常的な通勤路上で、それぞれの主人公が感じた好意と嫌悪感に呼応するように、一方は青天の下で、一方は小雨の下で二人は出会うのである。そうしてあらわになって来るものは「先生」の過去であり、健三の過去である。要するに、作者は、出会いによる過去の顕現という同じ設定で二つの物語を書いているのだ。

文体についても同様のことが指摘できる。今、試みに『道草』の冒頭部を『こゝろ』と同じ丁寧体と一人称の文体に変えてみる。

私が遠い所から帰って来て駒込の奥に世帯を持ったのは東京を出てから何年目になるでしょう。私は故郷の土を踏む珍しさのうちに一種の淋し味さえ感じました。

私の身体には新しく後に見捨てた遠い国の臭がまだ付着していました。私はそれを忌みました。一日も早く其臭を振ひ落さなければならないと思いました。そうして其臭のうちに潜んでいる私の誇りと満足には却って気が付きませんでした。

真実の告知体とも、あるいはもっと言えば「懺悔体」とも言える文体であり、『こゝろ』と全く同質である。『行人』のHさんの手紙以来、漱石は人間の内面を徹底して追求するにふさわしい文体を獲得しており、『道草』は『こゝろ』になぞって言えば、健三の、「遺書」ならぬ、あて先のない「懺悔の手紙」なのである。

しかし、『道草』で実際に採用されたのはよりぞんざいで散文的な乾いた文体であった。両者の文体の相違はそのまま語られる内容の相違を示している。つまり、『こゝろ』の「先生」の過去の「罪」はいくら重くとも、いや重きがゆえに丁寧に取り扱われねばならないのだが、『道草』の健三の異和に満ちた過去と現在は、むしろぞんざいに扱われてしかるべきなのだ。それは「先生」の生の異和と言葉の喪失には重く明らかな理由があるのに対し、健三のそれには何の理由もないことと呼応する。健三があのような姉と養父を持ち、このような結婚生活を送っていることに何の理由づけもできないのであり、作者はその不条理性にふさわしく乾いた文体で語るのである。さらにまた、「人間の罪の物語」を書き記す「先生」には「私が筆を執ると、一字一劃が出来上りつゝペンの先で鳴つてゐます。私は寧ろ落付いた気分で紙に向つてゐるのです」（「先生と遺書」三）という書くことの充溢が与えられているが、「世の中に片付くなんてものは殆どありやしない。一遍起つた事は何時迄も続くのさ。たゞ色々な形に変るから他にも自分にも解らなくなる丈の事さ」（百二）という健三のたどりついた「人の世の道理」は吐き出す様に苦々しく語られねばならないことを指摘することもできる。設定の同質性にもかかわらず、作者は明らかに背反する二つの世界を書き分けようとしているのであって、『道草』があて先のない懺悔の手紙であっても、『こゝろ』の先生の遺書のようにそれを読む者に「新らしい命が宿る」（「先生と遺書」二）ことを期待することは不可能なのである。

二

このような『道草』の乾いた作品世界を「クロノスの世界」と規定してみよう。クロノスとは、伊藤虎丸氏の言葉を借りれば「すべての人間を同じように呑みこんで流れる自然的な時間」であり、クロノスの世界とはそのような「永劫に変ることなく繰り返されていく時間」に支配された人間たちが、全体に対する部分として没主体的に生きるニヒリスティックな世界に他ならない。[1] 前見の「一遍起つた事は何時迄も続くのさ」という健三の言葉にも、

『道草』の世界がクロノスに支配されていることは明らかであるが、例えば健三の兄をその世界に生きる者の典型としてあげることができる。

彼は斯うした不安を何度となく繰り返しながら、昔しから今日迄同じ職務に従事して、動きもしなければ発展もしなかつた。健三よりも七つ許り年上な彼の半生は、恰も変化を許さない器械のやうなもので、次第に消耗して行くより外には何の事実も認められなかつた。（三十四）

兄だけではない。健三をとりまく親族の誰もが、自己の人生に何の特別の意味づけをすることもなくただ老いに向って生きているのである。島田に代表される金銭に対する執着はクロノスへのはかない抵抗であるが、わずかな金銭によって自然的時間をくいとめることが不可能であることは言うまでもない。「たゞ金銭上の慾を満たさうとして、其慾に伴なはない程度の幼稚な頭脳を精一杯に働らかせてゐる老人」として、「寧ろ憐れ」な「気の毒な人」としてかつての養子健三から眺められる島田の姿（四十八）は、金銭欲によってむしろより深くクロノスに呑み込まれてしまった彼の生涯を語っている。

こうした中にあって、健三だけがクロノスに流される事に抵抗し、彼自身の〈固有な時〉を生きるべく努力する。

自然の勢ひ彼は社交を避けなければならなかつた。人間をも避けなければならなかつた。彼の頭と活字との交渉が複雑になればなる程、人としての彼は孤独に陥らなければならなかつた。彼は朧気にその淋しさを感ずる場合さへあつた。けれども一方ではまた心の底に異様の熱塊があるといふ自信を持つてゐた。（三）

健三の新たに求めた余分の仕事は、彼の学問なり教育なりに取つて、さして困難のものではなかつた。たゞ彼はそれに費やす時間と努力とを厭つた。無意味に暇を潰すといふ事が目下の彼には何よりも恐ろしく見えた。彼は生きてゐるうちに、何か為終せる、又仕終せなければならないと考へる男であつた。（二十一）

健三は他の親族たちのようにクロノスの流れに身を任せて死という海に流れつくことを潔しとせず、学問という舟に乗りクロノスの流れと戦いながら向う岸にたどりつこうとする。それはさしあたり学問的業績という成果であり、作者の現実に還元すれば野心的な「文学論」の完成であった。伝記的事実は漱石が学者としてはそれに失敗し、小説家として見事にクロノスに抵抗し切ったことを明らかにしているが、ここで大切なことは、作者が健三のクロノスへの抵抗を価値あるものとして位置づけず、むしろ厳しく相対化しようとしていることである。前見の（三）の引用は次のように続く。

だから索寞たる曠野の方角へ向けて生活の路を歩いて行きながら、それが却つて本来だとばかり心得てゐた。温かい人間の血を枯らしに行くのだとは決して思はなかつた。

「だから」という接続詞は「異様の熱塊があるといふ自信」を否定するために使われている。自己を他者から屹立させる「学問への情熱」は彼を人の住まぬ曠野に連れ去っただけなのだ。それどころか、健三のつかんだ〈固有の時〉はその出発点から「牢獄」として意識されていた。人を殺した罪で二十年余りも入獄していた芸者のことを思い出した健三は、自分もこの女と同じく青春というかけがえのない時を喪失したことを想う。「自分も矢つ張り此芸者と同じ事なのだ」と感じずにおれない健三は傍にいる青年に語りかける。

「学問ばかりして死んでしまつても人間は詰らないね」

「そんな事はありません」

彼の意味はつひに青年に通じなかつた。（二十九）

自然的な時間に流されるのも空しく、それに抵抗することも空しい。愛のない〈固有の時〉は単なる内閉的な時間に終るのである。おそらく健三はそう青年に語りたいのだが、ここでもまた、言葉は失われている。かくして、その「空しさ」において健三もまた彼をとりまく人々と何の変わりもない。こうして四十八章に「神」が登場する。


「彼は斯うして老いた」

島田の一生を煎じ詰めたやうな一句を眼の前に味はつた健三は、自分は果して何うして老ゆるのだらうかと考へた。彼は神といふ言葉が嫌であつた。然し其時の彼の心にはたしかに神といふ言葉が出た。さうして、若し其神が神の眼で自分の一生を通して見たならば、此強慾な老人の一生と大した変りはないかも知れないといふ気が強くした。


「知性によって否定された神の心情の世界における復権」（笹淵友一[2]）と評されるにふさわしい場面である。しかし、見て来たように、ここでの「神の登場」はその絶対的視点において健三を「大差なき群れの一員」と化す働きをするのであって、彼が懸命に得ようとしている〈固有の時〉は、神に選別されて与えられることもなく、他者と同様に流れ去るのである。P・ティリッヒはクロノスの対極にあるカイロスを「質的な時間」「適切なる時間」「特別な機会」と規定しているが[3]、ここにはそのカイロスを望みながら自己のものとしえぬ健三の、苦々しくも冷静な判断があるだけなのだ。だから、彼は「神」なしでも自己が「大差なき群れの一員」であることを発見することもできるのである。

　「姉はたゞ露骨な丈なんだ。教育の皮を剥けば己だつて大した変りはないんだ」
　平生の彼は教育の力を信じ過ぎてゐた。今の彼は其教育の力で何うする事もできない野生的な自分の存在を明らかに認めた。斯く事実の上に於て突然人間を平等に視た彼は、不断から軽蔑してゐた姉に対して多少極りの悪い思をしなければならなかつた。（六十七）

　かくして健三の呼びよせた「神」は人間を平等に相対化するだけであって彼を救ってはくれない。健三の「神」は「愛の神」たる人格神とはなりえない余りに無機的な存在なのであって、むしろ無人格な「自然」の方が健三の現実の困難を救助してくれるのである(4)。

　幸ひにして自然は緩和剤としての歇斯的里《ヒステリ》を細君に与へた。発作は都合よく二人の関係が緊張した間際に起こつた。（中略）細君の発作は健三に取つての大いなる不安であつた。然し大抵の場合には其不安の上に、より大いなる慈愛の雲が靉靆《たなび》いてゐた。彼は心配よりも可哀想になつた。弱い憐れなもの丶前に頭を下げて、出来得る限り機嫌を取つた。細君も嬉しさうな顔をした。（七十八　傍点引用者）

　雲間から顔をのぞかせる太陽のように、妻のヒステリーの発作が夫婦の危機を救う。まさに自然からのたまものである。しかし自然現象がきまぐれに定めなく変化してやまないものであるように、この「慈愛の雲」も長くたなびきつづけることはできない。夫は妻が「弱い憐れな」立場にあるからこそ愛情を示せるのであって、もとの身体にもどれば二人の関係に何の変化もないのだ。「自然」は人格神ではありえず、人格神の支えのない「愛」に絶対的な救済を求めることはできないのである。

かくして、健三が時に招きよせる「神」も、気まぐれに訪れる「自然」も、彼の生にまとわりつく〈異和〉を解消してはくれず、その人生を意味あるものともしてくれない。三番目の子が誕生した時浮べた「あゝ云ふものが続々生れて来て、必竟何うするんだらう」という「親らしくもない感想」（八十一）は、健三がクロノスの流れに抗してカイロスをつかもうとしながらも、何らそのすべをつかみえていないことをよく示している。その認識はすでに引用したように「世の中に片付くなんてものは殆どありやしない」という最終章のせりふに念押しされているが、作品の冒頭の次の場面はそれにも増して物語の本質をシンボリックに語っている。

彼が遠い所から持つて来た書物の箱を此六畳で開けた時、彼は山のやうな洋書の裡に胡坐をかいて一週間も二週間も暮らしてゐた。さうして何でも手に触れるものを片端から取り上げては二三頁づゝ読んだ。それがため肝心の書斎の整理は何時迄経つても片付かなかつた。しまひに此体たらくを見るに見かねた或る友人が来て、順序にも冊数にも頓着なく、ある丈の書物をさつさと書棚の上に並べてしまつた。彼を知つてゐる多数の人は彼を神経衰弱だと評した。彼自身はそれを自分の性質だと信じてゐた。（三）

洋書とは意味付けを待っている人生の断片的な出来事である。健三は誰にも増してそれらを意味の体系としてまとめて並べたいと願う。しかしそれは不可能である。「順序にも冊数にも頓着なく」つまり何の脈絡もなくならべてしまわないかぎり片付きはしないのだし、人生に何の脈絡もないことを知っている者が正常人であり、そうでない健三は異常な人間なのだ。
『道草』はその題名通り、人はついに人生の意義ある目的地に着くことがない、という作者の苦い認識を呈示している。物語は始めから終りまでクロノスに貫かれている。健三もまぎれもなくその世界の一員である。しかし、かくも徹底したクロノスの描写は、それを描く漱石がいかに激しくその流れに抵抗しようとしたかを逆説的に語っている。物語はその「愛の神」の不在によって、「愛の神」への渇望を語るのであり、桶谷秀昭氏にならっていえば、日本の「神」はそのようにしてしか現れないのである。(5)

注

(1) 伊藤虎丸『魯迅と終末論――近代リアリズムの成立――』龍渓書舎 昭50・11
(2) 笹淵友一「漱石と神」「キリスト教文学研究」第二号所収 昭59・5
(3) P・ティリッヒ『キリスト教思想史Ⅰ』参照
(4) 『道草』に於て「神」「自然」と共に重要な意味を持つものに「天」があるが、これについては佐藤泰正氏の「『天』は、彼に対峙し、問いかける絶対者ではなく(中略)人間のより情念的な受感に発する、即自的な何ものかでしかありえない」という指摘通り、主題を荷うものとは見ない。佐藤泰正『夏目漱石論』筑摩書房 昭61・11
(5) 「無信心な彼は何うしても、『神には能く解つてゐる』と云ふ事が出来なかつた」を引いての「日本の神は、『神』という言葉を口に出さぬかかる人間のもだえの中からしか生まれないのである。」という指摘がある。桶谷秀昭『夏目漱石』河出書房新社 昭51・6

傍観者の日記・日記の中の傍観者

一

作家の日記や書簡を読むことは、文学を好む者にとっては作品以上の楽しみであるかも知れない。ことに、虚構の中にこそ作者の真実が現われるという文学的テーゼの適応することの少ない日本的風土にあっては、〈ありのまま〉に少しでも接近できる日記や書簡は魅惑的な読書の対象なのである。あの静謐な悲劇『こゝろ』（大3）を書いた漱石が、いかに狂乱じみたわがこころを持て余していたかは、かつては全集から削除されていた大正三年の日記に明白である。うす気味の悪い『月に吠える』を書いた萩原朔太郎が、実際にも奇妙な手紙を書いていたことは、同じく大正三年の北原白秋あて書簡を見ればわかる。また、「雨ニモマケズ」によって聖人視されることもある宮沢賢治も、青年期の書簡を見れば、人並みに、いや人並以上に青春の煩悶を生きていたことを知ることができる。そこには血の通った、そして読者が自己の近親、同類を発見できる十分に人間的な作者がいるのである。

舞台を見ていても劇を見ず、役者のスキャンダルを話題にする観客がいるように、日記や書簡が単なる楽屋のぞきに終ってしまうことは多いにせよ、そこで記憶されたエピソードは、時には作品以上に読者の中で豊かに消化されるのだから、それへの興味を下世話な趣味といって切り捨てるわけにはいかない。大ざっぱにいって、近代文学が宗教にかわって〈人間の真実〉を見極める役を荷って来た以上、それを提出した〈作家の真実〉が問われるのは当然なのである。

しかし、この小論で取り上げる鷗外の場合、事情は少し異なってくる。その日記に作家の〈真実〉が現われていないわけではない。だが果してそれは、漱石の日記がそうであった意味での赤裸々な作家の現実の記録といえるだろうか。

たとえば「小倉日記」（明32・6〜35・3）の冒頭に置かれた一節は、鷗外の小倉赴任の心境を語るものとして周知のものである。

十八日。朝七時二十四分大坂を発す。菅野順、林徳門及緒方送りて停車場に至る。是日風日妍好、車海に沿ひて奔る。私に謂ふ、師団軍医部長たるは終に舞子駅長たることの優れるに若かずと。

鷗外はここで、小倉左遷の不本意を述べ、権謀渦巻く軍医の世界よりも風光明媚な地方駅での暢気な生活をうらやんでいるように思える。それは辞職を考えたといわれる背景とも一致する。しかし、「私に謂ふ」以下がなぜこうして書き記されねばならないのか。「私に」は「ひそかに」であろうが、その日の瀬戸内の車窓の美しさに思わず口をついて出たものだとしても、鷗外がつぶやきを日記に残すことは異例のことでなければならない。高橋義孝氏の指摘にあるように「年代記的簡潔、文学的情緒的なものの完全な拒絶」（『森鷗外』）は鷗外日記を大きく貫いている。それは、「小倉日記」が初期に属する故に未だこの原則は確立されず、年を経るにつれ非情緒的になる、ということではない。小倉赴任後すぐの七月九日、鷗外は直方から福丸へ向うために人力車を使うが、車賃を引き上げようと計った車夫から途中で下され、そのために雨の中を歩くという不快な経験をする。しかし、日記にはこの事実のみが記されるのであり、自己の感情には一語の言及もないのである。あるいは「私に謂ふ」以下の感慨は、作者によって後日書き加えられたのではないか、という疑問をここで提出することは不可能ではない。

「小倉日記」は戦後、雑誌「世界」に初めて一部が掲載され（昭26・5）、以後全集に収められたのであるが、「独逸日記」と同じく他者によって浄書され、処々鷗外によって補筆訂正されたものである。であれば、「独逸日記」において所謂「エリス事件」関連の事項が抹消されたであろうと推察されるように、「小倉日記」に加筆が行なわれたとしても不自然ではない。エリス事件にまつわる感情は他者への公表を許されぬ秘められるべき感情であるが、「師団軍医部長なんかよりは田舎の駅長の方がよほどましだ」という感情は、少くとも明治四十年十一月、小池正直の後を継ぎ、陸軍省医務局長、陸軍軍医総監という最高の地位を得た後には、公にも容認されうるものだからである。鷗外は、功成ったあと小倉時代を振り返り、「私に謂ふ」云々をその記念として「ひそかに」付け加えたのではなかったか。「九州にて書きたるものは当方に沢山あり『小倉日記』などの類まだ世に出さぬ都合に候」（明33・1日付不詳森峰子あて書簡）とあるように、その日記が公表を意識されたものである以上、その可能性をなしとしないのである。

推測の当否はともかく、このように鷗外の日記は記す者の感情と無縁なのだが、その最も著しい例は明治四十一年一月に求められる。

十一日（土）午前九時新橋に着く。弟潤三郎停車場に迎へて弟篤二郎の死を告げ、且云ふ。今日医科大学病理解剖室に於いて剖観せんとすと。直ちに大学に往く。家に還りて、二男不律八日より咳嗽すと聞く。

およそ一ヶ月後には次のように記される。

五日（水）（註二月）夕に不律死す。

突然の、しかも重なる不幸に対する感慨はここでも記されない。が、これ以上鷗外の日記を「秘されるべき感情の記録」という通念から照らして云々することは避けなければならない。その日記は「北游日乗」(明15・2〜3)に始まるが、その後の「航西日記」(明17・8〜10)、「独逸日記」(明17・10〜21・5)、「隊務日記」(明21・3〜7)、「還東日乗」(明21・7〜9)は、「独逸日記」を除いていずれも軍部関係の雑誌に公表されている。「北游日乗」も活字化されたものは発見されていないが、軍務に従事する中での漢詩を中心とした紀行文という性格を強くもっており、公表を前提とした執筆であることは明らかである。このように、鷗外の日記はいわばその発生時から公の顔を持つことを義務づけられたのであり、ここ四十一年に至ってどれほど悲痛な事件が起ころうと、私的な感情がそこに書き連ねられることは考えられないのである。

ここから、通念とは逆の、日記が作品の註となるのではなく、作品が日記の註となるという現象が起ることになる。「五日(水)夕に不律死す」という一行の中に封じ込められた感情は、約一年後次のように解放される。

お瑩さんは黙つて俯向《うつむ》いてゐる。奥さんは「半子《ハンス》さんや半子さんや」と二声呼んで、出そうになつた泣声を隣の間に寝させてある百合さんに聞せたくないので、我慢して出さずにゐる。目からは涙がぽろぽろ落ちるのである。その時博士は兼《かね》てこの赤ん坊が死んだらどんなにか悲しかろうと思つてゐた、自分の悲しみの意外に淡く意外に軽いのに自ら驚いた。期待してゐた悲痛は殆ど起らないと云つても好《い》い。博士は只心の空虚の寂しみを常より幾らか切《せつ》に感じたばかりである。

(「金毘羅」明42・10)

続いて鷗外は、すべての光景を「芝居の舞台に出てゐる人物のやうによそよそしく而もはつきりと」客観視してしまう自己を「傍観者」と規定し、それが「不愉快でたまらない」と書いている。解放されたはずの感情が実は初めから存在しないにも等しいものであったというのはいかにも鷗外的であるし、「傍観者」という言葉が作品に登場するのもこれが最初である。しかし、石川啄木が「かなしみの強くいたらぬさびしさよわが児のからだ冷えてゆけども」と長男の死に際して歌ったように、[1]「悲しみの希薄さという悲しみ」は、父親には普遍的な感情であるかも知れないから、鷗外は作品の中で逆に少し感情的になっているということもできる。ともあれ、「初期は漢文体、その後興の趣く所に従つてさまざまの国文体を採り、最後に再び枯淡な漢文体にかへる」（森於菟　岩波版全集第三十五巻後註）鷗外の日記は、その寡黙の故に、逆に一篇のドラマを内包しているということもできるのである。[2]

が、しかし、視点は今一度反転されねばならない。たとえばあの一月十一日の前日、十日の記述には、このような〈沈黙の雄弁〉という俗見では歯がたたぬ何かがある。

十日（金）　大坂に往き兵営を観る。夕に井上中将の饗宴あり。夜汽車にて帰途に就く。弟篤二郎耳科院に歿す。

森篤二郎（三木竹二）は喉頭腫瘍の手術後、のどにたまった血液を吐こうと起き上がろうとしたが、無理に看護婦に押えつけられたため窒息死した。解剖に立ち会った鷗外は卒倒した。それほど弟の死は重いものであった。例によって鷗外はみずからの感情を記さないが、ここで注目したいのは、事件を知らずに夜汽車にあった自己とは無関係に、弟の死をはっきりと十日の欄に書き記したことである。十一日初めて事件を知ったとしても、そのような自己にとっての弟の死ではなく、弟の死そのものを鷗外は書き留めた。それを今、〈実在の確認〉と仮りに呼ぶとすれば、それは鷗外の日記の方法であり、生の姿勢であり、さらには小説の方法でもあったということができる。

寺本が先祖は尾張国《をはりのくに》寺本に住んでゐた寺本太郎と云ふものであった。太郎の子内膳正《ないぜんのしやう》は今川家に仕えた。内膳正の子が左兵衛、左兵衛の子が右衛門佐《うゑもんのすけ》、右衛門佐の子が与左衛門で、与左衛門は朝鮮征伐の時、加藤嘉明《よしあき》に属して功があつた。与左衛門の子が八左衛門で、大阪籠城《ろうじやう》の時、後藤基次《もとつぐ》の下で働いた事がある。細川家に召抱《めしかゝへ》られてから、千石取つて、鉄砲五十挺《ちやう》の頭《かしら》になつてゐた。四月二十九日に安養寺で切腹した。五十三歳である。藤本猪左衛門《ゐざゑもん》が介錯《かいしやく》した。

（「阿部一族」大2・1）

ストーリーの展開とは、とりたてて関係のないこのような人名の羅列と、その身元調べをなぜ延々と行うのか。事実、そういうことが実際にあったからだとしか答えようがない。そもそも作品に展開される描写が、作家が作品のテーマを提出するための自己にとっての事実の都合のいい集積だとしたら、果してそれはこの世の〈真実〉を語ったことになるのか。こういう問いを鷗外が持っていたかどうかはわからない。だが、結果的には彼の歴史小説はそういう問いを内在させてしまっている。たとえば「阿部一族」については、すでに水谷昭夫氏の次の指摘がある。

「阿部一族」の主題は、その部分に対して「事実を自由に取捨して纏まりを附け」る事がない所に形成されている。即ち、作者が如何に理解しようが無縁なのである[3]。

また、同じ「阿部一族」の終結部における柄本又七郎の不可解な笑いについて、柄谷行人氏は右と同質の指摘をしている。

鷗外は世界は不条理だといっているのだろうか。そうではない。ただ世界は在るがままに在るといっているのだ。彼は《物語化》以前のわれわれの経験をとらえようとしているのだ[4]。

この世を自己を主人公とするドラマに仕立てないこと。納得できようとできまいと、あるものはあるというこの世の残酷さに耐えること。それは必ずしも真の希望ではなかったという陸軍への入隊、所謂エリス事件、離婚、長い官吏としての生活、家庭の不和、そしてこの愛する者達の不慮の死等を通じて、十分に、十分過ぎるほどに形成された鷗外の生への姿勢であった。歴史小説は乃木将軍の殉死を契機として、突然のように開始されたわけではないのである。

それは、「書くこと」も知らぬ、市井の生活人の生の位相に等しいと言うこともできる。「書く」という武器を持ち、世界を解釈し、革新する方法を身につけた所謂知識人ではなく、黙って生の傷に耐えている生活人であること。それは、「普請中」（明43）の主人公渡辺参事官の「俗物《フリステル》になりすましている」という冷然たる姿勢に通じる。そして中野重治によって、日本の古い支配勢力のための「一番高いイデオローグ」であった、と言われるまでもなく、「虫干や甘んじてなる保守の人[5]」という自嘲的な俳句に表わされたような保守家鷗外という像をみずから形成したのである。

寡黙な鷗外の日記が語るのは大よそこのような生のありようである。彼の言う〈傍観者〉がその内実をおおうに足るものであるかどうかは、読者の判断にまかされる。

二

明治四十二年以降、作家としての「豊熟の時代」（木下杢太郎）を迎えた鷗外は次々と作品を発表する。それは長い沈黙の時を取り戻そうとするかのように「小説的」である。

「いゝえ。当前《あたりまへ》の人の声なら、気にはならなくつてよ。一通《ひととほり》の人ではないのですものを。お金はみんな持つて行つて、好い加減《いい》にしてゐて、あなたをまで取つてしまはうと思つてゐるのですものを。ちよいと油断をすると、すぐあなたの側《そば》へ来る。あなたにはあれが当前《あたりまへ》に見えて。えゝ、気味が悪い。」奥さんの黒い大きな目はかゞやく。「又言ふ。人が聞くと気違としか思はない。おれを生んだお母様ではないか。」博士の声は頗る激した。玉ちやんは本から顔をあげて、ちよいと見た。

（「半日」明42・3）

博士は今年四十を二つ越した男で、身体は壮健であるが、自制力の強い性《たち》で、性欲は頗る恬澹《てんたん》である。それに今日《けふ》に限つて、いま妻が鴇色《ときいろ》の長襦袢を脱いで、余所行の白縮緬《ちりめん》の腰巻を取るなと想像する。そして細君の白い肌を想像する、此想像が非道《ひど》く不愉快であるので、一寸《ちよつと》顔を蹙《しか》める。想像は忽《たちま》ち翻《ひるがえ》つて、医学博士磯貝嶹《きよし》君の目が心に浮ぶ。

（「魔睡」明42・6）

嫁と姑の不和に悩まされる夫、妻の貞操が奪われたかも知れぬという疑惑にかられる夫という、ある意味では極めて下世話な題材が取り上げられている。周知のように、「半日」は妻しげの意向でその生前は全集に収録されず、また、「魔睡」も鷗外の存命中は単行本に収められることはなかった。前者については、それが自家用小説であり、妻と姑との不仲をいさめる手段に使われたとする位置づけもあるが、「高尚な人間は仮面を冠つてゐる。仮面を尊敬せねばならない。」（「仮面」42・4）と言った鷗外が、なぜわざわざ仮面をはいでみせたのか。中野重治によれば、鷗外は「魔睡」をしきりに単行本に入れようとし、鈴木三重吉にいさめられたという（『鷗外その側面』）。このエピソードは鷗外におけるこのような自然主義的作品の位置をよく語っているように思える。つまり、鷗外はまるで「おれも人間なのだ。人間の仲間に入れてくれ」と訴えているかのようなのであり、それをより声高に叫ぶために出版を望んだのだ、ということも考えられるである。「博士は……自制力の強い性で性欲は頗る恬澹である。それに今日に限つて……」というような、まのびした、無理に自己の性欲の存在を主張しているような文章は、これらのスキャンダラスな作品が、鷗外のいわば〈人間であることの弁明〉であったことをよく語っている。

それはまた、「半日」の「体と体とが相触れて妙な媾和《こうわ》になることもある」等の表現にも現われている。この箇所は「憚ることなく主人が日常の生活を記述するもの」（永井荷風「隠居のこごと」）の適例といえるものであり、それ故に高名なのであるが、鷗外はここで本当に容赦なく自分達夫婦の姿をあばいてみせたのか。肉体による和解という通俗的な夫婦像の下に隠された、体と体が触れたくらいでは和合できないねじくれた関係が小説化されることはなかったというべきである。鷗外は次のような詩を書いている。（しげとの再婚後わずか十一ヶ月の執筆であり、単行本には収録されていない。）

なれとむかひて物いへば、火桶へだてり。／その火桶、方幾千里。相聞かず。／なれとはだへの触るるとき、へだて無しとふ。／その肌のつつむは何ぞ、相知らず。／あはれ、近くて遠きひと。なれは知らじな、とほしとも。

（「遠近」明35・12）

向かいあってものを言っても真の会話にならず、肌を触れあっても心までは溶けあえない夫婦。それは程度の差はあれ標準的な夫婦の姿であるとも言えないことはない。しかし、「お前は気づかぬだろうね、おれたちの距離の遠さを」という孤独なつぶやきは、共有不可能な、鷗外が黙って背負わねばならぬものであった。太田豊太郎の苦悩の表出に文語体が必要であったように、七五律と雅文体という、身になじんだ伝統詩形でやわらかく書くことで呑み下さねばならぬ感情であった。このような深層は小説には現わされず、鷗外は通念の延長上に不仲の夫婦を描いたのである。

しかし、作品化された表層に深層が露出していないわけではない。「此女は神経に異常がありはせぬか」（「半日」）という妻への不信は、たとえば漱石が鏡子夫人に対して抱いていた感情でもある。しかし、二人の作家の妻が共に「クサンティッペ」であったとしても、漱石の場合、そのような妻への感情は、妻からも自己へ射返されるものであった。「道草」（大4）は、お互いが押しても引いても動かぬ他者の重みでうめいているという意味で、確かに夫婦という存在をリアルに描き切っているのである。「半日」はそうではない。そこでは「主人文科大学教授文学博士高山俊蔵」の妻に対する感情は一貫して吐露されるが、妻にとっての高山博士の存在はいっこうに浮び上って来ない。というより、妻の感情は博士にはすべて透けてみえるのであり、そこに不透明な他者の重みはないのである。二人の作家のこのような相違は、同時期に書かれた二つの文章にくっきりと現われている。

それで私はともすると事実あるのだか、又ないのだか解らない、極めてあやふやな、自分の直覚といふものを主位に置いて他《ひと》を判断したくなる。さうして私の直覚が果して当つたか当らないか、要するに客観的事実によつて、それを確かめる機会を有《も》たない事が多い。其所にまた私の疑ひが始終靄《もや》のやうにかゝつて、私の心を苦しめてゐる。

（「硝子戸の中」大4・1〜2）

私と対座して構えて譃を衝いて見るが好い。私はすぐに強烈な反感を起す。これは私の本能である。私は此本能があるので、余り多くの人に欺かれない。多数の人を陥れた詐偽師《さぎし》を、私が一見して看破したことは度々《たびたび》ある。

（「二人の友」大4・6）

漱石が他者のとらえ難さにうめいているのに、鷗外は平然と私はすべてを見透せると断言する。しかし、他者を見透しながら、なお他者とのつながりを保持し続けねばならぬことも、その逆と同じく苦しみであろう。「なれは知らじな、とほしとも」というつぶやきは、妻の外に、作家達にも、そして子供たちにも、つまりすべての他者に向けられるものであった。

小説は沢山《たくさん》読む。(中略) 金井君には、作者がどういふ心理状態で書いてゐるかといふことが面白いのである。それだから金井君の為《た》めには、作者が悲しいとか悲壮なとかいふ積で書いてゐるものが、極《きはめ》て滑稽に感ぜられたり、作者が滑稽の積で書いてゐるものが、却《かへつ》て悲しかつたりする。

(「ヰタ・セクスアリス」明42・7)

父と母とが仲の好いやうに感じられた記憶は、私には殆ど見附からない。愛情のやうな雰囲気、それは父が一人で作つて、一人で (自分でも知らないで) あたりの妻や子供や家、本、空気にまで振り撒いてゐただけだ。

(小堀杏奴「晩年の父」)

鷗外の所謂傍観者とは、このような他者との距離を遠く感じながらなおも同じ場所にある者の謂いである。鷗外はそれを公言し、あるいは秘した。さすがに子供たちは父が抱いていたのが火花の散る愛ではなかったことをはっきりと見抜いていたが、鷗外はそこにとどまり続けたのである。

吉本隆明氏は、文学的常識に反して鷗外の文体を否定し、次のように言っている。

このような話体の表出 (註「ヰタ・セクスアリス」を指す) はほとんど完全に底をついている。「それと同時に僕はこんなことを思う。」というようなセンテンスを挿入しさえすれば、まるで固められたアスファルト路を滑るように表現は持続される。（中略）よくかんがえてみれば、文芸の文体としてこれ以上の解体はかんがえられないといっていいかもしれぬ。もし、この固いアスファルト路の下部に鷗外が意識して耐えたなにかがないとすれば、だ。

（『言語にとって美とは何か』Ⅰ　第Ⅳ章表現転移論　傍点原文）

書くことに悪戦することもなく、どこまでものばせるアスファルトのような文体とは何か。それはこれまでの文脈から言えば、傍観者として自己を確立しえた者が遠い他者へさしのべた手である。あるいは通路である。それが文体をなしていないとすれば、それは、漱石のような、書くことで他者の重みにつぶされようとする自己を支えねばならぬという必然が欠けていることによるのである。

鷗外は「半日」で妻を断罪したのではない。その内容がいかに深刻に見え、結果的には妻によって全集への編入を拒否されようとも、それは遠い「なれ」への接近の試みであったのである。しかし、どれだけ書けば他者との距離はちぢまるのか。それは荒野に道をつけることに似ている。吉本氏のいう「鷗外の耐えたなにか」とは、おそらくこの空虚と徒労を指している。多作は必然であった。「豊熟の時代」が始まる。

注

（1）啄木の長男真一は明治四十二年十月二十七日に死亡した。「真白な大根の根の肥ゆる頃うまれてやがて死にし児のあり」「底知れぬ謎に向ひてあるごとし死児のひたいにまたも手をやる」等の連作はこの時作られたのであるが、鷗外の「金毘羅」はこの月公表されたのであるから、この小説が啄木の作歌を刺激したことも考えられる。

（2）高橋義孝『森鷗外』にすでに同様の指摘がある。新潮社　昭29・9

（3）水谷昭夫『近代日本文芸史の構成』協和書房　昭39・6

（4）柄谷行人『意味という病』河出書房新社　昭50・2

（5）大正二年八月十六日（土）の日記に記されている。「田中義一がために色紙に書す」という註がある。

「雁」——ドラマの不在・変身——

一

そのストーリーの展開から言っても、「雁」（明44・9〜大2・5）がお玉を中心に読み取られて来たことは当然のことである。物語を読み終えた者は、投石のために死んだ雁に対する「不しあはせな雁もあるものだ」（貳拾參）という岡田のつぶやきを、運命のいたずらから新しい世界の扉をついに開きえなかったお玉に重ねて、その薄幸を哀れむのであるから。ここに鷗外の初期三部作の女性たちに通底する、救済を希求しながらも果されない「寂しい女性像[1]」を見出すこともできるし、「青春の不在に対する怨み[2]」を見ることもできる。しかも岡田による救済を夢見るお玉の心情が、「どうしても自分のゐない筈の所に自分がゐるやうである」（「妄想」）という〈永遠の不平家〉たる鷗外自身に重なるとすれば[3]、物語中に占めるお玉の比重はより高くなることになる。さらにまた、不本意な末造との生活を耐える次のような心情が、まぎれもなく鷗外その人のものであったことも自明のことである。

お玉は此時もう余程落ち着いてゐた。あきらめは此女の最も多く経験してゐる心的作用で、かれの精神は此方角へなら、油をさした機関のやうに、滑かに働く習慣になつてゐる。（玖）

此時からお玉は自分で自分の言つたり為たりする事を竊《ひそ》かに観察するやうになつて、末造が来てもこれまでのやうに蟠《わだか》まりのない直情で接せずに、意識してもてなすやうになった。その間別に本心があって、体を離れて傍《わき》へ退《の》いて見てゐる。そしてその本心は末造をも、末造の自由になつてゐる自分をも嘲笑《あざわら》つてゐる。お玉はそれに始て気が附いた時ぞつとした。併し時が立つと共に、お玉は慣れて、自分の心はさうなくてはならぬもののやうに感じて来た。（拾陸）

このような視点から言えば、作者は語り手たる「僕」以上にお玉に近いのであり、お玉中心の読解はさらに必然性を増すことになるのである。

しかし、にもかかわらず、「雁」が「鷗外の長編としては、小説らしい小説の唯一のものと言ってよい⑷」ほどの完成度の高さを持っているとすれば、その読解もまた多様性を保証されるはずである。ヴァルター・ベンヤミンの言葉を借りれば、すぐれた物語は「消耗しつくされることがない」からである⑸。とすれば、「雁」という物語をお玉から解放することはできないか、という無謀ともいえる問いを提出することも不可能ではないだろう。物語は決してお玉の不幸を多面的に描くだけではなく、人間心理の冷酷な見取図を広げて見せることも多いからである。例えば、末造の妻お常の次のような描写。

いや。きつとさうに違ない。金廻りが好くなつて、自分の着物や持物に贅沢をするやうになつたのを、附合があるからだのなんのと云つたが、あの女がゐたからだらう。わたしをどこへでも連れて行かずに、あの女を連れて行つたに違ない。え丶、悔やしい。こんな事を思つてゐると、突然女中が叫んだ。

「あら、奥さん。どこへ入らつしやるのです。」

お常はびつくりして立ち留まつた。下を向いてずんずん歩いてゐて、我家の門《かど》を通り過ぎようとしたのである。

女中が無遠慮に笑つた。（「拾参」）

嫉妬心を描写する作者の筆はいかにも容赦がない。お常もまた、夫の身勝手によって、これまでにない葛藤に胸のつぶれる思いを抱えて日々を送っているのだが、彼女の不幸はこのような葛藤を夫にぶつける機会を奪われているところにある。夫から等身大に扱われることのないお常の感情は行き場を失って自閉し、家庭は内側から崩れてゆく。そこに浮かび上がってくるのは〈ドラマの不在〉という鷗外に親しいテーマである。

二

「雁」が明治四十五年九月から大正二年五月という時期に執筆されたにもかかわらず、激しい歴史の転換期にあって苦闘していた作者の主体から遠い場所で書かれていることには、すでに多くの指摘がある。「古い話である」と始まる通り、物語の設定そのものが「江戸」を色濃く残した明治十三年の時空なのだ。同時代を取り上げた「青年」（明43・3〜44・8）や「灰燼」（明44・10〜大元・12）の失敗と、このあと手を染める歴史小説の成功をあわせて考えれば、鷗外は「古い話」でしか作家としての真価を発揮できなかったと言うべきだろうか。しかし、もちろん、「雁」の成功はテーマそのものの「古さ」によるわけではない。小泉浩一郎氏の言葉を借りれば「作者の内部に確固たるものとしてあった『ここは日本だ』という寂しい状況認識[6]」の正確な作品化であったとも言え、鷗外は時代の表層的変化の底にある動かしがたく重い日本的状況を「古い話」として改めて見すえているとも言えるのである。

このような「日本的状況」の一つに〈ドラマの不在〉がある。私見によればこのテーマは初期作品からくりかえし立ちあらわれ、鷗外の文学世界を色濃く隈取っている。

「舞姫」（明23・1）の場合、豊太郎とエリスがお互いに深い情愛を持っているにもかかわらず、それにふさわしい真の人格と人格の対立葛藤を示す場面が欠如していることは著しい特色である。(7) すなわち、日本に帰ることを天方伯の前で承認した豊太郎は「黒がねの額《ぬか》はありとも、帰りてエリスに何とかいはん」という慚愧に堪えず、雪の中を彷徨し、そのため病に倒れる。数週間の後目覚めた豊太郎は、友人相沢によって真実を知らされ「我豊太郎ぬし、かくまでに我をば欺き玉ひしか」という叫びとともに狂気に陥ったエリスを見ることになる。二人の見事なまでのすれちがいである。もちろん、正面からぶつかり合わなくてもいいのだが、お互いがそれぞれの胸に秘めた希望と苦悩を語り合う場面さえ登場しないのである。物語は豊太郎とエリスのめぐりあわせの不幸を語るのみであり、近代的な男女関係に基づくドラマは不在なのだ。豊太郎が「真《まこと》の愛を知ら」（森鷗外「舞姫に就きて気取半之丞に与ふる書」）ないのも、物語自体が彼に〈真の愛〉を発見させる契機を与えないからだとも言えるのである。

それはまた、豊太郎の「弱性」と、エリスの女性としての未成熟が招くべくして招いた運命でもあった。一人で鷗外を追って極東の国日本に渡りながら、鷗外を取りまく状況を理解した実在のエリス＝エリーゼ・ヴィーゲルトは静かに帰国している。(8) 裏切りを知り発狂するエリスとは対極の、成熟した女性の姿がここにはある。一方、豊太郎における「まことのわれ」の自覚が真実のものでなかったことは言うまでもない。物語中の両者には主体的に運命を切り拓く力は与えられていないのであり、舞台設定に惑わされなければ、「舞姫」には〈近代〉への参入の不可能な日本人の男女関係の本質が正確に描き出されているのである。

「舞姫」の後日譚とも読める「普請中」（明43・6）では、昔日をなつかしむ女は渡辺参事官の「ここは日本だ」という言葉によって接吻さえも許されない。男女の情念は、その扉をはじめから封じられて流れ出すことはないのである。物語は日本における男女のドラマの不可能を冷やかに描いて早々に幕を下すのだ。

このように見てくると、お玉の位置はちょうどこの二つの物語の中間にあると言うことができよう。お玉はエリスのように未熟ではなく、「普請中」の女のように十分に主体的ではあるが、「舞姫」のように不幸なめぐりあわせがその夢を砕き、男女のドラマを成立させないのである。ゆえに、たとえ岡田と共に願い通り一夜を過したとしても、その洋行が決定していた以上お玉の救済はなかったという指摘は、正確な読みのように見えてそうではない。肝要なのは二人が「青魚《さば》の未醤煮《みそに》」と雁の死によって男女のドラマの主人公になりえなかったという一点である。二人の関係が持続されず、たとえ一夜限りであっても、むしろ一夜限りであるゆえに、より激しい男女のドラマが成立しえたはずだからである。(9)

このような〈ドラマの不在〉はお玉と岡田だけのものではない。お玉と父、お玉と末造、末造とお常、この三組の対の関係は、どれもお互いがその本心を相手に示さない、あるいは感情が一方通行となるという点で共通項をもつ。

お玉と父の間では、その悲運を悲しむ権利をお互い十分に持っていながら、相手に対する深い思いやりによって劇的な情念の爆発は起らない。お玉と末造においては、末造のお玉への情念は、「お玉が末造を遇することは、愈《いよいよ》厚くなつて、お玉の心は愈末造に疎くなつた」というお玉の自己防衛の手段たる慇懃無礼によってお玉へは届かない。末造はお玉の外形と、お玉は岡田の幻影と一人相撲を取っているのであり、二人に真の男女関係は成立していないのである。末造とお常については言うまでもない。お常の女としての情念は末造にいつもはぐらかされるだけであり、末造からの情念はもともと男女のそれとは言えぬほど希薄なのだ。

このようなドラマの不在＝真の関係の欠如を書く時、作者の筆はもっともよく冴えると言うべきだが、それを作者の現実から説明するのは短絡的に過ぎるとしても、少なくともそれが鷗外の生を覆うものの一つであったことは確認しておこう。

たとえば、小堀杏奴は父の姿を次のように回想している。

父は字を書いてくれと云ふやうな事がひどく嫌ひであつた。大抵ことわつたが、ことわつても駄目な人がよくゐるものだ。博物館の父の部屋で、私は一人のお爺さんがしきりに父と問答してゐるのを聞いてゐた。たうたう父は負けて、何か紙に書いてゐた。しかもそれは出来の悪いものらしく、父の顔はみるみる不快の度が強くなつて行つたが、相手は唯書かせればいいのであつた。（中略）しきりにお世辞を浴びせながらお爺さんが喜んで部屋を出てゆくまで、父の顔には微笑の影があつた。

扉《ドア》が閉ると同時に振返つた私の眼にうつつた父は、苦《にが》いものを一時に飲み干したやうな顔をして、我にもなくと云うやうに、――父はその時私の存在も頭に無かつたらしい――「くそつ、厭《いや》な爺《ぢぢ》いだ」と吐き出すやうに呟いてゐた。

併し、次の瞬間、父は私の存在に気がつき、さう云ふ乱暴な言葉を吐いた事を恥しく思ふやうな顔をしてだまつた。

（「晩年の父」）


「傍観者」といい「仮面」といい、単に自己の孤高を守るために取られた態度のことではないであろう。それは、平凡な市井人として日常を耐えて生きることの謂いに他ならない。周知のように、児玉せきという「隠し妻」がいなければ「雁」は成立しなかったかもしれないが、より本質的に、作者のこのような生活なしに「雁」が成立しなかったことも、また明らかであろう。

〈ドラマの不在〉は確かに悲しく滑稽で、怨みの情念さえ色濃く含んでいる。しかし、それは、明治初期の庶民生活を描くこの物語のリアリティを根底で保証したのである。

お玉だけを突出させることなしに物語を読もうとして、〈ドラマの不在〉というテーマを見出して来た。しかし、劇的要素なしに物語が成立するはずもないのだから、ここで物語を展開させている別の要素を提出せねばならない。それを今、〈変身〉というテーマで取り上げてみよう。たとえば末造の妻お常は次のように描写されている。

三

　末造の家の空気は次第に沈んだ、重くろしい方へ傾いて来た。お常は折々只ぼうつとして空《くう》を見てゐて、何事も手に附かぬことがある。そんな時には子供の世話も何も出来なくなつて、子供が何か欲しいと云へば、すぐにあらあらしく叱る。叱つて置いて気が附いて、子供にあやまつたり、独りで泣いたりする。女中が飯の菜《さい》を何にしようかと問うても、返事をしなかつたり、「お前の好いやうにおし」と云つたりする。末造の子は学校では、高利貸《かうりがし》の子だと云つて、友達に擯斥《ひんせき》せられても、末造が綺麗好で、女房に世話をさせるので、目立つて清潔になってゐたのが、今は五味《ごみ》だらけの頭をして、綻《ほころ》びた儘の着物を着て往来で遊んでゐることがあるやうになつた。下女はお上さんがあんなでは困ると、口小言《くちこごと》を言ひながら、下手《へた》の乗つてゐる馬がなまけて道草《みちくさ》を食ふやうに、物事を投遣《なげやり》にして、鼠入《ねずみい》らずの中で肴が腐つたり、野菜が干物《ひもの》になつたりする。　（拾伍）

夫に裏切られたことは明らかでも、はぐらかされるばかりでとりあってはくれず、自分の感情の持って行き場を失った妻とその家庭の変貌が見事なまでに描き出されている。それをお常の〈変身〉と呼ぶとすれば、それは末造の〈変身〉に正確に呼応していると言うことができる。すなわち、「金の出来るまでは、人になんと云はれても構はない。乳臭い青二才にも旦那と云つてお辞儀をする。（中略）毎日毎日どこへ往つても、誰の前でも、平蜘蛛のやうになつて這ひつくばつて」生きて来た（拾伍）ことによって末造は「旦那」に成り上がり、妾を囲えるまでの〈変身〉をとげたのだが、その〈変身〉が妻をこのような姿に変えてしまったのである。末造が長かった繭の時代を終えて自在に飛び回れる蛾に変身したとすれば、お常は逆に自分の回りに幾重もの糸の壁をめぐらせて繭のように閉じこもった、と言うこともできるだろう。

「家の中を生《き》帳面《ちやうめん》にしたがる」末造は、「こんな不始末を見てゐるのが苦痛でならない」から、「黙つて女房を観察」し、「却つて己が内にゐる時の方が不機嫌」であることを発見すると、家を早く出て遅く帰るようにしてみる。しかし状況は悪化するばかりである。すると今度は、「女と云ふものは時々ぶんなぐつてくれる男にでなくつては惚れません」という芸者の言葉を思い出し、「牛馬のやうに」働いて来たお常も、「世間並の女」のように「ぶんなぐつて貰ひたくなつたのだ」という結論を出す。物語はこの後末造がお常にどのような態度を取ったのかを語らないが、世間に対しては目はしもきき智恵も働く末造も、お常の、絶望によってかたくなになった心身をときほぐせるとは思えない。夫が「平蜘蛛のやうに」這いつくばり、妻が「牛馬のやうに」働いた時代の心の平穏は、もはや変身した二人のどこにも捜し出すことはできないのである。

お玉の変身＝「覚醒」についてはすでに述べた。「戸口にゐても人が通るとすぐ薄暗い家の中へ引つ込んでしまふ」ほどのおとなしい娘だったお玉も、巡査の某、末造と次々にあざむかれていくうちに、もはや自分の不幸を嘆かなくなる。それは男手一つで育ててくれた父への配慮でもあり、絶望を知った女の必然的な変貌でもある。そして、その「覚醒」は次第に不幸な女特有の「横着」に変化し、その分だけお玉は美しくなる。

一体お玉は無縁坂に越して来てから、一日一日と美しくなるばかりである。最初は娘らしい可哀さが気に入つてゐたのだが、此頃はそれが一種の人を魅するやうな態度に変じて来た。末造は此変化を見て、お玉に情愛が分かつて来たのだ、自分が分からせて遣つたのだと思つて、得意になつてゐる。併しこれは何事をも鋭く看破する末造の目が、笑止にも愛する女の精神状態を錯《あやま》り認めてゐるのである。お玉は最初主人大事に奉公をする女であつたのが、急劇な身の上の変化のために煩悶して見たり省察《せいさつ》して見たりした挙句《あげく》、横着と云つても好いやうな自覚に到達して、世間の女が多くの男に触れた後に纔《わず》かに贏《か》ち得る冷静な心と同じやうな心になつた。此心に翻弄せられるのを、末造は愉快な刺戟として感ずるのである。それにお玉は横着になると共に、次第に少しづつじだらくになる。末造はこのじだらくに情慾を煽《あふ》られて、一層お玉に引き附けられるやうに感ずる。（貳拾壹）

しかしもちろん、この〈第二の変身〉はお玉にとっては受け入れ難いものであった。救済を夢見る「窓の女[10]」となったお玉は、蛇退治を機に、岡田がその夢をかなえてくれるものと確信するようになる。そして、末造がまちがいなく家をあけることを知った日、この境涯から救われること＝〈第三の変身〉を願って岡田に接触しようとする。台所で「取り上げた皿一枚が五分間も手を離れ」ず、顔は「活気のある淡紅色に赫《かがや》いて、目は空《くう》を見」ながらお玉は考える。

> けふはどんな犠牲を払つても物を言ひ掛けずには置かない。思ひ切つて物を言ひ掛けるからは、　あの方の足が留められぬ筈が無い。わたしは卑しい妾に身を堕《おと》してゐる。しかも高利貸の妾になつてゐる。だけれど生娘《きむすめ》でゐた時より美しくはなつても、醜くはなつてゐない。その上どうしたのが男の気に入ると云ふことは、不為《ふし》合《あわせ》な目に逢つた物怪《もつけ》の幸《さいはひ》に、次第に分かつて来てゐるのである。して見れば、まさか岡田さんに一も二もなく

厭な女だと思はれることはあるまい。（貳拾壹）

お玉にとって、岡田と向きあうことは、妾という身の変身願望であるだけではなく、ありのままの自分を他者の前にさらすことであった。父や末造の前では隠している本当の自己を岡田にぶつけ、自己が何者であるかを知ること。それなしには、いつまでたってもお玉に真の人生は始まらないのだ。しかし、すでに述べたようにドラマは起こらない。「青魚《さば》の未醬煮《みそに》」と、石に当って死んだ雁がお玉の夢を砕く。雁は死体に変身したが、お玉の変身はその前段階で偶然の重なりによって妨げられるのである。

皮肉なことに、岡田の変身はこの時すでに完了していた。東洋の風土病を研究するため来日したプロフエッソルW《ウエエ》の「ドイツ語を話す学生の中で、漢文を楽に読むもの」という注文に適った岡田は、共にドイツに発つためすでに大学を退学していた。留学生に身分を変えた岡田は次の日には東京を発つ。「お玉とは永遠に相見ることを得ずにしま」うのである（貳拾肆）。

かくして、「雁」は登場人物すべてが変身を果す物語と読むことができる。しかも、岡田を除いて、お玉もお玉の父も末造もお常も幸せな変身を遂げることはできなかった。その意味では「雁」という題名は極めてシンボリックに彼らの不幸を語っている。すなわち、投石のために死体に変身せねばならなかった雁のように、お玉とその父には末造という石が当り、お常にはお玉という石が当り、それぞれ不幸な変身を強いられるのである。自力で変身し石を投げるばかりだった末造にも、変身したお常という石が当りつづけている。その中にあってお玉は、誰よりも強く自己の変身を自覚し、誰よりも強く新たな変身を夢見ながら、そのとば口で願いを絶たれるのである。その意味では「女の顔は石のやうに凝《こ》つてゐた。そして美しく睜《みはつ》た目の底には、無限の残惜しさが含まれてゐるやうであつた」（貳拾肆）という表情の下にあるお玉の心情は、「腸《はらわた》日ごとに九廻すともいふべき惨痛」（「舞姫」）という豊太郎のそれ以上の深い悲哀に隈取られているということができるだろう。なぜなら、豊太郎にはエリスとの関係による明確な変身の意識＝「東に還る今の我は、西に航せし昔の我ならず」による自己確認が与えられたに対して、お玉の自己は虚ろに空白のまま残されたからである。

注

（1）山崎國紀「『雁』小考――〔寂〕の表象――」「森鷗外研究4」和泉書院　平3・2

（2）重松泰雄「森鷗外　雁」「國文學」昭46・12臨時増刊号　學燈社

（3）千葉俊二「『窓の女』考――『雁』をめぐって――」「森鷗外研究2」和泉書院　昭63・5

（4）磯貝英夫「鑑賞」『鑑賞日本現代文学①森鷗外』角川書店　昭56・8

（5）ヴァルター・ベンヤミン「物語作者」著作集4所収　晶文社

（6）小泉浩一郎『森鷗外　実証と批評』明治書院　昭56・9

（7）このことについては早くに山崎正和氏の指摘がある。『鷗外　闘う家長』河出書房新社　昭42・11

（8）公表された小金井良精日記によれば、エリーゼ・ヴィーゲルトは帰国の前日（明21・10・16）、横浜で、鷗外、弟篤二郎、小金井良精と共に「晩食後馬東道太田町弁天道ヲ散歩」している。星新一『祖父小金井良精の記』（昭49・2）参照

（9）笹淵友一氏に同様の指摘がある。「お玉――『雁』」「解釈と鑑賞」臨時増刊号　至文堂　昭59・1

（10）（3）に同じ。

「安井夫人」――〈遠い所に注がれている視線〉をめぐって――

一

森鷗外の歴史小説「安井夫人」（大3・4）を考察するにあたって、必ず直面する問題がある。それは、その作品名にもかかわらず、夫息軒の記述に比べて夫人佐代の記述が少なく、(1) 人間像が究めにくいということである。これは作品の唯一の資料となった『安井息軒先生』（若山甲蔵　蔵六書房　大2・12）の内容の直接的反映であるのだが、佐代像の究めにくさの原因はこれだけではない。つまり、「鷗外は、仲平をえがくのには『安井息軒先生』がふくむ史料で十分であった。（中略）しかし、お佐代さんについては、『安井息軒先生』は、必ずしも十分な史料を提供していない。だが、契機はある。（中略）鷗外は、歴史離れをすることによって、お佐代さんをたぐり寄せようとする。(2)」（稲垣達郎）とあるように、原資料の記述の少なさは、鷗外に佐代の人間像の自由な造形を可能にさせたはずなのだが、それにしてもなお、物語は必ずしも明確な佐代像を示しえていないことが問題なのである。

端的に示せば、佐代像把握の困難さは物語のクライマックスをなす次の描写にかかわっている。長くなるが全文引用する。

お佐代さんはどう云ふ女であったか。美しい肌《はだ》に粗服を纏《まと》つて、質素な仲平に仕えつゝ一生を終つた。飫肥《おび》吾田《あがた》村《むら》字《あざ》星倉《ほしくら》から二里許《ばかり》の小布瀬《こふせ》に、同宗の安井林平と云ふ人があつて、其妻のお品さんが、お佐代さんの記念だと云つて、木綿縞《もめんじま》の袷《あはせ》を一枚持つてゐる。恐らくはお佐代さんはめつたに絹物などは着なかつたのだらう。

お佐代さんは夫に仕へて労苦を辞せなかつた。そして其報酬《ほうしう》には何物をも要求しなかつた。啻《たゞ》に服飾の粗に甘んじたばかりではない。立派な第宅《ていたく》に居りたいとも云はず、結構な調度を使ひたいとも云はず、旨《うま》い物を食べたがりも、面白い物を見たがりもしなかつた。

お佐代さんが奢侈《しゃし》を解せぬ程おろかであつたとは、誰も信ずることが出来ない。又物質的にも、精神的にも、何物をも希求せぬ程恬澹《てんたん》であつたとは、誰も信ずることが出来ない。お佐代さんには慥《たし》かに尋常でない望があつて、其望の前には一切の物が塵芥の如く卑しくなつてゐたのであらう。

お佐代さんは何を望んだか。世間の賢い人は夫の栄達を望んだのだと云つてしまふだらう。これを書くわたくしもそれを否定することは出来ない。併し若し商人が資本を卸し財利を謀《はか》るやうに、お佐代さんが労苦と忍耐とを夫に提供して、まだ報酬を得ぬうちに亡くなつたのだと云ふなら、わたくしは不敏にしてそれに同意することができない。

お佐代さんは必ずや未来に何物をか望んでゐただらう。そして瞑目《めいもく》するまで、美しい目の視線は遠い、遠い所に注がれてゐて、或は自分の死を不幸だと感ずる余裕をも有せなかつたのではあるまいか。其望の対象をば、或は何物ともしかと弁識してゐなかつたのではあるまいか。

鷗外はここで、それまでの記述の少なさを補うかのように佐代について思いのたけを述べている。「これを書くわたくし」までが登場することでも佐代への深い親愛は明らかである。しかし、このような作者の述懐が作品の構成上適切か否かが問題である。たとえば分銅惇作氏は、「はてしない愛を生きた献身的な生と死が、有限の肉体を超えた永遠の相を示している」と、ここに示された佐代像をまとめつつも、「こうした感動を作品自体に十分に形象化し得ずに、感懐として吐露せねばならなかつた」事にこの作品の「欠点」を見ている。[3]確かにこの高揚した叙述は、逆に、鷗外の想像力は佐代が作品中でひとり歩きするほどには自由にはばたきえなかったことを示しているとも言えるのである。少くとも、前半の結婚にまつわるエピソードの持ついきいきした具体性が、その後半生には見出せないのだ。

さらに問題となるのは、ここに示された佐代像が、それまでのエピソードによって知ることのできるものと微妙なズレを持っていることである。

物語の前半で描かれた佐代像は、一言で言えば主体的積極的な女性像である。「只美しいとばかり云はれて、人形同様に思はれてゐた」佐代は「不男」息軒への嫁入りを「あちらで貰うてさへ下さるなら自分は往きたいと、きつぱりと申」し出るのであり、以後、「繭《まゆ》を破つて出た蛾《が》のやうに、その控目な、内気な態度を脱却《だつきやく》して、多勢の若い書生達の出入りする家で、天晴《あつぱれ》地歩を占めた夫人になりおほせ」る。それは、息軒の友人孫右衛門の言葉通り、「先生（註　息軒）以上の御見識」であり、封建時代にはまれな、女性による自己の人生の主体的な選択であった。とすれば、「わたくし」の感懐の末尾の「お佐代さんは必ずや未来に何物をか望んでゐただらう――其望の対象をば、或は何物ともしかと弁識してゐなかつたのであるまいか。」という佐代の〈現実超越〉に、前半の佐代像とどこか重なりあわないものを認めざるをえないだろう。「わたくし」の筆は佐代を置き去りにして上滑りに高揚してしまった、というふうにも思える。

かくして、これまで積み重ねられて来た「安井夫人」論は、この問題をふまえた上で、どのような統一的な佐代像をまとめるかに苦心されて来たと言っていい。たとえば、いち早く佐代と鷗外を重ねる読みを提示した稲垣氏は、「妄想」（明44・3・4）を引用して鷗外の生への姿勢と同じものを佐代に見ようとする。

かくして最早幾何《いくばく》もなくなつてゐる生涯の残余を、見果てぬ夢の心持ちで、死を怖れず、死にあこがれず、主人の翁は送つてゐる。その翁の過去の記憶が、稀に長い鎖のやうに、刹那の間に何十年かの跡を見渡させることがある。さう云ふ時は翁の炯々《けいけい》たる目が大きく睜《みは》られて、遠い遠い海と空とに注がれてゐる。

しかし、稲垣氏も認めているように、翁の「遠い遠い海と空とに注がれてゐる」視点は過去を見渡すためのものであり、佐代の未来を望む視線と同一視することにはやはり無理がある。氏が佐代の生を「ひたすら自己滅却の無償の道をたどった」ものとしながら、それは同時に「叡智そのものの飽くことのない追求」であり「ほんとうは、自己への激しい積極だった」と、わかりやすいとは言えない評価を下すものも、何とか鷗外の自画像を佐代から読み取りたいためだろうが、成功しているとは言い難いのである。

同様な試みによって佐代像をまとめようとしたものとして、分銅惇作氏の論がある。氏はライナー・マリア・リルケと鷗外とのつながりを具体的に検討し、そこから「天晴れ賢夫人で、いわゆる賢夫人ではない」佐代を認める。つまり、佐代の〈犠牲・献身〉は「因襲の中に在って因襲を超えた」主体的なものであり、「因襲の関係を超えた無償の愛の精神が日常生活一切を領有したとみてよいのかもしれない」と言う。(4) 鷗外のいわゆる「利他的個人主義」(「青年」明43・3〜44・8)とも重ねられた魅力的な読みであるが、佐代が果して、このような複雑な「愛の精神」を持っていたかについては疑問の残るところであろう。少くとも、氏の引用するリルケの戯曲「家常茶飯」(鷗外訳 明42・10)における母と姉の関係を息軒と佐代のそれと単純に重ねることはできない。後者は、はるかに素朴で実直なものなのである。

このようなどこか無理のつきまとう佐代像の複雑化、重層化による統一に対して、単純化することによって佐代像をまとめようとしたのが栗坪良樹氏である。(5)

栗坪氏はあの「わたくし」の佐代に対する感慨を「〈わたくし〉固有のロマンチックかつセンチメンタルな邪推」

（傍点原文）「お佐代さんへの片想い」（同）と断じ、お佐代さんの生涯は質素倹約に甘んじつつも、まったく幸福な生涯であって構わなかったのである、別に、その美しい視線が、焦点の定まらぬ遠い所などを見ていなくてもよかったのである、と言う。痛快とも言えるような新しい「安井夫人」論であるが、これを踏まえてさらに徹底して佐代像を追求したのは小林幸夫氏である(6)。

小林氏は、すでに見た稲垣氏や分銅氏の佐代像を「語り手『わたくし』の〈疑問〉〈推定〉の言語に支えられた、いわば佐代の〈幻像〉」であったとする。そして、封建的な〈郷〉や〈衆〉の持つ共通意識から全く自由な、〈非制度〉を生き抜いた女性こそ、佐代の「正体」であると言う。

これらの単純化された佐代像は、この作品の持つ問題点を克服する上でも有効であり、確かに、実在の安井佐代は指摘されたような人物であったろうと思われる。が、問題はこれで終わったわけではない。なぜなら、仮に「幻像」であったとしても、「わたくし」がそのようなものとして思い描いた人物が「安井夫人」として示されているのであり、それを提示した作者の感慨を否定してしまうのなら、読者はてっとり早く若山甲蔵著『安井息軒先生』を読めばいいからである。幻像であろうがなかろうが、鷗外は佐代をそのように見極めたからこそ「安井夫人」を書いたのであり、問題は「わたくし」の感慨にあるのではなく、感慨に集約しきれなかった佐代像の造形の不足にあるのだ。

かくして、ここでもう一度、作者鷗外の作品執筆のモチーフにまでたち戻ることが必要となるだろう。執筆の契機から完成までの時間の短さをとってみても、鷗外には作品としての完成度を高めることより、自己の感情の解放の方が優先されていたと考えられるからである。

二

鷗外が若山甲蔵の『安井息軒先生』をいつ入手し、いつ読了したかは不明である。しかし、この書物が大正二年十二月三十日に発行されたことを考えれば、もしすぐに入手したとしても初稿完成の大正三年三月七日までに実質二ヶ月しかなかったことがわかる。しかもその間、いつものように鷗外は仕事の手を休めてはいない。一月に発表された「大塩平八郎」、「稲妻」、「尼」、「堺事件」は前年の執筆であるが、日記で確認できるものだけでも「曽我兄弟」（1・22〜26）、「舞踏」（2・9）、「謎」（2・16〜4・4）、「オルフェウス」（2・10〜14）、「サフラン」（2・13）、「海外通信」（2・14）、と執筆は続き、「駒籠龍光寺と養源寺とにある安井衡一族の墓に詣づ」（3・1）、「安井小太郎に書を遣る。佐代子の事を問ふなり。」（3・3）、「安井夫人を書き畢る。高輪東禅寺に往きて、安井佐代、登梅、歌三女の墓を払ふ。寺僧はかかる人達の墓あることを全く知らざりしなり。」（3・7）という記述に至るのである。

とすれば、二八四頁に及ぶ原典を二月中に読み終え、作品は三月に入って短期間に集中して書き上げられたとみてさしつかえないであろう。鷗外の安井夫妻への共感は二回にわたる墓参にも明らかであるが、何が多忙の中での作品執筆の契機となったのだろうか。

もちろん推測の域を出るものではないが、鷗外の興味ははじめ安井息軒にあったであろうということが指摘できる。「安井夫人」は、「興津弥五右衛門の遺書」（大元・10）から始まった歴史小説の主人公が男性から女性へと移り、同時に「歴史離れ」の萌芽が見られる重要な作品であるが、鷗外は初めから佐代を主人公とするつもりで原典に当たったとは思われない。むしろまず安井息軒に対する強い共感があったのではないか。というのは、『安井息軒先生』開巻第一頁に、作者の緒言や凡例に先立って置かれている息軒の肖像画と漢文による息軒遺稿が、大いに鷗外の興味をひいたと考えられるからである。
この巻頭に置かれた肖像画は本文にも書かれている通りの異形ともいうべき相貌を伝えるものである。また、この肖像画に付せられた自作の「戯題肖像背」（戯れに肖像の背に題す）という漢文（息軒遺稿）は、たわむれの自画自讃の形を借りた冷静な自己認識であり、自己の生の総括である。本文にも増してその人となりを語るとも思えるこの文章に鷗外は強く魅かれたにちがいない。そこには福間博（「二人の友」）や羽鳥千尋（「羽鳥千尋」）等と類を同じくする、世俗を超え、ひたすら己れの道を歩もうとする鷗外の愛してやまないタイプの人物がいるからである。ここで原漢文、書き下ろし文、口語訳を左に示すこととする。

於戯子乎。天下之與予同面者。獨有子而已矣。其果與予同心乎。然予心迂腐傲狼。其醜甚於面。而子則槁木其形。死灰其氣。虛無恬淡。與天爲徒。則將無同乎。同之與否。子不敢言。予姑求之面焉耳。生不遇世。遇同心者亦足矣。百歲之後。予捨子去。子能無悲知己於九原乎。其或將有覯子面以知予心。因以與子相親於一堂之上者乎。毀譽得喪。予遺之生前。則是非榮辱。子何爲乎。身後其折而焚於火。漂而流於水乎。亦唯命。匱而藏之。宇而祠之乎。亦唯命。天命之以是。而我從而悲喜歌哭之。非所以與子相知也。唯予知子。子謹勿予負焉哉。

（息軒遺稿「戯題肖像背」）

「戯れに肖像の背に題す」
ああ子《し》よ。天下の予《われ》と面《おもて》を同じくする者は、独り子のみ。それ果たして予と心を同じくするか。然れども予《わ》が心は迂腐傲狼《うふごうろう》なり。その醜きこと面よりも甚だし。しかるに、子は則ち槁木《こうぼく》たりその形、死灰《しかい》たりその気、虚無恬淡として、天に与《あずか》り徒《ともがら》となる。則ち将に同じきところ無からんとするか。子敢て言はず、予姑《しばら》くこれを面に求めんのみ。生まれて世に遇はず、同じき心に遇へば、また足れり。百歳の後、予子を捨てて去らん。子能く己を九原に知るを悲しむこと勿れ。それ或は将に子の面を観て以て予が心を知ること有らんとす。因りて以て子と一堂の上に相親しむ者か。毀誉得喪あり、予これを生前に遺《のこ》すは栄辱に非ず。子何をか為さんや。身は後にそれ折れて火に焚《や》かれ、漂ひて水に流さるるか、また唯命《めい》なり。匱《き》してこれを蔵し、宇《う》してこれを祠《まつ》らんか、また唯命なり。天命の是《ぜ》なるを以て、而して我従ひて悲喜歌哭す。子と相ひ知る所以に非ざるなり。唯予子を知るも子謹んで予を負ふこと勿れ。

ああ君よ（我が肖像よ）。この天下で私と顔を同じくするのは独り君だけである。果たして（その顔が同じであるように）私と心まで同じであろうか。しかしながら、私の心は愚かで役立たず、しかも傲慢で欲深い。その醜いこと、顔以上のものがある。それにひきかえ君は、その姿形は枯れ木のごとく、その気はまるで灰のごとくであり、虚無恬淡として、（世俗の欲や汚れとは一切無縁の）天上世界のともがらと言って良い。そうだとすれば、やはり、私とは無縁の存在といえようか。（この問いかけにも）君は敢て答えようとしない。そこで、ひとまずは、（君と私とが同じ心か否かという）この答えをそのそっくりな顔に求めることとしよう（顔が同じであるならば心も同じと考えておこう）。

私は人として生まれたが、世の中の人々と折り合いを付けることができぬ性格ゆえ、同じ心の持ち主に出会えれば、ただそれだけで満足である。やがて百歳の後、私は君をこの世において去ることとなろう。その時は君よ、私が黄泉路に去ったことを悲しんではならない。

（今、こうして私の肖像画である君と対しているのは）或いは、君の顔の中に私の心の有り様を見て取れると考えたからであり、そのために君とこうして室を同じくして親しんでいるのである。人の世には、毀誉得喪というものがあるが、私がこの肖像画を遺そうとする動機は、栄辱などという世俗的な価値観とは関わり無い。（私の肖像として描かれた）君は、これから後どうなっていくだろう。その身は、或いは折られて、火に焼かれ、或いは水に流されるか、いずれにせよ、それが天命なのだ。或いは大切に箱に収められてしまわれるか、或いは屋内に安置してまつられるか、いずれにせよ、それが天命なのだ。天命は正しいものであるから、私はそれに従って悲しみ、怒り、歌い、哭するのである。（こうした感情を表出するのは）君と知り合ったが為ではない。ただ願わくば、今こうして私が君と知ったとしても、君よ、どうか負担に思わずに（私と交誼を重ねてほしいものである）。

鷗外が強い共感のうちに読んだろうと推測されるのは、「生まれて世に遇はず、同じき心に遇へば、また足れり」や、「予これを生前に遺すは栄辱に非ず」などの表現である。

息軒はその醜い容貌のゆえに「世に遇」う（世の中の人々と折り合いを付ける）ことができなかった。彼は自分の心の「醜きこと面よりも甚だし」と言っているが、「生まれて世に遇」うことのなかったのは、もちろん性格のためではなかった。「世」の方が彼を受け入れなかったのである。しかし、それは彼に世俗の価値から超然とすることを教えた。彼は世評に流されることなく、ただ「予と面を同じくする者」、すなわち自分自身を唯一の「同じき心」を持つ理解者として、ひたすら学問の道に従った。息軒がその肖像画にむかって、君を残そうとするのは決して世俗の栄辱にもとづくのではないと言っているのは、世間が大儒息軒先生と持て囃そうとも、もとより世俗は自己の視野にはなく、ただわが唯一の理解者たる「醜き面」とこれまでの生をふりかえり心を通い合わせたいためであり、死に至るまでそうしたいと願うからなのである。

鷗外はもちろん、息軒のように醜くもなかったし、早くから世に迎えられていた。しかし、その高い知性は、日本の〈近代化〉に伴う価値観の混乱のなかで、「同じき心」をもつ者を世に見出すことができなかった。官僚の世界でも、作家たちとの関係の中でもそうであった。

小生なども学問力量さまで目上なりともおもはぬ小池局長の据ゑてくるる処にすわり、働かせてくるる事を働きて、其間の一挙一動を馬鹿なことども思はず無駄とも思はぬやうに考へ居り候へば……

（明34　月不詳　母峰子あて書簡）


第八の娘の、今まで結んでゐた唇が、此時始て開《ひら》かれた。

"MON. VERRE. N'EST. PAS. GRAND. MAIS. JE. BOIS. DANS. MON. VERRE."

沈んだ、しかも鋭い声であつた。

「わたくしの杯は大きくはございません。それでもわたくしはわたくしの杯で戴きます」と云つたのである。

七人の娘は可哀らしい、黒い瞳で顔を見合つた。

言語が通ぜないのである。

第八の娘の両臂は自然の重みで垂れてゐる。

言語は通ぜないでも好《い》い。

第八の娘の態度は第八の娘の意志を表白して、誤解すべき余地を留めない。


（「杯」明43・1）

このように鷗外にとって他者は本質的に理解しあえない存在であった。しかし、彼は他者に自己と同じ地平にまで上ることを要求することが不可能であることをよく知っていた。この点では、妻との魂の一致を求めて苦悩する大学教授長野一郎（『行人』大元〜2）を書いた夏目漱石と対照的である。鷗外のいわゆる諦念とは、言葉の本来の意味でのあきら（明ら）めること＝物事の本質を見極めることであり、それは他者との関わりでなく、自己の真実とのみ関わって生きることを命じた。全集三十八巻に上る業績がすべてその結果であると強弁することはできない。しかし、それが、息軒の言葉通り、〈世俗の栄辱〉と無縁の世界を知っている者からしか生まれて来なかったことは明らかである。少なくとも、世俗と超俗の意味について、彼は同時代のどの作家よりも知悉していたのである。

かくして、孤独を孤独とも思わなくなった魂は、幕末の独りの学者に同類を発見した。しかし、読み進めて行くうちに、鷗外は自己との違いが一つだけあることに気づいたであろう。妻佐代の存在である。

三

「安井夫人」は「美人が、日本一の不男に連れ添つて五十年間、貧乏と不遇に打ち克つて来た」（『安井息軒先生』）物語に他ならないが、特に前半、息軒の醜と佐代の美の対照が原典にはないエピソードを付加されて強調されている。それは、栗坪良樹氏の言うように「作者の小説的方法がそこに格別目をつけて仕組まれ[7]」たものにちがいない。佐代を主人公にしようとする以上、このようなより劇的な設定は当然だからである。しかし、作者の美醜へのこだわりは、「岡の小町が猿の所へ往く」という物語の展開の面白さのためだけに設定されたとは思われない。より私的なモチーフが、この時鷗外の内に抱かれていたように思われるのである。次にあげる息軒の父滄洲の思考も原典にはない部分である。

翁は自分の経験からこんな事をも考へてゐる。それは若くて美しいと思はれた人も暫く交際してゐて、智慧《ちゑ》の足らぬのが暴露《ばくろ》して見ると、其美貌《びばう》はいつか忘れられてしまふ。又三十になり、四十になると、智慧の不足が顔にあらはれて、昔美しかつた人とは思はれぬやうになる。これとは反対に、顔貌《かほかたち》には疵《きず》があっても、才人だと、交際してゐるうちに、その醜さが忘れられる。又年を取るに従つて、才気が眉目をさへ美しくする。仲平なぞも只一つの黒い瞳《ひとみ》をきらつかせて物を言ふ顔を見れば、立派な男に見える。これは親の贔屓目《ひいきめ》ばかりではあるまい。どうぞあれが人物を識つた女をよめに貰つて遣《や》りたい。翁はざつとかう考へた。

この「若くて美しいと思はれた人」は男性を指すか女性を指すか、と問われれば、もちろん男性と答えねばならない。文脈から言って、内面が外面をさえ支配することを仲平を例にあげて述べているのだからである。しかし、もし前後の文脈から切り離して考えると「若くて美しいと思はれた人」から「思はれぬやうになる」までは、女性について述べられた意見と受け取られてしまうだろう。ふつう、男性についてこのような言及のされ方はしないからである。私見によれば、これを書いている作者鷗外もまた、男性ではなく女性、しかも具体的な一人の女性を思い浮かべていたと思われる。他ならぬ妻のしげである。

「好イ年ヲシテ少々美術品ラシキ妻ヲ相迎へ」（明35・2・8　賀古鶴所あて書簡）という言葉にあるように、鷗外の二度目の妻しげは万人の認める美しい人であった。しかし、この美人は、母峰子を中心に動いているむずかしい森家の生活を上手く切り回していく「智慧」（「安井夫人」）を持っていなかった。鷗外は手厳しくも結婚後一年で文語詩「遠近」を発表し、「近くて遠きひと」と突き放している。さらに日露戦争従軍（明37・3〜39・1）に際して書かれた遺書には、彼女に遺産を分け与えない旨を言明し、「半日」（明42・3）に至って「一体おれの妻のやうな女が又と一人あるだらうか」という主人公のつぶやきを書きつけるのである。（周知のように「半日」はしげ夫人存命中は全集に収められなかった）

同じく「美人」でありながら、かくも対照的な二人の女性を知ったことこそ、「安井夫人」執筆の最大のモチーフであったろう。問題は容貌ではない。「智慧の足らぬのが」「智慧の不足が」と、二度も繰り返されているように、山積する現実の問題に適切に対処し、その中で生きぬいていく「智慧」を身につけているかどうかが問われたのである。もっと言えば、それを可能にする、生来の美しいだけの自己から新しい自己への脱皮が問われたのである。

さて帰つて差向ひになつた時、新夫人が、「どうもあなたのおかあ様と一しよに住くのは嫌《いや》ですから、どうぞわたしに嫌なことをさせないやうにして下さい」と云つた。これを始として、奥さんの不平を鳴す時には、いつでも此「嫌なことをさせないやうにして下さい」が refrain の如くに繰返されるのである。奥さんは嫌な事はなさらぬ。いかなる場合にもなさらぬ。何事をも努めて、勉強してするといふことはない。己に克つといふことが微塵程もない。これが大審院長であつたお父さまの甘やかしたお嬢さん時代の記念《かたみ》である。何等の義務らしい物の影がさす毎に、美しい、長い眉の間に、堅に三本の皺の寄る原因である。

（「半日」）

婚礼は長倉夫婦の媒酌《ばいしやく》で、まだ桃の花の散らぬうちに済んだ。そしてこれまで只美しいとばかり云はれて、人形同様に思はれてゐたお佐代さんは、繭《まゆ》を破つて出た蛾《が》のやうに、その控目な、内気な態度を脱却《だつきやく》して、多勢の若い書生達の出入する家で、天晴《あつぱれ》地歩を占めた夫人になりおほせた。

十月に学問所の明教堂が落成して、安井家の祝筵《しゆくえん》に親戚故旧が寄り集つた時には、美しくて、しかもきつぱりした若夫人の前に、客の頭が自然に下がつた。人に揶揄はれる世間のよめさんとは全く趣を殊《こと》にしてゐたのである。

（「安井夫人」）

執筆時に約五年のへだたりがあるとは思えぬくらい両者は好対照である。同じく美しい新妻でありながら、早くも新しい自己を獲得した佐代と、お嬢様の自己中心性を脱却できないしげ。みずから望んで嫁いだという大きな違いはあるにしても、『安井息軒先生』を読み進んだ鷗外は、確かに自分の場合とは全く逆の「又と一人あるだらうか」といえる女性を発見したのである。

こうして、鷗外は主人公を仲平から佐代に移して物語を書き始めた。作品を一貫して流れる軽やかな慈みともいえるトーンは、二人に注ぐ作者の愛情のゆえである。二人の生きた時代は幕末から維新にかけての歴史の激動期であるが、すでに指摘もあるように、語り手は年代を示さず、ひたすら二人の年齢に従って話を進める。それは、世俗にあって世俗を超えて生きた二人にふさわしい叙述の方法であったにちがいない。

もはや事情は明らかであろう。はじめに取り上げた、佐代五十一歳の死に際しての「わたくし」の感慨は、ただひたすら佐代に対する作者の共感の深さを示しているということである。まことに当然の、言わずもがなのことを指摘したが、こう述べるより他はない。鷗外はこの作品で、評家の言にあるような、いわゆる新しい女への共感[8]や逆に批判を書いたのでもないし、佐代像を正しく究めようとしたわけでもない。ちょうど乃木将軍の殉死に際して一気に「興津弥五右衛門の遺書」(大元・10)を書いたように、心からの共感をもつて〈私の佐代〉を書き下ろしたのである。

「興津弥五右衛門の遺書」(初稿)のクライマックスをなす「此遺書蠟燭の下にて認《したゝ》め居候処、只今燃尽候。最早新《あらた》に燭火《ともし》を点候にも不及《およばず》、窓の雪明りにて、皺腹《しわばら》掻切《かつきり》候程の事は出来可申候。」は、このような状況がありえないことを示す資料の出現によって削除された。しかし、佐代に対する資料は他にないのだから、鷗外は存分に「歴史離れ」を行なったのである。この時、「不男息軒」に仕えた佐代とは鷗外その人でもあったろう。

人の避ける「不男息軒」とは、宿命的にゆがんだ近代化を遂げるしかない日本の現実である。鷗外がその只中に生きて、全力をあげて可能なかぎりの対処をしたことは改めて言うまでもない。大きくは大逆事件（明43・6）をめぐる一連の態度、小さくは妻しげへの過剰なまでの気配り（日露戦争中の妻への手紙は一五二通に上る）を例示するだけで十分であろう。このような生を歩む時、視線が「遠い、遠い所に注がれ」るのは当然である。一つ一つの出来事に対する納得できる結果は、はじめから期待されていないのだ。期待しない、という断念の深さによってのみ、彼は現実に参入しえているからである。

もちろん、実在の佐代はこのようなある種の悲壮感とは無縁であったろう。しかし、踏み分け難い現実に分け入り、そこで真に生きぬこうとする人間の必然において、鷗外は佐代に自己を重ねたのである。

約二年余り後、鷗外は「空車」（大5・7）を書く。そこで、佐代もまた、「遠い、遠い」彼方を見ながら「空車」を引いていたのだ、ということがもう一度確認されることとなる。

此車に逢へば、徒歩の人も避ける。騎馬の人も避ける。貴人の馬車も避ける。富豪の自動車も避ける。隊伍をなした仕卒も避ける。送葬の行列も避ける。此車の軌道を横《よこぎ》るに会へば、電車の車掌と雖も、車を駐めて、忍んでその過ぐるを待たざることを得ない。

そして此車は一の空車に過ぎぬのである。

わたくしは此空車の行くに逢ふ毎に、目迎へてこれを送ることを禁じ得ない。わたくしは此空車が何物をか載せて行けば好いなどとは、かけても思はない。わたくしがこの空車と或物を載せた車とを比較して、優劣を論ぜようなどと思はぬことも亦言を須《ま》たない。縦《たと》ひその或物がいかに貴き物であるにもせよ。

注

（1）作品中の佐代に関する記述が全二八五行中九八行である、という指摘がある。助川是徳「『安井夫人』雑考」「森鷗外研究3」和泉書院　平元・12
（2）稲垣達郎『森鷗外の歴史小説』岩波書店　平元・4
（3）分銅惇作「安井夫人」「言語と文芸」第四巻第四号　昭37・7
（4）（3）に同じ
（5）栗坪良樹「安井夫人——主観的な意見二、三——」「解釈と鑑賞　臨時増刊号　森鷗外の断層的撮影像」至文堂　昭59・1
（6）小林幸夫「〈お佐代さん〉の正体——『安井夫人』論——」「日本近代文学」第37集　昭62・10
（7）（5）に同じ
（8）一例として大石直記「〈解放の思想〉の枠組を脱して——モダニティをめぐる鷗外・らいてうの思想的接面——」がある。「日本近代文学」第51集　平6・10

付記　息軒遺稿読解にあたっては、増子和男氏の手をお借りした。記して感謝申し上げる。

「蜘蛛の糸」――「温室」という装置――

一

昭和二年七月の自死からおよそ一年後の、昭和三年六月、芥川が書き残した童話が集められ大判の豪華本として刊行された。「犬と笛」「魔術」「杜子春」「アグニの神」「三つの宝」「白」が収められた『三つの宝』（改造社）である。この本には、冒頭に、「序に代えて」として「他界へのハガキ」が置かれている。「差し出し人」は芥川と親しかった佐藤春夫である。

　芥川君
　君の立派な書物が出来上る。君はこの本の出るのを楽しみにしてゐたといふではないか。君はなぜ、せめては、この本の出るまで待つてはゐなかつたのだ。さうして又なぜ、ここへ君自身のペンで序文を書かなかつたのだ。君が自分で書かないばかりに、僕にこんな気の利かないことを書かれて了《しま》ふじやないか。だが、僕だつて困るのだよ。君の遺族や小穴《をあな》君などがそれを求めるけれど、君の本を飾れるやうなことが僕に書けるものか。でも僕はこの本のためにたつた一つだけは手柄《てがら》をしたよ。それはね、これの校了の校正刷を読んでゐて誤植を一つ発見して直して置いた事だ。尤《もつと》もその手柄と、こんなことを巻頭に書いて君の美しい本をきたなくする罪とでは、差引にならないかも知れない。口惜《くや》しかつたら出て来て不足を云ひたまへ。それともこの文章を僕は今夜枕もとへ置いて置くから、これで悪かつたら、どう書いたらいいか、来て一つそれを僕に教へてくれたまへ。（中略）僕は一ぺん君に逢ひたいと思つてゐる。逢つて話したい。でも、僕の方からはさう手軽には——君がやつたやうに思ひ切つては君のところへ出かけられない。だから君から一度来てもらひ度いと思ふ——夢にでも現にでも。君の嫌ひだつた犬は寝室には入れないで置くから。犬と言へば君は、犬好きの坊つちやんの名前に僕の名を使つたね。それを君が書きながら一瞬間、君が僕のことを思つてくれた記録があるやうで、僕にはそれがへんにうれしい。ハガキだからけふはこれだけ。そのうち君に宛ててもつと長く書かうよ。（原文総ルビ）

下界では昭和二年十月十日の夜　佐藤春夫

死亡から間近い執筆だけに、佐藤の芥川への親愛と哀悼の心が率直に書かれており、感銘深いものがある。文中の「犬好きの坊つちやんの名前に僕の名を使つたね」とは、犬を主人公とする物語「白」に登場する子どもの名が「春夫」であることを指すが、「下界」から「他界」へ出されたハガキが、こうして「童話」を契機として書かれたことは注目に値する。

「君はなぜ、せめては、この本の出るまで待つてはゐなかつたのだ」には、死に急いだ友人への痛恨の思いが込められているが、「三十五歳の彼は春の日の当つた松林の中を歩いてゐた。二三年前に彼自身の書いた『神々は不幸にも我々のやうに自殺出来ない』と云ふ言葉を思ひ出しながら。……」（「或阿呆の一生　四十二　神々の笑ひ声」）と書いた芥川が、極限まで自己を追いつめ、身動きできないまま倒れたことをむろん佐藤はよく理解していたにちがいない。それを「理性のわたしに教へたものは畢竟理性の無力だつた」（「侏儒の言葉　理性」）という言葉に従って〈理性の極北〉と呼ぶとすれば、その凍土を少しでも暖め、人間のぬくもりを回復させるものとして「子ども」があり、「童話」があった、と位置づけることは可能であろう。この「ハガキ」から伝わってくるものはまさしく、そのような暖かい情感である。

また、ここで話題となっている「白」は、主人公のシロと呼ばれる犬が、その行ないによって毛の色を白から黒へまた白へと変化させるという「不思議」をストーリーの中心としているが、理性を超えた自在な展開が許されている「童話」の世界に、芥川がある安息を覚えていたとしても少しもおかしくはない。佐藤の「君はこの本の出るのを楽しみにしていたといふではないか」という言葉にもそれが確認できるのである。

しかし、もちろん事情は簡単ではない。たとえば、いかにも芥川らしい次のような認識がある。

我々は一体何の為に幼い子供を愛するのか？　その理由の一半は少くとも幼い子供にだけは欺かれる心配のないためである。（「侏儒の言葉　幼児」）

「理由の一半は」という保留があるにせよ、ここに示された子ども観は余りにも貧しいと言わざるをえないだろう。ここでは、子どもはいわば〈理性の極北〉という凍土に生えた貧弱な植物でしかない。この言葉に「我我の自然を愛する所以は、――少くともその所以の一つは自然は我我人間のやうに妬んだり欺いたりしないからである。」（「侏儒の言葉」（遺稿）自然」）を付け加えれば、ついに芥川にとって人間は信ずるに価しないものであり、子どもはそれを傍証するものとしての位置しか与えられなくなるのである。

もちろん、芥川は専門の童話作家ではないし、今日のように児童文学やファンタジーの意義が格別に重要視されるような時代背景があるわけでもない。また、「侏儒の言葉」は文字通り〈理性の凍土〉で最後の力を尽して書かれたものであり、それのみで彼の子ども観を規定するのも誤りであろう。が、それでもなお、ここに示された〈罪深い大人に対する罪のない子ども〉という認識が、ふくらみに欠けた余りにも通念通りのものであることは否定しようがないのである。しかし、にもかかわらず、佐藤春夫の暖かい言葉にあるように、芥川は、その「児童文学」において、せめてその一角でも〈理性の凍土〉を〈人間的な沃土〉と化したかったのではなかったか。

中村真一郎は、芥川の創作方法について、昔の一種のフィクションの物語（説話、伝説、口碑など）を、もう一度芥川の近代知性を通して語り直したもの、と端的に定義しているが(1)、問題は、元来、非理性的な「物《モノ》（人間を超えた存在）の世界」を扱う説話、伝説、口碑の世界に、「近代知性」というフィルターがかけられ、さらに加えて、通念に基づく「子どものためのお話」というフィルターがかけられた時、どのような作品世界が生まれるか、ということである。作品に即して見ていく他はないが、結論を急ぐ前に、「子どものためのお話」の流れについて概観しておこう。

二

芥川の童話作品は友人鈴木三重吉の主宰する「赤い鳥」の創刊（大7・7）を機に、「蜘蛛の糸」を第一作として書き始められたものである。「赤い鳥」の巻頭言には、この雑誌の創刊が新たな子どものための文学運動の開始を告げるものであることが宣言されている。いわゆる「童心主義」である。

「赤い鳥」は世俗的な下卑た子供の読みものを排除して、子供の純性を保全開発するために、現代第一流の芸術家の真摯なる努力を集め、兼て、若き子供のための創作家の出現を迎ふる、一大区画的運動の先駆である。

他にも、「子供の真純」「子供のために純麗な読み物を授ける」「話材の純清」などの言葉が続き、〈無垢なる子供〉の擁護が強調されている。それまでの子ども向けの読み物がすべて言われるほど「下卑た」ものであるとも思えないが、鈴木はこれまでの流れを大きく変えようと考え、事実、ここから「一房の葡萄」（有島武郎）「ごんぎつね」（新美南吉）、「古事記物語」（鈴木三重吉）などの今日まで読みつがれる作品が生まれたのである。

子ども向けの雑誌は早くから刊行され、すでに明治二十年代には「少年圏」（明21）、「小国民」（明22）、「幼年雑誌」（明24）、「少年世界」（明28）などが次々と誕生している。ただ、これらの題名から理解できるように、当時の子どもの位置づけは「小さな国民」あるいは「年少者」であり、鈴木の言うような「童心の保持者」＝「保護されるべき無垢なる存在」ではない。たとえば、一世を風靡した『こがね丸』（巌谷小波　明24）では、苦難を乗りこえ父の仇をうつ「小さな大人」としての「こがね丸」が共感をもって迎えられたのであり、その行動は伝統的な封建道徳に従うものであることはいうまでもない。

とすれば、「赤い鳥」の出現は、日本の「近代化」による経済的社会的な達成によって、子どもたちが「小さな大人」とは別の、「無垢なる子ども」の時間と空間を生きることが可能になったことの文化的表象に他ならなかった、ということになる。それはたとえば、民俗学の創始者柳田国男が記録したような苛酷な現実から解放された子どもが多数存在し得るようになった、ということでもある。大正十四年一月から「アサヒグラフ」に連載され、柳田民俗学を世に知らしめることとなった『山の人生』の冒頭を引用する。

今では記憶して居る者が、私の外には一人もあるまい。三十年あまり前、世間のひどく不景気であつた年に、西美濃の山の中で炭を焼く五十ばかりの男が、子供を二人まで、鉞《まさかり》で斫《き》り殺したことがあつた。

女房はとくに死んで、あとには十三になる男の子が一人あつた。そこへどうした事情であつたか、同じ年くらいの小娘を貰つて来て、山の炭焼小屋で一緒に育てて居た。其の子たちの名前はもう私も忘れてしまつた。何としても炭は売れず、何度里へ降りても、いつも一合の米も手に入らなかつた。最後の日にも空手《からて》で戻つて来て、飢ゑきつている小さい者の顔を見るのがつらさに、すつと小屋の奥へ入つて昼寝をしてしまつた。

眼がさめてみると、小屋の口一ぱいに夕日がさして居た。秋の末の事であつたと謂ふ。二人の子供がその日当りの処にしやがんで、頻《しき》りに何かして居るので、傍へ行つてみたら一生懸命に仕事に使ふ大きな斧《おの》を磨いて居た。阿爺《おとう》、此でわしたちを殺してくれと謂つたさうである。さうして入口の材木を枕にして、二人ながら仰向《あおむ》けに寝たさうである。それを見るとくら〳〵として、前後の考も無く二人の首を打ち落してしまつた。それで自分は死ぬことができなくて、やがて捕へられて牢に入れられた。

この親爺《おやじ》がもう六十近くなつてから、特赦を受けて世中へ出て来たのである。さうして其からどうなつたか、すぐに又分らなくなつてしまつた。私は仔細あつて只一度、此一件書類を読んで見たことがあるが、今は既にあの偉大なる人間苦の記録も、どこかの長持の底で蝕《むし》ばみ朽ちつゝあるであらう。

（「山に埋もれたる人生ある事」）

さらに柳田は、九州のある村で親子三人で滝に飛び入んで心中しようとし、一人だけ果せず十二年の刑を受けた母親のことを記したあと、「我々が空想で描いて見る世界よりも、隠れた現実の方がはるかに物深い。また我々をして考へしめる」と書いている。執筆時から逆算して、これらの「子殺し」が起きたのは明治三十年代のことかと推定できるが、ここで大切なのは、「近代社会」を生きる者たちがこのような「人間苦」から解放されるために何年かかったかを特定することではない。〈近代化〉の成果によってこのような「隠れた現実」「偉大なる人間苦の記録」が忘れ去られてしまうとしても、そうであればあるほど、「文学」＝「空想で描いて見せる世界」（柳田）は、それに拮抗しうる「物語」を呈示して、「我々をして考へしめる」状況を作り出さねばならぬという課題を負うことになるということである。一高、東大時代を通して抒情詩や短歌を書いただけではなく、イプセンの研究会まで主宰しながら、やがて「文学」から離れていった柳田の言葉はいかにも重いと言わねばならない。

このような問いの前に鈴木三重吉の「童心主義」を置いてみると何が見えてくるだろうか。そこにあるのは、『こがね丸』にみられる「小さな大人」像からも解放され、柳田の言う「偉大なる人間苦」からも解放され、「童心」という無菌の温室に囲い込まれようとする子どもたちの姿である。そのような場で生きられる子どもが、いつの時代にも実際に存在しうるはずはないのだから、それは「小説」における「青春」や「青年」が、近代社会が創造した「偶像」であった(三浦雅士)(2)と等しく、月々の雑誌代十八銭を払う余裕のある保護者たちにとっての〈夢みられた子ども〉であった、と言う他はない。しかし、であればあるほど、鈴木三重吉によって選ばれた作家たちは、このような「温室の中に住む子どもたち」をして「考へしめる」物語を創造せねばならなかったことになる。以下、芥川の「蜘蛛の糸」をこの文脈の中で検証してみよう。

三

「蜘蛛の糸」は次のように始まる。

或日の事でございます。御釈迦《おしやか》様は極楽の蓮池のふちを、独りでぶらぶら御歩きになつていらつしやいました。池の中に咲いてゐる蓮《はす》の花は、みんな玉のやうにまつ白で、そのまん中にある金色の蕊《ずゐ》からは、何とも云へない好い匂が、絶間なくあたりへ溢れて居ります。極楽は丁度朝なのでございませう。

やがて御釈迦様はその池のふちに御佇みになつて、水の面《おもて》を蔽つてゐる蓮の葉の間から、ふと下の容子《ようす》を御覧になりました。この極楽の蓮池の下は、丁度地獄の底に当つて居りますから、水晶のやうな水を透き徹《とほ》して、三《さん》途《づ》の河や針の山の景色が、丁度覗き眼鏡を見るやうに、はつきりと見えるのでございます。（原文総ルビ　以下同じ）

語り手は、極めて丁寧な口調で極楽の様子から語り始める。芥川はこの作品をはっきりと「お伽噺」と呼んでおり、[3]それはすでに見て来たような「童心主義」の意味を意識した上でのものなのだから、語り口が丁寧であることは当然なのだが、問題はそれが読者に与える効果である。この場合、丁寧体の敬意は直接には「御釈迦様」へ、間接には読者へ向けられているが、「敬」には「尊敬」だけでなく「敬遠」という使い方があるように、丁寧体の過度の使用は時に逆効果をもたらす。戸松泉氏が、この「語り手」について次のように判断しているのはその一例である。

この恭しい釈迦への敬語表現による語り口の背後には、アイロニカルな語り手の視線が強く感じられるのである。語り手は釈迦を信頼していない。釈迦の行為の内容はともかく、ここには超越的、絶対的なものの力を信じていない語り手の存在が浮かび上ってくるのである。[4]

戸松氏は語りの過度の丁寧さにアイロニーや虚無感さえ読み取っているのだが、それは読み手が「童心」を失った大人であるための深読みなのだろうか。あるいは、早くに塩田良平氏が指摘しているように、「芥川龍之介といふ固定観念」や「龍之介的なる悲劇的要素」を初期のお伽噺にまで演繹してしまうことによって起る「危険な」読み、[5]なのだろうか。そう言って戸松氏の指摘を否定してしまうことができないのは、氏の「釈迦の行為の内容はともかく」という保留にもかかわらず、むしろ「御釈迦様」のふるまい自体が、読む者にある種の不信感をもたらしてしまうことを否めないからである。

まず、「御釈迦様」の「ぶらぶら御歩きになつてい」て、「ふと下の容子を御覧になりました」という「偶然性」が目につく。これから起る悲劇的状況の前段としては、いかにも「軽い」ように思えるのである。それは、犍陀多《かんだた》のエゴイズムによってすべてが元の木阿弥になってしまった時の「悲しさうな御顔をなさりながら、又ぶらぶら御歩きになり始めました」（傍点引用者）という姿と呼応し、「御釈迦様」の救済の意図の真剣さを疑わせる要因となっている。この視点から物語を見ると、「三途の河」や「針の山」の景色を「丁度覗き眼鏡を見るやうに」蓮池の水を通してながめるという態度も気になる。「御釈迦様」は、お祭りや縁日で子どもたちに人気のある「のぞきからくり」のような興味で、ぶらぶらしている暇つぶしに地獄を眺めたのか、ということになるからだ。

このような「軽さ」は、地獄の中から犍陀多を見つけ出した御釈迦様が、彼が極悪人ながら蜘蛛を助けたことがあることを思い出すと、「善い事をした報《むくい》には、出来るなら、この男を地獄から救ひ出してやらうと御考へになりました。幸、側を見ますと翡翠のやうな色をした蓮の葉の上に、極楽の蜘蛛が一匹、美しい銀色の糸をかけて居ります。」（傍点引用者）と、ストーリーが展開していくこととも密接につながっている。犍陀多に目を止めたのも偶然であるし、蜘蛛が巣をかけていたのも偶然である。また、出来ることなら救い出してやろうという保留つきの慈悲の心も、すべての者を救済せんとする本願を持っているはずの「御釈迦様」のものとしては、何か熱さに欠けるものなのである。

かくして、このような内容の「軽さ」とうらはらな語りの丁寧さが、前述のような指摘を導き出すこととなったのだが、この「軽さ」に別の意味づけができないわけではない。

たとえば、「偶然に基づく展開」ということでいえば、「杜子春」（大9・7）はさらにはなはだしい。

ある日の夕ぐれ、財産を使い果して途方に暮れて洛陽の西門の下にたたずんでいる杜子春の前に、老人が現われるところから物語は始まる。

「日は暮れるし、腹は減るし、その上もうどこへ行つても、泊めてくれる処はなささうだし——こんな思ひをして生きてゐる位なら、一そ川へでも身を投げて、死んでしまつた方がましかも知れない。」

杜子春はひとりさつきから、こんな取りとめもないことを思ひめぐらしてゐたのです。

するとどこからやつて来たか、突然彼の前へ足を止めた、片眼眇《すがめ》の老人があります。それが夕日の光を浴びて、大きな影を門へ落すと、ぢつと杜子春の顔を見ながら、「お前は何を考へてゐるのだ。」と横柄《わうへい》に言葉をかけました。

（原文総ルビ　以下同じ）

ここで起る出来事に論理的な必然性はない。杜子春が金を使い果してしまったのは単なる愚かさのためであるし、彼が突然姿を現わしたこの老人から、この後、「車一杯の黄金」のありかを教わるのに何の理由もないのである。杜子春と老人との関係は犍陀多と御釈迦様との関係に等しいのであり、ちょうど犍陀多に何の前ぶれもなく中空から蜘蛛の糸が垂れてくるように、杜子春には突然老人から救いの手がさしのべられるのだ。違っているのは犍陀多には一度しか蜘蛛の糸は下りて来なかったが、杜子春には三回も老人が現われ、そのつど願いを聴いてもらえたことである。しかし、この場合も、なぜ彼だけにこうした恵みが与えられるのか、明確な説明はない。

このような、偶然性、恣意性の多用による〈軽さ〉に、何か別の意味づけが可能だろうか。おそらく、答えとしては、それこそが「子どもの生」の状況の本質を現わすからだ、というしかないであろう。つまり、偶然性や恣意性による運命の転換とは、別言すれば受身性ということであり、これこそが幼年期の本質なのである。子どもはいつどこで誰を両親として生まれるかを選ぶことはできない。なぜ生まれて来なければいけないのか、説明されて誕生するわけでもない。芥川の傑作「河童」（昭2・3）はこの生の根源的な受身性をアイロニーを込めて書いたものであるが、誰にでも偶然による人生の転換はあるにせよ、大人がそれと戦うすべを知っているに対して、子どもはそれに従うより他ないのである。あの「トロッコ」（大11・3）で、たまたま親切な工事人夫に出会った良平が、日頃の望み通りトロッコを押すことが出来たものの、引き返す機会を失っていくように、少くとも、鈴木三重吉が夢見た「子ども」には、阿爺、これで殺してくれと斧を磨いて差し出すような、人間の条理を越えてしまう異様な力はありえないのだ。

かくして、「蜘蛛の糸」に登場する二人の人物の本質は子どもであり、設定された「地獄」も「極楽」もその本質とは無縁の場所であることが理解できるだろう。芥川は子どものための「お伽噺」として再話したのだから、言わずもがなの指摘なのだが、その必要があるのは、この理解の欠如によって、原典との単純な比較による作品の否定的評価が安易に生じることになるからである。

四

この物語における御釈迦様と犍陀多のコミュニケーションの欠如、救いの一方通行性は、しばしば指摘されるこの作品の「欠点」である。しかし、この、花の香りで一杯の「極楽」をぶらぶら歩き、覗き眼鏡を見るように「地獄」を覗く御釈迦様の本質が子どもであるとしたら、どうして犍陀多と救いに関する問答ができるであろうか。

原典とされるポール・ケラスの『因果の小車』（鈴木大拙訳述）では、瀕死の重傷を負った摩訶童多という悪人が、死を自覚して深く懺悔し、僧に対して「解脱の御法」を聞かせてくれるよう切望したことに対して、犍陀多のエピソードが説法として語られる、という形式を取っている。いわゆる「額縁構造」の物語である。従って、犍陀多の

「大慈大悲の御仏《みほとけ》よ願くは憐《あわれみ》をたれさせ給へ」という願いへの回答として、「この糸を便りて昇り来れ」という仏陀の声が聞こえてくるだけではなく、説法としてこの話が語り終えられた時、摩訶童多もまた、「われをして蜘蛛の糸を採らしめよ」と僧に答えるのである。

つまり、『因果の小車』では、「信」の困難と、人間的条件の克服による帰依への道が二重に強調して語られているのであり、この「二重の対話」に、〈近代以前〉に生きた人々の宗教的救済への熱い思いが具体化されているのだ。それだけではない。この場合、仏陀は極楽ではなく「閻浮提《えんぶだい》」に現われるのである。この仏陀の出現によって「大千世界を照波したる光明」は、「奈落の底」まで届き、その「一縷の光」に励まされて犍陀多は救いを求める。「閻浮提」とは「瞻部洲《せんぶしゅう》」のことであり、人間の住む国土とされる。仏陀は救いの本願達成のため人間界に降臨したのであり、極楽で「ぶらぶら」歩いたりしていないのである。さらに、沢田瑞穂氏の『修訂　地獄変』によれば、たとえば地蔵菩薩は本来、地獄にまで下って罪人を一人でも多く救済せんとする菩薩であり、古くは、釈尊も地獄に降臨して直接罪人らに説法し、聴聞した一万九千人が地獄から救われたという説話があるという[6]。

かつての仏と人間の関係はかくも「熱く重い」ものであったのだが、その前提となるのは言うまでもなく、あの『山の人生』に記されたような「地獄よりも地獄的な」業苦に満ちた人生である。もし「近代社会」が人々をそこから解放しつつあったとすれば、そこに育った子どもたちにこのような「熱く重い」宗教的言動を描き与えても、何のリアリティもないことは明らかである。この意味では、芥川は時代に通用するヒューマニズムの範囲で子どもたちを「考えしめる」他ないことをよく理解していた。理解しすぎていた、と言ってもいい。従って、突然降りて来た蜘蛛の糸をめぐる犍陀多のエゴイズムも、いかにも人間的な反応である。彼が普通の判断力と感覚を持っている以上、大勢の地獄の住人たちが細い糸を登ってくるのを見て恐怖にかられ「下りろ。下りろ。」と喚くのは当然のことである。それはちょうど、杜子春が、眼の前で笞打たれる母の「心配をおしでない。私たちはどうなつても、お前さへ仕合せになれるのなら、それより結構なことはないのだからね。大王が何と仰《おつしや》つても、言ひたくないことは黙つて御出《おい》で。」という言葉を聞き、思わず「お母《つか》さん」と叫び、仙人になることができないことと同質である。現われ方こそ反対でも、それが〈人間的な反応〉であることに少しの違いもないのだ。

かくして、芥川の寒々とした人間観の象徴的表現とされる「後には唯極楽の蜘蛛の糸が、きらきらと細く光りながら、月も星もない空の中途に、短く垂れてゐるばかりでございます。」を過大に深刻に意味づけることにも疑問が残ると言わなければならない。たしかにこの光景は人間の浅ましさのシンボリックな表現に他ならないが、芥川にとって、このような手法はいかにもお手のものの、どこにでも応用できるものであることを忘れないようにしよう。

「杜子春」では、仙人になりそこなった主人公がこれからは「人間らしい、正直な暮しをするつもり」と言い、仙人の鉄冠子はそれに応えるように、「泰山の南の麓《ふもと》に」「家のまはりに桃の花が一面に咲いてゐる」一軒の家をやろう、と言うのだが、桃源郷を思わせるその光景が、暖い「人間らしさ」の象徴であることは言うまでもない。「白」においても同様である。主人公のシロが、懸命な善行の結果、みずからは気づかぬまま元の白い犬にもどり、心配していた子どもたちに発見される場面はこう描写される。

お嬢さんは両手を延ばしながら、しつかり白の頸《くび》を抑へました、同時に白はお嬢さんの目へ、ぢつと彼の目を移しました。お嬢さんの目には黒い瞳にありありと犬小屋が映つてゐます。高い棕櫚《しゆろ》の木かげになつたクリイム色の犬小屋が、——そんなことは当然に違ひありません。しかしその犬小屋の前には米粒程の小ささに、白い犬が一匹坐つてゐるのです。清らかに、ほつそりと。——　（原文総ルビ）

作者は直接シロの姿を描写せず、「お嬢さんの黒い瞳」に写っている「米粒程の」白い犬を描く。それは、みずから気づかぬうちに黒から白へと戻ることが出来たシロの喜びの、それにふさわしい情景による確認である。シンボリックな光景で最後をまとめることは、パターン化された技法なのだ。

このように見てくれれば、「蜘蛛の糸」は作者の語り口の鮮やかさゆえに、必要以上に暗く受容されて来た、と言えるかもしれない。くり返し述べて来たように、これは厳しい外気から守られた「温室」の中の、子どもの物語なのである。ゆえに、どんなに怖いホラー映画を見てもそれによって子どもの現実が変ることはないように、犍陀多の愚かしいふるまいは、確かに一時的に心を曇らせはしても、御釈迦様に何の影響も与えはしないのだ。もし「蜘蛛の糸」に何らかのうそ寒さを感じるとすれば、このような「温室」という装置と、そこに住むことを許された子どもの怖さであろう。「極楽ももう午《ひる》に近くなつたのでございませう。」という最後の描写のむこうには、御釈迦様の楽しい昼食が用意されているのかもしれない。

注

（1）中村真一郎「『寂しさ』について――編集余話（その四）――」『芥川龍之介全集第四巻』月報　岩波書店　昭52・11

（2）三浦雅士『青春の終焉』講談社　平13・9

（3）「お伽噺には弱りましたあれで精ぎり一杯なんです」という表現がある。（小島政二郎あて書簡　大7・5）

（4）戸松泉「純文学と童話のあいだ――『蜘蛛の糸』論ノート」「芥川龍之介」第三号　洋々社　平6・2

（5）塩田良平「芥川龍之介の『蜘蛛の糸』について」「国語解釈」昭9・10

（6）沢田瑞穂『修訂　地獄変』平河出版社　平3・7

中原中也　あるいは　魂の労働者

一

中原中也の第二詩集『在りし日の歌』（昭13・4）の第三作目に、「ヱルレーヌの面影」という副題のついた「夜更の雨」が置かれている。

雨は　今宵も　昔　ながらに、
　昔　ながらの　唄を　うたつてる。
だらだら　だらだら　しつこい　程だ。
　と、見る　ヱル氏の　あの図体《づうたい》が、
倉庫の　間の　路次を　ゆくのだ。

倉庫の間にや　護謨合羽《かっぱ》の　反射《ひかり》だ。
　それから　泥炭の　しみたれた　巫戯《（ふざ）》けだ。
さてこの　路次を　抜けさへ　したらば、
　抜けさへ　したらと　ほのかな　のぞみだ……
いやはや　のぞみにや　相違も　あるまい？

自動車　なんぞに　用事は　ないぞ、
　あかるい　外燈《ひ》なぞは　なほの　ことだ。
酒場の　軒燈《あかり》の　腐つた　眼玉よ、
　遐《とお》くの　方では　舎密《せいみ》も　鳴つてる。

この意図的にこま切れにされた詩句によって成る詩法は、他にも「春の日の歌」「秋の日」「曇天」「春宵感懐」にも見ることのできるもので、第一詩集『山羊の歌』（昭9・12）にはなかった、後期中原に特徴的な詩法の一つと言っていいものである。この作品の第一次稿では通常の表記であったことや、他の同類の作品がどれも昭和十一年の作であることに注目すれば、死の前年の中原にとって、この詩形はある内的な必然の結果であったということも可能であろう。岩野泡鳴の詩論（『新体詩の作法』明40）の影響が指摘されているが、(1) 泡鳴については中原の二十歳の日記に好意的な評価があり、(2) 早くから読んでいたことが確認できるから、ここではむしろ、後期に至ってその詩法が採られた中原の内なる促しの方に目を向けるべきなのだ。

この詩法は、平板に空無の方へ流れるか、どうしようもなく自閉しようとする心に、強引にリズムを与えるために取られていると言うことができるだろう。七音や五音という自足感を与えるものではなく、四音を主体とする不安定な音数律の採用に、うずくまろうとする自己を引きたて、あえて波立つ場所に置こうとする中原の姿勢を見ることが可能である。

では、詩人のうずくまる場所とはどこであり、立ち上った彼はどこへ行こうとするのか。「雨」と「ヱルレーヌ」に注目すれば、雨から聴こえてくる「しつこい　程」の「昔　ながらの　唄」が、ヴェルーヌの、人口に膾炙し、通俗化さえした「唄」であることは明らかである。中原はフランス語のメッサン版全集を大正十五年に購入しているが、同時代の堀口大学訳で引用する。

「言葉なきロオマンス」2

雨は静かに市《まち》に降る。

アルチュウル・ラムボオ

巷《ちまた》に雨の降るごとく
われの心に涙ふる
かくも心に滲《にじ》み入る
この悲しみは何ならん？

(『ヴェルレエヌ詩抄』)

「世界に詩人はまだ三人しかをらぬ。ヴェルレエヌ　ラムボオ　ラフォルグ　ほんとだ！　三人きり。」(昭2・4・23日記)と書いた中原にとって、ランボーの引用から始まるこの詩は特別の意味を持っていただろう。本気で彼等の跡を追おうとした中原が、雨の降るたびに雨音に重ねて詩人たちの声を聴いたとしても少しも不思議ではない。雨は、彼が詩人であること＝絶対的な悲しみの保持者であること、を確認するように降ったにちがいないのだ。

しかし、この時、中原は「雨の唄」を「だらだら　だらだら　しつこい」と感じ、雨の中をコートを着て歩くヴェルレーヌの姿に少しの共感も示さない。倉庫の間の路次に敷きつめられた泥炭の感触も、車が行き交い、人を誘う街の灯が並ぶ都会の情感も、全否定されるだけである。最終行の「遐《とお》くの　方では　舎密《せいみ》も　鳴つてる」が難解だが、「舎密《せいみ》」が「化学」の同義語であり、しかも、この語が他ならぬラフォルグの詩句の上田敏訳「おや、どこやらで声がする。／——なに、そりや何《なに》かのききちがひ。／宇宙の舎密《せいみ》が鳴るのでせう。」(ラフォルグ「お月様のなげき歌」

部分）から来ているとしたら、(3)「宇宙の化学的な音楽？」までも感受する詩人たちへの痛烈な皮肉さえ読み取ることが可能なのである。

この詩が右のような注釈なしには理解できないとすれば、中原がこのような「私小説」ならぬ「私詩」を書いてまで脱け出そうとした、「詩人であることによる袋小路」がいかに長いものであったかが了解されるだろう。この詩が読者への通路を保っているのは、自己を奮い立たせようとする切迫したリズムだけなのだ。高名な「汚れつちまつた悲しみに……」が、八、五音であり、通常の七、五音に収斂していないことに注目して、中原が単なる抒情詩人ではないことを衝いたのは菅谷規矩雄氏であるが、(4)「汚れつちまつた」（傍点引用者）と促音を入れてリズムを強めねばならなかった分だけ、彼の悲哀と衰弱は深かったということもできる。

しかし、中原の居場所はこの「路次」の他にはなかった。「夜更の雨」（第二次稿成立　昭11・6推定）の四ヶ月後の成立と推定される「言葉なき歌」は、一転して、そこにとどまりつづけようとする決意によって成立している。すでに見たヴェルレーヌの「言葉なきロオマンス」に由来する題名をはじめ、「あれはとほいい処にあるのだけれどおれは此処《ここ》で待つてゐなくてはならない／此処は空気もかすかで蒼く／葱《ねぎ》の根のように仄《ほの》かに淡《あは》い」以下の詩句は、調べも素直であり、たとえ空気の薄さが死を招くにしても、詩人であること以外に自己のありようがないことを覚悟した中原を読み取ることができる。その死の約一年前のことである。

二

中原中也は、昭和十二年十月二十二日、死去した。三十歳という若さだったが、その死の直前の姿を友人青山二郎は次のように語っている。

ハイ病院に馳け付けた時は、もう中原ではなくて、脳膜炎でした。ざうきんのやうに使ひ荒されて、遂に我が手に掛けられて打捨てられてしまつた様な、今更はつと思ふやうな肉体が、置き忘れられたやうに寝てゐました。

（「独り言」「文学界」昭12・12号）

同誌に収められた中原への追悼文十編の中で、青山のそれは戯作調の語り口の特異さで目を引く。しかし、それを割り引いても「ざうきんのやうに使ひ荒され」、「我が手」で「打ち捨てられ」た、とは尋常ではないだろう。結婚してからも実家からの高額の仕送りで生活し、生きるための労働とは無縁だった彼に、どのような過酷な労働があったというのか。

しかし、もし社会的な労働に対して〈魂の労働〉というものがあるとすれば、中原がその余りに忠実な労働者として斃れたのだと言うことはできる。たとえば、昭和二年、二十歳の年の一月十二日から十二月二十五日まで、ほとんど間断なく書かれた日記の中に、次のような記述がある。

私は生活（対人）の中では、常に考へてゐるのだ。考へごとがその時は本位であるから、私は罪なき罪を犯す。（それが罪であるわけは普通誰でも生活の中では行為してゐるからだ。）（考へごとは道徳圏外だから）

そして私の行為は、唯に詩作だけなのだ。多いか少いか詩人（魂の労働者(5)）はさうなのだが、私のはそれが文字通りで、滑稽に見える程だ。

（十一月十三日（日曜））

宮沢賢治なら「おれはひとりの修羅なのだ」（「春と修羅」）と言うところを、中原は「おれは魂の労働者なのだ」と言うのである。二人は、ともにその思考の底なしの深さの故に人間社会に居場所を失い、「書く世界」の住人とならねばならなかった。賢治はその〈罪なき罪〉をあがなうべく、行為の人となろうとして命を縮める（羅須地人協会の活動）が、中原は己れの〈罪〉に忠実な者として、果てることのない労働に従事したのである。

わが半生

私は随分苦労して来た。
それがどうした苦労であつたか、
語ろうなぞとはつゆさへ思はぬ。
またその苦労が果して価値の
あつたものかなかつたものか、
そんなことなぞ考へてもみぬ。

とにかく私は苦労して来た。
苦労して来たことであつた！
そして、今、此処《ここ》、机の前の、
自分を見出すばつかりだ。
じつと手を出し眺めるほどの
ことしか私は出来ないのだ。

外《そと》では今宵、木の葉がそよぐ。
はるかな気持の、春の宵だ。
そして私は、静かに死ぬる、
坐つたまんまで、死んでゆくのだ。

昭和十一年五月六日の日付つきで「四季」七月号に発表されたこの作品は、大よそ十年間の〈労働〉で、中原がもはや詩の自立的な形象さえままならぬほど消耗してしまったことを示している。これはあの「夜更の雨」をしのぐ「私詩」であり、「とにかく私は苦労して来た。／苦労して来たことであつた！」に至ってはこれを詩語と認めることはできないのである。当時の批評家劉兵馬が、中原を伊東静雄、津村信夫と並列して「おのがじしユニイクな風格をもつた清新なエスプリ達である」と高く評価しながらも、「併し、時折散見する意識の低まつた期間の作品は童謡の出来損ひみたいで、少々暗澹とする。（中略）この種の作品に懸念されるのはフォルムへの倦怠であらうか。」と書き、「わが半生」の全文を引用しているのも[6]、中原の詩人としての消耗を強く感知したからに他なるまい。

北川透氏はこのような中原の詩人としての歩みを「詩の絶対とまっ正直に刺し違えたような生[7]」と評している。しかし、詩人以外のありようを拒否し、「神聖なる労働」（昭2・1・28　日記）に従事した者は、すべて「ざうきんのやうに使ひ荒され」（青山）る他ないのだろうか。宮沢賢治が死の直前まで書くことを止めず、詩作によって救われていたことはその「疾中詩篇」によっても明らかであるが、詩人であり続けるためには賢治のように「行為の人」の道を選ぶ他ないのだろうか。あるいは、多くの詩人たちがそうであったように、生きのびるためには小説家へと歩み出す他ないのだろうか。

この中原における詩作の逆説を理解するには、詩の形象の問題に触れないわけにはいかない。たとえば、ボードレールの『巴里の憂鬱』の翻訳者であり、批評家として、萩原朔太郎の最良の理解者であり、二十冊を超える詩集を持つ三好達治は、自己の詩作について次のように述べている。

　私が一番最初に詩歌に関心を覚えたのは言葉がある制約——フォルムの中で、うまく終結し完結しているということへの興味からであつた。（中略）詩歌に於ける音楽——意識の充実した意識の過剰の上に立つた、あの古めかしいがしかし確固とした立体感の裏打ちした、言葉の肌触り、言葉の音楽を、今日、私の詩歌は求めてゐる。

（「ある魂の経路」昭15・1）

第一詩集『測量船』（昭5）に於ける、「石」を「甃」、「足音」を「跫音」、「こだま」を「谺」と表記する「意識の過剰」はいうまでもなく、傑作「雪」の「太郎を眠らせ、太郎の屋根に雪ふりつむ。／次郎を眠らせ、次郎の屋根に雪ふりつむ。」の二行は、見事に三好の言う「フォルムの中での完結——言葉の音楽の達成」を示している。
しかし、中原にあっては、その詩的な形象はこれとは対極の場でなされたと言っていい。彼は「蜜柑」を「密柑」、「酷薄」を「酷白」と誤用して[8]平然としているのであり（「冬の夜の雨」「冬の長門峡」「盲目の秋」）、三好達治と同じ「雪」を扱った「雪が降つてゐる……」（未刊）においても、詩的形象の違いは歴然としている。

　雪が降つてゐる、／とほくを。／雪が降つてゐる、とほくを。／捨てられた羊かなんぞのやうに／とほくを、／雪が降つてゐる、／とほくを。／たかい空から、とほくを、／とほくを／とほくを、／お寺の屋根にも、／それから、／お寺の森にも、／それから、／たえまもなしに。／空から、／雪が降つてゐる／それから、／兵営にゆく道にも、／それから、／日が暮れかゝる、／それから、／喇叭《らっぱ》がきこえる。／それから、／雪が降つてゐる、／なほも。

題名の「……」の部分が示しているように、この詩の場合、言葉による明確なフォルムの構築よりも沈黙に語らしめようとする創作意識の方が強く働いている。ここに降っている雪はどこまでも拡散し、いつまでも降り終らない。どれだけことばを使っても表現しつくせない。ここでかろうじて明らかに存在しえているのは、降り来る雪を見上げている「私」の意識だけであるが、「捨てられた羊かなんぞのやうに」という低い調子の喩が示すように、「雪」はすでに地上的なるものによって汚されており、その無垢による「私」の浄化は不可能である。

比喩的に言えば、三好の「雪」では、フォルムの完結と言葉の調べの高さによって、作者もまた太郎、次郎と共に安眠できるのに対して、中原の場合、その非完結性、言葉の調べの低さは、安眠——創作の喜び——に導くことを妨げるのだ。恐らくこれが彼が「座つたまんまで、死んでゆ」（「わが半生」）かねばならなかった一因であるが、それは中原の詩作の根拠そのものによってもたらされたものであった。

自分に、方法を与へようといふこと。これが不可《いけ》ない。どんな場合にあるとも、この魂はこの魂だ。

（昭和二年一月十九日（水曜）日記）

デザイン、デザインつて？／そんなものは犬にでも喰はせろ。／歌ふこと、歌ふことしかありはしないのだ。

（同、一月二十日（木曜））

主観的ということは、附加的といふことではない。／主観的といふことこそ必然的なのだ。／便宜的芸術つて、ないつて話さ。

（同、一月二十一日（金曜））

ここから、「芸術論覚え書き」の言説が導かれる。

一、「これが手だ」と、「手」といふ名辞を口にする前に感じてゐる手、その手が深く感じられてゐればよい。

（中略）

一、知れよ、面白いから笑ふので、笑ふので面白いのではない。面白い所では人は寧ろニガムシつぶしたやうな表情をする。やがてにつこりするのだが、ニガムシつぶしてゐる所が芸術世界で、笑ふ所はもう生活世界だと云へる。（傍点原文）

日記における中原の批判の矢は、単なる詩作にとどまらず日本の〈近代化〉にまつわる内的必然性の欠如を正確に射抜いていると言えるだろう。新しい「意匠」や「方法」が紹介され流布されるたびに、人々は自己の魂の声を聴くことを忘れ、その表面的な追随者になってしまうからだ。北村透谷の「革命にあらず移動なり」（「漫罵」明26）や、夏目漱石の「外発的な開化」（「現代日本の開化」明44）などの言葉にも通ずる文明批評家としての相貌をここに見ることも可能なのだ。

しかし、このような「内なるもの」への固執は、批判としては有効でも、そこに対としての「外なるもの」（この場合、方法、デザイン、名辞、生活世界）を置き、二元論を導く限りにおいて、事実上は破綻する。

たとえば、「東京に来て詩を人に見せる最初。つまり『朝の歌』にてほゞ方針立つ」（「詩的履歴書」）とされ、中原の作品としては最初に発表された「朝の歌」（「スルヤ」大15・8）においては、各連は五、七律を基本とし、全体として、四、四、三、三のソネット形式が採用されている。この整った形式こそが、倦怠の中に眠り込もうとする魂を辛うじて外界と結びつける力を持っているのであり、事実上、「内なるもの」と「外なるもの」は分離不能なのだ。

「手」と「名辞以前の手」の分離はさらに困難である。「はじめに言葉ありき」(「ヨハネによる福音書」)を引用するまでなく、「手」という名辞を知ることなしに「手」を「手」として認識することはできないからだ。名辞を口にする前の世界とは混沌とした実存の世界であり、そこでは、「手を深く感ずる」ことは不可能なのである。

同様に、面白いという情念が先で、笑うという表現が後に来るという論理も余りに単純な二元論であろう。まわりの者の笑いに誘発されて面白いと思ってしまうことは、日常的にいくらでも経験できるからだ。

もちろん、中原は右のような批判など百も承知であったろう。ここでは粗雑な二元論を展開してまで、なぜ「内なるもの」(この場合、魂、歌、主観、名辞以前、芸術世界)が優先されねばならなかったかが問題なのだ。この、あらゆる外的な形象化を拒否する詩人の姿勢を造り出したものとして、ダダイズムとの出会いを考えないわけにはいかない。

三

ダダイズムと中原中也との関係についてはすでにおびただしい言及があるが、ここでは河上徹太郎の次の証言を確認しておこう。

彼が私に遺した書きものには、他にダダの手帳と題するノートブックが一冊ある。生前私に保管を托したものだ。それは彼が二十歳前、ダダイストであつた時、宇宙を発見したと信じ、それを一冊の中に書き留めたと信じてゐたものである。爾来、彼の文章の表現は年と共に客観性を帯びて来たが、彼の根本の世界観はそこにあるものと違つてはゐない。それを年齢や体験の加はると共に世間と妥協したり水を割つて薄めたりすることもしなかつた。此の狷介さには病的な程かたくななものがあつた。之は、少しでも自分の詩が世間から認められる頃には結局段々ともの、考へ方が常識と妥協して来る一般詩人と違つた珍しい所であり、一方、精神的に彼が夭折した所以であると考へられる。

（「中原中也の手紙」「文学界」昭13・10）

ダダイズムは、第一次大戦下のスイスのチューリッヒでのトリスタン・ツァラを中心とする「ダダ宣言一九一八年」に端を発し、一切の秩序とシステムを拒否する「破壊と否定の大仕事」[9]としてヨーロッパの前衛的な芸術運動となっていった。日本におけるダダイズムの紹介者高橋新吉は、大正十二年二月『ダダイスト新吉の詩』を書くが、この年、山口中学を落第し京都の立命館中学に転校した十六歳の中原は秋頃この書を読み、以後、その強い影響の下に詩を作ることとなった。二冊の「ダダ手帖」と「ノート１９２４」にそれが収録されており、昭和二年、河上徹太郎を知った中原はその「ダダ手帖」のうちの一冊を河上に渡したのである。

この手帖は後の昭和二十年の空襲で焼失し、もう一冊は紛失したので、河上の右の証言は、中原におけるダダイズムの意味を肌で感受したものとして貴重である。河上によれば、ダダイズムは中原の精神に血肉化され、それが彼の「夭折」さえも招いたのである。

もちろん、ヨーロッパから遠く離れた日本の十六歳の少年に、ダダイズムの本質が理解できるはずもない。大衆新聞「万朝報」の紹介記事に触発されたという高橋新吉もまた、その資質としての仏教的ニヒリズムがダダイズムの「意味の否定」に共鳴したというのが実際であろう。しかし、ダダイズムが未曾有の世界大戦、ロシアの社会主義政権の成立という、古きヨーロッパの「崩壊」を前提として生まれたとすれば、「天才」を自認していた中原の、親の期待への裏切り、故郷からの放逐という「崩壊」とが通底するものをもっていたことは了解できるだろう。「ノート１９２４」には「親の手紙が泡吹いた／恋は空みた肩揺つた／俺は灰色のステッキを呑んだ／／足　足／足　足

／足　足／足／／万年筆の徒歩旅行／電信棒よ御辞儀しろ（下略）」という「自滅」が記されているが、ここには、「人生を意味あるものにせよ」という「親の手紙」に対して、「意味の無効化」をもって答えようとする中原を見ることができる。「足」を羅列する表現にも高橋新吉の「皿」の影響は明らかであるが、「皿皿皿皿皿皿皿皿皿皿皿皿皿皿皿皿皿皿皿皿皿皿皿／倦怠／額に蚯蚓が這ふ情熱／白米色のエプロンで／皿を拭くな／（下略）」という高橋の「皿」の威圧するような言葉の連続に比べれば、スケールの小ささは否めない。それは中原の若さから言っても当然であろう。しかし、彼の詩人としての歩みを決定したダダイズムの詩からいかなる特色と意味を読み取ることができるかは、河上の証言を具体化するためにも大切である。最初期の作品、「ダダ音楽の歌詞」を見てみよう。

ウハキはハミガキ
ウハバミはウロコ
太陽が落ちて
太陽の世界が始つた

テツポーは戸袋
ヒヨータンはキンチヤク
太陽が上つて
夜の世界が始つた

オハグロは妖怪

下痢はトブクロ
レイメイと日暮が直径を描いて
ダダの世界が始つた
（それを釈迦が眺めて
それをキリストが感心する）

この作品は、前見の河上徹太郎の「中原中也の手紙」に引用されたことによって残されたものである。「タバコとマントの恋」とこの作品の二作のみが河上のおかげで保存され、中原の最初期を知ることができるのだが、ここでも高橋新吉の影響は明らかである。『ダダイスト新吉の詩』の冒頭に置かれた「断言はダダイスト」と対照してみる。


ＤＡＤＡは一切を断言し否定する。

無限とか無とか、それはタバコとかコシマキとか単語とかと同音に響く。

想像に湧く一切のものは実在するのである。

一切の過去は納豆の未来に包含されてゐる。

人間の及ばない想像を、石や鰯の頭に依つて想像し得ると、杓子も猫も想像する。ＤＡＤＡは一切のものに自我を見る。

空気の振動にも、細菌の憎悪にも、自我と言ふ言葉の匂ひにも自我を見るのである。

一切は不二だ。仏陀の諦観から、一切は一切だと言ふ言草が出る。

一切のものに一切を見るのである。

断言は一切である。
宇宙は石鹼だ。石鹼はズボンだ。
一切は可能だ。
扇子に貼りつけてあるクライストに、心太がラブレターを書いた。
一切合財ホントーである。
凡そ断言し得られない事柄を、想像する事が喫煙しない
Mr. God に可能であらうか。

高橋によると、ダダの立場に立てば、時間的にも空間的にもあらゆるものに差異はなく、現実界と想像界にも区別はない。すべては相対的で無価値であるということにおいて同一であり、唯一、自我のみが絶対的に存在するのである。仏教の「空」あるいは「絶対無」の思想を裏返しにして「自我」のみを祭り上げたような言説であるが、その内実の当否よりも、今、注目すべきは、論理を展開する上で用いられている「タバコ」「コシマキ」「納豆」「鰯の頭」「杓子も猫も」「石鹼」「ズボン」「扇子」「心太《ところてん》」「ラブレター」という卑近で日常的な語群である。「一切の過去は納豆の未来に包含されてゐる」というように、哲学的な思考そのものを茶化して無化してしまうために使われているこれらの言葉は、トリスタン・ツアラのあずかり知らぬ「禅味」や「俳諧味」を「宣言」に加わえる原因となっている。[10] 一方、「無限」「無」「宇宙」「仏陀」「クライスト（キリスト）」「God」という非日常的、形而上的世界を導く語群は、いわばあの卑近な語群によって撃ち落されるために対置される。従って、ここにはその間にあるはずの中間的なもの＝社会的・政治的・歴史的事象が欠如している。すでに見たように、ダダイズムはヨーロッパの社会的・政治的・歴史的変容から生まれたものであるのに、高橋によって日本化されたそれは、日常語さえ取り換えれ

ば、僧の悟りの裏返されたようなものとしていつの時代においても存在可能なのだ。

中原の「ダダ音楽の歌詞」においてはこのようなダダ的否定はさらに徹底している。「ウハキ（浮気）」「ハミガキ」「テッポー（鉄砲）」「ヒヨータン」「キンチヤク」「オハグロ」「妖怪」「下痢」「トブクロ（戸袋）」と、出まかせに登場する言葉は、その卑近な日常性において同質であるが、ここにはもはや撃ち落とすべき非日常的、形而上的なるものさえ存在せず、お互いが意味を否定しあっているだけである。従って攻撃の対象は「太陽」「夜」「レイメイ（黎明）」「日暮」という自然そのものとなり、それらが転倒され無意味化されることにより「ダダの世界が始まるのである。従って、「太陽が落ちて／太陽の世界が始つた」という表現は、この作品の唯一の紹介者河上徹太郎の誤記でなければならない。「太陽が落ちて／昼の世界が始つた」でなければ「太陽が上つて／夜の世界が始つた」と呼応できないからだ。「ダダ音楽の歌詞」（傍点引用者）という題名が示すように、高橋の「断言はダダイスト」が奔放であるのに比べて中原のそれは形式性に対して音楽のように忠実であるところに特色を持つ。それは、これまでの文脈で言えば、卑近な日常性に至るまでその意味を解体してしまった中原に、代償として与えられた「音楽性」であったのかもしれない。彼の「歌」が単なる抒情と異なるのは、このような人間の存在基盤の根こそぎの否定から出発した「歌」であるからに違いない。

もちろん、右のような意味づけは深読みに過ぎると言うことも十分に可能である。世間知らずの早熟な少年が、その非社会性、反社会性、無為の擁護の場所を得たにすぎないとも言えるからだ。しかし、「ダダ音楽の歌詞」の無意味の世界の最後に、「それを釈迦が眺めて／それをキリストが感心する」という有意味の表現が置かれていることに注目しよう。この「釈迦」と「キリスト」の登場は高橋の「断言はダダイスト」からの影響であろうが、中原の場合、ダダの世界が二人によって共感をもって肯定されているところに特異さがある。なぜこの二人の宗教的始祖は詩人を祝福するのか。それはその絶対的な宗教的視線によって、人間世界の中間的なもの（社会的・政治的・歴史的諸価値）はもちろん、日常性さえも無化することにおいて、ダダイストと立場を同じくするからである。
その当否はともかく、中原はこうして自己の立場を明確にし、その社会的な「無為」に根拠を得たということができる。すでに見たように、それは「外なるもの」を全否定する激しさにおいて二元論を導き、現実での破綻を招来した。しかし、河上徹太郎の証言の通り、彼は「妥協したり水を割つて薄めたりすることも」なく、「狷介」なまでにこの立場に立ち続けたのである。これが彼の「罪なき罪」の生成＝〈魂の労働〉であった。

四

ダダの運動が数年にして消滅したように、否定から出発した行為を持続させることは極めて困難である。「ノート１９２４」には、中原が自己の立場にとどまり続けるために、いわば刃を磨き続けている姿を見出すことができる。

原始人の礼儀は／外界物に目も呉れないで／目前のものだけを見ることでした／／だがだが／現代文明が筆を
生みました／筆は外界物です／現代人は目前のものに対するに／その筆を用ひました／発明して出来たものが
不可《いけ》なかつたのです／だが好いとも言へますから――／僕は筆を折りませうか？／その儘《まま》にしときませうか？

（「迷つてゐます」部分）

テンピにかけて／焼いたろか／あんなヘナチヨコ詩人の詩／／百科辞典を引き廻し／鳥の名や花の名や／みた
こともないそれなんか／ひつぱり出して書いたつて／――だがそれ程の想像力があればね――／やい！／いつ

たい何が表現できました?

(「(テンピにかけて)」部分)

古い作品の紹介者は/古代の棺はかういふ風だつた、なんて断り書きをする/棺の形が如何《いか》に変らうと/ダダイストが「棺」といへば/何時の時代でも「棺」として通る所に/ダダの永遠性がある/だがダダイストは、永遠性を望むが故にダダ詩を書きはせぬ

(「(名詞の扱ひに)」部分)

「筆」や「百科辞典」や「断り書き」が「外界物」として否定され、「原始人」の世界との直接的な交感が「礼儀」として讃えられる。[11] 詩を書く者はこの原始人のように世界と相対すべきなのであり、表現する際にも、外からの借り物の言葉をふりまわすことはもちろん、具体的な細部の説明さえも不用なのである。この「原始人」のように世界に向きあう姿勢が、あの「芸術論覚え書き」における「名辞を口にする前」の感受の姿勢であり、それが「ニガムシつぶしたやうな表情」を持つことは言うまでもない。しかし、「僕は筆を折りませうか/その儘《まま》にしときませうか」と正直に告白されているように、「筆」を使う以外に「原始人の礼儀」を表現するすべはない。同様にたとえば「棺」という名詞だけで詩を作ることも不可能である。ここでも中原の矛盾は明らかであるが、彼が空間や時間を超えたいわば永遠の相のもとに詩を書こうとしていたことは確認できるだろう。中原がはっきりと自覚しているように、作品の永遠性を求めてのことではない。それは、あらゆる人為や自然を永遠の側から見つめることに他ならない。

これは具体的に把握することの極めて困難な世界であるが、中原以上にこのことを理解し、それによって「私といふ現象は/仮定された有機交流電燈の/ひとつの青い照明です」(『春と修羅』序)という自己認識に至った宮沢賢治は、たとえば「永遠の相の下に見た岩手山」を次のように表現した。

そらの散乱反射のなかに
古ぼけて黒くえぐるもの
ひかりの微塵系列《みぢんけいれつ》の底に
きたなくしろく澱むもの

（「岩手山」）

ここには、岩手富士と呼ばれ、日本人の美意識の系列に組み入れられる秀麗な岩手山はない。宇宙的なスケールを持つ鳥瞰的視線によって捉えられた岩手山は、あらゆる文化的な視線から解放されて、自然のもつある種の醜悪ささえ発散させるのである。

賢治のこのような視線は、その科学者と宗教者たることによって鍛えられ、詩の成立にあたっては科学用語や宗教用語が「永遠の相」を具象化するものとして力を発揮することとなった。「岩手山」における「散乱反射」「微塵系列」「澱む（沈殿）」などの科学用語がそれであり、その結果、作品は人間的相貌とは無縁な、極めて新鮮な自然像を描出することに成功している。あの難解な「春と修羅」序もまた、「現象」「有機」「交流」という科学用語によって人間が通常とは全く異なる意味づけをされるのである。しかし、中原が賢治のような言葉を持つはずもなかった。彼が描けたのは、永遠の相の下で空しく地べたを這いまわっている人間たちであり、命も尽き、すでに風化が始っている自己の姿であった。

あゝ十二時のサイレンだ、サイレンだサイレンだ
ぞろぞろぞろぞろ出てくるわ、出てくるわ出てくるわ
月給取の午休み《ひるやすみ》、ぷらりぷらりと手を振つて

あとからあとから出てくるわ、出てくるわ出てくるわ
大きなビルの真ッ黒い、小ッちやな小ッちやな出入口
空はひろびろ薄曇り、薄曇り、埃りも少々立つてゐる
ひよんな眼付で見上げても、眼を落しても……
なんのおのれが桜かな、桜かな桜かな

（「正午」部分）

ホラホラ、これが僕の骨だ、
生きてゐた時の苦労にみちた
あのけがらはしい肉を破つて、
しらじらと雨に洗はれ、
ヌツクと出た、骨の尖《さき》。

それは光沢もない、
ただいたづらにしらじらと、
雨を吸収する、
風に吹かれる、
幾分空を反映する。

生きてゐた時に、

これが食堂の雑踏の中に、
坐つてゐたこともある、
みつばのおしたしを食つたこともある、
と思へばなんとも可笑《おか》しい。

（「骨」部分）

「丸ビル風景」という副題を持つ「正午」では、当時の最も華やかな職場である「丸ビル」から昼の休息のために出てくるサラリーマンたちが、まるで蟻のような単一的な存在として見おろされている。大きなビルにつけられた「真ッ黒い、小ッちやな小ッちやな出入口」とは、その巣穴の入口のようである。「なんのおのれが桜かな」という表現が、すでに指摘のあるように江戸時代の狂句「酒なくて何のおのれが桜かな」からの引用であるとすれば(12)、浮き世（憂き世）に酒というわずかな楽しみを支えとして這うように生きているという点において、現代のサラリーマンも江戸期の庶民と何ら変ることはないのである。

しかし、「正午」を単なる都市生活批判や勤労嫌悪として読むだけでは十分ではないだろう。それはむしろ「お道化うた」に示された「人為の空しさ」の感慨と同質である。「今宵星降る東京の夜、／ビールのコップを傾けながら月の光を眺めた「私」は、「月光の曲」成立の感動的な由来とその作曲者ベートーヴェンに思いを馳せる。しかし「ベトちやんもシュバちやんも、はやとほに死に／はやとほに死んだことさへ、誰知らうことわりもない……」（「お道化うた」）と、思いは一気に永遠の相の下に置かれ、空しく閉じられるのである。それは、「正午」で「丸ビル」に鳴るサイレンが「空吹く風に響き響きて消えてゆく」ことと同位なのだ。

詩集『山羊の歌』の冒頭に置かれた「春の日の夕暮」には「私が歴史的現在に物を云えば／嘲《あざけ》る嘲る　空と山とが」という表現がある。中原にとって、自己の言動も含めてあらゆる人為は「歴史的現在の限界」を持つものとして存在した。彼は永遠の相の下にある空や山がこの世を見るように人間を見たのであり、ベートーヴェンもシューベルトも現代の月給取りも少しの差異もなかったのである。

かくして、中原は生きながらに「自己の未来」=「永遠の相の下に置かれた自己」を見るまでに至った。「骨」はこうして生まれ、それは、彼がいかに自己の〈労働〉に忠実であったかを物語っている。

注

（1）『新編　中原中也全集第一巻　詩Ⅰ解題篇』の「夜更の雨」の項参照。角川書店　平12・3

（2）「岩野泡鳴　これは屹度《きっと》将来何人かに見出だされるべき詩人なり。」という記述がある。昭2・8・28　日記

（3）（1）に同じ。

（4）萱谷規矩雄「スケルツァンド」『中原中也研究』所収。青土社　昭50・6

（5）中原は「魂」と詩人のかかわりについて「つねに我々には、その魂が大きければ大きい程、現実に対する反撥性がある。それをポオが『呪咀』といふらしい。そして我々が第一に表現したいものはその呪咀の中にある。」と書いている。昭2・4・7　日記

（6）「文芸懇話会」昭11・9　引用は（1）と同書「わが半生」の項による。

（7）北川透『中原中也わが展開』国文社　昭52・5

（8）ただし、「酷白」は現在の『新編　中原中也全集』の「盲目の秋」では「酷薄」と正しく表記されている。『山羊の歌』初版本では「酷白」である。

（9）今村仁司編『現代思想を読む事典』の「ダダ」の項目参照。講談社現代新書　平16・3

（10）中原の日記に「高橋新吉　まあなんと調子の低い作品を作したのだらう！　世界で一番調子の低い！　それが、彼

の素晴らしさ！」という記述がある。この共感は中原の詩に強く反映されている。昭2・2・5　日記

(11)　中原の日記に「私は自信に於て　原始人だ。」という記述がある。昭2・3・16　日記

(12)　(1)と同書の「正午」の項参照。

中原中也の短歌——非生活者の歌——

一

T・S・エリオットに次のような詩の定義がある。

詩は感情の氾濫ではなくて、感情からの逃避なのである。しかし、又、個性も感情も持っているものでなくては、そういうことから逃避したいと思うことがどういうことなのか、解らないということも事実である。

（「伝統と個人的な才能」吉田健一訳）

いかにも反ロマン主義者・古典主義者エリオットらしい指摘であるが、ここには創作におけるカタルシスの内実に対する鋭い洞察がある。本論の対象である短歌の場合、この論をふまえて図式的に言えば、五七五七七という強力な定型を持つがゆえに不定型な近代詩よりも容易に創作——感情からの逃避を達成できると言うことができる。短歌制作によって現実生活の悲哀に耐え、喜びをわかつことが多くの人々によって果たされているゆえんである。しかし、創作によって内的な自己安定は成就できても、安易にそれが行われることにより、自己を〈感情の氾濫〉に陥れた現実そのものへの厳密な認識や働きかけを放棄することになるから、時に短歌は〝奴隷の韻律〟という非難を浴びねばならなかった。だが、どのような奴隷的現実であっても人は生きねばならぬのである以上、短歌が廃れることはなかったのである。近代短歌の巨星である斎藤茂吉（明14〜昭31）が「狂人のにほひただよふ長廊下まなこみひらき我はあゆめる」（『あらたま』）（大10・1）とあるように、市井の一精神科医でありつづけたことが想起される。明治三十八年五月六日、二十三歳で第一高等学校を卒業しようとしていた茂吉は、友人渡辺幸造に次のように書き送っている。

元来小生は医者で一生を終らねばならぬ身なれば先づ身を丈夫に医学士へでもなり髯でも生やし、彼とか何とか言つて金もできるだけモーケ父母にも安心させ、妻を貰へば妻にも衣服の一つも着せねばならず子を作れば教育もせねばならず今の病院を受けつげば目が廻る程多忙ならむ、斯くて小生は骨を砕き精を灑いで俗の世の俗人と相成りて終る考へにて又是非なき運命に御座候、（中略）斯かる焦熱地獄の様な処でも蓮が咲いた話も有之候へば、小生のこの俗中の俗な処にありても幸に気に入つた歌の一首でも出て、君に見て貰ひ善いときは誉めて戴き悪しきときは御叱正を願ふ、これが楽しみに御座候。

十五歳で故郷、肉親を離れ上京。以後養家の期待に添うべく勉学して来た茂吉は、この年の七月、わずか十歳の斎藤家次女てる子の婿養子となることが決まっていた。自ら選びとったものとは言え、このような圧倒的な現実生活の与件は、すでに少年ではない彼にこの世は焦熱地獄であるという認識をもたらしたのである。しかし、それは決して単に茂吉がこのような自己の運命を嫌悪していたことを意味しない。何よりもそれは茂吉がエリオットの言う「個性も感情も持っている」ことを意味し、それを失うことなく生活人たろうとしたことを意味している。であればこそ、彼には「焦熱地獄に咲く蓮花」＝短歌が必要であったのである。短歌は茂吉にあっては、生活が地獄的であればあるほど美しく開花するという幸福な逆説性を持っていたと言わねばならない。

中原中也の場合、生活も創作もこの斎藤茂吉と一八〇度対極にあったことは言うまでもない。中也が故郷を離れるのは茂吉より一歳おくれの十六歳であり、人生設計のためではなく落第のためであるが、それは後に平然と次のように回想されている。

大正十二年春、文学に耽りて落第す。京都立命館中学に転校す。生まれて始めて両親を離れ、飛び立つ思ひなり。（「詩的履歴書」）

父謙助は茂吉と同じく入婿として中原家に入り医業を継いだが、和歌俳句に親しみ、軍医学校在学時校長であった森鷗外に私淑したという。この父の内心を知らぬかのように、中也は医者になることもなく、結婚後もなお仕送りを受けていたことに示されるごとく、いかなる意味でも生活人ではなかった。当然のことながら、短歌は他の小説家や詩人と同様に、自己に最もふさわしい文学形式を選択するまでの手すさびの域を出るものではなかった。したがってその評価も「後年の中原の詩の世界がなければ、特別に意味をもった作品ではない」という北川透氏の冷静な指摘[1]が当を得たものであろう。「中原は自分の短歌について決して語らなかった」という大岡昇平の証言[2]もそれを傍証する。それは彼にとって詩人たることが「俗の世の俗人」たちとまったく異相の生を生きることを意味していたこととも深くかかわるにちがいない。

しかし、少なくとも大正十二年の出郷まで、茂吉の比ではないにせよ、中也が彼なりに「俗の世」の「地獄」を感じずにおれなかったことは明らかである。その光景は例えば次のような私小説風の作品として書きとどめられている。

父はそのこと（註、大学を出ていないこと）のために、私の兄弟五人を全部大学迄はやると言つて今開業して一生懸命になつてゐるのだ。で、長男の私が学校を打つちやつて詩人になるとか脚本家になるとか勝手な熱を吹いてゐることは父に取つて自分の命を喰ひ取られることとしか思へなかつたのだ。

「お父さん、天才を持つ親は仕合せですよ。」——私は父が私のことで悄気《しょげ》たりしてゐる時はせめてもの務めでもあるかのやうにさう言つた。

「偉い者になつて貰はうなんてチヤンともう願はないから、学校だけを平凡で好いから真面目に出て呉れ。」

父は必ずその時はさう返した。（中略）

私は頻りに早く出世したい気持がして来て、その気持に引き摺られるやうに父のゐない部屋を歩き、歩いた。

（「その頃の生活」）


息子にかけた夢も破れ、今は世間体をつくろうことに懸命な気弱でさえある父と、自己の「天才」をたのみつつも父を無視できぬ息子。中也がエリオットの言う「個性も感情も持っている」人間として生まれ、それが父の理解を越えてしまったことは明らかであるが、ここには何かそれ以上の〈世俗的構図〉とでも言うべきものがある。長谷川龍生氏は中也の詩を読むとその甘えにやり切れないものを感じると言い、それは彼の「家路にかえる思想」によるものだと指摘している(3)。つまり、世に出ることを期待され、家にまるごとかかえ込まれ、「生活」の厳しさから守られたその生活は、詩人としても中也を真に成熟させなかったというのである。長谷川氏はその作品は現代詩としては後退的現象の世界であり、その抒情からも哀愁からもひきつぐべきものは何一つないと断言している。その当否はともあれ、「生活人」から最も遠い存在に思える中也が、このようにある意味ではひどく濃密な〈世俗的構図〉を少年時から抱え込まねばならなかったのは興味深いことである。そしてそれは、何が彼を「早熟」させたかをよく示している。彼自身の言葉によれば短歌を作り始めたのは「大正四年の初め頃だつたか終頃であつたか兎も角寒い朝、その年の正月に亡くなつた弟を歌つたのが抑々《そもそも》の最初」（「詩的履歴書」）であるが、それは彼の七あるいは八歳の時であり、大正九年、十二歳の時には「婦人画報」二月号の懸賞和歌に次選として一首掲載され、同じく二月十七日の「防長新聞」には三首採用されている。

筆とりて手習させし我母は今は我より拙《つたな》しと云ふ
冬去れよそしたら雲雀《ひばり》がなくだらう桜もさくだろう
冬去れよ梅が祈つてゐるからにおまへがゐては梅がこまるぞ
冬去れば梅のつぼみもほころびてうぐひすなきておもしろきかな

大岡昇平は母福《フク》が同じ新聞に投稿しても「ぼくのだけが入選する」ことが少年中也の誇りであったことを福から聴き取っているが、それはそのまま父の誇りであり、中原家の誇りであったろう。「かつては神童とも呼ばれた少年が、両親の期待を裏切って、僅か三年の間に落第したのは、彼の生活の目標と中心が文学に向って動いて行ったからである」(4)ことは明らかであるが、文学への道を整えたのは他ならぬ父母によって作られた〈世俗的構図〉であったのである。大正十一年五月（推定）には防長新聞の短歌会「末黒野《すぐろの》の会」のメンバーであった同新聞記者吉田緒佐《おさ》夢《む》、山口中学の上級生宇佐川紅萩《こうしゅう》と共著で歌集『末黒野』を自費刊行し、「いとうらわかき歌人の、前途を祝福する」という評価を翌年三月の同紙上で受けている。「中原は両親に隠れてこの会に出席していた」(5)といわれるが、自費出版の費用が両親以外から出されたとは考えられない。まかれた種は短歌という形で発芽し、詩という形で開花した。父や母がその美しさをめでることができたのはその若葉までであった。

二

中原中也の短歌として現在われわれが目にすることができるものは一二一首である。初期短歌としては、すでに見た『末黒野』所収の二八首（「温泉集」という総題がある）と、角川版全集によって採集された前見の四首を含む「防長新聞」歌壇掲載歌を中心とする八〇首があり、後期短歌として、昭和八年頃と推定される「孟夏谿行」と題された四首、昭和九年七月頃と推定される日記に墨書され抹消の印のある三首、昭和十一年十月十一日の日記に記された一首、さらに死去の年昭和十二年一月から二月までの千葉市の精神病院入院時にノートに記された五首、あわせて一三首をあげることができる。

今、後年のものはひとまずおき、初期短歌を通覧してみよう。印象的な作品はいわゆる啄木調の意識の屈折を歌ったものだが、もちろん、少年らしい初々しい叙景歌も存在する。

森に入る春の朝日の心地よき露キラ〳〵と光る美しさ
大山の腰を飛びゆく二羽の鳥秋空白うして我淋しかり
ユラユラと曇れる空を指してゆく淡き煙よどこまでゆくか
遠ざかる港の町の灯は悲し夕の海を我が船はゆく
麦の香の嬉しくなりて麦笛を作りて吹けり一人ゆく路
友ところぶれんげ田に風そよ吹きて汽車の汽笛の遠く鳴るなる
海原はきはまりもなし明日はたつこの旅の地の夕焼の空

夏の日は偉人のごとくはでやかに今年もきしか空に大地に
この路のはてにゆくほど秋たけてゐるごとく思ふ野の細き道
小さき雲動けるが上の青空の底深くひびけ川瀬の音よ

吉田凞生氏は中也の短歌に「さびし」という感情の多出を見、「あるべきものがない」という欠如感に『在りし日の歌』にまで通じるテーマを見出そうとし[6]、北川透氏は「味気なき、懶き、淋し、あてどなさ、不安、殺意、神、祈りというようなことばの世界を支える心情にはおのずからすでに、後の中原の詩の底部を撃ち続ける〈暗黒心域〉がうつしだされているのを見ないわけにはいかない」と言う[7]。首肯すべき指摘であり、これらの問題については後に深く触れねばならないのだが、それらが「文学という毒」を浴び始めた少年の持った行き場のない感情の指摘だとすれば、「文学という頌歌《ほめうた》」によって世界を彩ることを少年が知り始めていることも同時に指摘しておかねばならないだろう。特にここにあげた一〇首は、中也にとって世界はまだ十分に自己を溶け込ませるに足るさわやかさをもって彼をとりまいていたことを示している。「春の朝日」「秋空を飛ぶ鳥」「空に昇る煙」「港の灯」「夕べの海」「麦畑」「れんげ田」「夕焼」「夏の日」「秋の野道」「川瀬の音」は少年の感傷を解放するに足る実在なのであり、ここには平凡で健康な少年さえ見出すことができるのである。

しかし、やはりこれらの明朗な歌群が歌のしらべとしては弱いものしか持ち得ていないことは否定できない。それらの題材はいかにも通俗的一般的であり、暗い題材で歌われた場合のような衝迫力はない。わずかに「夏の日は偉人のごとくはでやかに」の歌の「偉人のごとくはでやかに」に少年らしい英雄主義とその自己投影を見出しうること、「この路のはてにゆくほど」の歌に「彼方へ」どこまでも憧れる初々しいロマン的心情を見出しうることなどを例外として、あとは短歌形式のまねびの段階にとどまっているのである。これに対して啄木の強い影響を見ずにはおれない歌群には、彼が詩人への道を歩まざるをえなかったゆえんをはっきりと認めることができる。ここでは内容に従って四つに分類して挙げてみよう。

ⓐ幾ら見ても変りなきに淋しき心同じ掛物見つむる心
橇《そり》などに身の凍るまで走りてもみたかり雪の原さへみれば
大いなる自然の前に腕組みてはむかひてみぬ何の為なるか
やはらかき陽のさして来る青空を想ひて悲しすさぶ我が心
ⓑ怒りたるあとの怒りよ仁丹の二三十個をカリ〳〵と噛む
的《あて》もなく内を出でけり二町ほど行きたる時に後を眺めぬ
腹たちて紙三枚をさきてみぬ四枚目からが惜しく思はる
大河に投げんとしたるその石を二度みられずとよくみいる心
蚊を焼けどもいきもの焼きしくさみせず悪しきくさみのせざれば淋し
心にもあらざることを人にいひ偽りて笑ふ友を哀れむ日
ⓒたゞヂッと聞いてありしがたまらざり姿勢正して我いひはじむ
可愛ければ擲《なぐ》るといひて我を打ちし彼の赤顔の教師忘れず
我が心我のみ知る！といひしまゝ秋の野路に一人我泣く
そんなことが己の問題であるものかといひこしことの苦となる此頃
猫をいだきややにひさしく撫でやりぬすべての自信滅びゆきし日
ⓓ来てみれば昔の我を今にする子等もありけり夕日の運動場（母校にて）

ふるき友にあひたくなりて何がなし近くの山に走りし心！
出してみる幼稚園頃の手工など雪溶の日は寂しきものを
暗《やみ》の中に銀色の目せる幻の少女あるごとし冬の夜目開けば

ⓐは自己を取り巻く現実を素直に受け入れることのできぬいらだちや淋しさ、ⓑはⓐのより細部まで拡大された感情としての、自他の行為に対してつねに余剰の感情がつきまとうために、どのような行為にも満足できぬ苦渋、ⓒは自己絶対化にまつわる感情の振幅、ⓓは過ぎし日の完全性をなつかしむ退嬰的感情、であり、最後の作は現実拒否が幻視を生ずるに至ったものとして読むことができる。

どの歌にも啄木の影響は明白であるが、それぞれ単なる模倣に終わらない内的必然性を感じさせる。中也と啄木はその幼少期における両親の過剰な愛情と期待、自己の神童・天才意識とその挫折（中原の場合は不徹底）など極めて類似した境遇を持っている。啄木という鏡を得て、急速に文学的自画像は焦点を結び始めたのである。これらはすべて他人には理解されることのないわれを愛する歌として、「過ぎゆく刹那の意識、感覚、咏嘆を定着する様式」[8]によって書かれており、特にⓑの「怒りたるあとの怒りよ」や「蚊を焼けども」の歌に見られる生への悪意と空虚感の交錯するもってゆき場のない感情は相当のリアリティをもって青春期の鬱屈を表現しえている。文学的影響を受けるものがそれを与える者よりも早く同等の心情世界に到達することは当然であるにせよ、啄木が、一家離散、北海道流浪、上京、小説執筆の失敗、経済的破綻という全敗の果てにたどりついた境位に、十三歳に足らぬ中学生があることはやはり異数のことであろう。特にⓓの回想歌は、中也が早くも中学生にして前途への希望を失った閉塞状況にあったことをよく示している。少なくとも両親の期待に添うという点から言えば、黄金時代たる幼年期をふりかえるしかなかったのであり、あとは「文学」による閉塞状況の突破しか残されてはいなかった。「大正十二年春、文学に耽りて落第す。京都立命館中学に転校す。生れて始めて両親を離れ、飛び立つ思ひなり」(「詩的履歴書」)という道筋は必然であった。いわゆる啄木調が成立した時、啄木にとって短歌は「悲しき玩具」でしかなく、「文学」の幻想は破壊されていた。しかし中也にとって「文学」こそあけわたすことのできぬ城であったのである。

三

ここでは、啄木が歌うことのなかった「神」と自己とを題材とする歌に目を止めてみよう。

人をみな殺してみたき我が心その心我に神を示せり
世の中の多くの馬鹿のそしりごと忘れえぬ我祈るを知れり
我が心我のみ知る!といひしまゝ秋の野路に一人我泣く
そんなことが己の問題であるものかといひこしことの苦となる此頃

大岡昇平は「人をみな」の歌を「見神歌」として注目し、中学三年の夏休みに「思想匡正」のため大分県豊後高田の西光寺に送られ、そこで教えられた『歎異抄』の中の一節「人を千人殺してんや」の反響をこの歌から読み取っている。[9] 興味深い指摘であり、山口というカトリックゆかりの地で育ち、祖父母を信者に持つ詩人の宗教性を早くも示すものとして注目に値する。しかし、「見神」という言葉の意味を厳密に使えば、それは神秘的経験を示すのだからこの歌に該当しないし、すでに引用した歌を重複してここに示したように、これらの四首が一まとめで防長新聞に掲載されたことも考慮に入れられねばならないだろう。つまり、ここには周囲のどこにも自己の理解者を見出せない少年の絶望が色濃く表現されているのであって、「神」はその孤独の絶対性において呼び寄せられているのである。この限りにおいては、少年の根深い孤絶感以上のものをこの歌から読み取ることには無理があると思える。

しかし、もちろん、無理解な周囲の人間を殺してしまいたいという内心の悪の自覚が誰においても「神」と結びつくわけではないし、俗物たちのそしりを超越できぬ心の自覚が神への祈りに結びつくわけでもない。ここには確かに大岡の指摘どおり「死の時には私が仰向かんことを！この小さな顎が小さい上にも小さくならんことを！」（「羊の歌　Ⅰ祈り」）に通じる宗教的謙遜がある。だが、このような宗教的謙遜は、例えば八木重吉におけるような主要なモチーフとなることはなかった。むしろこの歌との関連から言えば「腕にたるむだ私の怠惰／今日も日が照る　空は青いよ／／ひよつとしたなら昔から／おれの手に負へたのはこの怠惰だけだつたかもしれぬ／／真面目な希望も　その怠惰の中から／憧憬したのにすぎなかつたかもしれぬ」（「憔悴」）の方がより密接であるに違いない。「真面目な希望」＝「神への祈り」は持続しないのである。

おそらくここに中原中也の宗教性の本質が横たわっている。つまり、彼の宗教性は自己否定による神の救済という通常のベクトルをとることはまれであり、逆に神をさえ知っているという彼の自負を完成させる力として働いたのではないかということである。

私は全生活をしたので（一歳より十六歳に至る）私の考へたことはそれを表はす表現上の真理についてのみであった、謂はば。（十七歳より十九歳に至る）そこで私は美学史の全階段を踏査した、実に。かくて私は自らを全部解放されたやうな風になり行つた。

（一九二七年四月四日日記）

・宇宙の機構悉皆了知。

・一生存人としての正義満潮。

・美しき限りの鬱憂の情。
以上三項の化合物として、
中原中也は生息します。 （同四月二十七日）

ダダイズムとは、
全部意識したとしてなほ不純でなく生きる理論を求めた人から生れた。 （同五月十四日）

一貫して人間の意識の全領域を知悉していることが主張されているが、「悉皆了知」したものが「俗世の機構」ではなく「宇宙の機構」であるのも、人間の対神感情が含まれていることを示していようし、「美学史の全階段」に、そのような宗教的感情とそれをさえ相対化するダダイズムが含まれていることも明らかであるだろう。彼は落第、転校するまでの故郷の生活ですでに人間の全ての意識を味わい知っていたと言い、しかも、意識的な大人の持つ「不純」なしに生きうるとさえ自負するのだ。

このような圧倒的な自負は中也が友人を毒づく時の強力な武器となるのだが[10]、ここではそれが彼に「歌のわかれ」をもたらした理由でもあったことを確認しておこう。

短歌が、ただ擦過するだけの謂はば哀感しか持たないのは、それを作す人にハーモニーがないからだ。彼は空間的、人事的である。短歌詩人は、せいぜい汎神論にまでしか行き得ない。人間のあの、最後の円転性、個にして全てなる無意識に持続する欣怡《きんい》の情が彼にはあり得ぬ。彼を、私は今、「自然詩人」と呼ぶ。（中略）芸術とは、自然の模倣ではない、神の模倣である！

（「河上に呈する詩論」）

「人間のあの、最後の円転性、個にして全てなる無意識に持続する欣怡の情」がいかにも難解であるが、これまでの文脈上で読み解くとすれば、短歌はついに意識のはてを作品化しえない、ということになろう。短歌的詠嘆は必ず感情の自己満足＝判断停止を伴って対象物の中にとけ込もうとするのであり、「人事」や「自然」つまり世俗を超えることができない。それは短歌がその形式を超えられられないことに等しい。世俗を超え神を含む宇宙の機構を了解した者＝詩人のみが意識のはてまで到達できるのであり、そこには神に近い自由がある。そこではじめて人間としてこの世にあることの欣《よろこ》びを歌うことができるのだ……。深読みすれば右のようになるだろうか。中也が詩の言語的彫琢に心を砕かず、素朴に投げ出すように書いたのもこのような自負があってのことであるにちがいないのである。

中也は他にも「新短歌について」という評論の中で、短歌や俳句を「一呼吸詩歌」と呼んでそれは「生活の傍《かたはら》に生ずるもの」であり、「全的な希望、全的な仕事」にはなりえないと自説を展開している。「全的な仕事」＝人間の全意識の言語化はあくまでも詩人でなくては果たされえないと言うのであり、「生活」にたちもどることは彼の視野から見事に排除されている。かくて、早くから意識化された「神」も通常の信仰者のように中也を着実な生活に導くことはなかった。ここでも「詩人」への道は必然であったのである。

四

昭和十二年、三十歳で死を迎える年の冬、中也は五首の歌を残している。そのうちの三首、夕陽の連作をあげてみる。

小田の水沈む夕陽にきらめくきらめきつゝ沈みゆくなり
沈みゆく夕陽いとしも海の果てかゞやきまさり沈みゆくかも
町々は夕陽を浴びて金《きん》の色きさらぎ二月冷たい金なり

すぐに想起されるのが「冬の長門峡」に沈んで行った夕陽である。「冬の長門峡」の草稿が完成したのは前年の十二月であり、この三首の短歌はこの年の一月から二月にかけて入院中に記された「千葉寺雑記」ノート中に見ることのできるものであるが、この時期、特に前年十一月の文也死亡以後、心身とも憔悴していた中也に、「夕陽」は親しいものであった。

長門峡に、水は流れてありにけり。
寒い寒い日なりき。

われは料亭にありぬ。
酒酌《く》みてありぬ。

われのほか別に、
客とてもなかりけり。

水は恰《あたか》も魂あるものの如く、

流れ流れてありにけり。
やがても密柑《みかん》《ママ》の如き夕陽、
欄干にこぼれたり。

あゝ！――そのやうな時もありき、
寒い寒い　日なりき。

（「冬の長門峡」）

もはや両者の詳細な比較検討をする余裕はない。ここではやはり中也にとって詩という器こそがもっともよく歌える器であったことを確認すれば足りる。小林秀雄が「彼はそのま、のめり込んで歌ひ出す」（「中原中也の『山羊の歌』」）と言ったように、あるいはまた、歌人福島泰樹氏が自己の短歌的抒情の源流を中也の詩作に認め、愛唱するあまり詩を短歌に翻訳する（氏自身の用語による）作業を敢行したように[11]、中也は詩の中で生涯歌い続けたのであった。それは彼の詩作が「自己の感性のすべてを賭けて人間の魂の全体性にかかわる事業であり、言葉の組み合わせの美しさや巧みさを競うことではなかった[12]」ことと深く関わっている。短歌がその形式の制約のゆえに、豊かな内容を持とうとすれば必然的に用語に鋭敏たらざるをえないとすれば、それは彼のとるところではなかったのである。また、彼が人間の全感情を知悉していると自負するゆえに生活人たりえないとすれば、短歌的小宇宙に瞬時自己を解放し、再び日常性を耐えることも彼には無縁だったのである。

しかし、もちろん、実際には一個人が意識の果てまで歩くことはできないし、日常生活なしに生きることは誰にもできない。すべての感情を知ってしまったという意識は自閉的な行き止りの世界をもたらし、世俗的生活の拒否は、逆に、意識の低い生活人以上に過度に世俗を意識させることとなったのである。その早すぎる死は、この逆説がいかに彼を追いつめたかをよく示している。

このような中也がなぜ死の年に五首の短歌を書き留めたかはさだかではない。それは短歌への回帰などというものではもちろんない。ただ、水田の水をきらめかせ、海の果てに沈みゆく夕陽が、強いられた詩人として歩んで来た自己のたそがれの喩であり、短歌創作が詩人以前の素朴な文学少年たる自己への回帰願望の無意識の結果であったと考えてみることは許されるであろう。水が安息＝死のシンボルであるとすれば、それは詩にも短歌にも流れたゆとうて太陽を待ちうけているのである。短歌創作の約半年後の七月、中也は友人阿部六郎に帰郷の意志を告げる。十月、願いは果たされぬまま詩人は死を迎える。

注

(1) 北川透『中原中也の世界』紀伊國屋新書　昭43・1
(2) 大岡昇平『中原中也伝——揺籃』
(3) 長谷川龍生「家路の思想——浅層構造と詩人——」『現代詩読本　中原中也』所収　思潮社　昭53・7
(4) 吉田凞生「中原中也の人と作品」『鑑賞日本現代文学20　中原中也』所収　角川書店　昭56・4
(5) (4) に同じ
(6) (4) に同じ
(7) (1) に同じ
(8) 今井泰子「啄木における歌の別れ」『啄木全集第八巻』所収　筑摩書房　昭43・4
(9) 大岡昇平『中原中也全集Ⅰ』解説　角川書店旧版　昭42・10

（10）例えば、自己の魂の問題よりもヴァニティ（虚栄）の方が優先することに無自覚であることを衝いた「小林秀雄小論」がある。

（11）福島泰樹『中也断唱』思潮社　昭58・12

（12）（4）に同じ

「金閣寺」――文学を否定する文学者――

一

三島由紀夫の詩作品「〈イカロス〉」は全集の詩篇群にも収録されず、評論「太陽と鉄」（昭43・10）の最後に置かれているが、三島の本質を鮮明に表現したものとして注目に価する。全文を引用するには長大にすぎるので、前半と後半のそれぞれの冒頭部分から引用する。

〈イカロス〉

私はそもそも天に属するのか？
さうでなければ何故天は
かくも絶えざる青の注視を私へ投げ
私をいざなひ心もそらに
もつと高くもつと高く
人間的なものよりもはるか高みへ
たえず私をおびき寄せる？
均衡は厳密に考究され

飛翔は合理的に計算され
何一つ狂ほしいものはない筈なのに
何故かくも昇天の欲望は
それ自体が狂気に似てゐるのか？
私を満ち足らはせるものは何一つなく
地上のいかなる新も忽ち倦かれ
より高くより高くより不安定に
より太陽の光輝に近くにおびき寄せられ
何故その理性の光源は私を灼き
何故その理性の光源は私を滅ぼす？

（中略）

されば
そもそも私は地に属するのか？
さうでなければ何故地は
かくも急速に私の下降を促し
思考も感情もその暇を与へられず
何故かくもあの柔らかなものうい地は
鉄板の一打で私に応へたのか？
私の柔らかさを思ひ知らせるためにのみ

柔らかな大地は鉄と化したのか?
墜落は飛翔よりもはるかに自然で
あの不可解な情熱よりもはるかに自然だと
自然が私に思ひ知らせるために?
空の青は一つの仮想であり
すべてははじめから翼の蠟の
つかのまの灼熱の陶酔のために
私の属する地が仕組み
かつは天がひそかにその企図を助け
私に懲罰を下したのか?

引用部分に限っても、前後半部ともに18行でまとまっており、疑問符4または5ヶ所、題材の対照、など見事なまでにシンメトリカルである。神殿や寺院などの宗教的建造物がそうであるように、シンメトリカルへの希求は、人間や世界のありのまま=混沌・無秩序への否定と嫌悪から成立するものであり、この抒情詩の形自体が詩の前半の内容=現実離反・昇天への願望を無言のうちに語っていることに注目せねばならない。「私を満ち足らはせるものは何一つな」いからこそ、言語により小世界を構築する詩は完璧なまでの美(形式美)を求められるのである。

かくして、「〈イカロス〉」は、三島が「詩とは、陸に住んで空を飛びたがっている海の動物の記録である」と言ったサンドバークや、「よだかの星」で、この世からの離脱・天上での永生を願った宮沢賢治や、「すべてのものは吾にむかひて/死ねといふ、/わが水無月《みなづき》のなどかくはうつくしき。」(「水中花」)と天を仰ぎながら、生涯を現場教師に甘んじた伊東静雄と同じ資質を持つ者であることを明証している。野口武彦氏の言葉を借りれば、三島は「形而上的種属」の一人であり、彼等は「その未生《みしょう》以前である時期に何ものかを見て網膜を強く灼《や》かれた記憶を心の中に蔵していて、爾後《じご》、それと同程度に強烈な体験を求めて、或る形而上的彷徨《ほうこう》に出発するという宿命を負う」(1)（傍点原文）のである。〈原体験〉は誕生以前にあるのだから、この地上に彼等の〈郷愁〉を満たすものはなく、ただ自己劇化だけが可能性として残されるというのだ。

　このような言説はある過剰を含んでおり、必要以上の聖化・神秘化をもたらしかねないが、三島のあの「楯の会」の設立と、類のない割腹による自死を思えば、野口氏の指摘に同意せざるを得ないであろう。地にあるものを無化する「絶えざる青の注視」は、天から与えられたものなのであり、その自死は強いられた「形而上的彷徨」に終止符を打つものであったと言う他はない。それは、「いかりのにがさまた青さ／四月の気層のひかりの底を／唾《つばき》し　はぎしりゆききする／おれはひとりの修羅なのだ」（「春と修羅」傍点引用者）とあるように、自己を世界から追放された「修羅」と位置づけた宮沢賢治が、その行き場のない「青い怒り」を治めるべく、成算もないまま「羅須地人協会」を設立し、死に急いだことと同質であると考えることもできる。

　ともあれ、三島の「形而上的彷徨」がこの上なく真摯なものであったことは、「〈イカロス〉」の後半部の存在に明らかである。

　述べて来たような反地上的心性を持つ者は、通常、〈彼方《かなた》〉へのあこがれを形象化するにとどまる。所謂ロマン派の芸術がそれであり、「〈イカロス〉」の前半部はその典型である。しかし、三島は続いて後半部を書き、「急速に私の下降を促」すものの存在を示して前半部を相対化した。ここでは、果しない「昇天の欲望」は「地」の仕組んだ「懲罰」と意味づけられ、その欲望をもたらした自己の「柔らかさ」＝地上を嫌悪する軟弱な心は、墜落によって、鉄板と化した大地でしたたかに打ちすえられるのである。

三島は「文学とは、青年らしくない卑怯な仕業だ、という意識がいつも私の心の片隅にあつた。本当の青年だつたら、矛盾と不正に誠実に激昂して、殺されるか、自殺するか、すべきなのだ。」(「空白の役割」)と、自己と「文学」の関係を述べている。父平岡梓から文学の世界に没頭することを戒められ、現実的な明朗な少年になれ、と言われ続けたという原体験によるものにせよ、また、その「本当の青年」像が過剰に観念的な、まさに〈文学的〉なものでありすぎるにせよ、彼が自己資質を否定的に受容し、それを超えようとする力を創作の根拠としたことは特筆に価する。

もう一度「〈イカロス〉」に戻り、イカロスが上昇によっても太陽のために翼を焼かれ、落下によっても鉄の大地に打ちつけられる宿命を負うことに注目しよう。疑問符の多用は、彼が自己追求によって切り開いた〈書く世界〉の困難を示している。作品は次のように終る。

私が私といふものを信ぜず
あるひは私が私といふものを信じすぎ
自分が何に属するかを性急に知りたがり
あるひはすべてを知つたと傲り
未知へ
あるいは既知へ
いづれも一点の青い表象へ
私が飛び翔たうとした罪の懲罰に?

三島にとっては、自己を信じないことが、自己を信じる唯一の根拠であった。自己が属する世界はどこにもないと知ることが、自己が属する世界を指し示していた。それこそが「青い表象」の世界、〈書く世界〉であった。それは足場のない所に建造物を組み立てることにたとえられるだろう。あるいはまた、その反自然性と意識の過剰による言葉の扼殺の世界と見なせるかもしれない。「すべてを知つ」ている作者は次のようにも述べている。

「文」の原理とは、死は抑圧されつつ私かに動力として利用され、力はひたすら虚妄の構築に捧げられ、生はつねに保留され、ストックされ、死と適度にまぜ合はされ、防腐剤を施され、不気味な永生を保つ芸術作品の制作に費やされることであつた。むしろかう言つたらよからう。「武」とは花と散ることであり、「文」とは不朽の花を育てることだ、と。そして不朽の花とはすなはち造花である。（「太陽と鉄」）

この、三島文学が造花であり、自然の美を宿していない、というみずから下した定義は今もよく流布している。しかしこれは、言語への素朴な信頼に基づく、いわば藁葺き小屋のような日本文学作品（特に私小説）に対する軽蔑の表明ではないのか。言葉は内心の自然が生み出す咲いては儚く散る野の花のようであってはならず、防腐剤を施された建築材であり、現実にはどこにもない美の仮構物を造り上げるための手段なのだ。「生はつねに保留され、ストックされ、死と適度にまぜ合はされ」という表現には、三島にとって〈書く世界〉が現実の業苦からの解放区ではなく、身体を削り取られるような息づまる緊迫をもたらす場所であったことを示している。

このように考えて来れば、三島の〈青い表象の森〉が〈造花の森〉であることはむしろ作家としての栄誉であるとさえ言うことができる。問題はそこにはない。問題があるとすれば、三島のように自己を追いつめていけば、書く題材を自己以外の物に求めざるを得なくなる、という点にある。

この作品がなぜ「〈イカロス〉」と名づけられ、閉じ込められた迷宮から人工の翼によって脱出を計り、失墜した、ギリシア神話の主人公が呼び出されたのか。それは見て来たような〈太陽＝天上・鉄＝地上〉に存在をおびやかされる三島の困難極まりない書く世界に、辛うじて与えられたいわば一本の命綱だからである。

鮮烈な〈理性の光源〉が自己に向い、自己を灼きつくそうとする時、たぐりよせられた周知の神話や古典や歴史的事象や現代の事件は、その部厚い伝承性や大衆性によって光源をさえぎり作者を救済する。それだけではなく、その光によってそれらに新しい相貌を与えることは作者に深い解放感さえもたらしたにちがいない。こうして、同時代のスキャンダラスな事件に取材した「青の時代」（昭25・12）「金閣寺」（昭31・10）「絹と明察」（昭39・10）などが生まれ、古典に取材した「近代能楽集」（昭31・4）「椿説弓張月」（昭44・11）などが生まれ、歴史的事象に取材した「鹿鳴館」（昭32・3）「サド侯爵夫人」（昭40・11）「わが友ヒットラー」（昭43・12）などが生まれた。

「〈イカロス〉」が、ギリシア神話の素朴な若者とは無縁の、その名を借りた自己告白であるように、三島は、周知の事象という甲冑を着ることで、自己意識の閃光をさえぎり、〈不朽の花〉を造ることに徹することができた。あの「仮面の告白」の主人公さえも、いわば〈スキャンダラスな平岡公威〉として、全くの他者として作者に選ばれたに違いないのである。中村光夫は「金閣寺」を評して、作者がここで試みた「偽物の告白」あるいは「自我の社会化」は成功し、「日本の小説の方法上のひとつのすぐれた達成」を見たと述べている(2)が、それは、このような文学を否定する文学者によって初めて可能だったのである。

二

このように見て来れば、三島が金閣寺を焼失させた林養賢に深く興味を抱き、昭和二十五年七月の事件から六年後に小説「金閣寺」を書き上げたことが極めて自然なことであったことが理解できるであろう。僧侶林養賢は、金閣寺を焼くことで仏法を否定した仏法者であったからである。

しかし、これはもちろん三島がそう判断したと言うことであり、林養賢がそのような観念的な動機を持っていたことを意味しない。水上勉は「金閣炎上」（昭54・7）を二十年以上の取材によって上梓したが、主人公と同じく北陸の厳しい自然と貧困の中で育ち、京都の寺に入れられ、しかも放火する六年前に本人と実際に出会っていた水上は、犯罪の動機を具体的に地を這うように調査している。(3)

水上の調査から浮かび上ってくるのは、林の金閣寺での修行生活の内的な崩壊とでも言うべき状況である。それを箇条書きにして見れば、およそ次のようになろう。

1、禅寺や大谷大学での修行、勉学に次第に興味を失っていったこと。大谷大学予科での席次は、一年24／83、二年35／77、三年79／79と最下位にまで落ちた。

2、1、の理由として、(ア)金閣寺が観光名所や有名人の集うサロンと化し、仏法の教えと現実の落差に失望したこと。(イ)師村上慈海が膨大な収入がありながらも吝嗇であったり、仏法を説きながら酒色にふけったりすることへの不信がつのったこと。(ウ)師との関係がうまく行かず、将来への出世の希望を失ったこと。(エ)父の死後、寺を守っていた母が檀家によって排除され、跡をつぐことも叶わなくなったこと。(オ)性欲に駆られて遊郭通いが続き、金のため書物を売りとばすような状況になったこと。(カ)父と同じ肺結核の兆候が現われて、将来への不安が昂じたこと。（実際、林は獄中で肺結核のため死亡した）

このように挙げていけばきりもないが、水上がていねいに跡づけている、母志満子《しまこ》との微妙な関係も大きな要因になっているであろう。志満子は夫の死後、息子の出世のみを生きがいとして彼につきまとった。母は吾が子を威圧する存在として、ほとんど金閣そのもののような愛憎の感情を与えたにちがいない。林養賢にとって、金閣寺を焼くことは母の威圧から逃れることであったかもしれないのである。事件発生後三日目、西陣警察署に面会に行きながら息子に拒絶された志満子は、帰村する途中、山陰線保津峡駅を過ぎた地点で汽車から投身し、死亡した。「金閣寺」にも母は登場し、「私」に現実的な描写はない。しかし、「金閣炎上」が母と息子がひっそりと並んで葬られている墓場の発見で終るような、濃密な描写で栄達を迫る。水上は明らかに、この薄幸な二人に対する熱い思いを執筆の動機にしてる。文体は事実を具体的に描写して平易であり、読了した者は作者の作品に込めた思いを十分に受容できるにちがいない。

しかし、言うまでもなく三島の「金閣寺」はその対極に位置する。三島には生い立ち一つとっても、水上のような主人公との接点はどこにもない。ただ、自己と世界との関係を、書くことで再確認するにふさわしい対象として〈仏法を否定した仏法者〉が選ばれたのである。文体は二本の鉄を溶接する炎のように白熱し、作者が読者を選ぶとも言うべき難解さを伴っている。

たとえば「私」の吃音は次のように意味づけられる。

吃りが、最初の音《おん》を発するために焦《あせ》りにあせつてゐるあひだ、彼は内界の濃密な黐《もち》から身を引き離さうとじたばたしてゐる小鳥にも似てゐる。やつと身を引き離したときには、もう遅い。なるほど外界の現実は、私がじたばたしてゐるあひだ、手を休めて待つてゐてくれるやうに思はれる場合もある。しかし待つていてくれる現実はもう新鮮な現実ではない。手が手間をかけてやつと外界に達してみても、いつもそこには、瞬間に変色し、ずれてしまつた、……さうしてそれだけが私にふさはしく思はれる、鮮度の落ちた現実、半ば腐臭を放つ

現実が、横たはつてゐるばかりであつた。（第一章）

みずから「今日まで、詩はおろか、手記のやうなものさへ書いたことがない」「人に理解されないといふことが唯《ゆい》一《いつ》の矜《ほこ》りになつてゐたから、ものごとを理解させやうとする、表現の衝動に見舞れなかつた」（同）という人物が、吃音者を黐《もち》に身を取られた小鳥にたとえる詩的表現をわがものにしているのである。矛盾という他はないが、これは、作者が主人公を観念のレベルで自己と同位にまで引き上げるためにどうしても果さなければならない作業であった。「太陽と鉄」で、三島は自己と言語と現実の関係を次のように述べている。

つらつら自分の幼時を思ひめぐらすと、私にとつては、言葉の記憶は肉体の記憶よりもはるかに遠くまで遡る。世のつねの人にとつては、肉体が先に訪れ、それから言葉が訪れるであらうに、私にとつては、まづ言葉が訪れて、ずつとあとから、甚だ気の進まぬ様子で、そのときすでに観念的な姿をしてゐたところの肉体が訪れたが、その肉体は云ふまでもなく、すでに言葉に蝕まれてゐた。

まず白木の柱があり、それから白蟻が来てこれを蝕む。しかるに私の場合は、まず白蟻がをり、やがて半ば蝕まれた白木の柱が徐々に姿を現はしたのであつた。

「吃音」を除けば、「金閣寺」の主人公と全くの同内容を違った材料で語ったものである。それは、すでに見た〈文学を否定する文学者〉という、自己の位置の再確認である。言葉が白蟻のように自己を蝕むという固定観念は、かくも三島には強烈なのである。しかし、現実の世界が表象の世界より遅れてやって来るということが、それほど特別で悲痛なことであろうか。

近代以前、少くとも支配階級の子弟の教育は「論語」の素読に代表されるように古典の暗唱から始ったのであり、言葉は現実と無関係にそれに先だって与えられるものであった。例えば明治維新の六年前に生れた森鷗外は、自己の幼年時代について次のように語っている。

名を聞いて人を知らぬと云ふことが随分ある。人ばかりではない。すべての物にある。
私は子供の時から本が好だと云はれた。少年の読む雑誌もなければ、巌谷小波君のお伽話もない時代に生れたので、お祖母さまがおよめ入の時に持つて来られたと云ふ百人一首やら、お祖父さまが義太夫を語られた時の記念に残つてゐる浄瑠璃本やら、謡曲の筋書をした絵本やら、そんなものを有るに任せて見てゐて、凧と云ふものを揚げない、独楽と云ふものを廻さない。隣家の子供との間に何等の心的接触も成り立たない。そこでいよ〳〵本に読み耽つて、器に塵の附くやうに、いろ〳〵の物の名が記憶に残る。そんな風で名を知つて物を知らぬ片羽になつた。

（「サフラン」大3・3）

五歳の時から古典的教育を受け、優等生として四書正文と、四書集註を賞として貰ったといわれる鷗外に、「物」（現実）の始まる前に「名」（理念）が圧倒的な質量で与えられたことに少しの不思議もない。学舎だけではなく家庭でもそうであった事を鷗外は嘆いてみせ、「名を知つて物を知らぬ片羽になつた」と言っているが、これを額面通りに受け取ることはできないだろう。

このような過程で成長して来た者は、現実に触れて覚醒する感覚や思考が必ず自己の内部に蓄えられた理念による点検を受けることになる。従って、両者の間にいわば精神の往復運動が起き、それは自己と世界との関係に強い緊張感を生み出し、安易に現実に流されない主体を形成するにちがいない。鷗外が「文明開化」の流れの先頭に立ちながらも、〈洋行帰りの保守主義者〉として現実と客観的に向き合い、むしろ時代に抗する働きを続けたことは改めて言うまでもない。その反自然主義も、大逆事件の際の反政府的なふるまいも、乃木大将殉死に端を発する歴史小説の執筆もこの結果である。彼にとって理念が現実に先行したことは決して悲劇などではなかったのである。

鷗外崇拝者であった三島がこのことを理解していなかったはずはない。実際、彼は戦後日本の、手のひらを返したようなヒューマニズム讃美や、天皇の人間宣言に代表される絶対性の崩壊と生の基軸の喪失に、嫌悪と否定を投げ続けた。それは彼の明晰な知性の所産であり、それが膨大な言葉＝表象をわがものとしないかぎり決して獲得できないものであることは言をまたないのである。

しかし、にもかかわらず三島はそういう自己を否定してみせ、「金閣寺」において現実から幾重にも疎外された主人公を設定し、そこから脱して現実そのものの中に自己を投げ出そうとする最後の場面を書いたのである。「ポケットをさぐると、小刀と手巾《ハンカチ》に包んだカルモチンの瓶とが出て来た。それを谷底めがけて投げ捨てた。別のポケットの煙草が手に触れた。私は煙草を喫《の》んだ。一ト仕事を終へて一服してゐる人がよくさう思ふやうに、生きようと私は思つた。」（第十章）という結びはつとに名高い。

しかし、これは奇妙な一文ではないだろうか。「私」のやった事は決して「一ト仕事」で済まされるようなものではない、極めて深刻なものであるからだ。とすれば、核心は別のところに見出されねばならない。すなわち、主人公にとって〈現実〉とは、野外で肉体労働をし、休息時に一服するような世界であった、ということである。そのような単純明快さにこそ〈生〉があり、それ以外はまがいものの生でしかなかったということである。しかし、これは、「私」の告白の内容の複雑さ、濃密さに比べて余りにあっけない結末ではないのか。

田中美代子氏は「金閣寺」を「暗黒の教養小説」と名づけ、その理由を次のように述べている。(4)

ここに登場するヒーローは、脱俗し、聖なる世界に身を捧げ、衆生を済度せねばならぬ僧侶であり、求道者でありながら、ただ「美」に執着し、不穏な反逆の心を抱いて彷徨し、ついに犯罪者として身を滅ぼす。かつての教養小説が、真理や善の探究に向って出発する青年を主人公とし、彼が自我に目覚め、環境に対する矛盾や異和に苦しみ、友情や恋を知り、師に出会い、迷い、躓きながらもさまざまな人生経験を重ねて人間的に成長してゆき、世界における自己の使命を発見し、自由で人間的な共同体に挺身するといったパターンをとっていたとするなら、「金閣寺」はそのパターンを忠実に裏側からなぞった暗黒の教養小説とも呼ばれるべきものではないだろうか。

言説が少なからず図式的に過ぎるにせよ、三島が意図しようとしたことが「暗黒の教養小説」という表現によく示されている。社会の公序良俗の一員になることを拒否するアンチ・ヒーローは、そのリアリティに満ちた〈悪〉によって〈公序良俗〉の空虚さを告発するのであり、三島の親しんだマルキ・ド・サドやジャン・ジュネの作品はその典型である。

しかし、「私」は、柏木に導かれて次第に悪の世界に足を踏み入れ、国宝金閣を焼くに至るにせよ、果して真のアンチ・ヒーローになれたのであろうか。作品のあの結末は、「暗黒の教養小説」にふさわしいであろうか。

三

「私」が悪の世界の住人になるための大きな契機となったのは、アメリカ兵に強要されて女の腹を踏みつけた事件である。金閣を背景にしてアメリカ兵の女を踏みつけた時、「私」は「私の中に貫いて来た隠微な稲妻のやうなもの」を感じ、それは次第に大きくなっていく。

ふしぎなことである。あの当座には少しも罪を思はせなかつた行為、女を踏んだといふあの行為が、記憶の中で、だんだんと輝やきだしたのである。それは女が流産したといふ結果を知つたからだけではない。あの行為は砂金のやうに私の記憶に沈殿《ちんでん》し、いつまでも目を射る煌《きら》めきを放ちだした。悪の煌《きら》めき。さうだ。たとへ些細《ささい》な悪にもせよ、悪を犯したといふ明瞭な意識は、いつのまにか私に備はつた。勲章のやうに、それは私の胸の内側にかかつてゐた。（第四章）

良くない噂を伝え聞き、心配してくれる鶴川にやつていないと嘘をついた「私」は、ここで鶴川に代表される善良な社会との絆をみずから絶ったことになる。「悪の煌めき」を伴った行為の魅力は、自分を威圧する金閣を焼くという決意を導き出す。しかもそれは、「人間の作った美の総量の目方を確実に減らす」という理論を伴ったものであった。

『金閣を焼けば』と独言した。『その教育的効果はいちじるしいものがあるだらう。そのおかげで人は、類推による不滅が何の意味ももたないことを学ぶからだ。ただ単に持続してきた、五百五十年のあひだ鏡湖池畔に立ちつづけていたといふことが、何の保証にもならぬことを学ぶからだ。われわれの生存がその上に乗つかつてゐる自明の前提が、明日にも崩れるといふ不安を学ぶからだ』（傍点引用者）（第八章）

犯罪が、多かれ少なかれ、自己を受容しない社会に対する反抗や復讐の側面を持つものであるにせよ、社会に対する「教育的効果」のために焼く、という論理には相当の無理があるだろう。「類推による不滅」も「われわれの生存がその上に乗つかつてゐる自明の前提」も、わかり易い表現ではない。これらの表現は、すでに述べたような作者三島の、表象の世界に対する姿勢を前提にして始めて成り立つものであるところに問題があるのだ。すなわち、三島は確かにここで中村光夫のいう「偽の告白」をしているのだが、それが余りにも三島にとっての「真実の告白」でありすぎることが問題なのである。

「類推による不滅」とは、美的価値がいったん定まれば、誰もそれに異議をはさむ者はなく、自明的に価値が固定されてしまうことであろう。古今東西の著名な芸術品は、実際にその度ごとに定められた価値ではなく、「皆がそういうのだから価値があるにちがいない」という類推によって評価され、それによって鑑賞者にいわば服従を強いるのである。

この視点から言えば、われわれが生の基盤としているあらゆる〈価値〉は、本当は「自明の前提」——証明を必要とされない存在、としてあるのであり、もしそれを突き崩す者がいれば、人々は大きな不安と混乱に陥るにちがいない。

「私」はこのような論理で、社会を「教育」しようというのであるが、それが、何よりも三島が自分自身に行った「教育」であったことは、もう繰り返すまでもないであろう。彼はこのように自己を教育し、〈表象の森〉からの脱出を図ったのだ。そして、文学の世界に揺さぶりをかけたのだ。これは犯罪者の悪の論理ではない。むしろ、明晰すぎる程の知性を待った者の啓蒙の論理である。

こうして、三島は全身全霊を挙げて「文学者として文学を否定する根拠」を「仏法者」の口を通し変奏して語った。それによって抜け出た場所で、〈生きること〉つまり、生々しい現実の只中に身を置こうとした。しかし、〈現実〉は始まらなかった。その割腹死がみずから証明しているように、どこまで行っても〈表象の森〉は三島を追いかけ続けたのである。

注

（1）野口武彦『三島由紀夫の世界』講談社　昭43・11
（2）中村光夫「『金閣寺』について」新潮文庫解説　昭35・8
（3）昭和19年8月、25歳で京都府舞鶴市外の小学校（高野分教場）の教員をしていた水上勉は、中学生であった林養賢と偶然会い、言葉を交している。（「金閣炎上」参照）
（4）田中美代子「作品鑑賞」『鑑賞日本現代文学23　三島由紀夫』角川書店　昭55・11

「海辺のカフカ」——現代に教養小説は可能か——

一

ナカタさんと佐伯さんの死という大きな出来事のあと、東京に戻る田村カフカを描いて物語は終る。

「君は正しいことをしたんだ」とカラスと呼ばれる少年は言う。「君はいちばん正しいことをした。ほかの誰をもってしても、君ほどはうまくできなかったはずだ。だって君はほんものの世界でいちばんタフな15歳の少年なんだからね」

「でも僕にはまだ生きるということの意味がわからないんだ」と僕は言う。

「絵を眺めるんだ」と彼は言う。「風の音を聞くんだ」

僕はうなずく。

「君にはそれができる」

僕はうなずく。

「眠ったほうがいい」とカラスと呼ばれる少年は言う。「目が覚めたとき、君は新しい世界の一部になっている」

やがて君は眠る。そして目覚めたとき、君は新しい世界の一部になっている。（、点原文　○点引用者）

最終段落の「君」とは誰を指すのだろうか。「カラスと呼ばれる少年」とは田村カフカの中に住む「もう一人の自己」であり、二人の対話は物語を貫いてここにまで至っているのだが、それは最終段落の前で終っているのだから、話者である「僕」が自分に対して「君」と呼びかけるのは、論理的におかしい。「やがて僕は眠る。そして目覚めたとき、僕は新しい世界の一部になっている。」でなければ語りは成り立たないはずである。では、「君」とは誰を指すのか。なぜ作者は物語の末尾をこのような文脈はずしで終えたのか。

答えは一つしか考えられない。「君」とは、主人公に自己を重ねて読み進めて来た読者である。十五歳の誕生日を期して家出をするほどではなくても、物語の冒頭で「カラスと呼ばれる少年」が言う「砂嵐」をすでに知っている読者である。「それを避けようと足どりを変え」ても「嵐も君にあわせるように足どりを変え」、「太陽もなく、月もなく、方向もなく、あるばあいにはまっとうな時間さえない」、「骨をくだいたような白く細かい砂が空高く舞っている」「砂嵐」に出会ってしまった読者自身である。[1]

加藤典洋氏の指摘にもあるように、[2]この「カラスと呼ばれる少年」は田村カフカの「守護神的人格」を持っている。田村カフカがその絶対的孤独から作りだした多重人格の一人であろうが、それは単なる自己分身以上の存在である。物語の展開に従って節目には必ず登場し、混乱の中にある田村カフカを励まし導くこの「守護神」は、その名の通り、「カラス」すなわち作家フランツ・カフカの化身であり、[3]少年が他者との交りを絶ち図書館に通いつめることで育てあげたものと考えられる。それは彼の〈教養〉のシンボルであり、十五歳の未熟な少年とは余りにアンバランスな老成ぶりであるが、「変身」、「流刑地にて」（物語内で言及される）、「城」などの不条理極りない物語世界を創造したことにおいて、田村少年がみずからの中に巣作ることを要請したのである。

少年の内なるフランツ・カフカは言う。

そしてもちろん、君はじっさいにそいつをくぐり抜けることになる。そのはげしい砂嵐を。形而上《けいじじょう》的で象徴

的な砂嵐を。でも形而上的であり象徴的でありながら、同時にそいつは千の剃刀《かみそり》のようにするどく生身を切り裂くんだ。何人もの人たちがそこで血を流し、君自身もまた血を流すだろう。温かくて赤い血だ。君は両手にその血を受けるだろう。それは君の血であり、ほかの人たちの血でもある。

物語は、この言葉通り、田村カフカと名のる少年（本名は不明）が、まさしく形而上的で象徴的であり、非現実的でありながら、剃刀による傷のような鋭利な痛みを伴う、鮮烈な経験を辿り、最後に佐伯さんによる「血の洗礼」を受けることで成立するのだが、それは単に主人公にのみ襲いかかる「砂嵐」ではない。田村カフカのあずかり知らぬ、物語の半分を占めるナカタさんをめぐるエピソードもまた、その開始直後から異様な緊張に貫かれ、ジョニー・ウォーカーによる猫殺しの場面では、正視に耐えない血まみれのシーンが展開される。読者は「カラスと呼ばれる少年」の示す通り、まさしくカフカワールド＝砂嵐の中を彷徨するのであり、「その嵐から出てきた君は、そこに足を踏みいれた時の君じゃない」（冒頭部「カラスと呼ばれる少年」）境地に至る。読者は自己の現実以上に過酷な世界での生き直しを要求されるのだ。

こうして、冒頭と末尾は統一され、「君」は読者一般へと普遍化される。ここには、作者村上春樹のこれまでにないほどの読者への強いまなざしがあると思われる。

村上はその河合隼雄氏との対談の中で、[4]アメリカでの生活（平3〜7）のあと、「自分の社会的責任感をもっと考えたいと思うようになって来た」と述べ、「以前はデタッチメント（かかわりのなさ）というのが僕にとっては大事なことだった」が「小説を書くときでもコミットメントということがぼくにとってはものすごく大事になって来た」と語っている。

作品のテーマだけでなく、作家としても意識的に「デタッチメント」を守っていた（「文壇」からの離脱、海外居住など）村上は、日本社会全体が大きく「デタッチメント」に移行してしまった現在、それに逆らうように「コミットメント」（かかわること）のただ中に自己を置こうとするのである。平成七年の、阪神淡路大震災、オウム真理教による地下鉄サリン事件、平成九年の神戸児童連続殺傷事件など、現代の日本社会は人間の受容能力を超える不条理性の中に投げこまれているが、村上は、「アンダーグラウンド」（平9・3）、「神の子どもたちはみな踊る」（平12・2）でサリン事件や大震災に正面から関わったあと、この「海辺のカフカ」（平14・9）で「深く損なわれた少年」（加藤典洋）を主人公とする物語を書き上げた。この物語が神戸児童連続殺傷事件の犯人酒鬼薔薇聖斗の存在に触発されていることは、彼が「バモイドオキ神」という「守護神」を持っていることにも明らかである。作者は、同じく「深く損なわれた少年」を主人公に設定し、「カラスと呼ばれる少年」を「守護神」とし、「砂嵐」の中を彷徨させ、人間性の回復の手前の場所まで主人公を導く。すべてが終ったあと、東京に向う新幹線の中で田村カフカは一筋の涙を流す。

目を閉じて身体の力を抜き、こわばった筋肉を緩める。列車のたてる単調な音に耳をすませる。ほとんど何の予告もなく、涙が一筋流れる。その温かい感触を頬の上に感じる。それは僕の目から溢《あふ》れ、頬をつたい、口もとにとどまり、そしてそこで時間をかけて乾いていく。かまわない、と僕は自分にむかっていう。ただの一筋だ。だいたいそれは僕の涙ではないようにさえ思える。それは窓を打つ雨の一部のように感じられる。僕は正しいことをしたんだろうか？

父母から捨てられ、一人の友人もなく、他者を防御するための体力と知力を自力で作ることにのみ専心し、目に「とかげのような冷ややかな光を浮かべ」、「思い出せないくらい昔から一度も笑っていなかった」少年の変貌である。それは、必ずしも〈人間性の回復〉を保証するものではない。しかし、村上は、このようにして作品のリアリティを保ちながらも、「深く損なわれた少年」の〈成長〉を跡づけた。それを、ほとんど不可能にさえ思える「現代における〈教養小説[5]〉への挑戦」と位置づけることも十分に可能である。それは、文学者としての道を一筋に歩んできた村上の「社会的責任感」の所産であり、何よりも、自己自身が深い孤独の中で自己を支えるために育ててきた〈教養〉の読者への開放であった。

平成十五年四月、作者は「文学界」誌上で、ベストセラーとなった「海辺のカフカ」への質問に答えているが（「村上春樹ロングインタビュー」）、そこには珍しく一葉の写真が付けられている。手を組み深く椅子に掛けた村上の背後には、床から天上まで何段にも組まれた棚の中に、寸分の隙間もなくＬＰレコードが収められている。それは、フランツ・カフカと同じく、父との精神的断絶の中で自己を形成せねばならなかった村上の苦闘の質と量を示すものに他ならない。物語中で語られる、大島さんのシューベルトのピアノソナタに対する精緻を極めた解説や、喫茶店の主人によるベートーヴェンやハイドンの音楽の本質についての非凡な言及は、単なる作者の蘊蓄の披瀝を超えて、深い不条理性の中で生きる若い読者への贈与として手渡されていることを疑うことはできない。

二

すでに見たように、この物語は「形而上的で象徴的」な構成をその本質として持っているのだから、内容の非現実的な展開を云々することは無意味である。シャガールやムンクやピカソの絵画を〈非現実的〉と言って非難することが無効であるのと同様である。しかし、商品のシンボルイメージであるジョニー・ウォーカー（洋酒）やカーネル・サンダーズ（フライド・チキン）が物語の狂言回しとして大きな役割を果したり、空からヒルやイワシが大量に降ったり、冥界への「入り口の石」が神社の祠《ほこら》からいかにも手軽に見つかったりする荒唐無稽さにつまずく読者は多いにちがいない。それはしかし、「ありえない」からではない。少くともジョニー・ウォーカー、カーネル・サンダーズ、ヒル、イワシ、「入り口の石」などは、物語の中で「形而上的で象徴的」な役割を果す存在としては、そのシンボル性の負荷が低すぎることが問題なのだ。

あのフランツ・カフカの小説世界で、世界の不条理性を荷う「形而上的で象徴的」なものとは、例えば「巨大な毒虫」であり（「変身」）、「まぐわ」という処刑機械である（「流刑地にて」）。前者は根拠のない突然の受難の、後者は人生が間断なき受苦そのものであることのメタファーになりえていることで、鮮烈な読書体験を読者に与えることを可能にしている。しかし、「海辺のカフカ」においては、ちょうどトラック運転手の星野さんがナカタさんと知り合い、事件にまき込まれるまで人生の本質など考えたこともなく、現代の消費文化にどっぷり漬かって生きていたように、非現実性、不条理性をシンボリックに成立させるべき登場者（物）もまた、日常性のレベルを突き破ることはないのである。

この「シンボル性の負荷の低さ」が意図されたものであることは言うまでもない。それどころか、物語に登場するものほとんどすべてが、具体的な商品名を持つことで、作品内世界は高度消費社会からいわば鷲づかみにされており、読者の思考が形而上的な世界にまで高まっていくことを阻もうとするのである。

濃いスカイブルーのレヴォのサングラスをかけ、カシオのプラスチックの腕時計をはめ、ソニーのMDウォークマンをリュックに詰め、ラルフ・ローレンの白のポロシャツと、クリーム色のチノパンツをはき、トップサイダーのスニーカーをはいている田村少年、中日ドラゴンズの帽子をかぶっている星野さん（作品発表時のドラゴンズ監督と同名）、深い知性をもって田村少年を導く大島さんの乗っているのは、スマートなスポーツカーであるマツダロードスター、など、いくらでも挙げることができる。

歴史的に評価の定まった演奏家の名や、作家、詩人の実名が登場するのならまだしも、これらの商品名はやがて風化し消滅することも十分ありうるのだから、物語の中で使用することは危険でさえある。しかし、作者はあえてそれを徹底したのである。

今、実際の商品名のまま登場するこれらの人物や物品を〈消費社会の聖なるイコン〉と呼ぶことにしよう。(6) イコンとはギリシャ語 eikon（シンボル）にもとづく、キリスト、聖母、殉教者などの画像を指し、特にロシア正教隆盛期に信徒を守る聖なる画像として尊重されたものであるが、あの田村カフカ少年もまた、肌を刺す絶対的孤独を生きる自己を守ってくれるものとして、高いブランド力を持つ商品を必要としたにちがいない。物語に登場する主要人物はすべて何らかの〈欠損〉を抱えて生きている者たちであるが、作者はそれを現代社会の本質としてとらえ、それゆえに〈消費社会の聖なるイコン〉を現代人の守り神として登場させたのである。

一歩進めて、それを社会学の用語でいう「物神」と位置づければ、ジョニー・ウォーカーやカーネル・サンダーズが登場することも理解できるであろう。両者は飲食という快楽の神であり、世界を闊歩し、人々の崇拝を集めているのである。

かくして、フランツ・カフカにとっての巨大な毒虫や「まぐわ」が、第一次世界大戦下のヨーロッパに生きる人々の生の感覚の悲劇的なメタファーであったように、「海辺のカフカ」においては、高度消費社会に生きる人々のいわば悲劇的な享楽を象徴させるものとして〈消費社会の聖なるイコン〉が登場し、その頂点に立つ「物神」としてジョニー・ウォーカーやカーネル・サンダーズが物語を展開させるのである。

彼等は善悪の彼岸に立ち、猫を惨殺する〈暴力〉や、女を周旋する〈性〉を司どる。それが神々の本質であるからだ。河合隼雄氏は、猫の首を切り、心臓を食べ、その魂で笛を作るジョニー・ウォーカーと、ギリシャ神話の神ヘルメスの残忍さとの同質性を指摘し、亀を殺して竪琴を作るヘルメスの言葉を紹介している。(7)

「このうえない幸運の印だ。お前に会えて嬉しいぞ。素敵だ。可愛い姿をしたやつ。驚きの友、宴の仲間。ほんとうによくきた、愛らしい玩具よ。山の住人よ。どこからお前はその輝く殻を着てきたのだ。お前をつれて館に入ろう。私の役に立たせよう。お前を軽んじたりはせぬ。まずは私の役に立つのだ。家の中のほうがよい。なぜなら、外ではお前は災いに出遭うだけだから。生きてはお前は外力を防ぐ盾かもしれぬ、だが死んだなら、お前は美しい歌となって響くだろう。」

こうしてヘルメスは亀を持ち帰り、体を切り裂いて竪琴を作る。ヘルメスにとって大切なのは美しい歌を奏でることであり、殺される亀の内心は一顧だにされないのである。この〈非情さ〉こそ神々の本質であることは言うまでもない。カーネル・サンダーズはわざわざ「我はもと神にあらず仏にあらず、只これ非情なり」（傍点引用者）という『雨月物語』の「貧福論」の一節を引用してまで、自分が「有情《うじょう》＝人間や生物」ではないことを強調する。善悪の判断はあずかり知らぬことであり、ただ与えられた役目を果すだけだ、と言って星野さんに性を売る女を紹介し、捜している「入り口の石」の在りかを教える。彼らは人間の心を知りつくした救済者としての神仏ではなく、禍福を無前提かつ運命的に与えることを仕事とする神々なのである。

こうして見てくれれば、この物語がこのような神々によって支配され、福ではなく、禍＝まがまがしい不幸、を授与された人々によって構成されていることが改めて明らかになるであろう。

岡持節子……小学生だったナカタさんの担任の先生。出征した夫への思いの代償のような激しい性的な夢を見、翌日、放心状態で生徒を山へ引率中、突然月経の出血にみまわれる。その処理物をナカタさんに見られ激高し、精神的自失の中でナカタさんを気絶するまで殴打、集まって来た子供たちに集団催眠状態を引き起こさせた。「世界のぎりぎりの縁まで追いつめられた時間」を経験。

ナカタさん……戦時中の集団疎開で山梨県の山村に来る。大学教授を父に持つエリート家庭に育つが、優等生であることを暴力的に強いられていた。九歳の時、岡持先生による事件のため生死をさまよい、回復後も、字も読めない知能障害者となる。影が一般人の半分の濃さしかない。

佐伯さん……幼なじみの甲村家の長男と早くから愛しあい、高校卒業時まで完璧に幸福であった。十九歳の時作詩作曲した「海辺のカフカ」が大ヒットした。二十歳の時、東京の大学に進学した恋人が大学紛争の内ゲバに巻き込まれ、死亡。以後二十年間行方不明。二十五年目に突然高松に帰り、甲村家の図書館の管理者となる。その人生は、「二十歳の時点で停止」しており、「魂の機能が普通の人とちがう。」

田村浩一（田村カフカの父）……佐伯さんと思われる女性と結婚したが、真に現実に生きていない彼女との生活は破綻。自分と長男を捨てた妻への憎しみから、長男に呪いの言葉を投げかけるようになったと推察される。生きる根拠を失い、猫を惨殺することでナカタさんに自己殺しを誘導し、自己抹殺を果した。「人間の潜在意識を具象化した」『迷宮シリーズ』により高く評価された彫刻家であるが、その「迷宮」とは雷に打たれたことによる臨死体験の世界を表現したものと思われる。

大島さん……出血すると血液が凝固しない血友病の患者であり、かつ、肉体的には女性でありながら、「乳房もほとんど大きくならないし、生理だって一度もなく」、精神的には「完全に男性」の両性具有者。スポーツカーでスピードを上げて走るのは、事故で大量に出血すれば、「血友病患者も健常者も生存条件にはそれはどの差はない」からである。


五人はすべてこの世の果てる場所、死と隣接した場所で生きており、ナカタさん、佐伯さん、田村浩一の三人は実際に「入り口の石」の向う側＝冥界に入った経験を持つと思われる。田村浩一、佐伯さん、ナカタさんの順次の死亡により物語は展開し終結する。

佐伯さんの作詞作曲した「海辺のカフカ」の発想にヒントを与えたと思われる一枚の絵を甲村図書館で見た田村カフカは、曲は、絵の中の少年が漂わせている「謎めいた孤独」を、フランツ・カフカの小説世界に結びつけて作られたと考えた。その曲は、少年の「不条理の波打ちぎわをさまよっているひとりぼっちの魂」を描いたゆえに、「海辺のカフカ」と名づけられたのだと判断したのである。

この意味では、右の五人すべてが「不条理の波打ちぎわをさまよい」それゆえの「謎めいた孤独」を抱えて生きて来たのであり、一人一人が〈海辺のカフカ〉であったのである。

しかし、圧倒的な不条理の波に襲われながらも、すべての人物がそれに呑み込まれたわけではない。ナカタさんは作品内時間から六十三歳であると推察できるが、知能障害、生命力の希薄（影が実際に薄い、性的能力もない）から、老人であり、かつ、子どもである存在である。昔話、お伽話、童話の世界では、老人と子どもは対をなす存在であり、神秘的な物語はそこにこそ展開する（「かぐや姫」、「桃太郎」、「一寸法師」など）ことを考えれば[8]、ナカタさんが神秘的能力の保持者であっても不思議はない。猫語を理解し、イワシやヒルを空から降らせる力は、彼が人間界から疎外され、異界の間際におり、老人であり子どもであり、人間的な欲望で自分を一杯にすることがないことによって与えられるのである。そして、外縁にいる無力な者には必ず援助者が現われるという物語の約束に従って（「シンデレラ」における魔法使いの老女、など）星野青年という献身的な助け手を得たナカタさんは、「入り口の石」を捜すという大切な役目を果すのである。

大島さんもまた、〈不条理な欠損〉によって自己を形成した。二つの要因によってもたらされた外界からの遮断は、古今東西の文化芸術を吸収する時間を与え、豊かな教養と想像力に富み、傷ついた少年に必要なものを十分に与えることのできる青年を育てたのである。

ともあれ、物語は、このような〈海辺のカフカたち〉が田村カフカと名乗る少年と何らかの形でつながりを持ち、その過程で「謎めいた孤独」の内実が明らかにされ、そのうちの三人の死によって、田村カフカの生が保証されるという構成を持つ。それは、小さな支流がやがて集まり本流となる川の流れのようであり、ナカタ（中田）と田村の合体と考えられる甲村の名を持つ図書館へ向って流れ込むのである。(9)

三

田村カフカが、前述の五人の〈海辺のカフカたち〉と異なるのは、その若さと、「不条理の波」が自己を洗うことに極めて意識的であることである。本名を伏せ、カフカと自称することがそれを示している。しかし、そのような自己認識は、洞察力によるものなどではなく、父の〈予言〉が「装置として」「埋めこまれ」、「意識に鑿《のみ》でその一字一字を刻みこ」まれた結果であった。その〈予言〉とは、「父を殺し、母を犯す」というギリシア悲劇『オイディプス王』のそれと同じものである。『オイディプス王』においては、それはアポロン神の予言として両親に示され、オイディプス自身は知らぬままに物語が展開し、予言の成就がオイディプスの自己発見となって終結する。しかし、「海辺のカフカ」においては、主人公は直接父から呪いのように〈予言〉を体に刻み込まれ、さらに「姉をも犯す」ことが付け加えられるのである。

こうして、田村カフカは神々の支配する物語の主人公たる資格を与えられる。彼は自己の運命を知っているオイディプスであり、予言は結果としてではなく、意識的に成就されねばならないのである。もちろん、佐伯さんが本当の母であるか否かは最後まで明らかでないし、姉のように慕うサクラさんとの性交は「夢」として設定されている。しかし、物語が、古代ギリシアでなく、現代日本を舞台とする、いわば〈新しいオイディプス〉の構造を持つことは揺るがない。彼が、魂を病み意識のない夢遊状態にある佐伯さんと初めての肉体関係を持ったあとの光景は、次のように描写される。

僕の耳に届くのはかすかな床の軋みと、休みなく吹きつづける風の音だけだ。吐息をつく部屋と、そっと身を震わせるガラス窓。それだけが僕の背後に控えているコロスだ。

彼女は眠ったまま床を横切り、部屋から出ていく。ドアがほんの少しだけ開き、そのすきまから夢を見る細い魚のようにするりと彼女は出ていく。（傍点引用者）

何の註もなく使われる「コロス」とは、ギリシア劇に必ず登場する合唱隊を意味する言葉である。『オイディプス王』においては、舞台となるテーバイ国の長老たちが「コロス」となり、オイディプスと対話し、あるいは悲劇の核心を歌いながら観客に解説する。それは、常に主人公の背後に控えている大切な役回りである。しかし、この物語にあっては、悲劇の成就は、床の軋みと風の音によって、無言で告げられるだけである。〈新しいオイディプス〉の孤絶はかくも深い、と言わねばならない。

だが、一方で主人公に与えられるこのような苛酷さを余り過大視しないようにせねばならない。「海辺のカフカ」においては、田村カフカを教え諭す大島さんや、「カラスと呼ばれる少年」がコロスの役を果すとも言えるし、たとえば、マルト・ロベールによれば、小説の主人公たる資格は〈捨て子〉もしくは〈私生児〉であることであり、主人公の孤絶は当然のことなのだ。(10) 家庭や仲間から守られることなく、ただ自己の苛酷な経験によって自己を産み出す者のみが新しい物語世界を読者に提示できるのであり、田村カフカの〈孤絶〉は近代小説の文法を踏みはずしてはいない。それは、この物語が、すでに述べたような〈教養小説〉の本質を持つことの当然の帰結とも言えるだろう。

かくして、夏目漱石の「坊っちゃん」（明39・4）の主人公が、家族から疎んじられ、自立のためほとんど衝動的に四国に渡ったように、田村カフカもまた、新しい自己を産み出すために何の成算もなく四国へ渡ったのである。そして、宮沢賢治の「銀河鉄道の夜」の主人公ジョバンニが、地上での居場所を失い、夢の中で天上の世界を経巡ることで自己変容を果したように、彼もまた、「入り口の石」の向う側にある冥界（リンボ界）へと入っていくのである。それをもう一度、「悲劇」の側から見ると次のようになる。

『オイディプス王』において、母＝妻たるイオカステは真実を知って自殺し、それを見たオイディプスはイオカステの身につけていた「黄金の留針」を着物からひき抜いてわが目を深く突き刺し、「みずからの禍いが外《ほか》の何人をも染めることがないように」放浪の旅へ出る。ギリシアの神々の支配は、こうして全うされても、現代のオイディプスの物語は終らない。現代のイオカステたる佐伯さんは、田村カフカとの関係のあと、みずからの死を自覚し、そのための準備を始めるが、彼女と関係を持ってなお、自己を確認できない田村カフカは、大島さんの忠告に従って甲村図書館を離れ、高知の山中へと向かう。それは直接には父親殺しの犯人とされることからの逃亡であるが、本質的には、母と関係するという、禁忌を破った息子が地上での居場所を失い、死後の世界へ誘引されることを意味する。同時に、彼が甲村図書館で出会った一枚の絵と、それに感応して作られた一篇の詩の意味を身を持って解き明かすために必要な、旅であったことを意味する。オイディプスがスフィンクスの謎を解いたように、田村カフカも悲劇の主人公となるために詩の謎を解かねばならないのだ。

「海辺のカフカ」

あなたが世界の縁にいるとき／私は死んだ火口にいて／ドアのかげに立っているのは／文字をなくした言葉。

眠るとかげが月を照らし／空から小さな魚が降り／窓の外には心をかためた／兵士たちがいる。

（リフレイン）

海辺の椅子にカフカは座り／世界を動かす振り子を想う。／心の輪が閉じるとき／どこにもいけないスフィンクスの／影がナイフとなって／あなたの夢を貫く。

溺《おぼ》れた少女の指は／入り口の石を探し求める。／蒼《あお》い衣の裾《すそ》をあげて／海辺のカフカを見る。

すでに見たように、物語は、主要登場人物が甲村図書館へ流れ込むことで展開されるが、その「カフカたち」の運命はこの一篇の詩の中に象徴的に示されている。その意味を形成しない超現実性は、彼らに与えられた不条理性が「文字をなくした言葉」で語るほかないほど深いものであったことの忠実な反映であり、一つ一つを解読することに本質的な意味はない。しかし、空から「小さな魚」（イワシ）が降ったことも、「心をかためた兵士」が居るのは田村カフカの迷い込んだ冥界（リンボ界）であることもまちがいないのだから、その体験の意味を知るためにも、詩を現実と対応させてみる必要があるだろう。今、それを作者の側から読んでみよう。

この詩は佐伯さんが十九歳の時に書かれた。それは「完璧に愛し合っていた」恋人甲村青年が東京へ去った時である。彼女はその別れによって「死んだ火口」＝生命の枯渇の中に陥ることとなり、心理的には世界の果てに居る恋人に向って語るべき言葉を失なう。「かげが月を照らし」以下の超現実は、夢の中のことと理解することもできるが、「空から小さな魚が降り」という異変や、冥界の「兵士たち」を知っていることに注目すれば、これはむしろ、彼女の生きる世界が大きくゆがんでしまったことの報告と考えるべきであろう。つまり、影の薄いナカタさんが、死後の世界から帰って来た者であり、それ故に異変を起す力を持っていたように、彼女もまた、冥界を旅し、すでにそこで兵士たちに会っていたことが推測される。

こうして、絵の中の少年と同じく、一人の〈海辺のカフカ〉たる資格が与えられ、自分もまた、海辺の椅子に座ると、自分が不条理な時間＝神話的時間に取り込まれて生きていることが感じられる。ギリシア悲劇に登場するスフィンクスは、オイディプスによって謎をとかれ退治されるが、もはや誰も訪れて来るもののない彼女は、この少年がそうであったようにすべての夢をナイフで切り裂かれるように失う。(11)

生きる根拠をすべて葬られた彼女は、再び、自分の意志で死を選ぼうとする。しかし、その前に、絵の中の少年と等しい境遇にある少年に会わなければならない。

すぐに気づかれるように、右の読解は、この詩の書かれた一年後の出来事＝恋人の無残な死以後の人生を視野に入れて初めて成り立つものである。しかし、この詩は、歌となり、その抽象性にもかかわらず、大ヒットした。とすれば、この詩をいわゆる「詩の讖《しん》」を表現したものと考える他はない。「詩の讖《しん》」とは、詩人の霊感により、来たるべき現実を予言するものであり、夏目漱石の最後の漢詩の結末「眼耳双《ふた》つながら忘れて身も亦失い／空中に独り唱う白雲の吟」（「無題」）が、執筆十九日後の自己の死（大正五年十二月九日）を語るかの如くであることはよく知られている。

かくして、佐伯さんはこのみずから招き寄せた〈予言〉の渦の中で生き、最後に、表現された通り一人の少年と出会い、聖母を思わせる「蒼い衣」＝「紺色の膝までのスカート」をはいた姿で現われ、関係を持つ。従って、田村カフカに与えられた〈予言〉が成就したように、佐伯さんの〈讖〉も成就したのであり、この物語は、二つの〈予言〉が一つになるものとして構成されているのである。

四

田村カフカが迷い込んだ。高知郊外の深い森の中にあるとされる冥界（リンボ界）を理解する上でも、作品の本質をより深く理解する上でも、宮沢賢治を視野に入れることは大きな示唆を与えてくれると思われる。前述したようにこの物語は作者の〈教養〉の集大成としての側面を持っており、賢治以外にも、作品内で言及される夏目漱石の影響、特に『こゝろ』との呼応を指摘できるが、名前の登場しない賢治との関連は一層強いものがあると思われる。たとえば、第9章の田村カフカがみずから手を下した覚えのない父の血を浴びる超現実的な場面（遠隔的な父親殺し）について、村上は「僕の考える物語の文脈では、すべて自然に起り得ること」だと主張し、次のように言う。

> それは、あり得ることなんです。なぜあり得ることかというと、普通の文脈では説明できないことを物語は説明を超えた地点で表現しているからなんです。物語は、物語以外の表現とは違う表現をするんですね。それによって人は自己表現という罠から逃げられる。僕はそう思う。（中略）物語という文脈を取れば、自巳表現しなくていいんですよ。物語がかわって表現するから。[12]

つまり、作者は、文字通り「物《もの》（人間以上の霊力のある存在）」を含めた世界全体について語ったのであり、自己

〈人間〉を表現したのではないのだから、現実を超えた世界が展開されても作者のあずかり知らぬことだと言うのである。それは賢治の『注文の多い料理店』の序文と一致する。

これらのわたくしのおはなしは、みんな林や野はらや鉄道線路やらで、虹や月あかりからもらつてきたのです。

ほんたうに、かしはばやしの青い夕方を、ひとりで通りかかつたり、十一月の山の風のなかに、ふるえながら立つたりしますと、もうどうしてもこんな気がしてしかたないのです。（中略）ですから、これらのなかには、あなたのためになるところもあるでせうし、ただそれつきりのところもあるでせうが、わたくしには、そのみわけがよくつきません。なんのことだか、わけのわからないところもあるでせうが、そんなところは、わたくしにもまた、わけがわからないのです。

賢治もまた、私は「物」（世界全体）が語ったことを書き付けたまでだ、と言う。高度消費文明社会と自然という舞台の違いはあるが、両者とも、〈近代的自我の確立と表現〉という現代の神話から解放されている故の自由を獲得しているのだ。しかし、それは、二人が自己という怪物と苦闘を続けた果ての自由であったことは言うまでもない。かくして、村上は、物語の必然と、教養（成長）小説の必然という二重性の中で、主人公の「冥界めぐり」を描く。その構造とストーリーの展開は、賢治の「銀河鉄道の夜」に重なるものが多い。以下、二つを対照しながら検証してみよう。

実在するのか、それとも田村カフカの妄想の世界なのか不明のまま、読者は「リンボ界」に案内される。それは、〈死後の世界〉が、実在するのか、臨死状態に陥った者の脳内体験なのか不明であることに等しい。ここで大切なのは、その検証ではなく、そこがこの世と天上との中間地点として、洋の東西を問わず存在を意識されて来た、ということである。

リンボ界とは、天国と地獄の中間にある霊魂の住む所であり、キリストがこの世に遣わされる以前の義人（正しい行ないをした人）や、未洗礼の幼児の死者がとどまる所とされる。キリストはこの世界にも降りていき、彼等を天国に引き上げるのであるが、それは、行くべき所に到着していない者の居る場所という意味でも、仏教でいう「中有《ちゆう》」の世界に類似している。

「中有」とは、「生有《しようう》」（誕生の時）、「本有《ほんぬ》」（生きる時）。「死有《しう》」（死の時）、に続く時空であり、死後、天上に迎えられるまでの中間地点と理解される。「銀河鉄道の夜」においては、銀河（中有の世界）を走る列車が死者たちを乗客とし、生前の行ないにふさわしい場所に降ろして行くのであるが、注目すべきは、降りる場所を持たぬ者、つまり、次の生を得ることの出来ぬ者が居ることである。ジョバンニを驚かす「鳥捕り」がその代表的存在だが、「海辺のカフカ」においては、徴兵から逃れて来た二人の兵士がそれにあたる。また、田村カフカと同じ十五歳の時の佐伯さんの魂もそこで生活しているのだが、彼女はこの世で完璧な幸福を経験したゆえにそこに留まっているのかもしれない。彼女にとって、地上こそが「天国」であったからだ。

田村カフカはこのような場所で死んだばかりの佐伯さんに出会う。母の愛を知らず、暖かい感情を育まれることのなかった彼にとって、男女の関係はすなわち肉体の関係である他はなかったのだが、ここで初めて心と心を通い合わせ、〈愛〉に包まれることができたのである。佐伯さんもまた、自己の来歴を記録し終えて死を迎えたことで、穏やかに心を開く。そこで行なわれたことは、お互いの運命の赦《ゆる》しである。

深く愛した人を失った経験を持つ佐伯さんは、再びそのようなことが起ることをおそれ、「奪いとられたり、なにかの拍子に消えてしまったりするくらいなら、捨ててしまったほうがいいと思っ」て、子どもを捨ててしまったと言う。そして、「ゆるして欲しい」と言う。

「僕にあなたをゆるす資格があるんですか？」

彼女は僕の肩に向って何度かうなずく。「もし怒りや恐怖があなたをさまたげないのなら」

「佐伯さん、もし僕にそうする資格があるのなら、僕はあなたをゆるします」と僕は言う。

お母さん、と君は言う、僕はあなたをゆるします。そして君の心の中で、凍っていたなにかが音をたてる。


田村カフカは、赦すことは赦されることであることを理解している。父親殺しの血を全身に浴びた彼もまた、ここで赦されたのである。こうして、〈損なわれた少年〉として、自己をサイボーグ化しようとした主人公の中に、初めて暖かい血が音をたてはじめる。佐伯さんは、少年の〈新しい命〉を記念するために、みずからの血を与える。

髪をまとめていたピンをはずし、迷うことなく、鋭い先端を左腕の内側に突き立てる。とても強く。そして右手でその近くの静脈をぐっと押さえる。やがて傷口から血液がこぼれはじめる。（傍点引用者）

あの『オイディプス王』で、母＝妻たるイオカステが着けていた黄金の留針は、オイディプスの目を貫くために使われるが、ここでは、イオカステたる佐伯さんが、〈血の儀式〉を執行するために使われるのである。〈新しいオイディプス〉はそれを飲み、「心の乾いた肌にとても静かに吸いこまれていく。」それは、夏目漱石の『こゝろ』において、「先生」が「私は今自分で自分の心臓を破つて、其血をあなたの顔に浴びせかけやうとしてゐるのです。私の鼓動が停つた時、あなたの胸に新らしい命が宿る事が出来るなら満足です」と語り、自死を選び、遺書を「私」

に贈ることに等しい。一つの〈新しい命〉の誕生は、植物の種子のように死によってのみ保証されるのである。

こうして、田村カフカの冥界への旅は終った。大島さんに告げられるまでもなく、彼は佐伯さんの死を知っているが、それはあのジョバンニがカムパネルラの死を知っていることに重なることはいうまでもない。そして、ジョバンニが手にすることができた「牛乳」が、彼の新しい生への決意のシンボルであるように[13]、田村カフカもまた、「海辺のカフカ」という一枚の絵を得て、東京へと向うのである。

注

（1）「君」という二人称を使って田村カフカの行為が語られるのは、この最後の場面が初めてではない。「カラスと呼ばれる少年」が田村カフカに呼びかける部分はゴシック体の活字で示され、その延長上で、ゴシック体が消滅したあとも「君」が使われつづけるのだが（「君は自分が15歳であることにうんざりしてくる。」「君は彼女が今なにをしているのかを想像する。」等々）、語りはその場面だけで終了するので違和感はない。しかし、この最後の一節では、「やがて」以下は未来のことであり、すべてを読み終った読者への呼びかけとしての表出性の方が高いと判断される。

（2）加藤典洋「心の闇の冥界〈リンボ〉めぐり――『海辺のカフカ』」『イエローページ村上春樹パート2』所収　荒地出版社　平16・5

（3）出版されたこの小説の表紙には、カラスの絵があしらわれているが、それは、カフカの父親ヘルマン・カフカのカフカ商会のロゴマークからの引用である。加藤典洋氏の詳しい指摘がある。（2）に同じ。

（4）『村上春樹、河合隼雄に会いにいく』　岩波書店　平8・12

（5）主人公の人格の形成・発展をテーマに書かれた小説をいう。成長小説とも呼ばれる。ゲーテの「ウイルヘルム・マイスター」がその典型とされる。日本でも『三四郎』、『青年』など「教養小説」と呼べるものは多いが、未来への展望を失いつつある現代では、古典的な意味でのそれは産み出されることが困難になり始めている。
(6) 物語の中でも、大島さんによる言及がある。
(7) 河合隼雄「境界体験を物語る――村上春樹『海辺のカフカ』を読む」「新潮」平14・11号
(8) 河合隼雄『子どもの本を読む』参照　光村図書　昭60・6
(9) 木部則雄氏の指摘がある。「精神分析的解題による『海辺のカフカ』」「白百合女子大学紀要」第39号　平15・12
(10) マルト・ロベール『起源の小説と小説の起源』参照　円子千代訳　河出書房新社
(11) この詩の三連目の「あなた」は、一連目の「あなた」と同一人物の甲村青年であるとも考えられる。ただ、間にリフレインが入り場面が転換していること、「海辺のカフカ」とは不条理の中にある者のことを指し、それは彼女自身でもあることを考え、自己自身を「あなた」と呼んだ、と読むこととする。もちろん、それは、詩の読者でもあり、曲の聴者でもありうる。
(12) 前出のインタビューでの発言。
(13) ジョバンニは、丘に登り、死後世界の夢を見る前に、牛乳屋に牛乳を買いに行くが、断られる。夢の中でのさまざまな出会いや別れのあと、再び牛乳屋へ向い、今度は牛乳を手にすることができる。彼が旅した天の川の世界が「ミルキイ・ウェイ」であることを考えれば、これは天と地の一体化を意味し、新しい世界が彼に開けたことのシンボリックな提示であると考えられる。

塔和子の人と作品――〈倒立した楽園〉に住んで――

塔和子がハンセン病患者としての重い半生を初めて直接に詩として表現したのは、第三詩集『エバの裔《すえ》』（昭48・6）においてでした。

世界の中の一人だったことと
世界の中で一人だったこととのちがいは
地球の重さほどのちがいだった

投げ出したことと
投げ出されたことは
生と死ほどのちがいだった

捨てたことと
捨てられたことは
出会いと別れほどのちがいだった

（「痛み」部分）

短歌から出発した塔が、詩に転じたのが昭和三十二年頃であるので、この間に約十六年が経過していることになります。その歳月はまた、自己の病者としての略歴がはっきりと詩集の最後に記されるために必要な歳月でもありました。

著者略歴

一九二九年　愛媛県に生まれる
一九四四年*　ハンセン氏病を発病、国立療養所大島青松園に入園
一九六一年　河本睦子氏によって、デジレデザインルームより処女詩集『はだか木』を発行
一九六九年　第二詩集『分身』を発行
現在　詩誌「黄薔薇」「樫」同人
（＊＝正しくは一九四三年）
十四歳で瀬戸内の小さな島に隔離された塔が、ここで初めてまっすぐに自己の原点を記したのです。それは、生前、塔の良き理解者であった石原吉郎（大4〜昭52）が、詩作を始めて十五年を経た昭和四十四年に、その源となったシベリア抑留体験をエッセイとして初めて語ったことを思い起こさせます。夏目漱石が『道草』（大4）で自己を語るまで、『吾輩は猫である』（明38）以来の十年の作家としての歩みが必要であったことを加えてもいいでしょう。それらは、最も耐え難い現実こそがみずからを形成したのだという、残酷な認識を受容するために必要とした時間でした。同時に、それは、彼等の表現者としての成熟を待ってはじめて、自己の暗い光源を見つめることが可能であったことを示しています。前掲の詩「痛み」は、言葉遊びのような対句の手法によって暗い光源の言語化に耐えている詩人の姿を明らかにしています。一定の詩的な語法の獲得なしには、それは不可能であったのです。

塔は、短歌を夫である赤沢正美に学び、二十四歳頃から作り始めています。ノートに書き留められたものの中から、いくつかを紹介しましょう。

①陽盛りを車曳き居て噴く汗にわが肉体の清きを信ず（昭28）
②植毛の手術を受けし眉の痛み小さき願ありて堪へゐる（昭29）
③長く生きることに思ひてややじみな柄の着物を買ひ求めたり（昭28）
④癩病みて島に来てゐるだけのこと縹渺として初夏の風澄む（昭30）
⑤療園の此処も小さき社会にて年末贈答品の並ぶ売店（昭30）
⑥腰ひくく仕事引受けしわが前に照ふ黄水仙吾に優越す（昭32）
⑦君と住む愛の亀裂を埋めくれよ血の色に塗る今朝の口紅（昭30）
⑧執拗に折りてとまりし花の中に静かに蝶は翅《はね》をたたみぬ（昭33）

①②にはハンセン病患者としての重い現実が、③④にはその現実との精神的なたたかいの有様が、⑤⑥には一つの社会としての療養所の日常が、それぞれ歌われています。⑦⑧は直接病いを題材とはしていませんが、作者の孤独と痛みが読み取れます。

塔の短歌の調べはほとんどが上下二句に分かれるだけの単純なものですが、③④⑥には特に対自意識の強さが読み取れ、強く魅きつけるものがあります。この、自己の現実を突き放して表現することによる苛酷な生の受容は、夫であり師であった赤沢の薫陶によるところが大きかったと考えられます。「私が詩を書いて聞かせると／それは電子計算器より出る答よりややこしくて熱っぽくて／私をううんと言うまでたたきのめす」（「それ」）とあるように、赤沢は塔の詩の最初の読者であり、指南者であり続けました。ハンセン病の三大悲劇といわれた、失明、咽喉切開（注：病菌によって気管が閉塞してしまうのを防ぐために行われた。手術後はカニューレという金属製の呼吸器を使用せねばならない）、四肢切断のうち、咽喉切開（昭20）、失明（昭45）と、二つまで負わなければならなかった赤沢ですが、その精神は病状に逆比例するように強靭さを増していきました。「生きることの確かさライ園に求めてはならぬ君らは君ら」「冬の窓には無用にて篠懸《すずかけ》の枝ことごとく打ち払はるる」などの歌集『投影』（昭49）所収の作品は、それをよく表わしています。前者は療養所を訪れ何かを学ぼうとする学生達への語りかけですが、「君らは君ら」と突き放す言葉はそのまま己れに返って、病いに甘えることを厳しく拒絶しています。後者の「冬の窓には無用にて」という非情さは、そのまま自己自身への対峙の姿勢なのです。

このように、赤沢にとって表現とは現実を超越し、沈黙の中に耐えぬくためのものでしたが、塔はついに赤沢の弟子になり切ることはできませんでした。埋葬するにはあまりに豊かな生命を内蔵してしまっていた、という他はありません。その短歌から抜き出すことのできる「わが肉体の清きを信ず」「小さき願のありて」「血の色に塗る」という語句は、どのような苛酷な現実も涸らしてしまうことのできなかった生命の泉の存在を示しています。⑧の、蜜を吸うために花に取りつこうとする「執拗」な蝶の姿は、そのまま、自己の内なるものの「執拗さ」につき動かされさまよう塔自身の姿であったにちがいありません。

「私は短歌という短詩形文学の制約の中で、いくたびか障壁に突き当り、一時は文学を断念しようと考えたこともあったのですが、一度考える習慣をもってしまった私には、何も考えないでいることの方が一そう虚しく苦しいことであるということを思い知らされただけでした。そして三年程前から、烈しい内面的な表現意欲をおさえきれず、つぶやきのように書き記したものが自由詩という形式だったのです」と、最初の詩集『はだか木』（昭36・11）のあとがきには書かれています。この、塔の内なる豊かな生命の水が、その詩にくりかえし取り上げられた、故郷の愛にあふれた家庭に源を持つことは言うまでもないことでしょう。

昭和二十年代後半になると、プロミンという特効薬により、病いは治癒可能となりました。しかし、隔離政策は終らず（注：いわゆる「らい予防法」が廃止されるのは平成8年）、患者たちは「今日この自然の豊かな模様にくるまれて／底を見せ合ったまま／清水のように笑いを笑っている／目の前の／無痛にあやされて」（「無痛」部分）という無為の生活に新たに投げ込まれていきました。塔は言葉を唯一の武器として、この無為の日常と戦います。それは沈黙の中に自己を厳しく律する道ではなく、自己の内なるすべてを発語する道でした。

「蟬は飛ぶ／蟬は鳴く／蟬は産む／蟬であり得るために／蟬であり得た日のために／蟬／禅僧のように沈黙していた／長い年月の果ての重みが／そっくりそのまま／開眼されて／蟬」（「蟬」部分）という「蟬」は、表現者として覚醒した自画像に他なりません。この時、飛び、鳴き、産み続けることはその強い対自意識によって「罪」と自覚されましたが、これこそがこの詩人を他者とを結びつけるキイワードであったと言うことができます。塔は、自己を楽園で知恵の木の実を食べてしまった罪深いエバ（イヴ）にもなぞらえます。


エバの口の中で／溶けてしまった木の実の甘さは／歴史の中でにつめられる／苦汁の一滴／／知らなければ甘さはなかった／知らなければ香りはなかった／持ったことがなければ失うこともなかった／／神の揺り籠の中で／時の怠惰をついばんでいた始原の人よ／あなたの知った味を私も知り／あなたの知った香りを私も知る／知ったことを知らなかった以前にかえすことの出来ないかなしみを／かなしむ／たとえ／肉体が／カーテンのやわらかい影の中で／ほのかにぬくい昼の花園で／始原の安逸を呼び戻すことが出来たとしても／私の魂はなお／さびしさにただれて彷徨する／罪の人／人の始め／人の運命《さだめ》／知恵の始め／そそっかしく親しみ深い女の原形／エバよ

（「目覚めたるもの」部分）

ここでは、考えること＝書くことは楽園追放に価する〈知恵の木の実〉の味として定義されます。塔にとって、こうして罪人となることこそ人間であることの証しでした。それによって詩人は、人間の歴史を始原から生き直そうとするのです。

社会から隔離された療養所とは、いわば倒立した楽園です。そこには、罪の世界である世俗から病いに冒された者達が追放されてやって来ます。彼等の病いはその不条理ゆえに彼等を罪なき者とし、それゆえの安逸と無為と思考停止が強制的に許されるのです。「カーテンのやわらかい影の中で／ほのかにぬくい昼の花園で」許されている「始原の安逸」とは、この倒立した楽園の風景に他ならないのです。

塔は、この無罪の眠りを眠ることを拒否します。彼女はこの強いられた楽園で目覚めたままさまようことを選ぶのであり、知恵の木の実は味わい尽されなければならないのです。それは、同じく苛酷な原体験を持つ石原吉郎のとった生の姿勢とは対極をなすものです。

一期にして／ついに会わず／膝を置き／手を置き／目礼して／ついに／会わざるもの　　（「一期」）

石原は他者とのつながりに幻想を持っていません。一期一会という言葉は石原には無縁のものなのであり、生とは他者の不在に姿勢を正して耐え続けることなのです。それは当然、神の不在をも暗示します。しかし、石原にとって、神は永遠に不在であるが故に、「膝を置き／手を置き／目礼して」という行為が意味を持つのであり、人間の尊厳はそこにしかありえないのです。

塔には、このようなアンチヒューマニズムやニヒリズムの果ての〈礼節〉はありません。第一詩集『はだか木』の冒頭に出会いをテーマにした「湖」が置かれたことに明らかなように、また、エバが「そそっかしく親しみ深い」

（「目覚めたるもの」）とされているように、彼女はあくまで自然な人間的感情の中に生きているのです。従って、神もまた、人間の理解を超えた絶対神としてではなく、ヒューマンな自然感情の上に現われます。

傷つけられた自尊心／花弁をむしられた花／血だらけの肉体／過剰な音の中／過剰な夢の中／ゆさぶられた一日／陶器のように傷つきやすく／香り高く／永遠と瞬間のあいだにころがされたものたち／／癒しは始まるか／夕暮れすべてのことの終ったここで／キリストは／二千年前ナザレの町を通った

（「癒し」）

キリスト・イエスが二千年前に町々で奇跡を行なったように、今、ここで癒しは行なわれなければなりません。それがなされないならば神は不在なのです。聖書に記されたイエスの弟子トマスのように、手でさわり、目で見たものしか信じられはしないのです。

ここに至って、塔の社会への参加は見事に果たされたと言っていいでしょう。なぜなら、ここにあるのは世俗に生きる平凡な人間達に共通する夕暮れの一齣《ひとこま》に他ならないからです。傷ついた人々を癒したイエスは、その二千年の歳月のへだたりゆえに我々には無縁であり、一日の痛みは空しくころがって放置されます。癒しは無限に続く疑問形でしか存在せず、人間は永遠に渇いているのです。

生きていることが尊いのだとしたら／どこが尊いのだろう／きのこのように地上に突き出て／きのこのように消えてゆくものらの意味／さがしようのないものを探して日暮れるさびしさに似て／一メートル五十二センチの背丈の上から地面を見る

（「生存」部分）

私とは／欲望のこと野心のこと／愛のこと怨念のこと／春になったら夏になったらと思い／夏になったら秋になったらと思い／つきることのない／思慕のこと痛みのこと／熱のこと

（「鬼心」部分）

みずから望んで罪人の道を歩んで来た詩人は、その報いとしての渇きを尽ることなく味わわなければなりませんでした。それは「たくさんの饒舌」の中から裸の「ひとつの真実」を問い続けることであり（「林」）、その問いはまず自己自身に向けられたのです。それは、視点を換えて言えば、青春の持つひたむきな特質に他なりません。

こうして、塔の作品は患者としての苦悩の表現に留まることなく、青春の光と影を表現した文学として人々に開放され、多くの若者の読者を得ることとなりました。十三歳で発病し、十四歳で隔離され、二十四畳の大部屋に十三人で生活することを強いられた塔の、それ故に色あせることのない青春が作品を産み続けたのです。色あせることがないという、もう一つの痛みを秘めながら。

文学表現と死

一

古い物語であれ、新しい詩や小説であれ、文学表現は常に〈死〉と共にあった。作品に横たわる死者は、どのような生者よりも雄弁に深く真実を語って来た。〈死〉という絶対こそ、相対的で混沌とした現世に打ちつけられる楔であり、それによって固定しないかぎり、真実は限りなく拡散し、流動してしまう他ないからだ。

夏目漱石の「こゝろ」（大3）の「先生」がなぜ自殺せねばならないのかは、作品内論理ではよくわからない。しかし、もしこの主人公が生き延びてなし崩しに生の緊張を失っていくとすれば、その手紙の高い倫理性は虚偽のものと化してしまうことだけは確かである。

さらに、死によって未来を失うという悲劇が、それ故に〈死者の可能性〉という力を得ることも銘記されねばならない。多くの場合、生者がその可能性を現実の不如意によって次々と奪われていくのに対して、死という時間の停止は、死者の可能性を無垢のまま生き延びさせる。特にロマン主義文学において、作家や主人公の〈夭折〉が大きな意味を持つ所以であるが、それは本質的に、人間にとっての現実と可能性との逆説的な関係に基づくものである。例えば、ジョルジュ・ギュスドルフは次のように述べている。

動物はあやまつことはけっしてない。動物はあるがままにある。その世界における存在は、物質的な地平にのみ限定されている。その生と死の仕組みそのものが、自然のリズムに接合しているようにみえる。動物にあってはほとんど一致していた、可能的なものと現実的なものは、人間の意識によって無限の可能性が開かれ、それによって両者の乖離がもたらされる。人間にあっては、可能的なものは現実的なものの上位に立つ。

（『神話と形而上学』久米博訳、せりか書房）

動物にあっては、死は自然現象である以上の意味を持つことはない。しかし、人間の〈意識〉は常に現実を超えようとするから、現実を失った死者の方が生者の上位に立つことになる。この逆説こそ「葬儀」を生み、「神話」や「伝説」の成立を促し、近代小説におびただしい死者を登場させることになった。主人公の悲劇的な挫折により生が全うされないことこそ、物語成立の条件なのである。

こうして見てくれば、問題の根源に人間の過剰な〈意識〉があることは明らかであろう。人間を自然的な存在から解放し、文化や文明をもたらした〈意識〉は、反転して、人間を無限に呪縛する。次に示す作品はこのような〈意識〉をテーマとした現代詩として、見事な形象化を果たしている。

ぐりぐり　　北川　透

ぐりぐりはもう七日も前に死んでいるのに／どうして野に放置されたままなのだろう／／ぐりぐりの頭には黒い毛が生えている／ぐりぐりの胸は薔薇の形にただれている／三角の首をゆたげ　黴臭い匂いを振り撒き／死んでも元気に勃起しているぐりぐり／死ねば死ぬほどところ嫌わず転移するぐりぐり／伝染するぐりぐり膨張するぐりぐり／空中遊泳するぐりぐり／どのぐりぐりもぐりぐりと芽を出し／ぐりぐりと伸びている／／ぐりぐりはもう七日も野に放置されているのに／どうしてだれも引き取りに来ないのだろう／どうしてだれも焼き場に運ばないのだろう／／すべての問いは放たれたまま　空に／赤トンボは絶滅し地にはぐりぐりがはび

こっている／あなたのなかに食い込んだ／一つ目小僧のぐりぐりのふてぶてしさ／ここでは雨が激しく降り／同時に光の針も降り注いでいる／乾いても濡れてもぐりぐり／腐っても干涸びてもぐりぐりとぐりぐり／踏ん付けられても　石で打たれてもぐりぐり／やがて天と地が極端に狭くなり／ぐりぐりというぐりぐりを潰しにかかっても／能天気にぐりぐりは生き延びる／しつこく繁殖し続けるぐりぐり／／雨風に打たれてもう七日／しっかり死んでいるのにぐりぐり／右に左に上へ下へと這い出すぐりぐり／にゅるにゅるべたべたぐりぐり

「ぐりぐり」とはどのような現実にも満足できない人間の〈意識のしこり〉であり、それは、死後はもちろん、赤トンボが絶滅し天と地が重なる世界の終りのあとも生き延びる。この全編暗喩で展開される作品は、遠く「エデンの園」で「知恵の木の実」を食べて以来、人間が味わわねばならなくなった〈意識という不消化物〉を不気味なリアリティで表現しえている。

ここで、この〈意識のしこり〉を成長させる大きな画期をなしたものが、キリスト教による内面の覚醒とその優位の自覚であったことを確認しておこう。

イエスがユダヤ教の律法主義から人間を解放しようとした時、その拠って立つところは律法の支配できぬ場所＝内面であった。

あなたがたも聞いているとおり、「姦淫するな」と命じられている。しかし、わたしは言っておく。みだらな思いで他人の妻を見る者はだれでも、既に心の中でその女を犯したのである。

（マタイによる福音書5・27〜28、新共同訳）

外から人の体に入るもので人を汚すことができるものは何もなく、人の中から出てくるものが、人を汚すのである。

（マルコによる福音書7・15　同）

これらの言葉は、パリサイ人に代表される律法の遵守による秩序体系を破壊するために発せられている。行為よりも内面こそが神の目に晒されるとすれば、女に近づかないことは無効になり、体に入るもの＝食物よりも、体から出るもの＝言葉（心）が吟味されるとすれば、食物の禁忌を守ることは無効となるからだ。ここに啓示された〈内面の覚醒〉と〈内面の優位〉は、イエスを秩序破壊者として死に到らしめた根本の理由であり、それによる無残な刑死は、先に述べた理由によって無数の「物語」を生むことになった。イエスの不条理な死（後代の視点による）がその永遠性を保証した。

さらに、言うまでもなく内面は不可視の場所であるから、それへの注視は人間に〈無限〉という感覚と概念をもたらすことになった。下村寅太郎氏はイエスの宣教が「見えざるものを見んとする信の立場」を生み、その結果、無限が有限以上の価値を持つことになったとし、それが「古代ギリシヤ的精神」に対する「キリスト教的西洋的精神」の根幹を形成したと指摘している（『無限論の形成と展開』みすず書房）。

氏によれば、数学における$1=\frac{1}{2}+\frac{1}{4}+\frac{1}{8}+\frac{1}{16}$……という1を無限系列の和として理解する思考はキリスト教以後に初めて生まれたのであり、哲学者カントの「人格」概念も、右の数式に示されているような一個の人間を無限に内的に追求する立場から成立したのである。

このような観点に立つ時、「日本近代文学の源流」と位置づけられる北村透谷が、明治の文学者の中での最も早いキリスト者の一人であったことが改めて想起される。彼の「文学」の根拠はイエスの啓示をわがものとするところにあったのであり、その主著「各人心宮内の秘宮」（明24）、「内部生命論」（明25）は、〈内面の優位〉という視点を新しい地に根づかせんとする苦闘から生まれたと言うことができる。

心に宮あり、宮の奥に他の秘宮あり、その第一の宮には人の来り観る事を許せども、その秘宮には各人之に鑰して容易に人を近かしめず、その第一の宮に於て人は其処世の道を講じ、其希望、其生命の表白をなせど、第二の秘宮は常に沈冥にして無言、蓋世《がいせい》の大詩人をも之に突入するを得せしめず。（「各人心宮内の秘宮」）

透谷は、人の心には第一の宮殿と第二の宮殿（秘宮）があるという。前者は「処世の道」＝社会生活の場所であり、後者こそが真の自己の住む場所（内面）である。その入口にある鑰（鍵）を開けることが「大詩人」の役割であるが、果してそれは可能か。「おのれは怪しむ、人間が智徳の窓なり、美の門なりとほめちぎる雙の眼の、まことに開けるものなりや？」（「蓬萊曲」明24）という劇詩の主人公柳田素雄の言葉は「各人心宮内の秘宮」のテーマの変奏に他ならないが、ここには、内面の優位の自覚が、自己にも世界にも無限の問いをもたらし、それ故に自己を追いつめるという逆説がある。

「蓬萊曲」の主人公、漂泊者柳田素雄は憤死し、作者透谷は二十五歳で自死するに至る。少なくとも透谷にとって文学的営為とは文字通り自己とさし違える程のものであったのであり、それなくしては文学が現実に拮抗する力を持つことは不可能であった。

しかし、ここで確かに彼はそれまでの「風流韻事」にかわる「文学」の根拠をつかむことができた。透谷と同時代の評論家山路愛山は、明治二十年代の、時代感覚の欠如した小説を「軟文学」と呼んで批判した（「頼襄を論ず」明25）が、透谷は、それへの反論として「人生に相渉るとは何の謂ぞ」（明26）を書き、そこに〈高遠なる虚想〉というキイワードを提出した。愛山の、文学も世を益すべき事業であり、現実世界にかかわらねばすべて空しいという主張に対して、透谷はこう答える。

> 頭をもたげよ、而して視よ、而して求めよ、高遠なる虚想を以て、真に広濶なる家屋、真に快美なる境地、真に雄大なる事業を視よ、而して求めよ、爾の Longing を空際に投げよ、空際より、爾が人間に為すべきの天職を捉り来れ、嗚呼文士、何すれぞ局促として人生に相渉るを之れ求めむ。（傍点引用者）

現実世界ではなく、「空際」（空の彼方）から人間のために真実を取って来るのが「文士」の事業である、という透谷の主張はほとんど理解不可能である。しかし、それが、あの自己の内なる「第二の秘宮」へと向かう視線が反転して「空際」へ向けられたものと考えれば理解できないことはない。「高遠なる虚想」とは、表層的な実相（現実）を乗り越え真実へと向かう〈想像力〉のことであり、それは、イエスによって啓示された〈内面の優位〉の自覚と同じ本質を持つのである。

二

北村透谷が死を代償として提示した〈想像力〉に基づく内面の追及は、小説ではすでに見た漱石の「こゝろ」に高い結実を見ることができるが、詩では宮沢賢治や中原中也がその極北の世界を表現したということができるだろう。両者は極めて宗教的な資質をもち、それ故にその想像力は現実を踏みぬき、自己の居場所を失なわせるに至った。

宮沢賢治は、仏教の「六道」のヒエラルキーに従って、自己を人間よりも下位の「修羅」とし、「いかりのにがさまた青さ／四月の気層のひかりの底を／唾《つばき》し　はぎしりゆききする／おれはひとりの修羅なのだ」（「春と修羅」傍点引用者）と書いた。地上という宇宙の底で怒りにかられながら人間界から追放されて生きている自己とは、星になれなかった「よだか」（「よだかの星」）に他ならない。その醜さ、弱さから「鳥の仲間のつらよごし」とさげすまれ、生きるために他者の命を奪うことに慣れることのできない「よだか」は宇宙の彼方へ飛び立とうとする。裕福な宮沢家に生まれた自己を「社会的被告」と捉え（昭7・6・21　母木光あて書簡）、父のように強く現実的に生きえない自己を、「私は実はならずもの　ごろつき　さぎし　ねぢけもの　うそつき、かたりの隊長　ごまのはひの兄弟分、前科無数犯　弱虫のいくぢなし、ずるもの　わるもの　偽善会々長　です。」（大8・7（推定）保阪嘉内あて書簡）とみなさなければならなかった賢治は、「よだかの星」に自己の現世離脱願望を熱く語ったのである。それゆえ、よだかが笑みをもって死んでいったように、賢治にとって〈死〉は平然と喜びを持って迎えるべきものであった。羅須地人協会による農民運動の挫折のあと病いに臥した賢治は、病床で「疾中詩篇」と呼ばれる詩群を残したが、次の作品はその中でもひときわ特異である。

眼にて云ふ

だめでせう／とまりませんな／がぶがぶ湧いてゐるですからな／ゆふべからねむらず血も出つづけなもんですから／そこらは青くしんしんとして／どうも間もなく死にさうです／けれどもなんといゝ風でせう／もう清明が近いので／あんなに青ぞらからもりあがって湧くやうに／きれいな風が来るですな／（中略）血がでてゐるにかゝはらず／こんなにのんきで苦しくないのは／魂魄なかばからだをはなれたのですかな／たゞどうも血のために／それを云へないがひどいです／あなたの方からみたらずゐぶんさんたんたるけしきでせうが／わたくし

から見えるのは／やっぱりきれいな青ぞらと／すきとほった風ばかりです。

歯ぐきからの大量の出血を止めるために訪れた医師に向って胸中で語りかける形を取っているこの作品では、自己は完全に他者としてつき放され、その死もまた、人事の感傷を一切示すことなく、自然現象として「きれいな青ぞら」や「すきとほった風」と同位に扱われている。「とまりませんな」「湧いてゐるですからな」等に見られる「な」の用法は、早くに鈴木志郎康氏の指摘があるように、語り手を第三者の位置に置く役割を果たし、死の恐怖は無化されるのである。

このように見てくれば、あの「グスコーブドリの伝記」の主人公の性急に過ぎる死も理解可能であろう。ブドリが冷害に苦しむ人々のために、我が身を犠牲にするという展開については、鳥越信氏の「科学の限界を限界としてきちんと描くことを怠り、ひたすら必然性をもたない自己犠牲へと突っ走ったこの作品は、完全な失敗作と呼ぶ他はない」（「グスコーブドリの伝記」「解釈と鑑賞」昭48・12号）という論を筆頭に否定的評価がある。しかし、その初期形である「グスコンブドリの伝記」に、犠牲者なしには火山を爆発させられないことをクーボー大博士から聞き、「私にそれをやらせて下さい。わたしはきっとやります。そして私は大循環の風になるのです。あの青ぞらのごみになるのです」と答えるブドリが描写されているように、賢治にとって死は、自然への回帰であり解放であった。他者のために、という大義はむしろ見せかけであり、ブドリは、「眼にて云ふ」に表現された「きれいな青ぞら」と「すきとほった風」の世界に喜んで戻っていくのである。

もし、それが言いすぎであるとしても、事実としてブドリは、あの「おきなぐさ」の花たちのように植物的な死を死んだと言うことができる。成熟したおきなぐさ（うずのしゅげ）の花は、種子を抱きながら「星が砕けて散るときのやうにからだがばらばらにな」って風に乗って飛んでいく。その死が死に終らず新しい生を準備するように、ブドリもまた、わが身を種子のように散らすことによって、イーハトーブの人に生命を与えたのである。

中原中也の場合、賢治と同じように特権的な生い立ちを与えられてはいても、自己を天空の彼方にまで連れ去ろうとするほどの罪障感があったわけではなかった。結婚してもなお、実家からの仕送りで生活していたことに明らかなように、彼は「詩人」以外の何者にもなろうとは思わなかった。しかし、その詩人としての〈想像力〉が、自己の居場所を失なわせ、自己を死に導くということにおいて、中原は間違いなく賢治の後を歩いていた。

私は生活（対人）の中では、常に考へてゐるのだ。考へごとがその時は本位であるから、私は罪なき罪を犯す。（それが罪であるわけは普通誰でも生活の中では行為してゐるからだ。）（考へごとは道徳圏外だから）そして私の行為は、唯に詩作だけなのだ。多いか少いか詩人（魂の労働者）はさうなのだが、私のはそれが文字通りで、滑稽に見える程だ。

（日記、昭2・11・13）

中原は詩人を〈魂の労働者〉と位置づけ、社会的労働者と区別する。前者の仕事は「考へごと」であるが、それが社会的行為と異なるのは道徳の世界をはるかに踏みこえてしまうからであり、それ故に罪人と認められねばならない、と中原は言う。この、自負と自己否定の複合した認識も解りやすいとは言えない。しかし、これを前述の透谷の示した「各人心宮内の秘宮」の文脈に置いてみれば、次のことが理解できるだろう。すなわち、ふつうの社会人の行為とは、透谷の言う「第一の心宮」で行われる「処世の道」に生きることであり、魂の労働とは、「第二の秘宮」の鍵を開け、「沈冥にして無言」の世界を言語化する行為のことである、と。日記の記述通り、中原は滑稽なほど忠実にこの労働に従事したのである。

であれば、中原の詩を貫流する〈憧憬〉、〈焦燥〉、〈喪失〉などの情感が、この、ほとんど言語化不能の魂の領域を表現しようとする希求によって生まれたものであることが理解できるだろう。

あれはとほいい処にあるのだけれど／おれは此処《ここ》で待つてゐなくてはならない／此処は空気もかすかで蒼く／葱の根のやうに仄《ほの》かに淡い／／（中略）それにしてもあれはとほいい彼方で夕陽にけぶつてゐた／号笛《フイトル》の音のやうに太くて繊弱だつた／けれどもその方へ駆け出してはならない／たしかに此処で待つてゐなければならない
（下略）　（「言葉なき歌」）

海にゐるのは、／あれは人魚ではないのです。／海にゐるのは、／あれは、浪ばかり。／／曇つた北海の空の下、／浪はところどころ歯をむいて、／空を呪つてゐるのです。／いつはてるとも知れない呪。／／海にゐるのは、あれは人魚ではないのです。／海にゐるのは、／あれは、浪ばかり。　（「北の海」）

詩人はその内実が何であるかを明言化できないことを十分に意識しつつ、不在の「あれ」を形象化する。それは絵画的イメージ（夕陽にけぶる）や音楽的イメージ（号笛の音のように太くて繊弱）や伝説的イメージ（人魚）でしか伝えられないものであり、実体として手に取ることはできない。しかし、中原にとって、その獲得こそが生きることであり、おのれに課された〈労働〉であったのである。

中原は、「『これが手だ』と『手』といふ名辞を口にする前に感じてゐる手、その手が深く感じられてゐればよい」と言ったり、「名辞が早く脳裡に浮ぶといふことは尠《すくな》くとも芸術家にとつては不幸だ。名辞が早く浮ぶといふことは、やはり『かせがねばならぬ』といふ、人間の二次的意識に属する」と言ったりして、この〈労働〉の正当性を強調した（「芸術論覚え書き」）。中原の言う「名辞以前」があの「第二の秘宮」の魂の領域での言葉なき言葉を指すものであり、「名辞」とは、「第一の心宮」の通貨の如きものであることは、もはや繰り返すまでもないだろう。いくら図式的に過ぎようと、中原にとって、詩人（芸術家）は「第一の心宮」とは無縁の世界に生きるべきものであったのである。

かくして、〈魂の労働者〉から〈社会的労働者〉を見た時、一種、異様な光景が出現することになる。

あゝ十二時のサイレンだ、サイレンだサイレンだ／ぞろぞろぞろぞろ出てくるわ、出てくるわ出てくるわ／月給取の午休《ひる》み、ぷらりぷらりと手を振つて／あとからあとから出てくるわ、出てくるわ出てくるわ／大きなビルの真ッ黒い、小ッちやな小ッちやな出入口／空はひろびろ薄曇り、薄曇り、埃りも少々立つてゐる／ひよんな眼付で見上げても、眼を落しても……／なんのおのれが桜かな、桜かな桜かな／あ、十二時のサイレンだ、サイレンだサイレンだ／ぞろぞろぞろぞろ、出てくるわ、出てくるわ出てくるわ／大きいビルの真ッ黒い、小ッちやな小ッちやな出入口／空吹く風にサイレンは、響き響きて消えてゆくかな

（「正午　丸ビル風景」）

東京の丸ビルというビジネスの最先端の場所で働く人々が、詩の中では小さな巣穴を出入りする蟻のように位置づけられている。彼等はただ機械的に働いているだけであり、言語化を拒むような〈魂の真実〉などとは無縁に生きいるからだ。

ここには、後に戦後詩で「永年勤続表彰式の席上。／雇主の長々しい讃辞を受けていた　従業員の一人が　蒼白な顔で　突然　叫んだ。／――諸君／魂のはなしをしましょう／魂のはなしを！／なんという長い間／ぼくらは魂のはなしをしなかったんだろう――／同輩たちの困惑の足下に、どっとばかり彼は倒れた。つめたい汗をふいて。

／発狂／花ひらく。（下略）」（吉野弘「burst　花ひらく」）と表現された、日本の現代社会の過剰に機能化された労働が、早くも強く相対化されている。

しかし、中原がどれだけ〈魂の労働〉に忠実でも、人は社会的存在であることをやめて生きていくことはできない。その不可視の〈労働〉は空転する他はなく、「とにかく私は苦労して来た。／苦労して来たのであつた！／そして、今、此処、机の前の、／自分を見出すばつかりだ。／じつと手を出し眺めるほどの／ことしか私は出来ないのだ。（中略）そして私は、静かに死ぬる、／坐つたまんまで、死んでゆくのだ。」（「わが半生」）とあるように、彼は「手」を眺めながら、立ち働くこともなく、坐ったままで死を迎えるのである。

中原の傑作の一つである「骨」は、こうして誕生した。

> ホラホラ、これが僕の骨だ、／生きてゐた時の苦労にみちた／あのけがらはしい肉を破つて、／しらじらと雨に洗はれ、／ヌックと出た、骨の尖《さき》。／／それは光沢もない、／ただいたづらにしらじらと、／雨を吸収する、／風に吹かれる、／幾分空を反映する。／／生きてゐた時に、／これが食堂の雑踏の中に、／坐つてゐたこともある、／みつばのおしたしを食つたこともある、／と思へばなんとも可笑しい。／／ホラホラ、これが僕の骨――／見てゐるのは僕？可笑しなことだ。／霊魂はあとに残つて、／また骨の処にやつて来て、／見てゐるのかしら？／／故郷《ふるさと》の小川のへりに、／半ばは枯れた草に立つて、／見てゐるのは、――僕？／恰度立札ほどの高さに、／骨はしらじらととんがつてゐる。

北村透谷にもまた、もはや骸骨となった死体が、墓を抜け出して舞いを舞うという不気味な作品があるが（「髑髏舞」）、中原の「骨」では、さらに異様さは高められる。骨は空を映すことができるまでに風化し、しかもそれを見ているのは、「僕」なのである。この「骨」はいわば自己の真実の姿を体現した〈ドッペルゲンガー〉であろうが、「けがらはしい肉」体を捨て去っているゆえにその姿はむしろさわやかであり、肉の時代を思い出して、「なんとも可笑し」く眺めることさえできる。この軽さこそこの作品の本質をなすものであり、あの賢治の「眼にて云ふ」に通じるものであることは言うまでもない。

しかし、この「骨」がなぜ「故郷の小川のへりに」立っているのか、作品内論理で説明することは困難である。風化した骨は幼年期の命のよろこびを象徴する「故郷の小川」の水を飲みにやって来たのだ、と言えないこともないが、「立札ほどの高さに」「しらじらととんがつて」立っているのを見れば、むしろそれは何かを伝えようとする「高札」のようである。それは何を語るのか。

私は魂の労働者として苛酷な労働に従事し、死に、今こうして骨となった。誰も葬ってはくれず、川べりの野に晒されている。これが私の帰郷であり、私がなしたことのすべてである……。

「これが私の故里《ふるさと》だ／さやかに風も吹いてゐる／心置なく泣かれよと／年増婦《としま》の低い声もする／／あゝ　おまへはなにをして来たのだと……／吹き来る風が私に云ふ」（「帰郷」）と、第一詩集『山羊の歌』（昭9）に帰郷の感慨を歌った中原は、第二詩集『在りし日の歌』（昭13）で死んで骨となって帰郷した自己の姿を幻視した。それが出版されるのを待つことなく、また、故郷に戻ることもなく、中原は三十歳で世を去った。

大岡昇平は「人間は誰でも中原のように不幸にならなければならないものであるか。」（「中原中也伝——揺籃」）という悲痛なモチーフにより中原の顕彰を続けた。しかし、中原の〈不幸〉と死は、その非社会的なアウトサイダーとしての歩みによるものではない。むしろ、誰よりも誠実に人間の内面へ、魂の世界へ向かおうとして一筋の道を歩んだゆえの不幸と死であった。

三

日本の敗戦前後、太宰治が空襲を避けるために東京から故郷青森に疎開していた時のことを題材に執筆されたものの中に『親友交歓』（昭21）がある。

妻子とともに津軽の生家に「神妙に」暮らしていた「私」を訪ねて来た、小学校時代の親友だと名乗る男（平田）は酒をしこたま飲み、無意味な気焔を五、六時間も上げ続け、帰り際にさらにウィスキーを出せと強要する。秘蔵していた最後の一本を取られてしまった「私」は煙草まで添えて渡してしまう。「親友交歓」どころか「強姦」という言葉さえ頭に浮かんだ「私」にとどめが刺される。

けれども、まだまだこれでおしまひでは無かつたのである。さらに有終の美一点が附加せられた。まことに痛快とも、小気味よしとも言はんかた無い男であつた。玄関まで彼を送つて行き、いよいよわかれる時に、彼は私の耳元で烈しく、かう囁いた。「威張るな！」

太宰治の最も早い擁護者の一人であり、『定本太宰治全集』（筑摩書房）の全巻を解説した奥野健男氏は、この結末部について、「彼の終生の敵とした、はじらい、やさしさなどが欠如している人間の原型がここにある。」と述べている。この評言に異論はない。しかし、最後に置かれた「威張るな！」の一言は、この男を読者と共に否定するためにのみあるのだろうか。そのように思えないのは、太宰がこの一言に込められた意味を深く了解した上で書いたとしか考えられないからである。

すなわち、「私」は、同郷の有名な作家をたかりに来た大嘘つきかも知れぬ男に、半日を費やして歓待したのであり、そこに「威張る」ようなふるまいは少しもない。ゆえに、この言葉は、「私」が作家であり、書く世界という特権を持っていることそのものに向けられている、と考える他はない。ただ、生きることに精一杯であり、自己を引き上げるすべを何も持たないこの男にとって、どのように謙虚であり、自己を卑下しようと、書く世界を所有している作家とは、まぎれもなく権力者なのである。太宰はこの時、権力者である故に矢を放たれた自己を明らかに自覚している。換言すれば、彼の魂の真実に至る〈想像力〉は、この時、他者の眼となって自己を苛んだのである。

このように、太宰の透徹した想像力は、いわば〈不断の死〉に自己を引き渡すことになり、タナトス（死への近親）は常に身近にあった。それは、誰もが〈不断の死〉に取り囲まれていた戦時中を除いて、常に太宰を脅かした。（戦時中の作品が相対的に明るく伸びやかなのは、死と共に生きているのは彼一人ではなかったからである。）しかし、この〈不断の死〉の自覚こそが、彼の作品を不死のものとしたことは言うまでもない。また、その〈想像力〉の根拠が、先に見たイエスのパリサイ人批判に源を発することも明らかであろう。

太宰は「親友交歓」の後に「如是我聞」（昭和23）を書いて、〈文壇の権威〉志賀直哉を痛烈に批判したが、明らかに志賀は太宰にとっての「パリサイ人」であった。


君について、うんざりしてゐることは、もう一つある。それは芥川の苦悩がまるで解つてゐないことである。

日蔭者の苦悶。

弱さ。

聖書。

生活の恐怖。

敗者の祈り。
君たちには何も解らず、それの解らぬ自分を、自慢にさへしてゐるやうだ。そんな芸術家があるだらうか。

うしろめたい出生と生い立ち。自己とさし違えるような〈想像力〉ゆえの「弱者」であり「敗北者」であること。それゆえの「聖書」による救いの希求。あの「威張るな！」の一言はそれらと無縁な志賀にこそ向けられるべきものであったのである。イエスが開示した〈無限の問い〉の産み出したものが、確かにここにはある。

このように見てくる時、イエスによる〈内面の覚醒〉とその〈不条理な死〉が、特に近代の文学表現に根底的な影響を与えたことは明らかであろう。最後に、あのフランツ・カフカの「変身」の主人公グレーゴル・ザムザの死を検証して拙論を閉じたい。

「さて」とグレーゴルは考えて、あたりの暗闇を見まわした。自分がもうまったく動けなくなっているのがほどなくわかった。むしろ、このほそぼそとした足でここまで這ってこられたというのが不自然なくらいであった。その他の点ではわりに気分がいいように思われた。むろん体ぜんたいが痛いには痛いが、それもやがて薄らいで、最後にはまったく消え去るように思われた。（中略）こういう空虚な、そして安らかな瞑想状態のうちにある彼の耳に、教会の塔から朝の三時を打つ時計の音が聞こえてきた。窓の外が一帯に薄明るくなりはじめたのもまだぼんやりとわかっていたが、ふと首がひとりでにがくんと下へさがった。そして鼻孔からは最後の息がかすかに漏れ流れた。
（高橋義孝訳）

なぜ、グレーゴルの死は、朝の三時であり、教会（注）の塔の時計がそれを知らせるのだろうか。その理由は、この場面が聖書に描かれたイエス・キリストの死のアレゴリーであること以外にはないように思える。

> 昼の十二時になると、全地は暗くなり、それが三時まで続いた。三時にイエスは大声で叫ばれた。「エロイ、エロイ、レマ、サバクタニ。」これは、「わが神、わが神、なぜわたしをお見捨てになったのですか」という意味である。
> （マルコによる福音書15・33～34）

グレーゴルの死は、イエスのそれのちょうど裏面にあると言うことができる。昼の三時に対して、朝の三時であり、神への訴えの後の死に対して、全くの無言の死、であり、大勢の民衆を前にしての死に対して、全き孤独の中の死である。カフカは、何の罪咎もなく毒虫と化し、家族からも見放され、死に追いやられながら、それを黙って受容する一人の男を描いた。それが現代の〈不条理な死〉であった。しかし、それは、イエスの死と重ねて描かれたのであり、作者はそこに世界への祈りと希望を込めたのである。

注

『変身』には数多くの翻訳があるが、朝の三時を知らせるのが教会の塔でなければならないのは言うまでもない。しかし、最新の丘沢静也訳（光文社文庫版）をはじめ、単に「塔の時計」としか記していないものが多い。ヨーロッパ文学の前提にキリスト教があることは、今後も確認され続けなければならない。

初出一覧

Ⅰ　宮沢賢治の磁場

「よだかの星」――絶対的な問い――……『宮沢賢治・童話の読解』所収　翰林書房　平5・5
救済としての「童話」――大正十年夏の賢治――……同右
「どんぐりと山猫」――ものみな自分の歌を歌う――……同右
「やまなし」――聖なる幻燈――……同右
「鹿踊りのはじまり」――その「ほんたうの精神」をめぐって――……原題「鹿踊りのはじまり」を読む――その「ほんたうの精神」をめぐって――　「日本文学研究」第30号　平7・1
「銀河鉄道の夜」初期形――求道者たちの実験――……『宮沢賢治・童話の読解』所収　翰林書房　平5・5
「ポラーノの広場」――夢想者のゆくえ――……同右
「銀河鉄道の夜」後期形――死の夢・夢の死――……同右
〈魂の眼〉で見られた世界――「銀河鉄道の夜」覚え書き――……原題「銀河鉄道の夜」ノート　「國文學」平6・4号　學燈社
「風の又三郎」――畏怖・祝祭・謎――……『宮沢賢治・童話の読解』所収　翰林書房　平5・5
「グスコーブドリの伝記」――植物的な死――……同右
「セロ弾きのゴーシュ」――もう一つの祈り――……同右

「報告」――賢治理解のために――……原題〈報告者〉としての宮沢賢治　「潮流」92号　下関市立図書館「絵で読む宮沢賢治展」のための特別エッセイ　平19・10

「装景手記」と「東京」――楕円形の生――……『宮沢賢治・童話の読解』所収　翰林書房　平5・5

「〔丁丁丁丁丁〕」――恋愛伝説について――……同右

「〔雨ニモマケズ〕」――〈樹木的生〉の与えるもの――……原題「〔雨ニモマケズ〕」論――樹木的生への到達――「日本文学研究」第29号　平5・11

〈郵便脚夫〉としての賢治――「物語」はいかにして届けられたか――……梅光女学院大学公開講座論集29『文学における手紙』笠間書院　平3・8

宮沢賢治における〈芸術と実行〉――イーハトーヴ幻想と現実――……梅光学院大学公開講座論集50『宮沢賢治を読む』笠間書院　平成14・2

〈聖なる視線〉の拓く世界――宮沢賢治における生と死――……原題　宮沢賢治の生と死――「聖なる視線」をめぐって――梅光女学院大学公開講座論集38『文学における死生観』笠間書院　平8・2

中原中也「一つのメルヘン」成立と宮沢賢治……原題「一つのメルヘン」成立に関する一考察――宮沢賢治「やまなし」との比較から――「日本文学研究」第33号　平10・1

宮沢賢治の〈tropical war song〉……本論考は、梅光学院大学編「佐藤泰正先生追悼講座論集『語り紡ぐべきもの――〈文学の力〉とは何か』」（笠間書院）掲載のため執筆されたが、未刊行のため、本書に先に収めたものである。執筆　平29・12

Ⅱ　近代日本と文学的達成

若松賤子論――彼岸からの視点――……「キリスト教文学第四号」日本キリスト教文学会九州支部　昭59・6

「楚囚之詩」――〈うつろな主体〉をめぐって――……「キリスト教文学第12号」日本キリスト教文学会九州支部　平5・7

「漫罵」――〈共有の花園〉の喪失がもたらすもの――……原題　透谷以後――「共有の花園」の喪失をめぐって『透谷と近代日本』北村透谷研究会編　翰林書房　平6・5

明治の〈二代目たち〉の苦闘――代助・光太郎・朔太郎――……梅光女学院大学公開講座論集13『文学における父と子』笠間書院　昭58・6

「夢十夜」――強いられた近代人――……原題　強いられた近代人――「夢十夜」を中心に――梅光女学院大学公開講座論集48『漱石を読む』笠間書院　平13・4

「こゝろ」Ⅰ――福音書的構造と変容する実存――……原題『こゝろ』の福音書的構造「キリスト教文学研究第五号」日本キリスト教文学会　昭63・6

「こゝろ」Ⅱ――文学表現のリアリティとは何か――……原題　文学のリアリティは何によって保証されるか――ゼロ地点と「先生の遺書」――梅光学院大学公開講座論集64『漱石文学における〈文学の力〉とは』笠間書院　平28・12

「道草」――クロノスの世界――……原題　クロノスの世界としての「道草」――その「神」の位相をめぐって――「キリスト教文学第10号」日本キリスト教文学会九州支部　平3・3

傍観者の日記・日記の中の傍観者……原題　傍観者の日記・日記の中の傍観者――森鷗外小論――梅光女学院大学公開講座論集17

『日記と文学』笠間書院　昭60・6
「雁」――ドラマの不在・変身――……原題　ドラマの不在・変身――「雁」を読む――梅光女学院大学公開講座論集32『文学における変身』笠間書院　平4・12
「安井夫人」――〈遠い所に注がれている視線〉をめぐって――……原題　鷗外「安井夫人」論――「『遠い、遠い所に注がれてゐ』る視線」をめぐって――「日本文学研究」31号　平8・1
「蜘蛛の糸」――「温室」という装置――……原題「蜘蛛の糸」あるいは「温室」という装置　梅光学院大学公開講座論集51『芥川龍之介を読む』笠間書院　平15・5
中原中也　あるいは　魂の労働者……梅光学院大学公開講座論集54『中原中也を読む』笠間書院　平18・7
中原中也の短歌――非生活者の歌――……『文人短歌Ⅰ』朝文社　平4・1
「金閣寺」――文学を否定する文学者――……原題　文学を否定する文学者――三島由紀夫小論――梅光学院大学公開講座論集59『三島由紀夫を読む』笠間書院　平23・3
「海辺のカフカ」――現代に教養小説は可能か――……原題　現代に〈教養小説〉は可能か――村上春樹「海辺のカフカ」を読む――梅光学院大学公開講座論集55『戦後文学を読む』笠間書院　平19・6
塔和子の人と作品――〈倒立した楽園〉に住んで――……『塔和子　いのちと愛の詩集』解説　角川学芸出版　平19・4
文学表現と死……平成20年度キリスト教文学会全国大会講演「キリスト教文学研究第二十六号」日本キリスト教文学会　平21・5

あとがき

本書は、『宮沢賢治・童話の読解』（翰林書房　平5・5）に続く二冊目の著作である。二部より成り、前半は「宮沢賢治の磁場」と名づけた二十一篇の論考、後半は「近代日本と文学的達成」と名づけた十八篇の論考より構成されている。ただし、第一部の二十一篇のうち、十二篇は旧著に収められたものであることをご了承いただきたい。また、『宮沢賢治の磁場』という書名が、内容のすべてを覆うものではないこともお許しいただかねばならない。分冊化して整合を図るよりも、著作をまとめることを優先した著者の我儘に帰因するものであり、ご寛恕を願うばかりである。

最初期の「明治の〈二代目たち〉の苦闘――代助・光太郎・朔太郎――」（昭58）から、直近の「宮沢賢治の〈tropical war song〉」（平29）までに三十四年が経過しているが、質量ともに貧寒であることに改めて忸怩たる思いに駆られる。

しかし、わたくしは、自己の乏しい歩みを嘆く者ではない。それは、わたくしに、ここで取り上げた作家たちのような、命を削ってまで果たされるべき〈書くことの必然〉が欠けていたことの証しである。むしろ、勤務校（梅光学院）や所属学会（主に「キリスト教文学会」）からは、常にわたくしを激励し、学究の道からはずれることを防ぐ機会をいただいて来たのである。それは著作の初出に明らかである。今はただ、感謝の他はない。

ここで、少しく、日本近代文学にかかわった者としての感慨を述べてみたい。第二部の題名に明らかなように、わたくしの文学研究の興味は、〈外発的〉で〈上滑り〉な日本の近代化（夏目漱石）の中で、文学者となることを強いられた人間の内心を掘り進み、その鉱脈を掘り当てることであった。彼等のスティグマ〈傷〉を共有することは不可能でも、せめて、そこから何を学べるかを自問し続けることであった。従って、〈作者の死〉をはじめとする、近代文学研究の岸辺を次々と洗う新しい理論や方法論とは無縁の場所で論述を続ける結果となった。北村透谷、芥川龍之介、太宰治、三島由紀夫等の〈自死〉、漱石の〈自己本位〉から〈則天去私〉までの道程、鷗外の〈諦念〉、そして宮沢賢治の〈修羅〉等々、それらの白熱した業火に焼かれることがすべてであり、「研究者であること」が優先されるべきことであるとは思えなかったのである。しかし、「近代文学は終わった」という言説や、書物を読む者の減少等、時代は大きく変化しているように見える。しかし、過去の傷に学ぶことが少なければ、時代は展開することなく、振り出しに戻る他はない。少くとも次世代に対し、いかに暗く重かろうと、近代文学の達成したものを伝承していく責務が前世代にはあるのではないか。

各論の内容についてはご批正を待つしかないが、改めて通覧すると引用文や論述の重なりが目に付く。すべては不勉強の結果であるが、右のような執筆動機に免じてお許しいただきたい。また、テキストについても厳密な統一は行っていない。宮沢賢治については、原則として新校本全集〈筑摩書房〉に従っているが、一部、新修宮沢賢治全集〈同〉の読み易いテキストを採用している。

ここで、佐藤泰正先生からの学恩について記さねばならない。平成二十七年十一月、九十八歳で逝去された先生の導きがなければ、二冊の書物の刊行はおろか、「日本キリスト教文学会」や「北村透谷研究会」、「宮沢賢治学会」への入会もなく、研究者としての道さえ定かでなかったに違いない。特に、宮野光男氏、宮坂覺氏、細川正義氏、それに同期の奥野政元君、木村一信君〈故人〉等を中心とする「日本キリスト教文学会九州支部」のメンバーは、佐藤先生というふいごによって熱を高められ、それぞれの文学への思いを深める道を辿ったのである。わたくしも、まぎれもないその一員であった。

今回も翰林書房の今井ご夫妻にお世話になった。逆風の中で、近代文学研究の燈をともし続けて来られた書店から上梓できるのは、この上ない喜びである。

最後に、私事ながら、妻直子への謝辞を書き留めたい。校務、教育、研究に手一杯であったわたくしを支え、子どもを育て、かつ、わたくしの論考の最初の読者として補整にかかわってくれたのである。表紙デザインを引き受けてくれた息子周平にも感謝する。ありがとう。

付記　本書は梅光学院学術図書出版助成金の助成を受けて刊行されたものである。記して感謝申し上げる。

【著者紹介】
中野新治（なかの　しんじ）
1947（昭22）年、山口県生まれ。関西学院大学文学部日本文学科卒。同大学大学院文学研究科博士課程満期退学。梅光学院（山口県下関市）にて、短期大学・大学学長、中学校・高等学校校長、学院長を歴任。梅光学院大学教授を経て、現在、梅光学院大学特任教授。著書に『宮沢賢治・童話の読解』（翰林書房　1995年度宮澤賢治賞奨励賞受賞）、『透谷と近代日本』（共著　翰林書房）、『キリスト教文学を読む人のために』（共著　世界思想社）などがある。

宮沢賢治の磁場

発行日	2018年 3 月20日　初版第一刷
著　者	中野新治
発行人	今井　肇
発行所	翰林書房
	〒151-0071 東京都渋谷区本町1-4-16
	電 話　(03) 6276-0633
	FAX　(03) 6276-0634
	http://www.kanrin.co.jp/
	Eメール●Kanrin@nifty.com
装　丁	中野周平
印刷・製本	メデューム

落丁・乱丁本はお取替えいたします

ISBN978-4-87737-417-4